Max von Boehn

Deutschland von 1815-1847

Max von Boehn

Deutschland von 1815-1847

Unveränderter Nachdruck der Originalausgabe.

1. Auflage 2022　|　ISBN: 978-3-36824-498-9

Verlag: Outlook Verlag GmbH, Zeilweg 44, 60439 Frankfurt, Deutschland
Vertretungsberechtigt: E. Roepke, Zeilweg 44, 60439 Frankfurt, Deutschland
Druck: Books on Demand GmbH, In de Tarpen 42, 22848 Norderstedt, Deutschland

Biedermeier

Franz Krüger. Paul Taglioni, Ballett-Direktor, und Frau Amalie, geb. Galster
Zeichnung. Berlin, Nationalgalerie

Biedermeier

Deutschland

von

1815 — 1847

von

Max von Boehn

Berlin

im Verlag Bruno Cassirer

Mit 4 farbigen Blättern
und 290 Illustrationen nach Originalen
der Zeit. Einband, Titel und 8 Kapitel-
umrahmungen von Karl Walser

Dritte Auflage

F. Bruckmann A.G., München

Anne Marie von Boehn

in Liebe und Dankbarkeit

gewidmet

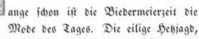

Lange schon ist die Biedermeierzeit die
Mode des Tages. Die eilige Hetzjagd,
die unser Kunstgewerbe durch Gotik und Renaissance,
Rokoko und Empire zurücklegte, endete notwendig beim
Biedermeier. Nun kam die Bewegung der Stilsuche vorläufig zur Ruhe; von der Kunst der Großväter ausgehend
sucht man die Anknüpfungspunkte für den Stil unserer
Tage und das Bedürfnis, sich in jener Zeit heimisch zu
machen, hat auch die Literatur auf die Pfade geführt, auf
denen Kunst und Mode sich schon seit einiger Zeit bewegen. Mit den einfachen Möbeln jener Zeit kamen auch
ihre Trachten wieder auf, die hohen Halsbinden und die
Keulenärmel und das Geschlecht von heute, das sich groß-
väterlich trug, versuchte auch so zu empfinden, wie die
Zeit, in der Großvater die Großmutter nahm. Unsere
Dichter haben sich beeilt, diesen Wunsch zu unterstützen,
sie haben in Romanen, Versen und Feuilletons von der
Biedermeierzeit erzählt und damit der Sehnsucht geschmei-
chelt, die sich aus dem Lärm, dem Hasten und Treiben des
20. Jahrhunderts so gern in jene Zeit zurückträumte, in
der es anscheinend so still und so poetisch zuging. Gleichen
Schritt aber mit den Erzeugnissen dichterischer Erfindung
hielten die Veröffentlichungen von Denkwürdigkeiten, Briefwechseln und Tagebüchern
aus jenen Jahrzehnten und wenn uns die Poeten glauben machen wollen, daß damals die
Erde grüner, der Himmel blauer, die Sonne heller, die Menschen besser gewesen seien,
so berichten uns die Augenzeugen hingegen, daß das Leben das gleiche war wie heute auch
und daß Frieden und Ruhe damals so wenig heimisch auf Erden waren wie jetzt.

Dieses Buch nun unternimmt es, die Biedermeierzeit so zu schildern wie sie wirklich war, d. h. so wie die Lebenden sich, ihre Umgebung und ihre Zeit selbst sahen und empfanden. Varnhagen sagt einmal in seinen Aufzeichnungen: „Goethe empfiehlt an mehreren Orten das genaue Aufzeichnen einzelner Züge und Tagesbemerkungen. Es sei darin oft das Wesentliche der Geschichte enthalten und manches Geringfügige der Gegenwart in der Zukunft wichtig. Er hat Recht, das Wahre in den Vorgängen ergibt sich nach und nach von selbst, aber was man für wahr gehalten, was so geschienen, darin liegt das wahre Lebensbild einer Zeit, eines Kreises." In diesem Sinne haben wir uns an die Zeugen jener entschwundenen Epoche gewandt und in der Literatur, der Publizistik wie in Briefen und Tagebüchern nach den Anschauungen gesucht, welche die Zeitgenossen von sich selbst hatten. Wir glauben das Bild jener Jahrzehnte wahrheitsgetreu zu entwerfen, wenn wir die Menschen von damals befragen und sie selbst über alles hören, was ihnen am Herzen lag.

So haben wir jene zu Rate gezogen, welche schon die Höhe des Lebens überschritten hatten und als Greise auf ihre Umgebung blickten, wie Arndt, Goethe, Perthes, Schadow, Varnhagen und auch jene, deren Mannesalter sie mit ihrer Tätigkeit mitten ins Leben stellte, wie Sulpiz Boisserée, Gustav Freytag, Gervinus, Gubitz, Gutzkow, Hoffmann von Fallersleben, Holtei, Immermann, Laube, Heinrich Leo, Levin Schücking, Adolf Stahr, Georg Weber und viele viele andere. Neben ihnen kommt die Jugend zu Wort, die damals heranwuchs. Willibald Alexis, Ludwig Bamberger, Rudolf Delbrück, Felix Eberty, Theodor Fontane, Geibel, Sebastian Hensel, Paul Heyse, Fritz Reuter, Eduard Simson, als jüngster August Bebel. Neben den Philosophen Hegel, Michelet, Rosenkranz, Schelling stehen die Theologen Schleiermacher, Büchsel, Karl Hase, die Mediziner Carus, Kölliker, Ringseis, die Juristen Puchta und Uchtritz. Wie es Männer aller Kreise und aller Altersstufen sind, so vertreten sie auch die verschiedensten Richtungen, Leopold und Ernst Ludwig von Gerlach gehören politisch der äußersten Rechten an, während Karl Biedermann und Karl Hegel das Justemilieu, der sympathische Arnold Ruge, der feurige Georg Herwegh die äußerste Linke vertreten; den Frommen Heinrich Ranke und Karl von Raumer stehen Börne und Heinrich Heine gegenüber. Einen Platz für sich beanspruchen die glänzenden Gestalten der deutschen Gelehrten von damals, im besten Sinne Repräsentanten ihres Volkes Alexander von Humboldt, Friedrich von Raumer, Karl von Rotteck, die Brüder Welcker, Friedrich Thiersch, Ludwig Uhland und so manche andere.

Alles, was uns von diesen und anderen an Briefen, Gesprächen, Memoiren überliefert worden ist, gibt wohl zusammengenommen einen Einblick in jene ferne Zeit, aber das Bild wäre unvollständig und einseitig, wollten wir nicht auch die Frauen hören, deren

Erinnerungen das gesellige und häusliche Leben mit so verklärendem Schimmer umspielen. Da ist vor allem die geistreiche Rahel, die feinsinnige Adele Schopenhauer und neben ihnen ein ganzer Kranz bedeutender Frauen Fanny Lewald, die Schwestern Fanny und Rebekka Mendelssohn u. a. m. Die Gräfin Elise Bernstorff, Frau von Rochow, Luise von Kobell, Marie de la Motte-Fouqué, Albertine von Boguslawska, Karoline von Freystedt, Jenny von Gustedt lassen uns einen Blick in das Leben der vornehmen Welt tun, während die Schauspielerin Karoline Bauer, die Malerinnen Luise Seidler und Karoline Bardua uns mit den Sorgen, Enttäuschungen und Erfolgen jener bekannt machen, die genötigt waren ihr Brot selbst zu verdienen.

Nicht nur das Wort, auch das Bild haben wir zu Hilfe rufen wollen, um die Biedermeierzeit anschaulich zu machen und wir haben neben den Künstlern, die ihre eigene Zeit fast überschwenglich feierte: Cornelius, Kaulbach, Lessing, Overbeck, Stieler, jene vorgeführt, die in bescheidener Stille arbeitend, erst von einem späteren Geschlecht nach ihrem ganzen Werte gewürdigt wurden: Hosemann, Franz Krüger, Adolf Menzel, Schwind, Blechen u. a.

Verfasser und Verleger sind bei der bildlichen Ausstattung von der Absicht geleitet worden, möglichst Wertvolles und Unbekanntes zu bieten, sie haben weniger Wert darauf gelegt, die Erzählung aufdringlich zu illustrieren, als sie vielmehr künstlerisch zu beleben; Wort und Bild sollen sich nach ihrem Wunsche ergänzen, aber nicht eines das andere überflüssig machen. Die Initialen sind von Hermine Stilke entworfen und entstammen des Grafen Athanasius Raczynski Geschichte der deutschen Kunst, die Vignetten sind aus Kaulbachs Reinecke Fuchs. Außer vielen Privaten, sind Verfasser wie Verleger den Herren Vorständen der Nationalgalerie, des Postmuseums, des Kunstgewerbe- und Märkischen Museums in Berlin, der Neuen Pinakothek und des Armee-Museums in München für ihr Entgegenkommen zu Dank verpflichtet, ganz besonders fühlen sie sich gedrungen, Herrn Geheimrat Dr. Peter Jessen, Direktor der Bibliothek des Kunstgewerbe-Museums in Berlin und Herrn Professor Dr. Doege, Kustos der Lipperheide Sammlung, für ihre gütig gewährte Unterstützung zu danken.

Inhaltsverzeichnis

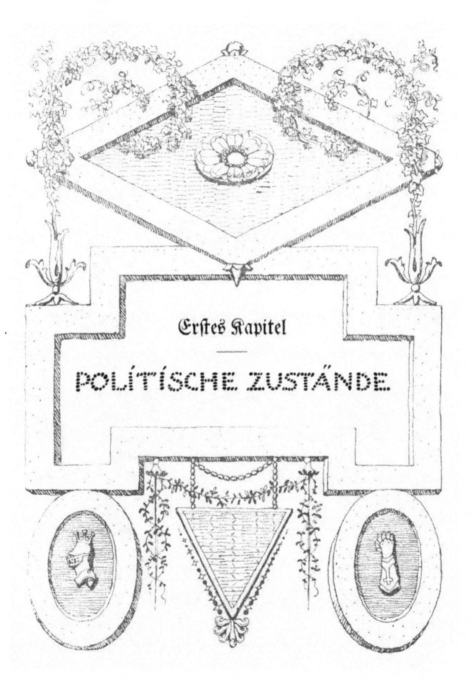

Erstes Kapitel

POLÍTÍSCHE ZUSTÁNDE

Langdauernde Erſchütterungen hatten als Folgeerſcheinung der franzöſiſchen Revolution die Geſellſchaft Europas und ihre politiſchen Staatengebilde zerſtört. Der Feudalismus der alten Zeit war geſtürzt, auf den Trümmern tauſendjähriger Reiche errichtete der Korſe ſeine Weltmonarchie, die in den Zeiten ihrer größten Macht ſich von Hamburg bis Rom ausdehnte. Nun war es den vereinten Anſtrengungen der Völker gelungen, ihn zu beſiegen, aber der Aufwand an Kräften, der nötig geweſen war, um den Feind niederzuwerfen, war nicht viel geringer geweſen als die Mühe, die Eintracht im Lager der verbündeten Freunde zu erhalten. Das gegenſeitige Mißtrauen der Fürſten, die üblichen Eiferſüchteleien der hohen Militärs, die Machinationen der Diplomaten ſtellten das Reſultat dieſes gewaltigen Ringens der Völker ſchon in Frage, ehe der Sieg der Alliierten auch nur endgültig feſtſtand. Blüchers Trinkſpruch: „Was die Schwerter uns erwerben, laßt die Federn nicht verderben‟, der ſo treffend ausſprach, was alle Einſichtigen fürchteten, wurde nur zu raſch beſtätigt: am grünen Tiſch der Bureaukraten ſollten auch die trübſten Ahnungen zu trauriger Wahrheit werden.

Der Wiener Kongreß, vor die Aufgabe geſtellt, Europa die Ruhe zu gewähren, ſeinen Staaten neue Formen zu geben, zeigte die Unfähigkeit einer Diplomatie, die aus den Umwälzungen der letzten Jahrzehnte nichts gelernt hatte und zu ihrem ſchwierigen Werk nichts mitbrachte als die überwundenen Vorurteile des Abſolutismus und des

Feudalismus. Rahel schrieb aus Wien: „ich sehe Emigranten-Arme darin, die die Welt wie ein Rad in seinem Lauf zurückhalten und auf die alte Stelle, wo es ihnen gefiel, zurückführen möchten" und Jacob Grimm beklagte in einem Brief an Tiedemann „den verkehrten und undeutschen Gang des Kongresses". Wie hier unverträgliche Elemente vereinigt wurden, Norwegen, dem stammverwandten Dänemark entrissen, und mit Schweden, Holland mit Belgien, Polen mit Rußland zusammengekoppelt ward, so wurde dafür Zusammengehöriges getrennt, Italien wieder zerstückelt, Deutschland zerrissen und zur Ohnmacht verdammt. Indem man die deutsche Bundesakte vom 8. Juli 1815 als integrierenden Bestandteil der Schlußakte des Wiener Kongresses einverleibte, stellte man sie förmlich unter die Garantie des Auslandes. Es schien sich nichts geändert zu haben, seit einst im Frieden von Münster und Osnabrück fremden Mächten die Einmischung in deutsche Verhältnisse als Recht eingeräumt worden war. Nicht dieser Umstand allein erinnerte an die traurigsten Tage der deutschen Geschichte, auch in der Zusammensetzung des neuen Staatenbundes spukten die Erinnerungen an die Jahrhunderte, während derer das Heilige Römische Reich in seiner Schwäche und Unfähigkeit der Spielball der Fremden gewesen. Das deutsche Hannover war von England, Schleswig-Holstein von Dänemark, Luxemburg von Belgien abhängig, die Staaten aber, denen in dem neuen Bund die Hegemonie zufiel, Österreich und Preußen, gehörten nicht einmal mit ihrem ganzen Besitz zu ihm, von Preußen waren die Provinzen Pommern, Preußen und Posen, vom Reich der Habsburger alle slawischen Provinzen vom Bunde ausgeschlossen. So trugen die Schöpfungen des Wiener Kongresses, der im Prinzip an die Stelle des Grundsatzes vom europäischen Gleichgewicht, wie er im 18. Jahrhundert die Politik beherrscht hatte, einen allgemeinen friedlichen Bund der Großmächte hatte setzen wollen, das Kainszeichen rascher Vergänglichkeit an der Stirn. Zacharias Werner sollte recht behalten, als er in seiner letzten, während des Kongresses gehaltenen Predigt in Wien den Hörern zurief: „Ihr glaubt wohl, daß die Könige und Herren den Frieden geschlossen haben? Ja, Dummheiten. Amen."

Das verfehlteste Werk der Diplomatie war aber doch der Deutsche Bund, der die Überzahl der ehemaligen Reichsunmittelbaren zwar beträchtlich verringert hatte, in seiner Anerkennung von immerhin noch 38 unabhängigen miteinander gleichberechtigten Staaten das Elend der Kleinstaaterei verewigen zu wollen schien und der in der Nebeneinanderstellung zweier Großmächte im Bund die naturnotwendige Rivalität derselben von vornherein zum Ausgangspunkt des Unterganges des ganzen nicht lebensfähigen Gebildes machte. Das einige Deutschland, auf das die Enthusiasten gehofft, war dadurch ins Reich der Träume verwiesen, die Mißstimmung tief und weitgehend. Arndt sprach von dem „Wiener Käsezuschnitt" von 1815, Niebuhr äußerte, ihm sei zumut wie nach

4

Franz Krüger. Friedrich Wilhelm III. 1822. Berlin, Hohenzollern-Museum

der Schlacht bei Jena, Jahn höhnte über „das teutsche Bunt" und zu der Unzufriedenheit und Enttäuschung der Intellektuellen gesellte sich das Mißbehagen weiter Volks-
schichten, als es sich für sie darum handelte, sich abermals in neue Verhälnisse zu gewöhnen. Vom Vater und Großvater her, seit Generationen gewohnt, nicht über ihren Kirch-

turm hinauszublicken, war den Deutschen im Reich ein vaterländisches Empfinden völlig
fremd geblieben. Als das linke Rheinufer an Frankreich fiel, als West- und Süddeutschland von den Franzosen ein über das andere Mal verheert und gebrandschatzt wurde,
hatten die Volksgenossen in Mittel- und Norddeutschland, Goethe selbst ist Zeuge dafür,
gar nicht das Gefühl, daß sie das überhaupt etwas angehen könnte, und als dann auch
sie eine Beute des Eroberers wurden, als viele Landschaften Deutschlands im Laufe eines
Jahrzehnts bis zu einem dutzendmal den Herrn wechselte, kam eine müde und stumpfe
Ergebung über die Einwohner, der sie die neuen Abmachungen, welche die in Wien versammelte Diplomatie am grünen Tisch traf, nicht so bald entreißen konnten, um so
weniger, als die neuen Einrichtungen auf Geschichte und Tradition, Herkommen und Gewohnheit gar keine Rücksicht nahmen, wohl auch nicht nehmen konnten, in vielen Fällen
es jedenfalls nicht wollten.

Die Eifersucht der Großmächte, besonders der Österreicher, hatte nicht dulden
wollen, daß Preußen eine angemessene Entschädigung aus dem herrenlos gewordenen Gebiet zufiel. Sie hatten sogar besonders klug zu handeln geglaubt, indem sie den Staat,
der unstreitig die größten Opfer für die endliche Befreiung Deutschlands gebracht hatte,
dadurch zu schwächen und um die Früchte des Sieges zu bringen suchten, daß sie ihn in
zwei Teile zerrissen, die historisch und geographisch ohne Zusammenhang miteinander
waren. So gab man Preußen, um ihm einen Pfahl ins Fleisch zu setzen, einen Teil der
ehemaligen geistlichen Kurfürstentümer am Rhein, deren Bevölkerung von den ost-
elbischen Angehörigen der alten Monarchie in Glauben, Anschauung und Sitte grund-
verschieden war. Dem Altpreußen Sack erschienen der Jülicher, der Aachener, der Cöl-
ner, der Moselländer wie ganz verschiedene Nationen, Graf Kesselstadt schrieb an den
Minister von Altenstein, daß die neuen preußischen Untertanen am Rhein sich durchaus
nicht an den Gedanken gewöhnen könnten, einem großen Staate anzugehören. Mehrere
Jahre später versicherten preußische Offiziere Varnhagen, sie befänden sich am Rhein wie
in feindlichem Lande, so gehaßt und abgesondert seien sie, und noch aus den vierziger
Jahren erzählt August Bebel, daß die Rheinländer noch immer nicht gelernt hätten, sich
als Preußen zu fühlen, müßte ein junger Mann Soldat werden, so hieß es: er muß
Prüß werden. Der neue preußische Regierungsbezirk Erfurt setzte sich aus Bruchstücken
zusammen, die eben noch acht verschiedenen Landesherren gehört hatten; daß die eben miteinander verbundenen Pommern, die schon lange preußischen Altpommern und ihre bis
dahin zu Schweden gehörig gewesenen neupommerschen Brüder sich jemals aneinander
würden gewöhnen können, wurde bezweifelt, jedenfalls nur nach Verlauf langer Jahre
für möglich gehalten.

Ebenso waren die Gefühle manch anderer Stämme, die man wider ihren Willen

Franz Krüger. Kaiser Nikolaus von Rußland mit Gefolge. Skizze zu dem Gemälde
im Winterpalais in St. Petersburg. Berlin, Nationalgalerie

mit solchen zusammengab, denen ihre stärksten Antipathien galten. Georg Weber, selbst
ein Pfälzer, erzählt, wie unwillig seine Landsleute waren, Bayern zugeteilt zu werden,
sie wollten lieber bei dem großen Frankreich bleiben. Sie betrachteten das bayerische
Regiment als Fremdherrschaft, gerade wie die Untertanen des neugeschaffenen Herzog-

7

tums Nassau, das aus den Gebieten von 27 verschiedenen Landesherren zusammenge-
schweißt wurde, einander fremd blieben. Der gemeine Mann pflegte noch bis 1866 zu
sagen: Eigentlich sind wir oranisch, kurtrierisch, kurmainzisch, kurpfälzisch, hessenroten-
burgisch, katzenellbogisch, vierherrisch, nach Karl Braun fühlte sich nur die Bureaukratie herzoglich nassauisch. Von Baden sagte Wolfgang Menzel noch lange nachher,
daß es eigentlich gar nicht existieren sollte, zusammengeraubt, wie es sei, aus kleinen weltlichen und geistlichen Gebieten. Mainz blieb aus Widerspruch gegen Darmstadt und seine
„Zwiebelfürsten" bis in die dreißiger Jahre ganz französisch gesinnt, Ludwig Bamberger,
der 1823 dort geboren wurde, hörte z. B. die ältere Generation niemals von den Freiheitskriegen erzählen, wohl aber vom Rückzug der großen Armee und der Lagerpest während der Blockade. Die Altmark und die Nieder-Lausitz wollten nicht zur Provinz Sachsen geschlagen werden, die Westpreußen zugeteilten Landstriche Ostpreußens widersprachen
dieser Anordnung ebenso heftig wie die im Kulmer Lande ansässigen Polen, die sich an die
Provinz Posen anschließen wollten. In der Pfalz und Baden sprach man noch in den
dreißiger Jahren, als Fanny Lewald dort reiste, mit Sehnsucht von den ehemaligen
bischöflichen Zeiten und erwähnte die nächstgelegenen Orte in einer Weise, als lägen sie im
fernen Auslande. Aus München schrieb Friedrich Perthes 1816: „Das Gefühl für gemeinschaftlich Deutsches, für den Zusammenhang unserer Nation liegt den Baiern ganz
fern", und als er von solchen Beobachtungen entmutigt und kleinlaut nach Hamburg zurückkehrte, konnte sein Freund Besser ihm mit Recht sagen: „Du bist ausgezogen Deutschland zu suchen und hast es nicht gefunden."

Die neuen Einrichtungen wurden allerorten als unwillkommen empfunden, die
neuen Zustände waren der Mehrzahl ebenso lästig wie unbehaglich, und als nun je länger
je weniger von der Einlösung der Versprechungen die Rede war, welche die Fürsten in
den Tagen der höchsten Not ihren Völkern gegeben, da bemächtigte sich ein tiefer Verdruß aller derer, welche an der Erhebung der Deutschen gegen Napoleon mit tätig gewesen waren und in ihr den Anbruch einer neuen großen Zeit begrüßt hatten. Als man
sich in Braunschweig anschickte, am 18. Oktober 1814 den Jahrestag der Schlacht bei
Leipzig zum ersten Male feierlich zu begehen, da hatten, wie Hoffmann von Fallersleben
berichtet, viele vergessen, was denn eigentlich gefeiert werden sollte, unmöglich doch der
Sieg für die Rückkehr in die alte gute Zeit!?

Den Zeitgenossen erschien es mit Recht, wie Karl Hase sagt, als sei das christliche
Ideal der Heiligen Allianz zu einer gegenseitigen Assekuranz der Fürsten gegen die Völker
geworden, als sei die Machtherrlichkeit eines einigen Deutschlands wieder in das Reich
der Träume verwiesen, der Deutsche Bund nur eine Polizeianstalt zur Unterdrückung
alles nationalen Lebens.

Franz Krüger. Prinz Wilhelm von Preußen mit dem Künstler auf einem Spazierritt
Berlin, Nationalgalerie, 1836

Unmittelbar nach den großen Ereignissen der Jahre 1813, 1814 und 1815 trat der
Widerspruch zutage, der zwischen dem deutschen Volk und seinen Fürsten bestand. Jenes,
erfüllt von den neuen Ideen, sah in der Revolution das Prinzip der gesetzlichen Freiheit

und des vernünftigen Rechts, diese, wenigstens in den Persönlichkeiten ihrer mächtigsten Kronenträger noch aus dem achtzehnten Jahrhundert stammend, waren in dem Glauben groß geworden, daß ihre Länder ihr privates Eigentum seien und von dem Wunsche beseelt, mit dem Heere Frankreichs zugleich auch die Ideen der Revolution von 1789 endgültig besiegt zu haben. Wie Kaiser Franz von Österreich und Friedrich Wilhelm III. von Preußen, waren die Könige von Sachsen und Bayern so gut wie der Tyrann Württembergs und die Großherzöge von Baden und Hessen in den Anschauungen des Absolutismus groß geworden. Ganz ungeniert schickte sich der Herzog von Nassau an, das staatliche Eigentum seines Landes in Privatbesitz zu nehmen, während der Kurfürst von Hessen eine Willkürherrschaft begann, so querköpfig und unvernünftig, daß sie nur aus einer pathologischen Entartung des siebzigjährigen Gehirns dieses Landesvaters erklärt werden kann. Als er nach einer Abwesenheit von sieben Jahren wieder in sein treues Cassel einzog, richtete er sofort alles auf dem Fuße ein, wie es am Tage seiner Flucht, dem 1. November 1806, gewesen, die Ereignisse dieser Jahre existierten nicht für ihn. Beamte und Offiziere wurden auf den Rang degradiert, den sie damals innegehabt, die Gesetze und Verordnungen der westfälischen Zwischenregierung verloren ihre Geltung, die Besitzer ehemaliger Domänen, die sie unter Jérome rechtmäßig erworben, wurden ihres Eigentums beraubt, wie die Inhaber westfälischer Staatspapiere ihres Geldes, da die westfälische Staatsschuld vom Kurfürsten nicht anerkannt wurde. Großmütigerweise ließ der „Siebenschläfer", wie ihn seine Hessen treffend nannten, wenigstens neben den althessischen Steuern, die er wieder einführte, auch jene bestehen, die König Lustig seinem Volke aufgelegt hatte, und beglückte seine Armee durch die Wiedereinführung des Zopfes, den seine Soldaten wieder wie einst in einer Länge von 15 Zoll tragen mußten. Es gab sogar Prämien für besonders wohlgeratene eigene Zöpfe, was einen jungen Engländer veranlaßte, eines schönen Morgens mit einem Prachtzopf, der lang am Boden nachschleifte, in Wilhelmshöhe vor den Fenstern des durchlauchtigen Landesherrn spazieren zu gehen. In Hannover richtete sich der Adel wieder in seiner altständischen Oligarchie ein, in Mecklenburg regierten Großherzöge und Ritterschaft in altherkömmlicher Anarchie, Hamburg griff auf seine Verfassung vom Jahre 1528 zurück, Lübeck auf jene von 1669.

Wie nun das wirklich Erreichte soweit von dem entfernt blieb, was man hätte erreichen können, so blieb es ja noch viel mehr hinter den überspannten Erwartungen unklarer Möglichkeiten zurück und das Gefühl der Täuschung darüber verwandelte den Enthusiasmus rasch in Bitterkeit. Der Haß richtete sich in erster Reihe gegen die Monarchen jener beiden Staaten, welche augenscheinlich gewillt waren, den politischen und sozialen Fortschritt zu hemmen und die Entwickelung volkstümlicher Institutionen

Franz Krüger. Friedrich Wilhelm IV. im Arbeitskabinett des Berliner Schlosses. Nach Lithographie von Ohlermann

aufzuhalten, gegen Preußen und Österreich also. Theodor von Bernhardi erzählt, mit welchem Haffe in seinem väterlichen Haufe (seine Mutter war eine Schwester Ludwig Tiecks) der Fürsten gedacht wurde und mit welcher Geringschätzung man besonders von Kaiser Franz und dem König von Preußen sprach. Hormayer nannte den Kaiser einen durch alle Wäffer des achtzehnten Jahrhunderts verwässerten Ludwig XI., er sei gerade so menschenfeindlich, egoistisch, gottlos, bigott, zäh und schwach, mit keinem anderen Interesse als dem persönlicher unumschränkter Gewalt. Dorothea Schlegel erklärte das undeutsche Wesen des Kaisers damit, daß er ja ein Italiener und gar kein Deutscher sei, womit sie wenigstens insofern recht hatte, als er zwar der Sohn deutscher Eltern, aber in Florenz geboren war. Die Art Friedrich Wilhelms III. hat der alte Schadow einmal gegen Varnhagen sehr treffend charakterisiert, als er sagte, der König sei trocken, schüchtern und langweilig zum Entsetzen gewesen. Besonders hob er seine Unschlüssigkeit hervor, nicht die kleinste Sache, über die er nicht gezweifelt, die er nicht aufgeschoben hätte, solange es nur irgend möglich war. Er mußte zu allem gedrängt und gestoßen werden. „Dieser König", schreibt von der Marwitz, „ist ein merkwürdiges Beispiel dafür, mit welch schwachen Werkzeugen die Vorsicht zu walten versteht . . . . Sein Charakter war gebildet aus zwei Potenzen: Liebe der Ruhe und Furcht vor allen Geschäften, sodann Eigensinn und Despotie . . . Alles, was groß und edel war, stieß ihn ab, alles, womit er ohne Widerwillen zu tun haben mochte, wußte etwas Mediokres an sich haben."

Wie hätten diese Herren den neuen Geist, der sich während der Freiheitskriege und nach denselben bemerkbar zu machen begann, überhaupt verstehen sollen? Ideen, die sich in einem leidenschaftlichen Patriotismus aussprachen und zu der revolutionären Forderung einer politischen Beteiligung des Volkes an den Regierungsgeschäften verdichteten, konnten ihnen ja gar nicht anders, als höchst gefährlich erscheinen. Sie befanden sich mit dieser Anschauung auch durchaus in Übereinstimmung mit der älteren Generation ihrer Zeitgenossen. Hatte nicht der alte Voß ärgerlich gesungen: „Das Vaterland! Was Vaterland? Der Topf, der Topf ist Vaterland, das übrige sind Fratzen." Und wie der größte Deutsche jener Tage, wie Goethe noch viele Jahre später über Patriotismus dachte, hat er Eckermann gegenüber ausgesprochen, er verstand unter Patriotismus durchaus nichts anderes, als einen ästhetischen Humanismus im Sinne des aufgeklärten Weltbürgers. Genau wie sein großer Freund Schiller, der in der Huldigung der Künste ausrief: „wo man nützt, ist man im Vaterlande." Der gefeiertste Staatsrechtslehrer der Zeit, Karl Ludwig von Haller, dessen berühmtes Werk, die Restauration der Staatswissenschaften, der ganzen Periode ihren Namen gegeben hat, wandte sich auf das schärfste gegen den Patriotismus als solchen und wollte das Gefühl desselben im monarchischen Staate überhaupt nicht zugeben. Der Begriff desselben habe früher gar nicht existiert, so wenig wie das Wort gebräuchlich gewesen sei. Erst seitdem man angefangen habe, den Begriff einer Republik auf den Staat in abstracto anzuwenden, habe man begonnen, von Patriotismus zu sprechen. Haller macht kein Hehl daraus, daß er ihn verdächtig findet, da er die Anhänglichkeit an irgendwelche den Bürgern gemeinsame gute oder böse Zwecke zur Voraussetzung habe, in einem monarchisch regierten Staate aber von einer anderen Anhänglichkeit als jener an den Fürsten von Rechts wegen nicht die Rede sein

Franz Krüger. Prinz August von Preußen (im Hintergrund Juliette Récamier
gemalt von Gérard). Berlin, Nationalgalerie

dürfe. Diese Auffassung betätigte der Kaiser Franz, als er in dem Entwurf eines ihm
vorgelegten Dankschreibens an den Feldmarschall Fürst Schwarzenberg das Wort Vaterland durch die Ausdrücke: „Meine Völker" und „Meine Staaten" ersetzte. Fürst Metter-

nich, österreichischer Staatskanzler und leitender Staatsmann des Deutschen Bundes, stand selbstverständlich auf dem gleichen Standpunkt. Der nationalpolitische Gedanke war der Todfeind seines ganzen politischen Systems, wie Italien, so war ihm auch Deutschland nur ein geographischer Begriff, er bekannte sich noch nach seinem Sturz in seinen Denkwürdigkeiten dazu, daß der Gedanke: deutscher Sinn, wie er sich während der Jahre, da die französische Fremdherrschaft die deutschen Staaten zu Boden drückte, zu entwickeln begann, für ihn nur den Wert einer Mythe gehabt habe.

Karl Immermann, der, 1796 geboren, diese Jahre bewußt erlebte, sagt in seinen Memorabilien, daß man zu jener Zeit vom Staate nicht viel mehr wußte, als daß er eine Anstalt sei, worin die Soldaten Spießruten liefen, worin der Adel empfange, Bürger und Bauer aber zu geben habe. Zu diesem ihrem eigenen Ideal wünschten die Herrscher und die Kaste ihrer hochgeborenen Beamten zurückzukehren; der neue Begriff vom Staat, wie ihn die französische Revolution unter dem Namen des souveränen Volkes verstand, wie ihn der deutsche Patriotismus als unveräußerliches Recht der Staatsangehörigen auf Mitregieren proklamierte, mußte ihnen also als grober Irrtum, wenn nicht als Verbrechen erscheinen.

Als die Regierungen sich nun anschickten, gegen diese Ideen einzuschreiten, als, wie Arndt an Niebuhr schreibt, Kabinettskünste und Volkeswille einander zu befehden begannen, da mußte der heftigste Kampf mit jener Partei entbrennen, welche die eifrigste Vorkämpferin dieses neuen Patriotismus war, und diese Partei war die Jugend. Es wurde eine Schlacht zwischen dem Alter und der Jugend, und da jenes außer Willkür und Gewissenlosigkeit alle Machtmittel des bestehenden Staates in der Hand hatte, Richter und Polizisten ihm zu Diensten standen, Kerker und Festungen bereit waren, mußte wohl die Jugend unterliegen, die nichts ihr eigen nannte, als einen opferbereiten Idealismus. Arndt hatte unrecht, als er 1816 schrieb: „Das Junkernde und Flunkernde kann wohl Spektakel machen, ich hoffe nicht, daß es sich hält. Täte es das, so wären wir es wert. Denn ist aus 10 bis 15000 gebildeten Jünglingen und Männern, die mit dabei gewesen sind in der großen Zeit, nicht soviel hervorgegangen, daß dadurch eine Meinung bestimmt werden kann, so gebührt sich's, daß der Junker wieder seinen Korporalstock nimmt." Das Junkernde, Flunkernde hat sich behauptet, Arndt sollte es nur zu bald an sich selbst spüren und alle seine Gesinnungsgenossen unter den gebildeten Jünglingen und jungen Männern mit ihm. Die Jugend, und wir verstehen mit Immermann darunter jene, welche 1806 etwa zehn, höchstens sechzehn Jahre alt, die 1813 also siebzehn- bis dreiundzwanzigjährig war, hatte in diesen Jahren, während derer sie im gewöhnlichen Lauf der Dinge politisch eine Null gewesen sein würde, nicht nur furchtbare Erschütterungen auf politischem Gebiete miterlebt, sondern sie auch materiell aufdringlich sich in

Chr. D. Rauch. König Friedrich Wilhelm III. 1826

Leben und Gewohnheiten jedes einzelnen bemerkbar machen sehen, sie war dann berufen worden, in das öffentliche Leben handelnd einzugreifen, mit den Waffen in der Hand das Vaterland zu retten, sie glaubte mit Recht, sich als wichtigen Bestandteil des Volkes fühlen zu dürfen.

Während in Preußen Männer wie Scharnhorst und Gneisenau die junge Mannschaft nach und nach in den Waffen ausgebildet hatten, um sie im geeigneten Moment gegen den Unterdrücker aufzurufen, hatten Fichtes Reden an die deutsche Nation weit über Norddeutschland hinaus ein Echo in den Herzen der Jugend gefunden. Er betonte in diesen flammenden Ansprachen die Aufgabe, die als einzige dem damaligen Geschlechte zufalle, der Zukunft ein besseres, tüchtigeres Geschlecht zu erziehen. In seinem Sinne hatte Jahn gewirkt, die heranwachsenden Knaben und Jünglinge auf dem Turnplatze zu üben und aus ihnen Männer zu machen, denen Adel Leibes und der Seele innewohne. Jahn hatte die Jugend mit dem höchsten sittlichen Ernst zu durchdringen versucht, wenn er ihr in seinen Turngesetzen zurief: „Tugendsam und tüchtig, rein und ringfertig, keusch und kühn, wahrhaft und wehrhaft sei Euer Wandel. Frisch, frei, fröhlich und fromm ist des Turners Reichtum, Muster, Beispiel und Vorbild zu werden, danach soll er streben." Was Wunder, daß diese Jugend, als sie ernsthaft, wie die schwere Zeit sie gebildet, ideal, wie ihre Erzieher sie geformt, aus dem großen Kriege heimkehrte und durch die Tat bewiesen hatte, daß sie zur Hingabe an ideale Zwecke befähigt sei, sich auch schon als Muster und Vorbild fühlte. Heinrich Ranke beschreibt es sehr hübsch, wie sie so voll von Liebe zum deutschen Vaterland und voll Hoffnung für die Zukunft unseres Volkes gewesen seien. Sie glaubten, es müsse in Deutschland alles neu, alles gleichsam verklärt werden, der christlich deutsche Sinn müsse alle Teile des Vaterlandes, alle Glieder des Volkes durchdringen, der Tod der unchristlichen und undeutschen Gesinnung müsse gänzlich verschwinden, ein neues Leben müsse beginnen.

Als dieses neue Leben sich nun gar nicht einstellen wollte, als im Gegenteil alle Einrichtungen der alten feudalistischen Zeit wieder hervorgesucht wurden, als, wie Arndt so bitter schreibt: „die Buben, die so schändlich regiert haben, sich im Sattel hielten und sich gar das Ansehen von weisen und patriotischen Männern gaben", als es schien, daß Gentz recht behalten sollte, der gemeint hatte, das Vaterland retten hieße nichts anderes, als den preußischen Adel wieder in seine Rechte einsetzen, um ihn unbesteuert zu lassen, da fand die tiefe Erbitterung, die sich aller Denkenden des Volkes bemächtigte, ihren heftigsten und lautesten Ausdruck in der Empörung der Jugend. Das Selbstgefühl der Jünglinge wurde zur Anmaßung gesteigert, ihre lärmende Verachtung der Unteutschen wuchs zu bedrohlicher Höhe, da die heftigen Äußerungen ihres Unwillens durch Ungeschicklichkeiten von höherer Stelle zu immer neuen Ausbrüchen des Zornes gereizt wurden.

Gustav Bläser. Kaiserin Alexandra Feodorowna von Rußland zu Pferde
Statuette in Eisenguß

Schon die Freiwilligen, die sich 1815 den regulären Armeen angeschlossen hatten, waren,
Karl von Holtei, Willibald Alexis und andere sind Zeugen dafür, wieder durch den
tötenden Drill des Exerzierplatzes ermüdet worden. Ewiger unnütziger Paradedienst, wo
Putzen und wieder Putzen, Mäntel rollen, Haare kämmen die Hauptsache waren, un-
nötige und mühsame Märsche waren wirksame Mittel gewesen, in ihren Seelen
jede Begeisterung für einen höheren Zweck abzustumpfen, und der General von
Ziethen krönte diese Bemühungen, als er bei der lange verzögerten Entlassung der
Freiwilligen ihnen in dürren Worten sagte: „Sie hätten nur getan, was sie müßten,

nicht mehr, nun schicke sie der König nach Hause, wenn er riefe, so müßten sie eben wieder-kommen."

Diese Enttäuschungen einzelner waren wie der Schatten gewesen, den die kommen-den Ereignisse im voraus warfen, das Ereignis, welches gewissermaßen die Lunte an das Pulverfaß legte, war ein Schriftchen des preußischen Geheimrats Schmalz. Noch weilten die verbündeten Monarchen zum zweiten Male in Paris, da veröffentlichte dieser eitle Mann, der vor kurzem der erste Rektor der neuen Berliner Universität gewesen war, seine Wichtigkeit für das öffentliche Leben aber nicht nach Gebühr gewürdigt sah, ein Schriftchen: Berichtigungen einer Stelle in der Bredow-Venturinischen Chronik für das Jahr 1808. Berlin 1815. Und gleich darauf eine zweite: Über politische Vereine und ein Wort über Scharnhorsts und meine Verhältnisse zu ihnen, in denen er nicht nur den Treubund auf das schnödeste verunglimpfte, sondern auch gegen die Wortführer der Frei-heitsbewegung die giftigsten Verdächtigungen aussprach. Er beschuldigte Arndt, Mord, Plünderung und Notzucht gelehrt zu haben und behauptete, daß der Tugendbund und alle etwa von ihm ausgegangenen Verbindungen keine anderen Absichten, als Umsturz des Bestehenden, Entthronung der Fürsten usw. gehegt hätten, im Grunde also den gleichen ge-fährlichen Anschauungen huldigten, wie die französischen Jakobiner. Den im deutsch-patriotischen Sinne tätigen Schriftstellern, wie Fichte, Görres, Arndt u. a. sprach er ohne weiteres jede Wirkung auf die Ereignisse der großen Zeit ab; in Preußen habe 1813 keine Spur von Begeisterung geherrscht, das preußische Volk habe alles, was es in dieser Zeit geleistet, nur auf allerhöchsten königlichen Befehl, in stummem Gehorsam, in dem demütigen Gefühl der Pflicht getan, gerade als ob bei einem Brande Feuerwehr-leute zum Löschen kommandiert würden. In dieser untertänigen Dienstwilligkeit erblickte der Herr Geheimrat das Große und Erhabene.

Ein Schrei der Empörung durchhallte Preußen als Antwort auf die gemeine und niederträchtige Art, wie hier Patrioten denunziert und die Erinnerung an glorreiche Ta-ten besudelt und herabgezogen wurde. Schleiermacher, Niebuhr, Rat Koppe, Ludwig Wieland, Traugott Krug, Fr. Rühs, L. Lüders, Friedrich Förster beleuchteten in Gegen-schriften die ganze Armseligkeit des Elenden, der durch nichts als eine Wiederholung sei-ner Beschuldigungen zu antworten wußte. Der Streit drohte immer heftiger zu werden, als eine königliche Verordnung vom 16. Januar 1816 ihm ein Ende machte, es wurde bei namhafter Geld- und Leibesstrafe untersagt, noch weiter etwas über dieses ver-fängliche Thema drucken zu lassen. Literarisch war die unerquickliche Angelegenheit damit wohl beendigt, der Haß und die Verachtung aber, die der Geheimrat auf sich geladen, legten sich nicht so bald und haben seinen Namen noch lange zum Schimpfwort gemacht. Als Heinrich Leo Berlin besuchte, zeigte Jahn ihm den Mann mit den Worten: „Siehst

Wilhelm von Kaulbach. Ludwig I. als Großmeister des Hubertus-Ordens
München, Neue Pinakothek

Du dort den Schuft, das ist der Schmalz, der schon dreimal den Galgen verdient hat,"
und die Schüler in Prenzlau, wo Adolf Stahr das Gymnasium besuchte, sangen:

> Zuletzt nun rufet Pereat
> Den schuftigen Schmalzgesellen
> Und dreimal, dreimal Pereat
> So fahren sie zur Höllen.

Rudolf von Plehwe, Leutnant im zweiten Garderegiment, stellte den Geheimrat mit den Worten: „Bist Du Schmalz, der sein Volk verrät?" und wurde zur Strafe nach Posen versetzt; selbst der milde Savigny war empört und äußerte sich zu Ernst Ludwig von Gerlach: „Vergehen, wie das von Schmalz begangene müßten eigentlich durch öffentliche Kirchenbuße gesühnt werden." Dazu kam es nun zwar nicht, im Gegenteil, der preußische Rote Adlerorden und ein württembergischer Orden, die der Geheimrat gerade in jener aufgeregten Zeit empfing, schienen alles eher, als Mißbilligung der Gesinnungslumperei des Mannes auszudrücken.

Während man noch über Tugendbund und Geheimbünde stritt, breitete sich in aller Öffentlichkeit ein Bund über Deutschland aus, der von der studierenden Jugend der Hochschulen ausging, die Burschenschaft. Die zweimalige Niederwerfung Napoleons, der wiederholte Sieg der Verbündeten hatte unter dem unbeschreiblichen Eindruck, den er in ganz Deutschland, vorab in der deutschen Jugend erregte, die Überzeugung fassen lassen, daß man in Zukunft vor allem an der Einigkeit Deutschlands, dem so herrliche Siege beschieden gewesen, festgehalten werden müsse. Und wenn der Deutsche Bund nur als eine sehr schwache Verkörperung dieser so notwendigen Einigkeit erscheinen konnte, so wollte die Jugend an ihrem Teil dazu beitragen, diesen Gedanken von innen heraus zur Wahrheit und zur Tat heranreifen zu lassen. Aus dieser Idee heraus entstand in Jena die deutsche Burschenschaft, die im Gegensatz zu den früheren Landsmannschaften und Korps, deren buntes Durcheinander und ewige Streitigkeiten geradezu ein Abbild der Uneinigkeit und der Vielherrschaft im Deutschen Reich gewesen waren, die neue Einheit verkörpern sollte. Diesen Zweck sprach die Verfassungsurkunde der neuen Gemeinschaft gleich in ihrem ersten Paragraphen aus, indem sie denselben folgendermaßen formulierte: „Die allgemeine teutsche Burschenschaft ist die freie Vereinigung der gesamten, wissenschaftlich auf der Hochschule sich bildenden teutschen Jugend zu einem Ganzen, gegründet auf das Verhältnis der teutschen Jugend zur werdenden Einheit des teutschen Volkes." Man schloß von diesem Bunde in Jena selbst Livländer, Kurländer, Siebenbürger nicht aus, da man das gemeinsame Vaterland im allerweitesten Sinne fassen wollte und von der gesamten deutsch sprechenden Jugend erwartete, sie werde ihre geistigen und leiblichen Kräfte christlich und teutsch zum Dienste des gemeinsamen großen Vaterlandes auszubilden bestrebt sein. Heinrich Ranke, der mit so vielen der edelsten und besten seiner Altersgenossen der Burschenschaft beitrat, bekundet noch als Greis in seinen Erinnerungen den hohen Idealismus, der die Seelen der Jünglinge damals erfüllte. Er schreibt: „Das Herz wallt mir auf, wenn die Erinnerung an die erste gemeinsame Feier, der ich beiwohnte, in mir erwacht. Wir hatten im Freien einen großen Kreis geschlossen; in der Mitte vor uns stand der Redner, der das Wort zur Feier mit

20

hoher Begeisterung sprach, dann stimmten wir, von Musik begleitet, Arndts unvergleichliches Lied an:

> Sind wir vereint zur guten Stunde
> Wir starker deutscher Männer Chor,
> So dring aus jedem frohen Munde
> Die Seele zum Gebet hervor.
>
> Wem soll der erste Dank erschallen,
> Dem Gott, der groß und wunderbar,
> Aus langer Schande, Nacht uns allen
> In Flammen aufgegangen war.
>
> Der unserer Feinde Macht zerblitzet
> Und unsere Kraft uns schön erneut,
> Dem Gott, der auf den Wolken sitzet
> Von Ewigkeit zu Ewigkeit.

Diese Worte rissen auch mich zur höchsten Begeisterung hin und die Stunde, in der ich sie mit so vielen Jünglingen sang, die bereit waren, alle ihre Kräfte dem Vaterlande zu weihen und wenn es sein sollte, ihm auch ihr Leben zu opfern, ist nie aus meinem Gedächtnis, nie aus meinem Herzen geschwunden. Glücklich, wer diese Zeit des Aufschwungs erlebte."

An der Spitze der Burschenschaft standen junge Männer gereifteren Alters, wie Karl Horn, Riemann, Scheibler, welche die letzten Kriege mitgemacht hatten, viele unter ihnen im Besitz des eisernen Kreuzes, alle über die Kindereien des ehemals herrschenden Penalismus der deutschen Studentenschaft hinausgewachsen und ernsten Willens, auch die letzten Überbleibsel desselben noch zu beseitigen. So gab es immer noch auf manchen Hochschulen, wie z. B. in Breslau, das sogenannte Brennen der Brandfüchse, das mit einer ganz mittelalterlich anmutenden Barbarei ausgeübt wurde. Es wurde den jungen Leuten auf dem ganzen Kopf herumgesengt und der brennende Fidibus dann auf der Backe gelöscht, so daß die unglücklichen Opfer dieser kindischen Brutalität nachher mit Brandblasen bedeckt waren. Mit allen diesen penalistischen Velleitäten sollte gebrochen und ein neues Studentenleben auf den Grundlagen des Christentums und des Deutschtums gegründet werden, Forderungen von unbestimmter Natur, deren unklare Fassung in der allgemeinen Schwärmerei jener Zeit den Gründern und ersten Mitgliedern der Burschenschaft wohl nicht zum Bewußtsein gekommen ist. Sie gaben sich den schönsten Hoffnungen hin und veranstalteten am 12. Juni 1815 in Jena einen feierlichen

Umzug, der ihrem jungen Unternehmen die Weihe der Begründung gab. Der Erfolg war mit ihnen, ein Jahr darauf schon waren die übrigen Verbindungen, die in Jena noch bestanden hatten, aufgelöst und in dem neuen Bunde aufgegangen. Zu ihren Farben wählte die Burschenschaft schwarz-rot-gold. Man hat gestritten über die Veranlassung, die zur Wahl dieser Farben geführt hat; Treitschke hat es höchstwahrscheinlich gemacht, daß sie gewählt wurden, weil es jene des gefeierten Lützowschen Freikorps waren und zwei von den drei Stiftern unter den Lützowern gedient hatten. Seien es nun die Farben von Lützows wilder verwegener Jagd oder wie andere wollen, jene eines früheren Korps Vandalia, auf das Panier schwarz-rot-gold haben fortan die besten deutschen Patrioten ein Menschenalter hindurch alle ihre Hoffnungen gesetzt, es verkörperte dem liberalen Deutschland die Einheit und die Freiheit zugleich, es wurde, wie Treitschke so schön sagt: „Die Trikolore, die ein halbes Jahrhundert die Fahne der nationalen Sehnsucht blieb, die so viel Hoff-

Geißler   Aquarell
„Der neue Altteutsche"
Berlin, Lipperheide-Sammlung der
Bibliothek des Kunstgewerbe-Museums

nungen, und so viel Tränen über Deutschland bringen sollte."

Die erste Gelegenheit, in eine weitere Öffentlichkeit hinauszutreten, gab der Burschenschaft das Reformationsjubiläum des Jahres 1817, welches der etwas unklaren Schwärmerei der Jugend gewissermaßen eine feste Handhabe der Betätigung darbot. Mit der Erinnerung an Luthers befreiende

Tat, die er dreihundert Jahre zuvor auf dem Gebiet des Geistes vollbracht, klang jene an die eben erst vollzogene politische Befreiung in einem Jubelton zusammen. Der Plan, ein allgemeines Verbrüderungsfest aller deutschen Burschen zu feiern, dessen Idee wohl auf Jahn zurückzuführen ist, gewann feste Gestalt und der 18. Oktober 1817, der Jahrestag der Leipziger Völkerschlacht, wurde zur Ausführung bestimmt. Der Schauplatz, für den die Wartburg gewählt wurde, vereinte mit dem Vorzuge der lebendigsten Erinnerung an Luther alle Reize einer landschaftlich schönen Natur und eine ziemlich zentrale Lage zwischen den Universitäten von Jena, Gießen, Marburg und Erlangen, woher Mitte Oktober die Burschen in Eisenach zusammenströmten. Auch aus Heidelberg und Berlin, selbst aus Kiel kamen Gäste, so daß die Gesamtzahl derer, die sich an dem Feste beteiligten, wohl gegen 500 betragen haben mag. Die Festtage verliefen, wie Heinrich Leo in den Erinnerungen an seine Jugendzeit berichtet, wie ein einziger Freudenrausch.

Ein herrlicher Oktobermorgen brach an, als die begeisterte Schar, die Träger von Burschenschwert und Burschenfahne voran, zur Wartburg aufbrach, um an der Stelle, welche der Aufenthalt des großen Reformators geweiht hatte, in Reden und Gesängen ihre himmelstürmende Begeisterung auszutoben. Choräle, Freiheitslieder und Vorträge mahnten die Burschen zum Streben nach jeglicher menschlichen und vaterländischen Tugend. In der Verquickung von Religion und Politik trat vielfach ein mystisch-demokratischer Zug hervor, wie ihn Karl Sand in seiner Festschrift ausgesprochen, als er die Burschen mahnte, eingedenk zu sein, daß sie allzumal durch die Taufe zu Priestern geweiht, alle frei und gleich seien. Dem Überschwang brausenden Hochgefühls, in dem die begeisterte Schwärmerei der Jugend sich erging, tat es natürlich auch keinen Eintrag, daß sich beim Festmahl die völlige Unzulänglichkeit der getroffenen Anstalten für Küche und Bedienung zeigte. Nach langem vergeblichen Warten entschlossen sich einige besonders Eifrige oder besonders Hungrige selbst für sich zu sorgen und da andere ihrem Beispiel folgten, so artete das Festmahl in eine in aller Freundschaft geführte Schlacht aus, bei der die einen das Brot, die anderen das Kraut, dritte die Würste, vierte den Senf eroberten und sich damit zufrieden geben mußten. Einige besonders religiös Veranlagte nahmen im Lauf des Nachmittags das Abendmahl, aber da die Reden, die Gesänge und das Trinken den Köpfen stark zugesetzt hatten, so wurden einige von ihnen, unter anderen Herr von Plehwe, von der ernsten Feier so ergriffen, daß sie das heulende Elend überwältigte.

Am Abend des 18. Oktober folgte dann jener Akt, der, wie die Augenzeugen versichern, so gut wie unbemerkt vorüberging, der aber in weiten Kreisen soviel böses Blut machen und den Gegnern das Signal der Verfolgung geben sollte, die Verbrennung der mißliebigen Bücher. Auf dem Wartenberge im Angesicht der Wartburg brannten beim Hereinbrechen der Dunkelheit mächtige Siegesfeuer und eins derselben wurde als Autodafé benutzt. Jahn hatte den Gedanken angeregt, in Anlehnung an die von Luther vollzogene Verbrennung der Bannbulle Leo X., eine feierliche Verdammung aller unteutschen Schriften vorzunehmen; eine symbolische Handlung, die einen Präzedenzfall hatte. Am 18. Oktober 1815 hatten die Schwaben auf der Silberburg eine Siegesfeier gehalten, der Uhland beiwohnte und dabei die bayerische Allemannia, eine unbeliebte Zeitung, den Flammen übergeben. Trotz des Widerspruchs, dem Jahns Vorschlag bei den Leitern des Festes begegnete, setzte Maßmann die kindische Komödie, anders darf man das Vorgehen doch wohl nicht bezeichnen, in Szene. Große Ballen Makulatur aus der Wesselhöftschen Druckerei in Jena stellten die zum Feuer verdammte Literatur vor und trugen als Aufschriften die Titel der Werke, denen das Urteil vermeint war. Da brannte Hallers Restauration der Staatswissenschaften neben Kotzebues deutscher Geschichte, der Code Napoléon neben den Schriften, die Scheerer und Wadzeck gegen das Turnen veröffentlicht hatten, die Schriften des Geheimrats Schmalz neben einem Kodex der Gendarmerie seines Gesinnungsgenossen von Kamptz, mit ihnen wanderten Bücher von Benzenberg, Wangenheim, Ancillon, Cölln, Cramer, Dabelow, Immermann, Jarke, Kosegarten, Reinhard, Benzel-Sternau, Zacharias Werner, Zachariae von Lingenthal und Saul Ascher in die Flammen, die auch alle übrigen „schreibenden, schreienden und schweigenden Feinde der löblichen Turnkunst" verzehren sollten. Der Inhalt der Bücher war den jungen Leuten, die sich hier als Richter aufspielten, gar nicht, oder nur vom Hörensagen bekannt, selbst Maßmann hat sich erst in den Wintermonaten 1817/18 daran gemacht, sie kennen zu lernen, als er wegen seines Tuns zur Verantwortung gezogen werden sollte. Schließlich warfen die jugendlichen Hitzköpfe noch den Schnürleib eines preußischen Ulanen, einen hessischen Zopf und einen österreichischen Korporalstock ins Feuer, denn sie wünschten in ihnen die „Flügelmänner des Gamaschendienstes, die Schmach des ernsten heiligen Wehrstandes" zu treffen. Damit war das Fest beendet, das allen Teilnehmern eine glänzende Erinnerung fürs ganze Leben blieb, das ohne die holde Jugendeselei derer um Maßmann auch ohne Mißton und ohne eine üble Wirkung für die Zukunft geblieben sein würde. Die Zeitungen aber, welche vorher schon die Aufmerksamkeit weiter Kreise auf diese vaterländische Gedenkfeier hingelenkt hatten, berichteten nun von seinem Verlauf und im Spiegel der Presse erschien den Unbeteiligten als Hauptsache, was doch nur der Ausfluß des Übermuts einer kleinen Gruppe gewesen, ja, was wohl an der Mehrzahl der in Eisenach Vereinigten unbemerkt vorübergegangen war. Maßmanns stolze Worte, mit denen er das Fehmgericht eröffnete: „Alle deutsche Welt schaue, was wir wollen, und wisse, wessen sie dereinst sich von uns zu versehen habe", mußten selbst Gleichgültigen bedenklich erscheinen, sicher war, daß sie die Wohlwollenden verstimmten und die Übelwollenden zur Abwehr aufriefen. Bitter genug sprach sich der Freiherr von Stein über die „Fratze auf der Wartburg" aus, und Niebuhr glaubte die Freiheit gefährdet, wenn es der Jugend so ganz an Ehrerbietung und Bescheidenheit fehlte.

In dem Federkrieg, der in Zeitungen und Flugschriften über die Wartburgfeier und ihre Berechtigung entbrannte, standen Maßmann, Carové, Frommann, Fries, Oken, Kieser, Nabe auf seiten der Burschen, Saul Ascher, Friedrich von Gentz, der Geheimrat von Kamptz und andere auf seiten der Angreifer. In dem letztgenannten Manne hatte die Burschenschaft einen Gegner auf den Plan gerufen, dessen verletzte Eitelkeit ihn zu ihrem unversöhnlichen Feind machte, einem Feind, der um so gefährlicher war, als seine Stellung ihm leider die Macht gab, seinem Haß in der skrupellosesten Weise zu frönen.

Noch hatten die Staatsmänner und Herrscher nicht vergessen, daß sie 1813 zum ersten Male seit Jahrhunderten die freie Hand verloren hatten, daß, wie Niebuhr sagt, das Volk in jener Zeit regierte. Die Obrigkeit war geschoben worden, der Volkswille hatte den Ausschlag gegeben. Das hatte man sich nun wohl oder übel gefallen lassen, solange die Regierenden ihren Vorteil dabei fanden, als aber die Begeisterung nach wiederhergestellter Ordnung nicht abflauen wollte, eine hoch-

Sales. Kaiserin Karoline von Österreich, geb. Prinzessin von Bayern
Ölgemälde. München, Neue Pinakothek

patriotische Stimmung innerhalb der Jugend die herrschende blieb, begann das Mißtrauen sich leise zu regen, die Jugend, die sich so vorlaut und aufdringlich betätigte, begann höheren Ortes recht unbeliebt zu werden. Schon das bramarbasierende Wesen, das sich auf den Turnplätzen ausbreitete und von Jahn absichtlich genährt wurde, alle die Übertreibungen in Sprache, Sitte und Gewohnheiten, die teutonisch sein sollten und doch nur rüpelhaft, bestenfalls verschroben wirkten, stimmten die ältere Generation nicht freundlich gegenüber Bestrebungen, denen sie eine überhandnehmende Verwilderung der heranwachsenden Jugend zuschreiben mußte. Hatte sich Jahn, als er im Frühjahr 1811 seinen ersten Turnplatz in der Hasenheide in Berlin eröffnete, noch der eifrigsten Förderung von seiten der Regierung zu erfreuen gehabt, hatte er selbst nach dem Feldzug seine Anstalt neu eröffnen dürfen und hatte sich das Turnwesen schnell auch in die Provinzen ausgebreitet, so begann gerade jetzt eine Opposition gegen sie hervorzutreten, die sich allerdings vorläufig nur literarisch äußerte. Heinrich Steffens, der Breslauer Professor, erhob sich in seinen

25

Schriften: „Die gegenwärtige Zeit und wie sie geworden" und in den „Karrikaturen des Heiligsten" gegen die Ausschreitungen einer Richtung, die zwar das Gute und Rechte wollte, es aber in so wunderliche Formen kleidete, daß nur Übles daraus hervorgehen könne. Ihnen schlossen sich der Oberlehrer Wadzeck, Herr von Cölln, Scheerer mit ähnlichen Arbeiten an, während Passow, Harnisch, Hauptmann von Schmehling u. a. für das Turnen schrieben und der Obermedizinalrat von Koenen aus Gründen der Gesundheitspflege sich 1817 in seinem Büchlein „Turnen und Leben" eifrig für Beförderung der Turnerei aussprach.

Wenn Treitschke einmal von Jahn sagt, daß er auch das Vernünftige nur auf närrische Weise treiben konnte, so haben dieses Urteil schon viele der Zeitgenossen des wunderlichen Heiligen vorweg genommen. Karl Immermann rechnet ihn direkt zu den komischen Figuren und nennt ihn einen Sonderling, der die Welt in die Gestalt bringen wollte, wie sie etwa ein gescheiter altmärkischer Bauer, der 10 Jahre lang studiert hat, erblicken mag, und selbst Heinrich Leo, der zu den eifrigsten Turnern gehörte, „dem kein Rock altteutsch, kein Beinkleid grobleinen, keine antikuchenleckerische Turndisziplin streng genug" war, hält Jahn doch schließlich nur für den Erzeuger einer neuen deutschen Nation eitler Schwätzer. Er faßte vor allem, wie Immermann richtig beobachtete, das Turnen, wenn es heilsam werden sollte, nicht anspruchslos genug an und gewöhnte seine Turner daran, sich für etwas ganz Apartes anzusehen. Jahn hatte seine Jugend an tönende Kraftphrasen gewöhnt und mußte nun erleben, daß man die großen Schlagworte des Turnerjargons für Ernst nahm und hinter den bramarbasierenden Heldenmenschen mehr suchte, als bloße Kraftmeierei.

Nun hatte das Wartburgfest mit einem Male Turner und Burschen in den Brennpunkt des öffentlichen Interesses gerückt, die jungen Helden konnten sich sogar etwas darauf einbilden, daß Friedrich v. Gentz, einer der bedeutendsten Staatsmänner jener Zeit und einer der glänzendsten deutschen Stilisten aller Zeiten, sie zum Gegenstande seiner Angriffe im Österreichischen Beobachter machte. Die Kabinette wurden mobil, Metternich und Hardenberg überhäuften den Herzog Karl August „den Altburschen", wie ihn Gentz spitzig nennt, mit Vorwürfen über die Zügellosigkeit der studierenden Jugend in Jena. König Friedrich Wilhelm III. ließ feststellen, welche preußischen Staatsangehörigen dem Feste beigewohnt hatten, und wenn auch die Prozesse gegen die Professoren Fries und Oken, welche für die angegriffenen Studenten lebhaft Partei ergriffen hatten, kein Resultat ergaben, wenn selbst der Geheimrat v. Kampz, der den Umstand, daß sein Kodex der Gendarmerie verbrannt worden war, gern zum Majestätsverbrechen aufgebauscht hätte, da das Buch ja nichts enthielt, als eine Sammlung landesfürstlicher Verordnungen, vorläufig nichts durchsetzte, so war doch das Mißtrauen in den Kreisen der

Gottfried Schadow   Zeichnung   Frauenbildnis

Regierungen erwacht und um so weniger zu beschwichtigen, als verschiedene Vorfälle dem im Dunkeln tappenden Verdacht immer neue Nahrung zuführten. In den Sommertagen 1818 entstand in Göttingen aus einem anfänglich sehr harmlosen Vorfall, den Hoffmann v. Fallersleben miterlebte, ein größerer Auflauf. Ein Metzger hatte ein Kind umgerannt und dann einen zu Hilfe springenden Studenten geohrfeigt. Der Hofrat

Stieler. Königin Amalie v. Griechenland, geb. Prinzessin v. Oldenburg
Ölgemälde. München, Neue Pinakothek

Freiherr v. Falck, Kurator der Universität, ließ Husaren kommen, die von den Studenten geneckt und verhöhnt, schließlich in brutaler Weise dreinhauten. Da beschloß die Studentenschaft einen Auszug nach Witzenhausen, den sie auch ausführte und die Universität einige Tage ihrer Hörer beraubte. In Heidelberg und Tübingen kam es zu ähnlichen Schlägereien und es war nicht zu verwundern, daß höheren Ortes das rein zufällige Zusammentreffen dieser Szenen von Unbotmäßigkeit als ein gefährliches Symptom des auf den Universitäten herrschenden revolutionären

Geistes erschien. Je größer das Aufsehen war, das alle diese Vorfälle erregten, je mehr sich die öffentliche Meinung mit diesen Dingen beschäftigte, desto mehr wuchs auch das Selbstgefühl der jungen Burschenschafter.

Ein Jahr nach dem Wartburgfeste trat im Jahre 1818 in Jena ein Burschentag zusammen, der die bisher auf Jena beschränkte Genossenschaft über alle Universitäten deutscher Zunge auszubreiten beschloß. Es bildeten sich denn auch burschenschaftliche Verbindungen an den Universitäten in Marburg, Leipzig, Göttingen, Erlangen, Würzburg, Kiel, Rostock, Bonn, Gießen, Halle und Heidelberg, ferner an den Forstlehranstalten Fulda, Aschaffenburg und Dreißigacker, ja, sie griffen selbst auf manche Gymnasien über, so in Altenburg, Zwickau, Plauen, Hof und Bayreuth. Die jungen Leute, welche die Bedeutung ihrer Genossenschaft wohl überschätzen mußten, je größer sie die Mitgliederzahl derselben trotz aller Anfeindungen werden sahen, begannen sich als berufene Vertreter des Volkes oder der Völker zu fühlen, im Gegensatz zu den Fürsten, welche den

Deutschen Bund nur zur Wahrung ihrer gegenseitigen Interessen ohne Rücksicht auf ein einiges Deutschland gegründet zu haben schienen; die Burschenschaft fing allmählich an, einen demokratischen Charakter anzunehmen.

Diese Umwandlung wurde herbeigeführt durch die wachsende Unzufriedenheit mit der Haltung der Regierungen und unterstützt durch eine kleine Gruppe von Studierenden, die sich innerhalb der großen Burschenschaft um die Brüder Follen in Gießen scharten. Es waren drei Brüder Karl, August Adolf und Paul, deren ungewöhnliche Persönlichkeiten wohl dazu angetan waren, der Jugend zu imponieren und sich zu ihren Führern aufzuschwingen. Friedrich Münch, ehemals Pfarrer, dann Pflanzer in Amerika, ein Altersgenosse und Freund der drei, hat ihnen in seinen Erinnerungen ein schönes Denkmal gesetzt und zumal die Persönlichkeit von Karl Follen, des ältesten unter ihnen, mit den glänzendsten Farben geschildert. Groß, schlank, bildschön stand Karl Follen, der 1796 geboren war, damals in der Blüte der Jahre, und wenn er schon durch sein Äußeres und durch die Harmonie seines ganzen Wesens bestach, so wußte er durch die Eigenschaften seines unbeugsamen Charakters und seine schwärmerische Gesinnung die Jünglinge seines Kreises vollends an sich zu fesseln. In dem ganzen Menschen, schreibt Münch, war etwas so Edles, solche Ruhe, Kraft und Entschiedenheit, ein beinah stolzer Ernst, daß er unbewußt allen die größte Hochachtung einflößte. „Ich habe nie und nirgend seinesgleichen gesehen an Sittenreinheit und edlem Betragen." Er ließ sich angelegen sein, den rohen Korpskomment und Kommersgeist der Studenten zu beseitigen, um ein brüderliches Zusammengehen in edler Sitte an dessen Stelle zu setzen. Zu diesem Zwecke arbeitete er einen Ehrenspiegel aus, den die jungen Männer als Richtschnur für ihr sittliches Betragen ansehen sollten. Er versuchte, seinen Jüngern einzuprägen, daß der einzelne die höhere Bedeutung für sein Leben nur als Mitglied seines Volkes gewinnen könne. Indem er betonte, daß dieses Volk gebildet und frei sein müsse, indem er in seinen Reden und Gedichten die Ausdrücke: Volk und Volksfreiheit geradezu wie geheiligte Worte gebrauchte, vertauschte er fast unmerklich das verschwommene teutonische Ideal mit dem vorläufig noch ebenso verschwommenen demokratischen. In seinen hochpathetischen Gedichten sang er z. B.:

Horcht auf, ihr Fürsten!
Du Volk, horch auf!
Freiheit und Rach' in vollem Lauf,
Gottes Wetter ziehen blutig herauf!
    Auf, daß in Weltbrands Stunden
    Ihr nicht schlafend werdet gefunden!

Reiß' aus dem Schlummer dich, träges Gewürme
Am Himmel, schau auf, in Gewitterspracht
Hell aufgegangen dein Todesgestirne!
    Es erwacht,
    Es erwacht,
Tief aus der sonnenschwangern Nacht
In blutflammender Morgenwonne,
    Der Sonnen Sonne,
    Die Volkesmacht!
Spruch des Herrn, du bist gesprochen,
Volksblut, Freiheitsblut, du wirst gerochen,
Götzendämmerung, du bist angebrochen.

und füllte die Seelen der exaltierten Jünglinge durch den hochstrebenden Schwulst seiner in phantastischen Bildern schwelgenden Poesie mit unklarem, aber um so leidenschaftlicheren Zorn gegen Königtum und Tyrannen, denen er selbst die herzlichste Verachtung zollte. Er führte den Kreis der Burschenschaft, den er beherrschte, allmählich ganz in das Fahrwasser seiner eigenen radikalen Ideen und ersetzte die unklare Hinneigung zu einem ganz unbestimmt gestalteten einigen Deutschland durch die Chimäre einer deutschen Republik. In Gießen hatten die Follenschen Anhänger nach ihren teutschen Röcken den Namen, die „Schwarzen" erhalten. Als Karl Follen 1818 nach Jena übersiedelte, um an der Universität zu dozieren, sammelte sich aus der großen Menge der Burschenschafter wieder ein kleinerer Kreis um ihn, der sich die „Unbedingten" nannte, weil sie nämlich unbedingt dem sogenannten Messer- und Gabel-Grundsatz huldigten, d. h. Dolch und Eid für das Vaterland bereit halten wollten. Dieser Kreis erbaute sich an den Utopien, welche ihr Prophet auf dem schwankenden Grunde allgemeiner Freiheit, Gleichheit und Brüderlichkeit errichtete, und schwärmte im Nebel von Kraftphrasen, die sich im Weißfeuer des radikal überhitzten Patriotismus schließlich zu blutigen Drohungen von Mord und Todschlag steigerten. Sie sangen aus Karl Follens Liedern:

Auf! ihr Glocken dieses festen Turmes,
Bruderstimmen, auf! stimmt mächtig an!
Schlagt im Weh'n des Liedersturmes,
Freiheitsflammen, himmelan!
Bundesflammen himmelan!
    Heran! heran! heran!

Preis zuerst Dir, höchster Hort und Retter,
Vater, der uns frei und selig macht;
Dein Panier, dein heilig' Wetter
Leucht' uns vor in Nacht und Schlacht,
Bis Zwinguri niederkracht!
    Hurra! hurra! hurra!

Auf! ihr Säulen eines Bruderdomes,
Schützet eures Volkes Altarflamm'!
Quellen eines Freiheitstromes,
Niederreißt der Bosheit Damm,
Der Gewaltherrn ganzen Stamm!
    Hinan! hinan! hinan!

Steig' aus uns'res Blutes Morgenglanze,
Glüh'nde Volkessonn', in alter Pracht!
In des Reiches Sternenkranze
Steig' aus uns'res Todes Nacht,
Freistaat, Volkes Gottesmacht!
    Empor! empor! empor!

Sie begrüßten das neue Jahr mit den schönen Strophen desselben Dichters:

Freiheitsmesser gezückt!
Hurra! den Dolch durch die Kehle gedrückt,
Mit Purpurgewändern
Mit Kronen und Bändern
Zum Rachealtar steht das Opfer geschmückt.

oder hielten sich an die „Stimmen aus dem Volke":

O Freiheit, Maienwonne,
Braut meiner Seele, meiner Sonnen Sonne,
Wenn du von diesem Eiland
Des Weltenmeers
Entschwebst zum Weltenheiland!

Menschenmenge, große Menschenwüste,
Die umsonst der Geistesfrühling grüßte,
Reiße, breche endlich altes Eis!
Stürz in starken stolzen Meeresstrudeln
Hin auf Knecht und Zwingherrn, die dich hudeln,
Sei ein Volk, ein Freistaat, werde heiß!

Man wird solche Kindereien nicht zu überschätzen brauchen. Vom tändelnden Spiel
mit so blutrünstigen Gedanken bis zur Ausführung pflegt ein weiter Weg zu sein. Diese
Zeit und diese Generation erging sich nicht ungern in der Vorstellung des Meuchelmordes, welcher die eigene Person in eine so interessante romantisch anmutende Beleuchtung
rückte. Wie zu Zeiten Heinrichs v. Kleist in den Berliner Salons mit Vorliebe der
Gedanke erörtert wurde, Napoleon zu ermorden, so war noch einige Jahre später, wie
Immermann erzählt, ein allgemeiner Gesprächsgegenstand unter jungen Leuten, wie man
es wohl anfangen könne, den Korsen zu töten, ja, der dreizehnjährige Arnold Ruge
schwört in der Buchenlaube des Pfarrgartens zu Langenhanshagen, den französischen
Kaiser mit eigener Hand zu erstechen, falls er nochmals Deutschland unterjochen werde.
Selbst in der Partheyschen Kinderstube entbrannte der Streit, ob Fritz, Gustav oder
Lilli Napoleon mit eigener Hand erstechen solle, um das Vaterland zu retten, eine Ehre,
welche sich die zehnjährige Lilli auf keinen Fall rauben lassen wollte. Als Heinrich Leo
in Berlin den Turnvater Jahn besucht, gibt ihm dieser Anweisung im Führen des Dolches und rät ihm, sich in jedem Orte, den er besuche, zuerst aller Durchgänge zu versichern,
damit er sich retten könne, wenn er einmal flüchten müsse.

So wollte auch Karl Follen die für die Freiheit begeisterten Jünglinge durch einen
feierlichen Akt zu ihrem Märtyrerberuf einweihen und einen unlösbaren Bund von Todes-
brüdern unter ihnen stiften, ein Gedanke, der direkt aus der Schauerromantik der Rit-
ter- und Räuberromane geboren zu sein scheint und ungefähr so ernst zu nehmen war,
wie der Plan, den August Adolf Follen ausgeheckt hatte, auf dem Schlachtfelde von Leipzig eine Massenversammlung zu halten und die Republik zu proklamieren. Dann war
nichts mehr zu tun, als das Volk unter die Waffen zu rufen, den Fürsten das Handwerk
zu legen, und die Verfassung, die der junge Heißsporn bereits in der Tasche hatte, einzuführen. Man disputierte darüber, ob nicht immer schon ein Anfang mit der Befreiung
gemacht und vielleicht Kaiser Alexander von Rußland kalt gemacht werden könnte. Die
Gelegenheit schien günstig, als er im Herbst 1818 Jena auf der Durchreise berührte, die
Frage wurde vorsichtigerweise aber erst aufgeworfen, als der Herrscher schon wieder abge-
reist war. Vorläufig bewiesen die jungen Himmelstürmer ihren Mut nur in gelegent-

Franz Krüger. Bildnis der Herzogin Friederike von Anhalt-Deſſau, geb. Prinzeſſin von Preußen. Olgemälde. Berlin, Schloß

licher Unart. So brachte der unbedingt betrunkene Jens Uwe Lorenſen in Gegenwart des Herzogs von Meinigen ein Pereat auf die Dreißig oder Dreiunddreißig (deutſchen Fürſten) aus, und es würde wohl aus dem Kreiſe der Unbedingten heraus nie zu größe-rem Frevel gekommen ſein, hätte nicht das Unglück den Burſchenſchafter Karl Ludwig Sand in die Nähe Karl Follens geführt. Im Kopfe dieſes eigenſinnigen und beſchränk-ten Menſchen ſchlugen die Theorien von der Befreiung des Volkes um jeden Preis nur zu feſte Wurzeln und vereinigten ſich mit chaotiſch durcheinander wirbelnden Vorſtellungen

Franz Krüger. Varnhagen von Enfe. Handzeichnung
Berlin, Nationalgalerie

von Chriftentum, Vaterland, Heldenmut und Opfertod zu der firen Idee, Gott habe
ihn als Werkzeug ausgewählt, Großes zu tun für fein Volk. Von diefem Gedanken
erfüllt, verließ er Jena, um, wie er fich in einem zurückgelaffenen Briefe an die Burfchen-
fchaft ausdrückte, Volksrache zu üben. Alfo richtete er feine Mordpläne gegen Metternich oder Gentz oder Haller, gegen Kamptz oder Schmalz? Mit nichten, er erftach den
Poffenfchreiber Auguft von Kotzebue. Es wäre zu verftehen, wenn in dem pathologifchen
Hirn diefes jungen Fanatikers der Gedanke gereift wäre, den Träger der Reaktion oder
einen ihrer begabteften Wortführer umzubringen, aber daß er feinen Mordftahl gegen

einen Mann richtete, deffen literarifche Qualitäten von den Wiffenden ebenfo gering ge-
fchätzt wurden, wie die Eigenfchaften feines Charakters, das beweift die ganze kopflofe
Torheit eines Narren, die Verblendung des Fanatikers, der fich in der einfeitig verfchro-
benen Richtung feines Denkens nicht klarzumachen verftand, daß die geplante Großtat
auf nichts als einen mit Feigheit und Hinterlift ausgeführten Meuchelmord hinauslief,
daß fie ein gemeines Verbrechen, ja fchlimmer als das, daß fie eine große Dummheit war.

August von Kotzebue, der feit Jahrzehnten die deutfche Bühne mit feinen Trauer-
und Luftfpielen beherrfchte, hatte nach dem großen Kriege feinen Wohnfitz in Weimar
aufgefchlagen und galt als Spion im Solde Rußlands, feit es bekannt war, daß er
regelmäßige Berichte über deutfche Literatur und die deutfche öffentliche Meinung, foweit
fie in Zeitfchriften zu Worte kam, nach Petersburg fende. Er wurde um fo heftiger angefeindet und verdächtigt, als das literarifche Wochenblatt, welches er felbft herausgab,
fich der befonderen Förderung des Fürften Metternich erfreute. In beftändige Streitigkeiten mit den Jenenfer Profefforen Oken und Luden verwickelt, war er durch den Umftand, daß eine feiner für Petersburg beftimmten Korrefpondenzen zufällig in Ludens
Hände fiel und von diefem entftellt veröffentlicht wurde, als Vaterlandsverräter öffentlich
gebrandmarkt worden und hatte fich dadurch fchließlich genötigt gefehen, feinen Aufenthalt
in Weimar aufzugeben und nach Mannheim zu ziehen. Den Burfchenfchaftern galt er
feit jener Zeit als verfehmt und erfchien ihnen neben Kamptz und Schmalz geradezu als
das böfe Prinzip felbft. Kotzebue war zweifelsohne ein übler Patron, politifch aber völlig
ohne Einfluß, es mußte jedermann einleuchten, daß Leben oder Tod diefes Mannes für
das deutfche Volk gleich bedeutungslos waren. Man wird fchon deswegen bezweifeln
dürfen, daß Karl Follen um die Abficht Sands gewußt hat, ein Mann von fo überlege-
nem Denken wie er hätte diefe Tat, die nur Schaden und niemand Nutzen bringen
konnte, ficher verhindert. Ohne feine Freunde einzuweihen, einig mit feinem Gott und
fich, verließ Sand am 9. März 1918 Jena und wanderte nach Mannheim, wo er fich
am 23. März bei Kotzebue melden ließ. Arglos trat ihm diefer entgegen, um nach einigen
Worten der Begrüßung mit dem Ausruf: „Hier, Du Verräter des Vaterlandes“ durch
drei Dolchftöße niedergeftreckt zu werden. Als er am Boden lag, ftürzte fein kleiner
Sohn, der fich in das Zimmer gefchlichen hatte, fchreiend über die Leiche des Vaters.
Sand ergriff eine andere Waffe, die er fein kleines Schwert nannte, und ftieß fie fich
in die Bruft, dann verließ er das Haus, kniete auf der Straße nieder und ftieß fich das
kleine Schwert wiederholt in die Bruft, indem er ausrief: „Ich danke Dir, Gott, für
diefen Sieg!“ Als er verhaftet wurde, rief er: „Hoch lebe mein deutfches Vaterland
und im deutfchen Volke alle, die den Zuftand der reinen Menfchheit zu fördern ftreben.“
An der Leiche Kotzebues hatte er ein Schriftftück verloren, nach anderen hatte er es

Rud. von Alt. Des Künstlers Schwester
Aquarell

einem Diener übergeben, welches er eigentlich mit seinem Dolche hatte an die Tür heften wollen. Es war betitelt: Todesstoß dem A. von Kotzebue und lautete: „Ein Zeichen muß ich Euch geben, muß mich erklären gegen diese Schlaffheit, weiß nichts Edleres zu tun, als den Erzknecht und das Schutzbild dieser feilen Zeit, Dich Verderber und Verräter meines Volkes A. von Kotzebue niederzustoßen." Schwer verwundet wurde er festgenommen, er hatte sich die Lunge verletzt und nach einem äußerst schmerzhaften und langwierigen Krankenlager, dessen Leiden er mit größter Ergebung, Geduld und Sanftmut ertrug, wiederhergestellt. Der Prozeß, dessen monatelange Untersuchung keinerlei Beweise für die Mitschuld anderer ergaben, führte erst nach Verlauf von einem Jahre zu einem Todesurteil und zur Hinrichtung des Mörders, der in all der Zeit seine Tat keinen Augenblick bereut hatte, und niemand bedauerte, als Kotzebues Familie. Die Teilnahme für Sand war außerordentlich groß. Als der Gerichtsarzt Chelius aufgefordert worden war, ein Gutachten darüber abzugeben, ob Sand die Hinrichtung aushalten könne, hieß es, Frau von Chelius habe ihrem Sohne ihren Fluch angedroht, wenn er die Frage bejahen würde. Am 20. Mai 1820, früh halb sechs Uhr, wurde er mit dem Schwerte gerichtet und sühnte, wie er gewollt hatte, seine Untat mit dem eigenen Leben. Um die mit dem Blut des Märtyrers bespritzten Hobelspäne riß man sich, wie um Reliquien, und

Fröhlich. Hoffmann von Fallersleben. Handzeichnung
Berlin, Lipperheide-Sammlung des Kunstgewerbe-Museums

noch lange Jahre nachher hieß der Platz, auf dem das Schafott errichtet gewesen:
„Sands Himmelfahrtswiese". Aus den Brettern und Balken des Schafotts erbaute sich
der Scharfrichter Braun, der die Verehrung des Delinquenten durch seine Zeitgenossen
völlig teilte, und über dem Gedanken, daß er einen so frommen und edlen Menschen habe
hinrichten müssen, schwermütig wurde, ein Häuschen in seinem Weinberg in Heidelberg,
und Georg Weber berichtet, wie die Burschenschafter dieser Universität dort noch viele
Jahre später heimlich zusammenzukommen pflegten. Als Karl Rosenkranz in den zwanziger Jahren in Heidelberg studierte, fand er noch überall Bildnisse von Sand, Darstellungen von Kotzebues Ermordung, Sands Hinrichtung usw.

Geradezu ungeheuer war die Aufregung, welche die Tat in Deutschland hervorrief. Schleiermacher schrieb z. B. vier Wochen später an Henriette Herz: „Bei uns ist alles erstaunlich ruhig, bis auf den toten Kotzebue, der spukt und tobt ganz gewaltig herum und wenn sich ein paar Leute zanken, hat er sie gehetzt." Es ist merkwürdig und charakteristisch für die Zeit, daß der Mord, den hier ein junger Mann von 24 Jahren heimtückisch an einem Mann von 59 beging, weitesten Kreisen der Bevölkerung als eine Heldentat erschien. Vielleicht zollte man den Hinterbliebenen des Opfers sein Mitgefühl, des Ermordeten selbst wurde nur mit Geringschätzung gedacht. Schleiermacher schrieb an Arndt: „Es kann keine Hölle für Kotzebue geben, wenn er weiß, welchen Lärm sein Tod auf dieser armen deutschen Erde macht, denn seligeres Futter gibt es nicht für seine Eitelkeit." Der leidenschaftliche Görres erblickte in der Ermordung Kotzebues nur das Verdammungsurteil, welches eine neue bessere Generation über die ältere schlechte, der undeutschen, unsittlichen und unchristlichen Frivolität und charakterlosen Niederträchtigkeit ausspreche. Der Theologe Professor de Wette in Berlin richtete an Sands Mutter, die in ihrem Sohn einen großen Märtyrer erblickte, einen öffentlichen Trostbrief, der fast einer Beschönigung des Meuchelmordes glich und dem Schreiber seine Absetzung eintrug. Man fand die Tat so schön, daß man sie durch die Entschuldigung mit der pathologischen Anlage des Verbrechers zu entweihen meinte. Der Psychiater Grohmann führte in einem Artikel von Nasses medizinischer Zeitschrift aus: „Sands Tat hätte nur die äußere, scheinbare Form des Meuchelmords; es war eine offene ausgemachte Fehde, es war die Tat eines bis zum höchsten Grade der Moralität, der religiösen Weihe erhöhten und verlebendigten Bewußtseins." Die Vergleiche mit Tell, Brutus, Timoleon, schrieb Friedr. von Raumer an Solger, scheinen zu gering für Sand. Der Konrektor Kirchner in Stralsund hielt seinen Gymnasiasten, unter denen sich auch Arnold Ruge befand, eine flammende Rede über den heldenmütigen Jüngling Sand. „Es war eine unbeschreibliche Aufregung", schreibt Heinrich Ranke, „die lange Zeit kein anderes Gespräch als über die geheimnisvolle Tat und ihre möglichen Beweggründe aufkommen ließ. Es konnte nicht fehlen, daß unter jungen Leuten, die sich täglich mit den Schriftstellern des Altertums beschäftigten, die Sache auch in das allgemeine bezogen und bis zu der Frage fortgeführt wurde, ob eine Tat wie die des Brutus oder der Charlotte Corday an sich unbedingt zu verdammen sei. Ich erinnere mich eines solchen Gesprächs, bei dem mein Bruder Leopold sich erhob und das Wort sprach: Du sollst nicht töten! Das ist Gottes Gebot. Dawider ließ sich nichts einwenden, aber das Mitleid mit dem verirrten Jüngling, der die Morgenröte des Vaterlandes heraufzuführen, gleichsam zu wecken meinte, indem er den Dolch ergriff, war damit noch nicht vertilgt und wenigstens das schien der Anerkennung wert, daß er dem, was er in seiner Verirrung für gut hielt, das Glück des

Domenico Quaglio. Nordostseite der Residenz in München, 1828. München, Neue Pinakothek

ebens, und sogar das Leben selbst geopfert hatte. In dieser Beziehung schien er an der
Seite der Tapferen zu stehen, die sich in den Kampf stürzten, ohne den Tod zu fürchten."
Der turnerischen Jugend galt Sand als Held, als ein Märtyrer wie Harmodios, der
ein Leben für die Bestrafung eines Verräters einsetzt. Sein mit Eichenlaub bekränztes
Bildnis hingen sich die Prenzlauer Schüler, wie Adolf Stahr erzählt, neben das von
Jahn über ihre Betten und auch in den Familien war die Stimmung dem schönen
jungen Menschen, den die Frauen bemitleideten, sehr günstig. Fanny Lewald sah als
Kind sein Bild auf Tassen, Pfeifenköpfen, Tabaksdosen und hörte die Erwachsenen sagen, sein Name werde auf die Nachwelt kommen wie der anderer Heroen und Märtyrer.
In Berlin, meint Karl Gutzkow, trugen von hundert Rauchern gewiß fünfzig das gemalte Bild Sands auf ihren Pfeifenköpfen. Die Schrift, welche der Untersuchungsrichter von Hohnhorst 1820 über die gegen Sand geführte Untersuchung herausgab,
durfte erst mehrere Jahre später im Buchhandel erscheinen, so sehr glaubte man die Aufregung der Bevölkerung fürchten zu müssen. Am größten war die Überraschung natürlich
im Sitz der Burschenschaft selbst. An dem Nachmittag, als die Nachricht von Sands
Tat nach Jena kam, schreibt Heinrich Leo, hätte man in der Aufregung, die durch die Tat

entstand, leicht ganze Scharen von Meuchelmördern für scheinbar große Zwecke auftreiben können, und noch mehrere Tage hielt diese Stimmung an. Karl Follen schlug nichts Geringeres vor, als nach Mannheim zu ziehen, die Stadt an allen vier Ecken anzuzünden und den Märtyrer zu befreien, wozu sich indessen niemand bereit finden wollte. Friedrich von Gentz, der ohnehin seit der Ermordung Kotzebues in zitternder Angst lebte, erhielt einen Drohbrief, er sei der Ehre, durch den Dolch zu sterben, gar nicht wert, ihm sei Gift bereitet als einem Verräter des Vaterlandes. Es sei dahingestellt, ob dieses Schreiben nicht bloß eine Mystifikation Metternichs war, dem es das größte Vergnügen bereitete, seinem hasenfüßigen Mitarbeiter einen Schrecken einzujagen. So hatte er nach der Rückkehr Napoleons von Elba Gentz fast den Tod zugezogen durch ein fingiertes Manifest des Korsen, in dem ein Preis von vielen tausend Dukaten demjenigen verheißen wurde, der ihm den pp. Gentz lebendig oder tot einliefern würde. Diese Proklamation hatte er in das Exemplar der österreichischen Staatszeitung schmuggeln lassen, welches Gentz morgens beim Frühstück zu lesen gewohnt war, und seine Absicht auch völlig erreicht; der Fürst und alle in diesen Spaß Eingeweihten erlebten mit innigstem Vergnügen eine wahre Explosion der Todesfurcht bei dem genialen aber nervösen Diplomaten. Geradezu ergötzlich in dieser Beziehung sind die Briefe, welche Gentz aus Gastein

Michael Neher. Die ehemalige Residenz in München, 1843
Ölgemälde. München, Neue Pinakothek

an Herrn von Pilat gerichtet hat, er hört, daß ein fremder junger Mann angekommen sei und wagt infolgedessen tagelang nicht auszugehen, bis sich die Harmlosigkeit des Reisenden herausgestellt hat. Einen ähnlich schlechten Spaß erlaubten sich in diesen aufgeregten Tagen Studenten der Berliner Universität mit ihrem Rektor. Eine große Anzahl derselben begab sich in die Wohnung des Professors, ihre finsteren Mienen und düstere Haltung verkünden Unheil, der ängstliche Mann will sie nicht empfangen, sie lassen sich aber nicht abweisen, dringen geradezu mit Gewalt ein, verfolgen den Erschreckten von Zimmer zu Zimmer, bis er sich schließlich voller Angst ins Bett flüchtet. Da heitern sich ihre Gesichter auf, sie entschuldigen sich höflich, den verehrten Mann gestört zu haben und bitten in artigster Weise um die Gewährung irgendeines ganz geringfügigen Anliegens. Die Spaßvögel hatten die Lacher, wie die Gräfin Bernstorff schadenfroh erzählt, natürlich auf ihrer Seite. Der Studiosus Siegel aus Gießen benutzte die Mordideen, die in der Luft zu liegen schienen, zu Zechprellereien, indem er umherzog und den Burschenschaftern weismachte, ihm sei die Ermordung des Kurfürsten von Hessen übertragen worden, sein Anschlag sei aber entdeckt und nun müsse er flüchten. Dadurch entlockte er den gutmütigen Jungen Kleider, Wäsche und Geld.

Indessen war die Zeit zu ernst für practical jokes in diesem Stil. Schon seit dem Wartburgfeste galt der Sinn der deutschen Studentenschaft, zumal jener der Burschenschaft, den Regierungen für aufrührerisch und unbotmäßig. Mit unverhohlenem Mißtrauen betrachteten sie die Mehrzahl der Professoren, welche verdächtig wurden, der Jugend die Republik zu predigen. Als nun der an Kotzebue vollzogene Mord die Situation blitzartig erleuchtete, die Unzufriedenheit und Erbitterung zeigte, welche weite Kreise beherrschte, als die düstere Stimmung des deutschen Publikums sich in stumpfer Hoffnungslosigkeit bis zu der Täuschung verstieg, ein gemeines Verbrechen als Heldentat zu feiern, da fanden die Monarchen es doch höchste Zeit, gegen diesen Geist, der jedes sittliche Gefühl zu ertöten drohte, einzuschreiten. Schon war ja der Konflikt der Weltanschauungen, wie Adolf Stahr in Prenzlau bemerkte, bis in die Schulstube vorgedrungen. In Darmstadt, wo Gervinus zur Schule ging, parteiten sich die Knaben wie die Gießener Studenten in Schwarze und Weiße und gründeten Geheimbünde, deren Zweck es war, die Seele vom Schlafe zu wecken, damit sie dem gemeinen Dahinleben entsage und einer ihrer würdigeren Bestimmung lebe. Die Ernte schien reif, als sich kurz nach dem Attentat auf Kotzebue die Nachricht von einem neuen politischen Mordanschlag verbreitete, den nur ein Zufall nicht hatte zur Ausführung kommen lassen. Drei Monate, nachdem Kotzebue das Opfer Sands geworden war, überfiel der nassauische Apotheker Löning am 1. Juli 1819 den Präsidenten von Jbell in Wiesbaden und hätte ihn, trotzdem der erste Stoß seines Dolches fehlgegangen war, sicher ermordet, wäre nicht die

Frau des Überfallenen mit einigen Hausbewohnern ihrem Gatten zu Hilfe geeilt. Der Attentäter, den Paul Follen in Gießen zu diesem nutzlosen Verbrechen angestiftet haben soll, brachte sich im Gefängnis um, indem er die Scherben seines zerschlagenen Trinkglases verschluckte und einen qualvollen Tod den Martern eines langen Prozesses vorzog.

Im Laufe des Monats Juli fanden sich dann auf Einladung des Fürsten Metternich mehrere Staatsmänner der größeren Bundesstaaten in Karlsbad zusammen, unter ihnen die Fürsten Hardenberg und Wittgenstein, die Grafen Münster und Bernstorff, um Maßregeln zu beraten, die geeignet wären, wie Metternich sagte, die drohende deutsche Revolution zu zerschlagen, so wie er einst den Eroberer der Welt besiegt habe. Das System des österreichischen Staatskanzlers feierte in den Karlsbader Beschlüssen seine größten Triumphe, das System nämlich, welches mit der größten Hochachtung vor der Gefährlichkeit der menschlichen Intelligenz zugleich die größte Mißachtung der moralischen Menschenwürde verband. Die berüchtigten Artikel, welche Metternich hier den übrigen Diplomaten abängstigte, liefen auf eine Knechtung der öffentlichen Meinung durch verschärfte Zensur, Unterdrückung der Presse, der Universitäten und Schulen hinaus. Unter dem Vorwand, die Ruhe wieder herzustellen, die ja noch nirgend gestört war, veranstalteten die deutschen Regierungen unter österreichischer Aufsicht einen Feldzug gegen die Freiheit des Gedankens, eine förmliche Jagd auf alle, welchen die Vorstellung eines einigen und freien Deutschlands teuer war. Wie Friedrich Thiersch schrieb, sollte der düstere Geist, welcher über Österreich waltete, seine breitenden und lastenden Flügel auch über die letzten Fluren Deutschlands ausbreiten, Jesuiten nebst Aristokraten und Dienern der Despotie wurden als die einzigen Stützen des Thrones angesehen, die Wissenschaft und jede selbständige Regung auf das schmählichste gefangen. Durch ihre Maßregeln gegen Universitäten, Professoren und Studenten, gegen die Presse, gegen jedes freie Wort und jede Öffentlichkeit im Staatsleben schieden sich die Regierungen von ihren Völkern und säten ein Mißtrauen zwischen den Regierenden und den Regierten, das unausrottbar wurde. Sie haben durch Willkür und Gewalt Deutschlands politische Entwicklung jahrzehntelang aufhalten können, aber Sieger blieb doch der Gedanke. Jede ungesetzliche Reaktion gegen den Geist der Zeit pflegt ihn ja nur zu verstärken und seiner Stoßkraft eine größere moralische Wucht zu verleihen.

Durch die Zeitungen wurde ausgesprengt, was die jungen Burschenschafter, wie Heinrich Ranke, auf das tiefste bewegte, „es bestehe in der deutschen Jugend eine Verschwörung, die auf nichts Geringeres als auf eine allgemeine Umwälzung sinne, ein heimliches Fehmgericht, das die verhaßten Männer bezeichnet und Mitglieder aussende, um mit Aufopferung des eigenen Lebens das Todesurteil an ihnen zu vollziehen. Jena sei der Sitz der Verschworenen, die aber in ganz Deutschland ihre unheimlichen Verbin-

Domenico Quaglio. Das Hoftheater in München von der Rückseite, 1827
Olgemälde. München, Neue Pinakothek

dungen angeknüpft haben sollten. Man brachte die Burschenschaft und das Turnwesen, auch das Fest auf der Wartburg mit diesen schrecklichen Dingen in Zusammenhang". Es wurde in Mainz eine Zentraluntersuchungskommission gebildet, mit der die Demagogenriecher der einzelnen Bundesstaaten Hand in Hand gingen. Die Seele aller Verfolgungen war in Preußen der Geheimrat Karl Christoph Albert Heinrich von Kamptz, an dessen scharfem Vorgehen persönliche Gereiztheit und Haß gegen literarische Widersacher den Hauptanteil hatten. Man griff im Gang der Untersuchungen bis auf 1806 zurück, der Tugendbund wurde wieder hervorgesucht, um als Verschwörung gebrandmarkt zu werden, ja Kamptz scheute sich nicht, gerade die edelsten und von der Nation am höchsten geehrten Männer völlig grundlos zu verdächtigen. Er wollte Gneisenau beschuldigen, das Haupt der demagogischen Verschwörung gewesen zu sein, er suchte den Freiherrn von Stein anzuschwärzen, Schleiermacher zu bemakeln und verwickelte Jahn, Arndt, Welcker u. a. in Untersuchungen, deren Schändlichkeit und Gemeinheit nicht nur seinen Namen mit Haß und Verachtung beluden, sondern deren Odium mit voller Gewalt auf den Staat zurückfiel, der seine Diener zu solchem Vorgehen ermächtigte. Wie ein gemeiner

Verbrecher wurde Jahn ohne Gericht, ja selbst ohne den Schein des Rechtes bei nächt
licher Weile überfallen, seiner Familie entrissen und auf die Festung gebracht. Er wurde
beschuldigt, den Meuchelmord an Kotzebue gebilligt zu haben, und der Mann, der sein
ganzes Leben dem Dienst des Vaterlandes gewidmet hatte, dessen Streben auf kein anderes Ziel hinauslief, als die Jugend in rechter Liebe zu König und Vaterland zu erziehen, sah sich wie ein Sträfling von Festung zu Festung geschleppt. Man behauptete,
seine Turngesetze liefen darauf hinaus, die staatliche Ordnung zu untergraben, die Monarchie herabzusetzen, und die politische Einheit Deutschlands anzubahnen. Vorhaltungen,
von denen doch nur die letzte richtig war, und diese war nur in den Augen der Regierungen ein Vorwurf. Das frische kräftige Regen nationaler Ideen, das Jahn allerdings
zu befördern suchte, störte die Ruhe des trägen bureaukratischen Schlendrians. So
wurde denn sein Werk vernichtet, das Turnen verboten und alle Turnplätze geschlossen.
Jahns nähere Schüler wurden in Haft genommen und inquiriert. Der 14 Jahre alte
Wilhelm Wackernagel, Tertianer des Gymnasiums zum Grauen Kloster, hatte 1819 seinem Bruder Philipp in Breslau einen Brief geschrieben, in dem er vorschlug, Deutschland in 14 Kreise zu teilen. Zum Glück fiel dieser Brief der Polizei in die Hände, ehe
der Verbrecher seinen Vorsatz noch hatte ausführen können, so war Deutschland gerettet
und der Missetäter erhielt die verdiente Gefängnisstrafe. Alle die törichten und übertriebenen Redensarten des turnerisch-teutonischen Kraftjargons wurden nun ebensoviele In-
dizien für Hochverrat und Fürstenmord. Geriebene Juristen waren dem schwärmerischen
Freiheitsgefasel dieser halben Kinder gegenüber im größten Vorteil, ihre Spitzfindigkeit
wußte auch in die harmloseste Äußerung einen gefährlichen Sinn hineinzuinterpretieren.
Außerdem aber kannte die Wut der Demagogenriecher, wie Leopold Ranke damals
schrieb, keine Grenzen, „finden sie nichts, so müssen sie etwas erdichten".

Am 14. Juli 1819 wurde Arndt, der als Professor in Bonn lebte, verhaftet und
seine Papiere mit Beschlag belegt. Der Drahtzieher der Verfolgung Arndts war neben
Kamptz der Fürst Wittgenstein, welcher der täglichen Umgebung Friedrich Wilhelms III.
angehörend, während dessen ganzer Regierung einen verhängnisvollen politischen Einfluß
ausübte. Schleiermacher schrieb an seinen Schwager Arndt: „Gegen Dich mag wohl
Wittgenstein noch immer anschüren, der Deine Antipolizei nicht vergessen kann und in
Aachen gesagt haben soll, entweder Du nicht Professor oder er nicht Minister." Der Hof-
gerichtsrat Pape und Referendar Dambach, der später berüchtigt gewordene Kammer-
gerichtsdirektor, führten die Kriminaluntersuchung gegen Arndt, welche auf Angelegenheiten zurückgriff, die 15 Jahre und länger zurücklagen, und ihn über Äußerungen inqui-
rierte, die er getan, während er schwedischer Untertan war. Während das Verfahren
schwebte, veröffentlichte Kamptz in der preußischen Staatszeitung aus dem Zusammen-

Heinrich Adam. Der Max-Josephplatz in München, 1836
Ölgemälde. München, Neue Pinakothek

hang geriſſene Stellen aus Arndts Papieren, um ſeine hochverräteriſche Geſinnung zu kennzeichnen, wobei es dem Referenten paſſierte, daß er Bemerkungen, die König Friedrich Wilhelm III. 1812 an den Rand von Clauſewitz' Entwurf einer Landſturmordnung ge- ſchrieben hatte, als beſonders ſtaatsgefährlich denunzierte. Bitter beſchwerte Arndt ſich bei dem Fürſten Hardenberg über die Willkür von Kampz, der mit Übertretung des Ge- ſetzes das Recht auf die ſchreiendſte Weiſe übers Knie gebrochen habe. Er konnte nichts erzielen, als daß zwar das Verfahren gegen ihn 1822 eingeſtellt wurde, er aber weder ein Urteil, noch die Erlaubnis erhielt, ſeine Vorleſungen wieder aufnehmen zu dürfen; erſt 1840 wurde er wieder in ſeine Rechte eingeſetzt.

Wie ſich die verfolgenden Behörden in den Fällen von Jahn und Arndt über das Recht hinweggeſetzt hatten, ganz ebenſo willkürlich handelten ſie in anderen Fällen. Lange Zeit wurden Schleiermachers Predigten von Polizisten nachgeſchrieben, weil man den ge- feierten Philoſophen und Kanzelredner, der den Geheimrat Schmalz mit der ganzen ſol- chen Leuten gebührenden Verachtung abgefertigt hatte, gar zu gern des Hochverrats be- ſchuldigt hätte. Man verhörte die Studenten über die Toaſte, die er bei Feſten gehalten, und hat länger als ein Jahrzehnt nicht abgelassen, den edlen und großen Mann zu verfolgen.

Bei dem Buchhändler Reimer, einem verdienten Patrioten, brach man ins Haus, während er verreist war, und legte auf seine Papiere Beschlag. Der Geheimrat Eichhorn, ein Freund der Familie, welcher der alleinstehenden Frau Reimers in dieser Bedrängnis beistand, wurde sofort beschuldigt, selbst zu den Verschwörern zu gehören. Fünf Stunden lang wurde Reimer dann darüber verhört, wen Arndt gemeint habe, als er in einem Briefe einen „wackeren Gesellen" und „frische Freunde" grüßen ließ, was der Inhalt eines Paketes gewesen, das er für ihn besorgt habe usw.

Gegen die Bonner Professoren, die Brüder Friedrich Gottlieb und Karl Theodor Welcker, bediente man sich der verwerflichsten Mittel zur künstlichen Schaffung von belastendem Beweismaterial. Ohne die Eigentümer verhört zu haben, ließ Kamptz einzelne Stellen aus ihren Papieren, aus Familien- und Freundesbriefen, aus literarischen Auszügen und Notizen aller Art, die dem Sinne und den Worten nach verfälscht waren, in der preußischen Staatszeitung abdrucken. Karl Theodor Welcker schrieb an den Justizminister von Kircheisen, man habe alles überboten, was je über tumultuarisches Gerichtsverfahren, über Justizmord, Kabinettsjustiz und napoleonische Spezialgerichte geklagt worden sei, und wozu das alles? „Nur damit die preußische Inquisition erfahre," schreibt Jacobs 1822 an Friedrich Thiersch, „daß Welcker ein freisinniger Mann ist, der an die Verheißungen der Könige und Fürsten glaubte und sich mit der Hoffnung schmeichelte, daß für unser Vaterland bessere Tage aufgehen würden." Nach allem hatte das Ministerium schließlich die Stirn zu behaupten, es sei ja gar keine Untersuchung geführt worden.

Für das Ansehen der Staatszeitung, die lange Jahre von dem Dichter F. A. von Stägemann herausgegeben wurde, war die Mitarbeiterschaft von Leuten wie Kamptz und seinesgleichen verhängnisvoll. Varnhagen bemerkt 1820, daß man mit Verachtung von diesem Blatte spreche, dessen sich die Regierung zur Entschuldigung der schändlichsten Mittel bediene, und Felix Eberty erzählt, daß der Berliner Volksmund von ihr zu sagen pflegte, um ihren Charakter kennen zu lernen, müsse man aus dem Titel „Allgemeine Preußische Staatszeitung" das All, preußische und Staats weglassen. Daß sie den Staat dem sie zu dienen vorgaben, der Verachtung der ganzen Welt aussetzten, konnte diese subalternen Streberseelen nicht rühren, ihnen genügte es, ihren Eifer zu betätigen und sich höheren Ortes zu empfehlen. In der Erwartung, ein glänzendes Avancement zu machen, haben sie sich denn auch durchaus nicht getäuscht, der Staat quittierte die Schande, die ihm angetan wurde, mit Orden und Titeln und Beförderungen. Der Assessor von Prieser aus Eßlingen, Untersuchungsrichter der Württemberger Demagogen, war als

Joseph Klotz. Das Schwabinger Tor in München vor dem Abbruch, 1817
Ölgemälde. München, Neue Pinakothek

Bedingung einer guten Karriere ängstlich bemüht, so viel Schlimmes an den Tag zu bringen, wie nur immer möglich. Er war naiv genug, sich bei Karl Hase, den er einmal zehn Wochen lang hatte in einen dunkeln Kerker sperren lassen, zu beklagen, daß er sich an keinem öffentlichen Orte mehr sehen lassen dürfe, so deutlich zeige man ihm die allgemeine Verachtung. Sie hat nicht gehindert, daß der strebsame Mann, dem seine Gefangenen höhnisch zu einer glänzenden Karriere Glück zu wünschen pflegten, es auch wirklich zum Justizminister brachte. Herr von Kamptz wurde Minister, Exzellenz, und ein Regen hoher und höchster Orden, unter dem der Schwarze Adler nicht fehlte, bedeckte die Brust des Wackeren. Wenn die Herren von Tzschoppe, Dambach, Grano u. a. nicht ebenso hoch stiegen, Karriere haben auch sie gemacht, im Gegensatz zu den Männern, die, wie der Kammergerichtsrat Wilhelm von Gerlach, sich weigerten, an der nichtswürdigen Demagogenjagd teilzunehmen. Die Demagogenriecher wurden allgemein verachtet, denn man sah, wie Varnhagen bemerkt, mit Recht die sogenannten Umtriebe als Hirngespinste, als Dummheiten, ja als offenbare Lügen derer an, die Vorteil aus ihnen zogen. Sie würden erfunden und gehegt, um die Monarchen zu schrecken und sie den selbstsüchtigen Absichten ihrer Minister und Hofleute zu unterwerfen, die Furcht vor Revolutionen sei Metternichs größte Stütze. „Merken Sie nicht," sagte 1824 ein Staatsmann zu Varnhagen, als plötzlich Nachrichten über neue Umtriebe auftauchten, „worauf das abzweckt? Die fünf Jahre der Karlsbader Verträge gehen zu Ende, man will sie verlängern und bedarf dazu der Unterlage neuer Geschichten." Jean Paul verhöhnte die Untersuchungen gegen die Umtriebe in seinem Kometen, E. Th. A. Hoffmann im Magister Floh; die bissigsten Witze über den Oberdemagogenriecher Pascha Karakatatschi (eine zarte Anspielung auf den stotternden Kamptz) und den von ihm zu lebenslänglicher Untersuchung verurteilten, weil unschuldig befundenen Studenten machte aber Saphir in seiner Schnellpost.

Das willkommenste, weil das wehrloseste Objekt der Verfolgung waren die Studenten, die zur Burschenschaft gehört hatten. Diese selbst hatte sich am 26. November 1819 feierlich aufgelöst, das schöne für diesen Vorgang gedichtete Lied von Binzers: „Wir hatten gebauet ein stattliches Haus" bewahrt die Erinnerung des Tages bis heute. Die Mehrzahl der Burschenschafter verließ Jena und kehrte in ihre Heimat zurück, aber der Arm der Behörde wußte sie überall zu finden, sie waren Freiwild, das Richter und Polizisten zwanzig Jahre hindurch nicht müde wurden, immer aufs neue zu hetzen, um die Genugtuung zu haben, harmlose junge Leute in den Netzen polizeilicher Schikane und juristischer Haarspaltereien zu fangen. Während man unbescholtene, treue und patriotisch gesinnte Jünglinge und Männer verfolgte, ließ man, Karl von Raumer mußte es in Halle mit ansehen, selbst die unsittlichsten Studenten gewähren und beschützte sie sogar, weil man in ihnen Gegner der Burschenschaft sah und wußte, daß ihnen die hochfliegenden Ideale dieser Verbindung ein Spott waren. In diesem Sinne spricht sich auch Schleiermacher gegen Arndt aus an der Stelle, wo er von dem Geheimrat Schulz sagt: „Indem er die Burschenschaft Kamptz zuliebe verfolgt, begünstigt er die Landsmannschaften, die eigentlich das Verderben der Universitäten sind, auf das auffallendste." Görres schrieb damals an Friedr. Perthes: „Die Jugend wächst gegen alles Alte in einem Hasse auf, den die Schufte und Toren, die in dessen Verteidigung sich teilen, jeden Tag mehr rechtfertigen."

Nach einer jahrelangen Untersuchung, bei der man auf das sorgfältigste vermied, die Begriffe: demagogische Verbindungen und revolutionäre Umtriebe scharf zu präzisieren, sie im Gegenteil absichtlich im unklaren ließ und durcheinander mengte, ergab sich als Resultat durchaus nichts Positives, gar kein Anlaß, der die Regierungen berechtigt hätte, an Verschwörungen einer Umsturzpartei zu glauben. Die Zentraluntersuchungskommission in Mainz gab das auch in dem Bericht, welchen sie an den Bundestag in Frankfurt erstattete, selbst unumwunden zu, sie hatte nichts entdecken können, trotzdem sie gestand, bei der Prüfung der ihr vorgelegten Papiere nicht nach gesetzlichen Normen ver-

Heinrich Adam. Der Schrannen-(Marien)-Platz in München, 1836. Ölgemälde
München, Neue Pinakothek

fahren zu fein, fondern nach eigener subjektiver Überzeugung gehandelt, nicht den Vorschriften der Gesetze, fondern den Grundsätzen historischen Glaubens gefolgt zu fein. Trotz
dieses völlig negativen Ergebnisses erließ die preußische Regierung am 1. Oktober 1824
eine amtliche Belehrung aus der Feder L. von Beckedorffs über den Geist und das Wesen der Burschenschaft, in welcher auf ausdrücklichen hohen Befehl die gröbsten Unwahrheiten verbreitet wurden. Die Regierung warnt in diesem Schriftstück vor der Burschenschaft, „als welche von lasterhaften, nichtswürdigen Verbrechern angezettelt, als blindes
willenloses Werkzeug zu empörenden Zwecken gebraucht werde, alle Anhänglichkeit an
Fürst, Vaterland, Verfassung ausrotte und die schwärzesten Laster, selbst den Meuchelmord, empfehle". Das sollte alles aktenmäßig feststehen.

Es hatte ja nicht fehlen können, daß die Mitglieder der offiziell aufgelösten Burschenschaft sich immer wieder auf den verschiedenen Universitäten begegneten und zusammenfanden, daß sie fortfuhren, ihre schwarz-rot-goldenen Farben zu tragen, zusammen
fochten, tranken und sangen und, da das Verbotene für die Jugend bekanntlich den doppelten Reiz hat, in aller Heimlichkeit auch Burschenschaftstage abhielten. Auf diese Zu-

sammenkünfte suchten Karl und Adolf Follen, welche nach Inkrafttreten der Karlsbader Beschlüsse in die Schweiz geflüchtet waren, Einfluß zu gewinnen. So beauftragte Karl Follen im Jahre 1821 den jungen Mecklenburger Adolf von Sprewitz, unter den deutschen Gesinnungsgenossen einen Jünglingsbund zu gründen, der einem angeblich schon bestehenden Männerbund zur Seite treten sollte. Alle diese geheimen Verbindungen waren nach Analogie der italienischen Karbonariverschwörungen gebildet, sind aber auf deutschem Boden nie recht ins Leben getreten. Als die Polizei von diesen Verabredungen, bei denen es sich ja nie um Taten, sondern immer nur um Versuche, Vorbereitungen und Einleitungen zu solchen handelte, Wind bekam und die Verfolgung begann, da war der Jugendbund schon aufgelöst, ehe er noch recht bestanden hatte, der Männerbund aber hatte überhaupt nie existiert. Es gehörte die ganze naive Unbefangenheit politischer Kinder dazu, um zu glauben, wie Gewissenlose ihnen vorspiegelten, daß Gneisenau, der Fürst von Wied, die Generale von Jagow, von Thielemann, von Pfuel u. a. Mitglieder desselben seien.

Charakteristisch für die ganze große Kinderei dieser Verbindungen ist die Großsprecherei, in der man sich innerhalb derselben gefiel. Herr von Fehrentheil, dem wohl die hohe Würde eines Platzkommandanten von Erfurt zu Kopfe gestiegen sein mochte und der sich schon als König dieser Festung sah, wie der tolle Invalide derselben Zeit auf Fort Ratonneau, hatte sich geäußert: „Erfurt habe ich in meiner Gewalt. Ich lade die Stabsoffiziere zum Essen ein und fordere sie auf, sich für die heilige Sache des Volkes an die Spitze ihrer Bataillone zu stellen. Habe ich mich auf diese Weise der Truppen versichert, so wird man von Erfurt aus an die Eroberung des übrigen Deutschlands gehen können." Um die vollständige Unvernunft solcher Einbildungen ernst zu nehmen, gehörte bei den Freunden Dummheit, bei den Gegnern Bosheit, denn keiner von ihnen konnte es für möglich halten, daß preußische Stabsoffiziere sich durch begeisternde Reden beim Liebesmahl von ihrer Pflicht abwendig machen lassen würden. Die Idee Fehrentheils war genau so hirnverbrannt wie die Aufforderung, welche Karl Follen durch den Studiosus Hildebrandt an die Burschenschafter in Heidelberg gelangen ließ: Sie möchten gefälligst alle miteinander zum Dolche greifen und die ganze Gesellschaft der deutschen Fürsten niederstechen. Nur so sei das Volk aus seinem Todesschlafe aufzurütteln. Es müsse etwas Ungeheures geschehen oder es werde gar nichts geschehen. Den einzig passenden Bescheid auf diesen geistreichen Vorschlag gab Arnold Ruge, indem er an den Überbringer desselben die berühmte Aufforderung Götzens von Berlichingen richtete.

Als die Polizei daran ging, die Burschenschafter zu verfolgen, ließ sie mit dem ihr eigenen Geschick die wirklich Schuldigen, wenn bei Torheiten dieser Art überhaupt von Schuld gesprochen werden darf, entwischen, die Brüder Follen waren in der Schweiz,

Domenico Quaglio. Die alte Reitschule mit dem Café Tamboñ in München, 1822
Ölgemälde. München, Neue Pinakothek

Herr von Fehrentheil geflohen. Als die Mächte der Heiligen Alliance, die in Karl Follen
einen gefährlichen Gegner sahen, von der Schweiz seine Ausweisung forderten, begab er
sich nach Paris und von da nach den Vereinigten Staaten, wo sich der edle Schwärmer,
dem die Begeisterung für die Freiheit wirklich bis ins Mark der Knochen ging, alsbald
zum verfrühten Vorkämpfer der Sklavenemanzipation machte. Er fand einen schrecklichen
Tod, indem er auf einer Reise von Neuyork nach Boston am 13. Januar 1840 mit
dem Dampfer „Lexington" unterging, der auf der Fahrt verbrannte. Da ihnen die Rä-
delsführer entwischt waren, stürzten sich Polizisten und Richter mit doppeltem Eifer auf
die harmlosen Jungen, die im Gefühl, nichts anderes als etwas Edles gewollt und nichts
Schlechtes getan zu haben, ruhig ihren Studien nachgingen. Die Gefängnisse füllten
sich, bald war die Einheit Deutschlands wenigstens soweit erreicht, daß, wie Arnold Ruge
ironisch bemerkt, Deutsche aus allen Gauen in den Zuchthäusern Preußens vereinigt waren. Die Bureaukratie, die um so unumschränkter herrschte, als sie vor jeder Verantwortung sicher war, ließ an den unschuldigen Opfern ihrer Willkür die ganze Teufelei
des geheimen Inquisitionsverfahrens aus. Die Verhafteten wurden, leicht bekleidet,

ohne Schutz gegen die Kälte, im tiefsten Winter Tage und Nächte hindurch, ohne ihnen Ruhe zu gönnen, nach Berlin transportiert, dort wurden sie monatelang eingesperrt, ohne auch nur verhört zu werden. Man gönnte ihnen weder Gesellschaft noch Beschäftigung, nahm ihnen sogar ihre Bücher und gab denen, die nach all dieser seelischen Quälerei noch nicht mürbe waren, Zellen wie jene der Berliner Stadtvogtei, in denen sie von Wanzen beinahe aufgefressen wurden. Wenn die Unglücklichen dann nach einer etwas leichteren Haft in Köpenik auf Festung geschickt wurden, so teilte man ihnen ihr Urteil nicht mit, ließ sie oft sogar jahrelang darauf warten, und wenn es ihnen dann endlich verkündet wurde, so war es von einer so drakonischen Strenge, daß es die Verurteilten zur Verzweiflung treiben mußte. Dazu kam — und das war für die Gefangenen vielfach ein Glück —, daß infolge der Kleinstaaterei Deutschlands ihr angebliches Verbrechen je nach dem Gerichtshof, vor den sie gestellt wurden, ganz verschieden beurteilt und demgemäß ganz verschieden bestraft wurde. Das Oberappellationsgericht in Darmstadt sprach die Angeschuldigten frei, weil sich nirgends ein Beweis für den Bestand des Männerbundes habe erbringen lassen, in Bayern wurden sie in ihre Heimat abgeschoben, in Freiheit gesetzt und unter leichter Polizeiaufsicht gehalten. Der gute König Max Josef ließ sich, wie Thiersch erzählt, die jungen Männer sogar persönlich vorstellen, gab ihnen väterliche Ermahnungen und unterstützte die Bedürftigen mit Geld. In Schwarzburg-Rudolstadt erhielt der einzige Missetäter, der Kandidat Schwarz, drei Monate schweren Arrest, den er in seiner Wohnung absitzen durfte und nur gehalten war, dem wachehaltenden Unteroffizier täglich acht Groschen für seine Mühe zu zahlen; in Kurhessen gab es zwei bis sechs Jahre Festung, in Württemberg Festungshaft von vier Monaten bis zu vier Jahren. In Sachsen-Weimar wurden die Beschuldigten einfach entlassen und ihr Aufenthalt auf Jena beschränkt, im Königreich Sachsen milderte der König die Zuchthausstrafe von zwei bis vier Jahren in Gefängnis. In Preußen erhielten die Inhaftierten wegen Teilnahme an einer verbotenen, das Verbrechen des Hochverrats vorbereitenden geheimen Verbindung Festung, der Gutsbesitzer Karl Friedrich von der Lanken z. B. zwölf Jahre, Arnold Ruge fünfzehn Jahre usw.

Als nach dem völlig kopflosen Attentat, welches einige Studenten am 3. April 1833 auf die Frankfurter Hauptwache unternahmen, die Verfolgungen aufs neue begannen, zeichnete sich wieder Preußen durch seine drakonischen Urteile aus. Das Kammergericht in Berlin sprach im Urteil über 204 Inquisiten über 39 das Todesurteil aus, 4 davon mit der Verschärfung der Hinrichtung durch das Rad. Dem Präsidenten des Kammergerichts, Adolf von Kleist, zog die bei diesen Prozessen bekundete ungewöhnliche Härte und Grausamkeit den Spitznamen „der blutige Kleist" zu, aber bei Hofe errang er dafür das Lob, daß er doch ein Mann sei, auf den man sich verlassen könne; er ließe Tausende hinrichten, ohne sich nur umzusehen. Varnhagen hat die allgemeine Empörung über diese Urteile in seinem Tagebuch niedergelegt: „Das Kammergericht hat bei diesen Untersuchungen, die mit Gehässigkeit, Unverstand und Verletzung aller Gerechtigkeitsformen geführt wurden, seinen alten Ruf vollkommen eingebüßt. Man sagt, die Behandlung so leichter jugendlicher Vergehen als hochverräterische Anschläge sei ein Hohn aller Vernunft und Gerechtigkeit und solche Todesstrafen Justizgreuel." Als der König die Todesstrafe

Domenico Quaglio. Der Max-Josephplatz in München, 1835. Ölgemälde
München, Neue Pinakothek

dann in dreißigjährige Festungshaft verwandelte, beschuldigte man den blutigen Kleist, sich aus allen Kräften einer Amnestie widersetzt zu haben. Man hatte nicht einmal überall den Angeschuldigten Verteidiger erlaubt, in Württemberg waren ihnen Rechtsbeistände verboten, in Preußen dagegen hatten die Verteidiger ihnen dringend geraten, ja nicht zu appellieren, sondern sich ganz auf die Gnade des Königs zu verlassen. Die Verleumdungsklage, welche Frau Jahn im Namen ihres Ehemannes gegen Kamptz angestrengt hatte, wurde durch eine Kabinettsorder für unstatthaft erklärt.

Unter den jungen Leuten, welche die Zugehörigkeit zu einer Verbindung, die den

Behörden mißliebig war, so teuer büßen mußten, befanden sich außer Professoren, Privatdozenten, Kandidaten, Studenten auch Pfarrer, Referendare, praktische Ärzte, Gymnasiallehrer und andere Angehörige der gelehrten Berufe, die in der Blüte ihres Lebens um ihre besten Jahre grausam betrogen wurden. Erst durch den Tod Friedrich Wilhelms III. erhielten viele der Gefangenen ihre Freiheit zurück. Friedrich Wilhelm IV. erließ schon zwei Monate nach seinem Regierungsantritt jene volle Amnestie, an die sein Vater nie gedacht haben würde, hatte man ihm doch vorgeredet, die Verschwörer hätten als Hauptziel ihrer Bestrebungen sich vorgenommen, ihm die Liebe seiner Untertanen zu entziehen. Nicht allen kam die Freiheit mehr zugute, wie viele waren schon während der Untersuchung zugrunde gegangen. Ein junger Herr von Minnigerode wurde verrückt, gerade wie Karl Feuerbach, der zweite Sohn des berühmten Juristen, der nach mehreren vergeblichen Selbstmordversuchen tiefsinnig blieb, andere aber starben während der Haft, denn nicht alle bewahrten sich unter den entsetzlichen Verhältnissen ihre Energie und Tatkraft, wie es dem unverwüstlichen Arnold Ruge gelang. Glücklich diejenigen, welche sich den Leiden und Schikanen einer Untersuchung durch die Flucht entziehen konnten, wie Ludwig von Mühlenfels, Hartwig von Hundt-Radowsky, Karl Weddo von Glümer, Charlotte und Natalie Fresenius u. a.

Ein erschütterndes Bild der Leiden, wie sie den armen Jünglingen in Preußen bereitet wurden, hat Fritz Reuter in der Festungstid hinterlassen. In dunklen und feuchten Kasematten interniert, verkümmerten sie aus Mangel an Luft, Licht und Wärme, der Willkür der Festungskommandanten preisgegeben. In Magdeburg litten sie unter der nichtswürdigen Tyrannei des Grafen von Hacke, in Kolberg unter den Launen des Platzmajors von Staël-Holstein, während andere, wie der Oberstleutnant von Wichert in Glogau, Oberst von Langen und Platzmajor von Berg in Silberberg, Generalmajor von Toll in Graudenz, ihnen die traurige Lage, in die sie unverschuldet gekommen, nach Kräften erleichterten, oder Bürger der Städte sich ihrer annahmen, wie in Kolberg der Regierungsrat Friedrich Wilhelm Haenisch zu einem edlen Wohltäter der Gefangenen wurde. Ein anmutiges Gegenstück zu der Idylle eines fidelen Gefängnisses, wie Fritz Reuter es in Dämitz unter Oberstleutnant von Bülow schildert, erlebte Karl Hase auf dem gefürchteten Hohen-Asperg, wo einst Moser und Schubart geschmachtet. Hier hatten die Gefangenen bei reichlicher Kost gute Tage, aus allen Teilen Württembergs sandten ihnen die Liberalen Fässer guten Weins, und auch an Lektüre fehlte es ihnen nicht, da die Francksche Buchhandlung in Stuttgart ihnen ihre Leihbibliothek umsonst zur Verfügung stellte.

Für einen ehemaligen Burschenschafter wurden die unbedeutendsten Vorfälle und Äußerungen gefährlich. Heinrich Ranke wurde scharf inquiriert, warum er einen Freund

Wilhelm Brücke jr. Der Platz vor dem Zeughaus in Berlin, 1828. Ölgemälde
Berlin, ehemals im Besitz des Kaisers

aufgefordert habe, nach Frankfurt a. O. zu kommen und seine Studien am dortigen
Gymnasium zu vollenden. Arnold Ruge kommt auf einer Fußwanderung von Jena nach
Stralsund durch Berlin und erregt das Aufsehen eines Polizeispions durch seinen Spa-
zierstock, in welchen eine Anzahl von Freunden ihre Namen eingeschnitten hatten. Auf
der Stelle sendet Herr von Kamptz ihm Polizisten nach, die ihn in Stralsund verhaften
und ihm das hochverräterische corpus delicti mit Gewalt abnehmen müssen. Karl Stahr
hatte der Burschenschaft angehört und während seiner Studienzeit eine Aufgabe der
philosophischen Fakultät der Universität Halle so gut gelöst, daß seine Arbeit preisge-
krönt wurde. Da diese Aufgabe aber eine Sammlung aller vorhandenen Fragmente des
großen Aristotelischen Werkes der Politien, d. h. der sämtlichen Staats- und Stadtver-
fassungen des hellenischen Altertums verlangte, so erblickte der Untersuchungsrichter in
ihrer Lösung ein gravierendes Moment, sie beweise, daß der Verfasser sich doch viel mit
Politik beschäftigt haben müsse. Die Antwort Stahrs, dann werde er wohl die philosophische Fakultät als agent provocateur zu betrachten haben, entschuldigte ihn nicht, denn
es trat im Laufe der Untersuchung noch ein zweites, womöglich noch gravierenderes Moment
zutage. Im Besitz des Verbrechers wurde ein Päckchen Gedichte gefunden, das mit einem
seidenen Band umwunden war, welches ihm von zarter Hand geschenkt worden, dieses
Damenhutband aber trug die Farbe einer verbotenen Verbindung, und der Staatsverrä-
ter konnte von Glück sagen, daß er zwei Verbrechen von solcher Schwere nur mit fünf
Jahren Gefängnis zu büßen hatte. Rudolf von Plehwe, Gardeleutnant, aber trotzdem
ein Deutschtümler strengster Jahnscher Observanz, dem es nicht genügte, im Dauerlauf

an einem Tage von Berlin nach Potsdam und zurück zu laufen, sondern der sich dazu noch die Taschen voller Steine steckte, war schon einmal wegen seiner Teilnahme am Wartburgfest im Verhör gewesen, ging nun aber, wie Schleiermacher an Arndt berichtet, dem Herzog Karl von Mecklenburg in die Falle, indem er bei einer Vernehmung sich so unbefangen über diesen Herrn äußerte, daß er vier Wochen Arrest bekam und zur Strafe nach Posen versetzt wurde. Er wäre wohl nicht so glimpflich davongekommen, hätte er sich nicht der Protektion des Königs zu erfreuen gehabt, der dem Gardeleutnant nicht einmal verübelte, daß er ihm, seinem obersten Kriegsherrn, einmal ein sehr freies, wenn auch ziemlich verworrenes Skriptum zur Beherzigung zugesandt hatte. Die Verfolgungen gingen so weit, daß so ziemlich die ganze geistige Elite Deutschlands mit dem Gefängnis Bekanntschaft machte. Levin Schücking macht einmal nach den Märztagen in Augsburg eine Landpartie, an der sich ein Dutzend Männer, alle von hochgeachtetem Namen, beteiligten. Sie sämtlich hatten durch Schuld der Demagogenriecher Jahre ihres Lebens in Gefängnissen, Zuchthäusern und auf Festungen zugebracht.

Das brutale Vorgehen gegen die sogenannten Demagogen, welches ebenso tückische

Joh. Erdmann Hummel. Die Granitschale im Lustgarten zu Berlin. Ölgemälde
Berlin, Nationalgalerie

Karl Blechen. Berliner Häuser und Gärten. Berlin, Nationalgalerie

Maßregeln gegen die Presse und die Universitäten begleiteten, verletzte, wie Heinrich Ranke schreibt, alle, die Recht und Gerechtigkeit liebten und für das wahre Fundament des Staates hielten. „Darum wuchs damals bei allen, denen das Wohl des Vaterlandes am Herzen lag," so fährt er fort, „das Verlangen nach einer Verfassung, durch die so grobe Verletzungen des Rechtes für immer beseitigt würden." Man erreichte also genau das Gegenteil von dem, was beabsichtigt war. Wenn bisher nur die Jugend sich zu den Idealen von Einigkeit und Freiheit bekannt hatte, wenn sie durch ihre vielleicht zu hitzige Begeisterung gegenüber der kühleren Haltung der älteren Generation in ein starkes Mißverhältnis zu dieser geraten war, ein Mißverhältnis, welches wohlwollende Universitätslehrer, wie Karl von Raumer, in einem Briefe an den Fürsten von Hardenberg schmerzlichst beklagte, so wurde nun durch Gewalt und Unrecht auch eben diese ältere Generation aufgerüttelt und zur Besinnung über die Ziele gebracht, auf welche die Regierungen hinsteuerten. Ein schöner Brief, den Hofrat Jacobs in Gotha am 10. November 1819 an Friedrich Thiersch schrieb, legt von der tiefgehenden Mißstimmung, die bis in die abgelegensten Studierzimmer stiller Gelehrter gedrungen war, ein beredtes Zeugnis ab. Er schreibt:

„Nie hätte irgend etwas geschehen können, was den Mangel an Weisheit, Gerechtigkeit und Edelsinn, der jetzt in den Kabinetten herrscht, vollkommener aufdecken konnte. Wenn ein Geist der Unruhe in Deutschland herrscht, so ist er lediglich aus dem Hasse der Willkür entsprungen, und was man unbesonnenerweise mit dem Namen von demagogischen Umtrieben brandmarkt, ist der heiße Wunsch und die Sehnsucht nach Gerechtigkeit und gleichförmiger Anerkennung religiöser Grundsätze in der Regierungskunst. Da sich diese Sehnsucht hauptsächlich der Gemüter der Jugend bemächtigt hat, so ist es gar kein Wunder, wenn sie sich bisweilen in ungehörigen Formen und in Kraftphrasen ausspricht, die an Verrücktheit streifen. Hin und wieder auch wirkliche Verrücktheit sein mögen. Aber die Quelle selbst, die so rein und edel ist, statt sie in sichere Kanäle zu leiten, mit Gewalt verstopfen wollen, ist der Gipfel von Unsinn und Übermut, zugleich aber ein Bekenntnis von feiger Schwäche, die, wo sie zum Vorschein kommt, unvermeidlich Verachtung nach sich zieht. Indem man von alle dem, was die Völker seit fünf Jahren mit vollem Rechte fordern und mit beispielloser Geduld erwarten, das gerade Gegenteil tut, zeigt man freilich für den Augenblick, daß man die Gewalt in Händen habe, wendet aber zugleich alle Herzen ab und ruft auch bei den Gutmütigsten Erbitterung auf. Was auch immer die Folgen von diesen Schritten sein mögen, so viel ist gewiß, daß sie ihre Urheber brandmarken, die mit solcher Schamlosigkeit vor den Augen von ganz Europa die unerhörtesten Verleumdungen über eine Nation ausgießen, die seit länger als 25 Jahren Beispiel der grenzlosesten Geduld gewesen ist. Wäre nur irgendein Grund, wäre nur der Schein eines Grundes vorhanden, mit welchem Gefühl muß dieses langmütige Volk auf seine Regierungen sehen, die statt laut zu erklären, wie die Wahrheit forderte, daß in ihren Ländern die tiefste Ruhe herrsche, wie dieses in ganz Sachsen, Thüringen, Kurhessen, Hannover, Bayern, Württemberg der Fall ist, lieber gemeinsame Sache mit einem Metternich und Gentz machen und Maßregeln gutheißen, die, wenn ein Zunder des Aufruhrs in Deutschland wäre, ihn zur Flamme bringen müßten. Wie wenig ist doch das, was die Menschen aus der Geschichte lernen, selbst wenn sie vor ihren Augen geschieht. Wann ist je das discite iustitiam mit helleren Zügen am Himmel geschrieben gewesen als in dieser Zeit des höchsten Übermuts und der tiefsten Demütigungen und was hat man herausgelesen: ein armseliges principiis obsta, das man durch Anwendung einer rohen Gewalt zu befolgen glaubt. Das einzige, was mich bei dieser Schande noch einigermaßen tröstet, ist, daß die geistige Macht, die in dem unterdrückten Volke liegt, doch wohl am Ende obsiegen und sich also auch hier kundtun wird, daß es die Bestimmung dieses Volkes ist und bleibt, alles durch sich selbst zu werden und seine Lorbeern mit Mühe und Schweiß zu erkämpfen. Dies ist des deutschen Volkes Herrlichkeit, von deren Teilnahme die Fürsten mutwillig und hartherzig scheiden, die es durch Revolutionstribunale und Preßzwang

Karl Blechen. Blick auf Dächer und Gärten in Berlin. Berlin, Nationalgalerie

zu Knechten machen wollen. Es ist eine reiche Saat von Bösem ausgestreut. Möge sich auch das Böse zum Guten wenden."

Von der Notwendigkeit einer Verfassung für das Staatsleben war jedermann überzeugt, selbst einsichtige Militärs entzogen sich dieser Anschauung nicht. Gneisenau hatte schon in einem Briefe vom 28. August 1814 an Arndt dargelegt, daß Preußen eine Konstitution haben müsse; der alte Minister von Beyme sagte zu Schleiermacher, es werde keine Generation vergehen, so würden alle europäischen Regierungen Parlamente haben. Als die Ritterschaft dreier Kreise der Kurmark 1819 eine Eingabe an den König richtete, worin sie bat, der König möge keine Verfassung geben, da erklärte der alte Landrat von Pannwitz, er liebe zwar alles Alte, aber er glaube doch, daß die Zeit einer Konstitution bedürfe. Diese Ansicht lag förmlich in der Luft, sie drängte sich sogar den Fürsten und Diplomaten des Wiener Kongresses auf, die doch zum größten Teile in den antiquierten Anschauungen einer überwundenen Zeit aufgewachsen waren. Kaiser Alexander z. B. verlangte von Lord Grey einen Aufsatz über die Bildung einer Opposition in Rußland und sein Bruder, der Großfürst Konstantin, ließ sich auch als Statthalter 15 Jahre lang in den polnischen Reichstag wählen. So verhieß denn auch die berühmte Bundesakte den deutschen Völkern die Einführung ständischer Verfassungen, ein Versprechen, das mit Genugtuung begrüßt und dessen Einlösung mit Sehnsucht erwartet wurde. Geduldig warteten die Alten, sehr ungeduldig die Jungen. Schon im Jahre 1814 schrieb der junge Bunsen sehr skeptisch an seinen Freund Becker: „Unsere Fürsten sind meist wenig geneigt uns unsere Freiheit zu geben wie wir sie verdienen. Sie werden uns das Fell wieder über die Ohren ziehen, wie vorher, daß der geduldige Deutsche von neuem ein Gegenstand des Spottes und der Schmach bei allen Nationen wird, welche nationalen Geist zu schätzen wissen." Die Burschenschaft erstrebte die Verwandlung des bestehenden deutschen Staatenbundes in einen Bundesstaat mit Reichstag von Ober- und Unterhaus, ein Ziel, zu dessen Verwirklichung sie eine Petition an den Bundestag entworfen hatte. Das Bemühen war völlig aussichtslos und ist schließlich im Sande verlaufen; als der hitzige kleine Heinrich Leo mit diesem Schriftstück zu Welcker in Heidelberg kam, wurde er von diesem samt seiner Petition sanft vor die Tür befördert. Die kleineren deutschen Staaten, wie Bayern, Württemberg, Baden, Nassau, Hessen, erhielten denn auch Verfassungen, die zwei größten aber, die einzigen von Macht und Bedeutung, Österreich und Preußen, machten durchaus keine Anstalten, die Formen ihres Staatslebens konstitutionell umzuändern. Kaiser Franz ging in der gedankenlosen Betriebsamkeit eines Subalternbeamten völlig auf, er betrachtete, wie er in der so berühmt gewordenen Ansprache an die Lehrer Laibachs äußerte, sich selbst als den Staat, also bedurfte das bunte Durcheinander der von ihm beherrschten deutschen, slawischen, romanischen und anderen

Völker selbstverständlich keiner Vertretung, der König von Preußen aber, der aus eigenem Antriebe schon in der Proklamation von Kalisch und später am 22. Mai 1815 nochmals seinen Untertanen eine Verfassung verheißen hatte, zögerte mit der Erfüllung seiner

Eduard Gärtner. Die Parochialstraße in Berlin, 1831. Ölgemälde
Berlin, Nationalgalerie

Zusage von Jahr zu Jahr. Langsam und bedächtig, wie Friedrich Wilhelm III. von Natur war, schienen ihm die Zeiten mit ihrer aufgeregten Jugend nicht geeignet, um seine absolute Macht freiwillig einzuschränken, der rein rhetorische Lärm, den die süddeutschen Kammern vollführten, schreckte ihn dann vollends ab.

Mit Humboldts Rücktritt und Hardenbergs Tod wurden alle Verfassungspläne endgültig begraben, von Wort halten durfte nunmehr, wie Ruge einmal sagt, in Preußen ohne Hochverrat nicht mehr gesprochen werden. Die kurzsichtige Verblendung, mit welcher hier dem Volke eine Einrichtung vorenthalten wurde, welche doch der Geist der Zeit gebieterisch forderte, ist in mehr als einer Beziehung für Preußen nicht allein, sondern für ganz Deutschland außerordentlich verhängnisvoll geworden. Die Einigkeit Deutschlands wurde in Frage gestellt, indem eine tiefe Kluft zwischen dem absolutistischen Norden und dem konstitutionellen Süden unüberbrückbar aufgerissen wurde. War der Unterschied zwischen den beiden im 17. Jahrhundert ein religiöser, im 18. ein solcher der Bildung gewesen, hatte in diesen beiden der Norden, Dank sei es dem Protestantismus, den Vorrang in der Kultur behauptet, so wurde der Gegensatz zwischen beiden im 19. Jahrhundert ein politischer, in dem der Norden sein geistiges Übergewicht völlig verloren hat. Das früher entwickelte politische Leben Süddeutschlands hat dem Süden in der weiter vorgeschrittenen Reife seiner politischen Anschauungen einen Vorsprung vor dem Norden gewährt, den es bis heute behauptet hat, die Mainlinie blieb bis zum großen Kriege die Grenze zwischen Rückschritt und Fortschritt, um unter der Republik die zwischen Vernunft und Unvernunft zu werden. Wie die zähen Mächte des Beharrens das damalige Preußen den Partikularismus der Kleinstaaten innerhalb der deutschen Grenzen stärken ließen, so haben sie auch, indem sie dem Volk die Mitarbeit an der Regierung des Staates versagten, die Interessen desselben über die Grenzen Deutschlands hinausgetrieben. Die Unterdrückten mußten ihre Sehnsucht dahin richten, wo bessere Zustände herrschten als daheim, nach England und Frankreich. Unter der Wilhelminischen Ära erlebten wir Ähnliches. Wie die preußische Reaktion vor einem Jahrhundert das deutsche Volk, das auf Einigkeit hoffte, im Partikularismus bestärkte, wie sie in ihm die Anbetung Frankreichs und Englands geflissentlich großzog, so trieb sie es durch Versagen von Reformen, die doch nicht mehr aufzuhalten waren, dem Sozialismus in die Arme.

Die Bemerkung Heinrich Rankes, der Greuel der Demagogenverfolgungen habe den Wunsch nach Verfassung erst recht geweckt, charakterisiert die Zeitstimmung. Regierungen wie Völker legten den Konstitutionen einen ganz übertriebenen Wert bei, erstere fürchteten, letztere schätzten sie zu sehr. Gerade die Vorstellung Rankes, daß eine Verfassung so willkürliche Maßregeln wie jene gegen die angeblichen Demagogen getroffenen verhindert haben würde, zeigt, daß die Verfassung der Fetisch war, von dem man alles Heil erwartete. Man wußte nicht oder, da die Ereignisse, welche sich sehr bald im konstitutionellen Leben zutrugen, das Gegenteil sehr deutlich hätten lehren können, wollte nicht wissen, daß eine Verfassung à la fin de la fin doch auch nur ein Stück Papier ist. Erst die Achtung, welche beide Parteien, die Regierenden wie die Regierten, vor diesem beschworenen Vertrag haben, gibt der Verfassung die Macht, das Recht zu schützen und das Unrecht zu hindern, fehlt diese Achtung aber bei denen, welche die Macht

Die neue Wache in Berlin, erbaut von Schinkel, 1816—18

in Händen haben, so kann die beste Verfassung nicht gegen eine Verwaltung schützen, die mittels Polizei und Justiz genau so willkürlich zu regieren versteht, als bestände ihre Übermacht nicht nur de facto, sondern auch de jure zu Recht. Heute wissen wir das alle längst, damals aber, wo Volksvertretungen, Kammern und dergleichen etwas Neues waren, wo ein Zusammenwirken von Krone und Parlament noch nirgends ausgeprobt worden war, hoffte man von Verfassung und Volksvertretung noch das Unmögliche und bildete sich allen Ernstes und gutgläubig ein, in seinen Volksvertretern einen wirksamen Schutz gegen die Willkürrherrschaft zu besitzen. Wir lächeln heute über diese Naivität der Großväter, denn wir wissen, daß in jenen Jahren, in denen die Augen aller freiheitlich Denkenden von dem Gedanken: Verfassung wie hypnotisiert waren, sich die kapitalistisch-bureaukratisch-militaristische Staatsform ausbildete. „Nur das Repräsentativsystem oder der Konstitutionalismus", schrieb damals Dr. K. H. Scheidler im Staatslexikon, „gewährt den unerläßlichen Schutz gegen die Mißbräuche der Staatsgewalt." Man glaubte nämlich, die Verfassung müsse gleichzeitig Öffentlichkeit und Mündlichkeit in der Justiz, Preßfreiheit und Aufhebung der Zensur garantieren. Diese Garantien aber konnten im damaligen Deutschland auch die Verfassungen nicht gewähren. Solange Österreich gegen Aufhebung der Zensur und Preßfreiheit war, so lange war es auch der Bundestag, und wenn die Bundesakte auch die Gleichberechtigung aller souveränen Mitglieder des Deutschen Bundes untereinander fingierte, Reuß-Greiz-Schleiz-Lobenstein mit Preußen auf eine Stufe stellte, in Wirklichkeit diktierte doch der Mächtigere auch hier dem Schwachen seinen Willen, alle Beschlüsse der Kammern zerschellten schließlich an dem entgegengesetzten Willen Metternichs.

Bei der hohen Meinung, die sich jedermann von dem Wesen einer Verfassung gebildet hatte, wurden die Konstitutionen, welche die süddeutschen Fürsten ihren Völkern gaben, überall mit größter Erwartung aufgenommen und ihre Erfolge mit Spannung erwartet. König Max Josef von Bayern sagte zu einer Deputation seiner Stände: „Ich weiß, daß Sie es gut mit mir meinen. Seien Sie dasselbe von mir überzeugt. Sagen Sie offen und gerade jedesmal, was Sie für gut und recht halten. Ich bin bereit, Ihnen alles zu gewähren, was Sie für gut und recht halten. Die Liebe meines Volkes ist mein Glück." Das klang so patriarchalisch, wie es ehrlich und gutmütig gemeint war, als nun aber in den Kammerverhandlungen Widerspruch laut wurde, als in Württemberg die Einigung zwischen der Krone und den Ständen erst nach dem Tode des wüsten alten König Friedrich unter dem Druck der Karlsbader Artikel zustande kam, als überall in Bayern, Württemberg wie in Baden, Hessen, Nassau und anderwärts heftige Redekämpfe entbrannten zwischen Ministern und Abgeordneten, da schien den Machthabern doch gleich alle Ordnung völlig in Frage gestellt. Da der Kammerlärm der süddeutschen Volksvertretungen mit den Aufständen in Portugal, Spanien und Neapel zusammenfiel, da gleichzeitig der Aufstand der Griechen gegen die Türken begann, welche das ganze mühsam errichtete Gebäude der Heiligen Allianz dem Einsturz nahe brachten, so sahen die kleinstaatlichen Regierungen ihre Throne ins Wanken kommen, und nicht sie allein fürchteten den Zusammenbruch ihrer Macht, die ganze Gesellschaft zitterte. Wie eingeschüchtert man in den Berliner Hofkreisen war, schreibt die Gräfin Bernstorff 1821 in ihr Tagebuch. Die Damen glaubten schon ihre ganze Existenz in Frage gestellt und machten Pläne, wie sie sich in Zukunft einrichten müßten, „denn", sagte die Oberhofmeisterin, „glauben Sie mir, übers Jahr sind Sie nicht mehr Gräfin Bernstorff und ich nicht mehr Gräfin Truchseß." Die Aristokratie erblickte hinter den Zeitereignissen das Gespenst der Revolution, welches ihr, die sich kaum restituiert hatte, aufs neue die Macht zu entreißen drohte. Mit Recht schrieb Jacobs im gleichen Jahre an Friedrich Thiersch: „Die Furcht hat in den oberen Gegenden allen Sinn für das Große und Edle, wenn es jemals da war, vernichtet. Nichts ist von dem heiligen Brand des Freiheitskriegs zurückgeblieben als gemeine Klugheit und Scheinheiligkeit."

So begannen denn die Regierungen jenen systematischen Kampf mit den Kammern, der mehrere Jahrzehnte gedauert hat. Mit Kniffen, die rabulistischen Advokaten Ehre gemacht hätten, wurden die Verfassungen gedreht und gewendet und ausgedeutet, bis Unrecht Recht wurde, mit offener Gewalt gegen jene verfahren, welche den Ministern zu widersprechen wagten. Schon in den zwanziger Jahren mußte Freiherr von Aretin in seinem Staatsrecht der konstitutionellen Monarchie den Seufzer ausstoßen: „Es kommt in der Tat noch so weit, daß man sich verteidigen muß, wenn man der beschworenen, vom Monarchen selbst eingeführten Konstitution anhängt." Gleichzeitig richtete der witzige Ritter von Lang in seinen vielgelesenen Hammelburger Reisen den Spott seiner Satire

BERLIN AM XXVIII NOVEMBER MDCCCXXIII.

Dekoration der Berliner Schloßbrücke beim Einzug des Kronprinzenpaares
entworfen von Schinkel

gegen diese Art des Scheinkonstitutionalismus. In Baden z. B. arrangierte der Minister Freiherr von Berstett eine Wahlmache, wie sie zwar in Frankreich und Spanien zu
den Selbstverständlichkeiten gehört, wie sie aber in Deutschland doch noch nicht erlebt
worden war; in Bayern wurde gewählten Beamten der Urlaub versagt, andere mit
Amtsentsetzung bestraft, langwierige geheime Prozesse, jahrelange Untersuchungshaft,
Gefängnis und Festung bildeten den düsteren Hintergrund, auf dem sich die Opposition
nur um so glänzender ausnahm. Die Regierungen, welche in schwer verständlicher Kurzsichtigkeit beklagte Mißstände dadurch zu heben dachten, daß sie dieselben zwar nicht ab-
stellten, aber denen, die sie rügten, den Mund schließen wollten, haben ihren Gegnern
das Leben sauer genug gemacht. Sie haben sie mit allen Schikanen, über welche Polizei
und Gericht gebieten, verfolgt, sie haben sie um Amt und Brot gebracht, eingesperrt und
krank gemacht und haben dadurch der guten Sache, der sie schaden wollten, nur genützt.
Die liberalen Kammerredner jener Jahre, welche unter den schwierigsten Verhältnissen
ihre Überzeugung hochhielten, welche mit Opfern von Gut und Blut das Recht des Vol-

les gegen das auf historischem Boden erwachsene Unrecht verteidigten, wurden zu Märtyrern einer Anschauung, deren Sieg die Macht ihrer Feinde zwar aufhalten, aber nicht verhindern konnte. Mit Recht sagt Arnold Ruge einmal, daß das Volk nur der unablässigen verzweifelten Opposition die Aussicht auf ein gesichertes Dasein verdanke. Wenn wir jetzt dem vormärzlichen Liberalismus mit Gleichgültigkeit gegenüberstehen, so dürfen wir doch nicht vergessen, daß die Liberalen des Vormärz mit den Errungenschaften der Volksfreiheit wenigstens einen Anfang gemacht haben. In den Kammern, in Literatur und Presse sind sie nicht müde geworden, immer und immer wieder auf die Forderungen von Einigkeit, Volksvertretung, Preßfreiheit und Schwurgericht zurückzukommen, Hörer und Leser immer wieder auf diese Kardinalfragen hinzustoßen, bis endlich ein Anfang mit ihrer Verwirklichung gemacht werden mußte.

Über dem glänzenden Namen Bismarcks sind diejenigen völlig in Vergessenheit geraten, welche den Boden bereiteten, auf dem der geniale Mann doch erst bauen konnte. Wie unscheinbar vom heutigen Standpunkt aus gesehen ihr Tun erscheinen mag, wie geringfügig das Positive, das sie zu ihrer Zeit erreichen konnten, auch gewesen sein möge, ohne sie hätten wir doch weder Reich noch Reichstag. Sie hörten nicht auf, gegen den Stachel zu löcken, und ihre Zeitgenossen haben es ihnen Dank gewußt, dem Parlamentarier wie dem Mimen flicht die Nachwelt keine Kränze. Damals aber sah das deutsche Volk mit Genugtuung und Stolz auf seine Abgeordneten, und wenn es sich in den Kammern, in denen sie zu Worte kamen, erst nur um Angelegenheiten einzelner Landschaften handelte, das, was sie verhandelten und sagten, ist doch schließlich dem gesamten Deutschland zugute gekommen. Mit Hochachtung, ja Bewunderung, nannte man in Bayern die Namen Hornthal, Behr, von Aretin, Rudhart, Graf Benzel-Sternau, Schüler, Culmann, Seuffert; in Württemberg Pfizer, Uhland, Schott; in Hessen-Darmstadt Jaup, Höpfner, Freiherr von Gagern; in Hessen-Kassel Jordan, Schomburg; in Hannover Stüve; in Braunschweig Steinacker; in Sachsen von Dieskau und O. von Watzdorf; in Baden, dessen Landtagen lange Jahre die ersten und ausgezeichnetsten Redner Deutschlands angehörten, Karl von Rotteck, Freiherr von Weßenberg, Duttlinger, von Bieberstein, von Itzstein, Welcker, Mittermeier u. a. „Es gewährt einen hohen Genuß, der Beratung der badischen Deputiertenkammer über einen interessanten Gegenstand beizuwohnen", schreibt Georg Friedrich Kolb. Unvergeßlich blieb ihm die ausgezeichnete Verhandlung, welche am 18. Juli 1839 unter Beteiligung von Rotteck, Welcker, Itzstein, Sander, Duttlinger, Beck, Rindeschwender, Aschbach, Blittersdorf und Nebenius über Rottecks Motion wegen Wiederherstellung eines einigen Rechtszustandes der Presse stattgefunden hatte. Karl von Rotteck war nicht nur ein glänzender Redner, er war überhaupt ein Volksmann im edelsten und besten Sinne dieses Wortes. Wie der schöne Nach-

Schinkel. Entwurf für ein Palais des Prinzen Wilhelm am Pariser Platz in Berlin

ruf seines Freundes Karl Theodor Welcker von ihm sagt, waren Rottecks Werke und sein Wirken nur Werkzeuge, um die Grundideen der Zeit zum Ausbruck zu bringen. Er war ein Vorkämpfer der öffentlichen Meinung für Recht und Freiheit, der die Wünsche, Gefühle und Bedürfnisse von Millionen aussprach. Das höhere Bewußtsein der Nation von ihrem Recht, von ihrer Ehre und Bestimmung hat er entwickelt und befestigt, unablässig danach gestrebt, das Volksbewußtsein nach der Richtung einer entschiedenen und kräftigen öffentlichen Meinung für nationale Ehre und Freiheit zu stärken und auszubilden. Wie er selbst von den Gefühlen für Freiheit, Wahrheit und Recht aufs innigste durchdrungen war, so hat er die Keime derselben im Volke zu pflanzen und zu nähren gesucht. Die Idee, welche unser Zeitalter bewegt, sagte er selbst, ist die Frucht der angebrochenen Verstandesreife, der beginnenden Mündigkeit der Völker und ein Vorkämpfer für diese blieb er in Schrift und Rede bis an seinen viel zu frühen Tod. Nach seinem am 26. November 1840 erfolgten Hingang erbte von Itzstein seinen Ruhm als Redner, Professor Bülau nannte ihn seinerzeit das größte parlamentarische Talent in Deutschland. Keiner unserer Volksvertreter, urteilte sein Gesinnungsgenosse F. Hecker, weiß, wie Itzstein die Haltung des feinen und vornehmen Mannes mit der Geradheit und Natürlichkeit des Volksvertreters zu paaren, niemand der Gegenpartei die tödlichsten Wunden, die schärfsten Schläge mit so viel Anstand und Anmut beizubringen, niemand in dem hinreißendsten Feuer der Begeisterung und des Zornes die volle Würde des Abgeordneten so aufrechtzuerhalten. Itzstein genoß das größte Ansehen und ein weitgehendes Vertrauen in allen Schichten der Bevölkerung. Er war unermüdlich in Sammlungen für die Opfer der Despotie, für Silvester Jordan brachte er allein 10000 Gulden zusammen und nicht viel weniger für die Kinder des ermordeten Pfarrers Weidig, für Bürgermeister Behr von Würzburg, Dr. Siebenpfeiffer u. a.

Der Ausbruch der Dekabristenverschwörung in St. Petersburg, welcher 1826 den Thronwechsel in Rußland begleitete, beleuchtete die gespannte Situation und zeigte die Gefahren, welche in den neuen Ideen lagen, war diese Revolution doch nur der konstitutionellen Doktrin zuliebe angezettelt worden. Sie zeigte die weite Verbreitung dieser Anschauungen, die sogar in den Köpfen adliger Gardeoffiziere Wurzel gefaßt hatten. Wer sich aber gegen diese Einsicht verschließen wollte, dem bewiesen die Pariser Julitage 1830, mit welchem Ernst ein mündiges Volk an seiner Verfassung festhielt und wie kein Gottesgnadentum den zu schützen vermochte, der sie frevelhaft und leichtfertig hatte antasten wollen. Der Sturz der älteren Linie der Bourbonen besiegelte den Zusammenbruch des politischen Gebäudes, welches die Heilige Alliance aufgerichtet. Die Kabinette Europas zitterten, allgemein glaubte man an den Ausbruch eines Weltkrieges, der wie 40 Jahre früher im Gefolge einer französischen Revolution unausbleiblich schien. Nie-

Das Alte Museum in Berlin. Erbaut von Schinkel

69

buhr starb verzweifelt, daß nun eine alle Kultur verschlingende Barbarei hereinbrechen werde.

Das Echo, welches die Ereignisse der Pariser Julitage und des belgischen Aufstandes in Deutschland weckten, war sehr lebhaft, beschränkte sich aber allerdings fast ausschließlich auf die Gebildeten, aus deren Kreisen heraus es nicht so leicht zu Aufständen kommt. Die Unruhen, welche im Anschluß an die französischen Taten in Deutschland ausbrachen, hatten ihren Grund nur zum Teil in politischer Unzufriedenheit, so in Braunschweig, wo die skandalöse Mißregierung des halbverrückten Herzogs Karl endlich zu einer Depossedierung des Narren führte. Der Aufstand, welcher am 7. September 1830 in Braunschweig ausbrach, war nach Friedrich Bodenstedts Erinnerungen von Mitgliedern der höheren Gesellschaft planvoll in Szene gesetzt, Graf Oberg hatte Tausende von Bauern in die Stadt gezogen und vor ihren Drohungen entwich der kleine Wüterich, die Flammen seines brennenden Schlosses beleuchteten ihm den Weg ins Exil. Die Unruhen, welche im gleichen Monat auf Solmsschem Gebiet in Oberhessen ausbrachen, hatten ihren Grund in dem unerträglichen Beamtendruck, auf den die geknechtete Bevölkerung durch Plünderung und Zerstörung der Häuser der Amtsleute, Verbrennen der Akten usw. reagierte. Die hessischen Chevaurlegers, welche in Södel und Wölfersheim die Ordnung wieder herstellten, gingen dabei so brutal vor, daß drei Offiziere und zwanzig Mann später vor Gericht gestellt wurden. Während aber die 48 Unruhstifter Strafen von drei bis neun Jahren Zuchthaus empfingen, wurden von den drei Offizieren zwei völlig freigesprochen, und nur einer erhielt vierzehn Tage Stubenarrest.

Sehr zahm verlief der sogenannte Schneideraufstand in Berlin. Die unzufriedenen Schneider, welche das Eindringen weiblicher Arbeitskräfte in ihr Gewerbe mit großem Mißvergnügen bemerkten, versammelten sich in den Zelten und zogen, durch allerhand Straßenmob verstärkt, Unter die Linden, warfen dem König die Fenster ein, randalierten und spektakelten, bis das Erscheinen des Militärs sie zur Ruhe brachte. Bei dieser Gelegenheit erwischte auch der Feldmarschall Graf Diebitsch, der in Zivil ausgegangen und unter die harmlosen Zuschauer geraten war, von der Polizei eine Tracht Prügel. Die ganze Geschichte war so harmlos, wie Chamisso sie auch besungen hat und dauerte, bis die Berliner sie langweilig fanden. Karl Rosenkranz, der am Alexanderplatz wohnte, erhielt den Besuch zahlreicher Freunde, die von seinen Fenstern aus die Revolution mit ansehen wollten. Ein Hauptschreier, der sich durch seine Rufe: „Wir brauchen keinen König! Wir brauchen keinen König!" bemerkbar gemacht hatte, meinte bei der Verhaftung ganz trocken: „Wir brauchen doch ooch keenen, wir haben ja 'n juten." Ebenso kindlich war die Revolution in Jena, wo die Gärtnersfrau Heumann Arnold Ruge anvertraute: „Wir müssen ooch unseren Krawall haben, morgen soll 's losgehen." In diesem

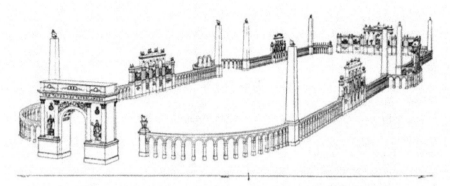

Deforation des Marimiliansplatzes in München beim 25 jährigen Regierungsjubiläum
König Max I. Joseph, 1824

Falle handelte es sich um Abschaffung der Hundesteuer und des Brückenzolls zwischen
Großen-Jene und Wenichen-Jene. Etwas ernster sah sich wohl aus der Entfernung der
Aufstand an, den die Doktoren Seidensticker und Eggeling in Göttingen anzettelten, wo
ein Gemeinderat gebildet und eine Nationalgarde unter Dr. von Rauschenplat formiert
wurde. Die ganze Herrlichkeit dauerte vom 8. bis 16. Januar 1831 und war in dem
Augenblick vorüber, als der Generalmajor von dem Busche die Stadt besetzte. Die beiden Anstifter wurden zu lebenslänglichem Zuchthaus verurteilt und erst zwölf Jahre
später begnadigt.

Während die Unruhen, die im August und September 1830 in Berlin, Leipzig,
Dresden, Kassel, Braunschweig, Köthen, Gera, Schwerin, Oldenburg, Karlsruhe, Hannover und Breslau ausbrachen, den Regierungen hätten zeigen können, welche Summe
von Unzufriedenheit sich angesammelt hatte und wie nötig es war, dieser in Kammern
und Presse ein Ventil zu schaffen, durch das sie sich gefahrlos hätte Luft machen können,
fuhren die Regierungen fort, wie Heinrich Thiersch sagt, den Staat als Kleinkinderbe-
wahranstalt zu betrachten. Sie hofften noch immer, ihre Völker gewaltsam in der ihnen
so bequemen Unmündigkeit erhalten zu können. Diejenigen deutschen Staaten, welche
noch keine Volksvertretung besaßen, dachten nun erst recht nicht daran, solche einzuführen,
die anderen aber begannen die ohnehin knapp genug zugeschnittenen Rechte der Ihren
noch mehr zu verkürzen. In der vornehmen Gesellschaft wurde es guter Ton, die Konstitutionen lächerlich zu machen, in Heidelberg spotteten die aristokratischen Studenten
vor Karl Biedermann, es werde noch dahin kommen, daß die Engel im Himmel Gott
durch eine Verfassung würden beschränken wollen. Die Aussichten in Deutschland wurden immer trüber. 1832 schrieb Schleiermacher, der einen baldigen Tod vor Augen sah:

„Es macht mich doch oft wehmütig, nach so schönen Ansätzen und Hoffnungen unsere deutsche Welt in einem so zweideutigen Zustand zurücklassen zu müssen." Preußen verharrte in seiner Kirchhofsruhe und Süddeutschland schickte sich an, ähnliche Zustände herbeizuführen.

König Ludwig, dessen ausgesprochen deutsche Gesinnung ihn einst, nach Wolfgang Menzels Urteil, der deutschen Jugend als den wahren princeps juventutis erscheinen ließen, hatte seine Thronbesteigung unter den hoffnungsvollen Blicken ganz Deutschlands vollzogen. Thiersch sagte von ihm: „Hier ist mehr als Friedrich (der Große)," und der Präsident Feuerbach schrieb: „Wir haben nun einen wirklichen König und feiern den schönen Auferstehungstag des Wahren, Guten und Rechten." Das hatte nicht lange gedauert, die heterogenen Neigungen des Herrschers, in dessen Kopf Kunst und Klöster, Musen und Mönche friedlich nebeneinander wohnten, ließen bald Zweifel an seinen Absichten aufkommen, und schon 1827 schrieb der alte Jacobs, der sich als seiner Menschenkenner bewies: „Mich wandelt eine unbeschreibliche Bangigkeit an. Da, wo man Unvereinbares vereinigen will, kann der innere Friede und die Harmonie der Gedanken nicht groß, die Klarheit der Ansichten nicht durchdringend sein. Der König kennt nicht, was ihm fehlt, und bei dem unendlichen Lobpreisen jedes seiner Schritte kann er es nicht kennen lernen. So ist nur allzu sehr zu fürchten, daß das Vortreffliche, das in ihm ist, nie mehr sein wird als ein Meteor, ein klarer, heller und erquicklicher Tag wird nicht in ihm aufgehen." Diese Prophezeiung sollte Wahrheit werden. Es hat nicht lange gedauert und der König, der sich einst sehr lebhaft für die konstitutionelle Verfassung engagiert hatte, sollte, als er dazu gelangt war, mit einer Volksvertretung zu regieren, sich als einen Despoten pur sang ausweisen. Er hat in Bayern damals die famose Abbitte eingeführt, welche Übeltäter vor seinem Bilde leisten mußten, und mit seinen Kammern in einem Krieg gelebt, der bis zu seiner Thronentsagung gedauert hat. Es war ein Kampf, bei dem der König sich nicht scheute, das Unrecht, das er beging, mit allen Mitteln zu verteidigen, er scheute vor keiner Gesetzesübertretung und keiner Willkür zurück. Die Mitglieder der Opposition haben die schwere Hand des Königs gefühlt. Schuler wurde landesflüchtig, Dr. Eisenmann in feuchten Kerkern um die Gesundheit betrogen, so daß er später in der Paulskirche als lebendes Beispiel der vormärzlichen Zustände auf Krücken umherhumpelte. Der Staatsrechtslehrer Wilhelm Josef Behr, der in Wort und Schrift für die Verbreitung konstitutioneller Ansichten wirkte und im Landtag fortgesetzt auf Öffentlichkeit und Mündlichkeit des Prozeßverfahrens drang, galt der Regierung infolgedessen als persönlicher Feind. Um die Stadt Würzburg, deren Bürgermeister er war, zu seiner Absetzung zu bringen, wurde die Bürgerschaft in ihren materiellen Interessen geschädigt, man drohte, die Universität und das Appellationsgericht zu

Das königliche Schauspielhaus in Berlin, erbaut von Schinkel, 1819—21

verlegen, kurz, man ließ kein Mittel unverfucht, bis man den unerfchrockenen Mann von feinem Poften befeitigt hatte. 1833 wurde er verhaftet und drei Jahre lang in der Fronfefte in München gefangen gehalten, dann zu einer Feftungsftrafe von unbeftimmter Dauer verurteilt und nach Paffau transportiert; erft 1848 erhielt der völlig Unfchuldige feine Freiheit wieder. Das reaktionäre Willkürregiment des Minifters von Abel, der fich aus einem liberalen Verteidiger der Preßfreiheit zu einem ultramontanen Heißfporn entwickelt hatte, laftete unter König Ludwig zehn Jahre lang auf dem unglücklichen Lande und hat durch die mörderifche Wut, mit der diefer Finfterling gegen Bildung, Wiffen und Aufklärung verfuhr, der Sache der Freiheit und der Konftitution, die er fo tödlich haßte, unendlich viel genützt. Wie Abel in Bayern, fo wirtfchaftete Haffenpflug in Kurheffen, wo er mit unerhörten Schikanen die Landftände zu befchränken und ihre Mitwirkung an der Regierung illuforifch zu machen fuchte. Die Kompetenzkonflikte zwifchen Kammern und Minifterium hörten nicht mehr auf, die Kammern wurden vertagt oder aufgelöft, Richter und Gerichte vergewaltigt, Schrecken und Gefetzlofigkeit herrfchten in dem Lande, in dem Herrfcher ohne Ehre und Würde, fchamlofe Maitreffen und gewiffenlofe Minifter jahrzehntelang ein Regiment führten, welches Recht und Gefetz offen verhöhnte und die Zuftände der fchlimmften Tage eines Ludwig XV. in Schatten ftellte.

Der Märtyrer kurheffifcher Defpotie, das Opfer „Heffenfluchs", wie der Volksmund den Minister getauft hatte, war der Marburger Professor Silvester Jordan, ein Mann, dessen unverzagter Mut und trauriges Schicksal ihn zum Helden gestempelt haben. Als Vertreter der Universität gehörte er der hessischen Ständeversammlung an und machte sich durch den lebhaften Anteil, den er an der Ausgestaltung der Verfassung von 1831 nahm, der Regierung ebenso verhaßt, wie durch seinen immer im besten liberalen Sinne ausgeübten Einfluß in der Kammer beim Volke angesehen. Der Minister versuchte, seine erneute Wahl ungültig zu machen, geriet darüber mit den Ständen in Konflikt und griff schließlich, um sich eines so unbequemen Gegners zu entledigen, zu dem nichtswürdigen Mittel, Jordan in einen politischen Prozeß zu verwickeln. Auf wissentlich falsche Denunziationen begnadigter Verbrecher hin, unter denen sich ein Marburger Apotheker Döring besonders hervortat, wurde Jordan verhaftet und angeklagt, an hochverräterischen Umtrieben teilgenommen zu haben. Seines Amtes entsetzt und in strengem Gewahrsam gehalten — der Untersuchungsrichter gestattete ihm nicht einmal Frau und Sohn, die während seiner Haft starben, noch einmal zu sehen — wurde der Unglückliche, dem auch nicht der Schatten wirklicher Schuld anhaftete, durch einen zwölf Jahre dauernden skandalösen Prozeß geistig und körperlich völlig gebrochen. Ganz Deutschland blickte mit Teilnahme auf den edlen Mann, der so schwer für seine Überzeugung büßte, der eine zwölfjährige Kerkerhaft erdulden mußte, ehe die hessischen Richter sich von seiner völligen Unschuld überzeugt hatten. Der Name Silvester Jordan war im vormärzlichen Deutschland eine Zauberformel, die Liebe und Haß in sich schloß, Liebe für die Freiheit, Haß gegen die Tyrannei.

Man verfolgte auch Jordans Freunde und verdächtigte sogar den General von Bardeleben, weil er dem Leichenbegängnis von Jordans Frau gefolgt war.

Mit den gleichen Mitteln einer unverantwortlichen und in der Wahl ihrer Mittel darum völlig unbedenklichen Kabinettsjustiz verfuhr man in Baden gegen Karl von Rotteck und Karl Theodor Welcker. Rottecks wiederholte Wahl zum Bürgermeister von Freiburg wurde nie bestätigt, sein Eintritt in die Kammer verhindert, sein und Welckers Wirken als Universitätslehrer und Redakteure liberaler Zeitschriften durch Verbote zu lähmen versucht, und doch hat alle Willkür und Verfolgung, die von seiten einer omnipotenten Bureaukratie gegen diese Männer ausgeübt wurde, ihren Mut und ihre Überzeugung nicht zu brechen vermocht. Immer wieder erhoben sie ihre Stimme für Freiheit und Recht, so daß Wolfgang Menzel über Rotteck einmal das schöne Wort gesagt hat: „Unter den neuen Freunden der Lüge blieb er ein alter Freund der Wahrheit, in einer Zeit, wo alles nur Geist zu haben trachtete, bewahrte er eine Gesinnung."

Das Herzogtum Nassau erfreute sich damals der Fünfmännerkammer. Als beim Zusammentritt des Landtages von 1831 der Herzog, um die Stimmenverhältnisse zu-

Das Haus Mauerstraße 36 in Berlin. Teilansicht

gunsten der Regierung zu verschieben, eine willkürliche Vermehrung der Herrenbank vornahm, erklärten 16 von 21 Abgeordneten ihren Austritt und hörten auf, die Sitzungen

Franz Krüger. Wilhelm Grimm. Handzeichnung
Berlin, Nationalgalerie

zu besuchen. Trotzdem die Regierung die zurückgebliebenen Fünf als alleinig zu Recht bestehende Volksvertretung betrachtete und sich von ihnen bewilligen ließ, was ihr Herz erfreute, so leitete sie gegen die 16 doch Untersuchungen ein, im Laufe deren einer von ihnen zu einem Jahr Korrektionshaus, der Kammerpräsident Herber aber wegen Majestätsbeleidigung zu drei Jahren Festung verurteilt wurde. Der würdige Greis starb vor Antritt seiner Strafe. Ihre Gegner — und welcher rechtlich denkende Mann hätte dazumal nicht dazu gehört? — in politische Prozesse zu verwickeln, war ein ebenso verwerfliches wie gern und oft benutztes Mittel der Regierungen, das mit größter Frivolität angewendet wurde; der Professor Karl Biedermann in Leipzig sah unter vielen anderen sich auch in einen Prozeß wegen Aufreizung gegen die Regierung verwickelt, einen Prozeß, der nach zweijähriger Dauer einfach wegen „Mangel mehreren Verdachtes niedergeschlagen wurde".

Tief drückte die Mißstimmung, welche aus derartigen Zuständen hervorgehen mußte, auf Deutschland; was Niebuhr einst prophezeit hatte: „Welches Leben ohne Liebe, ohne Patriotismus, ohne Freude, voll Mißmut und Groll, entsteht aus solchen Verhältnissen zwischen Untertanen und Regierungen" ging nur zu schnell in Erfüllung. Wie Schleiermacher und Jacobs, deren Äußerungen schon angeführt wurden, dachte die Mehrzahl der Gebildeten, „es herrschte eine fürchterliche Gemeinheit in der Welt, die von den Thronen ausging", sagt Wolfgang Menzel, und Varnhagens Tagebuch notiert 1836 den Seufzer: „Wir leben von und in Einrichtungen, die wir mißbilligen. Das ist eine große

Verkehrtheit, deren Nachteile künftig ausbrechen und einmal das größte Verderben herbeiführen müssen. Wer die Einsicht hat, entbehrt der Macht, wer die Macht hat, der Einsicht. Verwahrloster, unhaltbarer, geistleerer war unser Zustand 1806 nicht als jetzt." Damals schrieb Fanny Hensel an ihre Schwägerin Cécile Jeanrenaud: „Die Verschwörungen der Fürsten gegen die Völker gehen immer weiter und es möchte sich wohl keiner getrauen zu sagen, wohin das führen wird?"

Wenn Arnold Ruge einmal von dem demoralisierenden Einfluß des Polizeistaates spricht, der das ganze Volk nur an das Kommando

Franz Krüger. Jakob Grimm. Handzeichnung
Berlin, Nationalgalerie

von oben herab gewöhnen möchte, so begegnet er sich in dieser Anschauung mit einem entschiedenen politischen Gegner, dem General Leopold von Gerlach, der ganz offen zugibt: „Die Liberalen haben recht, daß der Polizeistaat nicht ausreicht." Aber selbst in den trübsten Zeiten bureaukratischen Druckes und höfischer Willkür wurden den fast Verzagenden wieder Zeichen zuteil, die den Glauben an Tugend und Männerkraft aufs neue stärkten. Ein solches war der Protest der Göttinger Sieben. König Ernst August von Hannover, der als welfischer Prinz den Titel eines Herzogs von Cumberland geführt und diesen Namen zu dem verachtesten in ganz England gemacht hatte, stieß durch einen Gewaltakt das hannöversche Staatsgrundgesetz um und griff 1837 auf die Verfassung von 1819 zurück. Er fand in seinem Lande keinen Widerstand, nur sieben Professoren der Göttinger Hochschule: Albrecht, Dahlmann, W. Weber, Wilhelm und Jakob Grimm, Gervinus und Ewald weigerten sich am 18. November 1837, dem König den Diensteid zu leisten, da sie an ihren Eid auf die Verfassung gebunden seien. Diese freimütige und offene Erklärung lief alsbald in Tausenden von Abschriften umher und erregte in ganz Deutschland einen wahren Sturm der Begeisterung, zumal die ehrlichen Männer sofort abgesetzt, ja drei von ihnen, Jakob Grimm, Gervinus und Dahlmann alsbald von Kürassieren über die Grenze gebracht wurden. Es regnete förmlich Gedichte, Lithographien, Kupferstiche, Stahlstiche, Schriften und Adressen, und als die brotlosen Gelehrten in Gefahr waren, in Deutschland keine Anstellung mehr zu finden, da wurden Geldsammlungen eingeleitet, zu denen der alte Salomo Heine allein 1000 Mark Banko beisteuerte. Das nächste Schiff, welches die Kurhavener vom Stapel ließen, nannten sie Professor Dahlmann.

Je höher die Flut der Begeisterung in den bürgerlichen Kreisen stieg, um so verdrießlicher wurden die Regierungen. In Berlin sagte Prinz Wilhelm zu dem jungen Savigny: „Sind Sie ein Sohn des Mannes, der die Infamie begangen hat, für die Göttinger Professoren Geld zu sammeln?" Der Minister von Rochow befahl dem Rektor der Universität, die Geldsammlungen für die Sieben in der Stille zu verhindern und schrieb an den Magistrat von Elbing, der eine Adresse an die sieben Professoren geschickt hatte, jene Warnung, der die berühmt gewordene Stelle vom „beschränkten Untertanenverstand" entstammt, ein Schriftstück, dessen maßloser bureaukratischer Hochmut, um Treitschkes Ausdruck zu gebrauchen, den preußischen Staat vor aller Welt bloßstellte.

Palais Kaiser Wilhelm I. in Berlin, erbaut 1834—36 von K. F. Langhans

Die Bauakademie in Berlin, erbaut von Schinkel, 1832—35

Dem Profeſſor Gans in Berlin, der ſich durch ſeinen Eifer zugunſten der Göttinger beſonders hervorgetan hatte, brachten mehrere hundert Studenten einen Fackelzug, den ſie
gleich mit einem ſtürmiſch ausgebrachten Pereat auf Geheimrat von Tſchoppe, der im
ſelben Hauſe wohnte, verbanden. Der hannöverſche Miniſter von Schele, der Berater
des Königs Ernſt Auguſt, ein Mann, den viele Millionen Deutſche, wie Varnhagen
ſchreibt, als gemeinen Verbrecher wegen Eidbruchs und Landesverrats beſtraft zu ſehen
hofften, erhielt den preußiſchen Roten Adlerorden. Am ungehalteſten war der König
Ernſt Auguſt, der den moraliſchen Effekt, den ſein Vorgehen und das mannhafte Ver-
halten der Göttinger Profeſſoren in Deutſchland hervorbrachte, hoch genug anſchlug, um
bei aller Verachtung des Profeſſorentums zu erklären: „Hätte ich gewußt, was mir die
ſieben Teufel für Not machen würden, ſo hätte ich die Sache nicht angefangen." Um
doch wenigſtens für die Niederlage, die ſeine Regierung vor den Augen Europas erlitt,
eine Genugtuung zu haben, ſuchte er die Anſtellung der Sieben an anderen Univerſitäten
Deutſchlands zu verhindern, was ihm bei der Furcht und Kleinmütigkeit derſelben auch
gelang. Nur König Wilhelm von Württemberg berief Ewald nach Tübingen, worüber
ſich der hannoverſche Hof doppelt ärgerte, weil dieſer gerade der einzige geborene Hanno-

veraner war. Als die beiden Herrscher sich nicht lange danach in Berlin trafen, schnaubte Ernst August den Württemberger an: „Warum haben Sie einen Professor angestellt, den ich fortgejagt habe?" „Eben deswegen", antwortete dieser. Wenn Jakob Grimm und Dahlmann die Schriften, welche sie zur Rechtfertigung ihres Schrittes veröffentlichten, auch in der Schweiz erscheinen lassen mußten, da die deutschen Zensurverhältnisse ihnen in Deutschland keinen Verleger zu finden erlaubten, so flog der Inhalt derselben doch durch das deutsche Volk. Dahlmann schrieb: „Es gilt Deutschland. Kann eine Landesverfassung vor den Augen des Bundes wie ein Spielzeug zerbrochen werden, dann ist über Deutschlands nächste Zukunft entschieden, aber auch über die Zukunft, die dieser folgen wird." Das Aufsehen, welches die ganze Angelegenheit machte, übte in politischer Beziehung eine tiefe Wirkung aus, trotzdem nur zwei von den Sieben, Dahlmann und Gervinus, persönlich auf die Politik zu wirken suchten. Das Bekenntnis, welches diese Männer gegen die Despotie abgelegt hatten, wirkte aufrüttelnd auch auf die bisher Lässigen und Gleichgültigen, es bestärkte die Masse in dem Glauben, in seinen Professoren die tapfersten Vorkämpfer für Freiheit und Recht zu erblicken, waren doch Rotteck, Welcker, Jordan, Oken, Behr, Luden ebenfalls alle Universitätslehrer, ein Zutrauen, welches, wie Treitschke bissig bemerkt, den „Einbruch des Professorentums in die Politik" begünstigte und dazu führte, daß ein Jahrzehnt später mehr als hundert Professoren in das Parlament der Paulskirche gewählt wurden.

Es ist schon früher darauf hingewiesen worden, daß die geistige Abhängigkeit, in welcher die deutschen Regierungen bemüht waren, ihre Untertanen zu erhalten, naturgemäß dazu führen mußte, diese mit ihren Interessen auf das Ausland hinzuweisen, ein Vorgang, den die Presse dadurch unabsichtlich unterstützen mußte, daß sie über deutsche Verhältnisse so gut wie gar nichts bringen durfte, also ihr Augenmerk ebenfalls in erster Linie auf das Ausland richten mußte. Schon 1824 war Wolfgang Menzel, der mehrere Jahre in der Schweiz zugebracht hatte, bei seiner Rückkehr nach Deutschland in Heidelberg die ganz veränderte politische Stimmung aufgefallen. Niemand wollte mehr von deutscher Einheit und deutscher Größe reden hören, aller Augen blickten auf Frankreich, und die Verhandlungen der französischen Kammern bildeten den Mittelpunkt des Interesses aller Zeitungsleser. Die Ideen des französischen Liberalismus begannen sich in Deutschland einzubürgern und entwickelten sich ebenso wie in Frankreich selbst immer weiter nach der Richtung des Radikalismus. Ludwig Bamberger erzählt, daß sein politisches Interesse bei der Lektüre der parlamentarischen Kämpfe der radikalen Opposition in Frankreich erwachte.

Im Gegensatz zu denen, welche die Monarchie unter konstitutionellen Formen beibehalten wollten, stellten sich jene, welche von den Konstitutionen, wie sie in Deutschland

Schinkel. Entwurf für die Berliner Schloßbrücke, 1819

bestanden, kein Heil zu erwarten vermochten, sondern offen zur Republik drängten. So schrieb ein Freund an Friedr. Perthes: „Von der Monarchie müssen wir loskommen oder alles geht unter. Als Heilmittel der allgemeinen Krankheit, an welcher Europa darniederliegt, hat die Geschichte den Liberalismus dem Menschengeschlecht bereitet. Er wirkt als einzig noch übrige Arznei auf alle Teile des gesamten durch und durch zerrütteten Organismus." Sie sprachen wohl, wie Arnold Ruge, von dem hölzernen Eisen des Konstitutionalismus und urteilten wie dieser, daß die preußische Polizeimaschine schließlich nur an machtlosen Kammerreden ärmer sei, als die Verfassungen der süddeutschen Staaten. Diese Gesinnung fand ihren ersten öffentlichen Ausdruck bei dem großen Volksfeste, welches am 26. Mai 1832 auf der Ruine des Hambacher Schlosses bei Neustadt an der Hardt gefeiert wurde. 30000 Menschen waren zusammengeströmt, um den Reden zu lauschen, welche von Deutschen, Polen und Franzosen gehalten wurden. Aus allen sprach unverhohlen der Wunsch nach einer deutschen Republik, die man durch eine allgemeine Volkserhebung zustande bringen müsse. Der Redakteur Johann Georg August Wirth fluchte den Volksverrätern, sprach aber einer kleinen Gruppe extremer Schwärmer nicht zu Dank, denn er warnte vor den Franzosen und verlangte die Rückgabe Elsaß-Lothringens. Am zündendsten wirkte die Rede des Dr. Philipp Jakob Siebenpfeiffer, welcher verkündigte, es gäbe Maitage im Leben der Völker und der Deutschen Mai sei gekommen. „Der Tag des edelsten Siegesstolzes, wo der Deutsche vom Alpengebirge und der Nordsee den Bruder umarmt, wo die Zollstöcke und Schlagbäume, wo alle Hoheitszeichen der Trennung, Hemmung und Bedrückung verschwinden, samt den Konstitütiönchen, die man einigen mürrischen Kindern der großen Familie als Spielzeug hinwarf. Seit das Joch des fremden Eroberers abgeschüttelt ist, erwartete das deutsche Volk lammfromm von seinen Fürsten die verheißene Wiedergeburt. Es sieht sich getäuscht, darum schüttelt es zürnend die Locken und droht dem Meineid.

Das deutsche Volk wird das Werk vollbringen durch einen jener allmächtigen Entschlüsse, wodurch die Völker, nachdem die Fürsten sie an den Abgrund geführt, sich einzig zu retten vermögen. Nimmermehr wollen wir unseren Söhnen das Werk überlassen; wir selbst wollen, wir müssen es vollenden, und bald muß es geschehen, soll die deutsche, soll die europäische Freiheit nicht erdrosselt werden von den Mörderhänden der Aristokratie.‟

Diese Rede fand einen Widerhall weit über Deutschland hin, sie wirkte mit der Julirevolution zusammen, um die deutschen Regierungen zu einem noch strafferen Anziehen der Zügel zu bewegen. Metternich jubelte, daß die Hambacher Redner ihm ungebeten den schönsten Vorwand lieferten, sein System der Unterdrückung weiter auszubilden, und nach dem bisherigen Rezept der Verbote wurde der kranke Deutsche weiter behandelt. Die für 1833 geplante Wiederholung des Festes wurde untersagt, einige Heidelberger Studenten, die trotzdem gekommen waren, von bayerischen Gendarmen sogar per Schub zurückgebracht.

Die Propaganda der radikalen Ideen, welche hauptsächlich von Paris aus in Deutschland betrieben wurde, wendete sich im Gegensatz zu den Konstitutionellen, die ihr Publikum unter den Gebildeten suchten, vorzugsweise an die niedere Klasse und benutzte die Unzufriedenheit und den Neid der sozial tiefer und schlechter Stehenden zur Aufwiegelung der Massen. Selbst die rheinischen Dienstmädchen sangen damals in ihren Küchen, wie Ludwig Bamberger erzählt:

„Fürsten zum Land hinaus,
Jetzt geht's zum Völkerschmaus‟ usw.

Der Pfarrer Weidig in Butzbach und der Gießener Student Georg Büchner bearbeiteten in Flugschriften von unerhörter Kühnheit der Sprache die hessischen Bauern und suchten sie zum Aufstand zu reizen. Der „Leuchter und Beleuchter‟, der „Hessische Landbote‟ sind Hetzschriften von ausgesprochen aufrührerischer Tendenz, sie bedienen sich eines biblischen Tones, um maßlose Schmähungen gegen die Fürsten und die Besitzenden überhaupt zu schleudern. „Im Jahre 1834‟, schreibt die erste Botschaft des Hessischen Landboten, „sieht es aus, als würde die Bibel Lügen gestraft. Es sieht aus, als hätte Gott die Bauern und Handwerker am fünften Tage, und die Fürsten und Vornehmen am sechsten gemacht, und als hätte der Herr zu diesen gesagt: Herrschet über alles Getier, das auf Erden kriecht, und hätte die Bauern und Bürger zum Gewürm gezählt. Das

Schloß Babelsberg bei Potsdam, erbaut von Schinkel, 1835

Leben der Vornehmen ist ein langer Sonntag . . . sie haben feiste Gesichter . . . das Volk
aber liegt vor ihnen wie Dünger auf dem Acker . . . Das Leben des Bauern ist ein langer
Werktag; Fremde verzehren seine Äcker vor seinen Augen, sein Leib ist eine Schwiele,
sein Schweiß ist das Salz auf dem Tisch des Vornehmen . . . Seht nun, was man im
Großherzogtum aus dem Staate gemacht, seht, was es heißt: die Ordnung im Staate
erhalten! 700000 Menschen bezahlen dafür sechs Millionen, d. h. sie werden zu Acker-
gäulen und Pflugstieren gemacht, damit sie in Ordnung leben, d. h. hungern und ge-
schunden werden. Wer sind denn die, welche diese Ordnung gemacht haben, und die Wachen, diese Ordnung zu erhalten? Das ist die großherzogliche Regierung."

Georg Büchner, ein junger Mann von hochfliegenden Ideen und hinreißender Be-
redsamkeit, gründete 1834 in Darmstadt die Gesellschaft der Menschenrechte, welche sich
die Verwirklichung der in der Erklärung der Menschen- und Bürgerrechte ausgesprochenen Grundsätze vornahm. Von Paris aus verbreiteten politische Flüchtlinge, die sich dort
in einen Bund der Geächteten zusammengetan hatten, ein Netz geheimer Gesellschaften
über West- und Süddeutschland, vorzugsweise Hessen, in welchen die Grundsätze Saint-
Simons von Gütergleichheit, Gütergemeinschaft und Verringerung der Lasten propagiert
wurden. Wie damals in Italien, in Frankreich, in Polen Geheimbünde an der Ver-

En avant!

„Ueber die Hauptpunkte find wir einig, wir und fie beim Kaffeekochen drüben; es fragt fich jetzt nur, Herr Maier, ob Sie die Diktatur annehmen wollen. — wie können dann gleich am Dienstag nach dem Zapfenstreich anfangen."

Zeichnung von Spitzweg. Aus den Fliegenden Blättern

wirklichung nationaler Ideen tätig waren, so dachte man einem jungen Italien ein junges Deutschland an die Seite zu setzen, Pläne, denen die deutsche Vereinsmeierei ja genügend Vorschub leistete. Hatten die Burschenschaft und der Jünglingsbund sich vorzugsweise aus Studenten zusammengesetzt, so waren in diesen Gesellschaften fast ausschließlich Handwerker und kleine Leute vereinigt: Spengler, Schuhmacher, Gerber, Schlächter, Schreiner, Schmiede, Schneider, Zimmerleute, denen der Beigeschmack des Geheimen, der Verschwörung, den ihre Bier-, Kegel- und Skatgesellschaften erhielten,

wohl besonders pikant vorkommen mochte. Diese Vereine nannten sich Zelte, Hütten, Berge, Lager, und ordneten sich als Kreislager, Brennpunkte, Nationalhütten zusammen. Die einzelnen Vereine, deren Namen dem interessanten Geheimnis zuliebe auch öfters geändert wurden, tauften sich Rütli, Einheit, Bürgertugend, Volkswille, Volksherrschaft, Völkertugend, Tatkraft, Beständigkeit, Einigkeit, Zukunft, Schwert, Wartburg. Die Mitglieder dieser Bünde, die außer Handwerksmeistern auch Gesellen aufnahmen, Bediente aber streng ausschlossen, schwelgten in den noms de guerre, welche sie sich beilegten, in heroischen Anspielungen. Der Schneider Erkl hieß Stauffacher, Schreiner Hoffmann = Winkelried, Tischler Aßmann = Lützow, Schneider Brauer = Luther, Steinmetz Decker = Leonidas, Schriftsetzer Goldschmidt = Faust, Schneider Grübel = Tell, Schneider Rostock = Huß. Diese heroisch Benamsten waren sicher die ganz Überzeugten, wenn aber der Küfer Rönius = Faß, Buchdrucker Salomon = Stiefel, Musketier Kimnach = Fidibus, Schreiner Haverbeck = Lama oder der Handelsmann Pflüger = Zebra genannt wurden, so vermißt man schon den rechten Ernst. Den ganzen wollüstigen Reiz des Verbotenen kosteten die Verschworenen aus, wenn neue Mitglieder in feierlicher Weise mit verbundenen Augen unter furchtbaren Eidschwüren aufgenommen, oder die geheimen Losungen und Erkennungszeichen bekannt gegeben wurden. Man korrespondierte auch in einer Geheimschrift. Wie köstlich war allein schon das Gefühl,

84

Das ehemals Gräfl. Redern'sche Palais auf dem Pariser Platz in Berlin, erbaut 1829 von Schinkel

wenn Lohgerber und Bürstenbinder, Bäckergesellen und Schriftsetzer sich in Chiffern schrieben! Der Zweck der Verschworenen war die Befreiung und Wiedergeburt Deutschlands, das Joch schimpflicher Knechtschaft sollte abgeschüttelt und ein Zustand begründet werden, der, soviel Menschenvorsicht vermag, den Rückfall in das Elend verhindere. Das Mittel dazu waren Zusammenkünfte, nicht nur am Biertisch, sondern auch auf Spaziergängen, bei denen dann zur Debatte stand, ob es besser sei, Deutschland in einem monarchischen oder republikanischen Staat zu vereinigen. Als das ganze Wesen an den Tag kam, erlebte die Zentraluntersuchungskommission in Mainz ihre fröhliche Auferstehung, der Deutsche Bund war ja in größter Gefahr. Insgesamt hatten alle diese Zelte und Hütten nur 382 Mitglieder gezählt, wie aber, wenn man ihnen nicht zuvorgekommen wäre und die verschworenen Tischlergesellen und Konditorjungen nun die eine und unteilbare deutsche Republik proklamiert hätten!? Das einfachste und menschlichste wäre gewesen, alle diese Leute zu Hoflieferanten zu ernennen, dann hätte man mit einem Schlage 382 bürgerliche Ordnungsstützen gehabt, Polizei und Justiz allerdings wären dabei leer ausgegangen und da die Angelegenheit in ihre Hände fiel, so war die ganze Kinderei im Handumdrehen zu Hochverrat gestempelt. Varnhagen bemerkt, daß das meiste, was in diesen Untersuchungen zutage trat, tüchtig und löblich war, während man aber die Betbruderschaften der Handwerker ungeschoren ließe, ginge man gegen diese Verbindungen mit der ganzen Schärfe des Gesetzes vor. Varnhagen wurden auch die Schändlichkeiten bekannt, welche der Untersuchungsrichter in Mainz gegen die Angeklagten beging, er schrieb den Leuten vor, was sie bekennen sollten, unter der Vorspiegelung, dann kämen sie gleich frei, während er doch recht gut wissen mußte, welche Strafen der Leute warteten. In Preußen gab erst die Amnestie Friedrich Wilhelms IV. vom 10. August 1840 ihnen die Freiheit zurück, in Württemberg erst jene, welche König Wilhelm bei seinem Regierungsjubiläum 1841 erließ.

Wie das Interesse an der Politik auch in Kreisen, die derselben sonst ganz ferngestanden hatten, immer mehr anwuchs und bei der versuchten gewaltsamen Unterdrückung desselben nur in falsche Bahnen getrieben wurde, wie in diesen Geheimbünden, so brach es auch bei anderen Gelegenheiten durch und klang den Regierenden dann um so mißtöniger ins Ohr. Friedrich von Raumer hat bei dem jährlichen Festaktus der Berliner Akademie, dem der Kronprinz beiwohnte, diesen daran erinnert, daß sein Vater das Versprechen einer Volksvertretung noch immer nicht eingelöst habe und die geheim beratenden Provinzialstände allein nicht genügten, sie glichen einem Körper ohne Haupt. So wurde das Leichenbegängnis des als freisinnig bekannten Schleiermacher durch die ungeheure Teilnahme des Publikums zu einer imposanten Kundgebung des Liberalismus, und ebenso dasjenige des Professor Gans, dem alle Professoren, 800 Studenten und 100 Wagen folgten. Die Rede, welche Marheinecke am Grabe hielt, war nach des Germanisten Lachmann Urteil geradezu ein Pasquill auf den reaktionären Gegner des Verstorbenen, den Juristen Savigny, sie glich mehr einem Korrespondenzartikel in einem Tageblatt, als einer Leichenrede. Professor Ewald versah seine hebräische Grammatik mit einer durchaus politischen Vorrede, und der Philologe Böckh forderte in einer Abhandlung über eine Stelle im Theaetet des Platon, die er dem Lektionsverzeichnis der Berliner Universität mitgab, die Studierenden auf, sich zu freien Männern auszubilden, nicht zu knechtischen Beamten. Alle diese Kundgebungen glichen aber nur kleinen Explosionen einer latenten Unzufriedenheit, verglichen mit jenen Ausbrüchen der Begeisterung, welche Deutschland durchtobten, als der Freiheitskrieg der Griechen ausbrach oder die Polen sich gegen Rußland erhoben.

Der Philhellenismus, die freudige, hilfsbereite Begeisterung für Griechenland, bedeutete, wie Georg Weber, der ihn als Jüngling miterlebte, sagt, das erste freie Aufatmen der gedrückten und geknickten öffentlichen Meinung gegenüber der rückschrittlichen Politik der Mächte.

„Ohne die Freiheit, was wärest du, Hellas,
Ohne dich, Hellas, was wäre die Welt?"

sang Wilhelm Müller und sprach in diesen zwei Zeilen die bewegenden Motive aus, welche die Begeisterung schürten. Man sah in den Griechen das aufstrebende Volk, das sich gegen eine überlebte despotische Regierung zur freien Selbstbestimmung erhob und mit todesmutiger Tapferkeit und einer unerhörten Kraft der Aufopferung für die Möglichkeit einer freien politischen und sozialen Wiedergeburt rang und blutete und verehrte in diesem Volk, das man so gern mit den Hellenen des Altertums identifizierte, zugleich die Träger einer Kultur, auf der die Bildung des ganzen Abendlandes beruht. Alte verständige Leute schüttelten die grauen Köpfe, schreibt Heinrich Heine 1822 aus Berlin, aber die Jugend ist enthusiastisch für Hellas, besonders glühen und flammen die Philologen. In Berlin zeichneten sich Domprediger Strauß, Probst Neander, Prof. Ritschl, der alte Hufeland, Professor Zeune, in Hamburg Friedrich Perthes, in München Friedrich Thiersch, in Heidelberg der greise Joh. Heinr. Voß, in Darmstadt der Bankier Hoffmann durch ihren Eifer für die Sache Griechenlands aus, der preußische Kronprinz, Prinz Wilhelm Sohn, Großfürst Nikolaus machten aus ihren griechischen Sympathien kein Hehl. Wie in Paris die vornehmen Damen durch Sammlungen von Haus zu Haus Gelder zur Unterstützung der kämpfenden Griechen aufbrachten, so gingen sie auch in Berlin herum. Es wurden in Deutschland Sammelstellen errichtet, Vorstellungen und Konzerte gegeben, Professor Krug in Leipzig erließ einen Aufruf zur Bildung von Hilfsvereinen, Tzschirner predigte von der Kanzel der Thomaskirche zum Besten der

Einstige Amtswohnung des General-Steuerdirektors, erbaut von Schinkel, 1830

Griechen. Der Buchhändler Georg Reimer veranstaltete u. a. in seinem Hause, dem ehemalig gräflich Sackenschen Palais, in der Wilhelmstraße 73 in Berlin eine Leihausstellung alter und neuer Bilder zum Besten des Griechenfonds, ferner ein Konzert, in dem Henriette Sontag ein neugriechisches Lied sang und 700 Taler Einnahme erzielte. Die Dichtungen, die Griechenlands Morgenröte, Kraft und Tat freyer Hellenen, Hellas Tod und Auferstehen, Hellas Jammergeschrei und Hellas Klagen besangen, waren Legion. Jean Paul, Justinus Kerner, Rückert, Tiedge, Gustav Schwab, Zedlitz, Hoffmann von Fallersleben, Friedrich Krug von Nidda, Ludwig Rellstab, Wilhelm Waiblinger, Heinrich Stieglitz und zahllose andere rührten ihr Saitenspiel und die Dichterinnen blieben nicht hinter ihnen zurück, Friederike Brun, Amalie von Helwig geb. von Imhoff, Luise Brachmann, Adelheid von Stolterfoth suchten gleich ihren Brüdern in Apoll auf die Stimmung zu wirken. Wilhelm Müller wurde durch seine Griechenlieder damals zuerst dem Publikum bekannt, selbst der Verfasser des Rinaldo Rinaldini, der alte vergessene Vulpius, ritt seinen Pegasus noch einmal in einem Schauerroman in das klassische Griechenland. Es muß den Griechen sehr viel geholfen haben, spöttelte Heine, daß sie von unseren Tyrtäen auf eine so poetische Weise an die Tage von Marathon, Salamis und Platää erinnert wurden, aber er hatte unrecht, das beständige Erinnern an

88

Bürgerliches Wohnhaus in Berlin, Mauerstr. 36. Erbaut unter Friedrich Wilhelm II. für die Generalin Rossère. Varnhagen von Ense und Rahel wohnten hier

den Verzweiflungskampf der Lebenden und seine Parallele mit den Heldentaten des Altertums wird manche Summe zum Besten der Unglücklichen eingetragen haben. Viele Tatendurstige machten sich auf, wie Lord Byron, um persönlich den Kämpfenden mit ihrem Arm beizustehen, aus Preußen zogen Franz Lieber, Herr von Rheineck, der Hauptmann Fabeck nach Hellas, aus Württemberg der General von Normann, derselbe, der einst die Lützower bei Kitzen verräterisch überfallen hatte und beim Übertritt des württembergischen Korps zu den Alliierten von Gneisenau verächtlich zurückgewiesen worden war. Aus Aschaffenburg erließ der Freiherr F. L. von Dalberg einen vom 5. August 1821 datierten Aufruf, er werde sich den Griechen anschließen, wer mit ihm ziehen wolle, sei willkommen, Offenbach wurde als Sammelplatz bestimmt. Friedrich Thiersch hatte im stillen einen Plan zur Bildung einer deutschen Legion ausgearbeitet, die als Freikorps völlig organisiert und ausgerüstet, in Mazedonien ans Land gesetzt werden sollte, ein Plan, dessen Ausführung durch Metternich gehindert wurde. Das gemeine Volk schrieb

die Siege der Griechen Napoleon zu, die Zichorienliese in Berlin bewies ihrer Kund-
schaft, daß der Bonaparte griechischer Anführer sein müsse. Die Knaben spielten nicht
mehr Räuber und Stadtsoldat, sondern Griechen und Türken, aber von den Berliner Jun-
gens, mit denen Karl Gutzkow sich herumschlug, wollte keiner zu den Türken gehören.
Fontane sah in Swinemünde in den Guckkastenbildern der Jahrmarktsbuden alle die
Personen, Schlachten und Heldentaten jener Epoche, das Bombardement von Janina,
Bozzaris in Missolunghi, die Schlacht bei Navarin und hatte noch als alter Mann die
Empfindung, dabei gewesen zu sein. Der Gymnasiast Buschmann, Mitschüler von Karl
Rosenkranz in Magdeburg, verfiel vor Aufregung in prophetische Träume über die Ge-
schicke Griechenlands, mit denen er seine Konpennäler aufregte, selbst die ganz Kleinen
fanden in Karl Hases griechischem Robinson Stoff für die Freiheitsbegeisterung. Karl
Rahl, Ernst Hähnel, Alfred Rethel wurden durch die Griechenbegeisterung zu ihren
ersten künstlerischen Versuchen angeregt, Richard Wagner verfaßte in der Sekunda
einen Chorgesang in griechischer Sprache auf den neuesten Freiheitskampf.

Durch alle Schichten der Bevölkerung ging die Teilnahme, sie erlaubte Betrügern,
glänzend von ihr zu zehren. Der Vater Gustav Freytags, Bürgermeister einer kleinen
schlesischen Stadt, verhaftete zwei Gauner, bei denen sich ein ganzer Wagen voller Gold-
stücke befand, Summen, die sie unter dem Vorgeben, ihre Familien aus türkischer Ge-
fangenschaft loskaufen zu müssen, zusammengebettelt hatten. Verschwindend klein muß
die Zahl derjenigen gewesen sein, die sich den Aufregungen des Philhellenismus völlig
fern hielten, schreibt doch die Generalin von Boguslawska einmal ihrer Tochter, daß sich
kein Privatmann, ohne niederträchtig zu erscheinen, als Türkenfreund erklären könne.
Unter diesen wenigen finden wir den Gerbermeister Gervinus, der den Aufstand der
Griechen Sekundanerstreichen verglich und aus Opposition das Bild des Sultan Mah-
mud auf seinem Pfeifenkopf trug, und einige Hochtorys, für die ein Volk immer nur
Pflichten hat. Zu ihnen gehörte Ernst Ludwig von Gerlach und sein Kreis, welcher bemerkt, daß ihnen die Sache der Griechen völlig gleichgültig gewesen sei und zwischen
ihnen nie von denselben die Rede gewesen wäre. Sie trafen sich da mit dem Prediger
Wigand in Erfurt, der eine Schrift gegen die Gottlosigkeit der Griechen und für die
rechtmäßige Herrschaft der Pforte herausgab und dem Deklamator Pittschaft, von dem
Wolfgang Menzel eine so köstliche Beschreibung gibt. Dieser wunderliche Heilige war
württembergischer Kavallerieoffizier gewesen und hatte sich dann zur Natur und Nackt-
kultur bekehrt. Er ging bis auf einen schmalen Schurz um die Hüften völlig nackt und
trug sein Haar und seinen langen blonden Bart in Zöpfe geflochten. So trat er in
öffentlichen Vorträgen als Apostel gegen Luxus und Wohlleben auf, mit dem Erfolg,
daß er von der Polizei, wo er sich nur immer sehen ließ, hinausgeschafft wurde. Als er

Das Wohnhaus des Generalchirurgus Goercke in Berlin, Dorotheenstr. 5
Erbaut im Anfang des 19. Jahrhunderts

nach Aarau kam, wollte er einen Vortrag nur für Damen halten, was aber daran scheiterte, daß er ganz nackt zu Pferde aufzutreten wünschte, schließlich begnügte er sich damit, sich auf einem Floß in der Aar als Diogenes in der Tonne für Geld sehen zu lassen. Wahrscheinlich genügte ihm das Aufsehen, das er erregte, noch immer nicht, und so entschloß er sich, in diesen Jahren Schillers Glocke vorzutragen und die Stelle „wenn sich die Völker selbst befrein" mit Ausfällen auf „jenes tolle Unternehmen der Griechen, dieses habsüchtigen, niedrigen und feigen Volkes" zu begleiten. Er erregte jedesmal großen Skandal und flog am Ende hinaus. In diesem Punkte war man dazumal sehr empfindlich, und ein Gelehrter, wie Fallmerayer, der seine von der Allgemeinheit abweichenden Ansichten in ernsten Büchern wissenschaftlich vortrug, hat sein Fortkommen nur dadurch in Frage gestellt, daß er den begeisterten Philhellenen nachwies, daß in den Adern der Neugriechen kein Tropfen althellenischen Blutes mehr flösse und der Freiheitskampf derselben religiösen Motiven entsprungen sei. Ebenso dachte ein Freund von Friedrich Perthes, der ihn im Juli 1821 von seiner Tätigkeit für die griechische Sache abzuhalten suchte. Er schrieb ihm: „Von dem ersten Auftreten an in der alten Geschichte hat dieses geistreiche, hochbegabte Volk gezeigt, daß es ähnlich wie die Franzosen der neuen Zeit alles besitzt, was einem ehrlichen Manne zu wünschen wäre, aber nichts von dem, was einen Mann ehrlich macht. Den Griechen ist nicht erst in ihrem jetzigen Zustande der Erniedrigung und Verwilderung, sondern schon in der Zeit ihres höchsten Glanzes und Ruhmes, der Sinn für Treue und Recht, für Dankbarkeit und Billigkeit fremd, ja lächerlich gewesen." Der gleichen Meinung waren auch die Kabinette. Auf Veranlassung des Grafen Bernstorff erließ der preußische Polizeiminister von Schuckmann einen Befehl an die Zensoren, daß die Sache der Griechen in den Provinzialblättern nicht zu günstig und aufregend dargestellt werden dürfe. Als die Geldsammlungen den Enthusiasmus doch in bedenklicher Weise zu entfachen drohten, selbst Friedrich Wilhelm III. spendete 1200 Friedrichsdor, da erließ der eifrige Herr von Kamptz sofort ein Zirkularreskript, diese Summen dürften nur den notleidenden Griechen nicht den kämpfenden zugute kommen. Im österreichischen Beobachter eröffnete Gentz einen Feldzug, um die öffentliche Meinung gegen die Griechen zu stimmen, er konnte aber nicht einmal hindern, daß König Ludwig von Bayern selbst einen Aufruf für Griechenland erließ, und erst recht nicht, daß er den größten deutschen Philhellenen Friedrich Thiersch, den vom Grafen Bernstorff als „frechen Freund der Freiheit" Qualifizierten, maßregelte. Thiersch, ein Philhellene mit Leib und Seele, war schon seit 1815 für die Sache Griechenlands tätig, indem er in München ein Athenäum als Bildungsanstalt für junge Griechen eröffnete. Zusammen mit dem Genfer Bankier Eynard ist er wohl derjenige Westeuropäer gewesen, der am meisten für Griechenland getan und am klarsten in den Angelegenheiten des unglücklichen Landes gesehen hat. Nachdem die öffentliche Meinung Europas, die sich hier in einer völligen Übereinstimmung befand, die Großmächte endlich gezwungen hatte, das zu tun, was der Preuße Ancillon schon 1821 vorgeschlagen hatte, nämlich die Griechen in ihren Schutz zu nehmen, ließ die Eifersucht und der Neid dieser Helfer nicht zu, daß das Land einen Zuschnitt bekam, der ihm eine lebensfähige Zukunft sicherte. Thiersch schrieb darüber 1829 an Eynard: „Niemand kann sich täuschen über das Schicksal, welches man Griechenland vorbereitet. Unter einem glänzenden Vorwand entzieht man ihm jede Möglichkeit, eine Macht zu werden, damit es ja dem Engländer auf den Jonischen Inseln nicht beschwerlich falle. Und ohne Vorwand raubt man ihm die Bürgschaft zu seiner Existenz, damit, wenn es gilt, diese zu verteidigen, der Widerstand unmöglich werde. Die Folgen, die man voraussieht, und auf die man rechnet, werden unmittelbar und in trauriger Gestalt eintreten. Die innere Zerrüttung wird wiederkehren, die kaum unterdrückten Parteien werden wieder auftauchen und werden zuletzt Griechenland in einen Zustand des Elends und der Unordnung stürzen, wobei der politische und soziale Fortbestand zur Unmöglichkeit wird."

Schloß Charlottenhof bei Potsdam, erbaut von Schinkel, 1826

Als im Rate der Großmächte dann beschlossen worden war, das Danaergeschenk der Krone Griechenlands einem Prinzen aus einem der kleineren Fürstenhäuser zuzuwenden und die Intrigen des Grafen Capodistrias den Prinzen Leopold von Koburg von der Annahme derselben abgeschreckt hatten, wurde der deutsche Gelehrte zum Königmacher. Thiersch wandte die Krone dem Prinzen Otto von Bayern zu, mußte aber nur zu bald einsehen, daß er damit weder dem Lande, das er so liebte, noch dem Hause Wittelsbach genützt hatte. Traurig schrieb er schon 1832 an seinen Verleger Cotta: „Würde man bezahlt, die Sache zu verderben, an der die Rettung von Griechenland, das Wohl des Königs Otto und die Ehre seines Vaters liegt, man könnte nicht anders verfahren, als man bis jetzt verfahren hat. Statt daß König Otto Tag und Nacht griechisch triebe, um Worte des Zutrauens, der Beruhigung und des Trostes zu seinem Volke sprechen zu können, läßt er sich malen, zeichnen, modellieren, gravieren, in Festen und Schaustellungen herumziehen. Dazu kommt der Luxus, der auf die königliche Ausstattung gewandt wird, und das von dem Gelde, das man erst zu borgen im Begriffe steht. Die Griechen können eine solche Verschwendung des Reichtums in einem ganz zugrundegerichteten Lande unter den Ruinen der Städte und Dörfer zwischen einer von Not und Hunger ersterbenden Bevölkerung nicht billigen. Was sollen sie sagen, daß das alles vom Gelde bezahlt wird, das man auf ihren Namen geborgt hat oder borgen will, und das sie mit schweren Zinsen von ihrem Fleiß und Schweiß wieder bezahlen müssen, und damit hofft man, Achtung und Vertrauen zu begründen, auf dem allein jener Thron bestehen kann." Einige Jahre später schreibt er an Gottfried Hermann: „Nie ward eine schönere und größere Sache schlechter gefaßt als diese griechische unter den Händen der mit Land und Leuten ganz unbekannten Personen, die man dort hingeschickt. Und von neuem bewährt sich die Erklärung der bayerischen Geschichte, die wir Montgelas verdanken: „L'histoire de Bavière c'est l'histoire des occasions manquées."

Wer heute die Berichte liest, welche Thiersch während einer archäologisch-diplomatischen Mission, die ihn 1831 nach Griechenland führte, an König Ludwig schrieb, muß die hohe staatsmännische Begabung des Mannes bewundern und den hellseherischen Blick, mit dem er in die Zukunft des Landes drang; in diesem deutschen Professor steckte ein Diplomat vom ersten Rang. Wahrscheinlich las König Ludwig deshalb diese Briefe gar nicht und gab statt eines Mannes, der Land, Leute und Sprache kannte, seinem Sohn lieber einige unfähige Bureaukraten mit, adlige Beamte, die das Land, welches sie verwalten sollten, verachteten und seine Sprache weder verstanden noch lernten. Ringseis beurteilte die Tätigkeit des Grafen Armansperg und seiner Mitregenten ganz richtig, wenn er prophezeite: „das erste und angelegenste wird sein, den ganzen Berg von bayerischen Gesetzen und Verordnungen, die schon in Bayern nichts

Peter Heß. Einzug des Königs Otto in Athen, 12. Januar 1835. Ölgemälde
München, Neue Pinakothek

taugen, nach Griechenland zu verschleppen, wo sie geradezu ungeheuerlich wirken
werden".

Am 6. Dezember 1832 reiste König Otto von München ab, traf am 30. Januar
1833 vor Nauplia ein, konnte seinen Einzug aber erst am 6. Februar halten, da die
Partei Kolokotronis sich feindlich zu stellen drohte und erst versöhnt werden mußte. Daß
er die verständigen Ratschläge des deutschen Professors nicht befolgte, hat ihn nach
32 Jahren als Entthronten in die bayerische Heimat zurückgeführt.

Fast die gleiche Begeisterung, wie der Freiheitskampf der Griechen, weckte der Aufstand der Polen gegen Rußland. Den Polen kam es bei den Sympathien, die ihnen
innerhalb und außerhalb Deutschlands entgegengebracht wurden, zugute, daß niemand so
recht über die Verhältnisse orientiert war, unter denen sie lebten und daß bei dem ausgesprochenen Russenhaß aller liberal Denkenden die polnischen Märchen von der russischen
Sklaverei und Unterdrückung unbesehen geglaubt wurden. Daß es sich bei der Revolution nicht um politische Freiheit, sondern um Wiederherstellung der ehemaligen Adels-
oligarchie handelte, an deren verlotterter Wirtschaft Polen im 18. Jahrhundert zugrunde
gegangen war, daß der Aufstand nur dem Übermut der polnischen Aristokratie entsprang,
sah man nicht ein, die Sehnsucht nach politischer Freiheit, die in den deutschen Herzen
lebte, warf einen verklärenden Schimmer auf den ungleichen Kampf. In diesem Sinne

zeigten sich u. a. Varnhagen und seine geistreiche Gattin als Polenfreunde, ebenso wie der spätere General von Willisen, der in einem Aufsatz im Militär-Wochenblatt den polnischen Heerführern so gute Ratschläge erteilte, daß die russische Regierung sich in Berlin beschwerte. Nach den ersten Siegen, welche die Polen erfochten, setzten auch sofort Mißtrauen, Neid, Parteiwut und Intrigen ein, um Rußland den endlichen Sieg zu erleichtern, und nach der Einnahme Warschaus strömten polnische Flüchtlinge zu Tausenden über die preußischen Grenzen, um Deutschland zu überschwemmen. Sie wurden mit offenen Armen empfangen, die Durchzüge der Polen glichen Festen. In Gießen wurden sie von den Studenten eingeholt, logiert, bewirtet und bei der Abreise noch weit begleitet; der Apotheker Trapp in Friedberg allein beherbergte 50 polnische Offiziere. Die Wärme der Begeisterung erlosch bei persönlicher Bekanntschaft allerdings sehr rasch, sie hielt am längsten dort vor, wo man die Polen am wenigsten kannte, wie etwa in dem abgelegenen Swinemünde, wo der jugendliche Fontane seine Dichterseele an den Bildern ihrer Kämpfe sättigte. „Kein anderer Krieg, unsere eigenen nicht ausgeschlossen," so schrieb noch der Fünfundsiebzigjährige, „hat von meiner Phantasie je wieder so Besitz genommen, wie diese Polenkämpfe, und die Gedichte, die an jene Zeit anknüpfen, die Lieder sind mir bis diese Stunde geblieben, trotzdem sie poetisch nicht hoch stehen." In der Nähe dachte man weit skeptischer. Wer die Polen kannte in ihrer Unordnung, ihrem Schmutz, ihrer Verlogenheit, der wußte nur zu gut wie man mit ihnen daran war. „Der Begriff polnische Wirtschaft", sagt Heinrich Laube, der damals selbst eine Geschichte des Aufstandes schrieb, „war in Schlesien so geläufig, daß niemand an die Möglichkeit eines polnischen Staates glauben mochte."

Auch von den deutschen Dichtern, die wie Nikolaus Lenau, Julius Mosen, Grillparzer, Uhland u. a. die Polen besangen, griffen diejenigen die stärksten Akkorde, die am weitesten weg waren. So der in Italien weilende Graf Platen, der künstlich gebaute Strophen zu ihren Gunsten zusammenfügte, um den Kronprinzen von Preußen zu rühren, oder Stägemann, den verantwortlichen Leiter der Preußischen Staatszeitung und sein abfälliges Urteil über Polen zu verhöhnen. Alexander von Oppeln-Bronikowski schrieb polnische Romane im Stil Walter Scotts, die stärkste Wirkung übte indessen Karl von Holtei „Alter Feldherr", ein Liederspiel, welches Kosciuszko verherrlichte und durch seine berühmten, viel gesungenen Lieder: „Fordere niemand mein Schicksal zu hören" und dann das andere „Denkst du daran, mein tapferer Lagienka" im Fluge ganz Deutschland eroberte. In boshaftem Kontrast zu diesen anmutigen Sentimentalitäten besang Heine, der die Qualität polnischer Flüchtlinge in Paris am genauesten kennen lernen konnte, Krapülinski und Waschlapski, jene beiden edlen Polen, Polen aus der Polakei.

Während in diesen Jahren der Polenenthusiasmus in jedem Salon musikalische, bei

Opitz. Der sächsische Adel auf der Leipziger Messe. 1817.

Peter Heß. Einzug des Königs Otto in Nauplia, 6. Februar 1833. Ölgemälde
München, Neue Pinakothek

jeder Versammlung rednerische Triumphe feierte, ja so mancher zweideutigen Persönlichkeit zu einem angenehmen Leben verhalf, wie dem polnischen Hauptmann, der Ruge
und seine Kommilitonen so trefflich anzulügen wußte, ging der spanische Bürgerkrieg, in
dem Christinos und Karlisten um die Wette ihre Heimat verwüsteten, fast spurlos an
Deutschland vorüber. Ganz offenbar war Don Carlos durch seinen Bruder Ferdinand VII. das größte Unrecht zugefügt worden, indessen hätte es bei einer Prüfung
zwischen beiden doch schwer gehalten, sich für die Partei des einen oder des anderen dieser
edlen Brüder zu entscheiden. Staatsrechtlich war über Recht oder Unrecht wohl nicht zu
streiten, Barbarei und Roheit waren aber beiden Streitern gleich zugemessen, die sinnliche und leidenschaftliche Königin Christine war nicht mehr wert, als ihr bigotter und
unwissender Schwager, der die Trümpfe, welche er in der Hand hielt, nicht einmal auszuspielen verstand. Nur einige abenteuerlustige Männer, die in der Stickluft der Heimat
tatenlos zu verkommen fürchteten, schifften sich nach Spanien ein, um Don Carlos ihren
Degen zu leihen, unter ihnen der schöne, eitle Fanfaron Prinz Felix Lichnowski, Prinz
Schwarzenberg, der als „Landsknecht" durch Europa irrlichterte, August Jochmus, 1849
Reichsmarineminister, Wilhelm Freiherr von Rhaden und August von Göben, den ein
merkwürdiges Geschick aus dem Hospital ins Gefängnis und aus dem Gefängnis ins

Hospital führen sollte, um ihn hart am Rande des Grabes vorbei dem Vaterlande wiederzugeben, in dessen Dienst es ihm schließlich erst beschieden sein sollte, seine eigentlichen Lorbeeren zu pflücken. Der Badenser Moritz von Haber, Sohn des Hofbankiers, besorgte die Geldgeschäfte des Prätendenten.

An diesen Zuständen, wie sie in Deutschland herrschten, wo ein bleischwerer Beamtendruck auf allen Verhältnissen lastete und jede Regung selbständigen Lebens, jeden Gedanken selbst zu ersticken trachtete, änderte auch der Tod des Kaiser Franz I. von Österreich nichts. Unter seinem unfähigen Nachfolger Ferdinand trat der Einfluß Metternichs stärker als je hervor. Sein Prestige war so fest begründet, daß es selbst die völlige Ohnmacht des österreichischen Staates verdeckte. Der Kaiser war eine Null, der von Deutschland überhaupt nichts wußte, hat er doch einmal zu dem vortragenden Rat Endlicher gelegentlich des hannöverschen Verfassungsbruches geäußert: „Der König von Hannover gefällt uns gar nicht, aber gar nicht. Sagen Sie, wo liegt eigentlich Hannover?" Der Erzherzog Ludwig, Fürst Metternich und Graf Kolowrat regierten und fretteten sich halt so fort, von dieser Seite, das wußte man, konnte Deutschland nichts Gutes kommen. Alle die im Reiche noch an eine Zukunft glaubten und dem Bestehenden zum Trotz nicht verzweifelten, richteten deshalb ihre Augen auf Preußen. „Aus Norddeutschland muß uns das Heil kommen", schrieb der Hesse Gervinus, der Sachse Karl Biedermann empfahl den Anschluß der Kleinstaaten an Preußen, und der Schwabe Paul Pfizer hat diesen Gedanken in seinem Aufsehen erregenden Briefwechsel zweier Deutschen ausgeführt. Als der Vater Siemens, ein in Mecklenburg angesiedelter Hannoveraner, 1834 seinen siebzehnjährigen Sohn Werner in die preußische Armee eintreten ließ, da sagte er ihm: „So wie es jetzt in Deutschland ist, kann es unmöglich bleiben. Es wird eine Zeit kommen, wo alles drunter und drüber geht. Der einzige feste Punkt in Deutschland ist aber der Staat Friedrich des Großen und in solchen Zeiten ist es immer besser Hammer zu sein als Ambos." Ebenso schrieb der Kleinstaatler Bunsen 1840 an seinen Sohn: „Um sich als Deutscher zu fühlen muß man Preuße sein, sonst hat man ein sehr hartes Los in der Gegenwart." Ohne Mitwirkung Preußens war für eine festere Begründung der deutschen Einigkeit, als sie der Bund darbot, nichts zu hoffen, ohne daß Preußen sich auf dem Wege des Konstitutionalismus den süddeutschen Staaten anschloß, nichts für eine wirkungsvolle Ausgestaltung desselben zu erwarten. An den Gedanken, daß solange König Friedrich Wilhelm III. lebte, nichts geändert werden würde, hatte man sich schon gewöhnt, aber jedermann sah auch ein, daß es so nicht fortgehen konnte, und es ging ein Aufatmen der Erleichterung durch Preußen nicht nur, sondern durch ganz Deutschland, als der greise Monarch am 7. Juni 1840 endlich die Augen schloß.

Der König, der so Schweres durchgemacht hatte, war in seinem Volke außerordent-

Heinrich Monten. Finis Poloniae. Abschied der Polen vom Vaterlande, 1831
Ölgemälde. Berlin, Nationalgalerie

lich populär geworden. Selbst in das Mitgefühl mit den sogenannten Demagogen mischte sich doch gelegentlich einiges Mißtrauen, welches der Liebe zu dem Herrscher entsprang, so als ein märkischer Bauer zu Fritz Reuter vorwurfsvoll sagte: „Je öwer unsern König hewwen Sei doch dod maken wullt“ und man erklärt die unbillige Härte des Verfahrens gegen die jungen Leute gerade aus der Furcht des Königs, die Liebe seiner Untertanen zu verlieren. Die höfische Umgebung Friedrich Wilhelms III. hatte ihm weisgemacht, die Demagogen zielten nur darauf hin, den König persönlich verhaßt zu machen. „Die Preußen hatten sich“, wie Gustav Freytag sagt, „von der Person des Königs ein Bild zugerichtet, wie es zu ihren gemütlichen Wünschen paßte, und an diesem Ideal mit treuer Wärme festgehalten, solange er lebte.“ „Daß aber gerade er, dem sein Volk vertraute, den es liebte, seiner Pflicht nicht gewachsen war“, urteilt Adolf Stahr, „daß er sich dieser Pflicht, eine Volksvertretung einzusetzen, abgeneigt erwies, brachte die tiefe Niedergeschlagenheit hervor, die während der letzten Jahrzehnte seiner Regierung in allen Kreisen Platz gegriffen hatte.“ Wie Varnhagen sich notiert, fand man in Berlin, daß in einem Staate wie Preußen wenigstens ein Offiziersgeist, nicht ein Unteroffiziersgeist herrschen solle, hier und da richteten sich schon einzelne Kundgebungen gegen den König selbst. Professor Tholuck in Halle, wo die Regierung sich durch ihr Eintreten für die Orthodorie recht unbeliebt gemacht hatte, brauchte einst, um den Studenten die Bedeutung des griechischen Optativs klar zu machen, ganz arglos das Beispiel: Geehrt sei unser König, erregte aber dadurch einen solchen Tumult bei seinen Hörern, daß er nicht weiter lesen konnte. Die Teilnahme, zumal der Berliner, während der Krankheit des Königs, die zu seinem Tode führte, soll nach den übereinstimmenden Berichten aller Augenzeugen rührend gewesen sein, „die Theater schlossen von selbst", schreibt Marie de la Motte Fouqué, „man setzte voraus, daß kein Einwohner Berlins den Wunsch hege, während des letzten Kampfes seines Königs sich ein Vergnügen verschaffen zu wollen". General von Natzmer schrieb seiner Frau: „Die Einwohner von Berlin haben sich über alles Lob erhaben in ihrer Liebe und Anhänglichkeit gezeigt. Seit 4 Tagen sind Tag und Nacht alle Straßen und Plätze um das Palais gedrängt voll Menschen und nie hat man ein Geräusch gehört." Erleichtert aber atmeten alle auf, als er verschieden war, „die Menschen", schreibt Fontane, der in jenen Tagen als Einundzwanzigjähriger in Berlin weilte, „fühlten etwas, wie wenn nach kalten Maientagen, die das Knospen unnatürlich zurückgehalten haben, die Welt plötzlich in Blüten steht. Auf allen Gesichtern lag etwas von freudiger Verklärung und gab dem Leben jener Zeit einen hohen Reiz. Ich meinerseits stimmte nicht bloß in den überall um mich her auf Kosten des Heimgegangenen laut werdenden Enthusiasmus ein, sondern fand diese Begeisterung auch berechtigt, ja pflichtmäßig und jedenfalls gesinnungstüchtig. Ich zählte ganz zu denen, die das Anbrechen einer neuen Zeit begrüßten und fühlte mich unendlich beglückt, an dem erwachenden politischen Leben teilnehmen zu können." „Die berechtigte Unzufriedenheit", schreibt Gustav Freytag in seinen Erinnerungen, „hatte in den Seelen Mißtrauen gegen jede Maßregel der Regierung und eine Bitterkeit großgezogen, welche oft zum Pessimismus wurde und die Wärme für den Staat in gefährlicher Weise beeinträchtigte." Jeder fühlte, so konnte es nicht fortgehen, und daher richteten sich alle Hoffnungen auf den Thronfolger.

Selten vielleicht hat ein Kronprinz unter günstigeren Auspizien den Thron seiner Väter bestiegen, als Friedrich Wilhelm IV., die Geschichte schien ihm eine glänzende Rolle vorbehalten zu haben, fiel seine Thronbesteigung doch mit einer Zeit ungeheurer politischer Aufregung zusammen. Die Niederlage, welche Frankreich soeben in seiner Orientpolitik gegen die alliierten Großmächte des übrigen Europa erlitten, hatte in diesem Lande eine außerordentliche Wut entfacht, und es schien, als wolle sich die beleidigte öffentliche Meinung in einem Kriege Luft machen. Ein solcher Krieg hätte sich selbstverständlich allein gegen Deutschland richten können, und schon wurden in Paris Preßstimmen laut, welche nach der Rheingrenze des Kaiserreiches riefen. In diesem gefährlichen

Theodor Schloepke. Huldigung vor König Friedrich Wilhelm IV. am 15. Oktober 1840
Aquarell. Zehlendorf bei Berlin, Herr Martin Lentz

Augenblick, wo ein neuer Weltkrieg sich zu entzünden drohte und abermals Deutschland
berufen schien, das Kriegstheater abgeben zu sollen, da flammte das nationale Gefühl
mit einer unwiderstehlichen Macht auf, Mißmut und Zwietracht schienen vergessen, vom
Norden zum Süden, vom Osten zum Westen klangen die Jubeltöne von Beckers Rheinlied wie die stolze Fanfare der Einheit:

> „Sie sollen ihn nicht haben,
> Den freien deutschen Rhein,
> Ob sie, wie gier'ge Raben,
> Sich heiser darnach schrei'n.

> So lang er, ruhig wallend,
> Sein grünes Kleid noch trägt,
> So lang ein Ruder schallend
> In seine Wogen schlägt.

> So lang an seinem Strome
> Noch fest die Felsen stehn,
> So lang sich hohe Dome
> In seinem Spiegel sehn.

> Sie sollen ihn nicht haben
> Den freien deutschen Rhein,
> So lang noch kühne Knaben
> Um schlanke Dirnen frei'n.

Sie sollen ihn nicht haben,
Den freien deutschen Rhein,
Bis seine Flut begraben
Des letzten Mann's Gebein."

Die schönen Strophen waren in aller Mund, sie sind damals mehr als zweihundert-
mal komponiert worden; „die Musiker", schreibt Felix Mendelssohn, „fallen wie toll
darüber her und komponieren sich unsterblich daran." Bei der Huldigung der Stadt
Köln wurde das Lied zum ersten Male öffentlich gesungen, zur Erinnerung daran wollten
die Kölner das deutsche Trutzlied „Colognaise" nennen, nach Analogie der französischen
Nationalhymne, der Marseillaise. In jenen Tagen der Aufregung entstanden auch
Schneckenburgers „Wacht am Rhein", die erst dreißig Jahre später als Nationalgesang
aufersteben sollte, und Hoffmann von Fallersleben zündendes „Deutschland, Deutschland
über alles".

Ganz von selbst mußten sich in dieser Zeit hochgespannten und erregten patriotischen
Gefühls aller Augen auf Preußen richten. Preußen war unbestritten die erste Militärmacht des Deutschen Bundes und an dem drohenden Kriege auch insoweit am meisten
beteiligt, als jeder Stoß der französischen Offensive zunächst die preußischen Rheinprovin-
zen treffen mußte. Hoffnungsvoll blickte Deutschland auf den neuen König, alle Herzen
schlugen ihm entgegen, von dem, was er tun oder lassen würde, hingen für Deutschland
Gegenwart und Zukunft ab. „Ihn kannte jeder", schreibt Rudolf Delbrück, der damals Referendar in Merseburg war, „wenn nicht von Angesicht zu Angesicht, so doch
seine Worte und Handlungen, die das bedeutende Bild einer lebendigen, liebenswürdigen
und geistreichen Persönlichkeit hervortreten ließen. Diese Persönlichkeit war es, welcher
er seine große Popularität in der ersten Zeit seiner Regierung verdankte. Von dem
Menschen, der zahllosen anderen Menschen nahetrat, der sich gab, wie er war, der aussprach, was er im Augenblick empfand, ging eine bezaubernde Wirkung aus. Die Hoffnung auf politische Veränderungen wurde von den verschiedensten Richtungen her an
seine Thronbesteigung geknüpft. Daß die Regierung bureaukratisch versumpft, daß ihre
Befreiung aus diesem Sumpfe notwendig und daß der neue König der rechte Mann sei,
um diese Befreiung auszuführen, war die allgemeine Überzeugung. Welchen Weg er dabei einschlagen werde, war die große Frage des Tages." Peter Cornelius schrieb an
Bunsen: „Des Königs Schritte verfolge ich mit wahrem Entzücken, es naht eine Fest-
und Frühlingszeit für ganz Deutschland." Das lebhafte Interesse, welches der neue
König schon als Kronprinz der Entwicklung der Provinzialstände zugewendet hatte, ließ
alle Liberalen hoffen, daß er nun endlich mit der Einrichtung preußischer Reichsstände

Ernst machen würde; seine Neigung zu pietistisch-reaktionär gesinnten Männern, wie seinem Adjutanten Karl von Röder, General von Thiele, den drei Brüdern Gerlach u. a., seine tätige Teilnahme an dem absolutistischen Ideen huldigenden Politischen Wochenblatt, seine blinde Verehrung Metternichs und andere aristokratisch-mittelalterliche Tendenzen ermutigten hinwieder die feudal gesinnten Hochtorys, in ihm eine Stütze ihrer Absichten zu erblicken. Niemand hätte diese beiden Parteien zu befriedigen vermocht, Friedrich Wilhelm IV. aber enttäuschte alle.

Zu Beginn seiner Regierung erweckten die Amnestie, welche den unglücklichen Opfern der Demagogenriecher zuteil wurde, die Wiedereinsetzung Arndts in sein Amt, die Anstellung des wegen seiner liberalen Ideen verabschiedeten Generals von Boyen, die Berufung der Gebrüder Grimm nach Berlin, die Hoffnung aller Freidenkenden. Er wurde, als er zur Huldigung nach Königsberg kam, mit Jubel aufgenommen, und die Worte, die er am 10. September 1840 nach der Eidesleistung der Landesdeputation im Schloßhofe sprach, mit Begeisterung akklamiert. Er sagte:

„Ich gelobe hier vor Gottes Angesicht und vor diesen lieben Zeugen allen, daß Ich ein gerechter Richter, ein treuer, sorgfältiger, barmherziger Fürst, ein christlicher König sein will, wie Mein unvergeßlicher Vater es war! Gesegnet sei Sein Andenken! Ich will Recht und Gerechtigkeit mit Nachdruck üben, ohne Ansehen der Person, Ich will das Beste, das Gedeihen, die Ehre aller Stände mit gleicher Liebe umfassen, pflegen und fördern. Alle Konfessionen Meiner Untertanen sind Mir gleich heilig, Ich werde allen ihre Rechte zu schützen wissen. Ich bitte Gott um den Fürstensegen, der dem Gesegneten die Herzen der Menschen zueignet und aus ihm einen Mann nach dem göttlichen Willen macht — ein Wohlgefallen der Guten, ein Schrecken der Frevler! Gott segne Unser teures Vaterland! Sein Zustand ist von alters her oft beneidet, oft vergebens erstrebt! Bei Uns ist Einheit an Haupt und Gliedern, an Fürst und Volk, im großen und ganzen herrliche Einheit des Strebens aller Stände nach einem schönen Ziele: nach dem allgemeinen Wohle in heiliger Treue und wahrer Ehre. Aus diesem Geiste entspringt unsere Wahrhaftigkeit, die ohnegleichen ist. So wolle Gott unser Preußisches Vaterland sich selbst, Deutschland und der Welt erhalten, mannigfach und doch eins! wie das edle Herz, das aus vielen Metallen zusammengeschmolzen, nur ein einiges edelstes ist — keinem anderen Roste unterworfen, als allein dem verschönernden der Jahrhunderte!"

Wie ein Begeisterter sei er ihm erschienen, schilderte der neapolitanische Gesandte Baron Antonini den Eindruck, die Gestalt sei größer geworden, als er den Arm erhoben, halb segnend, halb zum Schwur. „Eine solche Thronbesteigung bezeichnet eine neue Ära der Zeitgeschichte", fügte der eindrucksfähige Südländer hinzu. Gräfin Dönhoff schrieb an Frau von Natzmer: „Es war eine Stunde, die jedes preußische Herz höher schlagen ließ in gerechtem Stolz über seinen Herrn und König. Nicht 12000, sondern 12 Millionen hätten es erleben müssen. Jede Erzählung bleibt zu schwach und dem unendlichen Glanz der Wahrheit zu sehr entfernt." „Nur wer eine solche Szene erlebt hat", schreibt Fanny Lewald in ihren Erinnerungen, „wer es selbst einmal empfunden, wie die Flamme der Begeisterung in vielen tausend Herzen zugleich auflodert, kann sich einen Begriff von jenem Augenblick machen. Der König selbst sank auf den Thron zurück und barg sein Antlitz in seinem Tuch und es war kein Auge trocken geblieben. Ernsten Männern rollten vor Begeisterung die Tränen über die Wangen und das Lebehoch, das dem König gebracht wurde, war an jenem Tage der leidenschaftliche Ausdruck hoher Verehrung." Als der König nach Berlin zurückkehrte, um nach einem feierlichen Einzug die Huldigung der märkischen Stände zu empfangen, war die Aufregung in der Residenz nicht geringer als in Königsberg. Marie de la Motte Fouqué schrieb über diese Tage: „Der Geist, der die Menschen belebte, der Sinn der Liebe, der sich in tausend kleinen und großen Zügen aussprach, war es, der sich nicht beschreiben läßt und dem Augenblick eine Weihe gab, die jeder einzelne empfand." Auch diese Feier verklärte das hohe Pathos schwungvoller königlicher Reden. Am 15. Oktober 1840 sprach Friedrich Wilhelm IV. im Weißen Saal des Berliner Schlosses die dort versammelte Ritterschaft vor der Huldigung mit folgenden Worten an:

„Es war früher Herkommen, daß die Stände der deutschen Lande ihre Erbhuldigung nicht eher leisteten, als bis die Huldigungsassekuranzen eingegangen waren. Ich will Mich gleichsam dieser Sitte anschließen. Ich weiß zwar, und Ich bekenne es, daß Ich Meine Krone von Gott allein habe, und daß es Mir wohl ansteht, zu sprechen: Wehe dem, der sie anrührt! Aber Ich weiß auch und bekenne es vor Ihnen allen, daß Ich Meine Krone zu Lehn trage von dem Allerhöchsten Herrn, und daß Ich ihm Rechenschaft schuldig bin von jedem Tage und von jeder Stunde Meiner Regierung. Wer Gewährleistung für die Zukunft verlangt, dem gebe Ich diese Worte. Eine bessere Gewährleistung kann weder Ich, noch irgendein Mensch auf Erden geben, sie wiegt schwerer und bindet fester als alle Krönungseide, als alle Versicherungen auf Erz und Pergament verzeichnet, denn sie strömt aus dem Leben und wurzelt im Glauben. Wem von Ihnen nun der Sinn nicht nach einer sogenannten glorreichen Regierung steht, die mit Geschützesdonner und Posaunenton die Nachwelt ruhmvoll erfüllt, sondern wer sich begnügen lassen will mit der einfachen, väterlichen, echt deutschen und christlichen Regierung, der fasse Vertrauen zu Mir und vertraue Gott mit Mir, daß er die Gelübde, die Ich täglich vor ihm ablege, segnen und für unser Vaterland ersprießlich und segensreich machen möge."

Dann begab er sich nach der Estrade der großen Freitreppe, an deren Fuß

Franz Krüger. Entwurf für das Gemälde: Die Huldigung vor Friedrich Wilhelm IV.,
15. Oktober 1840. Aquarell. Berlin, Nationalgalerie

der Bürgermeister von Berlin, der nicht hinauf durfte, seine Rede in strömendem
Regen halten mußte. Der König sprach dann zu den Tausenden der im Lustgarten
Versammelten:

„Im feierlichsten Augenblicke der Erbhuldigung Meiner deutschen Lande, der edelsten Stämme des edelsten Volkes, und eingedenk der unaussprechlichen Stunde zu Königsberg, die sich jetzt wiederholt, rufe Ich zu Gott, dem Herrn, er wolle mit seinem
allmächtigen Amen die Gelübde bekräftigen, die eben erschollen sind, die jetzt erschallen
werden, die Gelübde, die Ich zu Königsberg gesprochen, die Ich hier bestätige. — Ich
gelobe, Mein Regiment in der Furcht Gottes und in der Liebe der Menschen zu führen,
mit offenen Augen, wenn es die Bedürfnisse Meiner Völker und Meiner Zeit gilt; mit
geschlossenen Augen, wenn es Gerechtigkeit gilt. Ich will, soweit Meine Macht und
Mein Wille reicht, Frieden halten zu Meiner Zeit — wahrhaftig und mit allen Kräften
die Mächte unterstützen, die seit einem Viertel-Jahrhundert die treuen Wächter über den
Frieden Europas sind. Ich will vor allem dahin trachten, dem Vaterlande die Stelle zu
sichern, auf welche es die göttliche Vorsehung durch eine Geschichte ohne Beispiel erhoben
hat, auf welcher Preußen zum Schilde geworden ist für die Sicherheit und für die Rechte
Deutschlands. In allen Stücken will Ich so regieren, daß man in Mir den echten Sohn
des unvergeßlichen Vaters, der unvergeßlichen Mutter erkennen soll, deren Andenken
von Geschlecht zu Geschlecht in Segen bleiben wird. Aber die Wege der Könige sind
tränenreich und tränenwert, wenn Herz und Geist ihrer Völker ihnen nicht hilfreich zur

Hand gehen. Darum, in der Begeisterung Meiner Liebe zu Meinem herrlichen Vaterlande, zu Meinem in Waffen, in Freiheit und in Gehorsam geborenen Volke richte Ich an Sie, meine Herren, in dieser ernsten Stunde die ernste Frage: Können Sie, wie Ich hoffe, so anworten Sie Mir, im eigenen Namen, im Namen derer, die Sie entsendet haben, Ritter! Bürger! Landleute und von den hier unzählig Gescharten alle! die Meine Stimme vernehmen können, — Ich frage Sie: wollen Sie mit Herz und Geist, mit Wort und Tat und ganzem Streben, in der heiligen Treue der Deutschen, in der heiligeren Liebe der Christen Mir helfen und beistehen, Preußen zu erhalten, wie es ist, wie Ich es soeben, der Wahrheit entsprechend, bezeichnete, wie es bleiben muß, wenn es nicht untergehen soll? Wollen Sie Mir helfen und beistehen, die Eigenschaften immer herrlicher zu entfalten, durch welche Preußen mit seinen nur vierzehn Millionen den Großmächten der Erde beigesellt ist? nämlich: Ehre, Treue, Streben nach Licht, Recht und Wahrheit, Vorwärtsschreiten in Altersweisheit zugleich und heldenmütiger Jugendkraft? Wollen Sie in diesem Streben Mich nicht lassen noch versäumen, sondern treu mit Mir ausharren durch gute, wie durch böse Tage? — O! dann antworten Sie Mir mit dem klarsten, schönsten Laute der Muttersprache, anworten Sie Mir ein ehrenfestes Ja!"

Als dieses „Ja" aus vielen tausend Kehlen der begeisterten Menge verklungen war, fuhr der König fort:

„Die Feier dieses Tages ist wichtig für den Staat und die Welt — Ihr Ja aber war für Mich — das ist Mein eigen — das laß Ich nicht — das verbindet uns unauflöslich in gegenseitiger Liebe und Treue — das gibt Mut, Trost, Kraft, Getrostheit, das werde Ich in Meiner Sterbestunde nicht vergessen! — Ich will Meine Gelübde, wie Ich sie hier zu Königsberg ausgesprochen habe, halten, so Gott Mir hilft. Zum Zeugnis hebe Ich Meine Rechte zum Himmel empor! — — Vollenden Sie nun die hohe Feier! — — Und der befruchtende Segen Gottes ruhe auf dieser Stunde!"

Die Wirkung dieser Reden, dieses Pathos und dieser Gesten konnte nur vorübergehend sein; der König sei der größte Komödiant, den er je gesehen, sagte der Kaufmann Milde aus Breslau, der acht Jahre später Minister werden sollte. Die Zeit war zu ernst, um an bloßen tönenden Phrasen Genüge zu finden, die Sympathien für den Monarchen begannen ebenso abzuflauen, wie die patriotische Stimmung, Parodien verdrängten Beckers schönes Rheinlied, und Hoffmann von Fallersleben spottete:

> „Du wachest auf, du legst dich nieder,
> Du hörst vom freien deutschen Rhein,
> Du wachest auf und hörest wieder
> Vom freien deutschen Rheine schrein!"

Herwegh aber zürnte:

> Was geht mich all das Wasser an
> „Vom Rheine bis zum Ozean,
> Sind keine freien Männer dran,
> So will ich protestieren.
>
> Und singt die Welt: Der freie Rhein,
> So singet: Ach ihre Herren, nein,
> Der Rhein, der Rhein könnt freier sein,
> Wir müssen protestieren."

Als den großen Worten dann so gar keine Taten folgten, als der berüchtigte Haffenpflug in den preußischen Staatsdienst eintrat, der Minister von Rochow reaktionärer wirkte als je, und der neue Minister gegen den Kultus, Eichhorn, den der König an des verstorbenen Altenstein Stelle befördert hatte, seinen Kampf gegen Schule und Universitäten begann, da wurden so ziemlich alle an dem neuen Kurse irre. „Es ist ja im Grunde nur die alte Wirtschaft mit mehr Frömmigkeit und Sprechen und weniger Ballett", sagten die Berliner, und Varnhagen, dessen Tagebücher die wachsende Verstimmung so treulich spiegeln, bemerkt, daß die ganze Tätigkeit des Königs nichts hervorbringe, als die alte Ordnung zu verwirren. Niemand wisse, was werden solle, der König rühre die Sachen aus dem Schlummer, die er nach ihren wahren Ansprüchen doch nie befriedigen könne, er nennt ihn einmal geradezu einen agent provocateur für sein Volk. Friedrich Wilhelm IV. war seiner Natur nach ein vielseitig begabter Dilettant, der seine Interessen nach allen Richtungen hin zersplitterte, ein Mann, der den mittelalterlich ästhetischen Kindereien seiner Jugend nie entwachsen ist. Ein Romantiker, den ein preußenfeindliches Geschick auf den Thron des großen Friedrich setzte, David Strauß hat ihn so als Julian Apostata gezeichnet. Das Gottesgnadentum ersetzte bei ihm den gesunden Menschenverstand, das Gefühl königlicher Unfehlbarkeit beraubte ihn der Menschenkenntnis. „Ich übersehe die Dinge besser als meine Minister", sagte er einmal zu Leopold von Gerlach, „und kann von ihnen keinen Rat erwarten", dann aber folgte er den Ratschlägen seiner Vertrauten Bunsen und Radowitz, zwei Männern, die in ihren Vorzügen wie Mängel dem Monarchen überaus ähnlich, ebensolche Dilettanten in der Politik waren wie er. Das Unwichtige war ihm gerade so wesentlich wie das Wichtige, er tändelte mit den Angelegenheiten der Kirche, der Kunst und der Politik ohne Einsicht, ohne Ausdauer, ohne Nachhalt, „immer mit gefährlichen Dingen in kindischer Fröhlichkeit beschäftigt", äußerte Alexander von Humboldt 1842. Der alte Fürst Wittgenstein sagte 1845 zu seinen Vertrauten: „Der König ist immer wie im Nebel, sieht und hört nicht recht, tut, was der Augenblick ihm eingibt und denkt nicht an den Zusammenhang. Seine Umgebung nennt das geistreich und genial, es ist nur Zerstreutheit." Statt an die Erledigung drängender praktischer Probleme zu denken, plante er große Bauten, bemühte sich um das Zustandekommen eines evangelischen Bistums Jerusalems, gründete den Schwanenorden zur Betätigung praktischer Nächstenliebe, wollte den tausendjährigen Gedenktag des Traktats von Verdun als Geburtstag Deutschlands gefeiert wissen, kurz, er schwelgte in Phantastereien, deren Verfolgung ihm auch seine treuesten Anhänger entfremdete. „Man begeistert sich höheren Ortes nur für Unwichtiges", klagt Otto von Gerlach einmal bitter. Am schmerzlichsten empfanden es die Anhänger des Konstitutionalismus, daß der König an eine Verwirklichung ihrer Hoffnungen so gar nicht dachte. Die königlichen Dekrete, welche die Provinzialstände von 1841 eröffneten, waren zwar wieder in dem erregten, herzlichen, persönlichen Ton der Huldigungsreden abgefaßt, aber gerade das eine, was man von ihnen erwartete, die Hindeutung auf eine Verfassung, enthielten sie nicht. Die schlesischen Stände, die nun in ihrem Verlangen sehr deutlich wurden, mußten sich eine Zurückweisung gefallen lassen; wie ein erzürnter guter Vater redete der König am 13. September 1843 in Breslau die städtischen Behörden an:

„Ich bedaure, daß eine finstere Wolke an Unserem Horizonte heraufgezogen war, aber Ich freue Mich, daß sie wieder verschwunden ist. Ich kann die politischen Institutionen besser als Sie beurteilen. Der Antrag, den Sie gestellt haben, ist nach Meinem sorgfältigen Studium von 25 Jahren und nach Meiner innigsten Überzeugung unausführbar. Irrtümer, die von einzelnen begangen werden, sind leicht zu beseitigen; aber von ganzen, ehrenwerten Kommunen begangene, mußten Mich um so schmerzlicher berühren, da Ich besonders darüber Mich deutlich ausgedrückt zu haben wähnte. Ich habe jedoch alles vergessen und vergeben, und hoffe, es wird nicht wieder vorkommen. Meine Bürger dürfen der Zeit nicht vorgreifen wollen; was kommen soll, wird doch nicht ausbleiben, und was Ich versprochen habe, werde Ich halten; aber keine Macht der Erde wird Mich zwingen können, gegen Meine Überzeugung zu handeln.

Sie sehen, Meine Herren, Ich habe als ein ehrlicher Mann frei und offen zu Ihnen gesprochen, wie Ich es liebe, wenn man Mir offen entgegenkommt; lassen Sie uns nur immer wie ehrliche Leute miteinander reden!"

Der König, der mit seinen Gedanken immer im Mittelalter weilte, glaubte, sein königliches Wort müsse genügen, um jeden Widerstand zu brechen, während er die Opposition doch nur stärkte und empfindlicher machte. Nur er selbst täuschte sich über die Wirkung seines häufigen öffentlichen Sprechens, Leopold von Gerlach bemerkt schon 1842: „Wenn mir eine Sache klar ist, so ist es die, daß Könige nicht durch Worte, sondern durch Taten sprechen müssen", und Varnhagen, den die effektvolle Sprache des

C. Fr. Schinkel. Scharnhorstdenkmal. Invalidenfriedhof

Königs rührte und mit der Überzeugung von seinem guten Willen durchdrang, war nicht im Zweifel darüber, daß die Staatsangelegenheiten eine andere verlangen. „Daß der König überall Reden hält", schreibt er, „macht seinem Talent Ehre, aber es ist ein gefährlicher Glanz, der zum Schaden ausschlagen kann. Noch verstummt man vor dem hohen Redner, aber nicht lange, und er wird seinen Mann finden." Ebenso äußerte sich

Friedrich Perthes: „So mit Geist und Kraft hat kaum einer vom Throne gesprochen, aber ich wünsche doch, daß er nun so bald nicht wieder öffentlich rede, es bleibt eine bedenkliche Sache für Kaiser und Könige." Die Reisen, welche Friedrich Wilhelm IV. in seiner Monarchie herumführten, konnten ihn bei dem festlichen Rausch von Empfängen, Reden, Huldigungen, Ehrenpforten, Hochrufen usw. über die wahre Stimmung auch nicht aufklären, „solche Reisen", schrieb der skeptische Humboldt, „sind recht geeignet, die Fürsten über den Zustand der Gemüter zu täuschen". Als der König, der den Glanz seines Hofes gern durch Träger berühmter Namen erhöht hätte, noch Schelling, Rückert, Tieck, Cornelius nach Berlin berief, lauter Größen einer vergangenen Zeit, Philosophen, Dichter und Maler, deren Ruhmestage weit zurücklagen, da spottete man über das Hospital berühmter Invaliden, das er sich anlege, und Leopold von Gerlach sagte mit Recht: Der König solle sich zur Jugend bekennen, damit er etwas riskiere.

Der König fuhr fort zu reden, seine Minister und Polizisten zu handeln, der eine hott, die anderen hü. Der religiöse Sinn des Monarchen setzte sich bei den Untergebenen in gemeine Gesinnungsschnüffelei um, sie machten, wie Ruge sagt, mit der Gottseligkeit ein Geschäft; man gab acht, welche Leute selten oder gar nicht die Kirche besuchten, die Herrschaft mußte ihre eigenen Dienstboten als Aufpasser der Polizei fürchten. Junge gesinnungstüchtige Beamte, Assessoren, Referendare, Leutnants gingen Sonntags ostentativ mit Gesangbüchern spazieren, um sich nach der Plage des Gottesdienstes bei Habel Unter den Linden oder in anderen Weinhäusern zu erholen, „nasse Engel" nannte sie der Volksmund.

Der fromme Adjutant des Königs, Leopold von Gerlach, fragte einst bei der Hoftafel Alexander von Humboldt: „Sie besuchen wohl oft die Kirche?" „Sehr freundlich," erwiderte dieser, „daß Sie mich darauf aufmerksam machen, wie ich jetzt Karriere machen könnte." Der König wünschte der Presse Freiheit zu lassen, aber willkürlicher als je handhabte die Zensur ihr verhaßtes Geschäft, Leute, die wie der Staatsanwalt Sulzer in der Angelegenheit von Edgar Bauer sich besonders gehässig gezeigt hatten, erhielten Orden. Der König kokettierte mit den Liberalen, ließ sich Georg Herwegh zur Audienz kommen, gleich darauf wurde der Dichter ausgewiesen und der Minister von Arnim verbot den badischen Deputierten Hecker und von Itzstein grundlos den Aufenthalt in Berlin. „Man will", schreibt Varnhagen, „im Auslande nicht glauben, daß diese Ausweisung eine bloße Dummheit und keine Bosheit war; man überschätzt uns noch immer." „Das ganze Land", bemerkt er später, „ist voll Bedrückung und Schererei, die durch den Schein der Gesetzlichkeit, den man sich gibt, nur um so empörender wirkt." Geheimpolizisten belauschten die Studenten in ihren Kneipen, wenn es bemerkt wurde, ließen die Studenten den Polizeipräsidenten von Puttkammer hoch leben, brachten Polizei und

Pedellen Vivats aus und setzten sie so dem Gelächter aus; der Minister von Bodelschwingh wollte in seinem Bureaukratenhochmut bei dem Städteordnungsfest dem Magistrat und der Bürgerschaft von Berlin weise Lehren erteilen, mußte sich aber gefallen lassen, öffentlich ausgescharrt zu werden; bei einem Fackelzug, den die Studenten den Brüdern Grimm brachten, hatte ein Dr. Meyen ein Hoch auf den gerade anwesenden Hoffmann von Fallersleben, der soeben gemaßregelt worden war, ausgebracht und erhielt dafür drei Monate Festung. Es geschah von seiten der Regierung alles, um die wachsende Mißstimmung zu nähren, wie Fedor Wehl damals in der vielgelesenen Zeitung für die elegante Welt schrieb, die Behörden stiften erst durch ihre dummen Maßregeln die Übel an, über welche sie klagen, sie rufen sie geradezu mit Gewalt hervor.

Das allgemeine Unbehagen machte sich in Berlin zuerst in schlechten Witzen und einem Regen von Karikaturen Luft. Eines Tages erzählte man sich, es spuke in Sanssouci (wo der König wohnte), es sei ganz gewiß, Friedrich II. gehe dort ohne Kopf umher, und kurz darauf hieß es: es sei doch nicht wahr, der Minister von Rochow habe die Sache wegen des Gespenstes streng untersuchen lassen, und dabei habe sich ergeben, es sei durchaus kein Geist in Sanssouci zu finden, am wenigsten der Friedrichs des Großen. Als am Berliner Lustgarten Steine abgeladen wurden, antwortete der Eckensteher Nante auf die Frage wozu: Der König will nach Jerusalem Trottoir legen lassen. Als der König mit großem Gepränge nach England reiste, um bei dem Prinzen von Wales, dem nachmaligen König Eduard VII., Pate zu stehen, hieß es, er will ja nur sehen, ob Sonntags auch die Läden geschlossen sind. Das verfehlte Attentat des Bürgermeisters Tschech, der bei der Abreise des Königspaares nach Schlesien am 26. Juli 1844 aus unmittelbarer Nähe auf den König mehrere Schüsse abgab, begeisterte die Berliner nur zu dem frivolen Gassenhauer:

> Niemals war ein Mensch so frech
> Wie der Bürgermeister Tschech,
> Denn er schoß der Landesmutter
> Durch den Rock ins Unterfutter,
> Und er traf bei einem Haar,
> Dieses teure Königspaar
> usw.

Eine Karikatur stellte Friedrich Wilhelm IV. dar, wie er den Dichter mit einer Hand „her", mit der anderen Hand „weg" winkt; eine andere: „wie Einer immer daneben tritt", der König, mit einer Sektflasche hinter Friedrich dem Großen immer neben dessen Fußtapfen tretend; eine dritte: den König, in der einen Hand die Ordre, in der

111

anderen die Konterordre, auf der Stirn aber: Désorder tragend. Er bot ja dadurch, daß er der Mitwelt beständig zumutete, Reden für Taten zu nehmen, der Karikatur nur zu viel Stoff.

Die unaufhörlichen Entzückungs- und Rührungsauftritte, die der Monarch, wie Varnhagen sich ausdrückt, herbeizuführen liebte, erreichten ihren Höhepunkt bei seiner Rheinreise zur Grundsteinlegung des Kölner Doms. Er hatte sich schon als Kronprinz für die Restauration und den Ausbau desselben interessiert und begann dieselbe unter der lebhaftesten Anteilnahme von ganz Deutschland. Die Feier vom 4. September 1842 erhielt durch die Anwesenheit vieler deutscher Fürsten, unter ihnen der Erzherzog Johann, ein großartiges Gepräge, und durch die Rede des Königs einen politischen Anstrich. Er sagte:

„Ich ergreife diesen Augenblick, um die vielen lieben Gäste herzlich willkommen zu heißen, die als Mitglieder der verschiedenen Dombauvereine aus Unserm und dem ganzen deutschen Vaterlande hier zusammengekommen sind, um diesen Tag zu verherrlichen. Meine Herren von Köln! Es begibt sich Großes unter Ihnen. Dies ist, Sie fühlen es, kein gewöhnlicher Prachtbau. Er ist das Werk des Brudersinnes aller Deutschen, aller Bekenntnisse. Wenn Ich dies bedenke, so füllen sich Meine Augen mit Wonnetränen, und Ich danke Gott, diesen Tag zu erleben. Hier, wo der Grundstein liegt, dort mit jenen Türmen zugleich, sollen sich die schönsten Tore der ganzen Welt erheben. Deutschland baut sie, — so mögen sie für Deutschland durch Gottes Gnade Tore einer neuen, großen, guten Zeit werden. Alles Arge, Unechte, Unwahre, und darum Undeutsche bleibe fern von ihnen. Nie finde diesen Weg der Ehre das ehrlose Untergraben der Einigkeit deutscher Fürsten und Völker, das Rütteln an dem Frieden der Konfessionen und der Stände, nie ziehe jemals wieder der Geist hier ein, der einst den Bau dieses Gotteshauses — ja den Bau des Vaterlandes hemmte! Der Geist, der diese Tore baut, ist derselbe, der vor 29 Jahren unsere Ketten brach, die Schmach des Vaterlandes, die Entfremdung dieses Ufers wandte, derselbe Geist, der gleichsam befruchtet von dem Segen des scheidenden Vaters, des letzten der drei großen Fürsten, vor zwei Jahren der Welt zeigte, daß er in ungeschwächter Jugendkraft da sei. Es ist der Geist deutscher Einigkeit und Kraft. Ihm mögen die Kölner Dompforten Tore des herrlichsten Triumphes werden! Er baue! Er vollende! Und das große Werk verkünde den spätesten Geschlechtern von einem durch die Einigkeit seiner Fürsten und Völker großen, mächtigen, ja den Frieden der Welt unblutig erzwingenden Deutschland, — von einem durch die Herrlichkeit des großen Vaterlandes und durch eigenes Gedeihen glücklichen Preußen! — von dem Brudersinn verschiedener Bekenntnisse, der inne geworden, daß sie eins sind in dem einigen, göttlichen Haupte! Der Dom von Köln — das bitte Ich von Gott — rage

Der Kölner Dom, 1851

über diese Stadt, rage über Deutschland, über Zeiten, reich an Menschenfrieden, reich an Gottesfrieden, bis an das Ende der Tage!

Meine Herren von Köln! Ihre Stadt ist durch diesen Bau hoch bevorrechtet vor allen Städten Deutschlands, und sie selbst hat dies auf das Würdigste anerkannt. Heute gebührt ihr dies Selbstlob. Rufen Sie mit Mir — und unter diesem Ruf will Ich die Hammerschläge auf den Grundstein tun — rufen Sie mit Mir das tausendjährige Lob der Stadt: Alaaf Köln!"

Die Enthusiasten waren von den Worten entzückt und gerührt, Heinrich Abeken nennt die Grundsteinlegung des Kölner Domes „einen der herrlichsten Tage, den die Geschichte kennt und kennen wird, ein deutsches Fest wie seit der Reformation nur die Freiheitskriege eines gekannt". Sulpiz Boisserée, dem ja das eigentliche Verdienst an der Erhaltung des Bauwerkes zukommt, schrieb „kein Auge blieb trocken, selbst Humboldt und Metternich waren tief ergriffen." Der alte Metternich, der bei seiner Taubheit von der Rede jedenfalls nichts verstanden hatte, sagte nur beim Anblick der allgemeinen Rührung: „Il y a là un enivrement mutuel qui est peut-être plus dangereux pour celui qui le produit que pour les autres", eine Bemerkung, mit der er nur zu rasch recht behalten sollte.

Man begann diesen König, der sich immer auf dem Kothurn bewegte und seine Worte nicht hochtrabend und salbungsvoll genug zu wählen wußte, allmählich lächerlich zu finden. Dieses beständige Schwelgen in rhetorischen Floskeln, das begeisterte Schwärmen, das in so lebhaftem Gegensatz zu dem nüchternen und schlichten Auftreten seines Vaters stand, erweckte den Verdacht, daß der König sich nicht nur an Worten berausche. Die Annahme, daß er ein Trinker sei, verbreitete sich und fand überall Glauben, sie wurde auch an dem so nahe verwandten russischen Hofe geteilt. Es ist damals wiederholt zu Duellen gekommen, weil sich Leute fanden, die behaupteten, der König sei betrunken, wenn er rede. Jakob von Gerlach mußte auf dem Magdeburger Gymnasium die Ehre seines Königs mit den Fäusten gegen Mitschüler verteidigen, die dasselbe behaupteten und sich rühmten, vor dem König nicht die Mütze abgenommen zu haben. Bei diesem Taumel von Phrasen, diesem tönenden Geklingel leerer Redensarten, denen keine Tat folgte, die nur das mißtönende Akkompagnement eines pietistisch-reaktionären Polizeiregimentes waren, wurde die Stimmung immer kälter. Prinzessin Augusta schrieb ihrem Gatten, dem Prinzen von Preußen, „das Inkonsequente, Willkürliche und Kontrastreiche in der Regierungsweise des Königs hat seit zwei Jahren das Vertrauen in Preußen gewaltsam erschüttert" und Varnhagen faßte die skeptischen Gefühle seines Berliner Kreises in der Bemerkung zusammen: „Mir kommt es immer vor, als wenn vom deutschen Volksheere nur die Trompeter da wären, die Soldaten aber fehlten."

Je mehr sich die Überzeugung Bahn brach, daß von diesem Fürsten nichts für Deutschland zu hoffen sei, je mehr man erkannte, daß er keine großen Gesichtspunkte besaß und das dynastische Interesse hoch über das nationale stellte, desto schärfer schieden sich die Geister, desto unversöhnlicher traten die Gegensätze einander gegenüber. Auf der einen Seite die Regierungen, ihre Macht willkürlich und schonungslos gebrauchend, auf der anderen der Liberalismus, den die Kurzsichtigkeit einer eingebildeten Bureaukratie immer mehr zur Demokratie hinüberdrängte. Triumphierend schrieb Murhard im Staatslexikon: „Der Demokratismus erhebt in der jetzigen Zeit in allen Ländern des zivilisierten Europa sein mächtiges Haupt. Er ist umkränzt mit Intelligenz, aller Kraft der Industrie und dadurch erworbenem und stets zunehmendem Reichtum, also mit den Gewalten, die Basis und Hebel der Völkerwohlfahrt sind." Wie eine Bombe platzten des mutigen Königsbergers Johann Jakoby vier Fragen in den Wirrwarr der Zeit und zeigten die Ziele, auf welche die öffentliche Meinung zusteuerte. Er fragte: „Was wünschten die ostpreußischen Stände? Was berechtigte sie? Welcher Bescheid ward ihnen? Was bleibt ihnen zu tun übrig? Ungeheurer Beifall lohnte die ungeschminkte Offenheit, mit welcher der ostpreußische Demokrat diese vier Fragen dahin beantwortete, daß die Stände das, was sie als Gunst erbeten, als Recht zu fordern hätten. Selbst ein der Politik so fernstehender Künstler, wie Felix Mendelssohn, hat „über ihren Inhalt förmlich gejauchzt". Die ganze Geistesarmut der auf Reaktion eingestellten Regierung

Der Kölner Dom vor 1842

hatte auch in diefem Falle keine anderen Argumente zur Widerlegung des Gegners, als den Polizeiknüppel. Man ließ Jakoby wegen Majestätsbeleidigung zu Festungsstrafe verurteilen, erlebte aber die Beschämung, daß der Appellsenat des Kammergerichts unter dem Vorsitz des Präsidenten von Grolmann den Verurteilten freisprach. Der Referendar Sethe, der den Tenor des Urteils abgefaßt hatte, sollte zur Strafe, wie Varnhagen erzählt, nicht befördert werden, den Präsidenten selbst stellte Friedrich Wilhelm IV. auf dem nächsten Hofball zur Rede. „Euer Majestät, das sind Amtssachen", lehnte dieser ab. „In solchen Dingen kann ich das Amt nicht von der Person trennen", erwiderte der König. „Aber ich kann es", antwortete Grolmann, und nahm seinen Abschied.

Die unerhört kühne Sprache der Jakobyschen Schrift setzte alle Philister in Schrecken, in Halle hielt sich jeder für einen Hochverräter, der die gefährliche Schrift auch nur anrührte, die Buchhändler wollten sie nicht vertreiben und von den Exemplaren, die Arnold Ruge gratis verteilt hatte, wurden viele von den Empfängern weggeworfen. Immerhin war die Wirkung doch so stark, daß eine Petition, die Ruge an den König im Sinne der vier Fragen aufgesetzt hatte, sich mit 70 Unterschriften bedeckte. Als aber der Oberst von Natzmer die Unterzeichner mit Verfolgung wegen Hochverrat bedrohte, da nahmen einige der tapfersten Manifestanten Postpferde, reisten dem schon unterwegs befindlichen Schriftstück nach und strichen ihre Namen wieder aus. Ein ganz Loyaler unter ihnen, ein Spezereihändler, erklärte, er habe überhaupt nur unterschrieben, um die Demagogen herauszulocken, so lerne der König doch seine Feinde kennen. „Gesinnung ist 'ne Wasserpflanze meistenteils, die aus dem Sumpf der Redensarten sich erhebt", spottete Robert Prutz; „nur in der Tiefe des Gemüts ein deutscher Mann die Freiheit trägt" Heinrich Heine.

Das patriotische Hochgefühl, das im Jahre 1840, als der Rhein in Gefahr schien, ganz Deutschland in Wallung gebracht hatte, hatte die Regierungen darüber aufgeklärt, wie bequem der Patriotismus als Werkzeug der Despotie zu gebrauchen sei. Während in den vorangegangenen 25 Jahren der Begriff des Patrioten immer den leichten Beigeschmack des Demagogen beibehalten hatte, wurde der Patriotismus nun von der herrschenden Partei in das phraseologische Kleingeld ausgemünzt, mit dem man die Erhaltung des Bestehenden bezahlen wollte, wie Friedrich Leopold von Hertefeld richtig erkannte: „Von Patriotismus sprechen solche Menschen, die vom Staate leben, immer." Liberale und Demokraten wurden der Französelei geziehen und durch die wohlfeile Phrase von der vaterlandslosen Gesinnung gebrandmarkt.

Dabei waren doch, wie Murhard schon 1841 hatte drucken lassen, in der Mehrzahl der deutschen Staaten die sozialen Verhältnisse und öffentlichen Einrichtungen, das ganze Regierungs- und Verwaltungswesen mehr dazu geeignet, einen patriotischen Sinn bei

Das neue Lied.
(Ein Abschied.)

Das neue Lied, das neue Lied | Und wer das neue Lied nicht kann,
Von dem verfloßnen Pfannenschmied, | Der fange wieder von Vorne an.
Das neue Lied, das neue Lied ꝛc. ꝛc.

Aus den Fliegenden Blättern

den Staatsbürgern zu lähmen und zu ersticken, als ihn zu fördern. In diesem Sinne schrieb Arnold Ruge, einer der ehrlichsten Gegner der Reaktion, den man sich daher beeilt hatte, der Öffentlichkeit als vaterlandslosen Gesellen zu denunzieren, an Robert Prutz: „Es gibt kein Vaterland, habe ich nicht gesagt, aber man muß auch nicht das Vaterland, wie 1813 und 1815 zum Prinzip machen, sondern die Freiheit, und das wahre Vaterland des Freiheit suchenden Menschen ist die Partei. Die Partei geht durch die Völker, und wenn Du noch so viel Gewicht auf das Vaterland legst, Du wirst nie der Tatsache entgehen, unter der wir jetzt erliegen, daß die Parteien der Reaktion aufs engste verbunden sind und gegen ihre freien Volksgenossen im Namen ihrer reaktionären Partei verfahren. Gegen diese kosmopolitische Verbindung der Despotie und des Jesuitismus sollten wir nicht über die Linien unserer Dörfer hinausgehen? Welche Torheit! Ein freier Franzos ist mir lieber als ein deutscher Reaktionär, weil er zu meiner Partei gehört und dieselbe Idee verfolgt, der auch ich nachstrebe. Wie einfach,

117

wie notwendig. Wie kannst Du nur bei dem Köder der Reaktion, dem Patriotismus bleiben, an den doch jetzt kein Mensch mehr heißen sollte. Wie kannst Du den Strick lieben, an dem sie Dich aufhängen wollen?"

So entfremdete die Afterweisheit einer herrschsüchtigen Kaste durch den Druck, den sie ausübte, die freien Köpfe unabhängiger Denker dem Vaterlande, indem sie dieselben nicht nur geistig auf das Ausland verwies, sondern sie auch direkt zur Auswanderung zwang, diejenigen aber, die bleiben mußten, waren genötigt, sich zu verstellen und zu lügen, denn mit jedem Jahre verzichtete die Bureaukratie mehr und mehr auf Innehaltung gesetzlicher Formen bei der Sicherung ihrer Obmacht. „Das ewige Verbieten, sich in alles mischen, argwöhnen, vorbeugen, ist wirklich jetzt im tiefsten Frieden und bei den ruhigsten Dispositionen der ruhigen Deutschen auf eine Höhe gekommen, die ganz unleidlich ist", schrieb Fanny Hensel 1844 an Rebekka Dirichlet. „In Preußen", schreibt Varnhagen, „ist es jetzt Grundsatz bei den Gerichten, Anklagen gegen höhere Staatsbeamte als Injurien zu behandeln und zu bestrafen, auf die Erörterung der Sache aber nicht einzugehen." In Württemberg, das den famosen Paragraphen der „Amtsehrenbeleidigung" besaß, einen Begriff, so dehnbar wie in der Wilhelminischen Ära der vom groben Unfug war, konnte auch die harmloseste Äußerung als Verletzung der Amtsehre des Beamten aufgefaßt und nach völligem Gutdünken des Richters selbst mit infamierender Kerkerstrafe belegt werden. So wurde ein junger Mann der gebildeten Stände zu mehreren Wochen Bezirksgefängnis verurteilt, weil er bei einer Zuschrift an einen Beamten den Titel desselben hinter den Namen gesetzt hatte und es dem Gericht gefiel, darin eine Verhöhnung zu erblicken. Der Stumpfsinn und der blinde Gehorsam der großen Masse schien den Herren, die am Ruder waren, die sicherste Bürgschaft für den Fortbestand von Verhältnissen, welche das Deutschland des Vormärz zum Paradies der Junker und der Pfaffen machten. „Selbst bei Besetzung hoher Stellen", bemerkt Varnhagen, „sieht man besonders auf willenlosen Gehorsam und weist alle persönliche Eigenart, allen kräftigen Charakter ab, unsere Minister nehmen alle Fußtritte geduldig hin und warten, bis man sie fortjagt."

Das deutsche Volk schied sich in zwei große Parteien, die sich gegenseitig fürchteten, haßten und verachteten. Man traute sich nicht einmal mehr die Ehrlichkeit der Überzeugung zu, die Liberalen erkannten in der Denkart der Gegenpartei nur den Bedientensinn, der des Vorteils wegen gehorcht, die Servilen aber betrachteten, wie Humboldt von Herrn von Massow erzählt, die liberale Überzeugung als Bescholtenheit; ebenso unterscheidet Leopold von Gerlach einmal zwischen Liberalen und „Gutgesinnten", der hessische Minister du Thil hielt jeden Liberalen für einen Narren. Zwischen diesen beiden Heerlagern gab es kein Mittel der Verständigung mehr, wollten die einen die Gegenwart verewigen, so hofften die andern, das Nahen der Zukunft beschleunigen zu können, von Friedrich Wilhelm IV. aber hofften beide nichts mehr. Als er fortfuhr, mit dem Gedanken von Reichsständen zu spielen und das in Berlin bekannt wurde, da hieß es, er könne sich nicht über die Hauptsache entscheiden, ob die Stände nämlich gleiche oder verschiedene Kleidung bekommen sollten. Die Provinzialstände aber hatten ihr ohnehin geringes Ansehen soweit eingebüßt, daß mehrere Städte der Provinz Sachsen keine Abgeordneten mehr hinschickten, da sie doch nichts leisteten und auch nicht richtig zusammengesetzt seien. Mehr und mehr bekannte sich der Liberalismus aller Schattierungen zu der Ansicht Georg Friedrich Kolbs, daß Zugeständnisse für das Verfassungssystem in ruhigen Zeiten und freiwillig nun und nimmer zu erlangen wären, sondern nur in Momenten der Stürme und Unruhen und mit Gewalt ertrotzt werden können. Damals schrieb Werner Siemens an seinen Bruder Wilhelm: „Unsere Verhältnisse fangen an interessant zu werden. Der Wunsch nach freien Institutionen wird wirklich jetzt allgemein leidenschaftlich."

Tief schmerzlich war die Stimmung aller Patrioten, bezeichnend dafür sind die Worte, die Varnhagen nach einer Zusammenkunft, welche er 1846 in Weinsberg mit einigen schwäbischen Vaterlandsfreunden gehabt hatte, als Quintessenz ihrer Gespräche seinem Tagebuch einverleibte: „Als Nation stehen wir erbärmlich da, in nichts vereint als in Einbildungen und elender Geduld, in allen Dingen gehemmt, betrogen, gefoppt, in nichts gefördert oder gestützt. Preußen hat alles Vertrauen verloren, man verachtet unser Treiben und verspottet es." Diese Stimmung des Unbehagens machte sich auch den Thronen fühlbar, König Ludwig ermahnte 1846 sein deutsches Vaterland in fürchterlichen Strophen zur Einheit.

Es war zu spät, selbst als König Friedrich Wilhelm IV. sich endlich zu einer halben Maßregel aufraffte und einen lediglich beratenden vereinigten Landtag 1847 nach Berlin berief, da taten, wie Karl Biedermann sagt, die Konservativen dieser Vereinigung nichts, um den Weg notwendiger Reformen zu beschreiten, sie bestärkten vielmehr die Regierung in ihrem starren Festhalten an überlebten, unhaltbar gewordenen Zuständen. Es war die Schuld der Konservativen und der Regierung, daß auch die Resultate des Vereinigten Landtags ausschließlich der Opposition zugute kamen. Karl Hegel schreibt: „Wir hörten mit Bewunderung und Stolz die glänzenden Reden auf seiten der Opposition, die Rheinländer Beckerath und Hansemann, den Westfalen von Vincke, den Ostpreußen von Auerswald" u. a. und Rudolf Haym bemerkt: „Das Drama des Verfassungskampfes riß die Zuschauer unwiderstehlich zur Teilnahme fort. Kein Dichter hätte in diesen Tagen die Aufmerksamkeit so fesseln können, wie die Redekämpfe im weißen Saal, kein Buch wurde so eifrig und andächtig gelesen wie die Spalten der Preußischen Staatszeitung." Der König wollte nicht, daß eine Verfassung sich als Stück

Aus den Fliegenden Blättern

Papier zwischen ihn und sein Volk dränge, er hatte recht, es stand kein Stück Papier zwischen ihnen, aber eine Weltanschauung, und daß dieser Zwiespalt nicht auf friedlichem Wege ausgetragen werden konnte, war sein Verschulden. Herwegh, der einst so viel von ihm gehofft, hatte ihn richtig charakterisiert:

> „Zu scheu der neuen Zeit ins Aug' zu sehen,
> Zu beifallslüstern, um sie zu verachten,
> Zu hoch geboren, um sie zu verstehen.“

120

Preußen aber war schon zu weit gegangen, um noch nach des Königs Belieben stillstehen oder gar zurückgehen zu können, es wurde vorwärts getrieben. Der badische Minister von Blittersdorf hatte eine Vorahnung des Kommenden, als er 1846 sich äußerte: „Wir leben schon inmitten einer stillen Revolution, die alten Formen bestehen noch, bald werden auch sie zerbrechen", und diese Meinung teilten alle, denen nicht, wie Luden von den Mächtigen sagte, Gott den Nebel des Vorurteils um die Stirn gelegt hat. C. G. Carus in Dresden bemerkte im Jahre 1844: „Überall in der Tiefe unseres öffentlichen Lebens wurde bereits damals ein gewisser unheimlicher Zustand von Unzufriedenheit und Gegenwirkung der unteren Schichten gegen die oberen sichtbar, der das reine Behagen der Existenz zu stören geeignet war." Freiherr von Friesen, der spätere sächsische Minister, schreibt in seinen Erinnerungen von dieser Zeit: „Überall in Deutschland herrschte Unzufriedenheit, Mißtrauen und Besorgnis für die Zukunft. Allgemein war die Überzeugung, daß es so nicht fortgehen könne". und Gustav Freytag schließt sich diesem Urteil völlig an, wenn er vom Jahre 1848 sagt: „Seit einem Jahre hatten wir dahingelebt wie Leute, welche unter ihren Füßen Getöse und Schrecken des Erdbebens empfinden. Alles in den deutschen Verhältnissen erschien haltlos und locker, und jeder rief, daß es so nicht bleiben könne." Die gleiche Empfindung spricht Werner von Siemens in seinen Erinnerungen aus: „Die Unzufriedenheit mit den herrschenden Zuständen, das Gefühl der Hoffnungslosigkeit, daß sie sich ohne gewaltsamen Umsturz ändern ließen, durchdrang das ganze deutsche Volk und reichte selbst bis in höhere Schichten der preußischen Zivil- und sogar der Militärverwaltung."

Zweites Kapitel

SOZIALE
VERHÄLTNISSE
DER
VERKEHR

ang erfehnt fand der Parifer Friede, der nach den Unruhen und Kämpfen zweier Jahrzehnte Europa endlich dauernde Ruhe zu verbürgen fchien, die fozialen und wirtfchaftlichen Verhältniffe Deutfchlands in der gleichen Zerrüttung wie die politifchen. Doppelt hatte die Fremdherrfchaft auf diefem unglücklichen Lande gelaftet. Die Franzofen hatten fich nicht damit begnügt, Staatsgelder und Domänen der Befiegten zu konfiszieren, fondern fie hatten fich auch ganz ungeftört die Kapitalien von Banken, frommen Stiftungen und öffentlichen Inftituten zu eigen gemacht, fie hatten endlich den Privaten nicht nur ihr Vermögen durch ungeheure Kontributionen und unerfchwingliche Einquartierungslaften gefchmälert, fie hatten ihnen auch alle Wertgegenftände, foweit fie ihnen bedeutend fchienen, einfach weggenommen. Jahre hindurch lag damals das berühmte Meißener Schwanenfervice der Grafen Brühl auf dem Grunde des Pförtener Teiches, um es der Habfucht der fremden Bedrücker zu entziehen; im Haufe von Johanna Schopenhauer in Weimar fanden die Franzofen nichts fo bemerkenswert, als den fonderbaren Umftand, daß fie ihre filbernen Leuchter noch habe, gerade wie man es Bernadotte zum Ruhm anrechnete, daß er feinen Wirten in Hannover ihr Silberzeug gelaffen hätte. Außer diefem direkten Raub hatte die mit größter Strenge durchgeführte Kontinentalfperre, welche englische Waren vom Kontinent ausschloß, den Handel völlig brachgelegt und auch das ihre zur Verarmung ganzer Stände und Städte beigetragen. Der Friede traf Deutschland zerrissen und zerstückelt, seine Bevölkerung arm und ausgesogen. Wenn die Kontinentalsperre andererseits das Aufblühen mancher Industrien veranlaßt hatte und zumal in den linksrheinischen Landesteilen während der französischen Zeit viele Fabriken entstanden waren, so erfolgte gerade durch den Frieden ein Rückschlag, dessen üble Folgen sich nun in doppelter Stärke fühlbar machten. Die englischen Waren, die seit Jahren ohne Absatz geblieben waren, überschwemmten jetzt den europäischen Markt, in Deutschland allein wurden in einem Jahre für 129 Millionen Gulden englische Fabrikerzeugnisse eingeführt. Die Konkurrenz war um so empfindlicher, als die englischen Fabrikanten, nur um ihre Lager zu räumen und bar Geld in die Hand zu bekommen, oft 30—40 Prozent unter den Herstellungskosten verkauften, ein reeller Wettbewerb also so gut wie ganz ausgeschlossen war. Unter solchen Umständen war ein Aufschwung der heimischen Industrie sobald nicht zu erhoffen.

Während der so heiß ersehnte Friede dem Handel und der Industrie härtere Bedingungen für ihre Existenz auferlegte, schien es, als sollten die armen geplagten Menschen dieses Friedens überhaupt nicht froh werden. Die ungünstige Witterung des Jahres 1816, dessen monatelange Regengüsse die ganze Ernte vernichteten, hatte eine Hungersnot im Gefolge, welche ganz Deutschland in Mitleidenschaft zog. Aus Karlsruhe schrieb Rahel, daß man im badischen Oberlande Brot aus Baumrinde backe und gefallene und verscharrte Pferde ausgrabe, um sie zu essen! Wenn nicht die schlechten Wege schon an und für sich die Zufuhren von auswärts so gut wie unmöglich gemacht hätten, so wäre eine gegenseitige Versorgung durch die verkehrten Maßregeln der Regierungen vollends ausgeschlossen worden. Man sperrte die Grenzen gegeneinander ab, verbot die Ausfuhr des Getreides und zeigte dem öffentlichen Mißstand gegenüber eine so vollständige Unfähigkeit, daß selbst die staatliche Unterstützung nicht zu einer wirklichen Hilfe wurde. Der Minister von Bülow verwendete die zwei Millionen Taler, die Friedrich Wilhelm III. zur Linderung des Notstandes bestimmte, so unvernünftig, daß den westlichen Provinzen so gut wie nichts davon zugute kam. Der Kurfürst von Hessen lohnte bei dieser Gelegenheit den Jubel, mit dem seine getreuen Untertanen ihn kurz zuvor empfangen hatten. Er ließ aus den Ostseeprovinzen Getreide kommen, und da dasselbe erst eintraf, als die hohen Preise schon wieder gefallen waren, so nötigte er die Bäcker in Kassel zwangsweise, ihm 12 Taler für das Maß zu zahlen, welches sie im Lande schon wieder zu 7 Talern hätten kaufen können. Die gute Ernte des Jahres 1817 führte die Preise wieder auf einen normalen Stand zurück, überall wurden die Erntedankfeste mit besonderer Wärme gefeiert und die Brote des Hungerjahres an vielen Orten als Merkwürdigkeit bewahrt.

Charlet. Bürger und Arbeiter. Lithographie.

Die Hungersnot, welche wie eine Katastrophe über Deutschland hereingebrochen war, hatte alle die wirtschaftlichen Übelstände bloßgelegt, an denen das deutsche Bundeswesen litt: die Vielregiererei, die Selbstsucht und Uneinigkeit der Groß- und Kleinstaaten, welche der natürlichen Verbindung ihrer Länder hohe Zollinien entgegenstellten. Nicht nur die Staaten, auch die Provinzen und die Städte waren durch Zölle verbarrikadiert und voneinander abgesperrt. Dieses Zollwesen glich einer völligen Anarchie. Alte und neue Zollgesetze liefen nebeneinander her, ergänzten sich und schlossen sich aus oder standen völlig in der Luft, wenn in Landesteilen, die im Laufe der letzten Jahre zu Frankreich gehört hatten, mit der Rückeroberung die französische Douane beseitigt wurde, ohne daß neue durchgreifende Einrichtungen an ihre Stelle getreten wären. In den altpreußischen Provinzen bestanden z. B. 67 verschiedene Zolltarife, in den neuen Provinzen galt die kursächsische Akzise, oder schwedische Zölle bestanden noch zu Recht, in der Rheinprovinz endlich wußte niemand, woran er war. In Mecklenburg erhoben Rostock und Wismar eigene Zölle, im Lande zollte man dem Fürsten an 83 verschiedenen Hebestellen Abgaben nach gesetzlichen Verordnungen, von denen keine jünger war, als 200 Jahre. Dieser chaotischen Unordnung entsprach jene im Münzwesen. Nicht nur rechneten die einzelnen Staaten nach verschiedener Währung, Süddeutschland nach Gulden, Norddeutschland nach Talern, fremde zum Teil ausländische Geldsorten waren in solcher Masse in den Verkehr gedrungen, daß man in Preußen nach dem Kriege, in Posen und Pommern den Umlauf von 48, in den westlichen Landesteilen den von 71 fremden Münzsorten konstatierte und vorläufig auch amtlich anerkennen mußte. Dieser für Handel und Verkehr ganz entsetzliche Zustand wurde dadurch noch verhängnisvoller, daß er zur Falschmünzerei ordentlich herausforderte, aus England sind dann auch noch jahrelang ganze Schiffsladungen falscher preußischer Groschen eingeschmuggelt worden.

Unter so ungünstigen Umständen, der Handel lag darnieder, die Industrie steckte noch in den ersten Anfängen, Straßen und Kanäle fehlten, ging Preußen an das große und schwierige Werk der Reorganisation seines gesamten Zollwesens, ein Unternehmen, von dem damals wohl niemand ahnen konnte, daß es der erste Schritt auf der Bahn zur Einheit Deutschlands werden sollte. Die Schneider am grünen Tisch des Wiener Kongresses, die das preußische Gebiet in zwei Teile zerrissen, welche nicht im Zusammenhang miteinander standen, hatten gehofft, den verhaßten Staat, den sie fürchteten, dadurch dauernd zu schwächen. Sie ahnten nicht, daß sie gerade durch diese Zweiteilung den Grund zu der Einigung legen sollten, die zu verhindern ihr ganzes Bestreben war. Preußen mußte darauf bedacht sein, die beiden Hälften seines Besitzes so miteinander zu verbinden, daß sie, wenn auch vorläufig noch nicht geographisch, so doch zollamtlich eine Einheit bildeten, mit einem Wort, daß Waren, die beispielsweise bei der Einfuhr in die

Biard. Zollrevision an der französischen Grenze. Ölgemälde. Berlin, Galerie Ravené

Rheinprovinz versteuert worden waren, nicht bei dem Transport nach dem Osten, wobei sie die preußische Grenze wieder verlassen und fremdes Gebiet passieren mußten, bei dem Wiedereintritt auf preußischen Grund und Boden nochmals besteuert wurden. Das war, solange Nassau, Kurhessen, Hannover u. a. als Fremdstaaten zwischen dem Osten und dem Westen Preußens lagen, nur durch einen Zollanschluß der kleinen deutschen Mittelstaaten an Preußen zu erreichen. Diesen herbeizuführen ist Jahre, Jahrzehnte hindurch das Bestreben der preußischen Finanzmänner und Diplomaten gewesen. Unter dem größten Widerstand der Beteiligten sind sie Schritt für Schritt diesem Ziele näher gekommen, bis endlich nach einem diplomatischen Intrigenspiel ohnegleichen auch die deutschen Mittelstaaten Kurhessen, Sachsen, Bayern, Württemberg sich Preußen anschlossen und im Jahre 1834 der Deutsche Zollverein zustande kam, die erste Etappe des Aufstiegs zum neuen Deutschen Reich.

In aller Stille begann die Einheitsidee, welche die Köpfe aller Deutschgesinnten erfüllte, sich zu verwirklichen und von einer Seite her, von der sie niemand erwartete. Während die Fürsten und die am Ruder befindliche Bureaukratie die Idee der Einigung Deutschlands weit von sich wiesen, während der Liberalismus ihre Verwirklichung nur auf dem Wege des Parlamentarismus und des Ausbaues konstitutioneller Formen für

Johann Gottfried Schadow

möglich hielt, der beginnende Radikalismus aber vollends einer Erfüllung seiner Hoffnungen nur durch Umsturz und Revolution glaubte näher kommen zu können, war diese von den einen gefürchtete, von den anderen ersehnte Einheit schon in der Entwicklung, von innen, aus dem Bedürfnis heraus. Einen wahrhaft divinatorischen Blick in die Zukunft tat der alte Goethe, als er 1828 zu Eckermann sagte: „Mir ist nicht bange, daß Deutschland nicht eins werde, unsere guten Chausseen und künftigen Eisenbahnen werden schon das Ihre tun.“ Wenn er sich im Fortfahren des Gesprächs dann noch über die Einheit in Münzen, Maß und Gewicht, in Handel und Wandel ausspricht, so bewies er, dem man so oft einen Mangel an politischem Interesse vorgeworfen hat, damit einen schärferen politischen Blick für das Wesentliche als die große Mehrzahl jener, die sich damals ex professo mit der Einheit Deutschlands befaßten. Die Männer, welche praktisch der Einheit den Weg gebahnt und den Grund gelegt haben, auf dem sich nach zwei Menschenaltern das Deutsche Reich erheben sollte, waren weder die großen Staatslenker, noch die lauten Kammerredner, es waren zwei preußische Beamte, der Rheinländer Karl Georg Maaßen und der Kurhesse Friedr. Chr. Adolf von Motz, die hinter den Kulissen standen und doch aus der Stille ihrer Schreibstuben heraus Dauerndes für Deutschland taten, als so manche der Männer, deren offiziellen Ruhm aufdringliche Denkmäler dem harmlosen Spaziergänger auf Schritt und Tritt vor die Nase stellen. Dieser Gang der Entwicklung dokumentiert zum ersten Male das neue Prinzip moderner Staatskunst,

130

es war nicht mehr das dynastische Interesse, welches hier seinen Willen diktierte, es war die Rücksicht auf das Interesse und die Wohlfahrt der Völker, die zum Ausdruck kam. Bisher waren Ehrgeiz und Ruhmsucht, Ländergier und Eroberungssucht die Faktoren gewesen, welche nach dem Willen der Despoten den Völkern ihr Geschick bestimmt hatten, hier kam zum erstenmal zum Ausdruck, daß Wohl und Wehe der Völker dem der Dynastien vorangeht. Der demokratische Gedanke prägte sich in diesem Gange der Entwicklung auf das deutlichste aus, das Bürgertum mit seinen Interessen feierte einen Triumph, denn es war zum erstenmal, daß Handel und Industrie als die bestimmenden Faktoren des modernen Staatslebens hervortraten. Von dieser Seite ist wohl die Angelegenheit damals weder von Regierenden noch Regierten betrachtet worden, um so weniger, als im Beginn der ganzen von Preußen ausgehenden Aktion Handel sowohl wie Industrie in Deutschland noch in den Kinderschuhen steckten. Der Preußische Zollverein, ein Bund im Bunde, ebnete der Industrie erst den Boden, indem er fast das ganze Deutschland zu einem Markt vereinte und ein Absatzgebiet schuf, auf welchem die Fabrikate des Südens mit denen des Nordens und beide mit jenen des Auslandes erfolgreich in Konkurrenz treten konnten. So begleitete die Ausdehnung der deutschen Industrie Schritt für Schritt die Ausbreitung des Zollvereins und beantwortete jede Erleichterung des Zollwesens, jede Verbesserung des Verkehrs mit neuem Aufschwung, bis endlich aus dem reinen Agrarstaat, der Deutschland damals war, ein Industriestaat wurde.

Wie der Zollverein anfänglich nur langsame Fortschritte machte, so entwickelte sich auch eine Industrie nur sehr allmählich, und es hat noch Jahrzehnte gedauert, bis der Maschinenbetrieb die Handarbeit, die Fabrikindustrie die häusliche verdrängte. In Baden galt die Großindustrie für überflüssig, in Nassau für staatsgefährlich, überall lagen die Vertreter der Gewerbefreiheit mit den Anhängern des engbeschränkten Zunftwesens im Streit. Das durch die jahrelang andauernde Unsicherheit der Verhältnisse herbeigeführte Darniederliegen der Gewerbe machte die Handwerker zu starren Anhängern des Zunftwesens, von dem sie sich Schutz ihres Erwerbes versprachen. Da, wo Gewerbefreiheit bestand, wie in Preußen seit 1810, bildeten sich Parteien, die in derselben einen Unsegen erblickten und die Regierung mit Petitionen um Wiedereinführung der Innungen und Zünfte bestürmten. Die gewerblichen Vorrechte des Zollzwanges mit all ihren zum Teil kleinlichen Vorschriften über Lehrzeit, Gesellenzeit, Wanderschaft, Meisterwerden usw. hatten wenigstens eine gründliche Ausbildung des Handwerkers verbürgt und mit ihrer Forderung eines Befähigungsnachweises den Handwerksbetrieb auf der Höhe tüchtiger und reeller Leistungsfähigkeit zu erhalten gesucht. Der Fortfall eines Befähigungsnachweises, die Aufhebung von Gesetzen, welche die Zünfte illusorisch machten, indem sie dieselben hinderten, ungeprüfte Fremde vom Betrieb ihres Gewerbes auszuschließen, brachen den Zunftzwang und machten die Arbeit in der Tat erst frei, indem sie die vorher gebundenen Kräfte zu unbeschränktem Wettbewerb beriefen. Die Aufhebung der Zünfte mit ihren rigorosen Bestimmungen über die Abgrenzung der einzelnen Handwerke voneinander, die schließlich zu einer völligen Behinderung verständiger Arbeit gediehen war, mußte um so wichtiger scheinen, als bei dem Aufkommen ganz neuer Arten von Gewerben, dem fabrikmäßigen Betrieb derselben und dem zunehmenden Wachstum der Bevölkerung die Aufrechterhaltung so veralteter Korporationen für das Handwerk Selbstmord bedeutet haben würde.

In dem heftigen literarischen Streit über das Für und Wider standen damals Bernoulli, Ebers, Leuchs, Pestalutz, Bülau, Schmidt, Benedikt auf seiten der Kämpfer für unbedingte Gewerbefreiheit, während Ziegler, Albrecht, Gysi-Schinz, Beisler, Oesterley, Schick sich gegen dieselbe erklärten. In Preußen hielt man verständigerweise an der Gewerbefreiheit fest, wenn man auch aus politischen Gründen im Jahre 1845 das Innungswesen in wesentlich gemilderter Form wieder herzustellen suchte, in den übrigen deutschen Staaten ist man erst im Laufe der 60 er Jahre zur Gewerbefreiheit übergegangen. Wie wunderte sich z. B. noch Friedrich Hebbel 1836 in München über die heftige Zeitungspolemik zwischen dem Hofknopfmacher und dem Hofbortenmacher, die dadurch entstanden war, daß der erstere sich seiner schönen Borten gerühmt hatte, die er doch gar nicht machen durfte.

Während der Anbruch einer neuen Zeit, mit der auf die Maschine gestellten Arbeit, sich schon überall ankündigte, während Englands billige Fabrikware allerorten die Produkte der Handarbeit vom Markte verdrängte, klammerte sich der Handwerker nur um so angstvoller an das Alte, das doch bisher noch ihm selbst, das Vater und Großvater die Existenz verbürgt hatte. Es waren für Gewerbetreibende und Handwerker schwere Zeiten des Übergangs, es galt ein hartes Ringen um das tägliche Brot, um so härter und schmerzlicher, als trotz aller Tüchtigkeit und allem Fleiß des einzelnen der Rückgang der Hand- gegen die Maschinenarbeit doch nicht aufzuhalten war. „Die alte Zeit ging zu Ende", schreibt Gustav Freytag, „aber der Segen der neuen wurde noch nirgend fühlbar." Die Schranken, welche die Zünfte um das Handwerk gezogen hatten, waren durch die Hardenbergsche Gesetzgebung beseitigt worden, die Vorzüge der Freiheit und des eröffneten Wettbewerbs der Kräfte kamen aber am ersten und am sichtbarsten denen zugute, die über das meiste Kapital verfügten. Die großen Geschäfte blühten, der einzelne ging zurück, was z. B. dadurch zum Ausdruck kam, daß im Jahre 1831 von den 1088 Tischlermeistern Berlins 640 nicht imstande waren, ihre Gewerbesteuer zu zahlen. Der Umschwung der Verhältnisse, der durch die Maschine herbeigeführt wurde, ließ diese in den Augen der Handwerker und Arbeiter zur Feindin werden. Statt sich die Hilfe

Karl Blechen. Walzwerk bei Neustadt-Eberswalde. Berlin, Nationalgalerie

133

Hofemann. Liederliche Wirtschaft

maschineller Einrichtungen zunutze zu machen, sträubte man sich vielmehr mit aller Kraft
gegen sie und schrieb der Einführung der Maschine in den Gewerbebetrieb alle Schwierigkeiten zu, mit denen der kleine Mann zu kämpfen hatte. Standesvorurteile kamen
dazu, denn, wie August Bebel erzählt, sahen damals handwerksmäßig arbeitende Gesellen die Fabrikarbeit als etwas Minderwertiges mit Geringschätzung an. Als Arbeiter
bezeichnet zu werden statt als Gehilfe oder Geselle betrachteten viele als persönliche
Herabsetzung, dem Handwerksgesellen galt der Fabrikarbeiter als unterwertig. So hat
es denn Jahrzehnte gedauert, bis die Industrie sich entschloß, ihren Betrieb wesentlich
maschinell einzurichten. In der Mitte der zwanziger Jahre übersiedelte der englische
Maschinenbauer James Cockerill aus Seraing in Belgien nach Aachen, um die Erfindungen der englischen Maschinenfabrikation in Deutschland bekannt zu machen, in Berlin, wir folgen Treitschkes Angaben, beschäftigte die Maschinenfabrik von Hummel,
Freund und Egells 1830 schon etwa 500 Arbeiter. Ihre Erzeugnisse aber waren vorläufig noch in ihrer Verwendung auf die Bergwerke und Kanäle beschränkt, welche staat-
licher Verwaltung unterstanden, in die Privatindustrie fanden sie nur langsam Eingang,
am ehesten noch in den Kartoffelbrennereien, die sich seit 1820 an Stelle der alten

Ludwig Richter. Begegnung auf der Landstraße. Sepiazeichnung

Joh. Adam Klein. Maler auf der Reise. Kupferstich

Getreidebrennereien einbürgerten. Von der deutschen Industrie war die Textilbranche im Verhältnis am besten entwickelt, aber auch in ihr überwog sogar noch in den vierziger Jahren die Handarbeit bei weitem. Die erste Maschinenwollweberei in Preußen (wir entnehmen dies und das folgende Richard Ehrenbergs Einleitung zu den Unternehmungen der Brüder Siemens) wurde erst 1842 in Wüstegiersdorf in Schlesien errichtet und zwar von der staatlichen Seehandlung, die preußischen Tuchfabriken, welche Privaten gehörten, wie Busse & Sohn in Luckenwalde, G. Startz, Leonhards Sohn und J. van Gülpen in Aachen u. a. m. verwendeten in der gleichen Zeit noch ausschließlich Handwebstühle. Auch die Baumwollweberei war noch überwiegend Handbetrieb. Am verhängnisvollsten wurde die Einführung der Maschine der Leinenindustrie, die in den letzten Jahrhunderten der Stolz Deutschlands und eine Quelle seines Reichtums gewesen war. Die Konkurrenz der englischen Industrie brachte eine Krisis hervor, deren schweren Notständen man nicht abhelfen konnte, da man das einzige Mittel dazu, die Einführung von Maschinen, anzuwenden zögerte. 1846 gab es in Preußen nur 10 Maschinenspinnereien mit 2700 Arbeitern, und auch davon waren zwei eben erst durch die Seehandlung eingerichtet worden. „Deutschland", schrieb damals der preußische Minister Rother, „hat in der möglichsten Ausdehnung der Maschinenspinnerei das einzige Mittel vernachlässigt, für seine Leinenindustrie den Markt zu behaupten. Das Zurückbleiben in der Aneignung eines Fortschritts, welcher den Engländern nicht bloß auf den überseeischen Märkten den Sieg über das deutsche Leinen verschafft, sondern sogar es möglich gemacht hat, mit wohlfeilen, aber schlechten Maschinengarnen das Inland zu überschwemmen, ist die vorzüglichste Ursache der Not unter den Spinnern und Webern." Diese Abneigung gegen die Maschine, die in ihrer Kurzsichtigkeit sich so schwer rächen sollte, trat nicht nur in verschiedenen Aufständen zutage, bei denen das Volk Fabriken und Maschinen in blinder Wut zerstörte, sondern sie dokumentierte sich auch in der ganz irrtümlichen wirtschaftlichen Anschauung, die im Prinzip die teure qualitativ bessere Handarbeit der billigen, minder qualifizierten Fabrikware vorziehen wollte, während sie in der Praxis doch immer die billige Ware bevorzugte. Ein Franzose, der die Berliner Gewerbeausstellung von 1844 besuchte, Monsieur Burat, hat darüber eine sehr interessante Beobachtung gemacht. Er schreibt: „Das ist Handgespinst, sagte man mir mit triumphierender Miene, indem man mir Garn und Leinwand von bewundernswerter Feinheit und unvergleichlicher Schönheit zeigte, und auf derselben Tafel stand eine Büchse, um Almosen für die Schulen zu empfangen, wo Kinder das Handspinnen lernen." Derselbe bemerkt, daß alle Fabrikanten und Kaufleute einstimmig darüber klagten, daß ihre Kunden den hohen Preis schöner Ware scheuen und daß sie daher immer in erster Linie bestrebt sein müßten, wohlfeil zu liefern. Auch in Gesellschaft fiel dem Franzosen auf, daß sich die Damen immer in einem Wettstreit darüber befänden, welche von ihnen die Bedürfnisse des Haushalts und der Toilette am billigsten einkaufe, während Französinnen in diesem Punkte ihre Ausgaben meist zu übertreiben pflegten. Diesen Ansprüchen wäre durch eine zweckmäßige Einführung von Maschinen und weitgehende Arbeitsteilung zu genügen gewesen, aber der Handwerksbetrieb blieb noch jahrelang überwiegend; von den 600 000 Köpfen, auf die 1849 die gesamte Fabrikarbeiterschaft Preußens geschätzt wurde, war der bei weitem größte Teil noch in der Hausindustrie tätig. Das Königreich Sachsen zählte 1846 erst 197 Dampfmaschinen von zusammen 2455 Pferdekräften, ganz Preußen 1837 nur 419 mit 7355 Pferdekräften, davon besaß Berlin allein 29 Dampfmaschinen mit 392 Pferdekräften, die sich bis 1841 auf 62, bis 1849 aber schon auf 172 mit 3792 Pferdekräften vermehrt hatten, nur

Franz Kugler auf der Wanderschaft. Umschlag seines „Skizzenbuch. Berlin 1830". Von ihm selbst auf Stein radiert

R. von Normann. Illustration zu Robert Reinick: Malers Wanderlied

113 davon gehörten gewerblichen Betrieben an. Diesen Rückstand zeigt auch die Eisenindustrie. An Stahl erzeugte ganz Preußen im Jahre 1826 nur 62000 Zentner, an
Gußstahl 1832 gar nur 94 Zentner. Eisenwaren, die nur mittels Koks hergestellt
werden konnten, mußte man aus England beziehen, weil die deutschen Werke meist mit
den Holzkohlen aus den zunächstliegenden Waldungen heizten, da sie Steinkohlen wegen
der hohen Frachtkosten nicht zu verwenden imstande waren. Aus diesem Grunde konnten
auch die mächtigen Steinkohlenlager Westfalens nur zum kleinsten Teil ausgebeutet
werden, im Bochumer Revier ruhten 400 Gruben, nur 170 waren im Betrieb. Die
Braunkohle, auf deren Verwendung heute eine blühende Industrie beruht, war nur
als Brennmaterial bekannt und wurde auch als solches nur in der unmittelbaren Nähe
des Fundortes verwertet. Von 1830—1850 verdreifachte sich zwar die preußische
Steinkohlenproduktion, betrug aber auch in diesem letzten Jahre, auf den Kopf der
Bevölkerung umgerechnet, immerhin nur ¹/₆ dessen, was Großbritannien an Steinkohle
produzierte. Der erste eigentliche Kokshochofen in Westfalen wurde erst in den vierziger Jahren errichtet, im Ruhrgebiet sogar erst 1850. In Deutschland gab es 1844
nur zwei Eisenhütten, die im modernen Sinne Großbetriebe waren, die 1808 entstandene Grube „Hoffnungshütte" in Sterkrade mit 500—600 Handarbeitern und
einem Walzwerk in Oberhausen, das 300 Handarbeiter beschäftigte, sowie die 1836 entstandene Laurahütte in Oberschlesien mit 700 Arbeitern. Krupp beschäftigte 1843 100
Arbeiter, 1845 122, deren Zahl in den nächsten Jahren auf 72 zurückging, 1848 geriet
er in eine so starke finanzielle Bedrängnis, daß er sich genötigt sah, sein Silberzeug zu
verkaufen, um keine Arbeiter entlassen zu müssen. Die größte Berliner Maschinenfabrik

war diejenige von Borsig, die 1837 begründet worden war und seit 1841 Lokomotiven baute. In den ersten drei Jahren hatte sie schon 26 geliefert, hoffte aber, ihre Leistungs-fähigkeit auf 30—40 im Jahre steigern zu können. 1844 beschäftigte Borsig 1100 Ar-beiter. Die Schwierigkeit, einen solchen Betrieb unter den damaligen Verhältnissen aufrechterhalten zu können, erhellt schon aus der Tatsache, daß der Unternehmer noch ge-nötigt war, das Rohmaterial, dessen er bedurfte, zum größten Teil aus England zu be-ziehen. Der billige Arbeitslohn allein ermöglichte die Rentabilität des Betriebes, ge-stattete aber auch nach und nach erfolgreich mit dem Ausland zu konkurrieren. Als bei Gründung der Berlin-Anhalter Bahn 21 Lokomotiven in Auftrag gegeben wurden, er-hielt Borsig nur 6 derselben, die übrigen 15 wurden aus England bezogen, im nächsten Jahrzehnt aber lieferte schon Borsig allein 19, England und Belgien zusammen nur noch 16. Viel bewundert wurden damals die Fabrikanlagen des Kommerzienrat Nathusius in Haldensleben und Hundisburg. „Es war ein förmliches System industrieller Anla-gen," schreibt Klöden, „eine Fabrik lieferte immer der anderen, teils ihre Produkte, teils ihre Abfälle zur weiteren Verbreitung und es ging nichts verloren."

Wenn auch das Tempo, in dem die Industrie fortschritt, langsam war, der Fortschritt an und für sich war nicht zu verkennen und drängte sich vorzüglich dem fremden Beobachter auf. Ganz begeistert schreibt Friedrich von Raumer 1827 seiner Frau von einer Reise, die er in das industrielle Wuppertal unternommen: „Auf eine Meile weit strecken sich zu beiden Seiten dieses Flusses die Häuser und Fabrikanlagen. Überall bemerkt man Tätigkeit und Wohlstand, die herrschende Kraft der Gegenwart, den Mut für die Zu-kunft. Es scheint unmöglich, in dieser Umgebung untätig, verdrießlich, niedergeschlagen zu sein, die Betriebsamkeit wird in ganz Deutschland schwerlich übertroffen. Wie die Sachen jetzt stehen, gehört die Gegend um Elberfeld und des Tales von Barmen zu dem schönsten, lehrreichsten und anziehendsten, was man in Deutschland sehen kann." „Berlin wird immer mehr Fabrikstadt", schreibt 1841 der kurhessische Zollvereinsdelegierte Schwedes und Mr. Burat, der in seinem Bericht über die Berliner Gewerbeausstellung von 1844 konstatiert hatte, daß die deutsche Industrie sich im Verhältnis zur englischen und französischen noch in ihrer Kindheit befinde, schließt dann mit einer Betrachtung, welche die Folgezeit bestätigt hat: „Der Stoß ist gegeben", schreibt er, „es ist nicht mehr das träumerische tiefsinnige Deutschland, das sich in den Wolken der Metaphysik verlor und über einem Buche einschlief. Es weiß jetzt recht wohl, was hier unten sich ereignet. Es ist ans Werk gegangen." Die gleiche Beobachtung drängt sich auch Varnhagen auf, der gelegentlich dieser selben Ausstellung die Fortschritte, welche die Technik gemacht hatte, bewundernswert fand und von Ehrfurcht ihnen gegenüber erfüllt wurde. Er nennt das, was ihm den Aufschwung des Handwerks bedeutet, eine Veredelung des

Kunststraßen.

„Sakra! Donner und Wetter, mich schmeißt's schier vom Wagel runter, Herr Leichduber!"
„Ja, mein lieber Herr Kreuzfuck, dos sind aber unsere Kunststraßen, da is a Kunst drauf z'fahren, ohne daß man
Hals und Bein bricht."

Aus den Fliegenden Blättern

Menschlichen von weit wirkendem Segen, wenn er aber, vielleicht im Anblick unverständiger Beschauer meinte: „die große Menge des Volkes hat von diesen Fortschritten wenig Vorteil und geht unberührt nebenher", so unterschätzte er die Wirkungen der Technik, die, wenn sie vielleicht auch noch nicht offen zutage lagen, doch schon anfingen, dem ganzen Leben eine andere Gestalt zu geben.

Ganz unverkennbar war der Aufschwung, den die wirtschaftlichen Verhältnisse in Deutschland aller Orten genommen hatten. Geheimrat Redtel, der 1824 in Halle und im Mannsfeldschen war, erzählte Varnhagen, er könne sich schwerlich vorstellen, welche Veränderungen in Anbau, Verschönerung und Aufnahme der dortigen Gegend vorgegangen. Dieselbe Beobachtung teilten ihm andere von anderen Orten mit und er selbst machte sie in Leipzig, wo er trotz der großen Fallissements keine Abnahme des Wohlstandes merken konnte, ebenso bemerkt Schinkel, der 1826 Frankfurt a. M. besuchte, wie sehr sich die Stadt verschönert habe. Ganz eingehend befaßt sich Friedrich Perthes, der in den zwanziger und dreißiger Jahren Mitteldeutschland wiederholt bereiste, mit dem Fortschritte, den er überall gewahr wird und der ihm um so stärker auffallen mußte, als er 1772 in Rudolstadt geboren, diese Gegenden seit 50 Jahren genau kannte.

„Das Gedeihen des Landes," schrieb er, als er um diese Zeit von einer kleinen Reise durch Thüringen zurückgekehrt war, „die Rührigkeit der Menschen und die Wohltätigkeit ihrer Zustände hat mich in Erstaunen gesetzt. Welch unglaublicher Unterschied ist doch zwischen dem heutigen Zustand dieser Gegenden und dem, den ich vor dreißig Jahren sah! Obschon der Bergbau verloren hat, obschon die sogenannten Laboranten ihre Medizinalkräuter nicht mehr durch ganz Deutschland umhertragen und das Schnitzen in Holz und die Verarbeitung desselben zu Schachteln und Spielzeug aller Art abgenommen hat, ist dennoch der Wohlstand gestiegen. Im Weimarischen und Rudolstädtischen, wo die Täler wild auslaufen, nach oben aber sich zu herrlichen Wiesengründen erweitern und auf der Höhe weite Ebenen bilden, sah man früher nur Wurzelstöcke, magere Kartoffeln und kümmerlichen Hafer; jetzt stehen an deren Stelle Roggen und Weizen, Gartenfrüchte und Obstbäume.

Die Bauern haben Geld zur Ablösung der Zinsen und Fronden; die herrschaftlichen Kammergüter werden, obschon ihnen die Wildhut genommen ist, höher wie früher verpachtet und die Forsten sind mit fast verschwenderischer Vorliebe gepflegt. Der westliche Teil des Thüringer Waldes, in welchem die Täler unten breit anfangen, dann enger und wilder werden und an hohen Bergkuppen enden, gestattet freilich einen solchen Anbau nicht, ist aber reich an Glashütten, Papiermühlen, Eisenhämmern, Kienrußschwelereien und Steingutfabrikation. Vom Vogtlande an bis zur Rhön und zum Wesertal wird der Grund und Boden in einer früher unbekannten Weise genutzt; die hohen Kornpreise während so vieler Jahre haben den Wert des Landes zur allgemeinen Kenntnis gebracht. Die vielen adligen Güter, die in bürgerliche Hände übergegangen sind, werden nun bewirtschaftet, um ihre Eigentümer reich zu machen; und die adligen Herren werden in die neue Wirtschaft hineingezogen, mögen sie wollen oder nicht. In den Mittelstädten, die fast ohne alle Ausnahme bedeutende Ackergüter innerhalb ihrer Flur besitzen, werden die Ökonomen auf jedes unbebaute Stück Land aufmerksam. Kiesstücke und Heidestellen, Raine, magere Triften sind in Ackerboden verwandelt und in manchen Dörfern folgen schon jetzt die Bauern ihnen nach, das Altenburger Land hat einen Wohlstand sondergleichen und der Bauer ist recht eigentlich ein reicher Mann. Der Umschwung der Gewerbtätigkeit ist nicht hinter dem des Ackerbaues zurückgeblieben. Vor einem Vierteljahrhundert fanden sich in diesem Teile Deutschlands fast keine Männer von Bildung, Kenntnis und Einsicht, die sich mit dem Handel befaßt hätten; es war alles beschränkte kleinliche Krämerei; der sogenannte Kaufmann stand der Sache wie der Meinung nach unter dem Handwerker. Jetzt begegnet man selbst an den kleineren Orten Thüringens Männer mit kaufmännischem Sinn großer Art; sehr gewöhnlich bestanden sie ihre Lehrzeit in Hamburg oder Bremen und wurden durch die gewaltigen Weltverhältnisse umhergeworfen und gebildet.

Sie sind es, die den großen früher totliegenden Reichtum des Landes entdeckt, hervorgezogen und in den Weltverkehr gebracht haben. Gotha, Arnstadt, Gera, Altenburg stehen mit den europäischen Handelsplätzen in unmittelbarem

Eifele und Beifele auf ihren Kreuz- und Querzügen durch Deutschland.

Höchst anmuthige Fahrt auf dem Wege nach Leipzig in einer sächsischen Beichalse.
Aus den Fliegenden Blättern

Wechselverkehr, den früher Leipzig vermittelte; Orte wie Pösnek, Neustadt an der Orla, Gera, Ronneburg nehmen an Umfang zu und zählen viele wohlhabende, manche reiche Leute unter ihren Einwohnern; das Leben und das Getriebe in Arnstadt, welches den Verkehr zwischen dem Walde und dem flachen Lande besorgt, setzt in Erstaunen, und in Gotha wie in Altenburg erinnern die öffentlichen Anstalten, die milden Stiftungen, ja der Handel selbst an weit größere Verhältnisse."

Die Industrieausstellung, welche 1844 in den Räumen des Berliner Zeughauses stattfand, bedeutet einen Markstein in der Entwicklungsgeschichte des deutschen wirtschaftlichen Lebens. Wohl war sie nicht die erste, München hatte im Jahre 1818, Dresden 1824, Berlin 1827 Gewerbeausstellungen gesehen, aber sie hatten nur die Territorien Bayern, Sachsen, Preußen umfaßt, diejenige des Jahres 1844, welche in den Räumen des Berliner Zeughauses stattfand, brachte die Industrie und den Handel des gesamten Zollvereins zur Anschauung. Sie bewies den Aufschwung, welchen beide in den letzten Jahren genommen hatten, und zeigte hoffnungsvolle Ansätze für die Zukunft. Dabei hatte die Ausstellung, welche Berlin mit Fremden füllte, — General von Orlich schrieb an Oldwig von Natzmer: „So viel Ausländer hat Berlin noch nicht in seinen Mauern gesehen", — unter dem bureaukratischen Unverstand ihrer Veranstalter zu leiden. Fanny Hensel schreibt darüber an Rebekka Dirichlet: „Bei allem ist die Ausstellung ein halbimprovisiertes Unternehmen, da die Regierung bei ihren ersten Bekanntmachungen ungefähr sagte: Wir wollen eine Ausstellung machen, wer sich aber einfallen läßt, etwas dazu herzuschicken, kriegt ein Paar Maulschellen. Ziemlich so einladend waren die Bedingungen. Erst als sie sahen, daß wirklich niemand schicken wollte, fingen sie an, gute Worte zu geben. Wenn ein solches Unternehmen einmal gehörig vorbereitet stattfinden wird, kann es überaus glänzend werden."

Das preußische Zollgesetz vom Jahre 1819 hatte dem Handel der Monarchie die größten Vorteile gebracht. Treitschke schätzt den Gesamtwert der Einfuhr, Ausfuhr und Durchfuhr für Preußen im Jahre 1796 auf etwa 105 Millionen Taler, im Jahre 1828 betrug die Einfuhr allein 106, die Ausfuhr 85, die Durchfuhr 104 Millionen Taler. Die Zahl der Handeltreibenden war in den ersten 6 Jahren nach dem Erscheinen des Zollgesetzes von etwa 70000 auf 82000 gestiegen, die Gewerbesteuer, die 1824 1,6 Millionen abgeworfen hatte, trug 1830 schon 2,1 Millionen Taler. Diesem langsamen Fortschritte konnte auch die große Krise des englischen Marktes, die während der Jahre 1825—26 in zahlreichen Bankrotten großer Firmen in Frankfurt, Hamburg, Leipzig, Magdeburg, Braunschweig auf Deutschland zurückwirkte, keinen Einhalt tun. In Leipzig machte das angesehene Bankhaus Reichenbach einen Millionenbankrott, in Berlin fallierten die Gebrüder Benecke mit 800000 Talern Passiva, viele Familien verloren ihr Vermögen,

Preußischer Postwagen um 1825. Aquarell. Berlin, Postmuseum

der Bankier Martin Ebers erschoß sich aus Verzweiflung. Diese Schläge enthüllten
aber nur, daß das Großkapital im Begriffe war, eine internationale Macht zu werden,
sie haben der Entwicklung des deutschen Handels nicht geschadet. Die Fortschritte desselben wurden noch viel sichtbarer mit dem Abschlusse des Zollvereins. Der Gesamtwert
der Aus- und Einfuhr desselben betrug im Jahre 1834, dem ersten nach seinem Zustandekommen, 249,5 Millionen Taler, war aber schon nach 10 Jahren auf 385 Millionen
Taler gewachsen, d. h. von 10 Talern auf den Kopf der Bevölkerung auf 13½ Taler.
In der gleichen Progression bewegten sich die Einnahmen, welche die am Zollverein beteiligten Staaten von demselben empfingen, Bayern schon im ersten Jahre fast das
Doppelte dieser Summe, die es vorher aus dem Zollverband mit Württemberg verein-
nahmt hatte, von 1834—1840 hat sich die zur Verteilung gelangende Einnahme von
12,18 auf 19,01 Millionen gesteigert.

Die Industrie entwickelte sich zumal in Süddeutschland zusehends, die verkommenen
alten Reichsstädte, die beim Verlust ihrer Souveränität bankrott gewesen waren, wie
Augsburg, Nürnberg, Eßlingen, stille verödete Residenzen, wie Mannheim, wurden allmählich zu Zentren neuen frischen Lebens, reger Arbeit und Tätigkeit. So war Deutschland auf dem Wege zu jenem Ziel, welches ihm sein großer Volkswirt Friedrich List mit
der Parole „durch Wohlstand zur Freiheit" gewiesen. List sah im Gefolge der Armut
alle die Eigenschaften des Philisters einherziehen, den Kleinmut, die Feigheit, die Duck-
mäuserei, er erblickte im Reichtum die wirksamste Panazee gegen diese Übel, der nationale

Wohlstand schien ihm der Bürge für nationale Einheit und Freiheit. Er hat sich als Mitschöpfer des Zollvereins betrachtet, und nicht ganz mit Unrecht, denn in demselben Jahre, in dem Preußen die Reorganisation seines Zollwesens begann, begründet List im Verein mit mehreren Industriellen der Kleinstaaten den Verein deutscher Kaufleute und Fabrikanten, der sich sehr bald über Mittel- und Süddeutschland ausbreitete. Dieser Verein verfolgte den ausgesprochenen Zweck einer handelspolitischen Einigung Deutschlands und List hat durch seine unermüdliche Propaganda in Rede und Schrift, in Artikeln und Eingaben dafür gewirkt, daß die Überzeugung von der Unhaltbarkeit der deutschen Zustände auf diesem Gebiete jedem Interessierten klar wurde. Durch seine theoretische Vorarbeit hat er die praktischen Ziele des Zollvereins wesentlich gefördert, er ist es aber auch gewesen, der schon im ersten Jahrzehnt das Bestehen desselben beinahe in Frage stellte. 1841 erschien Lists berühmtes Buch, das nationale System der politischen Ökonomie, mit dem die Fragen von Schutzzoll und Freihandel sofort zu Ausgangspunkten eines heftigen Kampfes wurden. List forderte theoretisch Schutzzölle als Mittel der Ermunterung und Erziehung der Industrie und das Ansehen, das der große Volkswirt genoß und seinen Ideen sofort eine zahlreiche Gefolgschaft sicherte, trug zur Verschärfung einer Krise bei, die eben damals den Bestand des Zollvereins erschütterte. Die Tarife des Vereins waren zum großen Teil noch jene, welche Preußen vor länger als 20 Jahren in Ansatz gebracht hatte, seither aber hatten sich die Verhältnisse des Marktes doch sehr verschoben. Das erweiterte Gebiet, das der Zollverein im Verhältnis zu dem Preußen von 1819 umfaßte, die vielen neuen Fabriken, welche entstanden waren, die Krisen des ausländischen, besonders des englischen Marktes, die auf Deutschland zurückwirkten, alles das trug dazu bei, Mißstände aufzudecken und fühlbar zu machen, die sich dadurch geltend machten, daß einzelne Zweige der Fabrikation, wie die Leinen-, die Baumwoll-, die Eisenindustrie Schaden litten. Die hierbei interessierten Fabrikanten forderten heftig Schutzzölle, auf den alljährlichen Zollkonferenzen entbrannten diplomatische, in den Zeitungen journalistische Fehden, kaum geeint, stand der Süden schon wieder gegen den Norden. Zur Partei des Freihandels schworen außer Preußen und Hessen-Darmstadt die norddeutschen Kleinstaaten, zum Schutzzoll bekannten sich Bayern, Baden, Württemberg, Nassau. Die Gemüter erhitzten sich so, die gegenseitigen Anfeindungen wurden so heftig, daß nach der stürmischen, vier Monate dauernden Zollkonferenz in Karlsruhe 1845 die führende Macht des Zollvereins, Preußen, eine Anfrage an die verbündeten Höfe richtete, ob denn der Zollverein überhaupt fortbestehen solle? Diese halb verhüllte Drohung übte eine besänftigende Wirkung. Man fand einen modus vivendi zwischen den im Streit liegenden Interessen, und der Bestand des Zollvereins war wieder für einige Zeit gesichert.

Der Auffchwung, den der deutfche Handel und die deutfche Induftrie in den Jahrzehnten feit 1815 genommen hatten, zeigte in dem Kampf zwifchen Schutzzoll und Freihandel eine feiner unerfreulichften Nebenerfcheinungen, fchärfer aber noch als diefer Wi-
derfpruch trat in der gleichen Zeit fchon die dunkle Kehrfeite wirtfchaftlichen Glanzes
hervor, die foziale Not.

Ebenfo fchwer wie Induftrie und Handel hatte die Landwirtfchaft unter den Ver-
hältniffen zu leiden gehabt, welche ihr die langen Jahre der Kriege und Invafionen gebracht hatten. Der Viehftand war unerhört dezimiert worden, in manchen Landesteilen
bis auf die Hälfte feines früheren Beftandes zurückgegangen und unmittelbar nach der
Wiederherftellung des Friedens rief die Mißernte des Jahres 1816 Verhältniffe der
Not hervor, von denen fich die Landwirtfchaft auch dann nicht erholen konnte, als die
nächften Jahre um fo reichere Ernten brachten. Die Ausfuhr wurde durch hohe Zoll-
gefetze des Auslandes erfchwert, und der Verkauf im Inland durch das völlige Fehlen
oder den fchlimmen Zuftand der Straßen, der fie fo gut wie unbenutzbar machte, unmöglich. „Die früher blühenden Handelsftädte Stralfund, Greifswald, Wolgaft waren ver-

Adam. Eleganter Break. Lithographie

ödet," schreibt Ludwig Ruge in seinen Erinnerungen, „die reichen Kornhändler waren verarmt und ihre Speicher leer. Die reichste Ernte konnte dem Landmanne nicht aufhelfen, denn die Getreidepreise waren entsetzlich gesunken. Der Scheffel Weizen galt 24 Schillinge" (1 Schilling = 8 Pfennige). Die Preise aller Bodenerzeugnisse fielen anhaltend, in der Provinz Preußen kostete der Scheffel Roggen 5 Silbergroschen, in Ratzeburg, wo Werner Siemens' Vater die Domäne Menzendorf bewirtschaftete, galt der Scheffel Weizen einen Gulden. Die großen Vorteile, welche Thaer und seine Schüler der Landwirtschaft durch die Lehre von der rationelleren Ausnutzung des Bodens darboten, konnten ihr so lange nicht recht zugute kommen, als der gesteigerte Ertrag des Ackers keiner gesteigerten Nachfrage begegnete und der mangelhafte Zustand der Verkehrsmittel eine kaufmännische Ausnutzung günstiger Konjunkturen in der Ferne nicht gestattete. Es war die Zeit, wo ein großes Gut bewirtschaftet werden mußte, wie ein Staat im kleinen, wo es darauf angewiesen war, sich mit seinen Bedürfnissen für Mensch und Vieh selbst zu erhalten, wo alles, was zur Nahrung und Notdurft gehört, selbst produziert werden mußte. Gustav Freytag hat in dem Amtsrat Koppe in Wollup in der Mark einen solchen Landwirt kennen gelernt und in seinen Erinnerungen geschildert, einen deutschen Musterwirt, der in geldarmer Zeit unter schwierigen Verhältnissen Tüchtiges geleistet hat. Unter diesen Verhältnissen fielen die Preise der Güter ständig, zumal seit durch die Aufhebung der Fronden und Zehnten die Arbeiterfrage von Jahr zu Jahr schwieriger zu lösen wurde. Wie die Handwerker sich anfangs feindlich zur Aufhebung der Zünfte stellten, so wollten auch die Hintersassen vielfach nichts davon wissen, daß ihr bisheriges Verhältnis zur Herrschaft geändert würde. Als Graf Brahe auf seinen auf Rügen gelegenen Gütern die Hof- und Spanndienste abschaffte, da wurden die Kossäten aufsässig: Das lassen wir uns nicht gefallen, hieß es, es soll alles bleiben, wie es gewesen ist. Zusammen mit der Aufhebung der Fronen und Zehnten fiel der Bundesbeschluß vom 23. Juni 1817, der im Prinzip die Freizügigkeit aller feststellte.

Dieses Gesetz begünstigte die Abwanderung der ländlichen Arbeiter und trieb die Löhne der zurückbleibenden in die Höhe, so stiegen dieselben in Mecklenburg z. B. um 25–30 Prozent. Nach den Feststellungen F. H. von Thünens betrug der Arbeitslohn ländlicher Tagelöhner in Mecklenburg während der Jahre 1833–1847 im Durchschnitt 125 Taler jährlich, man veranschlagte dabei den Lebensunterhalt einer vier Köpfe zählenden Familie nur auf 100 Taler, so daß also ein Überschuß von 25 Talern verblieb, dagegen erhielten in manchen westfälischen Dörfern die Tagelöhner, der Mann 3 Silbergroschen, die Frau 1½ Silbergroschen ohne Kost!

Die großen Wegebauten, die im Laufe der zwanziger Jahre begonnen und in raschem Tempo fortgesetzt wurden, erforderten Scharen von Arbeitern, die hier einen für

Karikatur auf Friedrich Lifts Agitation gegen den Zollverein
Aus den Fliegenden Blättern

die Zeit hohen Verdienst fanden, im Durchschnitt einen halben Taler täglich, ein stärkerer Zufluß aber strömte in die Fabriken. Die Zunahme der Bevölkerung, die für Preußen in den Jahren 1816—1831 auf die Quadratmeile berechnet von 2006 auf 2521 Köpfe wuchs, trug bei dem Darniederliegen der Landwirtschaft und dem erst beginnenden Heranwachsen der Industrie zur Verschlechterung der wirtschaftlichen Verhältnisse das ihrige bei. Der Notstand der niederen Klasse, die von ungünstigen Konjunkturen stets am ersten und am härtesten betroffen wird, begann die Aufmerksamkeit auf sich zu lenken. Man suchte die Gründe desselben zu erkennen, Mittel der Abhilfe zu finden, die soziale Frage wurde aufgeworfen, die noch heute im Mittelpunkt des öffentlichen Interesses steht.

Die großen Städte, in denen die Industrie sich anzusiedeln begann, zogen eine Bevölkerung ungelernter Arbeiter an sich, die von der Hand in den Mund lebte, die gelegentlich viel verdiente, gelegentlich nichts, die gewissermaßen zwischen Überfluß und Mangel hin und her geworfen wurde. „Dieses Gefolge der Industrie“, bemerkte der Fabrikant Fritz Harkort in seiner 1844 publizierten Schrift über die Hindernisse der Zivilisation und Emanzipation der unteren Klassen, „ohne feste Heimat, ohne Hoffnung oder Zukunft, heute vergeudend und morgen darbend, fängt an, durch seine bedenklich wachsende Zahl der Wohlfahrt der bürgerlichen Gesellschaft gefährlich zu werden.“ Doppelt gefährlich mußte dieses Proletariat dadurch erscheinen, daß es sich durch beständigen Zuzug vermehrte; lag irgendein Zweig der Industrie darnieder, so warfen sich die in ihrem Erwerb beeinträchtigten Arbeiter sofort auf einen anderen, drückten durch ihr Angebot die Löhne und vergrößerten noch die ungeheure Schicht der Armen und Elenden.

So wanderten die schlesischen Weber, durch die Konkurrenz der englischen Maschinen an den Bettelstab gebracht, in Scharen nach den großen Städten, wo sie die schwersten und dabei kärglichst belohnten Arbeiten übernahmen. So hat Saß sie in Berlin beobachtet, wie er es 1846 beschrieben: Bei der Ramme, beim Handlangern, beim Karrendienst, bei den Erdarbeiten der Eisenbahnen, Beschäftigungen, die höchstens mit acht Groschen täglich gelohnt wurden. Wenn sie von diesem Lohn, mit dem ein Berliner Proletarier nicht wissen würde auszukommen, doch noch einige Taler ersparten, so führten sie dafür auch eine Existenz, die Saß schaudernd beschreibt: 8—10 Mann liegen nachts zusammen in einem stinkenden Loch, in einer elenden Bretterbude. Die Nahrung besteht aus Abfall, aus Kartoffeln und Hering, der Körper starrt von Schmutz. Aber, fügt er hinzu, die Leute scheinen sich in diesen Verhältnissen im Vergleich zu ihrer Heimat ganz wohl zu fühlen. Bevor die Maschine ihre Existenz niedergerungen, hatte der Verdienst der schlesischen Hausweber etwa 2—4 Taler wöchentlich betragen, in diesen Jahren sank er auf $1^1/_8$—$1^1/_2$ Taler. In der Mitte der vierziger Jahre verdienten ungelernte Arbeiter, sofern sie das Glück hatten, dauernd in Fabriken beschäftigt zu werden, in Berlin höchstens $3^1/_2$—4 Taler in der Woche, war das aber nicht der Fall, so standen sie sich durchschnittlich nur auf 2—$2^1/_2$ Taler, während man den Lebensunterhalt einer 4—5 Köpfe zählenden Arbeiterfamilie doch wöchentlich auf mindestens $3^1/_2$ Taler anschlug.

In Hamburg und Altona erhielten gewöhnliche Tagesarbeiter im Sommer 12, im Winter 6 Groschen Tagelohn, verdienten also, vorausgesetzt, daß sie das ganze Jahr über beschäftigt waren und Frau und Kinder wöchentlich mindestens einen Taler hinzuverdienten, im ganzen $184^1/_2$ Taler, was nur bei großer Sparsamkeit und niedrigem Stand der Lebensmittelpreise ausreichte. In Breslau verdiente ein Arbeiter der untersten Klasse im Sommer 8, im Winter 6 Groschen, oft hausten ihrer 2—3 Familien zusammen in einem engen verpesteten Loch.

Die gelernten Arbeiter und Handwerker standen sich, wir folgen wieder Ehrenbergs Angaben, weit besser. Von Handwerkern verdienten in den vierziger Jahren in Berlin die Schlächter, Schlosser und Drechslergesellen, Mechaniker und Optiker bis zu einem Taler täglich, einschließlich Wohnung und Kost, Barbiere standen sich außer freier Wohnung und Kost auf etwa 10 Groschen täglich, wenn alle Nebenverdienste mit in Anschlag kamen. Wie stark sich der Einfluß des Fabrikwesens im Handwerk geltend machte, erhellt wohl aus den Zahlen, die Ehrenberg gibt. Schlossergesellen verdienten in Berlin beim Meister täglich 6—8 Groschen nebst Wohnung und Kost, ohne diese $17^1/_2$—20 Groschen, fanden aber während zweier Monate des Jahres nur schwer Arbeit; in den Fabriken, die sie das ganze Jahr hindurch beschäftigten, erhielten sie $17^1/_2$ Groschen bis 1 Taler täglich. Ebenso bekamen Drechsler in Berlin beim Meister täglich 15—20

Groschen ohne Wohnung und Kost, in den Fabriken bei Stücklohn aber 1 – 1½ Taler. In Chemnitz verdienten Schlosser, die bei einem Meister arbeiteten, im Durchschnitt täglich einen halben Taler, in Maschinenfabriken aber ²/₃ – 1 Taler. Nur manche Hausarbeiter verdienten damals noch mehr als ihre Kollegen in den Fabriken, die Damastweber in Sachsen und Westfalen standen sich auf 3½ – 5 Taler in der Woche, während die sächsischen Maschinenspinner in der gleichen Zeit etwa nur 2 – 3 Taler ver-

Eugène Lami. Reisewagen. Lithographie

dienten. Die Mutter von August Bebel verdiente mit dem Nähen weißer Militärhandschuhe, von denen sie am Tage nicht mehr als ein Paar fertig stellen konnte, täglich 20 Pfennig.

Unendlich viel geringer war der Lohn der weiblichen Arbeiter, die in immer steigendem Prozentsatz in das Erwerbsleben hineingedrängt wurden. Weißwarennäherinnen und Strickerinnen verdienten in Berlin nur 2½ – 4 Groschen täglich, Plätterinnen und Wäscherinnen 10 – 15 Groschen. In den Fabriken zahlte man Anknüpferinnen bei Spinnmaschinen 5 Groschen, Hasplerinnen 5 – 10, Metallpoliererinnen 7, Wollsortiererinnen 7 – 8 Groschen, gewöhnlichen Fabrikmädchen 5 – 6 Groschen. Kinder verdienten in Fabriken 10 – 24 Groschen, im Durchschnitt etwa 15 Groschen die Woche. Die

Arbeitszeiten waren sehr hohe. Berliner Handwerker arbeiteten im Sommer 12, im Winter 11 Stunden, ebenso die Fabriken. Maurergesellen arbeiteten im Sommer 12, Herbst und Frühjahr 10, im Winter 7–8 Stunden; Buchdruckergehilfen 12–14 Stunden, Brauknechte 16–18 Stunden. Bäckergesellen arbeiteten Sommer und Winter täglich 18 Stunden und wurden nur am Sonntag zuweilen abgelöst, in den Berliner Fabriken war oft nicht einmal der Sonntag ein voller Ruhetag. In Hamburg war die Arbeitszeit für Schuhmacher von 6–10 Uhr, für Schneider von 6–9, für Schmiede von 4–6, für Schlosser von 5–7, für Tabakarbeiter von 6–8 Uhr. Die Meyersche Stockfabrik in Hamburg galt ihrer humanen Leitung wegen für einen Musterbetrieb, sie hatte im Sommer 12½, im Winter 11½ Stunden Arbeitszeit.

Das waren die Einnahmen, welche der arbeitende Teil der Bevölkerung erzielen konnte, zum Vergleich mit ihnen mögen die Zahlen der Gehälter dienen, welche die Beamten des Staates und der Gemeinden erhielten. Ein preußischer Minister bezog 12000 Taler. Die Gräfin Bernstorff, deren Mann 1822 aus dänischen Diensten in preußische übertrat und mit einem Male statt dänischer Gesandter in Berlin preußischer Minister des Auswärtigen war, schreibt bei dieser Gelegenheit, daß von dieser Summe unter gewöhnlichen Verhältnissen, also nicht mit den Ansprüchen, die an das Haus eines Ministers gemacht werden, 6 Familien anständig leben könnten. Man muß dabei berücksichtigen, daß die Gräfin in ihren Aufzeichnungen die Anschauungen der wirklich vornehmen Welt vertritt, in die Verhältnisse niederer Kreise der Beamten- und Offizierswelt scheint sie kaum Einblick gehabt zu haben. Der Oberbürgermeister von Berlin stand sich auf 5000 Taler, der Generalpostmeister auf 4500, der Polizeipräsident auf 3500, ein Ministerialrat dritter Klasse auf 1500–2000 Taler, ein Geheimer Postrat auf 1500, ein Regierungsrat auf 1000 Taler; von den Berliner Stadträten bezog der jüngste 800, der älteste 1500 Taler. Das Gehalt städtischer Kanzlisten betrug 350 Taler, Postsekretäre in Berlin erhielten 400, solche in kleineren Städten 300 Taler, ihre Dienstzeit dauerte 11–12 Stunden. Die Kondukteure der Berlin-Anhalter Eisenbahn, die Portiers der Berliner Ministerien bezogen 180 Taler jährlich, eine Summe, welche Ehrenberg für diese Zeit als das Minimum betrachtet, das zum Unterhalt einer Familie mit den bescheidensten Ansprüchen in Berlin notwendig war. Der Vater August Bebels erhielt als Aufseher an der Gefangenenanstalt in Brauweiler außer freier Wohnung, Licht und Heizung 8 Taler monatlich. 1837 schrieb der damals noch nicht verheiratete Freiligrath aus Honeff am Rhein an Levin Schücking: „Ich denke hier mit 180–200 Talern jährlich ganz famos auszukommen." Friedrich Hebbel bestritt seinen Unterhalt in München während des Jahres 1836–37 mit 302 fl. 13 kr. Die Pensionen von 300 Talern, die Friedrich Wilhelm IV. verschiedenen Dichtern wie Geibel, Regis, Freiligrath u. a. ausſetzte, müſſen alſo unter den Verhältniſſen jener Jahre als zum Lebensunterhalt ausreichende bezeichnet werden, ein Umſtand, den man vielleicht ſchon deswegen betonen darf, weil der königliche Geber wegen der Beſcheidenheit ſeiner Gabe und die Nehmer wegen der Unbeſcheidenheit des Nehmens damals und ſpäter viel verläſtert worden ſind.

Den Privatwohlſtand jener Zeit lernt man wohl am beſten durch Rückſchluß aus den Steuerrollen kennen. In Preußen entrichteten von 7½ Millionen, wel-

Franz Krüger. Der preußiſche Hausminiſter Fürſt Wittgenſtein
Tuſchzeichnung. Berlin, Nationalgalerie

che Klaſſenſteuer zahlten, nur 346 den höchſten Steuerſatz von 144 Talern, in der oberſten Hauptklaſſe, deren Steuerſätze bis zu 24 Talern heruntergingen, befanden ſich nur 4600 Perſonen. In Köln zahlten um das Jahr 1845 nur 5 der größten Geſchäfte die höchſte Gewerbeſteuer von 260 Talern, und unter dieſen waren zwei Weltfirmen, die Bankiers Salomon Oppenheim und Schaafhauſen; von den zwei rheiniſchen Dampfſchiffahrtsgeſellſchaften ſteuerte die größte 91 Taler.

Das preußiſche Landes-Ökonomiekollegium ermittelte im Jahre 1848, daß auf dem Lande zum Lebensunterhalt einer Arbeiterfamilie von etwa fünf Köpfen durchſchnittlich 116 Taler jährlich erforderlich ſeien, eine Summe, hinter der die wirklichen Einnahmen ländlicher wie städtischer Arbeiter aber weit genug zurückgeblieben sein müssen, wenn wir die Schilderungen lesen, die dazumal von dem vielfachen Elend ihrer Zustände entworfen worden sind. So berichtet Peter Lübke, der in Canstein Dorfschullehrer war, daß die Nahrung der Bauern von Martini bis Weihnachten ausschließlich aus Rüben bestand, die mittags gekocht und abends gewärmt wurden. Von Weihnachten bis Ostern aßen sie täglich zweimal Erbsen mit Rüböl angemacht, von Ostern an täglich zweimal Linsen; nur im Sommer kam Gemüse, nur an den vier Hauptfesten des Jahres kam Fleisch auf

Eugène Lami. Scheuendes Pferd. Lithographie

den Tisch. In dem Oldenburg gehörigen Amt Eutin wohnten viele Familien der sogen. Eigentumslosen in Kammern ohne Ofen, ja sie hausten in Ställen, und ihre Bitte, sich passendere Wohnstätten erbauen zu dürfen, wurde im Oktober 1831 von der Regierung mit der Motivierung abgeschlagen, daß das Aufbauen besserer Wohnungen nur das Zuströmen neuer Ankömmlinge zur Folge haben würde, und das müsse man zu vermeiden suchen. Die allgemeine Lebensunterhaltung dieser Klasse beleuchtete 1844 Friedrich List in einem Artikel der Allgemeinen Zeitung, in dem er schreibt: „In vielen Gegenden Deutschlands versteht man unter den notwendigsten Lebensbedürfnissen Kartoffeln ohne Salz, eine Suppe mit Schwarzbrot, zur höchsten Notdurft geschmälzt, Haferbrei, hier und da schwarze Klöße. Die, welche sich schon besser stehen, sehen kaum einmal in der Woche ein bescheidenes Stück frisches oder geräuchertes Fleisch auf ihrem Tisch, Braten kennen die meisten nur vom Hörensagen. Ich habe Reviere gesehen, wo ein Hering an einem an der Zimmerdecke befestigten Faden mitten über dem Tisch hängend, unter den Kartoffelessern von Hand zu Hand herumging, um jeden zu befähigen, durch Reiben an dem gemeinsamen Tafelgut seiner Kartoffel Würze und Geschmack zu verleihen." Das stimmt mit den Beobachtungen überein, die der Berliner Stadtverordnete Krebs in der Spenerschen Zeitung 1845 veröffentlichte, nach denen eine Berliner Tagelöhnerfamilie mit etwa 100 Talern Jahreseinkommen täglich 6 Pfund Roggenbrot verzehre, Fleisch

Franz Krüger. Der preußische Staatsminister Graf Albrecht von Alvensleben. Handzeichnung. Berlin, Nationalgalerie

aber nur an höheren Festtagen auf ihrem Tisch sehe.

Dem offen zutage liegenden Notstand suchte die Wohltätigkeit, die öffentliche wie die private, abzuhelfen. Die Lasten, welche das wachsende Elend und die in steigender Progression zunehmende Unterstützungsbedürftigkeit der Proletarier den Städten auferlegte, waren außerordentlich hohe. In Hamburg verwandten die öffentlichen Armenanstalten nach dem Kriege jährlich 14800 M. an Almosen. Arnold Ruge, der sich als Stadtverordneter in Halle mit Eifer und Erfolg der städtischen Angelegenheiten annahm, erzählt, daß in den dreißiger Jahren die Armenversorgung der Kommune jährlich 20000 Taler kostete, das war ein Drittel ihrer ganzen Einnahme. In Berlin führten die Stadtverordneten heftige Klage darüber, daß der Etat der Armenverwaltung in den Jahren 1821—1838 von 104000 Talern auf 374000 gestiegen war.

Unendlich viel wurde von Privaten getan, Johannes Falk, einst dem Weimarer Goethekreise angehörig, war der erste, der eine Anstalt für verwahrloste Kinder einrichtete, eine ähnliche unterhielt Graf Adalbert von der Recke in Düsselthal bei Düsseldorf, beide auf einer stark betonten Grundlage von Christentum und Frömmigkeit. Der Verein, den Arnold Ruge in Halle zur Besserung der verwahrlosten Jugend durch Schulunterricht und Versorgung gründete, wurde von dem preußischen Minister von Arnim verboten, denn einer Stiftung, welche Ruges Initiative ihre Entstehung verdankte, haftete sicher kein Beigeschmack von Frömmelei an und auf den guten Zweck kam es eben weniger

Das Elend in Schlesien.

Hunger und Verzweiflung.

an, als auf die „gute" Gesinnung. In Berlin hauste Baron Kottwitz zwanzig Jahre inmitten der Ärmsten der Armen und versuchte ihnen zu helfen, indem er ihnen Gelegenheit zur Arbeit verschaffte, sie von Berlin fort und in kleineren Städten unterbrachte, ihnen Kartoffelland schenkte usw. Moritz August von Bethmann-Hollweg gab schon als Professor in Bonn, wie Felix Eberty erzählt, „bemüht, in jedem Augenblick das Rechte, und nur das Rechte zu tun", von seinen auf 70000 Taler geschätzten jährlichen Revenuen den zehnten Teil zu wohltätigen Zwecken; in Berlin betätigte sich die Generalin von Boguslawska nach dieser Richtung. Sie soll die Erfinderin der Wohltätigkeitsbazare sein, was um so leichter möglich ist, als eine Dame der Hofgesellschaft ja am besten wissen mußte, wie ihre Kreise durch Spiel und Tanz für einen guten Zweck interessiert werden können. Aufopferungsvoll wirkte Bettina von Arnim für die Linderung der Not in den untersten Klassen. Seit ihr im Cholerajahr von 1831 der ganze Jammer der Enterbten des Glücks vor die Augen getreten war, ist sie in ihrem Eifer für gemeinnützige Zwecke nicht erkaltet. Mit der Unruhe des Brentanoschen Blutes selbst rastlos tätig, suchte sie unermüdlich den König zur Hilfe zu bewegen, sie widmete ihm Bücher in diesem Sinne, sie schrieb ihm Briefe über Briefe, sie versuchte jüngere Freunde für diese Angelegenheiten zu erwärmen, gab und gab und ließ andere geben, aber sie sah sich Notständen gegenüber, denen sie und kein König abhelfen konnte. Soziale Schäden, welche die Gesellschaftsordnung mit sich bringt, sind durch die halben Palliativmittelchen der Wohltätigkeit und Barmherzigkeit vielleicht in einzelnen Fällen zu lindern, aber nie zu heilen. Schon damals standen der Staat, die Vereine und die Privaten hilflos vor den Übeln, welche die neuen Verhältnisse des wirtschaftlichen Lebens erzeugt hatten. Was wollte alle Wohltätigkeit besagen, wenn in Berlin 1847 schon 10000 Almosenempfänger lebten, während zur gleichen Zeit die Zahl der wirklich leistungsfähigen Bürger

Offizielle Abhülfe.
Aus den Fliegenden Blättern

der Hauptstadt nur auf 20000 geschätzt wurde? Wem kam die Million Taler zugute, die der Staat nach und nach zur Linderung des Notstandes in Ostpreußen verwandte, wer war imstande, allen denen zu helfen, die das große Hungerjahr 1847 zur Verzweiflung trieb? Wieder, wie kurz nach dem großen Kriege vor 30 Jahren war die Ernte der Jahre 1846 und 1847 total mißraten, so daß der Zollverein, der sonst Getreide ausführte, in diesen Jahren mehrere Millionen Scheffel Roggen mehr einführen mußte, als sonst die Ausfuhr betragen hatte.

In Berlin entstanden im April 1847 durch Zusammenrottungen der Armen Unruhen, die sogen. Hungerkrawalle. Da der Staat nicht helfen konnte, so ließ er die Tumultanten durch Militär auseinandertreiben. Man erzählt aus jenen Tagen die Äußerung einer sehr hochstehenden jungen Dame, welche, erschreckt über die Steinwürfe, welche Fenster und Tür ihres väterlichen Palais Unter den Linden trafen, sich erkundigte, was denn die Leute wollten, und auf die Antwort „sie haben kein Brot" erwiderte: „Warum essen sie denn keine Semmel?" Auch in Stuttgart rottete sich das hungernde Volk zusammen. König Wilhelm ritt dem Haufen allein entgegen, aber statt des üblichen Hurras empfingen ihn Flüche, sogar Steinwürfe, so daß der Monarch ebenfalls zu dem letzten Hilfsmittel der Staatsraison greifen mußte, den Kolbenstößen des Militärs. In den Bergwerksbezirken Oberschlesiens brach der Hungertyphus aus, im Kreise Pleß starben im Jahre 1847 allein dreimal so viel Menschen als sonst im Laufe von 12 Monaten, man rechnet, daß von den 6800 Opfern dieses Schreckensjahres allein 900 verhungert sind; in den Kreisen Pleß, Rybnik und Ratibor blieben 4000 Waisenkinder hilflos zurück, um ihre Versorgung von Staat und Gemeinden zu erwarten.

Am grellsten trat die Kehrseite des wirtschaftlichen Aufschwungs, den die Maschine hervorbrachte, den Zeitgenossen in der Not der schlesischen Weber vor Augen. Wie schon oben gesagt wurde, unterlag die Handweberei, wie sie in Schlesien ausgeübt wurde, der Konkurrenz der englischen Maschinenweberei. Vielleicht wäre durch rechtzeitigen Übergang von Haus- und Handarbeit zur Fabrik und zur Maschine der Ruin aufzuhalten gewesen, indessen hing die überwiegende Mehrzahl der schlesischen kleinen Weber zu sehr an der von den Vätern überkommenen Gewohnheit, klebte an der ärmlichen Scholle, die sie nicht verlassen wollte, und ertrug geduldig die Jahr für Jahr größer werdende Not. Gefördert wurde dieselbe durch die Gewissenlosigkeit einzelner Fabrikanten und Händler, welche den immer in der Furcht des Verhungerns schwebenden armen Webern ihr Gespinst fast um ein nichts abzudrücken wußten und kalten Herzens und mutwillig die Hilflosen dem Hunger überließen. Heinrich Heines Weberlied:

Im düstern Auge keine Träne,
Sie sitzen am Webstuhl und fletschen die Zähne:
„Altdeutschland, wir weben dein Leichentuch,
Wir weben hinein den dreifachen Fluch —
    Wir weben, wir weben!

Ein Fluch dem Gotte, dem blinden und tauben,
Zu dem wir gebeten mit kindlichem Glauben,
Wir haben vergebens gehofft und geharrt,
Er hat uns geäfft und gefoppt und genarrt.
    Wir weben, wir weben!

Ein Fluch dem König, dem König der Reichen,
Den unser Elend nicht konnte erweichen,
Der uns den letzten Groschen erpreßt
Und uns wie Hunde erschießen läßt —
    Wir weben, wir weben!

Ein Fluch dem falschen Vaterlande,
Wo nur gedeihen Lug und Schande,
Wo nur Verwesung und Leichengeruch —
Altdeutschland, wir weben dein Leichentuch.
Wir weben, wir weben!"

verbitterte die Gemüter mit seinen aufreizenden Strophen, und die Roheit der Herren
tat noch das ihre dazu. Der Fabrikant Zwanziger in Peterswaldau soll den Klagenden
höhnisch geantwortet haben, das Stroh sei ja wohlfeil genug, sie sollten Häcksel essen,
und so war er es denn auch, gegen den sich die erste Wut der völlig Verzweifelten richtete.
Im Juni 1844 wurde sein Haus und seine Fabrikanlage gestürmt und zerstört. Wie eine
Lawine wuchs der entfesselte Grimm des unglücklichen Volkes und machte sich in weiteren
Gewalttaten gegen Kaufleute und Fabrikanten Luft, man zerstörte ihr Eigentum und vernichtete es, aber ohne Raub und Plünderung. Glänzend bewies auch bei dieser Gelegenheit der Polizeistaat wieder seine völlige Unfähigkeit. Unbekümmert hatte der Oberpräsident von Schlesien Merckel das Unheil herannahen sehen, nichts war von seiten des
Staates, der doch sonst in alles bevormundend einzugreifen liebte, geschehen. Als die Unglücklichen aber durch Akte der Gewalt die Regierung an ihre hoffnungslose Lage mahnten, als „die verruchten Kerls", wie Varnhagen bissig bemerkt, „nicht still verhungern
wollten, sondern die Exzellenzen in ihrer Ruhe störten", da eilte der Oberpräsident herbei
und ließ die Tobenden durch Militär zusammenschießen. Schändliches Volk, schimpfte
der Justizminister von Savigny die Schlesier, ohne Erbarmen müsse mit ihnen verfahren
werden. Von den Op-
fern, die sich die Justiz
herausgegriffen hatte, erhielten die Hauptschul-
digen Strafen bis zu
9 Jahr Zuchthaus. „Wie
ein Arzt, der seine Kran-
ken prügelt," schreibt
Varnhagen, „deckt die
Regierung ihre eigene
Schuld mit Abstrafen
der Leidenden."

Nun begann zugleich
mit der Staatshilfe, die
sich in der Errichtung von

Teutsch-ostindische Überlandfahrt.

Leutnant Waghorn im Bunde mit dem österreichischen Lloyd
Aus den Fliegenden Blättern

157

großen Spinnereien durch die Seehandlung äußerte, auch die private Wohltätigkeit. In Breslau bildete sich ein Hilfsverein, in welchem neben Gustav Freytag auch Graf Hoverden, Graf York, der Regierungspräsident Graf Zieten, der kommandierende General Graf Brandenburg u. a. saßen. Trotzdem sich dieser Verein in zahlreichen Zweigvereinen über Schlesien verbreitete und aus den Nachbarprovinzen Unterstützung erhielt, sah er sich doch außerstande, wirklich wirksam helfen zu können. „Da dem Beamtenstaat vollständig Einsicht und Kraft fehlte, mit Energie einzugreifen," bemerkt Gustav Freytag, „so vermochte keine Vereinstätigkeit eine Arbeit zu leisten, welche nur die Zeit vollbringt." Sie vermochte es in diesem konkreten Falle um so weniger, als der Oberpräsident, der, wie man in Schlesien seufzte, so gar nicht liebte, unmerklich zu regieren, dem Verein, hinter dessen Absichten er wohl demagogische Zwecke wittern mochte, allerlei Hindernisse in den Weg legte. In Berlin bestürmte Bettine den König mit Bitten, er möge den geplanten Dombau lieber in tausend Hütten in Schlesien errichten und setzte sich mit dem ganzen ihr eigenen Feuer für die Bedrängten ein. Die seelische Erschütterung, welche das Bekanntwerden der Not dieser verhungernden und verzweifelnden Mitmenschen hervorbrachte, hat noch lange nachgezittert. Wenn damals Heinrich Heine sein grimmiges Weberlied sang, der Düsseldorfer Karl Hübner in seiner großen Leinewand die schlesischen Weber dem müßiggängerischen Schaupöbel der Ausstellungen vor Augen stellte, so haben noch in unsren Tagen Gerhard Hauptmann und Käthe Kollwitz den düstern Ernst ihrer Kunstwerke auf die Schreckenstöne jener Tage gestimmt. Den Kontrast, den die Nachrichten aus Schlesien mit den Ereignissen des Berliner Lebens bildeten, fixierte Varnhagen in seinem Tagebuch: „Die Weber werden gepeitscht und eingesperrt, sie frieren und hungern. Bei Hof sind glänzende Feste, Tanzmusik und Gastmähler. Das ist der christlich-germanische Staat!"

Als sei es der Regierung darum zu tun gewesen, für all ihre in Schlesien begangenen Unterlassungssünden eine Entschuldigung zu finden, entdeckte sie im Frühjahr des Jahres 1845 in der Hirschberger Gegend eine Verschwörung, die den Staat mit Umsturz bedrohte. Der später im Dienste der Polizei so bekannt gewordene, damals als Referendar in Berlin tätige Dr. Stieber, durfte die Schuldigen entdecken, ehe sie — es waren der Tischlermeister Wurm, der Volksschullehrer Wander u. a. — den preußischen Staat noch hätten aus seinen Angeln heben können. Gern hätte man den Fabrikbesitzer Schlöffel in Eichberg als Hauptschuldigen hingestellt, weil dieser radikalen Anschauungen huldigende Mann als Gegner des Adels bekannt war. Allerdings sprach sich der Entwurf einer Proklamation an die Gebirgler, den man bei Wurm gefunden haben wollte, sehr unzweideutig in diesem Sinne aus. Es war da vom Adel die Rede, als jener verächtlichen Klasse von Menschen, deren Ursprung in den finsteren Zeiten der Bar-

barei ift, deren Vorfah-
ren die Rolle der Stra-
ßenräuber, der Mord-
brenner fo fchön fpielten
ufw. Der unglückliche
Wurm wurde richtig
zum Tode verurteilt,
aber zu Zuchthaus be-
gnadigt, außerdem wur-
den noch fechs Perfonen
wegen Hochverrats ver-
urteilt. Schlöffel aber
konnte nichts nachgewie-
fen werden, man mußte
ihn freilaffen und die
Behörden begnügten fich
damit, feine Angehöri-
gen zu fchikanieren, z. B.
feinen Sohn, der Pri-
maner war, von der
Schule zu verdrängen
ufw. Der Oberpräfident
Merckel, der es gewagt
hatte, Schlöffel, einen

Joh. Peter Hafenelever
Bildnis von Ferdinand Freiligrath. Ölgemälde
Berlin, Nationalgalerie

notorifchen Feind des Adels und feiner Vorrechte, in Schutz zu nehmen, erhielt feinen
fchlichten Abfchied. Das war das Nachfpiel, welches das Trauerfpiel der fchlefifchen Weber befchloß.

So fah die bürgerliche Gefellfchaft, noch im ftolzen Hochgefühl über die mächtige
Stellung befangen, welche ihr der wachfende Reichtum gewährte, plötzlich hinter der glänzenden Schaufeite ein Schreckgefpenft auftauchen, das allen Glanz verdunkelte. Wohl
waren einzelne befonders klar Sehende fchon früher inne geworden, welch dunkle Kehrfeite diefer glänzende induftrielle Auffchwung verbarg. Friedrich Perthes fchrieb, als er
1816 Elberfeld und Barmen befuchte, diefe unglaubliche Fabriktätigkeit werde ein Grab
unferes Charakters, unferer Sitten und unferer Kraft werden, und bei erneutem Aufenthalt 1825: „Elberfeld hat mir einen unheimlichen Eindruck hinterlaffen, die Gegen-
fätze auf diefem Menfchenmarkt find gar zu groß. Kaufmännifche Großhänfe mit

Schmerbäuchen und ausgearbeiteten Freßwerkzeugen und ausgehungertes Lumpenge-
sindel; Nachts auf den Straßen ein so roher Lärm liederlicher und betrunkener Menschen, wie mir selten vorgekommen ist." Eben noch hatte Murhard von Industrie und
Reichtum als Hebeln der Völkerwohlfahrt gesprochen, da stellten auch schon soziale Not-
stände von bis dahin nicht gekannter Ausdehnung diese Wohlfahrt bedenklich in Frage
und offenbarten, daß die großen Reichtümer sich auf dem großen Elend aufbauen. Es
gab keine soziale Frage, schreibt Karl Biedermann in den Erinnerungen an seine Jugend, Robert Mohl, der 1838 im Staatslexikon das Gewerbe- und Fabrikwesen behandelte, bemerkte, die deutsche Literatur sei arm an Material, da uns glücklicherweise der
Gegenstand noch fern liege. Wenige Jahre waren seitdem erst verflossen, da ließ sich
auf einer Versammlung badischer Fabrikanten, die 1845 in Karlsruhe stattfand, der
Fabrikbesitzer Gottschalck aus Schopfheim zu der Drohung hinreißen, daß, wenn der
Zollverein ihnen keinen Schutz gewähre, man ja nur nötig habe, die Fabriken zu schließen, die brotlosen Arbeiter würden dann schon wissen, wie sie sich Gehör zu verschaffen
hätten! Sang nicht Freiligrath:

„So wird es kommen, eh ihr denkt: — das Volk hat nichts zu beißen mehr!
Durch seine Lumpen pfeift der Wind! Wo nimmt es Brot und Kleider her? —
Da tritt ein lecker Bursche vor; der spricht: ‚Die Kleider wüßt' ich schon!
Mir nach, wer Rock und Hosen will! Zeug für ein ganzes Bataillon!' ...
Und wie ein Sturm zur Hauptstadt geht's! Anschwillt ihr Zug lawinengleich!
Umstürzt der Thron, die Krone fällt, in seinen Angeln ächzt das Reich!
Aus Brand und Blut erhebt das Volk sieghaft sein lang zertreten Haupt: —
Wehen hat jegliche Geburt! — So wird es kommen, eh' ihr glaubt."

Das hieß doch die Gefahr schon zugeben, wenn man auch glaubte, noch mit ihr spielen zu
können. Die soziale Frage war aufgeworfen, ehe die an ihrer Lösung interessierte Gesellschaft es nur inne geworden war. Theoretisch hatte sich ein kleiner Kreis von Volkswir-
ten schon mit diesen Dingen beschäftigt, als sie noch weniger brennend waren wie in den
vierziger Jahren. Gleichzeitig hatten 1835 Cäsar Godeffroy in Hamburg seine Theorie
der Armut und Franz von Baader in München sein Büchlein: Über das Mißverhältnis
der Vermögenslosen oder Proletarier zu den Vermögen besitzenden Klassen veröffentlicht,
in demselben Jahre die Königliche Akademie gemeinnütziger Wissenschaften in Erfurt
die Preisfrage gestellt: Ist die Klage über zunehmende Verarmung und Nahrungslosig-
keit in Deutschland begründet, welche Ursache hat das Übel und welche Mittel bieten sich
zur Abhilfe dar? Wie Franz Baader prophezeit, daß die soziale Frage der Menschheit
bald mehr zu schaffen machen werde, als alle Angelegenheiten der Politik, so sah auch

Robert Mohl die Übel voraus, die eine nicht zu ferne Zukunft schon erleben werde. „Wenige Seiten unseres bewegten sozialen Zustandes", so schreibt er, „geben zu so widersprechenden Ansichten und Gefühlen begründete Veranlassung, als dieser fast vor den Augen des jetzt lebenden Geschlechtes entstandene und schon zu ungeheuren Ergebnissen gediehene fabrikmäßige Betrieb eines großen Teiles der Gewerbe. Der umsichtige und nicht vom Einmaleins versteinerte Beobachter findet, je nachdem er das Fabrikwesen aus dem einen oder dem anderen Gesichtspunkte ins Auge faßt, Ursache, dasselbe mit Stolz, Freude, Dank und Hoffnung, oder mit Abscheu, Furcht und fast Verzweiflung anzusehen; und mag er im Augenblicke diese oder jene Ansicht vorwalten lassen, immer muß er sich dabei noch sagen, daß die Erscheinungen in der Gegenwart noch eine Kleinigkeit

Herr, hier ist die Bestellung, verakkordiert zu 22 Rtlr.; wir haben es uns 4 Wochen sauer daran werden lassen.

Laßt schon, gute Leute, da habt ihr erstens eine schöne Weste zu 4 Rtlr. 10 Sgr., dann ein Rest Kattun, 7 Ellen à 13 Gr. 3 Tlr. 1 Sgr., 5 Pfd. Kaffeebohnen à 11 Sgr., 1 Rtlr. 25 Sgr., 4 Stück seidene Tücher à 1 Tlr. 12 Gr. macht 5 Tlr. 18 Gr., sodann kriegt ihr hier einen schönen Kanarienvogel nebst messingenem Käfig zu 5 Rtlr. 20 Sgr. — da kriegt ihr noch gerade 1 Rtlr. 16 Sgr. bar heraus.

Lithographie von Adolf Schroedter, 1847

gegen das sind, was zu sehen und zu fühlen der Zukunft mit mathematischer Gewißheit bevorsteht." Nachdem Mohl alle Vorzüge des Fabrikwesens beleuchtet hat, fährt er fort: „Nun aber zur Schattenseite. Aller dieser Wohlstand, diese fürstlichen Reichtümer werden erworben mittels der zahlreichen Fabrikarbeiter. Auf einen Herrn kommen Hunderte, vielleicht Tausende derselben. Faßt man nun aber das Schicksal dieser vielen ins

Auge, so findet man einen solchen Abgrund von Elend, eine solche Masse von giftigen in demselben gärenden Übeln, daß, hiermit verglichen, das übermäßige Glück einzelner aus sittlichem und aus wirtschaftlichem Gesichtspunkte ganz verschwindet, der allgemeine Vorteil der Verzehrer wenigstens unendlich an seinem Werte verliert. Durch die in vielen Beziehungen beklagenswerte und in ihrer jetzigen Organisation fast hoffnungslose Lage der Fabrikarbeiter ist das ganze Fabrikwesen ein so wichtiger Gegenstand sowohl für den Menschenfreund als für den Staatsmann geworden, es können, und, wenn keine durchgreifende Hilfe gefunden werden sollte, es müssen aus derselben solche Gefahren für die ganze bürgerliche Gesellschaft hervorgehen, daß ein stumpfes Vorübergehen unerklärlich, eine leichtsinnige Selbsttäuschung unentschuldbar geworden ist."

Er schildert dann den unendlichen Jammer der Fabrikarbeiter, wie sie keinerlei Schutz gegen den Mißbrauch ihrer Kräfte genießen, wie der Besitzer sie durch übermäßig lange Arbeit und Herabdrückung der Löhne knechtet, durch Bezahlung in Waren statt Geld, durch die Nötigung, alle Lebensbedürfnisse von ihm zu kaufen, ausbeutet, sie durch ungesunde Beschäftigung und ungenügende Lokalitäten entnervt, ihre Frauen und selbst ihre Kinder durch Arbeitszeiten von 12, 16, ja 18 Stunden demoralisiert. Die sächsischen Fabrikbesitzer z. B. waren ganz glücklich, daß die Rasse ihrer Arbeiter nicht aussterbe, da sie sich durch Inzucht fortpflanze. Große Verbände von Arbeitgebern koalierten sich gegen ihre Angestellten, so verabredeten verschiedene Eisenbahngesellschaften sich zur Aussperrung mißliebigen Personals, die Lage der Arbeiter erschien so hoffnungslos, daß bei den Übeln, welche aus derselben entspringen mußten, von verschiedenen Seiten allen Ernstes die Einführung der förmlichen Sklaverei der Fabrikarbeiter gefordert wurde. Baader hatte gefordert, der Staat müsse sich der Arbeiter annehmen und ihre Beziehungen zu den Fabrikbesitzern rechtlich ordnen; Mohl schloß seine Ausführungen ziemlich hoffnungslos. Noch glaubte er, gebe es kein Mittel, dem Elend der Fabrikarbeiter und der aus ihm hervorgehenden Gefahr für Staat und Bildung abzuhelfen. „Hieraus folgt aber nun keineswegs," fährt er fort, „daß überhaupt keine Hilfe möglich sei, und daß man die Dampfmaschine wie ein blindes Fatum walten lassen müsse, bis sie zuerst ihre lebendigen Pertinenzstücke, durch diese aber alle anderen Menschen zugrunde gerichtet habe; sondern es folgt nur daraus, daß die Lösung der Aufgabe auf andere Weise, denn bisher, versucht werden müsse. Leider ist freilich zuzugestehen, daß der schaffende und ordnende Gedanke noch nicht gefunden, und daß also hier noch ein Verdienst zu erwerben ist, welches nicht bloß in der Bereicherung des Wissens um eine neue Idee, sondern in der Rettung von Millionen vor geistigem und körperlichem Wehe bestehen wird. Hoffen wir, daß dieser richtige Gedanke werde gefunden werden, solange es noch Zeit ist, ihm seine volle vorbeugende Wirkung zu gewähren."

162

Daß die Hilfe von den Arbeitern selbst ausgehen könnte, daran dachte niemand; die Abhilfe sozialer Mißstände wurde, wie Karl Biedermann sagt, lediglich von der Tätigkeit der wohlhabenden und gebildeten Klasse erwartet. Karl Grün sagt geradezu, um das Wesen des Sozialismus zu entdecken, müsse man von der von sozialistischen Ideen erfüllten Philosophie Ludwig Feuerbachs ausgehen, nicht von der Lage der Fabrikarbeiter, die logische Notwendigkeit, nicht das praktische Bedürfnis müsse den Ausgangspunkt der Betrachtung bilden. Das darf nicht wundernehmen in einer Zeit, wo die Bildung der Handwerker noch so weit zurück war und ihre Aufklärung von den Regierungen so viel wie möglich hintangehalten wurde. Man sah höheren Ortes in

Ja, du redest immer von Gleichheit und Güterteilen, allein ich setze den Fall, wir haben geteilt und ich, ich spare meinen Teil, doch du verschwendest den deinigen, was dann?

Ganz einfach, dann teilen wir wieder.

Zeichnung von Spitzweg

Aus den Fliegenden Blättern

der Unwissenheit der breiten Masse die sicherste Gewähr schweigenden Gehorsams, die Dummheit galt für eine Stütze von Thron und Altar. Wie Karl Biedermann in Leipzig bei der Stiftung von Bildungsvereinen immer wieder auf die Hindernisse stieß, welche die sächsische Polizei seinem gemeinnützigen Vorhaben in den Wege legte, so wurden Arnold Ruge in Halle von Graf Arnim, Karl Raumer in Erlangen vom Minister Fürsten Wallerstein in ihren Bestrebungen gehindert. Karl Raumer hatte einen Verein zur Bildung von Handwerkern gegründet, der aufgehoben werden mußte, weil ihn der Fürst für überflüssig erklärte, da die bayerische Regierung vortrefflich für die Bildung der Handwerker sorge, in ihrem Sinne allerdings, sie tat nämlich nichts. Die Regierungen selbst haben damals in dem Bestreben, der niederen Klasse den Weg zur Bildung abzuschneiden, diese auf den Irrweg des Kommunismus geführt, mußten doch diejenigen deutschen Handwerker, die ein Bedürfnis nach Wissen besaßen, dasselbe im Ausland befriedigen. Von Frankreich und aus der Schweiz brachten sie dann die Lehren mit, die von den Doktrinen St. Simons und des Père Enfantin ausgehend, längst dahin gelangt waren, das Eigentum für Diebstahl zu erklären. In der Schweiz wurden sie mit den radikalen Anschauungen

getränkt, welche die aus Deutschland geflohenen Demagogen, die sich aus zahmen Burschenschaftern zu Sturmvögeln der Revolution gemausert hatten, erfüllten. Da waren
Lieder im Schwange, wie das berühmte „Lied der Verfolgten":

> „Wenn die Fürsten fragen,
> Was macht Absalon,
> Sollt ihr ihnen sagen:
> Ach, er hänget schon.
> Er hängt an keinem Baume,
> Er hängt an keinem Strick,
> Er hängt ja nur am Traume
> Der deutschen Republik." usw.

In der Schweiz empfing auch einer der bedeutendsten Kommunisten, der Schneider
Wilhelm Weitling aus Magdeburg, die bestimmenden Eindrücke für jene Ideen, die er
in seinen Büchern: „Das Evangelium des armen Sünders", „Garantien der Harmonie
und Freiheit", „Die Menschheit, wie sie ist und wie sie sein sollte", Brandfackeln gleich
unter seine Landsleute schleuderte. Er zeigte den kleinen Leuten den Staat der Zukunft,
wie das Schlaraffenland des Märchens, wenig Arbeit und viel Genuß, in dem die Welt
sich in einen Garten und die Menschheit in eine Familie verwandeln werde. Das wirkte
ebenso verführerisch, wie die aufreizenden Artikel und Gedichte, welche die deutschen
Flüchtlinge von dem Herde aller Unzufriedenheit, von Paris, ausgehen ließen. Dort gab
Jakob Venedey eine Zeitschrift „Der Geächtete" heraus, welche die gellenden Mißtöne
politischer und sozialer Verstimmung in die deutsche Heimat hinüberschrie, dort wirkten
Arnold Ruge, Heinrich Heine u. a. im Sinne eines Radikalismus, der durchaus inter-
national war. Der überlegene Geist dieser Männer mußte wohl die Köpfe unterjochen,
die in ihren Bann gerieten. Heine durfte mit Recht urteilen, „daß die deutschen Handwerker nunmehr den Kern einer Unglaubensarmee bilden, die vielleicht nicht sonderlich
diszipliniert, aber in doktrineller Beziehung vorzüglich einexerziert sei. Kohorten der Zerstörung, Sappeure, deren Art das ganze gesellschaftliche Gebäude bedroht. Die Führer
der deutschen Kommunisten sind große Logiker, von denen die stärksten aus der Hegelschen
Schule hervorgegangen sind, und sie sind ohne Zweifel die fähigsten Köpfe und die ener-
gievollsten Charaktere Deutschlands". So sahen die Nationalökonomen, welche die Verhältnisse der Volkswirtschaft wissenschaftlich zu ergründen suchten, sich ganz neuen Anschauungen gegenüber.

In demselben Jahre 1842, als Lorenz Stein durch sein epochemachendes Werk über
den Sozialismus und Kommunismus des heutigen Frankreich die Aufmerksamkeit der

Franz Krüger. Graf Adolf Heinrich von Arnim-Boitzenburg
Handzeichnung. Berlin, Nationalgalerie

gelehrten Welt auf das schon im Hexenkessel überhitzter Theorien brodelnde Unheil hin-
lenkte, erkannte auch Johann Heinrich von Thünen, wie sehr die Zeit sich gewandelt
hatte, seit er vor kaum 20 Jahren seine Forschungen begonnen. Damals hatte er gefürchtet, mit seinem „Traum ernsten Inhalts" in der öffentlichen Meinung anstoßen zu
müssen, wie milde, wie zahm erschien ihm nun alles in einer Zeit, in der die Aufhebung
des Erbrechts, die Teilung des Eigentums zu geläufigen Schlagworten geworden waren.

Wie Wolfgang Menzel erzählt, gehörte selbst der General von Prittwitz, der Erbauer der Festung Ulm, zu denjenigen, die für das kommunistische Ideal gleichmäßiger Ausbeutung der Erdengüter schwärmten, sonst erfreute sich der Kommunismus begreiflicherweise nicht gerade besonderer Sympathien in diesen Kreisen. Als Herr von Dönniges 1845 im Wissenschaftlichen Verein zu Berlin einen Vortrag über denselben halten wollte, mochte der Prinz von Preußen als Vorsitzender dies Thema nicht gutheißen und gab seine Zustimmung erst, als ihm versichert wurde, der Redner werde den Kommunismus lächerlich machen. Varnhagen, der die Geschichte erzählt, hat nicht überliefert, ob Herr von Dönniges sein Versprechen auch gehalten hat.

Daß es gebildeten Kreisen nicht an ernstem Interesse für diese ernsten Fragen fehlte, bewiesen die Vorträge, welche Karl Biedermann im Winter 1846—47 in Leipzig und Dresden vor einem gemischten Publikum über Sozialismus und soziale Fragen hielt, sie fanden solchen Zuspruch, daß der Redner ein größeres Lokal mieten mußte; als er sie in Berlin wiederholen wollte, wurde ihm das von der Polizei verboten.

Die armen Leute wurden Mode, die Düsseldorfer malten süße Genrebildchen, welche das Elend sentimental beleuchteten, Romanschreiber folgten Eugen Sue und seinen Geheimnissen von Paris, wo sie pikant und romantisch erschienen, Lyriker, wie Freiligrath, ließen die erotische Reimspielerei ihrer Verse und krönten mit dem Wohllaut ihrer Strophen nicht mehr Freiheitshelden und Heroen, sondern den Proletarier.

Während noch das Für und Wider sozialer Theorien die Köpfe erfüllte und die gute Gesellschaft mit ihrem neuen Spielzeug tändelte, war schon ein Mann am Werke, um das Wohl der arbeitenden Klassen durch die Tat zu fördern, Hermann Schulze-Delitzsch. Seit 1838 am Oberlandesgericht in Naumburg, seit 1839 am Kammergericht in Berlin, seit 1841 als Patrimonialrichter in seiner Vaterstadt tätig, arbeitete er an der Ausgestaltung seiner Ideen, welche den Gedanken einer wirtschaftlichen Hebung der arbeitenden Klasse auf Grund der Selbsthilfe derselben bewerkstelligen wollte. Abseits von Theorien, ohne Hilfe von Monopolen, Gesetzen und Zünften, setzte er dem Großkapitalismus die Assoziation entgegen, die Vereinigung der Kleinen zum Großbetrieb; glücklicherweise hat ihm später die Polizeiwirtschaft der Reaktion mit ihrer Verfolgung unabhängiger Köpfe die Muße aufgenötigt, seine segensreichen Projekte ausführen zu können.

Am Wendepunkt der alten Zeit zur neuen ertönt aus dem vielstimmigen Chorus jener Schlachtruf, der die Kämpfe einleitete, die zur Bildung einer neuen Ordnung der Gesellschaft führen werden, jene Kämpfe, inmitten deren wir noch heute stehen, die Worte, die Friedrich Engels und Karl Marx in London im Frühling 1848 an den Eingang ihres Manifestes stellten, den einen eine Hoffnung, den anderen eine Drohung: „Proletarier aller Länder, vereinigt euch!"

Adolf Menzel. Die Berlin—Potsdamer Bahn, 1847. Mit Genehmigung von F. Bruckmann A.-G., München

Ungenügende oder unsichere Erwerbsverhältnisse, polizeilicher Druck, bureaukratische und richterliche Willkür, kirchlicher Gewissenszwang waren im Bunde, um den Deutschen aller 34 Vaterländer die Heimat zu verleiden. Das waren Gründe, welche die Auswanderung sofort nach dem Friedensschluß stark zunehmen ließen. Schon im Laufe des 18. Jahrhunderts waren Deutsche, zumal Pfälzer und Schwaben, um den unerträglichen Lasten, die sie daheim drückten, zu entfliehen, in Scharen nach Amerika ausgewandert, und hatten Pennsylvanien so dicht bevölkert, daß die gesetzgebende Versammlung dieses Staates das Deutsche zur Gerichts- und Gesetzessprache erklären wollte. Im Zeitalter der Napoleonischen Kriege war die Ziffer der Auswanderer zurückgegangen, da die Häfen gesperrt waren, aber schon die großen Hungerjahre von 1816 und 1817, welche für Deutschland die Ära des langen Friedens begannen, trieben allein wieder gegen 20000 Deutsche aus dem Vaterlande, die Mehrzahl nach Nordamerika. Von diesem Zeitpunkt an hat die Auswanderung nicht mehr nachgelassen, in den Vereinigten Staaten schlug man die Zahl der deutschen Einwanderer im Laufe des Jahrzehntes von 1820—1830 auf insgesamt etwa 15000 Personen an, während die deutschen Schriftsteller der Epoche sehr viel höhere Zahlen in Ansatz bringen. Gäbler rechnet für 1815—1829 einen jährlichen Durchschnitt von 5000, Löher für die gleiche Zeit aber 12000. Für eine zweite Periode, die sich von 1830—1843 erstreckt, setzen Gäbler und Poesche die jährlichen Durchschnittsziffern mit 22000, Löher gar mit 40000 an. Schon in der Mitte der zwanziger Jahre fand Prinz Bernhard von Sachsen-Weimar in Neuyork, Philadelphia, Baltimore und anderen großen Städten der Union Deutsche in reicher und angesehener Lebenslage und überall Vereine, in denen sich die Deutschen zusammengeschlossen hatten. Eine ganze Reihe der verfolgten Demagogen verließ das Vaterland, in dem unabhängige Köpfe keinen Platz fanden, und wandten sich in die Fremde, in der ihnen ihre Tatkraft, Mut und Unternehmungsgeist ein glückliches Fortkommen sicherten. Unter ihnen finden wir den genialen Karl Follen und seinen Bruder Paul, Franz Lieber, J. G. Wesselhöft aus der bekannten Jenenser Familie, von der zu einer Zeit fast alle lebenden Mitglieder in Untersuchungen wegen demagogischer Umtriebe verwickelt waren. Er gab in Philadelphia eines der einflußreichsten Blätter der Union „Die alte und die neue Welt" heraus, wie W. Weber, ein anderer der geflohenen Burschenschafter, eine deutsche unabhängige Zeitung im Westen.

Wie diese Flüchtlinge sich von der Heimat in die Fremde wandten, weil ihnen der freie Zuschnitt des amerikanischen Staatswesens eine menschenwürdigere Existenz verhieß, als sie ihnen daheim zu führen vergönnt war, so kehrten zahllose andere dem Vaterland den Rücken, weil ihnen die Mittel zum Lebensunterhalt daheim zu knapp zugemessen waren. Die einen suchten drüben politische Freiheit, die anderen wirtschaftliche,

„Unter den Schiffsredern und Expedienten herrscht ein reger Wettstreit, den Auswanderern die Reise auf das angenehmste zu machen. Die ihnen überwiesenen Schiffsräume sind hell, luftig und bequem, so daß keine Gelegenheit gegeben ist zur geringsten Klage."

Aus den Fliegenden Blättern

in nur zu vielen Fällen haben sich beide getäuscht. Je unbehaglicher die Verhältnisse sich in Deutschland gestalteten, je stärker der politische Druck, je größer die soziale Not wurde, desto höher stieg die Ziffer der Auswanderer; sie betrug nach Gäblers Schätzung (in: Deutsche Auswanderung und Kolonisation, Berlin 1850) im Jahre 1844: 43000, 1845: 67000, 1846: 107000, 1847: 110000 Köpfe. Seit 1846 erschien in Rudolstadt sogar eine allgemeine Auswanderungszeitung, welche die Interessen der Auswandernden zu fördern strebte. Die Mehrzahl dieser Auswanderer gehörte der ärmeren Klasse an, darunter viele gescheiterte Existenzen, die von den Gemeinden oder Familien, denen sie zur Last fielen, nach Amerika abgeschoben wurden, um sie loszuwerden. Von diesen haben wohl nur besondere Glücksfälle es den einen oder den anderen zu etwas bringen lassen, die meisten sind in der Fremde zugrunde gegangen, wie sie es daheim auch getan haben würden.

Die deutschen Regierungen sahen der Auswanderung untätig zu, sie begnügten sich damit, sie allenfalls zu erschweren. Als der Pfarrer Friedrich Münch Mitte der dreißiger Jahre aus Hessen auswanderte, erhielt er seinen Paß nicht eher, als bis er 10 Prozent seines Vermögens der Staatskasse abgeliefert hatte und sah sich doch noch allen Schikanen des Kreisrates Neidhardt wehrlos preisgegeben. An einen Schutz ihrer deutschen

Volksgenossen konnten die Staaten ohne Einfluß, ohne Macht, ohne Flotte natürlich nicht denken, sie haben der Ausbeutung und der menschenunwürdigen Behandlung derselben durch Hamburger und Bremer Reederfirmen nicht einmal gewehrt, erst Friedrich Kapp ist es gewesen, der die amerikanischen Bundesbehörden zum Schutz der deutschen Auswanderer gegen die gewissenlose Profitgier ihrer eigenen Landsleute aufrief. In den Sommermonaten des Jahres 1837 wurden in Hamburg einige Hundert Deutsche unter den lockendsten Versprechungen angeworben und im Herbst nach Brasilien geführt. Hier wurden die Unglücklichen wie Gefangene behandelt, erst monatelang auf Kriegsschiffen eingeschlossen und dann zu den niedrigsten Arbeiten verwendet. Nachdem das mörderische Klima und die ungesunde Beschäftigung — sie mußten Straßen bauen, Kloaken reinigen u. dergl. m. — über die Hälfte der Auswanderer binnen zehn Monaten hingerafft hatte, steckte man die Überbleibenden in das Heer, in dem sie, um die Kosten der Überfahrt wieder einzubringen, drei Jahre ohne Sold dienen mußten. Die Aufhebung der Sklaverei und der dadurch eintretende Mangel an Arbeitskräften hat damals unternehmende Firmen zur Gründung von Geschäften veranlaßt, die planmäßig Auswanderer unter glänzenden Versprechungen anlockte, nach Brasilien verschickte und den dortigen Plantagenbesitzern geradezu als Sklaven verkaufte. Tausende von Deutschen sind auf diese Weise zugrunde gegangen, andere Tausende erlagen in Australien, Westindien, Zentralamerika, Uruguay, Chile der Ungunst des Klimas und der Tücke der Menschen.

Verschiedene Vereine bildeten sich teils zum Schutz der Auswanderer, teils zur Nutzbarmachung der Bewegung im wirtschaftlichen und nationalen Sinne. Alexander von Bülow, der lange Jahre an der Moskitoküste Zentralamerikas ansässig war, gründete eine Kolonisationsgesellschaft, um deutsche Auswanderer nach dieser Gegend zu ziehen, in Düsseldorf entstand 1843 ein Auswanderungsverein auf Aktien (1000 Stück zu 100 Taler), endlich 1844 der sogenannte Adelsverein, der als Verein zum Schutze der deutschen Einwanderung in Texas nicht Geringeres bezweckte, als dort einen selbständigen deutschen Staat zu gründen. Ein Rudel deutscher Herzöge, Fürsten und Grafen trat unter dem Vorsitze des Fürsten Leiningen zusammen, brachte ein Kapital von 80000 Dollar zusammen und verschiffte in den Jahren 1845 und 1846 gegen 5000 Deutsche, die ja immer gern vornehmen Namen nachlaufen, nach Texas. Ein Prinz von Solms-Braunfels gründete dort das Städtchen Neu-Braunfels, dann war seine Tätigkeit zu Ende. Texas schloß sich der Nordamerikanischen Union an, den hohen Herren war das bißchen Geld mittlerweile wie Wasser unter den Händen zerlaufen, sie hatten an einem Freistaat auch keine rechte Freude mehr, so zogen sie sich zurück, verkauften ihren Grund und Boden an einen Privaten und überließen die armen Teufel ihrem Schicksal. Zwei Drittel ging kläglich zugrunde, die überbleibenden 1500 halfen sich selbst unter der energischen Führung des Generalkommissars von Meusebach, eines Sohnes des berühmten Sammlers Karl Hartwig Gregor von Meusebach.

Wesentlich religiöse Motive haben im Laufe dieser Jahre kleinere Gemeinden von Sektierern außerhalb der deutschen Grenzen geführt, zumal haben sich Strenggläubige aus Württemberg in Südrußland, im Ural und Kaukasus, sogar im Heiligen Lande niedergelassen, wo sie zum Teil erst nach vielen Leiden und Mühseligkeiten eine leidliche Existenz fanden. Im Jahre 1839 zogen 600 preußische Alt-Lutheraner nach Australien, wo sie bei Adelaide sich in Hausdorf ansiedelten, sie mußten Schlesien zur gleichen Zeit verlassen, in welcher der König dort den aus Tirol vertriebenen Zillertalern neue Wohnsitze anwies. .

Der preußische Postdampfer „Königin Elisabeth", erbaut 1841 von Ditchburn u. Marn in Blackwell bei London. Aquarell. Berlin, Postmuseum

ebhaft wie der Aufschwung der Industrie und die Ausbreitung des Handels
waren die Verbesserungen des Verkehrs, die sie begleiteten, sie bedingten sich gegenseitig. Es ist bekannt, daß im
18. Jahrhundert der schlechte Zustand der öffentlichen
Straßen als ein Vorteil für das Land betrachtet wurde,
man hielt dafür, daß der Bürger dann sein Geld nicht
nach auswärts tragen könne, Reisende aber auf diesen
Wegen möglichst lange im Lande aufgehalten wären und
an Zehrung, Reparaturkosten für ihre Wagen u. dergl.
ein schönes Stück Geld zurücklassen müßten. Unter einem
ähnlichen Gesichtspunkt betrachtete auch der preußische Minister von Beyme die Angelegenheit des Straßenbaues,
er widersprach Friedrich von Raumer, als es sich um die
Anlage von neuen Chausseen handelte, weil durch dieselben der Feind nur schneller ins Land komme. Während
und nach den großen Kriegen war der Zustand der Wege
in ganz Deutschland ein entsetzlicher, die beständigen
Märsche der Armeen mit ihrem Gefolge schwerer Muni-
tions- und Bagagewagen, Geschütze u. dergl. ruinierten
die Straßen vollkommen. Als Friedrich Thiersch in dieser
Zeit nach Halle reist, findet er den Weg zum Versinken,
die Straße ganz auseinandergegeben, von großen Schlünden zerrissen. Hier und da
steckten ausgespannte Frachtwagen, die nicht fortkonnten, zwischen Lauchstedt und Halle
zählte er vier gefallene Pferde. Die Straße von Ballenstedt nach Bernburg schildert
Wilhelm von Kügelgen noch 1817 als so schlecht, daß ein Wagen für die fünf Meilen
lange Strecke zwölf Stunden brauchte, und die Post, die nur zweimal in der Woche ver-

kehrte, stets umwarf. Friedrich Perthes beklagt sich auf seiner Reise nach dem Westen, wie die hannoversche Regierung die französischen Chausseen vernachlässige, nur die Erhebung des Wegegeldes unterlasse sie nicht. Den Weg von Kiel bis Hamburg schildert Frau Silfverstolpe 1825 „als führe man über ein Stoppelfeld". „Die Chausseen in Hannover", fügt sie hinzu, „sind unsagbar schlecht und holprig, so daß man froh ist, wenn man daneben im Sande fahren kann."

Unmittelbar nach dem Frieden ging man dann auch an die Wiederherstellung der Landstraßen, der Chef des preußischen Generalstabes, General von Grolman, entwarf im Interesse der Armee ein ganzes Netz neuer Chausseen, bei dessen Ausarbeitung ihm der Baurat Crelle an die Hand ging. Unter der Verwaltung des Finanzministers von Motz wurden von diesem Projekt binnen fünf Jahren 285 Meilen ausgebaut, und da von 1820—1834 11,6 Millionen Taler für den Straßenbau verwendet wurden, so besaß der preußische Staat im Jahre 1831 mit seinen 1147 Meilen chaussierter Straßen bereits mehr als doppelt soviel, wie im Jahre 1816. Von 1816—1848 ist die Weglänge der gesamten Chausseen Preußens von 420 auf 1573 Meilen gestiegen. Das war wohl ein gewaltiger Fortschritt, aber er kam natürlich nur den Hauptstraßen zugute, abseits der großen Verkehrsadern blieben die Wege noch lange Zeit fürchterlich. Wie Fritz Reuter aus Mecklenburg erzählt, waren kleine Städte im Winter außer Verkehr mit der Welt, denn im Schlamme lehmiger Vizinalwege blieben alle Wagen stecken und ärger noch als diese Wege waren, die gebesserten, welche den Schrecken der ganzen Umgegend bildeten, so daß man den Rat erhielt: „Fahren Sie einen anderen Weg, dieser ist gebessert." Die gleiche Beschreibung entwerfen Arnold Ruge von Pommerns bodenlosen Straßen, die sich bei Schneefall völlig verloren, Hoffmann von Fallersleben von denen Hannovers, wo er 1836 durch die Lüneburger Heide fährt, ohne Weg, einfach dem Kompaß nach, Adolf Stahr von der Mark, in deren Straßen die Wagen bis über die Achsen im Kot versanken. Friedrich Schinkel, der 1824 von Italien nach Berlin reist, klagt seiner Frau über „die entsetzlich schlechten halb gefrorenen Chausseen in Baiern, die weit schrecklicheren Wege von Bamberg über den Thüringer Wald nach Weimar, welche bei Tage schon mit Gefahr, alles Wagenzeug zu zerbrechen und zu zerreißen zu passieren sind". In der Gegend um Gotha konnte man, wenn es geregnet hatte, nicht über Land fahren, sondern mußte trockenes Wetter abwarten.

Das waren freilich Umstände, welche die Menschen schwer beweglich machten. Wenn selbst die Gräfin Bernstorff, der doch alle Bequemlichkeiten zu Gebote standen, einmal in ihr Tagebuch schreibt: „Gott sei Dank, dieses Jahr werden wir nicht zu reisen brauchen", so begreift man, daß weniger gut Situierte vom Reisen überhaupt nicht gern etwas wissen wollten. Die Reise, welche der dreizehnjährige Adolf Stahr 1818 mit seinen

Franz Krüger. Der preußische Staatsminister General Graf Friedrich Wilhelm von Brandenburg. Handzeichnung. Berlin, Nationalgalerie

Eltern von Wallmow nach Friedberg in der Neumark unternimmt, ist Jahre vorher geplant worden, ehe man sich zur Ausführung entschloß; J. G. Kohl, der bekannte Weltreisende, erzählt, daß, wenn seine Eltern einmal im Jahre ein zwei Meilen weit von Bremen im Hannöverschen gelegenes Dorf besuchten, diese Reise acht Tage vorher beschlossen wurde. Dann fuhr man ganz früh des Morgens weg, weil sonst die Pferde, die den bis an die Achsen im Sand einsinkenden Wagen Schritt vor Schritt ziehen mußten, nicht vor Mittags hätten dort sein können. Als er dann mit sieben Jahren auf seine erste wirkliche Reise von Bremen nach Hannover mitgenommen wird, brauchen sie für die zwölf Meilen drei volle Tage. In Schlesien rechnet Karl von Holtei drei Meilen eine Tagereise, man wird es daher schon als beschleunigte Fahrt ansehen dürfen, wenn Gustav Freytag 1829 die neun Meilen von Oels nach Creuzburg nur einen ganzen Tag unterwegs ist. Für die Strecke Breslau—Berlin brauchte man etwa 3—4 Tage, vorausgesetzt, daß der Wagen nicht im Graben stecken bleibt, wie es Hoffmann von Fallersleben 1830 passierte. Derselbe reiste mit dem Germanisten Schmeller 1834 von

München nach Stuttgart, was drei Tage in Anspruch nahm. 1824 ging der Minister von Lindenau in Genua mit einem Engländer eine Wette um 60 Flaschen Madeira ein, er werde in sieben Mal 24 Stunden bis Gotha fahren und er gewann mit einem Vorsprung von vier Stunden.

Die allmähliche Verbesserung der Straßen begleitete die ebenso allmähliche Besserung der Verkehrsmittel. 1810 hatten innerhalb Deutschlands 31 verschiedene staatliche Postanstalten fungiert, nach dem Kriege führten Österreich, Preußen, Sachsen, Bayern, Hannover, Baden, Holstein, Luxemburg, Braunschweig, Mecklenburg und Oldenburg die Post in eigener Regie, während die übrigen Staaten, Württemberg, Hessen, Nassau und zumal die zahllosen thüringischen Kleinstaaten sich der Thurn und Taxisschen Postverwaltung bedienten, so daß Deutschland 1841 immer noch 15 verschiedene Postanstalten besaß. Die Thurn und Taxissche Post war sprichwörtlich schlecht, Börne hat in seiner Monographie der deutschen Postschnecke das ganze Füllhorn seines Witzes über sie ausgeschüttet. Den vierzigstündigen Weg zwischen Frankfurt a. M. und Stuttgart legte diese fürstliche Post in 46 Stunden zurück, von denen 15 auf den Besuch der Wirtshäuser verwandt wurden. Die Wagen waren gefürchtet, aber weder besser noch schlechter als die der anderen Verwaltungen. Die königlich sächsische Ordinaripost, mit der Wolfgang Menzel 1818 von Leipzig über Merseburg nach Naumburg fuhr, war ein rot angestrichener Leiterwagen, ganz offen, in dem die Passagiere auf Stroh saßen, genau so, wie die preußischen Fahrposten, die unter dem Generalpostmeister von Segebarth auch nur aus offenen Bretterwagen bestanden und die Mecklenburgische Post von Fritz Reuter als ein mit acht Pferden bespannter Kartoffelkasten geschildert wird. In Preußen wurde das erst besser, als Herr von Nagler die Post übernahm und binnen kurzer Zeit zu einer Musteranstalt erhob. Während Briefe von Berlin nach Köln oder Königsberg vorher nur 2—3 mal wöchentlich befördert worden waren, führte Nagler tägliche Expeditionen ein, der berühmte „Posttag", der in den Korrespondenzen jener Jahre eine so große Rolle spielt, fiel fort. Die ordinäre Post fuhr von Berlin nach Halle 32 Stunden, die Naglersche Schnellpost nur noch 18, in drei Tagen und vier Nächten konnte man jetzt von Berlin nach Köln gelangen. Hatte Fanny Lewald 1832 noch 72 Stunden gebraucht um von Königsberg nach Berlin zu gelangen, so konnte sie 1839 die gleiche Strecke schon in 48 Stunden zurücklegen. Die Herzogin von Dino war 1840 glücklich, den Weg von Wittenberg bis Berlin, für den sie in ihrer Jugend zwei Tage gebraucht hatte in nur neun bis zehn Stunden abmachen zu können. Zweimal wöchentlich fuhr ein Eilwagen von Berlin nach Frankfurt und brauchte weniger Zeit als der tägliche Wagen der sächsischen Post, der die Strecke Leipzig — Frankfurt in drei Tagen zurücklegte.

Nagler wandte seine Fürsorge auch der Briefpost zu. Er führte für Briefe eine einfachere Taxe ein, die nach der Entfernung abgestuft für unsere Begriffe immer noch von ansehnlicher Höhe war. Sie betrug für Entfernungen unter dreißig Meilen 1 – 5 Silbergroschen und stieg dann für je zehn Meilen um einen Silbergroschen, ein Brief von Berlin nach Bonn kostete z. B. 9, ein solcher von Berlin nach Paris 17½ Silbergroschen. Um am Gewicht der Briefe zu sparen, erfand die Papierindustrie damals die ganz besonders dünne Sorte Briefpapier, welche der Volksmund „Naglers Verdruß" taufte. In den ersten sieben Jahren der Naglerschen Verwaltung stiegen die Einnahmen der preußischen Post von nicht ganz 3 auf weit über 4 Millionen Taler im Jahr. Die englische Postreform mit ihrem Einheitstarif bewirkte dann durch Preußens Initiative im Jahre 1844 eine wesentliche Ermäßigung und Beschleunigung der Briefe. Das

Porto für Briefe von Berlin nach Wien wurde von 11¼ auf 6½ Groschen, für solche von Köln nach Wien von 12¾ auf 7¾ Groschen herabgesetzt, dabei ging die Beförderung so viel schneller vor sich, daß Briefe, die bis dahin von Hamburg nach Wien 5 Tage 8 Stunden gebraucht hatten, jetzt 39 Stunden weniger unterwegs waren. Eine bedeutende Steigerung des Verkehrs beantwortete diese verkehrsfreundlichen Maßnahmen. Von 1840 – 1847 stieg der Briefverkehr in Preußen von 39,3 auf 58,4 Millionen Stück, d. h. von etwa 2 – 3 auf 3 – 4 Stück auf den Kopf der Bevölkerung (im Jahre 1900 betrug er 59 Stück auf den Kopf). Die ängstlichen Progressionen von Gewicht und

Franz Krüger. Major Asmus Ehrenreich von Bredow
Handzeichnung. Berlin, Nationalgalerie

Entfernung, nach denen die übrigen Postanstalten ihre Taxen für Beförderung von Briefen aufgestellt hatten, lasteten nicht nur schwer auf dem Verkehr, sie schlossen durch die exorbitante Höhe der Preise auch die unteren Klassen von einem Briefverkehr so gut wie ganz aus. „In Deutschland", schrieb C. F. Wurm damals, im Hinblick auf die beneidete englische Postreform, „haben wir eine Förderung nur vom Zollverein zu erwarten, was wir von deutscher Einheit haben, ist uns auf diesem Wege geworden." Mit der Zuverlässigkeit von heute funktionierte die Post damals wohl nicht immer, als Werner Siemens in Magdeburg 1834 seine Papiere zum Eintritt in den preußischen Militärdienst vorlegen muß, fand sein Vater es

Franz Krüger. Feldmarschall von Müffling. Handzeichnung
Berlin, Nationalgalerie

doch geratener, dieselben persönlich zu überbringen, als sie der Post zu überlassen und wer mit Extrapost reiste, also eigenen Wagen besaß und von den Postanstalten nur Pferde forderte, der war den Prellereien der Postmeister schutzlos preisgegeben. Vornehme Leute reisten ja überhaupt nur im eigenen Wagen; ein wahres Wunder von Bequemlichkeit und Komfort war der Reisewagen, in dem z. B. Mr. Greenough, der Präsident der Londoner geologischen Gesellschaft, 1817 Schlesien bereiste; Karl von Raumer berichtet aber auch voll Ehrfurcht, daß dieses schöne Vehikel 1800 Taler gekostet habe. Nicht viel weniger wird dem Grafen Bernstorff sein Kongreßwagen gekostet haben, den ihm der damals renommierte Wagenbauer Gille in Braunschweig lieferte, bequem und kompendiös eingerichtet, als er ihn erhielt, gab es keine Kongreſſe mehr zu beſuchen. Der eitle Fürſt Pückler gibt in ſeinen Briefen aus England eine detaillierte Beſchreibung des Wagens, in welchem „der Verſtorbene" vergebens auszog, um einen engliſchen Goldfiſch zu fangen.

Die Klagen wegen Überteuerung, Pferdemangel und Beläſtigungen tauſenderlei Art von ſeiten der höheren wie der niederen Poſtbeamten füllen in jener Zeit Tagebücher und Briefe, wer ſich da nicht mit Geduld wappnete, war verloren. Der kränkliche und reizbare Graf Bernſtorff ärgert ſich 1818 in Fehrbellin ſo über den Poſtmeiſter, der ihm abſolut drei Pferde aufnötigen will, daß er ſeine Reiſe unterbricht und eine Beſchwerde nach Berlin abgehen läßt; bis zum Eintreffen der Anwort muß er in dem elenden Neſt bleiben, um obendrein ſchließlich auch noch Unrecht zu bekommen. Den gleichen Verdruß hat Varnhagen jedesmal, wenn er, von ſeiner Kiſſinger Kur nach Berlin zurückkehrend, die Meiningenſche Grenze paſſiert und war doch noch beſſer daran, als Friedrich Hurter, der 1837 auf dem Wege nach Reinhardsbrunn helfen muß, den Wagen zu ſchieben oder Arnold Ruge, der im gleichen Jahre mit Ludwig Uhland und Friedrich Viſcher unterwegs nach Gomaringen iſt und durch einen Sturz der Extrapoſt faſt den Hals bricht und nebſt Uhland noch froh ſein muß, nur vom gelben Lehmwaſſer durchnäßt und verſchmutzt bei Guſtav Schwab anzukommen.

Beſondere Maßnahmen ſicherten den ſtaatlichen Poſten ein gewiſſes Übergewicht, wer z. B. in Preußen an einem Orte mit der Poſt ankam, durfte nicht am gleichen Tage mit einem Lohnfuhrmann weiterreiſen, ſondern mußte die Nacht bleiben oder Extrapoſt bezahlen; Lohnfuhrleute durften keinen Vorſpann nehmen, ſondern mußten ihre Pferde behalten, ohne ſie zu wechſeln, Maßnahmen, von denen Unerfahrene, wie z. B. einmal Karl von Holtei in Liegnitz höchſt unangenehm überraſcht wurden. Eine Quelle endloſen Verdruſſes war auch das Chauſſeegeld, was das Reiſen nicht nur verteuerte, ſondern auch bedeutend verzögerte. Varnhagen bemerkt 1844 wütend, daß die letzte Poſtſtation vor Homburg 6 oder 7 Schlagbäume habe, „man zahlt unaufhörlich Chauſſeegeld, als ob die heſſiſchen Fürſten von dieſem Notpfennig leben müßten", ſchreibt er, und ſpäter fügt er aus dem gleichen Anlaß hinzu: „Die Fürſten brandſchatzen die Reiſenden wie die Wegelagerer." — Freundlicher waren entſchieden Abenteuer, wie ſie z. B. einmal Leopold von Ranke zuteil wurden, der, von Karlſtein nach Prag fahrend, ein hübſches junges Mädchen auf ſeinen Schoß nehmen muß, um ſie in ſeinem Mantel zu erwärmen, im allgemeinen aber darf man ſagen, daß das Reiſen mit dem Poſtwagen nicht zu den Annehmlichkeiten gehört haben muß. Man wird denn auch in den Äußerungen der Zeit ſelbſt faſt nur Worte der Klage und des Mißmuts finden über unbequeme Wagen, grundloſe Wege, unangenehme Geſellſchaft, faule Poſtillone, lahme Pferde, teure Wirtshäuſer,

178

Franz Krüger. Graf Wilhelm von Redern

schlechtes Essen usw. So schreibt Friedrich Perthes über die Fahrt mit der Diligence der Thurn und Taxisschen Verwaltung: „sie ist bequem und schnell im Vergleich zu früher, doch muß man gute Laune, keine zarten Empfindungen und nicht gerade große Eile haben". Die poetische Betrachtung beginnt, als die Fahrpost allmählich verschwindet, die Romantik der Postkutsche existiert erst für die Nachgeborenen, welche glücklich genug sind, sie nur vom Hörensagen zu kennen.

Erst als die Eisenbahn anfing, das Tempo des Lebens für die Gesamtheit, wie für den einzelnen in einer bis dahin nicht gekannten Weise zu beschleunigen, da besann man sich darauf, wie ruhig man bis dahin gelebt hatte, und begann den Kontrast von einst und jetzt mit einer gewissen Wehmut zu empfinden. Immermann bemerkt, die Dampfwagen würden nur um so rascher zu der nüchternen Öde hinbefördern, nachdem man doch eben erst aus der öden Nüchternheit abgefahren sei, und konnte doch, als er so schrieb, die Entwicklung des neuen Beförderungsmittels auch nicht entfernt ahnen. Als Immermann 1840 starb, steckte der Verkehr mittels Eisenbahn und Dampfschiff in Deutschland noch in seinen ersten Anfängen. Die Eröffnung der Eisenbahn zwischen Liverpol und Manchester, die 1829 völlig beendet war, wirkte durch ihre Leistungen nach Friedrich Lists Ausdruck wie ein elektrischer Schlag auf Europa. Halb ungläubig, halb staunend gewahrte man dieses beherzte Alleinforteilen der Höllenmaschine, wie Gräfin Bernstorff sich ausdrückt, und begann, sich nur widerwillig an den Gedanken zu gewöhnen, daß der Schienenweg die Chausseen, die Eisenbahn die Wagen verdrängen werde. In Deutschland war die Bahn, welche der Fabrikant Gerstner 1826 von Linz nach Budweis führte, die erste ihrer Art, indessen war es nur eine Holzbahn, die mit Pferden betrieben wurde und für Verwendung der Dampfkraft nicht tauglich war. Die Erfahrungen der englischen Eisenbahn ließen wohl eine Anzahl Wünsche und Projekte reifen, so hatte der preußische Finanzminister von Motz schon 1828 eine Eisenbahn geplant, welche Rhein und Weser verbinden sollte, der westfälische Landtag forderte 1831 eine Eisenbahn von Lippstadt nach Minden, der rheinische gleich ihrer zwei, um das Kohlenbecken der Ruhr zu erschließen, Friedrich Harkort wollte Köln und Minden durch eine Eisenbahn verbinden, indessen kamen alle diese Ideen nicht über das Stadium der Anregung hinaus. Ernsthaft dachte man erst daran, dem englischen Beispiel zu folgen, nachdem Belgien damit vorangegangen war. Das belgische Eisenbahnsystem, dessen intellektueller Urheber König Leopold aus dem deutschen Hause der Koburg war, wurde 1834 beschlossen und im Bau begonnen; das gesamte systematisch über das kleine Königreich ausgespannte Netz hatte als Zentralpunkt Mecheln und wurde auf Staatskosten ausgeführt. Die großen Resultate desselben lockten zur Nachfolge, und nun begann man in Deutschland auf die Mahnungen Friedrich Lists zu hören, der mit englischen und amerikanischen Verhältnissen

Die Ludwigseisenbahn von Nürnberg nach Fürth. Stich. Berlin, Postmuseum

vertraut geworden, nicht müde wurde, seinen Landsleuten die Vorzüge der Eisenbahn zu
preisen. Abgesehen von ihrer volkswirtschaftlichen Bedeutung, war es das demokratische
Element, das der Eisenbahn innewohnt, welches List begeisterte. Weil sie zu schleuniger,
wohlfeiler und bequemer Fortschaffung der Menschen dient, leistet sie ja der mittleren
und unteren Klasse weit mehr Dienste als der höheren, die bis dahin auf diesen Genuß
ein alleiniges Vorrecht besessen hatte. List glaubte, daß die Eisenbahn den Menschen zu
einem unendlich viel glücklicheren, vermögenderen und vollkommeneren Wesen machen
würde. „Wie unendlich wird die Kultur der Völker gewinnen, wenn sie in Massen einander kennenlernen," schreibt er mit seinem schönen Idealismus, „wie schnell werden bei
den kultivierten Völkern Nationalvorurteile, Nationalhaß und Nationalselbstsucht besseren Einsichten und Gefühlen Raum geben. Wie wird es noch möglich sein, daß die kultivierten Nationen einander mit Krieg überziehen, wenn erst die große Mehrzahl der Gebildeten miteinander befreundet sein wird? Die Eisenbahn ist ein Herkules in der Wiege,
der die Völker erlösen wird von der Plage des Krieges, der Teuerung und Hungersnot,
des Nationalhasses und der Arbeitslosigkeit, der Unwissenheit und des Schlendrians, der

ihre Felder befruchten, ihre Werkstätten und Schachte beleben und auch den Niedrigsten unter ihnen Kraft verleihen wird, sich durch den Besuch fremder Länder zu bilden, in entfernten Gegenden Arbeit und an fernen Heilquellen und Seegestaden Wiederherstellung ihrer Gesundheit zu suchen." Erfüllt von diesen idealen Vorstellungen und überzeugt zugleich von dem hohen materiellen Nutzen der Eisenbahn, überreichte er 1829 der bayerischen Regierung ein Projekt zur Herstellung eines bayerischen Eisenbahnsystems. König Ludwig erwog zwar den Gedanken einer Bahnlinie, welche Lindau via München — Hof — Leipzig — Magdeburg mit Hamburg verbinden sollte, ließ sich auch von Fürst Wrede gern über ein bayerisches Kriegsbahnnetz unterhalten, zu dessen Mittelpunkt Ingolstadt ausersehen war, aber die Verwirklichung dieser großen Pläne wurde bei ihm durch die Anlage des ziemlich wertlosen Donau-Rhein-Kanals in den Hintergrund gedrängt. Der Kanal, der das Schwarze Meer mit der Nordsee verband, schien dem König schon deshalb wichtiger, weil er seinen Namen mit dem Karls des Großen vereinte. Ein echter Romantiker, der lieber in die Vergangenheit schaute als in die Zukunft, der einen Ruhm darin erblickte, ein Werk vollenden zu können, das ein Jahrtausend zuvor geplant, aber nicht ausgeführt worden war. Die Welthandelsstraße, welche der König in seinem Kanal zu eröffnen meinte, war einige Jahrzehnte später in Gefahr, als unbrauchbar wieder zugeschüttet zu werden, sie verdankt ihre bescheidene Bedeutung erst den Anstrengungen, die der Enkel des Erbauers an ihre Melioration gesetzt hat.

In Bayern abgewiesen, wandte Friedrich List seine Aufmerksamkeit Sachsen zu und veröffentlichte 1833 seine gründliche Schrift: Über ein sächsisches Eisenbahnsystem als Grundlage eines deutschen Eisenbahnsystems. Er überreichte 1834 der Berliner Regierung ein Memoire über die Einrichtung preußischer Eisenbahnen und wußte dem Handelsstand der Metropole eine so lebhafte Überzeugung von der Nützlichkeit und Notwendigkeit dieser Maßregel beizubringen, daß die Berliner Kaufmannschaft 1835 zusammentrat und seinen Ratschlägen folgend, der Regierung die Anlage einer Bahn Hamburg — Berlin — Magdeburg — Leipzig — Dresden vorschlug. Die verschiedensten Ursachen wirkten zusammen, um nunmehr die Erbauung von Eisenbahnen zu fördern und gleichzeitig in mehreren Teilen des deutschen Vaterlandes in Angriff nehmen zu lassen.

Vor allem wirkte dazu die Spekulation mit. Börsengeschäfte in Papieren waren bis dahin etwas ziemlich Unbekanntes gewesen. Von dem alten Dichter Langbein erzählt Karoline Bardua, daß er überhaupt gar nicht gewußt habe, was Staatspapiere seien und sein erspartes Geld im Strumpf aufbewahrt hätte, auch Ludwig Bamberger berichtet, daß der Bürger damals gewohnt gewesen wäre, seine Ersparnisse in Grund und Boden anzulegen und bestenfalls die Eingesessenen großer Handelsplätze mit Staats- und Industriepapieren umzugehen gewußt hätten. Das änderte sich unverzüglich mit der Anlage

182

Franz Krüger. Prinzeſſin Wittgenſtein. Handzeichnung
Beſitzer: Kunſtſalon Mathilde Rabl, Berlin

von Eiſenbahnen auf Aktien. Die durch die außerordentlichen Leiſtungen der Dampfwagen erregte Phantaſie des Publikums warf ſich, wie Friedrich Liſt ſchon 1837 bemerkt,
auf die Spekulation in Bahnpapieren, ſo daß auf Börſenplätzen die Aufmerkſamkeit der
Aktionäre mehr auf das Steigen und Fallen der Kurſe, als auf den Stand und das
Vorrücken der Arbeiten gerichtet war. So hatten z. B. die großen Reſultate der Eiſen-
bahn von Brüſſel nach Mecheln, mit deren Anlage die belgiſche Regierung den Ausbau
ihres Bahnnetzes begann, ſolche Aufmerkſamkeit erregt, daß die Subſkription auf die

Bahn Leipzig—Dresden, welche am 14. Mai 1835 nach Vorbereitungen, die anderthalb Jahre gedauert hatten, endlich aufgelegt wurde, schon am zweiten Tage darauf geschlossen werden konnte. Mit Recht erwartete Friedrich List von der Spekulation, die sich der Angelegenheit bemächtigte, große Übel, vor allem die Anlage schlechter und unrentabler Trassen, um die sich aber weder Unternehmer noch Aktionäre kümmern, da beide nur am Börsenspiel der Aktien interessirt seien.

Dieses in so vielen Beziehungen verhängnisvolle Börsenspiel veranlaßte die preußische Regierung 1844, an ein Gesetz zu denken, welches Offizieren und Beamten den Kauf ausländischer Eisenbahnaktien verbieten sollte. Der Wunsch Friedrich Lists, Deutschland möge den Bau eines Netzes von Eisenbahnen systematisch nach einheitlichem Plane unternehmen, scheiterte, ein so großzügiges Unternehmen wäre damals wohl nur möglich gewesen, wenn Preußen als Vormacht des Zollvereins sich desselben hätte annehmen wollen, dafür aber waren unter Friedrich Wilhelm III. Regierung die Geister noch nicht reif. Der König selbst war alt, wie hätte er einem Unternehmen, das, wie die Eisenbahnen, aller bisherigen Erfahrungen spottete, das selbst noch gar nicht recht ausprobiert, doch schon Perspektiven auf eine ungeheuerliche Umwälzung eröffnete, anders als mißtrauisch gegenüberstehen können? In diesem Mißtrauen wurde er überdies durch seine Räte nur noch bestärkt. Während die Regierung von allen Seiten zur Anlage von Bahnen gedrängt wurde, verhielten sich die maßgebenden Stellen nicht nur abwartend, sondern direkt feindselig. Der alte Beuth, dem seit 1818 die Leitung der Abteilung für Handel und Gewerbe im Finanzministerium unterstand, kümmerte sich ganz und gar nicht um sie, und doch schien niemand so wie gerade er berufen, sein Interesse der neuen Erfindung zuzuwenden. Rudolf von Delbrück, der noch unter ihm gearbeitet hat, nennt ihn den Erzieher der preußischen Erwerbsamkeit, der in jahrelanger geräuschloser Arbeit die Industrie mit den Fortschritten des Auslandes bekannt machte. Er hatte neue Maschinen anschaffen, aufstellen, nachbauen lassen, entsendete junge Techniker ins Ausland, veranstaltete technologische Veröffentlichungen des Vereins für Gewerbefleiß, den er erst zu diesem Zwecke begründet hatte, aber dem Bau von Eisenbahnen stand er mit vollendeter Gleichgültigkeit gegenüber, die Fortschritte des Alters und eine gewisse Zähigkeit des Charakters gestatteten ihm nicht, auf neuen Bahnen mit der Zeit zu gehen. Der General Aster, eine Autorität auf dem Gebiete des Militäringenieurwesens, hielt die Eisenbahnen sogar für militärisch ganz unbrauchbar und bewertete die Erfindung derselben weit geringer, als jene von Buchdruck und Schießpulver. Der heftigste Gegner des neuen Verkehrsmittel aber war der Generalpostmeister von Nagler, der das Interesse der ihm unterstellten und von ihm so weit geförderten Verkehrsanstalt mit dem der Eisenbahn nicht in Einklang zu setzen vermochte.

Franz Krüger. Frau von Saldern, Gattin des Oberforstmeisters v. S.

Nachdem die Eisenbahn ihren riesigen Aufschwung genommen und dem modernen Leben eine so ganz veränderte Form gegeben hat, erscheinen uns die Bedenken und Zweifel jener Zeit nur zu leicht als unbegreifliche Kurzsichtigkeit, wir vergessen, daß die Menschen damals doch in der Eisenbahn einer Erscheinung gegenüberstanden, die alles auf den Kopf stellte, was die vorhergegangenen Jahrhunderte an Schnelligkeit und Möglichkeit menschlichen Verkehrs kennen gelernt und ausgebildet hatten. Carl Gustav Carus hat ganz recht, wenn er in seinen Lebenserinnerungen von dieser Erscheinung sprechend sagt: „Die jüngere Welt wird es bald vergessen haben, wie sonderbar fremdartig und geradezu dämonisch dieses große Verkehrsmittel damals ins Leben trat!" Es hat aber auch etwas Wunderliches für uns, denen kein Luxuszug schnell genug fährt, die Schilderungen zu lesen, die das Geschlecht von dazumal von dem Eindruck entwarf, den die Eisenbahn hinterließ. 1837 fährt Ludwig Richter zum erstenmal auf der Bahn von Nürnberg nach Fürth und schreibt darüber: „Bäume und Felder sausten wie ein Wassersturz vorbei. Nahe Gegenstände konnte man nicht erkennen, der fernere Hintergrund allein verschob sich langsamer." Wenn das Bayrische Obermedizinalkollegium König Ludwig I. erklärte, daß der Dampfbetrieb bei Reisenden wie Zuschauern schwere Gehirnerkrankungen erzeugen müsse und man gut tun werde, den Bahnkörper mit einem hohen Bretterzaune zu umgeben, damit wenigstens der arglose Zuschauer nicht zu Schaden käme, so erinnere man sich, daß der berühmte Arago noch 1836 sich ebenfalls auf das absprechendste über die neue Erfindung äußerte.

Trotz der Erfahrungen, die aus Nordamerika und England selbst schon vorlagen, hielt sich das englische Parlament in der Beurteilung der Bahnfrage außerordentlich zurück und war äußerst ablehnend in der Bewilligung von Geldern und öffentlichen Fonds. Niemand ahnte, welchen Umfang dies ganze Wesen annehmen würde, Thiers hielt noch 1830 Eisenbahnen für nichts als Spielzeuge zur Unterhaltung der Großstädter, und der russische Finanzminister Graf Cancrin sträubte sich, wie Bodenstedt erzählt, gegen die Eisenbahnen, weil sie zu nichts anderem dienten, als die revolutionären Elemente aller Länder einander näher zu bringen. Die ersten Eisenbahnen, welche in Deutschland in Betrieb gesetzt wurden, schienen allerdings der Anschauung, die Thiers ausgesprochen, recht geben zu wollen, die Verbindungen zwischen Nürnberg und Fürth, Berlin und Potsdam waren handelspolitisch von gar keiner Bedeutung, es waren eigentlich nur Versuchsobjekte, die vorläufig nur zum Spaß fuhren. Die Eisenbahn von Nürnberg nach Fürth ist die erste gewesen, welche auf deutschem Boden durch Dampfmaschinen gezogene Wagen auf Schienen beförderte. Die Strecke, nur eine Meile lang, war mit einem Aktienkapital von 175 000 Gulden zustande gekommen. Sie wurde am 7. Dezember 1835 feierlich eröffnet und hatte gewaltigen Zulauf, in der ersten Woche belief sich der Verkehr auf 8044 Passagiere, die zusammen 1154 fl. Fahrgeld bezahlten. Da diese Verkehrsziffer allen Schwarzsehern zum Trotz in gleicher Stärke anhielt, so stiegen die Aktien rapide, erst um 80, dann um 300—400% ihres Wertes, dieser Erfolg füllte ganz Süddeutschland mit Eisenbahnprojekten und entzündete ein beispielloses Spekulationsfieber. Die Bahn, welche 1838 zwischen Berlin und Potsdam gebaut wurde, bildete, wie Varnhagen sich notierte, das Hauptgespräch in allen Kreisen der Bevölkerung, man hört viele Gegner und noch mehr Zweifler, schreibt er; der Erfolg hat sie schließlich alle zum Schweigen gebracht; täglich fuhren 2000, an manchen Tagen sogar 4000 Personen, selbst der König besiegte sein Mißtrauen gegen die Neuerung und bediente sich schließlich zu seinen häufigen Fahrten nach der lieblichen Havelstadt der Eisenbahn.

Die erste Strecke von wirklicher Bedeutung, welche in Deutschland ausgeführt worden ist, war die Bahn, die Leipzig und Dresden verbindet. Sie verdankt ihr Entstehen der feurigen Tatkraft Friedrich Lists, dem es gelungen war, vier Leipziger Kaufleute, Wilhelm Seyfferth, A. Dufour-Feronce, C. Lampe und Gustav Harkort für das große Unternehmen zu enthusiasmieren. Aus Furcht vor dem Meißener Gebirge umging man die Berge und legte die Trasse über Riesa. Nachdem seit dem April 1837 schon kleinere Strecken in Betrieb genommen waren, konnte die ganze Bahn endlich am 7. April 1839 eröffnet werden. Sie bildete lange Zeit die Bewunderung aller Reisenden, war es doch eine Eisenbahn, die sogar bei Oberau einen Tunnel besaß. Er war nicht ganz so lebensgefährlich, als Ärzte es prophezeit hatten, die von dem plötzlichen Luftwechsel im Tunnel für Passagiere vorgeschrittneren Alters Schlaganfälle befürchteten, immerhin doch eine höchst angenehme Aufregung. Im ersten Jahre bezifferte sich der Verkehr schon auf 412000 Personen, im Laufe der nächsten Jahre aber drängte der Güterverkehr schon den Personenverkehr in den Hintergrund, er trug bald weit mehr ein, als die Passagierbeförderung.

Das Beispiel dieser Eisenbahn räumte mit allen Vorurteilen, die etwa noch gegen den Bahnbau bestanden hatten, gründlich auf, die heftigsten Feinde ließen sich bekehren. Der Generalpostmeister von Nagler, bis dahin ein geschworener Gegner der Eisenbahnen, wollte jetzt sogar mit den Geldern seines Ressorts eine Bahn von Halle nach Kassel mit Anschlüssen nach Weimar, Gotha, Erfurt bauen, scheiterte jedoch mit seinem Plane an der Eifersucht der anderen Minister. Nun wollten mit einem Male alle Städte Bahnverbindungen haben, auch diejenigen, die, wie Magdeburg, kurz zuvor nichts von solchen hatten wissen wollen. Die Unternehmungen drängten sich, eine einheitliche großzügige Anlage eines deutschen Bahnnetzes, wie der geniale, weitblickende Friedrich List sie geplant hatte, kam bei der politischen Zerrissenheit Deutschlands indessen nicht zustande, schon aus dem Grunde, weil Preußen sich nicht entschließen konnte, über die preußischen

187

Grenzen hinaus auf den Zollverein überzugreifen und sich erst zur Anlage von Staatseisenbahnen entschloß, als die großen Linien unter einem Dutzend Gesellschaften verzettelt und aufgeteilt waren. Dieser Umstand hat die verständige Ausgestaltung eines gesamtdeutschen Bahnnetzes ebenso hintangehalten, wie ihm andererseits die Kleinlichkeit jener Länder geschadet hat, welche, wie Hannover, Kurhessen, Baden Eisenbahnen auf Staatskosten erbauten. Regierungen sind eben auch nur Parteien, maßgebend für die Erwägungen, nach denen in diesen Ländern Orte Eisenbahnen erhielten oder nicht, waren nicht die Rücksichten auf Notwendigkeit oder Rentabilität, sondern auf Zugehörigkeit zur ministeriellen Partei.

Im Großherzogtum Baden wurde die Staatsbahn an der gewerbreichen Fabrikstadt Lahr vorbeigeführt, weil diese einen liberalen Abgeordneten in den Landtag schickte; als sich die Stadt über diesen Unverstand beschwerte, erwiderte der Minister von Blittersdorff den Gemeinderäten: Lassen Sie sich doch Ihre Bahn durch Ihren liberalen Abgeordneten bauen. Die Main-Neckar-Bahn wurde absichtlich an Mannheim und Heidelberg vorbeigeführt, weil beide Städte der Regierung ihrer liberalen Gesinnung wegen verdächtig waren; noch heute ärgert sich manch argloser Reisender über das Umsteigen in Friedrichsfelde, das durch diese geistvolle Einrichtung notwendig gemacht wurde. Ebenso ließ der tückische König Ernst August von Hannover die großen Bahnlinien von Hamburg und Bremen extra nicht nach seiner Hauptstadt, sondern abseits derselben legen, um die Bürgerschaft zu ärgern, in Kurhessen aber ging vollends alles nur so, wie es für den Beutel des Kurprinzen von Vorteil war, Graf Galen, der preußische Gesandte, machte in seinen Berichten gar kein Geheimnis daraus, daß derselbe sich auf Kosten seines Landes bereichere, und Leopold von Gerlach fiel bei einem Besuch am kurhessischen Hofe auf, welch ein böses Herz dieser Fürst besitze, der sich durch nichts als Habsucht und Mangel an Liebe zu seinem Lande auszeichne.

Dadurch, daß die Eisenbahnen die Steinkohlenbergwerke Rheinlands und Westfalens erschlossen, gestatteten sie durch Verbilligung des Betriebes auch eine immer weitere Ausdehnung des Bahnnetzes und die allmähliche Verbindung aller einzelnen Linien miteinander; solange als man z. B. die Kohlen zum Heizen der Maschinen für die Bahn Nürnberg—Fürth noch mittels Frachtfuhrwerk hatte kommen lassen müssen, blieb die ganze Unternehmung doch nur Spielerei. So trug der Bahnbau in sich selbst die Bedingungen des Fortschritts, mit jeder Meile, die er eroberte, vermehrte er Kapital und Arbeit und schaffte Rührigkeit und Fleiß da, wo früher selbstgenügsame Trägheit geherrscht. Die Länge der preußischen Bahnen stieg von 26,5 Meilen im Jahre 1844 auf 378 Meilen im Jahre 1850, und der Personenverkehr in der gleichen Zeit von 1,8 auf 9,2 Millionen, das in der Eisenbahn investierte Kapital aber von 14 auf 146 Millionen Taler.

Die Leichtigkeit der Ortsveränderung begünstigte die Reiselust, im Jahre 1828 hatte man in Dresden 7000 Fremde gezählt, 1839 wuchs ihre Zahl schon in den ersten drei Vierteljahren nach Eröffnung der Bahn auf 36000; den Fremdenverkehr Berlins veranschlagte man damals im Durchschnitt auf 100000 Personen im Jahre. Zuerst fuhren die Eisenbahnen nur bei Tage, erst nach einem Jahre entschloß sich die Polizei zu erlauben, daß die Strecke Berlin—Potsdam unter Beobachtung der größten Vorsichtsmaßregeln auch bei Nacht befahren werden dürfe. Schnelligkeit wie Komfort waren für unsere Begriffe noch recht mäßig. Die Wagen III. Klasse waren oben offen, gewährten also gegen die Unbill der Witterung gar keinen Schutz, die der II. besaßen keine Fenster, so daß die Reisenden, um in beiden Klassen vom Rauch und Ruß der Lokomotive nicht zu sehr belästigt zu werden, besondere große Schutzbrillen aufsetzen mußten. Daß der König von Sachsen am 7. September 1838 von Dresden nach Leipzig nur 5½ Stunden mit der Eisenbahn brauchte, schien den Zeitgenossen ein Ereignis von solcher Wichtigkeit, daß es damals in allen Zeitungen stand; heute legt man die Strecke in 2 Stunden zurück. Moltke schreibt 1841 ganz glücklich an seine Frau, daß man in Zukunft von Berlin nach Hamburg nur noch 9 Stunden werde unterwegs sein müssen, 1910 kostet das Zurücklegen der gleichen Entfernung nur mehr 3½ Stunden. Solange das Bahnnetz nicht geschlossen war und man sich noch bei weiteren Reisen genötigt sah, Wagen und Eisenbahn abwechselnd zu benutzen, zogen viele der bessersituierten Reisenden, die an den Komfort eigener Kutschen gewöhnt waren, es vor, ihre Reisewagen auf die Bahn verladen zu lassen und die Reise in denselben zurückzulegen. So machten der Präsident von Gerlach und seine Frau 1839 ihre erste Bahnfahrt zwischen Dresden und Leipzig im eigenen offenen Wagen, und noch 1848 sind Fürst und Fürstin Metternich auf diese Weise den Nachstellungen des aufgeregten Volkes auf der Flucht nach England entgangen.

Früheren Datums als die Eisenbahn war der Verkehr der Dampfschiffe auf deutschen Strömen. 1816 hatte zum ersten Male in der Alten Welt ein Dampfer die Seine zwischen Paris und Rouen befahren. Im gleichen Jahr wurde auf einer Schiffswerft bei Spandau der Kiel eines kleinen Dampfers gelegt, der schon einige Wochen darauf, „Prinzessin Charlotte" getauft, zwischen Berlin, Charlottenburg und Potsdam hin und her fuhr. Ein zweiter Dampfer, der „Kurier", versuchte eine regelmäßige Verbindung mit Magdeburg aufrecht zu erhalten. 1817 sahen die Berliner ein kleines Dampfboot, welches der Engländer Humphreys in Pichelsdorf erbaut hatte, bei den Zelten auf der Spree liegen, es sollte zwischen Hamburg und Berlin verkehren. Die Freude hat nie lange gedauert. 1818 tauchten Dampfschiffe auf dem Rhein und der Elbe, 1822 auf der Oder, 1830 endlich auf der Donau auf. Indessen dauerte es ziemlich lange, bis dem ersten Erscheinen die Einrichtung einer regelmäßigen Verbindung folgte, und fast ebensoviel Zeit beanspruchte es, bis z. B. der Rhein in einzelnen Etappen für das Dampfschiff erobert war. 1822 fuhr der erste holländische Dampfer bis nach Köln, dann fuhr man bis Koblenz, dann bis Mainz, und erst Ende der zwanziger Jahre gelangte man bis nach Mannheim. Als 1831 sich das erste Dampfschiff auf dem Rhein bei Schröck sehen ließ, da strömte, wie Caroline von Freystedt erzählt, das Volk von nah und fern herbei, selbst der badische Hof begab sich ans Ufer, um sich an dem ungewöhnlichen Schauspiel zu weiden.

Nachdem die holländischen Schiffe die Möglichkeit gezeigt hatten, den Rhein mit Dampfern zu befahren, konstituierte sich 1825 die erste deutsche Rheinschiffahrtsgesellschaft. Sie befuhr den Strom zwischen Mainz und Rotterdam und ließ 1827 zwei, 1830 schon drei Dampfer verkehren. Die Zahl der Reisenden stieg in dieser Zeit von 18500 auf 52000, der Ertrag des Passagiergeldes von 55000 auf 134000 Taler. Die Dampfschiffahrt zwischen Straßburg und Köln beförderte 1835 100000 Passagiere, sie warf 81458 Taler Gewinn ab und legte 1835 zu den acht Booten, die sie besaß, ein neuntes auf Stapel.

Franz Krüger. Schinkel

Die ganze Aufregung über diese ungeheure Neuerscheinung spiegelt sich in den Briefen, die Sulpiz Boisserée, der eine der ersten Fahrten an Bord des holländischen Dampfers de Zeeuw mitmachte, während derselben an seinen Bruder Melchior richtete. Er schreibt am 29. Oktober 1824 und im Laufe der nächsten Tage: „In Köln verließ ich alles in großer Spannung auf das Dampfschiff ... Die kölnischen Kaufleute fühlen natürlich das Bedürfnis, bei der allerwärts eingeführten Schnelligkeit auch für die Rheinschiffahrt neue Beschleunigungsmittel anzuwenden, wenn sie nicht vollends zugrunde gehen soll, und so gewinnt denn dieser Versuch mit dem Dampfschiff die höchste Wichtigkeit, sowohl für den Handels= als den Schifferstand. Die Schiffer betrachten die Sache noch aus einem anderen Gesichtspunkt; sie möchten sichs wohl gefallen lassen, ihre Schiffe statt durch Pferde durch das Dampfboot ziehen zu lassen, aber sie fürchten auch, man möchte die Warentransporte durch die Dampfboote selbst veranstalten, was dann ihren gänzlichen Ruin zur Folge haben würde ... Unsere gute Stadt Köln ist über diese Dampfschiffsangelegenheit wirklich in eine Art von Gärung geraten ... Als wir in die große Kajüte kamen, fanden wir eine zahlreiche Gesellschaft an der Mittagstafel. Es war wirklich wie Zauberei, als wir uns auf einmal so in die fremdeste Gesellschaft versetzt fanden, die in der elegantesten Umgebung sich auf alle Weise gütlich tat, während das Geräusch der Räder uns erinnerte, daß wir durch eine Maschinerie die Wellen bekämpften, daß wir uns in einer Art schwimmender Mühle befanden ... Um Euch einen Begriff von der Eleganz und Bequemlichkeit des Schiffes zu geben, brauche ich nur zu sagen, daß das Getäfel und alle Möbel von Mahagoniholz ist, daß zwei Küchen vorhanden sind, daß vier Aufwärter für alle Bedürfnisse sorgen, alles mit Wachs beleuchtet ist und was der angenehmen Eitelkeiten noch mehr sind ... Unsere Fahrt glich einem Triumphzug; es war ein wahrer Freudenzug, überall kamen die Einwohner, jung und alt, ans Ufer und staunten das wunderbar einherrauschende Mühlenschiff an, welches bei einer der größten Überschwemmungen, wo kein Schiff mit Pferden gezogen werden kann, seinen Weg durch die mächtigen Wasserwogen ruhig fortsetzte. Im Jahre 1817 ist schon einmal ein Dampfboot nach Koblenz gekommen, aber oberhalb dieser Stadt hat sich vor dem Zeeuw noch nie eins gezeigt, und jenes erste Dampfschiff war überdem so schlecht konstruiert, daß man noch Pferde hat zu Hilfe nehmen müssen, um es bis Koblenz zu bringen." Auf der Rückfahrt fährt er fort: „Vor Caub flogen wir mit Blitzesschnelle vorbei und kamen in zwei und einer halben Stunde bis Koblenz. Hier fuhren wir in sieben Minuten die Mosel hinauf bis an die Brücke und wieder zurück, das war ein eigentlicher Triumphstreich von unserem kölnischen Steuermann Urban, mit aller Meisterschaft und Kunst ausgeführt ... Dies Dampfschiff hat etwas von der Fortuna an sich. Es ist eine neue Sache von der größten Wichtigkeit, und sie hat außer dem Reiz der Neuheit auch

Johanna Krüger, geb. Eunicke, Gattin des Künstlers. Farbige Zeichnung
Berlin, Nationalgalerie

noch jenen des Wunderbaren, verbunden mit dem Einträglichen, das ist dann für diese närrische Welt das Anziehendste." Daß, wie er schreibt, der glücklichste Zufall ihn zum Beobachter eines der wichtigsten Ereignisse für die Schiffahrt und die Rheinlande überhaupt gemacht hat, bestätigte der Erfolg des Unternehmens.

17 Jahre später schreibt Sulpiz, nachdem er seit Jahren fern der Heimat gelebt hat, am 31. Juli 1841 aus Köln an denselben Bruder: „Man kann sich trotz aller Beschreibungen keine richtige Vorstellung von der Steigerung machen, die in dem Verkehr auf dem schönen Rhein seit den letzten zehn Jahren stattgefunden hat, wenn man es nicht mit eigenen Augen sieht. Dieses Bild des reichen, vielbewegten Lebens wird noch ganz besonders durch das viele neue und große Bauwesen erhöht, welches man an beiden Ufern in allen großen Städten und selbst in den meisten kleineren Orten entweder kurz vollendet oder noch im Gang sieht."

Im Jahre 1831 kam auch endlich nach langen Verhandlungen die Rheinschiffahrtsakte zustande, welche sämtlichen Uferstaaten freie Schiffahrt bis in das Meer garantierte und zugleich mit einer Verminderung auch eine gleichmäßigere Verteilung der Zölle herbeiführte. Sie erleichterte ihrerseits wesentlich den Handelsverkehr, wenn sie bei den politischen Zuständen, wie sie damals in Deutschland herrschten, gegenseitige Reibungen auch nicht verhindern konnte. Nassau legte Ende der dreißiger Jahre in Biebrich einen Freihafen an, durch dessen Eröffnung es den Verkehr des Mainzer Hafens zu sich hinüberziehen wollte. Um diesem Unternehmen größeren Nachdruck zu geben, begann es zu gleicher Zeit Strombauten, welche bestimmt waren, das Fahrwasser des Rheins von Mainz ab und nach der rechten Uferseite hinüberzulenken. Mainz sah seinen Handel ernstlich bedroht. Da die Proteste der hessischen bei der nassauischen Regierung nichts nutzten, vom Bundestag aber keinerlei wirkliche Hilfe zu erwarten war, so schritt Hessen zur Selbsthilfe. In aller Stille veranlaßte der Minister du Thil, daß in der dunklen Nacht des 28. Februar 1841 eine Flottille von 100 Schiffen unter dem Vorwande, Steine zum Dombau nach Köln zu bringen, Mainz verließ. Als sie vor Biebrich angekommen waren und sich anschickten, den rechten Arm des Rheins zwischen dem Biebricher Ufer und der Petersaue zu passieren, versanken plötzlich einige der Kähne, die anderen warfen ihre Ladung ab, und der nassauische Freihafen war gesperrt. Dieser Akt der Selbsthilfe erregte damals in ganz Deutschland ebensoviel Aufsehen wie Heiterkeit.

Einen ganz ähnlichen Gewaltstreich mußte Bremen begehen, als der unternehmungslustige Senator Duckwitz eine Dampferverbindung bis Hameln einrichten wollte. Bei Liebenau lagen im Flußbett der Weser einige große Felsblöcke, die zu hannöverschem Gebiet gehörten und die Passage für Dampfschiffe erschwerten. Die hannöversche

Franz Krüger. Stadtrat August Hollmann. Studie zur Huldigung
Handzeichnung. Berlin, Nationalgalerie

Regierung erklärte es für unmöglich, dieses Hindernis zu beseitigen, und so wäre die ganze Unternehmung in Frage gestellt worden, hätte nicht Duckwitz eines schönen Tages durch den Schiffer Rolff aus Preußisch-Minden die Steine heimlich sprengen und fortbringen lassen. Hannover verklagte zwar den frechen Schiffer wegen verbotener Steineausfuhr, das Strombett aber war frei und dem Verkehr geöffnet.

Langsam wuchs auch der überseeische Handel, der so gut wie ausschließlich im Besitz der Hansastädte war. Er hatte lange darunter zu leiden, daß keiner der deutschen Staaten, deren Küsten von Nord- und Ostsee bespült wurden, Kriegsschiffe besaß, die ihn gegen die Seeräuber hätten schützen können. Die Barbareskenstaaten des Mittelmeeres, Tunis, Algier, Tripolis, Marokko, sandten ihre Raubschiffe ungescheut bis in die Ostsee und plünderten im Angesicht der preußischen Küste deutsche Schiffe, deren Besatzung aus der Heimat hinweg in die Sklaverei verkauft wurde. Es war gar nicht abzusehen, wie diesem unwürdigen Zustand anders als durch Tributzahlung abgeholfen werden sollte, und so entschlossen sich die Hansastädte 1829, den Sultan von Marokko um Schutz gegen die Piraten anzugehen und ihm dafür Tribut zu zahlen. Ehe diese Unterhandlung abgeschlossen war, machte die Eroberung Algiers durch die Franzosen der Piraterie ein Ende. Die Hansastädte, zumal Hamburg, wurden in Deutschland mit Mißgunst betrachtet, Lindner nannte sie 1820 in seinem „Manuskript aus Süddeutschland" deutsche Barbaresken, deren Interesse als englischer Faktoreien nur auf Plünderung des übrigen Deutschland und auf Vernichtung seiner Industrien gerichtet sei. Unter hamburgischer Flagge fuhren 1831: 135 Schiffe, 1836:

Caspar David Friedrich. Federzeichnung

160, die 1825 in Hamburg anlangenden Schiffe repräsentierten 200000 Registertons, 1845 aber schon das Doppelte. Im Laufe der vierziger Jahre gelang es der Bremer Kaufmannschaft, Bremen und Neuyork durch eine Dampferlinie zu verbinden, die Vereinigten Staaten, Preußen und die freie Hansastadt subventionierten das Unternehmen mit je 100000 Dollars und eröffneten damit dem Handel eine Bahn, die ihn zu ungeahnten Dimensionen anschwellen lassen sollte.

Drittes Kapitel

KIRCHE und SCHULE

ousseaus Ideen von einem Naturrecht hinterließ das 18. Jahrhundert dem 19. in der Rechtslehre und wie es ihm in der Staatslehre als Erbschaft der französischen Revolution die Volkssouveränität beschert hatte, so vererbte es ihm in der Kirche den Rationalismus, der als Rest der Aufklärungszeit am Beginn der Epoche, die wir behandeln, sich in voller Herrschaft befand. Es war die Lehre, welche in der Vernunft das oberste religiöse Erkenntnisvermögen erblickte und es sich demzufolge angelegen sein ließ, aus der Glaubenslehre alles zu entfernen, was mit ihr nicht in Einklang zu setzen war. Der Rationalismus vertauschte die Heilswahrheiten mit einer platten und nüchternen Moral, welcher Werkgerechtigkeit und Tugend als Endzwecke des christlichen Lebens galten. Wie einer seiner Führer verkündete, wollte er den Interessen der Menschheit und des Staates dienen mit schonender Berücksichtigung des im Volke noch nicht erstorbenen Christenglaubens. Tugend und Rechtschaffenheit, lehrte man, seien der Weg zur Seligkeit, dazu bedürfe es weder einer Offenbarung noch eines Gottessohnes als Mittler, und in der Tat war es so weit gekommen, daß, wie Gräfin Bernstorff erzählt, die Prediger sich schämten, den Namen Christi auszusprechen und ihn so viel wie möglich umgingen. Heinrich Ranke, der mehrere Jahre Theologie studiert hatte, hörte zum ersten Male in seinem Leben den alten Jahn Christus als Heiland bezeichnen und wunderte sich darüber, denn in Erlangen pflegten die Studenten laut aufzulachen, wenn ein Professor im Kolleg das Wort Heiland gebrauchte.

Die Bibel war vollständig in Mißkredit gekommen, viele Aufgeklärte glaubten ganz ernstlich, Luther habe die Bibel selbst gemacht, und man brauche sie nun nicht mehr zu lesen, da man ja jetzt geläutertere Begriffe habe von dem was göttlich sei, als Luther sie gehabt haben könne. Ludwig Richter war 22 Jahr alt ehe ihm zum ersten Male eine Bibel überhaupt zu Gesicht kam. In dem dogmatischen Seminar der Universität Halle wurde die Ansicht verteidigt, nicht mehr über Texte der Bibel predigen zu wollen, da sie Dinge enthalte, welche in die neue Zeit nicht mehr paßten; auf einer Schulkonferenz der Nassauischen Lehrer wurde 1834 der Vorschlag gemacht, die Bibel doch aus den Schulen wegzulassen, weil das Neue Testament den jüdischen Kindern Anstoß geben könnte. Auf einer bayerischen Synode schlug der Superintendent Bach vor, dem Religionsunterricht statt der Bibelsprüche lieber Stellen aus Plato und Pindar zugrunde zu legen. Heinrich Thiersch erlebte in Marburg 1843, daß die Geistlichen bei Taufen das apostolische Glaubensbekenntnis entweder ganz fortließen oder doch willkürlich veränderten. Der Prediger in Waldenburg in Schlesien, bei dem Wolfgang Menzel eingesegnet wurde, ließ seine Konfirmanden vor dem Altar nach der Melodie des Landesvaters schwören:

Ich erhebe die Hand und schwöre:
Ich will bei Jesu Christi Ehre
Der Tugend treu und gläubig sein.

Der Prediger Theremin in Berlin überließ es 1819 den Konfirmanden, wie sie sich über die Lehre vom Abendmahl entscheiden wollten, während Prediger Klusemann in Magdeburg 1840 in der Konfirmationsrede vor dem Glauben an die Rechtfertigung durch den Erlösungstod Jesu als Täuschung und Betörung warnte. Bei Trauungen ließen aufgeklärte Geistliche die Mahnung: „und er soll dein Herr sein" fort, weil sie ihnen zu ungalant klang, bei Beerdigung begnügten sie sich mit allgemeinen Betrachtungen über die Vergänglichkeit im Sinne von Todesanzeigen, wie man sie damals wohl las: „Am 26. April hörte mein erstgeborener Sohn Wilhelm auf, zu sein und ging zum ewigen Schlaf. Heute morgen folgte ihm mein jüngstgeborener Sohn auch dahin, wo kein Wiedererwachen ist. Nicht um Worte des Trostes, die es hier nicht gibt, sondern nur zur Nachricht zeige ich dieses an."

Die Predigten reduzierten sich auf moralische Gemeinplätze oder wurden zu Nutzanwendungen für den Gebrauch des täglichen Lebens. Manche Professoren ließen es sich geradezu angelegen sein, ihren Hörern das Predigen zu verleiden; Heinrich Leo, der bei Pott in Göttingen Homiletik belegt hatte, erzählt, er habe nie mehr gelacht, als in diesen

Steinzeichnung von Adolf Menzel. Theolog

Vorlesungen, allerdings aber auch einen wahren Abscheu vor der Tätigkeit eines Predigers gefaßt. Als Gegenstück zu der bekannten Predigt über den Nutzen der Stallfütterung, die ein rationalistischer Geistlicher am Weihnachtstag gehalten, mag jene gelten, die nach Büchsels Erinnerungen ein märkischer Pastor am Karfreitag darüber hielt, wie gut es sei, sein Testament schriftlich zu machen. Feldprediger Rohr, der Lehrer von Zacharias Werner, begann seine Karfreitagspredigt mit dem Gedicht auf Werthers Tod: „Ausgelitten hast du, ausgerungen armer Jüngling, deinen Lebensstreit.“ Heinrich Laube hörte in einem schlesischen Dorfe den Prediger von der Kanzel herab sich über Schweineschlachten und die Bereitung von Sauerkraut verbreiten; ein Angehöriger der bayerischen Generalsynode behauptete 1836, es sei fruchtbringender, vor der Gemeinde von dem Segen einer reichen Kartoffelernte zu reden, als von dem Geheimnis der Dreieinigkeit. Der Geistliche in Waldenburg, der aus Wolfgang Menzels Erinnerungen bekannt ist, begann einst seine Predigt, indem er auf der Kanzel das Studentenlied intonierte: „Ein freies Leben führen wir, ein Leben voller Wonne“; der Pastor, welcher 1843 in Marburg zu Ostern über den Blinden am Wege sprach, legte seiner Predigt Melchthals Worte aus Schillers Wilhelm Tell zugrunde, wobei er sich über das Unglück des Blindseins verbreitete. C. Büchsel hörte am Ostertag eine Predigt gegen die Auferstehung des Fleisches, Ernst Ludwig von Gerlach 1840 in Magdeburg den Prediger Sintenis an der Heiliggeistkirche die Anbetung Jesu als Aberglauben und Götzendienst erklären; in der gleichen Stadt pflegte der Pastor Dennhardt seinen Hörern in der Neujahrspredigt eine Rundschau der politischen Verhältnisse Europas zu geben.

Bibelglauben und Orthodoxie waren die Zielscheiben schlechter Witze, sogar im Schulunterricht. Der Rektor Anger in Dresden gab sich die größte Mühe, seinen Schülern die Unmöglichkeit der biblischen Wunder zu beweisen. Lebrecht Uhlich erzählt, daß der Rektor der Schule in Köthen sich keine Gelegenheit entgehen ließ, auf ihre Kosten witzig zu sein, vor allem aber waren Wegscheider und Gesenius in Halle berühmt dafür, die Studenten stets zu wieherndem Gelächter zu animieren. Wegscheider erklärte die Auferstehung Christi dadurch, daß er eben nur scheintot gewesen sei und verglich die Himmelfahrt mit der Sage, daß auch Romulus gen Himmel gefahren sei. Der Konsistorialrat Gesenius sprach gelegentlich vom Großvater des Teufels, nannte die Psalmisten alte Betschwestern und den schönen Psalm 134 ein poetisches Nachtwächterlied. Bei der Auslegung der Stelle von der Himmelsleiter, auf der Jakob im Traum die Engel auf- und niedersteigen sah, bemerkte er, da die Engel Flügel besäßen, hätten sie doch keine Treppe nötig gehabt, außer wenn sie gerade gemausert oder sich beim Transport eines Ketzers in die Hölle etwa versengt hätten. Jakobs Kampf mit dem Herrn nannte er eine Gespenstergeschichte, wo das Gespenst am Morgen abzöge, wie Bürgers Lenore. Ähnlichen Takt bewies der Dekan Stephani in Gunzenhausen, der auf einer Schrift über das heilige Abendmahl als Titelkupfer Katilina abbilden ließ, welcher den Verschworenen sein Blut zu trinken gibt.

Wenn solche Anschauungen von den Stellen aus verbreitet wurden, deren Amt es war, christliche Gesinnung zu pflegen, so mußte die Folge notwendigerweise in Gleichgültigkeit und Kälte der Gemeinden zutage treten. In den großen Städten wurde der Kirchenbesuch vielleicht noch aus alter Zeit aus einem gewissen Gefühl der Schicklichkeit heraus geübt, er bot geistig regen Menschen auch Anregung, da das Predigen immerhin noch für eine Kunst galt und von den Kanzelrednern im Bewußtsein der Rivalität geübt wurde. So erzählt Karl Rosenkranz, daß sein Vater kein größeres Vergnügen gekannt habe, als sonntäglich die Predigt zu hören und die Leistungen der einzelnen Prediger miteinander zu vergleichen und zu prüfen. Das gleiche erzählt Heinr. Laube aus Sprottau, wo die größte Anregung für die Bewohner des kleinen Ortes in den Gastpredigten fremder Geistlicher bestand, welche dann wochenlang kritisiert wurden. Die Mutter K. Fr.s von Klöden besuchte in Berlin die Predigten von Troschel, da sie in ihrem freudelosen Leben das einzige waren, das sie über die Misere des Alltags hinaushob. Auf dem Lande hörte der Besuch der Kirchen einfach auf. Als Büchsel seine Antrittspredigt auf einem märkischen Dorfe hielt, waren nur drei Personen in der Kirche; der junge Anfänger, der sich über diesen Mangel an Teilnahme niedergeschlagen zeigen wollte, mußte sich aber von dem alten erfahrenen Küster trösten lassen, das wäre ja noch ein sehr starker Besuch gewesen, meist käme niemand, und dann würde gar kein Gottesdienst abgehalten. Das erschien ihm natürlich als ein schwacher Trost, zumal einer der drei Besucher sich auch noch als hartnäckiger Schläfer erwies und sich, darüber zur Rede gestellt, entschuldigte, er käme ja nur im Sommer, da ließen ihn zu Hause die Fliegen nicht schlafen, im Winter ginge er ja auch nicht in die Kirche.

Für Aufgeklärte war es damals einfach eine Pflicht des Anstands, von der Höhe ihrer Bildung auf Religion und Christentum vornehm herabzusehen, wie die alte Naumannsche, die Amme von Bogumil Goltz, es aussprach: „Ein reicher Mensch hat keine Religion. Ein armer Mensch muß aber Religion haben, weil Gottes Wort sein Zubrot vorstellen muß. Wer Geld hat, der hat unseren Herrgott bloß zum Staat, Bettelleute sind unseres Herrgotts Lieblingsleute." Die gleiche Beobachtung machte Büchsel, arme und ungebildete Leute hielten es für selbstverständlich, daß vornehme, reiche und gebildete Menschen ohne Gebet, Gottes Wort und Kirche lebten. Ein Edelmann oder Offizier, der noch in die Kirche gegangen wäre, war zu jener Zeit gar nicht zu finden. Man schämte sich seiner etwaigen christlichen Anwandlungen; als Büchsel eines Tages seinen adligen Kirchenpatron besucht, versteckte dieser schnell, wie ein ertappter Schuljunge, ein Buch, in dem er soeben gelesen hatte. Es stellte sich heraus, daß es die Bibel war, und auf Büchsels erstaunte Frage, warum er diese verstecke, antwortete der Herr: Was würde mein Bedienter von mir denken, wenn er sähe, daß ich in der Bibel lese? Friedrich Perthes erzählt, daß er in seiner Hamburger Buchhandlung im Laufe von 10 Jahren nur einmal Gelegenheit gehabt habe, eine Bibel zu verkaufen, daß aber der Käufer geglaubt hätte, sich entschuldigen zu müssen: das Buch sei durchaus nicht für ihn selbst bestimmt, sondern für einen ganz armen Konfirmanden. Der Regierungspräsident von Wißmann in Frankfurt erklärte Herrn von Gerlach stolz: Ich kann nicht glauben, daß ein jüdisches Mädchen einen Gott geboren hat, und der Leutnant Zimmermann schrieb in der Vorrede eines Buches über Afghanistan, wenn Christus von dem Dasein Amerikas gewußt habe, so würde er, statt eine neue Religion zu stiften, lieber auf die Entdeckung dieses Weltteils ausgegangen sein.

Diese allgemeine Mißachtung der Religion fiel selbstverständlich auf ihre Träger zurück und um so gewichtiger, als diese selbst die Anschauungen der Laienwelt teilten, sie wollten doch um keinen Preis weniger gebildet erscheinen, als ihre Gemeinden. Die Pastoren schämten sich, wie Büchsel erzählt, ihres Standes und verbargen denselben sorgfältig, wenn sie auf Reisen waren, viele von ihnen hatten sogar Talar und Beffchen ganz abgelegt und bestiegen die Kanzel im Frack der damaligen Herrenmode. Sie betrachteten ihren Beruf nur als Nebenamt, widmeten sich, wenn sie auf dem Lande lebten, der Pfarr-

Peter Cornelius. Erwartung des Weltgerichts. Entwurf zu einem Altarbild
für den von König Friedrich Wilhelm IV. projektierten Dom in Berlin. Karton
Berlin, Nationalgalerie

wirtschaft, in welcher manche sich auszeichneten, wie Wilhelm Harnisch einen Pastor
kannte, der einen schwunghaften Pferdehandel betrieb; andere schrieben Romane, wie
der pommersche Superintendent Haken, der schwäbische Theologe Münch, der Ostpreuße
Gerber, der Neumärker Kähler, selbst Schauergeschichten für die Hintertreppe, wie der
Prediger Hildebrandt in Weferlingen, der Prediger Müller in Wolmirsleben u. a.,
denen die Lesewelt der ersten Hälfte des 19. Jahrhunderts die sensationelle Sherlock
Holmes und Nick Carter Literatur von damals verdankt: „Brömser von Rüden-
stein oder die Totenmahnung", „Fernando Lomelli, der kühne Räuber oder die Höh-
len der Rache", „Fedor und Athanasia oder die Schreckensnächte im Qualgefängnis",
„Der Ahnherr oder das Gespenst in der Felskluft", „Somarinski der Brudermörder",

„Bonaventuri, der Geweihte der Nacht", „Burg Helfenstein oder das feurige Rache-
schwert" usw.

Bei solchen Zuständen in der Kirche schien es den Gleichgültigen gewiß, daß die
Zeit des Christentums vorüber sei, der Philosoph Friedrich Wilhelm Carové, ein Anhänger Hegels, behauptete, das Christentum werde sich noch 20 Jahre halten, während
an der Tafel des Kultusministers von Altenstein darüber gestritten wurde, ob es wohl
noch 20 oder 50 Jahre bestehen werde. Diese Erwägungen lagen um so näher, als es
in der katholischen Kirche nicht viel besser aussah und die Außenstehenden von dieser
vollends den Eindruck empfingen, daß sie in der Auflösung begriffen sei. Die ältere Generation hatte noch miterlebt, daß der Papst aus Rom weggeführt worden war, und hatte
jubelnd geglaubt, man habe den letzten Papst begraben, als der arme mißhandelte Greis
unterwegs gestorben und auf dem Kirchhof eines armseligen Alpendorfes beerdigt worden
war. Sein Nachfolger schien ein Spielzeug in des Welteroberers Hand, nur aus Barmherzigkeit hatte man ihm den Kirchenstaat wiedergegeben, und auch dazu wäre es ohne
das Einschreiten von Preußen und Rußland nicht gekommen. Ketzer mußten den alten
schwachen Papst wieder auf den Stuhl Petri setzen, man war überzeugt, daß Pius VII.
keinen Nachfolger mehr finden werde. Niebuhr, der als preußischer Gesandter in Rom
lebte, verwechselte den jämmerlichen Zuschnitt des Kirchenstaates mit dem Zustand der
katholischen Kirche und glaubte wie diesen auch jene versinken zu sehen, „der Rost hat die
geistlichen Waffen Roms verzehrt," schrieb er, „und die Hand, welche sie einst schwang,
zittert in Altersschwäche". Noch 20 Jahre später sah der preußische Geschäftsträger,
Herr von Buch, in dem Papst nur einen ohnmächtigen Gegner, welcher der Krone Preußen niemals werde schaden können, und die Leipziger Allgemeine Zeitung, wie andere
liberale Blätter, sprachen geringschätzig vom Papst als der altersschwachen Kreuzspinne,
die zwischen den zerbrochenen Säulen des Kolosseums hause.

Das kirchliche Leben war innerhalb des Katholizismus ebenso erschlafft wie in der
protestantischen Kirche. In der Aufklärungszeit hatten die Domherren der geistlichen
Stifte am Rhein die Büsten von Voltaire und Rousseau als Heilige einer neuen Zeit
in ihren Zimmern aufgestellt, jetzt fand Perthes in der Zelle des Pater Rixner in Amberg
das Bildnis von Oken zwischen Kruzifix und Mutter Gottes. Sulpiz Boisserée hatte
als Knabe noch mit angesehen, in welcher Weise der letzte geistliche Kurfürst von Köln
der Messe beiwohnte: er hielt in dem Wagen, den er selbst kutschierte, Zügel und Peitsche
in den Händen, vor der geöffneten Kirchtür oder pflegte an der Fronleichnamsprozession
teilzunehmen, indem er beim Vorüberziehen derselben auf den Balkon seines Schlosses
heraustrat.

Wenn das Gefühl für die Würde des Gottesdienstes selbst bei hochstehenden Geistlichen so abgestumpft war, darf man sich kaum wundern, daß ihr Beispiel verheerend wirkte; Klemens Brentano äußerte sich im Kreise der Brüder Gerlach, die Messe käme ihm vor wie eine Judenschule, und doch hätte den ästhetisch Empfindenden in ihm die künstlerische Schönheit der Messe allein schon von einer solchen Blasphemie abhalten müssen. Die äußeren Einrichtungen der Kirche, durch welche sie so lange gewirkt hatte, verfielen, die Aufhebung und Einziehung der Klöster nahm mit der Wegräumung der Ordensgeistlichen einen wichtigen Faktor des öffentlichen Lebens hinweg; Ludwig Bamberger, 1823 in Mainz geboren, war 20 Jahre alt, ehe er den ersten Mönch sah; als Levin Schücking, in Westfalen aufgewachsen, dem ersten Kapuziner begegnete, lief er davon, weil er ihn für ein Gespenst hielt; als ein Franziskaner in Bonn sich eines Tages ein Billett für die Schnellpost gelöst hatte, war der Postmeister im Zweifel, ob er ein solches Wesen überhaupt mitfahren lassen dürfe. 1847 äußerte der Fürstbischof von Olmütz, Graf Sommerau noch gegen Ernst Ludwig von Gerlach, die geistlichen Orden seien gar nicht mehr zeitgemäß. In Schlesien entstand unter der katholischen Geistlichkeit eine Bewegung gegen das Zölibat, der Bischof von Konstanz, Freiherr von Wessenberg, begann in den Kultus an Stelle der lateinischen Ritualsprache die deutsche einzuführen, in Bonn wirkte der Professor Georg Hermes unter der Ägide des Grafen Spiegel, Erzbischofs von Köln, im Sinne eines Modernismus, der das katholische Dogma durch Ideen der Philosophie Kants und Fichtes zu befruchten unternahm.

Eine laxe Auffassung hatte um sich gegriffen, eine Gleichgültigkeit, die manchem wohl als der höchste Ausfluß der Toleranz erscheinen mochte. Prinz Anton von Sachsen hatte während einer Krankheit eine Wallfahrt nach Jerusalem gelobt. Damit er sie nicht anzutreten brauche ließ er die Schritte, die man zu machen hätte, abschätzen und einen Saal abmessen, in dem er diese Entfernung auf den Knien abrutschte. Der protestantische Ludwig Richter besuchte als Knabe eine katholische Schule und mit seinen Kameraden täglich die Messe. Für ein aus der Provinz Posen nach Sachsen transferiertes polnisches Regiment las der Feldgeistliche, ein Dominikanermönch, die Messe in einer der protestantischen Kirchen Wittenbergs; nach den Kirchenparaden wurden die Truppen, gleichgültig welcher Konfession sie angehörten, in die evangelische Kirche geführt, um eine Predigt anzuhören. Als Karl Rosenkranz im Laufe der zwanziger Jahre, Friedrich Hebbel in den dreißigern in Heidelberg studierten, wurde dort das Fronleichnamsfest von Protestanten und Katholiken in glücklichster Heiterkeit einträchtig gefeiert, in den Nassauer Schulen „natürliche Religion" für Schüler aller Konfessionen gemeinschaftlich vorgetragen. Es konnte wirklich scheinen, als verwischten sich die Unterschiede. Als Oldwig von Natzmer sich anschickt, die katholische Louise von Richthofen zu heiraten, schreibt ihm General von Witzleben 1824: „Die Religionsverschiedenheiten werden keine Störung verursachen, denn es be-

Philipp Veit. Erwartung des Weltgerichts. Entwurf zu
einem Altarbild für den von König Friedrich Wilhelm IV.
projektierten Dom in Berlin. Karton. Berlin, Nationalgalerie

trifft ja nur Verschiedenheiten in den Formen, im Wesen gibt es nur einen Glauben, und
der ist wohl kein rechter Christ zu nennen, der ihn in dem Äußerlichen sucht." Der
darmstädtische Oberhofprediger Stark waltete seines Amtes, trotzdem er seit Jahren
heimlich katholisch war, was sich aber erst herausstellte, als er in der Kutte des Dritten
Ordens begraben wurde; als Fürst Konstantin Salm-Salm zur protestantischen Kirche
übertreten wollte, redete ihm der evangelische Pfarrer Steinbach lebhaft von diesem
Schritt ab. Der Stiftler David Friedrich Strauß in Tübingen löste eine Preisaufgabe
der katholischen Fakultät dieser Hochschule, der evangelische Geistliche Karl Hase schrieb

S. Friedr. Diez. Jakob Joseph von Görres, 1838. Handzeichnung
Berlin, Nationalgalerie

1827 einen Roman in Briefen „Die Proselyten", in welchem der Protestant den Katholiken, der Katholik den Protestanten bekehrt, und erlebte den für einen Nachfolger Luthers eigentümlichen Triumph, daß ein ultramontanes Blatt den katholischen Teil des Buches als glänzende Apologie der katholischen Kirche abdruckte. Der protestantische Justinus Kerner verfaßte die Predigten des Wundertäters Prinzen Hohenlohe; Max von Schenkendorf besang den Kurfürsten Maximilian von Bayern, den Stifter der Liga, der gut protestantische Friedrich Perthes verlegte des Grafen Stolberg streng katholische Geschichte der Religion Christi und machte eifrig für sie Propaganda, ebenso wie die parteiisch katholische Geschichte Innozenz' III. von dem protestantischen Antistes Friedrich Hurter.

Die Schärfe der Bekenntnisse stumpfte sich in Unkenntnis oder Gleichgültigkeit völlig ab, in rein protestantischen Gegenden war der Begriff dessen, was katholisch sei, ganz verloren gegangen; als Ringseis 1815 nach Schnepfenthal kam, wollte ihm niemand glauben, daß er katholisch sei, das wäre doch wohl ganz unmöglich! In Rügen, erzählt Arnold Ruge, verstand man unter katholisch soviel wie verdreht oder unsinnig, Karl Rosenkranz in Magdeburg konnte sich unter katholisch nicht anderes vorstellen, als einen gewissen Geruch, im alten Pfaffenwinkel Mainz aber hilft der Jude Ludwig Bamberger seinen katholischen Mitschülern die Sünden für ihren Beichtzettel zusammenzustellen.

Viele, und es waren gerade die religiös Gesinnten unter den Protestanten, glaubten aus der Indifferenz, die sich in so vielen Zügen zu erkennen gab, auf eine Annäherung der Konfessionen schließen zu dürfen, und gaben die Hoffnung auf eine Vereinigung der christlichen Bekenntnisse nicht auf. Als die diplomatische Welt sich zum Kongresse von Verona rüstete, da hörte Varnhagen, es sei bei dem neuen Kongresse auf eine Religionseinigung zwischen der katholischen, protestantischen und griechischen Kirche abgesehen. Hatte sich doch auch der Freiherr von Stein zu Ringseis geäußert: „Wenn der Papst und der König von Preußen ernstlich wollen, so muß die Vereinigung der Konfessionen gelingen." 1842 schrieb Friedrich Perthes an Sulpiz Boisserée gelegentlich der Kölner Domfeste: „Der Kölner Dom, ein Eckstein, an welchem manch stolzes Haupt sich zerstoßen hat, ist zum Symbol der Einigung geworden, ohne welche alles Streben nach Verständigung eitles Weltwerk nur ist, der Einigung in der Kirche Christi." Zur gleichen Zeit sah der idealistische Bunsen aus dem Tod der alten Kirchen, der ihm gewiß schien, die Kirche der Zukunft aufsteigen, er glaubte mit Schelling, daß die petrinische Kirche der Katholiken und die paulinische der Protestanten sich in der johanneischen Kirche der Zukunft zu einer einzigen vereinen würden. So klammerten sich fromme und gläubige Männer noch immer an Illusionen, deren Unhaltbarkeit ihnen das wiedererwachende religiöse Leben doch täglich vor Augen führen konnte.

Der Rationalismus, der nach Perthes Worten alles Tiefe flach machte und alles Innerliche veräußerlichte, für den wohl die Erkenntnis der Wahrheit das Erste, die Heiligung in der Wahrheit aber noch lange nicht das Zweite gewesen war, hatte die Glut des Christentums wohl mit der Asche seiner vernunftgemäßen Nüchternheit zudecken können, erstickt hatte er sie nicht. Seit aus dieser Glut, die so viele der Klügsten schon völlig erloschen gewähnt hatten, neue Flammen aufschlugen, da weckte das wieder erstarkende religiöse Gefühl auch alle Gegensätze aufs neue, die so lange geschlummert hatten. Die Kirche Christi, die stets die Liebe gepredigt und den Haß geübt hat, hatte wohl in der Zeit einer lauen Praxis das Schwert vergessen können, in dessen Zeichen sie größere Erfolge errungen, als in dem des Kreuzes, aber als sie sich wieder auf sich selbst besann, da bewaffnete der Haß auch wieder die alten Streiter und die stillen Hallen der verödeten Kirchen tönten wider von dem Lärm keifender Theologen.

Zu diesem Wiederaufbau christlichen Geistes haben in Deutschland zwei Faktoren wesentlich mitgewirkt, die Drangsale der Franzosenzeit und die Einmischung der Bureaukratie in rein kirchliche Angelegenheiten. In den beiden Jahrzehnten, die zwischen dem Einrücken der französischen Revolutionsarmeen in die linksrheinischen Gebiete Deutschlands und dem Einzug der Verbündeten in Paris verflossen, hatte ein Wirbelsturm von Veränderungen in Deutschland das Unterste zu oberst und das Oberste zu unterst gekehrt.

Ganze Staaten und Stände waren zertrümmert worden, alle Verhältnisse von Ordnung und Besitz gestört, selbst der Geringste und Ärmste an seinem Teil verkürzt und bedrückt worden. Nichts hatte mehr festgestanden, niemand, der Höchste wie der Niederste, war von heute auf morgen seines Lebens und seines Eigentums sicher gewesen. Diese Zustände hatten die Oberflächlichen zur Genußsucht förmlich angespornt, man scheint sich, wenn man den Berichten jener Zeit folgt, nie mehr und nie geräuschvoller amüsiert zu haben, als in den Jahren der Fremdherrschaft, wo die Sieger wie die Besiegten ernstlich zweifeln mußten, ob ihnen das Morgen wohl noch gehören würde. Die tiefer Gesinnten aber waren durch all das Ungeheure, das sie miterleben mußten, zur Einkehr in sich selbst gebracht worden. Sie sahen in der Folge der Ereignisse, welche Europa umstürzten, den Finger Gottes und erblickten in den Leiden, welche die Gesamtheit, wie jeden einzelnen ganz persönlich berührten, ein göttliches Strafgericht über die in ihren Sünden versunkene Welt.

Es waren vereinzelte Fromme, welche so dachten, aber um sie sammelten sich bald andere Gläubige, welche in dem nicht endenwollenden Jammer der Zeit einen Trost in der Schrift suchten, die nach Erlösung von ihren Sünden jammerten, weil sie dadurch der Strafen, welche die schreckliche Zuchtrute des Herrn über sie verhängte, zu entgehen hofften. In der vom Rationalismus beherrschten Kirche aber war ein christliches Leben im Sinne ausgesprochener Frömmigkeit nicht zu finden, diejenigen, welche nach einem solchen trachtend, sich in den Glauben der alten Kirche flüchteten, mußten sich von der, wie sie damals bestand, ausschließen, sie begannen, sich in besondere Gemeinschaften zusammenzuschließen, sogenannte Konventikel zu bilden. Diese Bewegung, welche auf eine rein innerliche Frömmigkeit des Gemütes abzielte, ließ den früheren dogmatischen Hader zwischen den protestantischen Bekenntnissen der Lutheraner und Reformierten ebenso abseits wie ihr auch die allgemeine religiöse Stimmung fremd war, welche den Patriotismus der Freiheitskriege begleitete und sich in dem prononziert teutonischen Christentum der Burschenschaft aussprach. Da, wo religiös Gesinnte sich zusammenfanden, war, wie Karl von Raumer sagt, der Grundton des Zusammenlebens christlich, von konfessionellen Gegensätzen war vor 1817 nicht die Rede, diese lebten erst auf mit der Union, die doch nach ihres Stifters Absichten dazu bestimmt war, dieselben auszugleichen.

Friedrich Wilhelm III. war aufrichtig religiös im Sinne eines aufgeklärten, vom Rationalismus beeinflußten Christentums, ihm schienen die Lehrunterschiede, welche die Lutheraner von den Reformierten trennten, unwesentlich im Verhältnis zu den Fundamentalartikeln des Glaubens, welche beiden gemeinsam waren. So erließ er am 27. Dezember 1817 einen Aufruf, in dem er seine Untertanen, soweit sie der evangelischen Kirche angehörten, aufforderte, das dreihundertjährige Jubelfest der Reformation,

welches man sich eben zu feiern anschickte, dadurch festlich zu begehen, daß Lutheraner und
Reformierte sich zu einer einzigen evangelischen Landeskirche vereinigten. Der König
wünschte, daß in Zukunft die trennenden Bezeichnungen lutherisch und reformiert hinter
dem evangelisch, das sie vereinte, verschwinden sollten. Die Anhänger des landläufigen
Rationalismus legten auf den veralteten Dogmatismus der Bekenntnisschriften zu geringes Gewicht, um dem königlichen Vorschlag nicht begeistert beizustimmen, das Refor-
mationsfest sah in Berlin eine würdige gemeinsame Abendmahlsfeier, an welcher die gesamte Geistlichkeit sich beteiligte, der Ritus des Brotbrechens, der dabei zum ersten Male
geübt wurde, bezeichnete den Akt, welcher die beiden Bekenntnisse zu einem verschmolz.
Schleiermacher, dessen tief religiöse Gesinnung in der Union ein Friedenswerk innerhalb
der Kirche begrüßte, war unermüdlich, der neuen Gemeinschaft eine freie Kirchenver-
fassung zu verschaffen, die allein ihren ungefährdeten Bestand hätte sichern können. Seine
Bemühungen fanden heftigen Widerstand von seiten der Bureaukratie, deren reaktionäre
Bestrebungen gerade zu dieser Zeit eifrig am Werke waren, um in Leben und Lehre,
Kirche, Schule und Politik jeden auf freie Entfaltung der Kräfte gerichteten Sinn zu
töten.

Friedrich Wilhelm III. gedachte sein Werk, als welches er die Union mit Recht betrachten durfte, dadurch zu einem gewissen Abschluß zu bringen, daß er der preußischen
Landeskirche 1821 eine neue Agende gab. War diese überall angenommen, so schien die
gleichmäßige Form der Äußerlichkeiten des Gottesdienstes gewissermaßen auch das gleiche
Bekenntnis zu verbürgen. Die neue Agende, welche der König mit Hilfe seines Generaladjutanten von Witzleben selbst verfaßt hatte, verlegte den Schwerpunkt des Gottesdienstes in die Liturgie, der zuliebe die Predigt, die doch bis dahin das Rückgrat desselben
gebildet hatte, inhaltlich eingeengt und zeitlich beschränkt wurde. Wie der absolute König
den Dienst seines Heeres in Vorschriften fassen durfte, so schien er auch der Kirche ein
Exerzierreglement als Basis einheitlich geübten Glaubens geben zu wollen, und zerstörte
dadurch die Einigkeit, zu der er selbst eben erst den Grund gelegt hatte. Friedrich Wilhelm III., der in allen Fragen, welche die Liturgie betrafen, ein gründlicher Kenner war
und sich aus Liebhaberei mit diesen Dingen so ernsthaft wie ein Fachmann beschäftigte,
lebte der festen Zuversicht, daß er in seiner Agende Geistlichkeit und Gemeinden nichts
zugemutet habe, was gegen den Glauben ginge. Das altertümliche Gewand indessen,
welches hier um den Formalismus der Liturgie gelegt war, entfremdete ihr die Anhänger
der freieren Richtung, Rationalisten aber und Orthodoxe verstimmte es, daß der König
die Agende einführen wollte, ohne daß die Kirche als solche vorher auch nur gefragt worden wäre. Von allen Seiten wurde heftiger Widerspruch laut, in dem literarischen Für
und Wider ergriff sogar der König selbst das Wort, um die Agende, für die er verant-

Friedr. Diez. Varnhagen von Ense, 1839. Handzeichnung
Berlin, Nationalgalerie.

wörtlich war, gegen die Anfechtungen zu verteidigen; da ihm die Einführung derselben
aber sehr am Herzen lag und er aus diesem Wunsch kein Hehl machte, wurde die Angelegenheit durch die Einmischung einer liebedienerischen Bureaukratie vollends verfahren
und verpfuscht.

Die Generalin von Boguslawska schrieb ihrer Tochter: „Das Treiben mit der
Liturgie, welche die gescheitesten Köpfe für ebenso unzweckmäßig als verderblich erklären,
schadet dem König in seinem Lande ganz unendlich." Ganz merkwürdige Erfahrungen
über die Verwirrung, welche die Fragen der Union und der neuen Agende in den Köpfen
anrichteten, machte Frau von Thiele, die auf einer Reise nach Burg kommt und an einem
Wochentage zu ganz ungewöhnlicher Zeit die Glocken läuten hört. Sie erkundigt sich,
was das bedeute und erhält von der Wirtstochter die Antwort: „Sie hätten zum letztenmal
ihren alten protestantischen Gottesdienst, nachher würde die neue Religion eingeführt, die
Einwohner gingen noch zu guterletzt in die Kirche, um das Abendmahl nach alter Weise

Franz Krüger. Der Philosoph Schelling. Handzeichnung
Berlin, Nationalgalerie

zu nehmen. Nachher wäre es vorbei und niemand würde mehr die Kirche besuchen, man
wolle sie ja katholisch machen."

Einen Wunsch des Königs zu befriedigen, galt den Beamten als Befehl, und man
ließ daher kein Mittel unversucht, die Annahme der Agende in allen Gemeinden durchzusetzen, gleichgültig, ob die Geistlichen sie gutwillig annehmen oder dazu genötigt werden
mußten. Die Widerstrebenden machte die Aussicht auf ein Ordensbändchen gefügig.
Spöttisch schrieb Heinrich Heine 1822 aus Berlin: „Die Agende wird auf den Flügeln
des Roten Adlerordens von Kirchturm zu Kirchturm flattern"; für diejenigen aber, für
welche Annahme oder Ablehnung der königlichen Agende eine Gewissenssache bedeutete
und die hartnäckig dabei blieben, sie nicht in ihren Gemeinden einführen zu wollen, kamen
böse Tage. Das preußische Kultusministerium stand unter der Leitung des Freiherrn von

Altenstein, eines durchaus rationalistisch gesinnten Mannes, und betrachtete die Angelegenheit der Union und der Agende lediglich unter dem Gesichtswinkel der Disziplin; was der König wünscht und das Ministerium anordnet, ist Befehl, dem Ordre pariert werden muß, Gewissensbedenken gibt es im Dienste nicht. 1826 erließ das Ministerium ein Zirkularreskript, in dem vor Pietismus, Mystizismus und Separatismus und ihren üblen Folgen gewarnt wurde, und da der Separatismus dadurch nicht abnahm, sondern sich immer weiter ausbreitete, so wurde auf die Gläubigen, welche in ihren Ansichten durchaus von der Staatskirche abweichen wollten, die Polizei losgelassen. „Die Bureaukratie", schreibt Büchsel, „hat auf Erden schon viel Elend angerichtet, am schrecklichsten sind ihre Verwüstungen, wenn sie in der Kirche regiert", eine Bemerkung, deren unanfechtbare Richtigkeit im allgemeinen in bezug auf die Kirche vielleicht dahin eingeschränkt werden darf, daß dies Eingreifen der Bureaukratie in Dinge, die so ganz ihrem Verständnis entgingen, eine reinliche Scheidung der Geister vollzog. Die Konventikel, erzählt Büchsel, waren verschrien und verrufen, mehr als Laster und Sünde, dadurch aber, daß die Polizei gegen sie vorging, sie bespitzelte und brutalisierte, wurden die Gläubigen in ihrer Überzeugung nur bestärkt, sie zogen sich immer weiter von der Kirche zurück, in der nur die Lauen und die Gleichgültigen blieben. Ein gläubiger Kandidat durfte sich dies im Examen nicht merken lassen, sonst fiel er durch, ein gläubiger Geistlicher nicht auf Beförderung rechnen. So betrachteten diejenigen, welche am Buchstabenchristentum der alten Kirche festhielten, die Pastoren der Landeskirche als „stumme Hunde" und „Baalspfaffen"; selbst Schelling sprach gegen Heinrich Ranke den Verdacht aus, daß die Rationalisten in aller Stille das Christentum ausrotten wollten. Als Herr von Thadden-Trieglaff 1821 seine Tochter Marie von einem gläubigen Pastor taufen lassen wollte, da konnte er im Umkreis von 20—30 Meilen keinen solchen finden. Laien pastorisierten die Gemeinden der Stillen im Lande, der Zimmergeselle Bagens zog in der Mark umher und sprach gewaltig und aufregend in den Konventikeln, der praktische Arzt de Valenti in Sulza erweckte kleine Handwerker, Salzsieder, Tagelöhner; in Erlangen bildete Gotthilf Heinrich von Schubert den Mittelpunkt der unsichtbaren, durch ganz Deutschland zerstreuten Gemeinde der Gläubigen.

Die Hausandacht verdrängte den Kirchenbesuch, und alle Mittel, welche polizeilicher Unverstand und Übereifer dagegen ergriffen, vermehrten nur die Übel, die man beseitigen wollte. Im Frühjahr 1822 sammelten die Herren von Below in Hinterpommern Scharen von Erweckten um sich und hielten den Angriffen von Geistlichkeit, Kirche, Konsistorium, Polizei und Gendarmen mutig stand; Herr von Senfft-Pilsach wurde bei 50 Talern Strafe bedroht, niemand als nur seine Familie und seine Hausgenossen an den Hausgottesdiensten, die er abhielt, teilnehmen zu lassen.

Karl Blechen. Klosterkirchhof. Originallithographie

Törichte Maßregeln der Verfolgung steigerten nur die Aufregung; die Gläubigen, welche mit ansahen, daß die Polizei die Ausschreitungen von Trinkgelagen und Tanzbodenunterhaltungen ungestört ließ, Betstunden aber verfolgte und unterdrückte, fühlten sich als Opfer einer Neronischen Christenverfolgung und steigerten sich bei ihren Zusammenkünften in Zustände einer hysterischen Exaltation hinein, wie die Kirche sie lange nicht mehr erlebt hatte. In den Betstunden, erzählt Büchsel, herrschte oft ein Seufzen und Stöhnen, das kaum zu ertragen war, die Teilnehmer forderten Einzelbeichte und Spendung des Sakraments, sie wurden vor Aufregung ohnmächtig, verfielen in Zuckungen und Krämpfe, redeten irre oder verlangten, auf die Gräber getragen zu werden, weil sie vom Teufel geplagt würden, alles Erscheinungen, wie sie in ganz gleicher Art ein Jahrhundert zuvor bei den Konvulsionären in Paris zutage getreten waren.

Die Union hatte nur Verwirrung gestiftet; als ein Geistlicher sich damals in Berlin erkundigte, was denn nun in Preußen in der Kirche rechtens sei und wieviele Bekenntnisse es gäbe, da erwiderte ihm der Minister von Altenstein, es gibt nur eine anerkannte Kirche in Preußen: Die Union, der Bischof Neander sagte, es gibt zwei: Lutheraner und Reformierte, der Hofprediger Strauß aber, drei: Unierte, Lutheraner und Reformierte. Selbst die maßgebenden Persönlichkeiten befanden sich nicht in Übereinstimmung, und um die Verwirrung noch größer zu machen, war die Polizei gerade damit beschäftigt, Märtyrer eines neuen Bekenntnisses zu schaffen, indem sie gegen die Altlutheraner einschritt.

Schon bei dem Reformationsjubiläum von 1817 war Klaus Harms, der in Schleswig-Holstein außerhalb des preußischen Machtbereiches lebte, mit seinen hundert Thesen gegen Rationalismus, Reformierte und Unierte aufgetreten, um der lutherischen Kirche ein selbständiges Dasein zu sichern, und hatte durch seinen Freimut, seine Bekenntnistreue und die neue Sprache, die er von der Kanzel herab führte, großes Aufsehen erregt. Es war die erste Stimme einer streng lutherischen Orthodorie, welche sich wieder hören ließ, die Agende weckte ihrer mehrere. Die halb vermittelnde Art, in der sie sich gefiel, schien den Strengen nichts anderes, als ein Versuch zu völliger Ausrottung des lutherischen Bekenntnisses, und da sie ihnen vollends von Staats wegen und mit Gewalt aufgezwungen werden sollte, fanatisierten sie sich in ihrem Widerstand bis zur Erklärung eines förmlichen Austritts aus der Landeskirche, welche die Zeloten unter ihnen nicht die unierte, sondern die ruinierte zu nennen pflegten. Sie nahmen im Gegensatz zu der königlichen die alte Wittenberger Agende an und konstituierten sich unter Führung des Professors Scheibel in Breslau zu einer besonderen Kirchengemeinschaft, die ihren Stützpunkt in mehreren Gemeinden Schlesiens, Pommerns, der Mark und Thüringens fand. Mit dem Widerstande organisierte sich die Verfolgung des Staates. Scheibel wurde gemaßregelt und genötigt, Breslau zu verlassen, Geistliche und Laien mit Geldstrafen belegt und ins Gefängnis gesteckt. Was in Preußen unerhört war, sagt Büchsel, daß Leute um des Glaubens willen verfolgt und in die Gefängnisse gebracht wurden, bewirkte die Union. Professor Scheibel verließ Preußen, blieb aber in Deutschland und ermunterte seine

Die Nikolaikirche in Potsdam, erbaut von Schinkel 1830—1837, die Kuppel erst nach seinem Tode, 1842—1850, die Türmchen spätere Zutat

Gläubigen zu fernerem Widerstande. Emissäre wie Kindermann, Ehrenström u. a. reisten herum und schürten die Aufregung, besonders verstand dies der letztere, ein Mann von imponierendem Äußern und großen Gaben, der es sich angelegen sein ließ, die Leute „krumm und lahm zu trösten". Je mehr sich die Gemeinden der Altlutheraner darauf versteiften, das Heil ihrer Seelen in dieser oder jener Formel zu suchen, desto mehr verbohrte sich auch die Bureaukratie in ihrem Eigensinn, gewisse Formularien mit Gewalt durchdrücken zu wollen.

Zu der Agende war ohnehin seit dem Beginn der dreißiger Jahre auch noch ein neues Gesangbuch getreten, statt des berühmten alten Porstschen ein neues, das die alten Kraftlieder mit ihrer Fülle saftiger Kernausdrücke der Zeit angepaßt, verbessert oder, wie die Strengen lieber hörten, verwässert hatte. Dieses Gesangbuch war ein neuer Zankapfel geworden. Es fehlt der Teufel in den Liedern, sagte ein alter Kirchenpatron in der Mark, und man war der Ansicht, daß, wo der Teufel fehlt, auch der Herr Jesus in der ganzen Klarheit nicht erkannt ist. Der Streit spitzte sich zu, unvernünftigen Befehlen stand ein ebenso unvernünftiger Widerstand gegenüber, ein Konflikt, der die Staatsgewalt, die mit ihrem Latein stets sofort bei der ultima ratio der Beschränktheit, der Polizei anzulangen pflegt, zu wüsten Ausschreitungen verführte. So wurde die altlutherische Kirche in Hönigern in Schlesien am ersten Weihnachtsfeiertag 1834 vom Militär gestürmt, mit Kolbenstößen erbrochen und der Geistliche vom Altar weg in das Gefängnis gebracht. Die Geldstrafen mehrten sich bis zur völligen Konfiskation des Eigentums, und das alles, weil Behörden und Untertanen in der Auffassung einiger Formeln bei der Ausübung des Gottesdienstes abweichende Meinungen hegten. Da im Staat des großen Friedrich niemand mehr nach seiner Fasson selig werden durfte, so entschlossen sich die Verfolgten schließlich dazu, die Heimat zu verlassen und auszuwandern; Tausende zogen in die Fremde, nach Nordamerika und Australien, und Deutschland erlebte das merkwürdige Schauspiel, daß dieselbe Regierung, welche soeben den Zillertalern, die Tirol verlassen mußten, weil sie das Bibellesen nicht aufgeben wollten, in Schlesien neue Wohnsitze anwies, ihre eigenen Untertanen und die gewissenhaftesten und tüchtigsten Leute dazu aus dem Vaterlande vertrieb, weil sie eben dasselbe Recht wie die Zillertaler auch für sich in Anspruch nahmen, nämlich, in Glaubenssachen nur ihrem Gewissen folgen zu wollen. Es war ein herrlicher Triumph, den die Behörden hier feierten, und sie haben sich desselben auch rechtschaffen geschämt; als einige hundert Auswanderer 1839 auf großen Spreekähnen Berlin und Potsdam passierten, da wurde den Zeitungen verboten, dies Ereignis zu erwähnen. Dieser Auszug der Altlutheraner war gewissermaßen der Höhepunkt, den die Verfolgungswut erreicht hat, schon machte sich eine gläubige Bewegung auch in einer Gesellschaftsschicht geltend, die jahrzehntelang dem Christentum ganz abgeneigt gewesen war, die aber durch ihre hohe Stellung über die Anfeindungen der Bureaukratie erhaben und mächtig genug war, um in den herrschenden Kreisen eine Änderung der Anschauungen anzubahnen und durchzusetzen.

Im Adel und in der Hofgesellschaft bildete sich eine Koterie pronionziert Frommer, die es bald verstand, den Kronprinz zu sich heranzuziehen und im Besitz dieser hohen Per-

sönlichkeit der Zukunft sicher war. In seinen letzten Lebenstagen noch klagte der Großherzog Karl August schmerzlich gegen Alexander von Humboldt über den einnistenden
Pietismus und den Zusammenhang dieser Schwärmerei mit politischen Tendenzen nach
Absolutismus und Niederschlagen aller freieren Geistesregungen. „Dazu", sagte er, „sind
es unwahre Bursche, die sich dadurch den Fürsten angenehm zu machen glauben, um
Stellen und Bänder zu erhalten." Der Hauptmann von Plehwe hielt Betstunden mit
seiner Kompagnie ab und erklärte seinen Soldaten die Bibel. Die Brüder von Gerlach
sammelten einen Kreis junger Männer ihres Alters um sich, deren Interessen patriotisch-
christlichen Ideen zugewendet waren, dazu gehörten Adolf Le Coq, Moritz August von
Bethmann Hollweg, Karl von Rappard, die Herren von Lancizolle, von Thadden-Trig-
laff, von Senfft-Pilsach, Graf Cajus Stolberg, Graf Voß u. a. Sie bildeten einen
Klub, der sich die Freitagsbrüder nannte und seine Unterhaltung in Gesang und Gebet
fand. Frau von Rochow nennt als Stützen der pietistischen Hofpartei in Berlin den
Grafen Karl Gröben, den Adjutanten des Kronprinzen, Karl von Röder, den General
von Thile, die Schlieffens, Stolbergs, Reuß, die Gräfinnen Kanitz, die Gräfin Reden-
Buchwald u. a. Da so viele Militärs zu den Frommen gehörten, spottete man in Berlin,
es würde aus ihnen ein neues Regiment Tartüffe-Dragoner formiert werden. Frau von
Rochow fand noch, daß die fürstlichen Teegesellschaften, die mit erbaulichen Andachten
verbunden waren, etwas Sonderbares behielten, aber schon begann die Frömmigkeit
einen Teil der Unterhaltung zu bilden. Die Berufung des Hofprediger Strauß an den
Dom, die im Oktober 1822 erfolgt war, brachte donnernde, zerknirschende Glaubenspre-
digten auf Berliner Kanzeln und machte ihn zum Liebling exklusiv frommer Kreise. Als
Bernstorffs eines Tages eine Landpartie nach Stralau machen, da besteigt Strauß die
Kanzel in der verfallenen Kirche und improvisiert eine Predigt, welche die vergnügte Gesellschaft völlig erschüttert; bei der Geburtstagsfeier des Geheimrat von Schönberg wird
der Kranz von Eichenblättern, der den Tisch umgibt, unter dem Gesang von Chorälen
aufgelöst, und jeder Teilnehmer erhält ein Blatt, um fromme Wünsche darauf zu schreiben. Eine wahrhaft puritanische Strenge bemächtigte sich der Frommen, die alle Sinnen-
lust für Sünde halten. So sagte einmal Frau von Schenkendorf, geb. von Kircheisen,
zu Varnhagen: „Ich habe nun drei Kinder und kann deren noch viele bekommen, aber
ich hoffe, Gott wird mir die Gnade gewähren, daß ich bei dem letzten wie bei den jetzigen
dreien würde sagen können, sie seien alle ohne sinnliche Lust erzeugt"! Auf eine diesbe-
zügliche Anzapfung leuchtet Friedrich von Raumer seinem frommen Bruder Karl derb
heim, wenn er ihm 1829 schreibt: „Alle Tanzböden und Komödienhäuser der Welt haben
noch nicht so viel Böses zutage gefördert als unter der Firma der Religion der Fanatismus." Zwanzig Jahre später ist der fromme Einschlag bei den Zusammenkünften

gewisser Kreise schon unerläßlich geworden, Humboldt scherzte, daß General von Thile seine Gäste zu Gebet und Kartenspiel einlade, und Varnhagen meint, Betstunden seien für die vornehme Welt jetzt das, was ehemals die parties fines waren, wenn Werther noch ausgerufen habe: „Tanzen muß man sie sehen!" so sage ein junger Herr jetzt: „Beten muß man sie sehen!" Als Ruge den Gesandtschaftssekretär von Sydow in Rom aus Versehen für einen Geistlichen hält, erwidert dieser: Eine größere Ehre hätten Sie mir nicht erweisen können.

Schon war die Zeit gekommen, in der die Rollen zwischen Verfolgern und Verfolgten völlig getauscht werden sollten, eben noch hatte das denkgläubige Christentum das stockgläubige, wie man sie damals unterschied, zu unterdrücken versucht, nun durfte sich der fanatische Zelotismus der Gläubigen in einer ebenso unbarmherzigen Verfolgung der Ungläubigen sättigen. Als Wilhelm Hengstenberg 1827 in Berlin die evangelische Kirchenzeitung gründete, hatte der Minister von Altenstein noch versucht, den unbequemen Zeloten nach Königsberg abzuschieben und ihm und seinem Blatte jede Unterstützung versagt, unbeirrt aber hatte dieser seine Angriffe gegen den vom Staat geschützten Rationalismus und seine Vertreter gerichtet und in der skrupellosen Art seiner Polemik seinen Beruf als Ketzerrichter glänzend erwiesen. In dem Kampf, den die Orthodoxie gegen die Aufklärung unternahm, unterstützte sie nicht nur die brutale Dummheit, mit der die Behörden gerade gegen die Altgläubigen verfuhren, auch von seiten der Realpolitik wurde ihr Hilfe zu teil.

Die allgemeine Unzufriedenheit und die von allen Seiten laut werdenden Forderungen politischer wie sozialer Art begannen den Vertretern des Absolutismus lästig zu werden und gefährlich zu scheinen. Sie suchten nach einem Mittel der Beruhigung, und sie fanden die Panazee für alle Übel der Zeit im Christentum. Sie waren es, welche die Parole ausgaben: Dem Volke muß die Religion erhalten werden. Sie glaubten mit Recht, daß ein gläubiges Volk am leichtesten zu regieren sei, stumm gehorche und seine Ansprüche mit Wechseln bezahlen lasse, deren Einlösung erst im Jenseits erfolge, von wo ja noch niemand zurückgekommen ist. Der Rationalismus, wie er damals in der Kirche herrschte, war aber nicht der Kinderglauben, den Arglose bedurften, ihm fehlte das mystische Element, welches die Religion würzen muß, so begannen sich zu denen, welche ihn aus religiöser Überzeugung bekämpften, jene zu gesellen, welche in ihm weniger eine Gefahr für die Kirche als für den Staat sahen. Unter diesen stand der Kreis des Kronprinzen obenan, und aus seinen Reihen ging das Berliner politische Wochenblatt hervor, das seit dem Oktober 1831 für Absolutismus und positives Christentum in die Schranken trat. In seinen Spalten verkündete der Hofrat Jarcke, daß religiöse Duldsamkeit nichts wie Irreligion sei, und daß er die Zeiten Albas und der Dragonaden den seinigen weit

vorziehe, wer für seine Überzeugung nicht andere umbringen könne, sagte er zu Friedrich von Raumer, der hat überhaupt keine Überzeugung. Als Hengstenbergs Blatt 1830 seinen großen Schlag gegen die beiden Hauptstützen des wissenschaftlichen Rationalismus, die beiden Professoren Wegscheider und Gesenius in Halle führte, ein Angriff, der auf die Initiative Ernst Ludwig von Gerlachs zurückzuführen war und damit der erste Versuch zur Unterdrückung der Lehrfreiheit sich an die Öffentlichkeit wagte, da glaubte Humboldt noch über diesen Akt der Pietisterei lächeln zu dürfen, er vertraute zu sehr auf die Macht der Aufklärung, der er selbst angehörte. Jüngere sahen schärfer in diesen Dingen, wie Friedrich von Raumer damals seinem Bruder Karl, der sich selbst zu den Frommen rechnete, schrieb: „Ich halte nicht die Parole der letzten pietistischen Mode für das erlösende Wort des Lebens ... mit dem neuesten Puritanismus ist nicht ein edler Freiheitssinn, sondern ein Ultraismus der Tyrannei im Staate verbunden ... diejenigen Menschen, welche sich einbilden, die ganze Wahrheit zu haben, sind im Prinzip allemal hochmütig und verfolgungssüchtig."

221

Rückwärts betrachtet, klingen diese 1828 geschriebenen Worte wie eine Prophezeiung, nur wenige Jahre sollte es dauern, bis alles genau so kam, wie der Historiker es auffaßte. Die Thronbesteigung Friedrich Wilhelms IV. brachte einen völligen Umschwung der preußischen Kirchenpolitik, die Gerlach, Radowitz, Lancizolle u. a. hatten ihre Zeit gut benutzt und den Kopf des Kronprinzen derart mit mittelalterlich christlicher Romantik erfüllt, daß er nicht einmal die Herrschsucht der Günstlinge bemerkte, die sich hinter der Frömmigkeit doch nur schlecht verbarg. Das Jahr 1840 bezeichnet für Preußen einen Wendepunkt in den Beziehungen der einzelnen Bekenntnisse; hatte seit der Union die Bureaukratie in der Kirche zu schalten versucht, um die leere Buchstabengerechtigkeit ihrer an die Schablone gewöhnten Seele durchzusetzen, ohne Ansehen des Bekenntnisses, so kam jetzt die Orthodoxie zur Herrschaft und mit ihr der Fanatismus. Lange genug hatten die Anhänger eines positiven Christentums hinter den frei denkenden Rationalisten zurückstehen müssen, nun kamen ihre Tage und pfäffische Unduldsamkeit zögerte nicht, sie zu benutzen. 1835 war David Friedrich Strauß' „Leben Jesu" erschienen, in dem er die evangelische Geschichte auf Mythen zurückführte, welche in den christlichen Gemeinden der beiden ersten Jahrhunderte auf dem Grunde alttestamentarischen Messiasglaubens entstanden seien. Dieses geistreiche Buch hatte wie ein Blitz zwischen Pietisten und Rationalisten eingeschlagen, es wurde im Streite der Parteien die Parole, an deren Für und Wider die Gegner sich maßen. Da die Orthodoxie ihm wissenschaftlich nichts entgegenzusetzen hatte, weil sie die freien Seelen unter den Gläubigen nicht durch den Geist allein zu überzeugen wußte, so rief sie nun ihrerseits die Polizei zu Hilfe. Eben noch hatte diese die Gläubigen strafen, einsperren, verjagen müssen, nun wendete sich das Blatt, und wie ein verkaufter Hund mußte die Polizei schützen, was sie bis jetzt verfolgt, und verfolgen, was sie bis jetzt geschützt hatte. Die Staatskunst bei Licht arbeiten zu sehen, hat immer etwas Tragikomisches, deswegen wirkt sie ja mit Recht am liebsten im Halbdunkel, lächerlicher aber kann für die Zeitgenossen doch nichts gewesen sein, als dieser Systemwechsel, der flucht, wo er eben noch gesegnet hat.

Der preußische Kultusminister Eichhorn, „der eine widerstrebende Welt zum lebendigen Christentum zurückführen wollte", erachtete zu diesem Zweck die Polizeischikane als das geeignetste Mittel und wirkte unermüdet durch kleinliches und kindisches Eingreifen und Bevormunden in diesem Sinne. Als der Professor von Dehn 1843 in der Singakademie einen Vortrag über Musik gehalten hatte, erteilte ihm der Minister einen Verweis, weil er heidnische und christliche Frömmigkeit einander gleichgestellt habe; als eine Anzahl Geistlicher sich gegen die Richtung der Hengstenbergschen Kirchenzeitung gewandt hatte, wurden sie gemaßregelt, unter ihnen der tapfere Konsistorialrat David Schulz in Breslau, welcher abgesetzt wurde. Der heftigste Angriff galt aber den protestantischen

C. D. Friedrich. Der Tannenwald mit dem Raben

Lichtfreunden, die sich um Leberecht Uhlich scharten. Dieser, ein Theologe im Sinne von David Friedrich Strauß, ahnte, wie er sagte, in Jesu wohl Übermenschliches, wollte sich aber den dogmatischen Satzungen über seine Gottheit nicht ohne weiteres beugen. Er

hatte sich 1841 mit 16 Gesinnungsgenossen seiner Richtung in Gnadau zusammengefunden und einen Verein gegründet, der auf der ersten öffentlichen Versammlung, die 1842
in Leipzig abgehalten wurde, schon 300 Mitglieder zählte. 1845 war die Zahl der Teilnehmer an den Meetings, die meist auf dem Bahnhofe in Köthen stattfanden, schon auf
mehrere Tausend angewachsen, in Breslau waren es im gleichen Jahre 5000, und der
alte David Schulz freute sich, einen solchen Tag erlebt zu haben.

Die vernunftgemäße Weiterbildung des Christentums, wie sie hier im Gegensatz
zu der Buchstabengläubigkeit der herrschenden Orthodoxie versucht wurde, fand ihrer freisinnigen Auffassung wegen ein lebhaftes Echo im Volke. Werner Siemens schrieb 1845
seinem Bruder Wilhelm: „Besonders wirken die kirchlichen Zustände sehr belebend ein.
In Köthen sind jetzt immer große Volksversammlungen, wobei eine rationale Gestaltung
des Christentums verhandelt wird." Diese belebende Einwirkung gerade war es, die
man fürchtete; die Regierung Friedrich Wilhelms IV. trug schon selbst ein solch zielloses
Element der Unruhe und Unsicherheit in das öffentliche Leben, daß sie in Bewegungen,
die zielbewußt auf Aufklärung der Massen vorgingen, eine Gefahr wittern mußte.
„Durch die von der Regierung eingenommene Haltung", schreibt Rudolf Haym, „ge-
staltete sich die Parteifrage so einfach, daß sich im Lager der Lichtfreunde alles zusammen-
fand, was in irgendeinem Sinne für Freiheit des Geistes eintrat." Uhlich war einem
Rufe als Prediger an die Katharinenkirche in Magdeburg gefolgt und sammelte hier
alles um seine Kanzel, was in der Stadt Anspruch auf Bildung und Freisinn machte. Da
die freien Gemeinden, die er gründete, sich ausbreiteten, so wurde die Polizei gegen sie
mobil gemacht und Uhlich selbst 1847 abgesetzt. Die Wirkung, die er ausgeübt hatte,
war doch so tief gegangen, daß man, wie Frau von Gerlach ihrem Manne schrieb, nicht
wagte, das Erkenntnis zu publizieren, ehe nicht das Militär aus dem Manöver zurückgekehrt sei, man war so ängstlich, daß viele der in Magdeburg domizilierenden Beamten
Frauen und Kinder aus Furcht vor Unruhen fortschickten.

Daß christlicher Sinn durch Befehle nicht gefördert, durch Verbote nicht gehindert
werden kann, war wohl auch den Wegweisern der frommen Richtung klar, Minister,
Geheimräte und Generaladjutanten begnügten sich indessen mit gefalteten Händen voran-
zuschreiten, sie durften sicher sein, daß ein Heer von „nassen Engeln", wie der Berliner
Witz die frommen strebsamen Assessoren, Referendare und Leutnants nannte, die sich
nach ausgestandenem Gottesdienst in den Weinstuben zu erholen verstanden, ihnen folgen
würde. Wirklich Gläubige bedurften begönnernder Maßregeln nicht zu ihrer Bekehrung,
von den Ungläubigen aber fielen ihnen sowieso nur die Streber zu, denen es gleich war,
ob sie jetzt durch Frömmelei Karriere machten oder wie früher durch Freigeisterei. Der
Minister erreichte nur, daß die ganze Richtung, die er zu befördern trachtete, völlig in

Wiener Mode. August 1825.

Schinkel. Entwurf für den Dom in Berlin, 1819

Mißkredit kam und das fromme Wesen von seiten der Aufgeklärten mit dem gerechtesten Mißtrauen betrachtet wurde. Der milde Humboldt zeigte seinen Besuchern einmal ein lebendes Chamäleon: „Sehen Sie, das ist das einzige Tier, welches das eine seiner Augen nach oben und zugleich das andere nach unten richten kann, nur unsere Pfaffen können das noch." Schnöder äußerte sich der Berliner Witz über die frommen Herren. Als 1846 die Generalsynode versammelt war, nannte man die Sitzungen derselben ein Stangenklettern nach dem Roten Adlerorden und spöttelte, als die Mitglieder das Abendmahl genommen hatten, bei Gott dem Sohn seien sie wohl gewesen, Gottvater und Gott der Heilige Geist habe sie noch nicht eingeladen. Das Volk aber, dem die Religion erhalten werden sollte, dachte mit Recht so, wie J. Bertram einst an Sulpiz Boisserée schrieb: „Gebt uns nur erst alles andere, das Himmelreich wollen wir schon selbst zu verdienen trachten"; es formierte eben jene Kolonnen des Unglaubens, welche Heinrich Heine schilderte, und schickte sich an, statt der billigen Anweisungen auf ein schönes Jenseits einstweilen schon Abschlagszahlungen im Diesseits zu fordern.

Die politische Anschauung, welche beabsichtigte, das wankende Ansehen der Regierungen durch Unterstützung der Religion zu befestigen, mußte sich naturgemäß weit mehr als der protestantischen der katholischen Kirche zuwenden, bei der sie Einheit an Haupt und Gliedern und eine Autorität fand, die allen Stürmen siegreich trotzte. Im Protestantismus erkannte die Staatslehre von damals, Friedrich von Gentz hat es in einem Brief an Adam Müller so ausgesprochen, die erste wahre und einzige Quelle aller ungeheuren Übel, welche die Welt seit der Reformation betroffen haben; die französische und die noch schlimmere Revolution, die Deutschland bevorstehe, flössen aus dieser Quelle. Das Metternichsche System erkannte in dem freien Geiste seinen Todfeind, und um diesen zu besiegen, rief es das katholische Prinzip zu Hilfe, das System der unbedingten Unterwerfung des Geistes unter die Lehre der Kirche.

Die Epoche der Aufklärung, die im 18. Jahrhundert der protestantischen Kirche den Rationalismus gebracht hatte, war auch nicht ohne Einfluß auf die katholische Kirche geblieben, sie hatte von ihren Dogmen zwar nichts aufgegeben, aber sie war in der Verkündung ihrer Wahrheiten erschlafft und hatte eine laxere Auffassung nicht gerade gut geheißen, aber geduldet. Ein stumpfer äußerer Werkdienst hatte in dem mit Klöstern, Stiften, Wallfahrtsorten förmlich übersäten Deutschland wahre Religiosität völlig verdrängt, in den geistlichen Staatengebilden vollends schien die Kirche nur noch das Mittel, um adligen und hochadligen Geistlichen ein völlig müßiges Leben zu gewähren. Das wurde mit einem Schlage anders, als die Revolutionskriege den Bestand der geistlichen Herrschaften umstießen, die schamlose Art, in der die Kurfürstentümer, Abteien, Stifte verteilt wurden, als seien sie herrenloses Gut, schien die Kirche zu berauben und hat sie

Stüler. Entwurf für den neuen Dom in Berlin, 1844. Aquarell
Koblenz, Baurat Stühler

doch nur bereichert. Das Heer der müßiggängerischen Drohnen, das sich bisher am Kirchengut gemästet und aus der Kirche eine Versorgungsanstalt für den Adel gemacht hatte, fiel fort und befreite sie dadurch von einem Krebsschaden. An die Stelle der adligen Fresser traten bürgerliche Seelsorger, die ohne Rücksicht auf Ahnen und Besitz dem Volke und damit der Kirche dienten; verjüngt und gekräftigt stand der Katholizismus da, als es nach den Napoleonischen Kriegen hieß, die Welt, die aus den Fugen gegangen war, wieder einzurenken. Von allen Seiten strömten ihm die Gläubigen zu, allen jenen, die in Zeiten, die auch das festest Stehende stürzen sahen, eine bleibende Stätte suchten, bot die katholische Kirche ein sicheres Asyl, niemals haben sich so viele zu ihr zurückgefunden, als in jenen Jahren. Mit Befremden und Mißtrauen sahen alle, welche Papsttum und Kirche schon eingesargt hatten, das Wiedererstarken derselben mit an, heftig und schonungslos schmähte der alte Voß seinen Jugendfreund, den Grafen Fritz Stolberg, wegen seines Übertritts; im Süden und Norden wachten zwischen Katholiken und Protestanten wieder jene Gefühle auf, die sie zur Zeit des Dreißigjährigen Krieges beseelt hatten. Die Männer, die nicht aufhören konnten, von einer Vereinigung der Streitenden zu träumen, haben miterlebt, daß der Riß zwischen Katholizismus und Protestantismus weiter klaffte denn je. In München war den Protestanten erst 1806 freie Religionsübung gewährt worden, der Hofprediger Schmidt, welchen die protestantische Königin Karoline sich mit-

Hasenclever. Jobs in der Dorfschule. Ölgemälde
Berlin, Galerie Ravené

brachte, konnte aber in München keine Wohnung finden, denn kein Münchener wollte ihn in sein Haus aufnehmen, weil unfehlbar sonst der Blitz einschlagen müsse, so quartierte ihn der König in der Residenz ein. Als am Karfreitag zum ersten Male zum protestantischen Gottesdienst geläutet wurde, entstand ein Aufruhr, den das Militär erst stillen mußte. Der Haß der katholischen Partei, an deren Spitze der General-Landesdirektionsrat Christoph von Aretin stand, nahm eine solche Höhe an, daß die zugezogenen Protestanten nicht anders als bewaffnet ausgehen konnten und Friedrich Thiersch trotzdem beinahe das Opfer eines Mordanfalls geworden wäre. Trotzdem man auf den Attentäter mit Fingern deuten konnte, wurde er nicht bestraft. Diese Gefühle wurden im Norden in ihrem ganzen Umfange erwidert, wenn sie auch etwas höflicheren Ausdruck fanden.

Das katholische Wesen war dem protestantischen Norden ebenso fremd wie dem katholischen Süden das protestantische, man kannte sich nicht und wollte sich auch weder kennen noch verstehen, hielt doch Christian Schlosser jede engere literarische Verbindung des südlichen katholischen mit dem nördlichen protestantischen Deutschland für ein Unglück. Der Norden, der so stolz auf seine Bildung und Aufklärung war, hatte sich Vorurteile bewahrt, die, wenn sie nicht ebenso kindisch waren, wie die in Bayern gegen die Lutherischen herrschenden, ihnen an Hartnäckigkeit wenigstens nichts nachgaben. Die größten

Schwierigkeiten wurden der Verlobung des Kronprinzen von Preußen mit der Prinzessin Elisabeth von Bayern aus Veranlassung der verschiedenen Konfessionen beider entgegengetürmt, Schwierigkeiten, die in weiterer Öffentlichkeit bekannt wurden und dort ein lebhaftes Kopfschütteln hervorriefen. Jacobs schreibt aus Gotha 1820 an Friedrich Thiersch: „Was für ein närrisches Wesen ist das. Man läßt eine Tochter die griechisch-katholische Religion annehmen und verlangt, daß die Schwiegertochter die römisch-katholische ablegen soll? Und diese Zumutung macht man einer Familie, in welcher die gemischten Heiraten herrschen!" Die Prinzessin Charlotte von Preußen war zur griechischen Kirche übergetreten, die Königin Karoline von Bayern war protestantisch, gerade wie die Kronprinzessin Therese. Der platte Menschenverstand begriff also nicht, warum eine Kronprinzessin von Preußen nicht auch einmal eine Katholikin sein könne. Nach jahrelangen Verhandlungen stand der Vermählung des Paares endlich nichts mehr im Wege, ein Mißtrauen gegen die Andersgläubige blieb aber bestehen. Die Jesuitenriecher Nicolai, Biester und Konsorten hatten die Furcht vor Katholizismus und Jesuitismus, die den aufgeklärten Berlinern immer neben dem Gottseibeiuns standen, zu tief in die Köpfe eingepflanzt. Ludolf von Beckedorff, vortragender Rat im Kultusministerium, erhielt den Abschied, als er zur katholischen Kirche übertrat. Als Friedrich Wilhelm III. sich mit der Gräfin Auguste Harrach verheiratete, schrieb die Hofdame der Prinzeß Wilhelm, Albertine von Boguslawka ihrer Mutter: „Was mich beunruhigt, ist, daß sie katholisch ist. Welche Inkonsequenz, vier Jahre zieht man den Kronprinzen hin und her und tut dann dasselbe!" Dieses Gefühl, alles Katholische beunruhigend zu finden, wurzelte sehr tief, die junge Kronprinzessin erhielt nicht einmal eine Kapelle für ihren Gottesdienst und mußte froh sein, daß ihre Oberhofmeisterin, Gräfin Reede, ihr eine solche in einer dunklen Holzkammer des Schlosses einrichtete. Die Diebe, welche damals die Hedwigskirche in Berlin ausräumten, hatten sich in ihrer Hoffnung auf reiche Beute auch sehr getäuscht, sie stellten in einer der Nächte, die ihrem Raubzuge folgten, die großen Leuchter, welche sie mitgenommen hat-

Glänzende Institutsprüfung.

Erste Preisträgerin. „Civita-vecchio ist eine Insel im mittelländischen Meere, die vermittelst der Straße von Gibraltar mit dem festen Lande zusammen hängt."

Zeichnung von Schwind. Aus den Fliegenden Blättern

ten, wieder an ihren Platz zurück und legten einen Zettel dazu mit den folgenden vorwurfsvollen Worten: „Kronprinzessin und Fürstin Liegnitz katholisch!! und unechte Leuchter??" Ein rheinischer Graf Nesselrode brachte zwei seiner Söhne nach Berlin, um sie bei der Garde eintreten zu lassen, da aber die vornehmsten Regimenter, die Gardes du Corps und das 1. Garderegiment zu Fuß den Katholiken verschlossen waren, so mußte er, wie Marie de la Motte Fouqué erzählt, mit seinen Sprößlingen wieder abreisen.

Diejenigen zumal, welche die Intoleranz des Katholizismus, die seine größte Stärke ist, am eigenen Leibe erfahren hatten, wie Jacobs, der, um den Verfolgungen der katholischen Partei zu entgehen, München lieber wieder mit Gotha vertauscht hatte, folgten der Entwicklung, welche die Angelegenheiten Roms nahmen, mit wachsendem Mißtrauen. Er beurteilte die Dinge mit einer durch alten Haß geschärften Klarheit. 1817 schrieb er anläßlich des Konkordates, über welches Bayern mit Rom verhandelte, an Thiersch: „Lassen Sie nur die hohe Klerisei erst feststehen. Sobald der erste Ring der hierarchischen Kette wieder an dem Römischen Stuhl befestigt wurde, war auch die feste Hoffnung der stockkatholischen Partei, alles wieder auf den alten Fuß zurückzuführen, erwacht ... Unglücklicherweise herrscht an den Höfen die Meinung, daß das katholische Kirchenwesen zur Beschützung der Krone besonders geschickt sei, eine Meinung, die von Rom aus mit allem Nachdruck unterstützt wird und jetzt auch durch das böse Gewissen aller Fürsten genährt wird, denen vor der Freiheit bangt, die sie versprochen haben." Daß die treue Feindschaft, die er der katholischen Kirche bewahrte, seinen Blick durchaus nicht trübte, beweisen die Zeilen, die er 1825, einige Jahre nachdem das bayerische Konkordat abgeschlossen war, an denselben Freund richtete: „Das meiste ist wohl vom Pfaffentum zu fürchten, und das ist nicht wenig, aber unmöglich scheint mir doch eine Rückkehr in die schändlichen Zeiten Karl Theodors, selbst wenn Jesuiten wieder in ihr Kollegium einzögen. Aber Plage und Unheil könnten doch immer noch genug über das Land und am meisten über die rechtschaffensten und freisinnigsten Männer kommen."

Die Furcht vor dem Katholizismus als einem Mittel zur Unterdrückung der Geister war so stark, daß sie zu ganz wunderlichen Anschauungen führte. Als Perthes eine Ausgabe von Luthers Werken in Auswahl herauszugeben begann, da verstieg sich der alte Paulus in Heidelberg, der Papst des Rationalismus, zu einer Warnung vor diesem jesuitischen Unternehmen, das Luthers Kampf gegen Finsternis und Aberglauben zu verstecken streben werde. Sehr witzig bemerkt Perthes über diesen Ausfall: „Paulus muß mich für einen feinen Kopf halten, denn in der Tat, es wäre ein Kunststück, die Leute durch Verbreitung von Luthers Schriften katholisch zu machen." Ganz fest aber war z. B. auch Varnhagen davon überzeugt, daß der Staatsrat von Linde in Darmstadt, der Leiter des hessischen Kirchenwesens, den Rationalismus nur stütze, um die katholische

Kirche zu fördern. „Er behandelt die protestantische Kirche mit seiner Kunst," schreibt er in sein Tagebuch, „um sie zu schwächen, besetzt er alle Stellen mit Rationalisten durch die dann das Evangelium gleichgültig wird. Wer Eifer für dasselbe behalte, müsse sich zur katholischen Kirche wenden." Als Varnhagen 1845 so schrieb, stand die katholische Kirche schon wieder so gefestigt innerhalb Deutschlands Grenzen, daß sie solcher Umwege zur Mehrung ihres Ansehens gar nicht bedurfte. In Bayern herrschte sie unter dem Minister von Abel unumschränkt über den Staat, in Preußen hatte sie soeben einen glänzenden Sieg über die Regierung erfochten und der Welt durch die Ausstellung des heiligen Rockes in Trier aufs neue gezeigt, über welche Macht derjenige verfügt, welcher Dummheit und Aberglauben in sei-

Ferdinand Weiß. Gottfried Kinkel. Bleistiftzeichnung
Berlin, Nationalgalerie

nem Gefolge hat. In Bayern war es der Konvertit Karl von Abel, der die Kirche über den Staat erhob, dessen Autorität er damit zu stützen meinte, in Preußen war es der Protestant Bunsen, der in seiner idealen Unkenntnis die Macht, der er gegenüberstand, so weit unterschätzte, daß er ihr im Streite zwischen Staat und Kirche den Sieg förmlich in die Hand spielte.

Die Frage der gemischten Ehen hatte den Anlaß zu Mißhelligkeiten gegeben, die vom Klerus zwar stets empfunden, in ihrer ganzen Schärfe aber doch erst zum Ausdruck kamen, als die Kirche sich stark genug fühlte, in offenem Ungehorsam dem Staat gegenüberzutreten. In Preußen war es, ehe die katholischen Rheinlande und Westfalen der Monarchie einverleibt wurden, rechtens gewesen, daß bei Ehen zwischen Katholiken und Protestanten die Kinder dem Bekenntnis des Vaters folgten, ein Usus, dem in Zeiten einer lareren Handhabung kirchlicher Gebräuche auch die katholische Geistlichkeit anstands-

los gefolgt war. Die Wiederbelebung des kirchlichen Lebens schärfte die Gewissen und erinnerte den bis dahin so toleranten Klerus daran, daß die Ehe nach Auffassung der katholischen Kirche ein Sakrament sei und die Vereinigung zweier Personen verschiedenen Bekenntnisses kirchlich nicht anders, denn als Konkubinat aufgefaßt werden dürfe. So begann zuerst im Rheinland und Westfalen von seiten der Geistlichkeit ein stiller Kampf
gegen die gemischten Ehen; dadurch, daß die Geistlichen sich weigerten, solche einzusegnen,
wurden die Gewissen der Katholiken beunruhigt und ein starkes Element der Unsicherheit
und des Mißbehagens in das bürgerliche Leben getragen. Es wäre am einfachsten gewesen, diesen Schwierigkeiten dadurch aus dem Wege zu gehen, daß man die Zivilehe,
die in den linksrheinischen Gebieten schon seit der französischen Zeit bestand, über die
ganze Monarchie ausdehnte, aber dazu wollte sich die Regierung bei ihrer Abneigung
gegen alles, was an die Revolution erinnerte, nicht verstehen. Wie Varnhagen in sein
Tagebuch notiert: „Die Ehe steht in Wirklichkeit unter der Herrschaft der bürgerlichen
Zuständigkeit und Bedingungen, man tut aber, als sei sie religiös und kirchlich" und
führte dadurch den Zwiespalt herbei, in dem der schließliche Sieg auf der Seite der
Kirche verblieb. Der stille passive Widerstand der rheinischen Geistlichkeit gegen die
Staatsgesetze, welche die gemischten Ehen betrafen, ging ganz ungescheut in offene Wi-
dersetzlichkeit über, seit der frühere Weihbischof von Münster, Klemens August Freiherr
von Droste-Vischering, als Erzbischof auf dem Stuhle von Köln saß. Über die Wahl
dieses Mannes zu diesem Posten war außerhalb der Regierung, die sie getroffen, nur
eine Stimme des Erstaunens. Der Kardinal Staatssekretär Lambruschini sagte zu Bunsen, als ihm die Ernennung notifiziert wurde: Ist Ihre Regierung toll? Der Oberpräsident von Bodelschwingh hielt die Wahl für einen entsetzlichen Mißgriff, und Friedrich Perthes schrieb unter dem Eindruck derselben: „Die Wahl Drostes wird die gesamte
Stellung des Katholizismus in Preußen neu gestalten, er ist ein strenger Katholik und
eisenfester Mann." Mit der Kaltblütigkeit einer Überzeugung, die sich höherer Gewalt
verantwortlich glaubt, als der des Staates, stieß er alle Anordnungen der Regierung
einfach um, er verdammte die mildere Richtung der Hermesianer und schloß sie als Lehrer
von dem Bonner theologischen Seminar einfach aus, er befahl seinem Klerus, gemischte
Ehen nur dann noch einzusegnen, wenn das schriftliche Versprechen der Erziehung der Kinder im katholischen Glauben vorläge, und ignorierte den Staat und seine Gesetze vollständig.

Der Streit zwischen Regierung und Erzbischof, der sich allen Vorstellungen unzugänglich zeigte und sich nur als Werkzeug Gottes fühlte, wiegelte die ganze Provinz auf,
man fürchtete Störungen der öffentlichen Ruhe, und so entschloß sich das Ministerium,
den renitenten Kirchenfürsten als ungehorsamen Staatsdiener verhaften zu lassen. Die
Absicht des Erzbischofs, sich in pontificalibus vom Hochaltar des Domes weg gefangen

nehmen zu lassen, was sicherlich in Köln einen Aufruhr entzündet hätte, wurde glücklich vereitelt, der stolze Priester wurde in aller Stille arretiert und auf die Festung Minden gebracht. Nicht nur in Deutschland, sondern in der ganzen katholischen Welt machte dieser Schritt das ungeheuerste Aufsehen; die Regierung schien durch das Gewaltsame der Maßregel im Unrecht, der halsstarrige Pfaffe aber ein Märtyrer. Die Angelegenheit, die bis dahin eine solche rein innerpreußischer Verwaltung gewesen war, wurde durch das Eingreifen des Papstes, der in einer leidenschaftlichen Allokution der katholischen Christenheit verkündigte, Preußen habe die bischöfliche Würde verhöhnt, die Rechte der Kirche und des Heiligen Stuhles mit Füßen getreten, auf das Gebiet der hohen Politik

Theod. Neu. Johann Gottfried Schadow, 1844. Nach der Natur gezeichnet
Berlin, Nationalgalerie

233

verschoben. Schadenfroh sahen die übrigen deutschen Staaten, vor allem Metternich, Preußen in einer Lage, die sich durch das Ungeschick, mit dem sie behandelt wurde, ständig verschlechterte; an Diplomaten ist der preußische Staat ja von jeher arm gewesen, und hier, wo sie nicht hauen und stechen konnten, waren die Preußen schnell am Ende ihrer Weisheit. Bunsen vollends war zwar ein glänzender Gelehrter von Geist und Wissen, als Diplomat aber den römischen Kardinälen ganz und gar nicht gewachsen, er verwickelte sich in seinen Noten in Widersprüche und so offenbare Unwahrheiten, daß er den Staat, den er zu vertreten hatte, geradezu bloßstellte. Er mußte abberufen werden und indessen zog die Angelegenheit, die in Rom in so wenig geschickten Händen gelegen hatte, in der Heimat immer weitere Kreise. Der rheinische und westfälische Adel nahm sich des Gefangenen mit Wärme an, der preußische Gesandte in Brüssel, Graf Galen, legte sein Amt nieder, weil er diese Regierung nicht länger vertreten könne; Wilhelm von Ketteler, damals Referendar, später Bischof von Mainz, verließ den Staatsdienst, die ganze katholische Bevölkerung geriet in Aufregung, und im Ministerium wußte niemand, wie man die fatale Sache eigentlich angreifen müsse. Ein Federkrieg brach los, der die ganze Angelegenheit immer mehr verwirrte, der katholische Süden nahm offen Partei gegen den protestantischen Norden.

Der Kölner Bischofsstreit zeigte zum ersten Male, daß in Deutschland neben der politischen auch eine religiöse Partei bestand. Empfingen von jenen die Reaktionäre ihre Direktiven aus St. Petersburg, die Liberalen ihre Ideen aus England, die Demokraten ihre Parole aus Frankreich, so hingen diese vom Päpstlichen Stuhle ab, der unglückselige Streit, den die Regierung in ihrer Unkenntnis hervorgerufen hatte, häufte neuen Stoff zu der Unzufriedenheit, welche Deutschland von Süden nach Norden und von Osten nach Westen erfüllte. Bei der Kränklichkeit des Ministers von Altenstein und dem hohen Alter Friedrich Wilhelms III., der vor schwerwiegenden Entschlüssen stets zurückscheute, blieb die Angelegenheit jahrelang in der Schwebe, sie wurde erst geordnet, als sein Nachfolger zur Regierung gekommen war und mit vollen Händen alle, auch die weitgehendsten Ansprüche der Kurie befriedigte. Der Freiherr von Droste-Vischering kehrte zwar nicht nach Köln zurück, sondern erhielt in dem gewandten Freiherrn von Geissel einen Koadjutor mit dem Rechte der Nachfolge, aber der Friedensschluß zwischen den beiden streitenden Gewalten lehrte, daß die Kirche die stärkere war. Alles, was sich mit der kölnischen Angelegenheit verquickt hatte, die Wiedereinsetzung des Erzbischofs von Dunin in Posen, der Verzicht des Grafen Sedlnitzky auf den fürstbischöflichen Sitz in Breslau, die Wahl des Domherrn Arnoldi zum Bischof von Trier, die Erlaubnis des direkten Verkehrs der Bischöfe mit dem Heiligen Stuhl wurde so geordnet, wie es der Papst wünschte, Rom siegte auf der ganzen Linie.

Die Art, wie Friedrich Wilhelm IV. den Streit beilegte, indem er allen Wünschen Roms nachgab, hat viel dazu beigetragen, daß die Sympathien, mit denen alles, was in Deutschland auf eine freie Zukunft hoffte, zu ihm aufgeblickt hatte, erkalteten. Im Kampf gegen Rom hätte nicht nur der Protestantismus, die ganze deutsche Bildung hätte auf seiten der Regierung gestanden, für alle, welche freiheitlich empfanden und aufgeklärt dachten, bedeutete das Erwachen des Ultramontanismus eine Gefahr, sie sahen die Finsternis bedrohlich gegen Licht und Aufklärung heraufziehen.

Wie ein Siegesfest des Aberglaubens über die Vernunft erfolgte fast unmittelbar nach Herstellung der guten Beziehungen zwischen Staat und Kirche jene Ausstellung des heiligen Rockes in Trier, die in

Schadow. Büste Goethes, 1816

heftigem Für und Wider umstritten, aufs neue bewies, daß die Kluft zwischen Katholiken und Protestanten unüberbrückbar ist. Der Kinderglauben jener Armen im Geiste, die sehen müssen, um glauben zu können, umflutete die Reliquie in Orgien stumpfsinniger Devotion; binnen sieben Wochen zählte man in Trier weit über eine Million Pilger, es war, wie der alte Görres sagte, ein Triumph der Kirche über den paritätischen Staat. Die Verblüffung der Protestanten über die Unverfrorenheit, mit der hier mitten im 19. Jahrhundert eine Farce des allerdunkelsten Mittelalters neu gespielt wurde, war ebenso groß wie die Empörung aller Gebildeten, die nicht verstehen wollten, daß die Kühnheit, mit welcher der Vernunft ins Gesicht geschlagen wurde, allein schon bei den Gläubigen der anderen Seite den Erfolg verbürgte. Unter der Flut von Artikeln und Broschüren, welche die Ausstellung des heiligen Rockes hervorrief, zeichnete sich durch Ernst und Wissenschaftlichkeit die Schrift von Sybel und Gildemeister über die zwanzig heiligen ungenähten Röcke aus, am weitesten aber verbreitete den Ruhm des Trierer heiligen Garderobenstückes das Bänkelsängerlied, welches die Heilung des hysterischen Freifräuleins von Droste-Vischering besang und in das Kommersbuch überging.

In den höhnischen Jubel, mit dem der Ultramontanismus in Trier alle Elemente paradieren ließ, denen er sein Bestehen verdankt, mischte sich plötzlich ein entschiedener Mißton aus dem eigenen Lager. Der Kaplan Johannes Ronge aus Laurahütte in Oberschlesien erließ 1844 in den Sächsischen Vaterlandsblättern einen offenen Brief an den Bischof Arnoldi, in dem mit scharfen Worten gegen den Trierer Götzendienst nicht gespart war, und der Bischof am Schlusse der Tetzel des 19. Jahrhunderts genannt wurde. „Wissen Sie nicht," schrieb Ronge, „daß der Stifter der christlichen Religion seinen Jüngern und Nachfolgern nicht seinen Rock, sondern seinen Geist hinterließ!? Sein Rock, Bischof Arnoldi von Trier, gehört seinen Henkern!" Die Wirkung dieses Schreibens war ungeheuer, der Liberalismus, dem plötzlich ein Streiter mitten aus dem feindlichen Lager zu Hilfe eilte, hob den mutigen Kaplan auf den Schild und feierte ihn überschwenglich, weit über Bedeutung und Verdienst. Daß in Ronge ein neuer Luther erstanden sei, war das Geringste, was man behauptete, und was man ihm übrigens nur nachsprechen durfte, denn er bezeichnete sich selbst ganz unverblümt so und betrachtete sich als Nachfolger Christi und Luthers, deren Werk zu vollenden er berufen sei. Der Protest gegen die Ausstellung des Trierer Rockes allein würde kaum genügt haben, das Aufsehen zu rechtfertigen, welches das Auftreten des oberschlesischen Kaplans erregte, Ronge bildete nur einen neuen Mittelpunkt, um den die latente Unzufriedenheit weitester Kreise ihren Mißmut ablagerte. Sehr richtig drückt sich Ernestine von Wildenbruch darüber aus, wenn sie bei Besprechung der Ronge-Affäre 1845 aus Smyrna an eine Freundin schreibt: „Der Funke fiel in all den Zunder unnützer Schwätzerei, der jetzt in Deutschland fertig liegt." Ronge wurde wirklich ein neues Sprachrohr, durch welches der Groll sich Luft machte, den alle die fortschritthindernden, bildungsfeindlichen Maßregeln der deutschen Regierungen ansammelten. Eines seiner treffendsten Schlagworte, der Toast, den er bei einem Festmahl ausgebracht hatte. „Ein Pereat den Petersburgern an der Newa und am Tiber" hallte durch ganz Deutschland wieder. Ein Kaplan Czerski in Schneidemühl, der sich heimlich verheiratet und mit großem Anhang aus seiner Gemeinde die katholische Kirche verlassen hatte, fiel ihm zu; alles was innerhalb der Kirche katholisch bleiben wollte, ohne römisch zu werden, schloß sich der Bewegung an, und nach wenigen Monaten schon zählte die neue Gemeinschaft der Deutschkatholiken, Gemeinden, die sich über 22 verschiedene Städte Norddeutschlands verteilten und Ostern 1845 ihr erstes Konzil in Leipzig hielten.

Von seiten der Protestanten begrüßten die Rationalisten in Ronge einen Vorkämpfer gegen Rom, der alte Paulus in Heidelberg sah durch ihn die Vereinigung der Be-

Rauch. Bronzebüfte Goethes. Berlin, Frl. Hildegard Lehnert

kenntniffe näher gerückt, von feiten der Politiker fammelten fich fowohl die Radikalen um ihn, wie Robert Blum, als auch die Männer der mittleren Linie, wie Gervinus, der durch Ronge fchon den alten Traum der deutfchen Nationalkirche verwirklicht glaubte. Guftav Schwetfchke, der große Verleger in Halle, träumte von der Wiederkehr einer Weltbewegung gleich jener der Reformation und unterftützte die zeitlich zufammenfallenden Bewegungen der Deutfchkatholiken und der Uhlichfchen Lichtfreunde freigebig aus feinen reichen Mitteln. Wenn fich den deutfchkatholifchen Gemeinden, wie Frau von Wildenbruch wegwerfend bemerkt, auch nur Schufter, Schneider und Regiftratoren anfchloffen, die Bedeutung Ronges lag weniger in dem, was er feinen eigenen Gemeinden pofitiv bot, als in dem, was er den Liberalen in Kirche und Staat zu verfprechen fchien. Der kirchliche Liberalismus, wie Uhlich und Ronge ihn repräfentierten, wurde in feinen Äußerungen, wie Rudolf Haym einmal bemerkt, die Übungsfchule für den politifchen. Die Hoffnungen, die man auf Ronge fetzte, geftatteten ihm, einen wahren Triumphzug durch

237

Deutschland zu halten. Wenn er eine protestantische Kirche besuchte, so empfing ihn, wie in Potsdam, der Prediger an der Kirchtüre, in Königsberg wurde der erste Gottesdienst der neuen Gemeinde zum Fest, dem die Führer des aufgeklärten Judentums, Johann Jacoby, Falkson und Korsch beiwohnten. Edle Frauen schenkten dem schönen Mann einen Trauring, der jenem der Katharina von Bora nachgebildet war, und hofften, ihn dadurch zum Heiraten zu bewegen, andere verehrten der Frau Czerski ein silbernes Teeservice und was der geschmacklosen Huldigungen in diesem Stile mehr waren. In Berlin hielt Ronge unter größtem Zulauf Vorträge im Tivoli. Werner Siemens, der als Leutnant im Ingenieurkorps mit mehreren Kameraden zuhörte und eine Adresse mit unterschrieb, zu deren Unterzeichnern auch Michelet und der alte Schadow gehörten, zog sich dadurch die größten Unannehmlichkeiten zu, denn je lauter der Enthusiasmus sich in den liberalen Kreisen gebärdete, um so lebhafter wurde auch der Widerstand, den die Bewegung bei Behörden und Regierungen fand. Freunde wie Gegner haben den Mann überschätzt, Karl Biedermann, der als Liberaler der Bewegung zugetan war, mußte sich, nachdem er mit Ronge in Leipzig bekannt geworden war, sehr enttäuscht finden, seine Reden schienen ihm nur allgemeine Phrasen ohne tieferen Gehalt, die Eitelkeit und Selbstgefälligkeit des neuen Luther aber stießen vollends ab. Auch der brave Justinus Kerner durchschaute ihn und neckte ihn auf seine humoristische Art. Als Ronge im Vollgefühl seiner hohen Mission in Weinsberg neben dem alten Magus sitzt, da kneift Kerner ihn in besonders fleischige Rundungen seiner apostolischen Kehrseite, und als Ronge laut aufschreit, sagt er gutmütig: „Das müssen Sie als Reformator leiden können, ich zwicke Sie ja nur, Sie werden noch das Braten aushalten müssen!" Diese Feuerprobe blieb Ronge zum Glück erspart, er versagte auch ohnehin, denn zum Reformator fehlte ihm alles. Als das öffentliche Interesse sich in Deutschland anderen Fragen zuwandte, da zeigte es sich, daß Ronge nur eine jener ephemeren Größen gewesen war, deren Ruhm die Presse macht, in dem Augenblick, da diese ihn fallen ließ, war er gerichtet, völlig vergessen ist er nach Jahrzehnten erst gestorben, nachdem der Deutschkatholizismus sich aufgelöst hatte.

Mit dem Prinzip der katholischen Kirche ist eine Sektenbildung unvereinbar, sich von Rom trennen, heißt von der Kirche scheiden, während die Gesamtheit der protestantischen Kirche, auf dem Grundsatz der Freiheit beruhend, durch neue Schößlinge nur bereichert wird. Ihr hat es auch in diesen Jahren, in denen das kirchliche Leben unter so vielen Unruhen neu erwachte, nicht an Gläubigen gefehlt, die das Heil in ganz individueller Weise erstrebten. Vielleicht ist das Erstehen so mancher Sekten auf die in dieser Zeit mit so großem Eifer betriebene Verbreitung der Bibel zurückzuführen, die sowohl von englischen wie von deutschen Gesellschaften ins Werk gesetzt, Hunderttausende von Bibeln in die Hände auch der Ärmsten brachte; so hat die Hamburg-Altonaer Bibelge-

Joh. Gottfr. Schadow. Selbstbildnis, 1838

sellschaft, die 1814 gegründet worden war, bis 1839 73000 Exemplare verteilt. Die
Nachdenklichen unter den Lesern forschten in den mystischen Büchern nach den Geheimnissen endlicher Erlösung. Vor allen anderen Büchern hat ja die Apokalypse in dieser
Beziehung stets den größten Reiz ausgeübt und durch die Lehre vom tausendjährigen
Reich den grübelnden Verstand auf Wege gelockt, von denen es kein Zurück gibt. Zumal
in Württemberg fand der Chiliasmus, seit Bengel und Oetinger im 18. Jahrhundert
das tausendjährige Reich verkündet, überaus zahlreiche Gläubige, von denen ganze Gemeinden in den Jahren 1817 und 1818 nach Südrußland auswanderten. Der Prälat
Bengel hatte die Zeit, in welcher das ewige Reich Christi anbrechen werde, auf das
Jahr 1836 berechnet, ein Zeitpunkt, den seine Anhänger mit Ungeduld erwarteten.

Von Hamburg breiteten sich seit 1834 Neutäufer über Deutschland aus; drei
deutsche Schlossergesellen brachten 1838 das Nazarenertum nach Ungarn; Martin Ste-
phan und seine Anhänger schüttelten den Staub Sachsens von ihren Schuhen und zogen
nach Missouri, wo sie jämmerlich zugrunde gingen. Wenn diese und andere Sekten aber
im Dunkel einer niederen Gesellschaftsschicht und in der Enge einer rein auf dogmatischen

239

Abweichungen beruhenden Gläubigkeit verblieben, so machte ein Kreis von Frommen, der sich in Königsberg zusammengefunden, um so mehr Aufsehen, einmal, weil er aus Mitgliedern der besten Gesellschaft bestand, dann aber, weil man ihn schwerer sittlicher Verfehlungen beschuldigte. Die mystische Theosophie des schwärmerischen Johann Heinrich Schönherr fand nach seinem 1826 in Königsberg erfolgten Tode an den Predigern Diestel und Ebel Anhänger, welche ihre Gottesdienste in die Formen einer auffallend zärtlichen Andacht kleideten. Da Ebel persönlich ein schöner feuriger Mann war, dessen Gemeinde sich vorzugsweise aus Damen und Herren des ostpreußischen Adels rekrutierte, da diese Anhänger sich absonderten, eine eigene Sprache führten, sich mit gesuchter Einfachheit kleideten, die Männer in langstreckigen altmodischen Röcken mit schmalen kandidatenhaften Halstüchern, die Frauen recht geflissentlich unscheinbar, wie sie Fanny Lewald schildert, so konnte es nicht fehlen, daß sie Aufmerksamkeit erregten und es nicht lange dauerte, bis der Klatsch als sittliche Entrüstung laut wurde. Man flüsterte von wüsten Orgien, welche bei den Zusammenkünften der Mucker, wie die Schönherrianer genannt wurden, abgehalten würden und phantasierte in der Freude über die Schlechtigkeit der anderen von wollüstigen Ausschweifungen, denen die Mucker ergeben seien. Dem Oberpräsidenten von Schön war die Angelegenheit um so unerfreulicher, weil er selbst, auf dem Boden des Rationalismus stehend, aller religiösen Schwärmerei von Herzen abgeneigt war, nun aber erleben mußte, daß zwei seiner Schwägerinnen sich zu einer Gemeinde hielten, die in Verdacht nicht nur des staatlich anstößigen Mystizismus und der Sektiererei stand, sondern auch moralisch einen üblen Ruf genoß. Heftig und leidenschaftlich wie er war, ließ er den Hetzern, zu denen ein Graf Finkenstein, der Prediger von Tippelskirch und Professor Olshausen gehörten, freie Hand und veranstaltete, daß die beiden Geistlichen 1835 in einen Prozeß verwickelt wurden, der, trotzdem er mit größter Parteilichkeit und absoluter Willkür geführt wurde, nichts Belastendes gegen die beiden Männer ergab. Weder für den Verdacht geschlechtlicher Ausschweifungen, noch die Behauptung ketzerischer Irrlehre konnte auch nur ein Schatten des Beweises gefunden werden und wenn schließlich, nachdem der Prozeß sieben Jahre gedauert hatte, die Angeklagten doch verurteilt wurden, so geschah das, weil die Gesellschaftsjustiz ja immer über dem Gesetze steht und es verachten darf; Themis trifft Schuldige selten, Unschuldige häufig, Unbequeme immer. Zwanzig Jahre später hat Graf Kanitz die völlige Unschuld der beiden Prediger, die Voreingenommenheit und Parteilichkeit ihrer Richter nach den Akten des Prozesses erwiesen, aber zu spät für die Opfer und ihre Gläubigen, Mucker und Muckertum waren längst zum beschimpfenden Gattungsbegriff frömmelnder Unsittlichkeit geworden. Die Unerbittlichkeit einer pharisäischen Orthodoxie, die soeben mit Eichhorn und Hengstenberg an das Ruder gelangt war und ihre Gegner durch Maßregeln einer stupiden

Ketzerrichterei fortwährend reizte, verschuldete es, daß das Schandmal, mit dem sie eine kleine Sekte der Ihren hatte stigmatisieren wollen, an ihr selbst haften blieb und lange Jahre hindurch für alle Aufgeklärten die Begriffe „Frömmigkeit" und „Fromme" einen verdächtigen Beigeschmack behielten.

Overbeck. Italia und Germania. Ölgemälde. München, Neue Pinakothek

Jammer und Klagen über die Schule, welche heute so laut ertönen, waren vor hundert Jahren nicht minder lebhaft, der Unterricht der höheren Schulen war in einem stumpfen Formalismus verknöchert, der der niederen Schulen vollständig vernachlässigt. Die Elementarschulen in Stadt und Land waren in Händen von Lehrern, die ihren Beruf nur im Nebenamt eines einträglicheren Handwerkes betrieben oder ihren Posten als Versorgung für Dienste erhielten, die mit dem Lehramt als solchem nichts zu tun hatten. Im Ansbachischen, erzählt Puchta, unterrichteten Schneider und Schuster in den Dorfschulen und zwar nur im Winter, da im Sommer die Kinder auf dem Felde arbeiten mußten. Der Schulmeister in Wallmow, von dem Adolf Stahr die Elemente der Bildung empfing, war ein Schneider und hatte die Schule erhalten, weil er als früherer Bedienter ein Kammermädchen der Herrschaft geheiratet hatte; der erste Lehrer Karl Biedermanns in Breitenhof war ebenfalls ein Schneider, der von Büchsel ein Weber. Die Schulen der Frau Becker, des Küsters Voß und des Rektors Schäfer, welche Fritz Reuter in Stavenhagen besuchte, schildert er als höchst bedenkliche Bildungsstätten. In diesem Lichte erscheint auch die Kantorschule in Magdeburg, in der Karl Rosenkranz Lesen und Schreiben zu lernen hatte und die Liebesche Schule in Berlin, von der Sebastian Hensel zu berichten weiß, daß sie in seinem elterlichen Hause nur die Lybische Wüste genannt wurde; eine Greisin von 70 Jahren hielt die Vorschule, die K. Fr. von Klöden in Preußisch-Friedland besuchte. Der Unterricht, welchen der Kantor der Bürgerschule in Fallersleben erteilte, war so dürftig, daß die Eltern Heinrich Hoffmanns mit einigen Bekannten zusammen einen Privatlehrer auf eigene Kosten anstellten.

Ludwig Ruge, der bei Pastor Gildemeister in Langenhanshagen in Pension war, schreibt: „Eine Anstalt, die gewissenloser verwaltet wurde wie diese, gab es schwerlich, die Knaben bezahlten ihre Pension, von einer Gegenleistung war nicht die Rede." Auch Heinrich Leos Erzählungen von dem mangelhaften Unterricht, den er in Rudolstadt empfing, lauten überaus traurig, zumal er von der Verwilderung der Schüler und der furchtbaren Brutalität der Lehrer ein abschreckendes Bild entwirft. Die Kunst der Pädagogen bestand ausschließlich im Prügeln, denn noch galt der Grundsatz, den Klödens Großvater vertrat, „Kinder können nie genug Schläge bekommen". Präzeptor Zinckhan in Steinau, der Lehrer der Brüder Grimm, hatte Stöcke und kurze lederne Peitschen, denen er Namen gegeben hatte. „Ich wüßte niemand, vor dem ich im Leben mehr in Furcht gewesen wäre," schreibt Ludwig Grimm, „noch gehen in Steinau einige herum, die durch seine Prügel ein Auge verloren haben." Trunksüchtig und prügelfreudig schildert Peter Lübke den Lehrer, von dem er den Elementarunterricht empfing, Fanny Hensel beschwert sich über die Ohrfeigendisziplin, welche in der Schmidtschen Schule in Berlin die Ordnung aufrecht erhielt, ihr Sprößling aber fügt hinzu, daß dieselbe nur gegen die Kinder ärmerer Leute in Anwendung gebracht wurde. Fanny Lewald erinnerte sich noch nach fünfzig Jahren ihres ersten Lehrers in Königsberg, dessen ungemessene Heftigkeit ihn zu der größten Roheit und Unbarmherzigkeit gegen seine Schülerinnen fortgerissen hatte. Felix Eberty und seine Mitschüler wurden in der Cauerschen Anstalt braun und blau geschlagen, so daß ihnen befohlen war, beim Schwimmunterricht die Bademäntel bis zum letzten Augenblick anzubehalten; in der Bunsenschen Schule in Frankfurt am Main sah Michelet zu, wie ein Knabe von einem Unterlehrer geohrfeigt wurde, um abgehärtet zu werden; ein Pädagoge ersten Ranges, wie Dinter, bekennt von sich selbst, daß er seine Zöglinge immer mit den Fäusten ins Gesicht geschlagen habe und Adolf Stahr erzählt aus Prenzlau, daß der Lehrer vor Nervosität immer gleich die ganze Klasse geohrfeigt habe, ähnliche Erfahrungen machte Ludwig Rellstab in den Berliner Schulen, die er besucht hat.

Die Unfähigkeit der Lehrer zeigte sich nicht nur in den übertriebenen Prügeln, sie trat in der Art des Unterrichts ebensogut zutage, wie im gesamten übrigen Betrieb. Die Stadtschule im Preußisch-Friedland wurde, wie Klöden erzählt, nur einmal im Jahre gereinigt und zwar von den Kindern selbst. Die Schulzimmer des Gymnasiums in Salzwedel starrten vor Schmutz, solange Wilhelm Harnisch dasselbe besuchte, sind die Fenster nie gewaschen worden und so bitter, wie seine Klagen darüber, sind die über den schlechten Unterricht, den er erhielt. Das Gymnasium in Prenzlau besaß gar keinen Philologen, den Sprachunterricht erteilte ein Theologe so gut er eben konnte und wußte, und wie der oft beschaffen war, das illustriert Levin Schücking mit der Erzählung von seinem

Franz Krüger. Der Maler Gropius und der Schauspieler
Beckmann. Zeichnung. Berlin, Nationalgalerie

Lehrer in Münster, dessen gelehrte Schrullen das geistige Band mit den klassischen Autoren, die im Lernstoff traktiert wurden, völlig zerrissen. Gustav Parthey dachte noch als alter Mann mit Beklemmung und Widerwillen an seine Gymnasialzeit in Berlin, und der Traum, noch Schüler zu sein, war der schrecklichste, den er haben konnte.

Das waren große und lebhaft empfundene Übelstände, wieviele werden heutzutage als Äquivalent für dieselben den Umstand betrachten, daß in der Mehrzahl der deutschen Territorien das Abiturientenexamen noch unbekannt war. Eine Maturitätsprüfung als Abschluß eines durchlaufenden Gymnasialkurses, gewissermaßen als Schlußrechnung, um den Grad der Reife und Vorbildung des Schülers zu ermitteln, existierte nur in Preußen, wo unter Mitwirkung der bekannten und bedeutenden Pädagogen Meierotto und Gedicke die erste Prüfungsinstruktion am 23. Dezember 1788 erlassen worden und eben auf Anregung Wilhelm von Humboldts im Oktober 1812 durch eine neue ersetzt worden war. In den übrigen deutschen Staaten existierte dies Schreckgespenst der Eltern und Schüler noch nicht, die Schulen entließen ihre Zöglinge zur Universität, wenn Lehrer und Direktor sie zum Studium für reif genug hielten. Hatten die jungen Leute dann einige Jahre studiert und den Doktorhut erworben, so berechtigte sie das Doktordiplom zur Advokatur, es gestattete ihnen, als Arzt zu praktizieren oder jede andere Anstellung im Staate einzunehmen. „Die Examenfurcht und Examenschererei", schreibt Heinrich Leo in Erinnerung an diese glücklichen Zustände seiner Jugend, „trat damals in einem Grade zurück, von dem unsere Zeitgenossen keine Ahnung haben." Nur in einigen der größeren deutschen Gebiete bestanden schon Landesexamina für Mediziner, Juristen und Theologen, und diese Staaten gaben dann auch, wie billig, bei Anstellungen ihren hart geprüften Landeskindern den Vorzug. Unter diesen Umständen mußte es Heinrich Leo, als er aus Rudolstadt nach Breslau kam, natürlich sehr sonderbar berühren, daß er seine dortigen Kommilitonen alle höchst erfüllt fand von der Wichtigkeit ihres soeben abgelegten Abiturientenexamens und in Spannung auf die bevorstehenden Staatsprüfungen für das künftige Amt. Büchsel sagt einmal sehr richtig, daß ein wohlbestandenes Examen immer den Hochmut wecke, und da dazumal nirgendwo mehr geprüft wurde, als in Preußen, so hatte auch niemand mehr Grund zur Einbildung, als die Preußen, die gewöhnt wurden, einander nur nach den Staatsstempeln zu tarieren, die ein jeder von ihnen tragen muß. Vielleicht ist diese Disposition zur Anmaßung, an welcher der Preuße, der schon von Jugend auf sich ihr gar nicht entziehen kann, selbst so gut wie ganz unschuldig ist, mit ein Grund dafür, daß er im übrigen Deutschland so herzlich unbeliebt ist. Trotz des Widerspruches, den Gelehrte, wie Ancillon, Süvern, Jakob Grimm und viele Pädagogen von Fach gegen das System der Absolutorialprüfungen erhoben, haben sich dieselben nicht nur in Preußen erhalten, sondern sind auch von den übrigen deutschen Staaten Kurhessen, Braunschweig, Oldenburg, Sachsen, Hessen-Darmstadt, Mecklenburg, Nassau usw. nach und nach eingeführt worden, zugleich mit sonstigen Reformen des Schulwesens, welche die meisten ebenfalls preußischen Mustern entlehnten.

Preußen regenerierte nach dem Kriege sein Schulwesen von Grund auf, besonders wurde großer Wert auf die Entwicklung des Volksschulwesens gelegt. Wilhelm Harnisch, der selbst Direktor eines Lehrerseminars erst in Breslau, dann in Weißenfels war, fand zwar, daß man darin zuviel regierte, d. h.: viel bestimmte, viel hemmte, wenig oder nichts beförderte, treulich sich abarbeitete, aber den Tatleuten Blei an die Füße, statt Flügel an die Schultern band; im ganzen wurde aber doch ein großer Fortschritt gemacht, 1830 bestanden in Preußen schon 28 Lehrerseminarien, in denen über 1500 Zöglinge für ihren Beruf vorgebildet wurden. Die ausgedienten Soldaten, Bedienten, Handwerker usw., die bis dahin in den Elementarschulen auf dem Dorfe Unterricht erteilt hatten, wurden durch seminaristisch gebildete Lehrer ersetzt, machten dadurch allerdings einem Element Platz, welches durch die Überhebung, die seiner Halbbildung notwendig anhaften mußte, nach oben und unten viel Anstoß gab, Unzufriedenheit empfand und erregte. Ganz richtig bemerkt W. H. Riehl, daß man in dem neuen Herrn Lehrer den alten Dorfschulmeister freilich nicht wiedererkannte, denn der Bauer war in ihm ausgetilgt, der Gebildete aber doch nur halb an dessen Stelle gepfropft worden, so erschien er jetzt nicht selten wie

Franz Krüger. Der Maler Magnus. Zeichnung
Berlin, Nationalgalerie

ein studierter Bauer, der
vor Gelehrsamkeit überge-
schnappt ist. Gerade diese
echt moderne Stimmung,
daß sich der Mann nicht
wohl fühlt in seiner Haut
und fort und fort die
Schranken seines Standes
und Berufes durchbrechen
möchte, ward durch die
Schulmeister den Bauern
eingeimpft. Der Schulleh-
rer suchte natürlich den Zustand der Halbbildung, zu
welchem er übergegangen,
auch den dummen Bauern
mitzuteilen und dieselben
von Bräuchen und Herkom-
men gründlich zu befreien.
So ist der verschrobene
Schulmeister gar oft der
böse Dämon des Bauern
gewesen. Er hat seiner
Bestialität Ziel und Bah-
nen gewiesen, er hat zumeist
die Rolle übernommen, welche der aufhetzende verkommene Literat in den Städten gespielt. Vielleicht hängt es damit zusammen, daß 1848 viele Gemeinden ganz treuherzig
glaubten, die Schullehrer gehörten zu den abgeschafften öffentlichen Lasten und darum
einkamen, daß man sie ihnen wieder abnehmen möge.

In bezug auf die Reform der höheren Schulen gingen die Ansichten aller, die
ein Interesse an ihr nahmen, außerordentlich weit auseinander. Männer wie der Freiherr von Stein, Arndt, Dahlmann, Gagern, Welcker klagten über die einseitig vorherr-
schende Bildung des Verstandes bei der Erziehung und wünschten derselben entgegenzuwirken. Welcker sprach es offen aus, daß durch die bloßen Verstandesmenschen die materielle Gewalt zur Herrschaft gelange und die geistige Kraft des Rechtes und der Wahrheit untergingen. Der Verstandesmensch, sagt er, wird gern ein eigennütziges Werkzeug

des Despotismus. Das Gemüt muß ausgebildet werden und mit ihm Treu und Glauben, Gerechtigkeitsgefühl, Menschenfreundlichkeit und Wohlwollen. Im Gegensatz zu ihm verlangte der ebenfalls liberal gesinnte Oken, daß der Schulunterricht auf jeder seiner drei Stufen, der Bürgerschule, dem Gymnasium und der Universität und zwar auch schon auf den untersten derselben die gesamte Kultur der Welt in sich fasse. Nach Okens Wunsch hätte die Schule Naturgeschichte der drei Reiche, Physik, Chemie, Astronomie, Anatomie, Geometrie, Geographie, Geschichte lehren sollen. Würde man dann noch das Hauptsächlichste aus der Ökonomie, Technologie, Mythologie, Kunst usw. beigeben, dann könne jeder junge Mensch nicht bloß in die Welt, sondern in jede Gesellschaft treten. Friedrich Thiersch wieder wollte von einer derartigen Überernährung der jugendlichen Geister durchaus nichts wissen, sondern befürwortete für die bayerischen Gymnasien einen Lehrplan, der, auf einer gründlichen humanistischen Bildung beruhend, das Hauptgewicht darauf legte, den Geist zum Können auszubilden und die Ansammlung des bloßen Wissens dem Studium auf der Universität überließ. Er wollte nicht nur den Unterrichtsstoff einschränken, sondern auch die Anzahl der Lehrstunden, er wollte freie Menschen bilden und vergaß, daß der bureaukratische Staat nicht hoch entwickelte Individualitäten braucht, sondern Mittelmäßigkeiten. Es war die Zeit, in der die Furcht vor der Freiheit die Regierungen zur Verfolgung der Universitäten und zur Einschränkung des Unterrichtswesens überhaupt veranlaßte. Auf dem Kongresse in Verona legte der edle Herzog Franz v. Modena den Großmächten ein Memoire vor, in welchem unter den Mitteln zur Bildung ruhiger Untertanen die Auflösung der Universitäten obenan stand; in Sardinien verbot 1821 ein königliches Edikt das Lesen- und Schreibenlernen allen denen, die sich nicht über den Besitz von 1500 Lire an Vermögen und das Studium allen, die nicht den gleichen Betrag an Renten nachweisen konnten. In Griechenland verbot der Präsident Capodistrias die Lektüre Platos, weil er die jungen Leute zu sehr aufrege und zu Enthusiasten und Phantasten bilde, schon jetzt äußerte er einmal zu Thiersch, wo die Griechen arm und unwissend sind, machen sie mir soviel zu schaffen, was soll es erst mit diesen Menschen werden, wenn sie reich und unterrichtet sind! Mit der gleichen ungeschickten Offenherzigkeit, wie der italienische Duodezfürst oder der griechische Volksmann sprachen sich nun zwar die deutschen Machthaber nicht aus, sie suchten aber das gleiche Ziel auf anderem Wege zu erreichen. Der bayerische Minister v. Zentner entwickelte Thiersch gegenüber einmal seine Ansichten: „Der Staat braucht den größten Teil seiner Diener nur zu einer beschränkten Tätigkeit, dafür sollen sie vorbereitet und darauf abgerichtet werden. Kommen Männer von größerer Auszeichnung, so werden sie unbrauchbar. Es ist demnach verständig getan, wenn die Forderung an die Schule herabgestimmt, der Unterricht beschränkt wird." Absichtlich oder unabsichtlich wirkte die preußische Unterrichtsverwaltung unter dem Minister von Altenstein und dem Geheimrat Johannes Schulze ganz in diesem Sinne. Man führte außer dem Studium der alten Sprachen, auf dem bisher die Gymnasialbildung so gut wie ausschließlich gefußt hatte, auch das der deutschen Sprache, das Französische, Geschichte und Geographie, höhere Mathematik usw. ein, und wenn es dadurch wohl auch gelang, das Studium der alten Sprachen zu untergraben, so mußte doch der Versuch, die Realien zu heben, mißlingen, denn wo unter einem fast unabsehbaren Umfange von Gegenständen jedem die gleiche Tätigkeit gewidmet ist, da ist Sammlung und Erholung des Geistes unmöglich. „Es geht bei uns alles dahin," sagte Goethe zu Eckermann, „die liebe Jugend frühzeitig zahm zu machen und alle Natur, alle Originalität und alle Wildheit auszutreiben, so daß am Ende nichts übrig bleibt als der Philister." Im Leben seines Vaters charakterisiert Heinrich Thiersch dies System treffend, wenn er sagt:

„Jenes unglückliche Unterrichtssystem, unter dem die Jugend Preußens auch heute noch leidet, gelangte in den zwanziger Jahren zur vollen Ausbildung und Befestigung unter dem Einfluß des unheimlichen Geistes der damaligen preußischen Politik. Es ging mit der politischen Reaktion jener Jahrzehnte gleichen Schritt. Die damals herrschenden Heuchler der Revolutionsfurcht hatten ihren Widerwillen besonders gegen die Universitäten, gegen die akademische Freiheit und den von ihr geförderten idealen Drang der Begabteren gerichtet. Die Universitäten sollten auf Spezialschulen zur Abrichtung für die verschiedenen Fächer des Staats- und Kirchendienstes reduziert werden. Die Hegelsche Philosophie, welche alles Wirkliche für vernünftig erklärte und der Unbedingtheit des Staates das Wort redete, sollte gelten, aber sonstige ideale und selbständig wissenschaftliche Bestrebungen schienen nicht erwünscht, indem sie zu nah an die Begeisterung für Freiheit und Vaterland angrenzten. Selbständige und nach hohen Zielen ringende Charaktere wünscht ein Polizeistaat nicht. Gefügige Staatsdiener sind alles, was man braucht. Eben darum mußte sich eine Einrichtung empfehlen, bei der der Jüngling so lange wie möglich in der Zucht des Gymnasiums festgehalten und auf demselben mit Lehrgegenständen überhäuft wird. Es ist ein Stück der alten pharaonischen Staatskunst, angewandt auf die deutsche Jugend: Müßig seid Ihr, man drücke die Leute mit Arbeit, daß sie zu schaffen haben und sich nicht kehren an lose Rede. Exodus 5, 9, 17. Dem jungen Manne ist es gut, wenn er erschöpft und abgespannt auf die Universität kommt. Um so mehr wird er sich während der kurzen Studienzeit auf Vergnügungen und, naht das Examen, aufs Brotstudium werfen und von patriotischer Aufregung und Politik fern bleiben."

Als der Minister von Altenstein 1840 gestorben und der unfähige frömmelnde Eichhorn sein Nachfolger geworden war, wurde diese Richtung noch dadurch verstärkt, daß dem Religionsunterricht ein breiter Raum im Lehrplan vergönnt wurde.

Der Religionsunterricht war vorher überhaupt nicht obligatorisch gewesen; auf der Cauerschen Anstalt, welche Felix Eberty in Berlin in den zwanziger Jahren besuchte, war überhaupt kein solcher erteilt worden, ein rein deistischer Geist herrschte in der Schule, deren Heiliger Sokrates war. Man sprach vom Christentum mit Hochachtung aber Gleichgültigkeit, statt des religiösen Geistes herrschte der rein sittliche im Sinne Fichtes und Kants, der da lehrte, das Gute nur um des Guten willen zu tun. Hedwig von Bismarck lernte das Vaterunser nur französisch als Sprachübung, als Wilhelm von Kügelgen mit 14 Jahren den Konfirmandenunterricht besuchte, hatte er weder von

Franz Krüger. Der Maler Wach. Zeichnung
Berlin, Nationalgalerie

den Glaubensartikeln noch vom Vaterunser etwas gehört. Um dieselbe Zeit ging die in hohem Flor befindliche Privatschule in Nürnberg, wo Karl von Raumer und Heinrich Ranke als Lehrer wirkten, nur darum zugrunde, weil der christliche Positivismus Rankes die Eltern der Knaben kopfscheu machte und fast alle Schüler aus der Anstalt fortgenommen wurden. Während nun die Liberalen, wie es Scheidler im Staatslexikon aussprach, die Hauptaufgabe der Zeit in der Emanzipation der Schule von der Kirche erblickten, wünschten die Mächte der Reaktion erst recht, beide unauflöslich miteinander zu verquicken. Im Gegensatz zu den früheren Zuständen, mußte nun unter Eichhorns Regime, wie Varnhagen sich empört notiert, jeder aus den oberen Klassen der Gymnasien Abgehende wenigstens 70 geistliche Lieder auswendig wissen und wenn dieser mechanische Gedächtniskram das Christentum auch nicht förderte, so diente er doch zur Ermüdung und Abstumpfung des Geistes. Sehr wirksam hat Murhard im Staatslexikon dem damals herrschenden Geist in den Regierungen vorgehalten, daß er die Unterrichtsanstalten und Schulen in der Weise organisierte, daß der jugendliche Geist nicht zum Bewußtsein seiner Kraft und seines Vermögens gelange und keine verderblichen Ideen empfange. „Vor allem", fährt er fort, „mußte die Reaktion daher ihr Augenmerk auf den Religionsunterricht richten, um die Menschen schon vom frühesten Alter an zum blinden Glauben an eine höhere und höchste Autorität und dadurch zum passiven Gehorsam zu erziehen, denn diesen sollte auch die weltliche Obrigkeit als Stellvertreterin der Gottheit auf Erden bei den Untertanen in Anspruch nehmen können. Daher schaffte der Minister Eichhorn 1841 das Niemeyersche Religionsbuch ab und führte ein orthodoxes ein. Die Universalgeschichte gilt für einen gefährlichen Teil des Unterrichts, da sie die Jugend dem Liberalismus in die Arme führt, sie muß daher als Unterrichtsgegenstand in den Hintergrund gedrängt werden. Destomehr beschäftigte man die Schüler mit Grammatik, grammatischer Interpretation der alten Autoren, wissenschaftlicher Kenntnis der Bedeutung der Worte und der stilistischen Ausdrucksweise, während der Geist des Altertums unverstanden bleiben mußte. Die Schulphilologie ist die tätigste Mitbeförderin reaktionärer Tendenzen." Wenn Murhard dann von den Rückschritten spricht, welche die jetzige Generation zu beklagen habe, so findet diese Bemerkung ein merkwürdiges Echo bei Männern aller Richtungen.

Bitter beklagte sich Niethammer gegen Varnhagen über die bayerischen Gymnasien und ihren elenden Zustand, die jungen Leute kämen alle ohne Vorbereitung auf die Universität und wären unfähig, einem höheren Vortrag zu folgen. So schreibt Bunsen 1835 an Lücke: „die Universitäten sind geistig gesunken, das verfluchte Vollstopfungssystem in den Gymnasien ist großenteils schuld daran" und Friedrich von Raumer beklagt in einer 1842 gehaltenen Festrede: der Unterricht ertöte jedes Interesse, kein Schüler lese nach Empfang des Abgangszeugnisses jemals wieder einen klassischen Schriftsteller, alle Universitätsstudien würden nach überstandener Amtsprüfung völlig beiseite geworfen. Nach Heinrich Leos witzigem Vergleich war der Lebensgang preußischer Studenten, wie die Bewegung junger Hühnchen im Hühnerkorb, sowohl beschränkt wie geschützt, aber gerade mit Bezug auf diese Einengung sagte 1840 der Geheime Obertribunalsrat von Kunow zu Hoffmann von Fallersleben: wenn es so fortgehe, so werden wir die untauglichsten Leute in alle Zweige der Verwaltung bekommen. Ganz in dem gleichen Sinne hatte sich Goethe zu Eckermann ausgesprochen: „Ich kann nicht billigen, daß man von den studierenden künftigen Staatsdienern gar zu viele theoretische gelehrte Kenntnisse verlangt, wodurch die jungen Leute vor der Zeit geistig wie körperlich ruiniert werden. Treten sie nun hierauf in den praktischen Dienst, so besitzen sie zwar einen ungeheuren Vorrat an philosophischen

250

und gelehrten Dingen, al-
lein er kann in dem be-
schränkten Kreise ihres Berufes gar nicht zur Geltung
kommen und muß daher als
unnütz wieder vergessen werden. Dagegen aber, was sie
am meisten bedürften, ha-
ben sie eingebüßt, es fehlt
ihnen die nötige geistige und
körperliche Energie." Die
klassisch Gebildeten einer
früheren Epoche beklagten
mit Thiersch die moderne
preußische Vielwisserei, die
mit jener bedenklichen Ge-
läufigkeit im Sprechen über
halbverstandene Gegenstände
es nur auf die Bildung von
Dutzendmenschen absehe,
aber dieses geniale System,
das, um bei der Verdum-
mung anzulangen, einen
weiten Umweg über das

Franz Krüger. Ludwig Tieck. Zeichnung
Berlin, Nationalgalerie

Wissen macht, verschaffte·sich Eingang auch bei den Unterrichtsanstalten anderer Staaten. Badische Zustände beleuchtet Friedrich Creuzer, wenn er 1829 aus Heidelberg an
Sulpiz Boisserée schreibt: „Was den wissenschaftlichen Geist der Universität anbetrifft,
so können Sie sich den Unterschied seit Ihrem Hiersein kaum groß genug vorstellen.
Fast nichts mehr als Brotstudien. Eigentlich philosophische Vorlesungen werden fast
gar nicht mehr gehört, Geschichte wenig, wenn es so fort geht, artet die Universität
in eine Fabrik und Abrichtungsanstalt aus." Drei Jahre später beschwert er sich
gegen Friedrich Thiersch über den Vorstand des badischen Schulwesens, den Rat
Engesser, den er einen unwissenden herrischen Geistlichen nennt, der die weltlichen
Gymnasiallehrer tyrannisch verfolge und den Studierenden der Philosophie ganz unver-
holen sage, man brauche kein Griechisch. Über das Unterrichtswesen in Hannover schreibt
Friedrich Thiersch 1837 an Gottfried Hermann: „Im Hannöverschen ist das Studien-

wesen durch eine Abiturientenordnung, welche den Wahnsinn der preußischen noch über-
bietet und schon die schlimmsten Folgen hat, ganz eigentlich zur Verzweiflung getrieben
worden. Sie soll zugleich als Abschreckungsmittel und gegen den Andrang zum Studium
dienen. Welch ein Wahnsinn, wenn, um die Unbefugten abzuhalten, die Befugten samt
und sonders zugrunde gerichtet werden! Es ist berechnet worden, daß, wer den Forderungen in der Geschichte genügen will, 4000 Jahreszahlen im Gedächtnis haben muß
und nun denke bei dieser Galeerenarbeit des Gedächtnisses noch einer an studia liberalia!"
Aus Württemberg erfahren wir von Wolfgang Menzel, der in Stuttgart lebte, daß die
Knaben im Gymnasium mit Stunden überhäuft waren, sie hatten 7 Stunden täglichen
Unterricht und die geringe Freiheit wurde mit Ausarbeitungen für die Schule ausgefüllt.
Da Menzel als verständiger Mann und liebender Vater diesen Unfug nicht länger mit
ansehen mochte, so bildete er einen „Elternverein zum Schutze der Kinder gegen die
Schule", der in wenigen Tagen schon über 100 Mitglieder zählte, eine Abkürzung der
Lehrzeit verlangte und auch durchsetzte.

Mehr und mehr umspannte die Bureaukratie, wie es im Leben von Friedrich
Thiersch heißt, die Gymnasien mit ihren Netzen und machten sie im kleinen zum Abbild
des modernen, sich in alles mischenden Staates. Die unzähligen Vorschriften, Anforderungen, Instruktionen, Regulative in den Ministerialreskripten der Altensteinschen Verwaltung an die unglücklichen Gymnasialdirektoren enthält Neugebauers Sammlung der
Verordnungen über die preußischen Gymnasien 1835, eine Art Talmud des damaligen
preußischen Schulwesens. Dieses beständige Einmischen der Verwaltung erpreßte Fried-
rich Thiersch manch schmerzlichen Seufzer, dem er gelegentlich in Briefen an Gottfried
Hermann Luft macht: „Es ist hohe Zeit," schreibt er einmal, „daß die Mächtigen zur
Besinnung kommen über ihre Unfähigkeit, in die Erziehung einzugreifen und über die
Verkehrtheit und Verderblichkeit ihrer Bestrebungen. Diese Lues dringt jetzt auch in
Sachsen ein. Es ist derselbe Wahn, daß man von oben herab nicht durch Weisheit und
Ansehen, wie Münchhausen in Göttingen, sondern durch Verordnungen, Gesetze und An-
weisungen die Sachen besser machen könne."

Bei dieser Überlastung des kindlichen Gedächtnisses mit Lehrstoff aller Art konnte
wohl nicht mehr die Rede davon sein, daß selbst begabten Kindern Freude am Lernen
beigebracht wurde. Wenn es früher vorkam, wie z. B. Adolf Stahr und Felix Eberty
erzählen, daß guten Schülern, die sich im Lateinischen auszeichneten, als Belohnung versprochen wurde, sie dürften nun griechisch anfangen, so wurde jetzt der Unterricht, den
man mit allen Kräften zu verbreiten suchte, statt ihn zu vertiefen, absichtlich wieder auf
die Stufe mechanischen Formelkrams zurückgeführt, über den die Einsichtigen ihn hatten
hinausheben wollen. Es kam wieder so, wie es Karl Gustav Carus in seinen Erinne-

rungen an die Jahre schildert, die er auf der Leipziger Thomasschule zugebracht hat: „Wir lagen in den Vorhallen der Philologie, wie die Kranken um den Teich Bethesda und warteten, daß ein Engel herabkäme und die Wasser bewegte. Denk ich an diese Zeit zurück, so wird mir recht klar, wieviel im allgemeinen auf unseren Schulen noch fehlt, um den jungen Geist aus den Schätzen der alten Sprachen die Anregung und Begeisterung zuzuführen, welche ihrer Natur nach daraus hervorgehen können; gelehrte Gymnasien, bestimmt, die Alten nahezubringen, entfernen und entfremden von ihnen." Sie verleideten dem heranwachsenden Geschlecht die Wissenschaft. „Die Schule ist mir keine Stiefmutter aber auch eben so gewiß kein alma mater gewesen", schreibt Friedrich Spielhagen in seinen Jugenderinnerungen. „Sie hat mir ohne Haß und Liebe das Durchschnittsbrot gereicht und kaum das, denn es war nicht selten von weniger als mittelguter Qualität." Durch das schreiende Mißverhältnis zwischen der ungeheuren geistigen Anstrengung, welche die Schulen der Jugend zumuteten und der Körperpflege, welche sie ihr vorenthielten, taten sie das ihrige, um bei der Generation, deren Geist sie verkrüppeln durften, auch die körperlichen Gebrechen der Schmalbrüstigkeit, Kurzsichtigkeit, Muskelschwäche usw. zu befördern. Die Eltern, die ihre Kinder gesund an Seele und Leib der Schule übergaben, erhielten sie mißbildet zurück, die Köpfe verschroben durch die Eitelkeit auf ein halbes Wissen, die körperlichen Kräfte und Fähigkeiten unentwickelt und hintangehalten.

Es war das Verdienst des Professors Karl Ignaz Lorinser durch eine kleine Schrift: Zum Schutze der Gesundheit auf Schulen, die er 1836 herausgab, auf diese Übelstände hinzuweisen und Abhilfe zu verlangen. Dieser Wunsch war zu verständig, als daß er von seiten der Schulmeister nicht hätte heftigen Widerspruch finden sollen, gegen siebzig Schriften sind über das Für und Wider der Lorinserschen Ideen gewechselt worden. Eine in Berlin bei dieser Gelegenheit veranstaltete Enquete ergab als Resultat, daß die Direktoren zugaben, daß den Schülern, je länger sie in den Anstalten weilten, geistige Spannkraft und Begeisterung für die Wissenschaft abhanden komme; sie schoben die Schuld dieser ganz natürlichen Erscheinung teils auf die Unfähigkeit der Lehrer, teils auf die Überhäufung des Lehrstoffes. Das Endresultat war, daß der preußische Staat, der doch Soldaten brauchte, sich auf die Seite der Vernunft stellte. Man entschloß sich, das Turnen, welches zwanzig Jahre zuvor als demagogisch und staatsgefährlich unterdrückt worden war, wieder aufzunehmen. Maßmann, der ehemalige Burschenschafter, welcher einst den Turnplätzen in Berlin und Breslau vorgestanden hatte und seit 1824 als Leiter einer öffentlichen Turnanstalt in München lebte, wurde 1842 nach Berlin berufen, um das preußische Turnwesen zu organisieren. Wenn das Turnen auch 1844 in den öffentlichen Unterricht in Preußen aufgenommen wurde, so blieb in den Augen der guten Gesellschaft doch etwas Demokratisches an ihm haften, das viele der besseren Leute verhinderte, ihre Kinder am Turnunterricht teilnehmen zu lassen, Jahrzehnte später hat sich noch Bismarck in diesem Sinne gegen seine Tafelrunde in Versailles ausgesprochen. Im Gegensatz zu den Staatsschulen hatten viele Privatschulen schon früher unternommen, eine zweckmäßige Erziehung sämtlicher Kräfte des Leibes und der Seele etwa in Fichtes Sinne zu erstreben. Dazu gehörten in Berlin das Plamannsche Institut, wo Jahn, der Heldenjüngling Friesen, Harnisch und andere gelehrt hatten, es ist heute noch nicht vergessen, weil Otto von Bismarck zu seinen Zöglingen gehört hat; ferner die Cauersche Anstalt, deren Leben und Treiben Felix Eberty so anziehend schildert. Sie war die Gründung einiger Schüler Fichtes und scheint mit einer übertriebenen, wahrhaft drakonischen Strenge geleitet worden zu sein, denn Eberty beklagt sich einmal, sie seien in den engen Maschen eines großen Strafnetzes förmlich Gefangene gewesen. In Frankfurt a. M. genoß die Erziehungsanstalt von Georg Bunsen einen großen Ruf, sie war nach Arnold Ruge gleichsam ein Freistaat der Jugend, wo alles sich selbst in Ordnung hielt und bestand viele Jahre, bis ihr Leiter, in die Angelegenheit des Sturmes auf die Frankfurter Hauptwache verwickelt, es nötig fand, sich 1833 nach Amerika in Sicherheit zu bringen.

Viertes Kapitel

—

BÜRGERTUM und ADEL
MILITÄR   JUDENTUM

Planmäßig hatte die französische Revolution die Stoßkraft ihres Ausbruches nicht gegen das Königtum gerichtet, sondern gegen Aristokratie und Klerus und dieser Grund war es, der ihr die Sympathien aller Aufgeklärten in Europa sicherte. Es ist bekannt, mit welch leidenschaftlicher Freude die Ereignisse des Jahres 1789 in Deutschland begrüßt wurden, Staatsmänner, Philosophen, Dichter, Bürgersleute, ja selbst freisinnige Adlige sahen den glänzenden Tag herannahen, der alle die Ideale der Humanität, welche die deutsche Bildung der zweiten Hälfte des 18. Jahrhunderts erzogen und genährt hatte, verwirklichen würde. Die klassische Epoche der deutschen Literatur war aus der Mitte des Bürgertums heraus entstanden, sie entfaltete sich trotz der Aristokratie, die in ihrer Kultur völlig französiert, teilnahmslos daneben stand. So ging die große moralische Kraft, die der jungen deutschen Bildung innewohnte, ausschließlich in den Besitz des Bürgertums über und drückte der ganzen Zeit einen vorwiegend bürgerlichen Charakter auf. Mit den Vorrechten des französischen Adels, welche das Jahr 1789 beseitigte, geriet das Ansehen der Aristokratie in ganz Europa ins Wanken und wenn ihre Macht in Deutschland auch noch jahrelang unangetastet blieb, ihr Prestige war unheilbar erschüttert. Offen erklärte der alte Schlözer den Adel für ein keineswegs notwendiges Übel und von Schlieffen urteilte, der Adel sei nichts als ein entbehrliches Trümmerwerk der Vorzeit, Urteile, die um so leichter Eingang fanden, als die Ereignisse des Jahres 1806 allen Verächtern des Adels recht zu geben schienen. Die Katastrophe von Jena mit ihren Folgen zeigte das preußische Junkertum, das Heer und Verwaltung in Händen hatte, in seiner ganzen Unfähigkeit,

17

es hat damals in Preußen nicht an solchen gefehlt, die ihm seine Niederlage von Herzen gönnten. Wenn der Adel dadurch, daß er im Laufe des 18. Jahrhunderts völlig in der Hofdienerschaft aufgegangen war, schon die Achtung redlich Denkender eingebüßt hatte, so war jetzt auch der Glauben an seine Tatkraft und Leistungsfähigkeit erschüttert, ein moralischer Verlust, der dem Bürgertum zugute kam. Der Leichtfertigkeit und Sittenlosigkeit einer entarteten Aristokratie hatte das Bürgertum schon seit zwei Menschenaltern des Ideal seiner eigenen Ehrbarkeit entgegengehalten, mit solchem Erfolg, daß der Sprachgebrauch die Begriffe von bürgerlich und ehrbar für gleichbedeutend nahm; der Unwissenheit des Adels hatte es seine Bildung entgegengestellt, nun machte die französische Revolution mit dem dritten Stande das Bürgertum der ganzen Welt politisch mündig und stieß ihm damit das Tor zu einer glänzenden Zukunft auf. Wenige Jahre später hatte das deutsche Bürgertum schon Gelegenheit, die unendliche Kraft, die seiner überlegenen geistigen Bildung innewohnte, zu betätigen, indem es unter ungeheuren Opfern an Gut und Blut sich wieder von dem Feind befreite, an den es durch die Unfähigkeit seines Adels und seiner Fürsten verraten worden war.

So stand das deutsche Bürgertum unmittelbar nach den Freiheitskriegen in ganz anderer Haltung dem Adel gegenüber, als vorher, erfüllt von berechtigtem Stolz auf die eigene Tüchtigkeit, erfüllt aber auch von einem Selbstbewußtsein, das zu dem alten Haß die Geringschätzung gesellte. Der Gegensatz zwischen Adel und Bürgertum, der im Laufe des 18. Jahrhunderts erwachsen war, konnte nicht wohl größer werden, aber er kam schärfer und unverhohlener zum Ausdruck und das gerade in dem Augenblick, in dem mit dem Fallen des alten Feudalstaates sich der Unterschied zwischen beiden hätte verwischen sollen.

Die Männer, denen der preußische Staat an erster Stelle seine Regeneration verdankt, Stein und Hardenberg, waren selbst von Geburt keine Preußen und mußten alles, was sie zum Besten des Staates für nötig hielten, in heftigem Kampf gegen das preußische Junkertum durchsetzen. Friedrich von Raumer, der in diesen Jahren dem preußischen Verwaltungskörper angehörte, berichtet, wie die Kriegssteuern, die 1809 gezahlt werden mußten, zum Vorteil der adligen Gutsbesitzer erhoben wurden und welchen Entwurf die märkischen Stände auf dem 1810 in Berlin abgehaltenen Landtage einbrachten. Sie forderten die Einführung einer Einkommensteuer, die den Adel so gut wie steuerfrei ließ, die übrigen Stände aber ungeheuer bedrückt hätte. Der Ertrag bürgerlicher Gewerbe und der Bauerngüter sollte nach deren wahrem Werte und nur unter Berücksichtigung darauf ruhender öffentlicher Lasten ausgemittelt werden, während dem Ertrag adliger Güter die äußerst geringe ritterschaftliche Tare zugrunde gelegt werden sollte und alle Hypotheken, Personalschulden des Besitzers usw. in Abrechnung zu kommen hätten.

Wer diesen Vorschlägen widersprach, wurde als Jakobiner bezeichnet, denn, wie damals ein Freund an Perthes schrieb, „Opfer, die andere für das Vaterland bringen müssen, können den Herren nie groß genug sein". Die Aristokratie war eben gewohnt, wie Varnhagen und der General von Boyen einmal feststellen, ihr Gedeihen für das des Staates und Volkes auszugeben und ein Land glücklich zu nennen, wo es ihren Familien gut geht, mögen auch alle anderen Volksklassen jammern! Der Oberpräsident von Massow sagte zu Friedrich von Raumer, es müsse alles in Preußen wieder so eingerichtet werden, wie nach dem Siebenjährigen Kriege. Friedrich von Gentz, der ein geschworener Feind Napoleons, doch der Volksbegeisterung, welche die Freiheitskriege begleitete, ziemlich skeptisch gegenüberstand, hatte lange genug in Preußen gelebt, um seine Leute zu kennen, er äußerte, das Vaterland befreien,

Den Gründern der Klepublik
die dankerfüllten Demokraten
Aus den Fliegenden Blättern

hieße nichts anderes, als den preußischen Adel wieder in seine Rechte einsetzen, um ihn unbesteuert zu lassen, eine Anschauung, die nicht nur in den Kreisen der Diplomaten, sondern auch im Volke verbreitet war, denn Dr. Erhardt erzählte Varnhagen, daß, als die Nachricht von der Einnahme von Paris nach Berlin kam, ein Betrunkener ausrief: „Da hört Ihr's, der Krieg ist vorbei, die Adligen haben gesiegt."

Auf dem Wiener Kongreß, wo der Vater des Fürsten Metternich als Abgesandter der einstmals Reichsunmittelbaren eifrig am Werke war, diesen, die durch den Reichsdeputationshauptschluß der politischen Macht beraubt worden waren, ihre frühere Stellung wieder zu gewinnen, tauchte die Idee auf, einen Verein des deutschen Adels zu bilden, der als „Adelskette" den Zusammenhang zwischen demselben fördern und im Interesse der Rückeroberung des ehemaligen Einflusses tätig sein sollte. Diese Koalition ist niemals zustande gekommen, es bedurfte ihrer nicht, denn überall in Deutschland erhob der Adel sein Haupt, um Vorrechte zu beanspruchen, die ihm infolge der Revolutionskriege verloren gegangen waren. Er wurde in seinen Bestrebungen wesentlich unterstützt durch die romantisch-mittelalterliche Geschmacksrichtung der Zeit, welche in Literatur, Kunst und Mode allem den Vorzug gab, was mittelalterlich anmutete. Während die romantische Dichtkunst Adel und Rittertum poetisch zu verklären wußte, gefiel sie sich darin, das alte Bürgertum, wie Riehl sagt, als ein mattherziges Stilleben zahmer biderber Handwerksmeister darzustellen und dadurch herabzusetzen. Die Ideen des Franzosen de Bonald, der eine ganz ernsthaft gemeinte, politisch-praktische Dreieinigkeitstheorie aufstellte, wurden durch Harthausen, Friedrich Schlegel, Adam Müller auch in Deutschland propagiert, um klarzumachen, daß im modernen Staate der König Gottvater, das gemeine Volk die unerlöste Kreatur bedeute, zwischen ihnen als unentbehrlicher Mittler der Adel, aber Gott den Sohn darstelle, also der eigentliche Heiland des Staates sei. In Preußen blieben dem Adel nicht nur Heer und Verwaltung vorbehalten, sondern es wurde ihm auch in der Kreisverwaltung eine Macht eingeräumt, daß neben den adligen Gutsbesitzern die Angehörigen der Städte und der Bauernschaft nur wie Staatsbürger zweiter Klasse, wie Hörige des hochgeborenen Junkers erschienen. 1825 bemerkt Varnhagen: „Der Adel gewinnt täglich an Übergewicht, am Hofe zuerst, dann im Militär und in der Administration. Zwar der einzelne Adlige ist nicht mehr so angesehen, so obenauf wie ehemals, aber die Gesamtheit aller vielleicht nur noch mehr. Unsere adligen begüterten Familien bilden eine aristokratische Macht, von der die königliche geleitet ist. Jeder Eingeborene, der nicht aus der Adelsklasse stammt, ist nur ein halber Preuße." Man erörterte die Frage, ob es nicht gut sein würde, die Gesandtschaften erblich zu machen, so gut wie etwa das Amt eines Landmarschalls. Es klänge doch ganz hübsch Königlich Preußischer Erbgesandter am Hofe von so und so, schließlich brauchte der Inhaber die Mark ja gar nicht zu verlassen, wenn er nur einen Sekretär auf der Pfründe hielte! In Sachsen war es durchaus ebenso, wo von rechtswegen die Hälfte der Justiz- und Verwaltungsbeamten von Adel sein mußten, Hannover und Mecklenburg galten vollends für Paradiese des Adels. Wie einst im Ansbachischen nach Puchtas Erzählung adlige Rechtskandidaten geborene Räte für die Landeskollegien waren, die ohne weiteres allen Bürgerlichen ganz ohne Rücksicht auf deren Dienstalter vorangingen, so war es auch in Hannover, der adlige Beamte ging von selbst allen Bürgerlichen vor, während die niederen Stellen nach seiner Wahl mit Günstlingen besetzt wurden, die er auf Staatskosten zu versorgen wünschte. In Mecklenburg waren die Ritter steuerfrei, alle Ämter dem eingesessenen Adel vorbehalten, denn hier konstituierte sich innerhalb des Adels ein engerer Kreis alteingesessener Geschlechter, welcher Zugewanderte oder Geadelte ebensogut von seinen Privilegien und Nutznießungen ausschloß, wie die Bürgerlichen. In die Groteske mecklenburgischer Zustände brachten nur die Landtage einiges Leben, auf denen meist alle auf einmal zu reden pflegten, was um so weniger schadete, als nie etwas geschah, es sei denn, daß zwei Ritter wie 1845 F. A. v. Oertzen und F. v. Bassewitz miteinander handgemein wurden. In Baden verlangte 1819 ein hochadeliger Redner der ersten badischen Kammer, die Regierung solle Bestimmungen darüber erlassen, welche Art von Kleidung und welche Stoffe jedem Stande erlaubt seien, wer berechtigt sei, Wagen und Pferde zu halten, welche Gattung von Möbeln jede Klasse der Untertanen besitzen dürfe usw.

Unter diesen Verhältnissen, welche den Adel immer damit beschäftigt zeigen, aus all und jedem, es seien wichtige Dinge oder Lappalien, einen Vorteil für sich herauszuschlagen, spitzen sich die politischen Gegensätze dieser Jahre zu solchen zwischen dem Adel und dem Bürgertum zu. Arndt schrieb 1819: „Die vornehme Junkerei der geborenen Junker legt sich dick und frech

Gräfin Aurelia ist es nicht zum Staunen, daß unter diesem Bürgervolke so viele schöne Gesichter sind? Der Teufel begreife das — ich nicht!

Aus den Fliegenden Blättern

vor, damit nichts mit Mäßigung und Besonnenheit sich vollenden könne" und Varnhagen, der hinter den Kulissen die Mächte der Reaktion an der Arbeit sah, schrieb zur gleichen Zeit an Ludwig Uhland: „Ich sorge, daß die Völker in Deutschland zu sehr ihr Auge auf den Prozeß richten, den sie mit den Fürsten haben und daß darüber der Prozeß, den sie mit dem Adel haben, verloren geht." Varnhagen von Ense widmete diesen Fragen ein lebhaftes Interesse, 1820 schreibt er: „die gesellschaftlichen Verhandlungen in den Adelskreisen sind einflußreicher auf künftige Gesetzesbestimmungen, als man gewöhnlich meint, sie schleichen auf tausend Wegen in die Nähe des Königs, der Prinzen, der Minister und gewinnen im voraus äußeres Ansehen, ehe noch die Gegenstände von den Behörden entschieden werden." 1824 beobachtete er: „Es ist eine starke aristokratische Bewegung zu spüren, einzelne Adlige sprechen von großen Dingen, die sie ausführen wollen, zuvörderst denken sie sich der angesehenen und einträglichen Ämter mehr zu bemächtigen." Friedrich Jacobs, der schon 1817 den Frankfurter Bundestag „eine gemeinsame Beratung des Adels zur Unterdrückung der Freiheit" nennt, schreibt 1820 an Friedrich Thiersch: „So haben die beiden einander entgegenstehenden Stände ihre ursprüngliche Bestimmung vertauscht. Der Bürgerstand will etwas Bestehendes, Dauerndes, ein festes Gesetz, eine Konstitution, der Adel hingegen provisorische Maßregeln, kleine armselige Hilfsmittel, um sein gefährdetes Dasein noch auf einige Stunden zu retten. In allen diesen hochadligen Beratungen (er meinte die diplomatischen Kongresse) präsidiert die Furcht, die hier die Tochter des armseligsten Eigennutzes ist." Diese Äußerungen bekunden, wie fest das Mißtrauen gegen alles, was mit dem Adel zusammenhängt, im Gemüte des Bürgertums wurzelte. Schon lange im Besitze der moralischen Macht einer hohen geistigen Bildung, welche das Bürgertum in seinen eigenen Augen hoch über den Adel emporhob, schickte es sich eben an, durch seine Arbeitsfreudigkeit und Tatkraft der moralischen auch die materielle Macht zu gesellen. Die beiden Kräfte, mit welchen das Bürgertum in die Schranken trat, um den Kampf um die politische Geltung im Staate zu beginnen, hießen Wissen und Reichtum, und die Vertreter, welchen die Pflege derselben oblag, der Gelehrte, wie der Kaufmann, gingen ausschließlich aus den Kreisen des Bürgertums hervor. Ihnen, die der Zukunft sicher voranschritten und Jahr für Jahr den Schwerpunkt des öffentlichen Lebens vom grünen Tisch der Diplomaten ab weiter in die Sphäre des bürgerlichen Betriebes von Handel und Industrie verschoben, hatte der Adel nichts entgegenzusetzen, als die Verachtung eines Wissens, das zu erwerben er verschmähte und die Geringschätzung der Arbeit, für die er sich zu gut dünkte.

Während der Adel so von Vorurteilen verblendet, die erst drei Jahrhunderte früher die spanische Weltherrschaft in Aufnahme gebracht hatte, verschollene Privilegien hervorsuchte, um sich zu behaupten und gar nicht weit genug in das Mittelalter zurückzugreifen wußte, um historisch gewordenes Unrecht sich zum Vorrecht zurechtzustutzen, ging das Bürgertum unverdrossen an die Arbeit, um aus den zusammengestürzten Einrichtungen des alten Kastenstaates einen neuen zu errichten, den Staat der Zukunft, der auf der bürgerlichen Gleichheit beruhen sollte. Um diese Neuschöpfung entbrannte der Kampf der Geister, zu welchem die französische Revolution das Signal gegeben hatte. Er begann in Deutschland erst nach den Freiheitskriegen, aber das Jahrhundert, das seitdem verflossen ist, hat sein Ende noch nicht gesehen. Auf seiten des Bürgertums standen die guten Geister der Humanität: Freiheit, Aufklärung und Fortschritt, in deren Zeichen eine Elite der besten Köpfe den Kampf begann und bis heute fortgesetzt hat. Die Mächte des Beharrens auf der Gegenseite, an ihrer Spitze Eigennutz und Selbstsucht, sind stark genug gewesen, sich zu behaupten, und klug genug, um Zwiespalt in die Reihen der Gegner zu tragen. Wen von den Reichgewordenen des bürgerlichen Lagers nicht die Furcht vor dem nachdrängenden Proletariat zum Überläufer machte, den verführte die Eitelkeit

Friedrich Wasmann. Frau Zallinger. Berlin, Nationalgalerie, Sammlung Grönvold

zum Desertieren. Der stärkste Bundesgenosse des Adels ist ja immer das Vorurteil der Bürgerlichen gewesen. Vielleicht hätte das Bürgertum dem Adel die politischen Vorrechte, die ihm der Staat so willig einräumte, nachgesehen, war es doch selbst viel zu lebhaft an der Arbeit, um sich um das, was jenseits des Erwerbes und der Erwerbsmöglichkeiten lag, viel zu kümmern, hätte sich nicht der Adel gerade darin gefallen, die vielen Vorrechte, die ihm zustanden, durch kleinliche Bevorrechtigung auch äußerlich recht stark zur Erscheinung bringen zu wollen. Auf dem märkischen Provinziallandtag wollten die adligen Mitglieder den Bürgerlichen nur halb so viel an Diäten zugestehen, als sie sich selbst bewilligt hatten; in das sächsische Kadettenkorps in Dresden durften Bürgerliche nur als Volontäre aufgenommen werden; die adligen Vasallen der mecklenburgischen Landtage trugen rote Röcke, was den Bürgerlichen streng verboten war. In Hannover durften sich nur die adligen Amtmänner Droste nennen, den bürgerlichen blieb dieser Titel vorenthalten, adlige Förster durften goldene, bürgerliche nur silberne Epaulettes tragen, in Göttingen saßen gräfliche Studenten im Kolleg an einem eigenen Tisch, wurden von den Professoren besonders mit: Hochgeborener Herr Graf angeredet und bekamen auch vor

Gericht einen Stuhl angeboten. Das Inskriptionsbuch wurde ihnen ins Haus gebracht, Vorrechte, die mit dem doppelten Honorar, was sie erlegen durften, gewiß nicht zu hoch bezahlt waren. Das alles schien aber manchem noch nicht genug, verlangte doch ein Freiherr von dem Knesebeck in einer kleinen Druckschrift allen Ernstes, daß alle Adligen ein Ordenskreuz tragen sollten und ein alter Baron von Keith in einer ähnlichen, „Träume von Verbesserungen" betitelten Broschüre die Hebung des alten Adels durch Hofstellen u. a. Im Weimarischen Hoftheater war der erste Rang streng zwischen Bürgerlichen und Adeligen geteilt, als Henriette von Stein Ludwig Schorn heiraten will, fragt sie die Großherzogin, ob sie es auch werde ertragen können, künftig im Theater links zu sitzen, und als Ludwig Rellstab einmal vom bürgerlichen Balkon hinüber auf den adeligen geht, um Bekannte zu begrüßen, bildet dieser unerhörte Verstoß gegen das geheiligte Herkommen ein Ereignis, von dem man tagelang in Weimar spricht. Streng war der Titel „Fräulein" den jungen Mädchen von Adel reserviert. Theodor Heinsius hatte schon 1815 in der Spenerschen Zeitung den Vorschlag gemacht, in Zukunft statt Mamsell und Madame lieber nach dem Rang abgestuft: Ehrenfräulein, Fräulein oder Jungfer, Ehrenfrau oder edle Frau zu sagen. Als aber beim Einzug der Kronprinzessin Elisabeth in Berlin die Tochter des Bürgermeisters Büsching eine Ansprache halten sollte, strich der König aus dem ihm vorgelegten Programm das Wort „Fräulein" Büsching aus und schrieb eigenhändig darüber: „Mamsell". Der Sache wurde eine solche Wichtigkeit beigelegt, daß alle Ministerien ihr Gutachten darüber abgeben mußten und Herr von Kamptz (ein Mecklenburger!) denn auch glücklich ein Votum zustande brachte, der Gebrauch des Wortes Fräulein gebühre nur dem Adel, beim Bürgerstande sei es ein Mißbrauch.

An diesen feinsinnigen Unterschieden hielt man natürlich am längsten in Mecklenburg fest, noch zwanzig Jahre später führt die Kurliste im Seebad Doberan bürgerliche Mädchen nur als Mamsell auf, wovon zu Karl Hegels großem Ärger selbst bei der Tochter des Vizepräsidenten des Oberappellationsgerichtes keine Ausnahme gemacht wird. Wieviel Verdruß haben nur allein die Titulaturen: Hochwohlgeboren und Wohlgeboren veranlaßt! Als der Minister von Voß dem Geh. Rat Rother, Präsidenten der Seehandlung, nur das „Wohlgeboren" auf der Adresse gönnen will, geraten alle Behörden in Aufregung. Wie unendlich viel böses Blut gerade diese scheinbaren Kleinigkeiten des täglichen Verkehrs gemacht haben, ist leicht zu verstehen. Unter dem auf diese Weise kindisch und töricht heraufbeschworenen Haß haben auch alle die Angehörigen des Adels mitleiden müssen, welche selbst ohne Vorurteil waren. Die große Masse des Adels aber hielt um so fester an diesen albernen Lappalien, als ihr je länger je mehr mit dem Besitz, den sie aus Einbildung und Unwissenheit nicht zu halten wußte, auch der wirkliche Einfluß im öffentlichen Leben und mit ihm das Ansehen abhanden kam. Wie man sich von ge-

Franz Krüger. Hedwig von Olfers, geb. von Staegemann. Handzeichnung. Berlin, Nationalgalerie

wisser Seite vorstellte, daß dieses schwindende Ansehen wieder gefestigt werden könnte, zeigt das Programm der Adelsreunion „zur Wiedererhebung in die dem Adel nur im Drange der Zeit entfremdete Stellung". Dieses Programm, das Karl Theodor Welcker 1841 der Öffentlichkeit überantwortete und damit der Lächerlichkeit preisgab, beschäftigt sich mit dem Gedanken, dem Adel Recht und Besitz wieder zu erwerben, die nur einer von krankhaften Staatstheorien erfüllten Periode unterlegen seien. Die öffentliche Meinung soll allmählich an das bestimmtere Hervortreten des Adels an die Spitze der Nation gewöhnt werden und dazu werden als Mittel empfohlen, einmal die Erziehung der adligen Jugend durch Standesgenossen, dann aber eine gewisse Einwirkung auf die äußeren Sinne des gemeinen Volkes durch entsprechende Kleidung, Pferde, Waffen, Diener, Gefolge und burgartige Wohnung. Schließlich empfiehlt der Aufruf noch eine Hebung des Wohlstandes anzustreben und zwar durch Verheiratung mit reichen Töchtern des Landes! Daß solche Bestrebungen sich überhaupt hervorwagen konnten, zeigt deutlich den tiefen Abgrund, welcher Adel und Bürgertum voneinander trennte. Beide Stände existierten in dieser dem Mittelalter entlehnten Bezeichnung schon gar nicht mehr, ihre gegenseitigen Vorurteile aber hafteten so fest in den Köpfen, daß sie den Untergang der alten Einrichtungen noch lange überlebten.

Mit jedem Tage, den das 19. Jahrhundert vorschritt, machte auch die Demokratisierung der Gesellschaft weitere Fortschritte, der Adel sank, das Bürgertum stieg empor; wie Graf Cajus Reventlow an Perthes schrieb: „Gleichheit ist der Hebel des Zeitalters und Gleichheit wird alles verzehren über kurz oder lang." Je weniger aber auf die Länge dem Bürgertum das Eindringen in Sphären verwehrt werden konnte, die ihm bis dahin streng verschlossen gewesen waren, desto mehr nahm die Erbitterung beim Adel zu und kleidete sich bei der ohnmächtigen Wut, mit der er sich dem Zeitgeist entgegenzustemmen suchte, in wahrhaft groteske Formen. Da dem verhaßten Bürgertum als solchem kein ernstlicher Abbruch geschehen konnte, so griff man zu der Politik der kleinen Nadelstiche, die im geselligen Leben ihre Wirkung selten zu verfehlen pflegen. Die Höfe, zumal die kleinen, gingen voran. Man wußte, daß man dem gesamten Bürgertum ins Gesicht schlug, wenn man seinen Abgott, den Professor, beleidigte, so gab man ihm keinen Hofrang und verschloß ihm dadurch nach Meinung der Schranzen die irdische Glückseligkeit. Kanzler Friedrich von Müller wurde 1807 geadelt, es dauerte aber noch 5 Jahre bis er es durchsetzen konnte in Weimar bei Hofe vorgestellt und empfangen zu werden. Auch den bürgerlich geborenen Frauen Adliger, war der Hofzutritt versagt, zweimal betont Hedwig von Bismarck in ihren Erinnerungen, daß ihre Tante, die nur eine bürgerliche Professorentochter war, nicht habe zu Hofe gehen dürfen. Vielleicht war des Fürsten Otto von Bismarck Meinung über Höfe und höfisches Wesen, aus der er ja nie ein Hehl machte, ein Erbteil von seiten dieser seiner Mutter! Die Königin von Hannover machte beim Empfange von adligen und bürgerlichen Damen den Unterschied, daß sie jene auf die Backe, diese aber auf die Stirn küßte. Köstlich ist die Geschichte, welche A. von Humboldt von der Tafel des Großherzogs von Sachsen-Weimar erzählt. Als man den hohen Herrn darauf aufmerksam macht, es seien dreizehn bei Tisch, tröstet er, es seien ja zwei Bürgerliche dabei, die zählten nicht mit, eine Bemerkung, die er in französischer

Die Geborene.

„Es eckelt, es freut mich, den Sprachunterricht meiner Töchter einer geborenen Engländerin anvertrauen zu können. A propos, was sind Sie denn eigentlich für eine Geborene?"

„Zu dienen, eine Londonerin."

„Ich meine, Ihre Familie!"

„Mein seliger Vater war Commis bei Barneth & Comp."

„Also nicht von Adel! wie mochten Sie sich aber dann für geboren ausgeben? —"

Aus den Fliegenden Blättern

Sprache macht, weil die Bürgerlichen diese doch sicher nicht verstünden; als sie dann endlich gegangen sind, atmet er erleichtert auf: „Jetzt sind wir doch unter uns!" Selbst wohlmeinende Angehörige der höheren Stände, auch wenn sie viel mit geistig hochstehenden Bürgerlichen verkehrten, wurden dabei das Gefühl, sich herabzulassen, nicht los. Gräfin Elise Bernstorff, geborene Gräfin Dernath, schreibt über ihren Umgang, „wenn wir in die zwar verschriene, aber doch zum Teil sehr achtbare Beamtenwelt hätten hineingreifen wollen, so hätten wir unseren Kreis noch vergrößern können" usw. und ebenso exklusiv denkt Frau Luise von Natzmer, geborene von Richthofen, wenn sie es überhaupt notwendig findet, zu betonen, daß ihr Mann, der General Oldwig von Natzmer, sogar mehrere nicht adlige Adjutanten gehabt, dieser Umstand aber nicht den geringsten Einfluß auf sein Verhältnis zu ihnen ausgeübt hätte. „Auch ich," fügt sie hinzu, „war trotz meiner vornehmen Verwandtschaft so erzogen, daß ich auf solche Vorzüge nicht den geringsten Wert legte." Sie verrät ihre Herzensmeinung nur ganz unwillkürlich, wie es selbst Varnhagen passiert, der sich 1840 bei der Huldigung in Berlin darüber wundert, daß die berittenen Innungen der Schlächter, Brauer und Kaufleute im Aufzuge der Gewerke das Ansehen von gebildeten feinen Leuten haben. Diese Adligen haben das Gefühl, welches Niebuhr in einem 1824 an Perthes geschriebenen Briefe ganz richtig auffaßt, wenn er sagt: „Viele sehr redliche Edelleute haben keinen Begriff davon, daß auch wir und ihre Bauern überhaupt Rechte haben, daher sie denn, wenn sie etwas für sie sorgen, eine rechte rührende Verehrung für sich selbst fassen."

Ebenso unverhohlen wie die Abneigung des Adels gegen das Bürgertum sprach sich jene der fort und fort Gereizten gegen den Adel aus. Unauslöschlich haftete in der Erinnerung das Gedächtnis des Jahres 1806, das die Überhebung des Adels so seltsam illustrierte. 1820 vertraut Varnhagen seinem Tagebuch einen wahren Schmerzensschrei an: „Worauf stützt sich der Adlige, wenn er behauptet, besser zu sein? Auf seine Treue? Die Kurfürsten von Brandenburg haben sie erfahren und unser König hat sie erfahren, als die ritterschaftlichen Abgeordneten der Mark vor Napoleon standen. Auf seine Kriegstauglichkeit? Wer waren denn die feigen elenden Anführer im Felde, die nichtswürdigen Verräter der Festungen im Jahre 1806! Sind ihre Namen, obwohl am Galgen zu lesen, auch noch der Stolz ihrer Söhne und Nachkommen?!" Sehr scharf kam dieses Gefühl 1825 auf der Tagung der märkischen Provinzialstände zum Ausdruck. Der General von der Marwitz hatte hochmütig vom Adel gesprochen und gesagt: „Wir Edelleute verteidigen den Staat mit unserem Blut", da erhob sich der Lederhändler Kampffmeyer aus Berlin und erwiderte: „Was kommandieren Sie denn, Herr General? Mich dünkt Landwehr! Wenn Sie auf Ihre Verteidigung des Staates besondere Vorrechte gründen, warum gehen Sie denn nicht allein ins Feld?" Der berühmte Historiker Friedrich Christian Schlosser pries gegen den Freiherrn von Stein die Friesen schon deswegen glücklich, weil sie vom Adel nichts wüßten und fand den Ausschluß der Bürgerlichen vom Hofe nicht nur zulässig, sondern sogar sehr wünschenswert, denn die Höfe und die Hofgesellschaft seien langweilig, der Umgang mit ihnen könne keinem verständigen Menschen angenehm sein, zumal Sitte und Charakter der Bürger durch höfische Unwahrheit, Eitelkeit und Falschheit notwendig verdorben werden müßten. Hier spricht der ganze selbstzufriedene Stolz des tüchtigen Bürgers, wie er auch zum Ausdruck gekommen war, als Niebuhrs Vater den Adel ablehnte, weil er fürchtete, durch die Annahme des Titels seine Familie zu beleidigen; wie er in der Antwort zur Geltung kam, die der Justizdirektor Goltz, der Vater von Bogumil, dem Oberpräsidenten gab, als ihm dieser den Geheimratstitel anbot: „Exzellenz, ich habe nichts Geheimes an mir und will nichts Geheimes werden." Auch der Vater Gustav Partheys war stolz genug, um sich für seine dem Staat geleisteten Dienste mit dem eigenen Bewußtsein zu begnügen und bei der ihm freigestellten Wahl zwischen Adel, Geheimratstitel und Orden alle drei abzulehnen. Der Gerbermeister Gervinus in Darmstadt wurde trotz seiner beschränkten Verhältnisse nie müde, seinem Sohn den Stolz unabhängiger Bürgerlichkeit und Verachtung gegen das

Joh. Gottfr. Schadow. Bildnis der Frau Rottmann und ihrer Tochter Rosalie, 1826

Leben auf Staatskosten beizubringen. Bunsens Vater gab seinem Sohne den Rat fürs Leben mit: „Junge, ducke dich nie vor den Junkern" und viele Jahrzehnte später bekannte dieser, der übrigens selbst die Reihen des Bürgertums verlassen sollte, bei einem Besuch der alten Stadt Basel: Das zieht mir das Herz zu den Städten, wo ein unabhängiger Bürgerstand ist, das ist mein Fleisch und Blut. Als der greise Voß in seinem Pamphlet: Wie ward Fritz Stollberg ein Unfreier? den alten Jugendfreund unmäßig angegriffen hatte, standen bei dem großen Aufsehen, das die Schrift machte, die Sympathien der öffentlichen Meinung auf seiten von Voß, denn schärfer noch als den Konvertiten Stollberg hatte er den Adel getroffen und damit sprach er aus, was der großen Masse der Gebildeten das Herz bewegte, stritt doch selbst der greise Tiedge auf das lebhaftefte für Voß und gegen Stollberg, weil auch er fand, die Welt sei voller Umtriebe der Aristokraten und Pfaffen.

Die Vorzüge, welche das Bürgertum allein anerkannte, waren Besitz und Bildung, denn auf ihnen beruht die neue Gesellschaft, einen Vorzug der Geburt gab man nicht zu, man würde ja, wenn man dem Adel eingeräumt hätte, reineres Blut zu besitzen, geglaubt haben, physiologische, gewissermaßen Rassenunterschiede zu begründen. An Besitz wie an Bildung war das Bürgertum aber dem Adel weit überlegen und wenn dieser sich mit einer affektierten Verachtung des Wissens die gelehrten Berufe als nicht standesgemäß selbst verschloß und nur die Juristerei gelten ließ, die, wie Puchta sagt, als bloße Mischung von römischem Recht und Mutterwitz nicht zu den Wissenschaften zählt, aber doch den Staatsdienst erschloß, so galt eben darum der schärfste Hohn der Bürgerlichen immer der Unwissenheit des Adels. „Eine handvoll Junker", sagt Heinrich Heine, „die nichts gelernt haben, als ein bißchen Roßtäuscherei, Volksschlagen, Becherspiel oder sonstige plumpe Schelmenkünste, wähnen, ein Volk betören zu können und zwar ein Volk, welches das Pulver erfunden hat und die Buchdruckerei und die Kritik der reinen Vernunft." Weniger gelernt zu haben, schien ein weit größeres Unglück, als eine geringere Geburt. Indem man Bildung und Wissen konsequent miteinander verwechselte, gewöhnte man sich daran, denjenigen, der die Schulbank am längsten gedrückt hatte, für das höhere Wesen anzusehen und übersah willig, daß auch der größte Esel, wenn man ihm nur Zeit läßt, schließlich viel lernen kann. In einer Unterhaltung mit Professor Rühs verrät K. Fr. von Klöden, daß er nicht studiert hat. „Nie werde ich vergessen", fügt er hinzu, „wie plötzlich der Mann sein Betragen änderte." So dünkte sich der Gelehrte mehr, als jeder andere. Bunsen fertigt einmal den Minister Graf Stollberg hochmütig ab: „Davon verstehen Sie nichts, Sie haben ja gar keine wissenschaftliche Bildung" und Karl Rosenkranz erzählt mit innigstem Vergnügen die Geschichte von der Schulfeier in Magdeburg, die in Gegenwart des Gouverneurs, Grafen Hacke, stattfindet. Der Rektor Solbrig hält eine lateinische Festrede und da der Graf natürlich kein Wort derselben versteht, so steht er jedesmal, wenn in derselben das Wort hac, z. B. in der Verbindung hac die vorkommt, auf und verbeugt sich zum größten Ergötzen aller Versammelten, weil er glaubt, es sei von ihm die Rede. Daß weder der preußische Gesandte in Neapel, Graf Lottum, noch sein Attaché, Graf Putbus, ein Wort italienisch können, bereitet Arnold Ruge entschieden eine gewisse Genugtuung und Varnhagen erzählt mit größtem Vergnügen die Geschichte, wie der preußische Gesandte in Madrid, von Werther, einmal nach Hause berichtet habe, zum spanischen Gesandten in St. Petersburg sei Don Fulano ernannt worden, eine Nachricht, die sofort in die Staatszeitung überging. Er hatte seinen Sekretär, der ihn darauf aufmerksam gemacht hatte, dies sei gar kein Name, sondern bedeute nur soviel wie: ein gewisser jemand, vornehm zurückgewiesen. Derselbe erzählt auch mit schlecht verhehlter Schadenfreude die Anekdote, wie eines Tages, in einer Gesellschaft der Gräfin Redern, eine Tasse herumgezeigt wird, welche die Bildnisse dreier preußischer Könige mit den Unterschriften: fuit, est, erit aufweist. Niemand ist imstande, die rätselhaften Inschriften zu deuten, bis endlich der niederländische Gesandte, Graf Perponcher, erklärt, fuit sei altfranzösisch und heiße soviel als fût, die andern beiden Worte aber gehörten einer unbekannten Sprache an. Durchaus nicht, ruft der hessische Gesandte Herr von Senden dazwischen, erit ist ja futurum vom verbum sum.

Diesen professoralen Dünkel erwidern die anderen mit einer Geringschätzung, die

C. W. Eckersberg.
Bildnis der Frau Schmidt, 1818

am krassesten in der Bemerkung des Königs Ernst August von Hannover hervorbricht, als er bei einer Gelegenheit, wo bei der Tafel von den Göttinger Sieben die Rede ist, in Humboldts Gegenwart sagt: „Ach was, Professoren haben gar kein Vaterland; Professoren, Huren und Tänzerinnen kann man überall für Geld haben, sie gehen dahin, wo man ihnen einige Groschen mehr bietet.“ Als Karl von Raumer an die Universität Breslau berufen wird, sieht er mit Freuden, daß die Professoren der neuen Hochschule als belebendes Element des geselligen Lebens in allen Kreisen hoch willkommen sind, nachdem er aber an einem hochgräflichen Tisch mit ansehen muß, daß ein Ordinarius abseits unter die Kinder gesetzt wird, kühlt sich seine Freude etwas ab und er zieht es vor, lieber nicht mehr auszugehen. Nimmt sich der Adel aber ja einmal eines gelehrten Unternehmens an, wie Stein der Monumenta Germaniae, die ihm eine Herzenssache waren, so begegnet die Angelegenheit nur ihrer adligen Teilnehmer wegen dem stärksten Mißtrauen. So schrieb ein Berliner Freund 1826 an Friedrich Perthes, von dem ihm diese Sammlung der deutschen Geschichtsquellen auf das wärmste empfohlen war: „Vergötterung des Mittelalters ist der Boden, auf dem alle die Anstrengungen wachsen, darum lassen die vornehmen Herren den Zügel nicht aus der Hand und die Grafen und Barone (Solms, Stein, Wangenheim) und die guten Katholiken (Mirbach, Landsberg, Spiegel) werden schon acht geben, daß nichts gedruckt wird, was ihnen unangenehme Empfindungen bereiten könnte."

Seit der Pietismus in gewissen Kreisen der höheren Gesellschaft Mode geworden war, hatten sich auch einzelne Adlige, wie die Herren von Quast, von Gerlach, von Tippelskirch u. a. dem Studium der Theologie zugewandt. Mit Bezug darauf schreibt Varnhagen mit der ihm eigenen Gehässigkeit: „Seit es in der evangelischen Kirche Aussichten auf reiche und ansehnliche Stellen gibt, wenden sich auch wieder Edelleute zum Studium der Theologie." Gerade wie bei den politischen Gegenfüßlern, den Liberalen und den Reaktionären keiner dem andern mehr eine ehrliche Überzeugung oder redliche Absichten zutrauen wollte, geradeso ging es im bürgerlichen Leben zwischen Bürgerlichen und Adligen. Die Angehörigen des Adels, in jenen wirtschaftlich so schweren Jahren des Überganges massenhaft ihres Grundbesitzes beraubt, sanken in das Proletariat der Deklassierten herab und waren doppelt zu bedauern, denn welchen bürgerlichen Erwerb sie auch ergreifen mochten, solange sie das Partikelchen „von" nicht ablegten, stand ihnen das Mißtrauen und das Übelwollen der bürgerlichen Angehörigen ihres Berufes hindernd im Wege. Als Karl von Holtei zur Bühne gehen wollte, bemächtigten sich Schrecken und Abscheu des schlesischen Adels. Der Adel, erzählt er selbst, verachtete ihn, da er seinen anständigen Namen auf dem Theater entwertete, die Bürger haßten ihn, weil er von Adel sei; von einem anderen Schauspieler, von Ziethen, der sich besonders in komischen Rollen auszeichnete, sagten die Leipziger höhnisch: Der Enkel des großen Ziethen muß den Leipziger Handelsdienern Fratzen vormachen, und er selbst fühlte sich so wenig wohl, daß er sich zu Varnhagen beklagte, er sei so recht der Paria von Leipzig. Daß Goethe und Schiller sich hatten adeln lassen, fand Jakob Grimm unedel und geschmacklos, und als sein Jugendfreund Rommel sich adeln ließ, war ihm das vollends ein Greuel. Ebenso entschieden hat Wilhelm Grimm seine Ansichten über die hessische Ritterschaft und den Briefadel in seinen kleinen Schriften zum Ausdruck gebracht. Wurde aber vermutet,

Franz Krüger. Henriette Paalzow, geb. Wach. Zeichnung
Berlin, Nationalgalerie

daß hinter dem bürgerlichen Namen ein adliger verborgen sei, so erhöhte das doch wieder den Nimbus des Betreffenden, der Heldenspieler Maßmann, der Adolf Stahr in Prenzlau entzückte, galt eigentlich für einen früheren Dragonerrittmeister von Maßow und der berühmte Tragöde Eßlair interessierte das Publikum um so mehr, als es hieß, er sei eigentlich ein Freiherr von Khevenhiller. Das Vorurteil gegen alles Adlige, selbst wenn es nur adlig schien, war so stark, daß, wie Laube erzählt, Heinrich Hoffmann, der sich von Fallersleben nannte, heftig angefeindet wurde, weil dies ein unwürdiges Kokettieren mit dem Adel sei. Niemand schien vor diesem Vorwurf geschützter zu sein, als gerade dieser Dichter, der nur in dem begreiflichen Wunsch, sich von anderen Hofmännern zu unterscheiden, den Namen seines Geburtsortes seinem Vatersnamen hinzufügte, sicherlich, die ganze Art des Mannes, wie sie sich in seinen Schriften und in seiner weitschweifigen Selbstbiographie offenbart, spricht dafür, ohne jede Prätension des Adels. Aber wieviele von denen, welche so streng und so unerbittlich über den Adel zu Gericht saßen und selbst den bloßen Anschein desselben verurteilten, waren selbst stets geneigt, ihren guten Namen durch ein davor gesetztes „von" ein scheinbar höheres Ansehen zu geben, um sich zum Geburtsadel rechnen zu dürfen. Selbst der Umstand, daß die Erhebung in den Adelstand ein Vorzug war, in den die Bürgerlichen sich mit den fürstlichen Maitressen zu teilen hatten, hat nur wenige davon abgehalten, den Stolz auf ihren geachteten Namen bis zur Ablehnung des Adels zu treiben.

Das Bürgertum folgte hierin dem Zug der Zeit, der in einem vielleicht unbewußten Gegensatz gegen die nivellierenden Tendenzen des Jahrhunderts um so größeren Wert auf die Äußerlichkeiten der Standesunterschiede legte, je geringer mit jedem Tag der wirkliche Wert derselben wurde. Die allgemeine Unzufriedenheit einer Zeit, in welcher der Neid auf größeren Besitz und höheren Stand vorherrschte, teilte sich dem Herrscher so gut mit, wie dem Arbeiter, wie dieser sich seines Berufes schämte, so trachtete auch jener nach erhöhtem Ansehen, und da es nicht leicht war, dies durch Ausdehnung realer Macht zu erreichen, so begnügte man sich mit dem Titel derselben. Aus den Markgrafen und Herzögen wurden Großherzöge, aus den Kurfürsten Könige, jahrelang hat der Kurfürst von Hessen, der „Siebenschläfer", sich die größte Mühe gegeben, König der Katten zu werden, er hatte in Kassel schon begonnen, ein herrliches Stammschloß zu bauen, um die neue Würde auch effektvoll zu repräsentieren, aber wie er dies nicht vollendete, so erreichte er auch jenes nicht. Er war darin minder glücklich, als die kleinen sächsischen Herzöge, die sich eines Tages in souveräner Machtvollkommenheit das Prädikat Königliche Hoheit zulegten. Sie versetzten dadurch zwar den Bundestag in die größte Aufregung, aber das laute Gezänk der Diplomaten über diese ganz gleichgültige Angelegenheit erinnerte die Zeitgenossen nur daran, wie tief man in Deutschland noch in Vorurteilen steckte, welche dem 17. Jahrhundert angehörten. Varnhagen schreibt allen Verständigen aus der Seele: Meinetwegen sollen sich alle Fürsten Majestät betiteln und alle Geistlichen sich als Heiligkeit begrüßen, aber man sollte so gescheit sein, sich nicht vor allem Volk zu zanken. Genau wie die deutschen Philister, die mit Eifersucht über ihren Titeln, Plätzen, Vortritt usw. wachten, Kotzebue hat es treffend in seinen deutschen Kleinstädtern geschildert, dachten die Fürsten. Der Herzog von Cumberland blieb in Berlin von der Hochzeit der Prinzessin Alexandrine fort, weil er dem Großherzog von Mecklenburg den Vortritt nicht gönnte, als König von Hannover geriet er mit dem König von Württemberg in einen heftigen Rangstreit, er beanspruchte den Vortritt, weil er von älterem Kurfürstenrang, letzterer, weil er von älterem Königsrange sei. Solche Beispiele wirkten ansteckend. Frau von Rochow erzählt, daß die Rangstreitigkeiten am Berliner Hof nie zur Ruhe gekommen seien und man ein besonderes Ungeschick in ihrer Behandlung bewiesen habe. Die abnehmende Bedeutung von Standesunterschieden, die auf Anschauungen basierten, welche längst ihre Geltung verloren hatten, mußte ganz notwendig dazu führen, daß man der Entwertung derselben gewissermaßen durch einen Zwangskurs begegnen wollte. Die Gesellschaft berücksichtigte in Wirklichkeit nur noch die Unterschiede von Arm und Reich. Der Adel, der bis dahin die erste Stellung eingenommen hatte und nun je länger je schneller in das Proletariat von Heer und Beamtenwelt hinuntersank, sah sein Ansehen völlig in Frage gestellt, und da er es dem erwerbenden Bürgertum nicht gleichtun konnte, so suchte er den mangelnden Besitz durch Titel und Prärogative aller Art zu kompensieren. Indessen zerfielen von den Einrichtungen, mit denen er sich abzusperren suchte, eine nach der andern. Die Ahnenprobe auf 16 adlige Ahnen väter- und mütterlicherseits, die z. B. noch für Erwerbung des Johanniterordens bestand, die in Sachsen sogar noch von den Mitgliedern des Landtages gefordert wurde, mußte abgeschafft werden, denn bei dem Eindringen des Bürgertums in die adligen Familien fand sich bald niemand mehr, der sie hätte ablegen können. Als Stand existierte der Adel gar nicht mehr, er schloß sich zur Kaste ab, versteinernd in einer Abgeschlossenheit, die dem rastlos weiterstürmenden Leben nichts als Vorurteile entgegenzusetzen hatte. Die Anschauung der Regierenden, den Adel vorzugsweise als eine Stütze des Thrones zu betrachten, — Friedrich Hebbel bemerkt 1837 ganz richtig in seinem Tagebuch: „Alle Gründe für die fortdauernde Notwendigkeit des Adels sind aus dem Interesse der Throne, keiner aus dem Interesse des Volkes hergenommen", — hat verschiedene Versuche veranlaßt, dem in sich selbst zerfallenden Stand neuen Halt zu geben. Sowohl König Ludwig von Bayern, wie Friedrich Wilhelm IV., die sich beide mit der Wiederbelebung des absterbenden Standes beschäftigten, knüpften ihre Reformpläne an die englische Einrichtung an, welche Titel und Besitz dem Erstgeborenen vorbehält und durch die Zusammenhaltung

Adolf Henning. Frau Therese Albrecht, geb. Ermeler. Ölgemälde
Berlin, Nationalgalerie

beider nicht nur dem Adel sein Ansehen sichert, sondern auch den nachgeborenen unbetitelten Kindern den Übergang zum Bürgertum so wesentlich erleichtert. Diesem Prinzip verdankt die englische Aristokratie ihr dauerndes hohes Ansehen. Der Versuch, ihre Einrichtungen auf die grundverschiedenen Verhältnisse des deutschen Adels zu übertragen, mußte an dem Widerspruch der Beteiligten scheitern, wie General von Wöllwarth und Freiherr von Riedesel zu Varnhagen äußerten, wenn der Adel sich nicht selbst helfen kann, so wird auch keine Regierung imstande sein, es zu tun. Die Zwitterstellung, die dem Adel als Geburtsstand mitten in der in Berufsstände geteilten Gesellschaft angewiesen war, hat die starke Abneigung veranlaßt, mit der seine Träger von ihren bürgerlichen Berufsgenossen betrachtet wurden. Diese Abneigung fand ihren stärksten Ausdruck in dem Antrag, den der berühmte Naturforscher Karl Vogt, ein Neffe der Brüder Follen, in der Paulskirche einbrachte, nämlich den Adel abzuschaffen, indem seine Annahme freigegeben würde.

Erinnerungsfeier am 3. Februar 1838
in Potsdam.

aktoren, welche bis dahin in der Gesellschaft nur nebensächliche Rollen gespielt hatten, wurden zu Bundesgenossen für Adel und Bürgertum, es waren Militär und Judentum, welche in diesen Jahrzehnten zu immer steigender Bedeutung gelangten.

Das Heerwesen entwickelte sich in dieser Zeit aus dem reinen Söldnertum lebenslänglich geworbener oder gepreßter Mannschaften zum Volksheer. War es vor 1806 noch vielfach aus dem Abschaum der Bevölkerung zusammengesetzt, war bis dahin auch der Verbrecher nicht zu schlecht zum Soldaten gewesen, so umfaßte es jetzt, wenigstens was Preußen anbetrifft, die Blüte des Volkes, die ganze waffenfähige männliche Jugend aller Stände im besten Alter der Kraft und Gesundheit. Diese Umwälzung, welche die Reformen Scharnhorsts angebahnt haben, ging so schnell vor sich, daß sie den Anschauungen der Zeitgenossen weit voraus eilte. In den Köpfen der älteren Generation saß die Geringschätzung des Soldatenstandes noch so fest, daß die Stadt Berlin noch im ersten Jahrzehnt nach Einführung der allgemeinen Wehrpflicht zweimal darum einkam, ihren Bürgersöhnen möge das Dienen erlassen werden. Das Heer war bis dahin ebenso gehaßt wie gefürchtet gewesen, die Rohheit und Brutalität der Gemeinen, wie der Dünkel und die Anmaßung der Offiziere hatten ihm den Widerwillen von Hoch und Nieder zugezogen. Friedrich Buchholz erzählt in seinem Gemälde von Preußen, daß viele Bürger des preußischen Staates sich über die Niederlagen von 1806 damit getröstet haben, daß der Übermut der Offiziere unerträglich geworden wäre, wenn die Armee bei Jena gesiegt hätte, statt geschlagen zu werden. So dachte nach den Freiheitskriegen wohl niemand mehr aber noch während der Jahre, da Deutschland sich gegen den Unterdrücker erhob, sahen viele Angehörige des guten Bürgerstandes das Eintreten ihrer Söhne als gemeine Soldaten als etwas durchaus Ungehöriges und Unwürdiges an. Goethe erlaubte nicht, daß sein Sohn August sich den Freiwilligen anschloß, und Wilhelm von Kügelgen erzählt sehr drollig, wie empört die gute Frau Bardua war, daß ihr Louis „wie ein dummer Töffel Theriak hinter dem Kalbfell herlaufen wolle", der Krieg sei doch nicht für hübscher Leute Kinder, meinte sie. Die Mutter Ludwig Uhlands schreibt einmal über Sand: „Er war ein äußerst bescheidener Mensch und ich bedauerte ihn, daß er freiwillig unters Militär mußte" und der Leipziger Astronom Möbius schrieb im Sommer 1814: „Ich halte es gradezu für unmöglich, daß man mich, einen habilitierten Magister der Leipziger Universität, zum Rekruten sollte machen können. Es ist der abscheulichste Gedanke, den ich kenne und wer es wagen, sich unterstehen, erkühnen, erdreisten, erfrechen sollte, der soll vor Erdolchung nicht sicher sein."

Es ist schon oben angeführt worden, daß der Gamaschendienst und die Paradeplackerei während des Feldzuges die Begeisterung, wie Holtei sagt, rasch zum Einfrieren brachte, die Jäger, mit denen der schlesische Dichter ins Feld gezogen war, wurden des Soldatenspiels herzlich müde, ja, als der Waffenstillstand geschlossen war und sie noch über Gebühr lange bei der Truppe behalten wurden, waren sie gekränkt darüber, im Frieden gemeine Soldaten sein zu müssen. Dieses Gefühl, den Dienst als etwas gebildeter Menschen nicht Würdiges zu empfinden, blieb noch recht lange herrschend. Der alte Geheimrat Eichmann, der Großvater Gustav Partheys, hielt es für sehr arg, daß die Kinder anständiger Leute ganz und gar auf das Niveau des gemeinen Musketiers herabgedrückt würden und fragte, welchen Nutzen es für das Vaterland haben könne, wenn gebildete Menschen 24 Stunden auf der Pritsche lägen und eine Legion Flöhe mit nach Hause brächten? Ebenso entrüstet schreibt der Vater von Heinrich Hoffmann von Fallersleben 1818 an seinen Sohn: „Du sollst in Friedenszeiten neben meinem Ochsenjungen mit der Pike in Reih und Glied stehen!?" Und da er diesen Gedanken nicht fassen kann, so kauft er ihn — in Hannover war das noch möglich — für 20 Taler vom Militär los.

Die Abneigung gegen das Militär rührte von den verschiedensten Ursachen her. Viele aus dieser Generation, wie Georg Weber, hatten noch mit eigenen Augen gesehen, wie preußische Soldaten Spießruten laufen mußten, oder Arreststrafen auf dreikantig aufgestellten Latten verbüßten. Ludwig Bamberger sah in Mainz voll kindlichen Unwillens mit an, wie die jungen preußischen Offiziere die Rekruten knufften, stießen und quälten und ahnte nicht, daß das geschehen kann, ohne Schmerzgefühl zu erregen. Andere, wie Gervinus, verachteten das Soldatenleben als gemein und eitel und fanden mit Gutzkow, daß es nicht würdig sei, wenn Apell, Wache, Exerzieren, Parade, Manöver, Revision der Armatur hunderttausend Seelen als die alleinigen Fragen der Welt und des

Adolf Henning. Gattin und Sohn des Künstlers. Ölgemälde
Berlin, Herr A. Henning

Lebens erfüllten; dritte wieder sahen durch den Soldatenstand und die allgemeine Wehrpflicht die bürgerliche Freiheit bedroht. Der preußische Kriegsrat von Cölln legte seine
Befürchtungen in einem Memoire nieder, in dem er ausführte: „so lange das Militär
ein von dem übrigen scharf getrennter Stand bleibt, der seine eigenen Gesetze, seine
eigene Polizei, seine eigene Justiz hat, so lange der König mehr Wert darauf legt, erster
Chef der Armee als der Staatsverwaltung zu sein, so lange das Militär nicht dahin
kommt, nur eine bewaffnete Körperschaft zu sein, so lange kommt Preußen nicht zur
Ruhe." In der Festschrift, die Karl Ludwig Sand für die Feier des 18. Oktober 1817

auf der Wartburg verfaßte, bezeichnet er die Soldaterei als einen der Urfeinde unseres deutschen Volkstums, ebenso mißtraut Arnold Ruge dem Automat des Polizeistaates, der das ganze Volk bewaffnet, um es an das Kommando von oben herab zu gewöhnen. Am deutlichsten sprach der Vorkämpfer des Liberalismus, Karl von Rotteck, seine Befürchtungen 1816 in einem Schriftchen über stehende Heere und Nationalmiliz aus. Er wollte, daß im Frieden nur ein kleines Heer geworbener Mannschaft unterhalten würde und daß für den Kriegsfall Landwehr auszubilden sei, ein stehendes Heer schien ihm nichts anderes, als eine Stütze des Despotismus. Er sagt: „Wenn alle Jünglinge zum Heer berufen werden, so wird die ganze Nation von den Gesinnungen des Mietlings durchdrungen sein." Er war scharfsichtig genug, die allgemeine Wehrpflicht nicht nur als ein Hindernis auf dem Wege des Fortschritts, sondern als Werkzeug des Despotismus zu erkennen. Als er so schrieb, war sie noch nicht allgemein eingeführt, der Militarismus noch nicht der Moloch geworden, der in Preußen geboren, sich zum Schreckgespenst der Völker auswachsen sollte, zum Feinde der Kultur und der Humanität, die sein lastendes Bleigewicht zu Boden gedrückt hat. Da die allgemeine Wehrpflicht damals nur in Preußen bestand — durch Boyens Wehrgesetz vom 3. September 1814 wurden allgemeine Wehrpflicht und dreijährige Dienstzeit endgültig eingeführt —, so traten Vorzüge und Fehler dieses Systems, das mit einer Bevorzugung des Adels im Offiziersstand und mit einer solchen der besitzenden Klasse in der Einrichtung der Freiwilligen verbunden war, auch hier zuerst in die Erscheinung.

Zu den Vorzügen gehörte unzweifelhaft die Förderung der Gesundheit, die den jungen, zur Fahne ausgehobenen Leuten zuteil wurde. Sie kamen vom Felde, vom Handwerk oder der Schreibstube in eine ganz andere Umgebung und ganz veränderte Verhältnisse, wobei der geistige Gewinn in der Förderung des Gemeinsinns, der körperliche in der Ausbildung der Glieder lag. Schon nach wenigen Jahren fiel den Beobachtern auf, wie sehr sich der Charakter des Militärs gegen früher verändert hatte. 1820 schreibt Varnhagen: „Die Gemeinen sprechen mit den Offizieren ganz gebildet, die Soldaten sind mit den Bürgern ganz höflich, auch im Dienst, sie sehen jetzt alle wie individuelle Menschen aus." 1825 fällt es Perthes bei einem Besuch in Berlin auf, wie kernhaft und tüchtig die Soldaten aussehen, „die vielen geistigen Gesichter", schreibt er, „erinnern daran, daß auch die jungen Leute der höheren Stände ihr Dienstjahr leisten". Mit Behagen haben viele von denen, die damals ihr Jahr abdienten, von dieser Zeit berichtet, u. a. Gustav Parthey, Theodor Fontane, Rudolf Delbrück, für den es auch dadurch erleichtert wurde, daß er außerhalb des Dienstes keine Uniform zu tragen brauchte. Der Nachteil lag außer in dem sklavischen Sinn, wie er durch die Forderung blinden Gehorsams anerzogen wurde und der Dressur, die den soldatischen Geist immer nur mit der

F. G. Waldmüller. Bildnis von Angelika Leiden, 1827

monarchischen Spitze des Staates, nie mit dem Staat selbst in Verbindung zu bringen suchte, in der Beförderung des Proletariats. Der Bauernknecht, der vom Pfluge weg zum Militär kam, in Friedensgarnisonen entsittet wurde, wie Riehl sich ausdrückt, blieb nach seiner Entlassung entweder in der Stadt, deren Arbeiterstand er vermehrte oder er brachte die städtische Verderbnis aufs Land hinaus; zu der schweren Arbeit, wie sie der Landbau verlangt, war er verdorben und zur Fabrikarbeit weder in allen Fällen geschickt genug, noch auch immer der Beschäftigung sicher. So trug der Militärdienst wesentlich zur Vermehrung des städtischen Proletariats bei.

Ein weiterer großer Nachteil des preußischen Heeres lag in der Bevorzugung des

Adels im Offiziersstand. Wie zu den Zeiten Friedrich des Großen galt die preußische Armee auch weiter als eine Versorgungsanstalt für den besitzlosen Adel, der bei Besetzung der Offiziersstellen einseitig begünstigt wurde. Friedrich Wilhelm III. hielt, wie sein Großoheim, Bürgerliche für unfähig zu Offizieren, eine Meinung, die der Adel selbstverständlich unterstützte. 1846 äußerte Ernst Ludwig von Gerlach in Magdeburg ganz öffentlich, es dürften nur Edelleute Offiziere sein, weil Bürgerliche nie ein rechtes Gefühl für Ehre haben könnten. Solchen Anschauungen wurde wohl offiziell widersprochen, aber für das Handeln blieben sie maßgebend. Ludwig Rellstab erzählt, daß der General von Müffling einem bürgerlichen Leutnant die Aufnahme in den Generalstab abschlug, nicht wegen mangelnder Befähigung, sondern weil er im Generalstab nur Leute von Vermögen und gesellschaftlichem Range brauchen könne. Bürgerliche waren nur bei der Artillerie nicht zu entbehren, denn für diese Waffe mußte man etwas gelernt haben und da der Adel das Wissen verachtete, so hielt er sich wohl oder übel von den „Bombenschmeißern" fern. Das führte so weit, daß man in Österreich die ganze Artillerie, eben weil alle ihre Offiziere bürgerlich waren, nicht für zuverlässig hielt und ihr im Falle ein Aufstand ausbräche, nicht recht trauen wollte. Diese Exklusivität des Offizierskorps hatte sich selbst nicht nach den Tagen von Jena und Auerstädt verleugnet. Als die Kapitulation von Prenzlau abgeschlossen werden sollte, schlug sich der Wachtmeister Schuppe vom Regiment Göttkant-Husaren mit dem Säbel durch und gelangte zu den preußischen Truppen. 1808 sollte er bei der Neuformierung des Heeres im zweiten schlesischen Husarenregiment als Offizier eintreten, aber die adligen Herren des Offizierskorps weigerten sich mit ihm zu dienen, bis eine von Scharnhorst erwirkte Kabinettsorder ihnen die Köpfe zurechtsetzte. Der Oberleutnant von Wichert, der zu Fritz Reuters Zeit zweiter Kommandant von Glogau war, hatte Schills Zug mitgemacht und war dann als Rittmeister zu den Kürassieren in Breslau versetzt worden; da er der einzige Bürgerliche war, lehnte ihn das Offizierskorps ab, den Adel, den ihm darauf der König erteilte, lehnte er ab, wodurch er sich einer Insubordination schuldig, also straffällig machte. Er mußte adlig bleiben und kam zur Infanterie.

Solche Gesinnungen hätten den Bürgerstand um so mehr davon abhalten sollen, den Beruf des Offiziers zu ergreifen, als der Dienst selbst zwar nicht anstrengend aber äußerst langweilig gewesen sein muß. In den langen Friedensjahren entartete er zur bloßen Spielerei. Das Paradewesen, der Vorbeimarsch, läßt sich Varnhagen von Offizieren sagen, sei jetzt das Höchste, die Generale und höheren Offiziere legten sich bloß aufs Exerzieren, auf Manövrieren würde gar kein Wert gelegt. Durch die Paradedressur, schreibt General von Uchtritz 1835 an Oldwig von Natzmer, leiden die übrigen Dienstzweige. Man dachte auch in Preußen so, wie Kaiser Nikolaus von Rußland es einmal

Franz Krüger. Bildnis seiner Nichte Christine Michaelis (verehel. Billroth)
Wien, Frau Helene Conrad, geb. Billroth

aussprach: „Der Krieg verdirbt die Armee." Leopold von Gerlach erzählt von einem
Besuch am russischen Hofe 1832 „um 21 Mann Wache aufziehen zu lassen, sind ein
Kaiser, zwei Großfürsten, 31 Generale und eine Menge Adjutanten beschäftigt"; diese
Art, den Dienst zu betreiben, überwog auch in Preußen. Friedrich Wilhelm III. war
von Haus aus keine kriegerische Natur, seine Freude an dem Militär bestand in einer
bloßen Beschäftigung mit dem Uniformwesen, in tausend kleinen Änderungen der Adju-
stierung, die bis zur Spielerei gingen und naturgemäß das Exerzier- und Paradewesen

283

in den Vordergrund schoben. „Mitten im Kriege von 1807", schreibt Fr. Aug. L. von der Marwitz, „ließ Friedrich Wilhelm III. alle Uniformen ändern. Es ist unglaublich aber nur zu wahr. Auch in den Jahren 1808 und 1809 beschäftigte sich der König mit nichts als mit Änderungen der Militäruniform." „Am ärgerlichsten", bemerkt er an einer anderen Stelle seiner Denkwürdigkeiten, „wirkte die Russomanie des Königs auf das Militär. Jedes Jahr wurde mit den Montierungen, Benennungen und Einrichtungen, die unnützesten und unbedeutendsten Veränderungen vorgenommen. Überall wurde das Nützlichste dem Neuen nachgesetzt." Fürst Wittgenstein, der intimste Umgang des Königs, schreibt 1835 an General von Natzmer „wir leben in einem Jahrhundert der Torheiten, wozu ich die militärischen Schauspiele rechne". An Stelle der Musterungen, wie sie unter Friedrich II. üblich gewesen waren, traten nun große Paraden in russischer und französischer Art. Marwitz schreibt über sie: „die schlechtesten Regimenter, wenn sie schöne Musik hatten und gut angezogen waren, wurden vorgezogen".

Albrecht von Stosch erzählt aus seiner Jugend: „Die Zeit eines Leutnants war bei der damaligen sehr einfachen Ausbildung eines Infanteristen sehr wenig in Anspruch genommen, zumal auch ihre Zahl weit über den Etat hinausging. Es vergingen ganze Wochen, ohne daß dem Offizier andere Pflichten ablagen, als Mittwoch und Sonntag zur Parade zu gehen." Dieser gezwungene Müßiggang der Offiziere hat ihrem Ansehen nicht gerade genutzt, ihr Leben und Treiben schien ernsthaften Männern geradezu verächtlich. Der Oberpräsident von Schön sagte in Königsberg in einer Gesellschaft des Generals von Uttenhoven zu einem Herrn von Wolff, der als Mitglied der Landstände in Militäruniform erschienen war, während General von Stülpnagel danebenstand: „Sie tragen die Livree des Dieners und könnten den Rock des freien Mannes tragen!?" Bunsen stellte in London das militärische Gefolge Friedrich Wilhelms IV. nicht namentlich, sondern in Pausch und Bogen vor: das da sind preußische Gardeoffiziere. Beide dokumentierten damit die geringe Meinung, die sie von den Mitgliedern dieses Standes hegten und zeigten ganz ungescheut die Abneigung gegen das Militär, die durch tausend Vorfälle jener Jahre immer neue Nahrung erhielt. Besonders haben die Konflikte zwischen Bürgerlichen und Adligen, die sich immer wiederholten, selbst im Innern der Offizierskorps, dauernd zur Verschärfung der Gegensätze beigetragen. Als 1820 in einer Gesellschaft davon die Rede war, aus der Garde sollten alle bürgerlichen Offiziere ausgemerzt werden, trat ein Herr von Buddenbrock an den Leutnant Nikau heran und sagte scherzend: na, dann wird's mit deiner Adjutantur bald vorbei sein. „Das sagt ein infamer Hundsfott", war die prompte Antwort und ein Duell, in dem der Adlige fiel, die Folge. In Frankfurt a. Oder hatte ein Leutnant Wenzel den Fähnrich Emil von Arnstädt durch schlechte Behandlung so gereizt, daß derselbe, anstatt seinen Gegner zu

284

Georg Fr. Kersting. Frau Agnes Kersting, geb. Sergel

fordern, sich hinreißen ließ, ihn in einer Aufwallung des Zornes hinterrücks niederzu-
schießen, eine Unbesonnenheit, die der arme Junge 1837 auf dem Schafott büßen mußte.
Wie man in der wilhelminischen Ära wohl von Konzessionsschulzen sprach, so nannte
man damals in Berlin den Rittmeister Molière, der in der Hofgesellschaft sehr gern
gesehen war, den Hofbürgerlichen und bezeichnete wohl, wie gelegentlich Oberstleut-

nant von Barnekow es Varnhagen gegenüber tat, die Gardeoffiziere allgemein als Höflinge.

Die vielen Fälle, in denen bei den zahlreichen Skandalaffären aller Art die abligen Offiziere so gut wie straflos ausgingen, hatten das Vertrauen in die Objektivität der Militärjustiz stark erschüttert. Als der Gardeleutnant Graf Blücher nachts von einem Rendezvous mit Frau Klara Stich kommend, den Ehemann derselben auf der Treppe zu seiner Wohnung niedergestochen hatte, sagte das Volk: zur Strafe wird er als Rittmeister in die Provinz versetzt mit der Anwartschaft, als Major wieder nach Berlin zu kommen, Frau Stich werde den Luisenorden und Herr Stich 10 Jahre Festung bekommen. Diese Ansicht über die Unparteilichkeit der Militärgerichte teilte übrigens selbst der Kronprinz. Einmal hatten zwei Gardeoffiziere ein anständiges Bürgermädchen auf ihr Zimmer gelockt, da sich aber Mamsell Stachow, so hieß sie, den Angriffen der Herren durch einen Sprung aus dem Fenster des ersten Stocks auf die Straße entzogen hatte und mit zerschmetterten Gliedern unten liegen geblieben war, bis Vorübergehende ihr Hilfe brachten, so machte die Sache ungeheures Aufsehen und veranlaßte eine Untersuchung, die der Kronprinz einer Zivilbehörde anvertraut wissen wollte, da er das Militärgericht für zu parteiisch hielt.

Vielfach wurden die Offiziere wohl auch durch die Aussichtslosigkeit ihres Berufes verbittert. Das Avancement stockte völlig, unter einem hochbejahrten Monarchen erreichten auch die Generale und höheren Chargen das Alter Methusalems; daß Vater und Sohn zu gleicher Zeit Leutnants in derselben Kompagnie waren, soll nach glaubhaften Zeugnissen wiederholt vorgekommen sein. Solche Verhältnisse machten die Offiziere nicht gerade dienstfreudiger und mögen in vielen Fällen die Gemüter derselben verhärtet haben. Es ist ermüdend, schlecht bezahlt und noch schlechter befördert, sich immer darauf angewiesen zu sehen, seinen Stolz nur in den Litzen und Tressen und vergoldeten Knöpfen des bunten Rockes suchen zu müssen. Gustav Freytag wird schwer erkrankt per Schub zum Regiment abgeholt; einem Adligen wäre das nicht passiert, grollt sein Vater, aber er selbst empfindet Mitleid mit seinem Kompagniechef, der schon 1813 Hauptmann, es 1839 noch immer nicht weiter gebracht hat. Indessen sah das Bürgertum nicht tiefer und hielt sich in seinem Urteil an die glänzende Außenseite, die so viel Elend, so viel Armut und so große Langeweile verbarg. Der Militärstand ist eine splendide Misere, pflegte Friedrich Leopold von Hertefeld mit Recht zu sagen, nannte man doch damals z. B. einen Leutnant, der keine Schulden machte, einen schlechten Offizier. Ihrem Besitz und der Unsicherheit ihres Gewerbes nach Proletarier, gerade wie die Fabrikarbeiter, waren die Offiziere diesen gegenüber doch in dem großen Nachteil, nichts gelernt zu haben, was sie außerhalb des Kommißdienstes brauchen konnten. Sie brachten ferner unähnlich jenen große Ansprüche an ein standesgemäßes Leben mit, während ihre Karriere doch jeden

Augenblick an der Laune irgendeines Vorgesetzten scheitern und sie unter die Deklassierten werfen konnte. Sie hatten wirklich nichts als das bißchen Dünkel, das sie in ihren eigenen Augen über die anderen Stände erhob, aber gerade diesen, den das Mitgefühl mit ihrer traurigen Lage ihnen wohl hätte vergönnen dürfen, wollte das Bürgertum nicht verzeihen. Die Gegensätze haben sich bis zum Jahre 1848 immer weiter zugespitzt und mit dem Erwachen des politischen Lebens in den vierziger Jahren an Schärfe zugenommen. In Königsberg wie in Köln, in Berlin wie Koblenz und Mainz hörten die Reibereien zwischen Zivil und Militär nicht auf, in Köln kam es sogar wiederholt zu sehr blutigen Auftritten. Als die Unruhen in Preußen im März 1848 zum Ausbruch kamen, war das Militär der bestgehaßte Stand der Monarchie.

In den Mittelstaaten hat man dem Militär nicht das gleiche Interesse zugewendet wie in Preußen, auch nicht an die Einführung der allgemeinen Wehrpflicht gedacht. Vielfach herrschte, wie im Königreich Sachsen, noch die Werbung oder ein Loskauf von der Konskription war Wohlhabenden gestattet. Paul Wigand erzählt in seiner Selbstbiographie, daß er von der Verpflichtung, einen zweiten Stellvertreter beizubringen, durch die von seinem Schwager Mittelhuber bewirkte Bestechung des kurhessischen Kriegsministers mit 80 Talern befreit worden sei. In Bayern richtete sich die Leidenschaft Ludwigs I. ausschließlich auf Kunst, er liebte das Militär nicht, trug höchst ungern Uniform, stieg noch weniger gern zu Pferde und sparte daher an der Ausrüstung der Armee, die er wohl für entbehrlich halten mochte.

In den Kleinstaaten vollends glich das Kriegshandwerk Idyllen, wie Spitzweg sie mit so viel Liebe gemalt oder Wilhelm von Plönnies in seinem köstlichen „Leben, Wirken und Ende weiland Sr. Exzellenz des Oberfürstlich Winkelkramschen Generals der Infanterie Freiherrn Lebrecht von Knopf" so witzig verspottet hat. Wenn Nassau für seine 6000 Mann 9 Generale besoldete, so war das der gleiche Stil, wie wenn die mecklenburgischen Reiter zu Pferde mit der Garnison Ludwigslust zwar 50 Mann stark waren, aber nur 25 Pferde zählten, oder das stolze Korps der sächsischen Gardereiter in Gotha im ganzen nur 6—8 Uniformen besaß, die unter der Mannschaft reihum gingen.

Varnhagen schreibt einmal: „Die Truppen sind demokratisiert, man gesteht es sich nur nicht recht ein." Man wird diese Anschauung auch keineswegs zu teilen brauchen; die preußische Armee ging zwar aus der Gesamtheit des Volkes hervor, aber die Abschließung vom Bürgertum, vom Zivil, die in derselben gepflegt wurde, ließ sie immer als etwas Besonderes, etwas für sich allein erscheinen. „Da von oben herab nur Fanatismus niederwärts strömt, so breitet sich dieser in den niederen Schichten aus", sagt Gutzkow in Beziehung auf das Militär und charakterisiert damit den Kastengeist, der das

287

Franz Krüger. Frau Kühne. Originallithographie

Heer erfüllte. Dieser enge Geist des Dünkels und der Exklusivität entstammte den Anschauungen des Adels, dem in der Armee die erste Stelle angewiesen war. Durch ihn
wurde das Heer in einem demokratischen Zeitalter der Stützpunkt einer Aristokratie,

Franz Krüger. Amtsrat Kühne. Originallithographie

deren letzte Rettung hier lag, durch diesen Adel wurde die Armee dann fort und fort nicht nur der Ausgangspunkt reaktionärer Tendenzen, sondern auch der kräftige Hebel für die Betätigung derselben. Der Militärstand übernahm die Rolle, die im Feudalstaat die

Aristokratie gespielt hatte, er wurde das Bollwerk, hinter dem die Geburts- und Geld-
aristokratie Schutz fanden gegen die Demokratie.

———————

Dem Bürgertum entstand im Kampfe um Freiheit und politische Macht ein Hel-
fershelfer von ganz anderer Seite her, ein Bundesgenosse, dessen Hilfe allerdings nur
widerwillig geduldet wurde, das Judentum. Aus der gedrückten Lage, in welcher sich die
Juden das ganze Mittelalter hindurch in den Kulturländern der Alten Welt befunden
hatten, waren sie in Frankreich durch die große Revolution befreit worden und die Ausdehnung des französischen Machtgebietes während der Kriege der Republik und des Kaiserreiches hatte ihnen auch in den eroberten Ländern den Genuß der Menschenrechte beschert. Nach den Freiheitskriegen verschlimmerte sich ihre Lage wieder, ja Deutschland
wurde geradezu eine Musterkarte für all die verschiedenen sozialen Abstufungen, nach
denen ihre Behandlung eingerichtet wurde. In Bremen wurden bis 1839 Israeliten
als Angesessene nicht geduldet, in Hamburg durften sie nur in gewissen Gegenden der
Neustadt wohnen, kein Handwerk erlernen, und kein unbewegliches Gut erwerben. In
Württemberg galten sie noch im Sinne des 18. Jahrhunderts als Schutzjuden, in Baden
als Schutzverwandte, denen zwar der Erwerb von Grundeigentum erlaubt, aber die Teilnahme an Volks- und Gemeindevertretung untersagt war. Umgekehrt war ihnen in
Braunschweig zwar die Teilnahme an der Volksvertretung erlaubt, aber der Erwerb von
Grundeigentum verboten. In Bayern konnten sie Offiziere werden, der Zivilstaatsdienst
aber war ihnen verschlossen, außer Brauerei, Schank- und Gastwirtschaft waren ihnen
alle Gewerbe zugängig. In Hannover, Sachsen und Mecklenburg standen sie noch ganz
unter dem Zwang des mittelalterlichen Schutzverhältnisses, welches ihnen nicht nur die
Teilnahme an den Staatsämtern und der Landesvertretung, sondern auch den Erwerb
von Grundeigentum und den Betrieb zunftgemäßer Gewerbe verbot und sie nötigte,
für die Erlaubnis des Aufenthalts nötigen Schutzbriefe periodisch zu erneuern.

In Preußen waren die Rechtsbefugnisse der Israeliten durch das Edikt vom
11. März 1812 derartig erweitert worden, daß ihnen nur noch der Staatsdienst verschlossen war. In Frankfurt hatte sich die Judenschaft durch eine große Summe Geldes
das Bürgerrecht erkauft in der Zeit, als Dalberg ihr Großherzog war; wo immer aber
auch ihre Lage gegen früher erleichtert worden war, da stellten sich, als man an die Neuordnung der Verhältnisse ging, Haß und Furcht ein, um ihnen das wenige was sie erreicht hatten, wieder zu verkümmern oder ganz zu entreißen. Wie Karl Steinacker im
Staatslexikon schreibt, standen der Emanzipation der Juden weniger Rücksichten der
Politik, als Vorurteile des Publikums entgegen. Alles was an Abneigung und Rassen-
haß auf beiden Seiten aufgesammelt war, machte sich nach dem Kriege Luft und über-

S. Friedr. Diez. Heinrich Heine. 1842 nach dem Leben gezeichnet
Handzeichnung. Berlin, Nationalgalerie

schwemmte Deutschland mit einer Flut von Broschüren, die das Für und Wider bürgerlicher Gleichstellung der Israeliten zum Teil mit großer Gehässigkeit und Voreingenommenheit erörterten. Die provinzialen Ständevertretungen Preußens forderten stürmisch
die Abschaffung des Patentes vom Jahre 1811 und die Einführung von Ausnahmege-
setzen für ihre jüdischen Mitbürger. An vielen Orten, namentlich Süddeutschlands, brachen Unruhen aus, während derer der Pöbel sich am Eigentum jüdischer Händler vergriff
und seinem Haß durch Mißhandlungen und Raub frönte.

Wie aber jeder Druck von außen Energie und Elastizität in dem belasteten Körper
erhöht und die Reaktion des Gegendruckes befördert, so geschah es auch hier; aus ihrer
eigenen Mitte entstanden den Juden begeisterte und leidenschaftliche Vorkämpfer für die
bürgerliche Emanzipation ihres Volkes. Da die Freiheiten, für die sie stritten, so weit
sie nicht sozialer, sondern auch politischer Natur waren, den Gegnern aber großenteils

selbst fehlten, so wurden die Rufer im Streit um die bürgerliche Gleichstellung der Juden zugleich Vorkämpfer für die politische Freiheit aller und so nennt das deutsche Bürgertum unter denen, die für seine Freiheit gestritten haben, eine große Reihe Juden, die selbst gegen dieses Bürgertum im Kampfe lagen.

Auf zwei Wegen trat das Judentum seinen Vormarsch zur Eroberung der ihm gebührenden Stellung an, gesellig und literarisch, begünstigt durch Reichtum und Bildung. Den Reichtum verdankt es dem Vorurteil seiner Gegner, die das verhaßte Volk Gottes zwei Jahrtausende hindurch allein auf den Handel beschränkten, die Einsicht von der Wichtigkeit der Bildung aber Moses Mendelssohn. Auf dem Wege, der durch die Geselligkeit der Salons in die Gesellschaft führte, schritten geistreiche und begabte Frauen ihrem Volke voran. Die Geister, welche Rahel Lewin, Dorothea Schlegel, Henriette Herz u. a. in ihren Kreis bannten, und bedeutende Männer haben dazu gehört, waren ebenso viele Eroberungen für die Humanität, jeder, der sich in diesen erlesenen Kreisen gefiel, war dem Gedanken der Emanzipation gewonnen. Die Salons der Mendelssohn, Beer, Fränkel in Berlin, Arnstein, Eskeles in Wien, Rothschild in Frankfurt, Oppenheim in Königsberg und viele andere bildeten in dem verfeinerten Ton ihrer Geselligkeit die vorgeschobenen Posten, von denen aus das Judentum daran ging, eine widerstrebende Gesellschaft zu erobern. Wen der Geist nicht gewann, den köderte der Reichtum, denn „der reichere Jude war Euch stets der bessere" hatte schon Lessing erkannt. Das Geld schlug Bresche in die Vorurteile der Masse. Noch gab man, wie Parthey erzählt, dem Fürsten Hardenberg, der mehrere Juden in seiner persönlichen Umgebung hatte, den Spitznamen: der Judenkönig, da erfuhr die Gesellschaft, daß der Kaiser Franz zu dem Frankfurter Rothschild gesagt hatte: „Sie sind ja mein Alliierter" und die vornehme Welt hörte mit Erstaunen, daß der König und die Königin von Württemberg in den Tuilerien in einer Quadrille mit der Herzogin von Berry und dem Pariser Rothschild getanzt hatten. Die erste am Platze war die jüdische Hochfinanz, die wahre Aristokratie der neuen Zeit, der jüdische Mittelstand folgte ihr auf andere Weise.

Unter denen, welche auf dem von Moses Mendelssohn zuerst betretenen Pfade der Verschmelzung nationaljüdischer Kultur und germanischer Bildung fortfuhren, ihre Stammesgenossen zu freieren Menschen zu erziehen, ragen unter der älteren Generation Israel Jakobsohn und David Friedländer, unter der jüngeren Leopold Zunz und Abraham Geiger hervor. Die Befreiung von den Härten des Talmudismus und eines orthodox erstarrten Rabbinismus schien ihnen die wesentliche Vorbedingung für den Aufschwung zu schönerer Menschlichkeit, sie strebten, ohne ihr Judentum aufzugeben, durch eine reinere Form des Gottesdienstes nach Aufklärung der Seelen. Man begann zuerst in Berlin deutsch zu predigen, aber diese Unternehmungen, denen der reiche Bankier

Herz-Beer große Summen widmete, begegneten nicht nur heftigem Widerstand von seiten des orthodoxen Judentums, sondern auch von seiten der Regierung. Es hatte sich
in Berlin unter dem Vorsitz des Generaladjutanten von Witzleben ein Verein gebildet,
der sich damit beschäftigte, die Juden zum Christentum zu bekehren, böse Zungen behaupteten, er bezöge die Objekte seiner Bestrebungen durch Vermittlung des General-
konsuls Julius Schmidt in Warschau, der vor seiner Konversion Isaac Ephraim geheißen hatte, aus Polen. Nun stellte der Staatsrat Nicolovius vor, daß gerade die gebildeten und aufgeklärten Juden eher geneigt sein würden, sich taufen zu lassen, wenn man
das Judentum in seiner Roheit festhalte, als wenn man ihm gestatte, sich zu läutern
und so wurde auf Befehl des Königs der deutsch-jü-
dische Tempel des Herrn Herz-Beer geschlossen. Über
die Erfolge eines solchen Schrittes in bezug auf vermehrte Bekehrungen zum Christentum kann man zweifelhaft sein, unzweifelhaft aber ist es, daß man das
Judentum dadurch nicht mehr von Bildung und Wissen abschließen konnte, denn zu tief hatte sich seiner
schon die Überzeugung bemächtigt, daß Bildung das
höchste Glück sei. Viele Eltern haben kein Opfer ge-
scheut, um ihren Kindern eine bessere Erziehung geben zu
lassen, als sie selbst sie einst empfangen, während Söhne
und Töchter Mangel und Entbehrungen für nichts achten, um die Bildung zu erringen, die sie freimachen
sollte. Es hat etwas Rührendes, wenn Fanny Lewald
erzählt, wie eifersüchtig ihre Mutter im Grunde auf
die höhere Bildung ihrer Tochter war, sie gönnte sie

Vorrang.

„Antschuldigen Sie, ich — ich habe den Vorrang, mein
Mann ist Hauptmann erster Klasse."

Aus den Fliegenden Blättern

ihr wohl von Herzen, aber sie hatte selbst unter dem Mangel derselben zu sehr gelitten,
um nicht doch ein schmerzliches Gefühl darüber zu empfinden, daß die Tochter empfing,
was ihr selbst versagt geblieben. Adolf Stahr beschreibt die Schwierigkeiten, unter denen
sein Mitschüler Davidsohn in Prenzlau sich zum Studium durchrang, ähnlich erging es
Eduard Simson und so vielen anderen jener Generation, die gleichsam dazu bestimmt
war, Brücken zu schlagen, damit ihr Volk aus Absonderung und Knechtschaft hinüber
gelange in die Gemeinschaft und Freiheit.

Doppelt schmerzlich fühlten dann die, welche sich geistig alles zu eigen gemacht, was
die deutsche Bildung bieten konnte, die Isolierung ihres Volkstums. „Ich hatte den
vollständigen Begriff von der Unterdrückung der Juden", schreibt Fanny Lewald, „und
von der Ungerechtigkeit, welche man gegen sie beging, auch das Bewußtsein der gebildeten

Juden, aufgeklärter und besser zu sein, als ihre Verfolger, hatte bereits angefangen, sich auf mich zu übertragen, denn die Juden hatten damals ihr stolzes Selbstgefühl, das man ihnen so oft als Anmaßung und Arroganz vorgeworfen hat, sehr nötig, wenn sie selbst sich aufrechterhalten und ihre Kinder tüchtig machen wollten, an der allmählichen Emanzipation des Volkes mitzuarbeiten." Dieses stolze Selbstgefühl spricht sehr deutlich aus den halb ironischen Zeilen Heinrich Simons: „Ein Stamm, aus dem der Erlöser, die Madonna, die Apostel hervorgegangen, der nach tausendjähriger Verfolgung dem Glauben und den Sitten seiner Väter treu geblieben, nach tausendjährigem Drucke noch hervorragende Größen für Wissenschaft und Kunst erzeugt, muß jedem andern ebenbürtig sein!" Der jugendliche Ferdinand Lassalle ist so niedergedrückt von der Pariastellung, die ihnen aufgezwungen wird, daß er als 15jähriger Schüler in sein Tagebuch schreibt: „Ich könnte, wie der Jude in Bulwers Leila mein Leben wagen, um die Juden aus ihrer jetzigen drückenden Lage zu reißen. Ich würde selbst das Schafott nicht scheuen, könnte ich sie wieder zu einem geachteten Volke machen." Viele und gerade die tiefer Empfindenden sind unter diesem Drucke geistig dahingesiecht, wie Ludwig Robert, andere sind ihm erlegen, wie der unglückliche Daniel Leßmann und Hermann Schiff, noch andere aber haben gerade aus ihm die Kraft zum Widerstand geschöpft. Wer denkt unter diesen nicht zuerst an Ludwig Börne und Heinrich Heine, die unter einem Vorurteil geboren, ihr ganzes Leben zum Kampf gegen Vorurteil und Unfreiheit gemacht haben.

Wenn neben dem glänzenden Gestirn Heines, dessen Liedern von der Jugend stets von neuem die Jugend beschert werden wird, der Name Börnes erblaßt ist, so liegt das daran, daß dieser nur seiner Zeit gelebt hat, mit Fühlen und Denken ganz und gar in dem Sturm und Drang aufging, der das geistige Leben jener Jahre erfüllte Uns ist er weniger als Heine, jenen aber war er mehr. „Börnes Auffassungsweise hatte etwas Typisch-Nationales, das uns alle mächtig ergriff", schreibt Fanny Lewald, die sich unter dem Eindruck seiner Schriften entwickelte, „seine Ideen hatten etwas Erweckendes, das die erzeugte Erregung nicht mehr zum Einschlafen kommen ließ. Man mußte sich rückerinnern, man mußte vorwärts denken. Jede einzelne dieser Börneschen Skizzen war ein zündender Funke, in jeder seiner Arbeiten fühlte man, mit welcher Kraft der feste Verstand das heiße Herz zu bemeistern strebte und wie das heiße Herz den Verstand zu seinen Schlüssen und Vergleichen vorwärts trieb. Auch die kleinste seiner Arbeiten war ein Aufruf zur Befreiung von irgend welchen Vorurteilen, ein Aufruf zur Freiheit überhaupt und wie die Gedanken darin stark und frisch und mutig waren, so war auch der Stil freier, die Sprache, in welcher er redete, flüssiger und energischer geworden, als man es seit den Zeiten Lessings erlebt hatte. Was Börne und Heine für die deutsche Sprache getan haben und daß sie es hauptsächlich gewesen sind, die ihr die Schnellkraft und Schlagfer-

Franz Krüger. Parade im Lustgarten zu Potsdam

tigfeit gegeben haben, welche allein sie für die Behandlung der politischen und sozialen Debatte geeignet machten, das hat man, dünkt mich, noch immer nicht nach Gebühr gewürdigt. Sie prägten die Goldbarren des Sprachschatzes, den Schiller und Goethe aufgehäuft hatten, in Münze um und machten zum beweglichen und fördernden Gemeingut, was bis dahin schwer benutzbar sich im ausschließlichen Besitz einiger wenigen befunden hatte."

Die starke Wirkung von Börnes Schriften rührte davon her, daß er für den Tag schrieb, daß er seine geistigen Gaben und Kräfte, wie seine stilistische Meisterschaft in den Dienst der öffentlichen Meinung stellte. Alle Angelegenheiten, welche, wenn auch nur für den Augenblick, das öffentliche Interesse beschäftigten, behandelte er kurz gefaßt mit Geist und Witz und immer im Hinblick auf höhere Gesichtspunkte, er ist dadurch der Schöpfer des Feuilletons geworden. Seinen Spuren folgte eine große Schar talentvoller Glaubensgenossen. Da man den Juden den Staatsdienst verschloß, so zwang man diejenigen unter ihnen, deren Begabung sie zu einer Betätigung auf politischen oder literarischen Gebiet drängte, förmlich dazu, sich in den Journalismus zu werfen und die Lebhaftigkeit ihres Geistes, die Versatilität ihrer Anschauungen in der Tagespresse zu verwerten. Wie die Engherzigkeit des Mittelalters die Juden geradezu zum Wucher gedrängt und sie dadurch zu Feinden der Gesellschaft gemacht hatte, so verursachte das Vorurteil der Regierungen, daß die Juden so beflissen vom Staatsdienst fernzuhalten suchte, ihre Abwanderung in die Presse, in der sie selbstverständlich nur als überzeugte Gegner der Reaktion auftreten konnten. Ihr Einfluß im Sinne des Fortschritts wurde so schnell fühlbar, daß Metternich sich auf das besorgteste über denselben geäußert hat, er ahnte die Riesenkräfte des Widersachers, der so rasch den Banden der Zensur entwachsen sollte.

Da man auf dem Felde der Presse die Erörterung der heimischen Angelegenheiten so viel wie möglich zu beschränken suchte, stieß man die Schriftsteller wie das Publikum geradezu auf das Ausland. Das Judentum neigte ohnehin mit seinen Sympathien nach Frankreich, wo ihm zuerst die bürgerliche Gleichberechtigung zugestanden worden wär, so blickte es immer hoffend über den Rhein, und es war nur natürlich, daß die Börne, Heine, Venedey u. a. ihrer Genossen französische Anschauungen, französische Urteile und französische Gedanken in ihren Blättern propagierten. Nur durch den Umsturz des bestehenden Systems konnten sie auf Besserung der Lage ihres Volkes hoffen, so verstand es sich von selbst, daß sie sich dem radikalen Flügel der Politiker anschlossen und diesem Umstand verdankte Deutschland die Bekanntschaft mit dem französischen Radikalismus. Mit leuchtenden Augen kam der Vater Fanny Lewalds nach Hause und teilte den Seinen die eben eingetroffenen Nachrichten der Pariser Julirevolution mit, „das wird Luft und

Franz Krüger. Parade auf dem Opernplatz in Berlin, 1829. St. Petersburg, Winterpalais

Bewegung nach allen Seiten schaffen", sagte er. In der Berliner Gesellschaft nahm Frau Lea Mendelssohn den eifrigsten Anteil an der Wendung der Dinge in Paris und erwiderte auf den recht geschmackvollen Einwand, ihr Mann werde wohl bedeutend durch den Sturz der französischen Rente verloren haben, „das müßte mir sehr leid sein, aber meine Gesinnungen kann ich nicht vom Börsenkurs abhängig machen".

Unter dem harten Drucke einer von Vorurteilen beeinflußten Gesetzgebung erstarkte das Unabhängigkeitsgefühl der Geister. Hatten Leopold Zunz und Abraham Geiger die Regeneration des Judentums von der religiösen Seite aus begonnen und im Kampf gegen die Orthodoxie ihrer Glaubensgenossen die moderne Wissenschaft des Judentums erst begründet, so waren doch auch sie schon gezwungen gewesen, in den Kampf für die bürgerliche Gleichstellung der Juden einzutreten. Den Theologen gesellte sich in Gabriel Rießer der Jurist, der nicht nachließ, in Artikeln und Denkschriften für die bürgerliche Gleichstellung der Juden zu wirken und es verstand, nicht nur dem eigenen Volke sondern auch dem fremden, unter dessen Gesetz die Juden lebten, die Überzeugung beizubringen, daß die Gleichberechtigung ein Recht sei, dessen Erfüllung nicht länger aufgeschoben werden dürfe. Diese Anschauung griff um so mehr um sich als die letzten Jahrzehnte, welche der endlichen Emanzipation der Juden im Jahre 1848 vorangingen, aus ihren Reihen die begeistertsten Vorkämpfer hervorgehen sahen, Männer, die nicht nur für die Befreiung ihres Stammes, sondern für die allgemeine Freiheit tätig waren. Da war der Königsberger Johann Jacoby, der Schöpfer der deutschen Demokratie, der er jahrzehntelang hingebend gedient hat, der unerschrockene Volksmann, aus dessen Munde sogar ein König einmal die Wahrheit hören mußte; da war der Breslauer Heinrich Simon, die die Unabhängigkeit des Richterstandes so mutvoll verfocht, da war vor allem Ferdinand Lassalle. In diesen Jahren, als der Knabe und Jüngling sich des Helotentums bewußt wird, zu dem man sein Volk verurteilen will, wendet er sich von dem Liberalismus des deutschen Bürgers, von dem er einsieht, daß nichts zu hoffen ist, ab. „Die Freiheit, die unsere deutschen Liberalen meinen," schreibt er 1840, „besteht darin, daß sie dem gnädigsten Landesfürsten Kratzfüße machen, um seine Zivilliste vergrößern zu können." „Wenn man sieht, was für ein großer Kerker Deutschland ist," schreibt er ein andermal, „wie Menschenrechte mit Füßen getreten werden, wie 30 Millionen Menschen von 30 Tyrannen gequält werden, so möchte das Herz weinen ob der Dummheit dieser Leute, die ihre Ketten nicht zerreißen, da sie es doch könnten, wenn sie nur den Willen hätten." Immer mit diesen Gedanken beschäftigt, faßt der Sechzehnjährige den Entschluß, den er seinem Tagebuche anvertraut: „Ich will den Völkern die Freiheit verkünden und sollte ich im Versuche untergehen. Ich schwöre es bei Gott und Fluch mir, wenn ich je meinem Schwur untreu werde." Der kindische Schwur eines Schuljungen, meint man, eine

Rodomontade, über die man lächeln dürfte, hätte sie nicht das spätere Leben des Mannes wahr gemacht. Wie er hier über den Scheinliberalismus höhnt, so hat er später gegen den Scheinkonstitutionalismus gekämpft, den Schwur auf die Freiheit, den der Knabe hier abgelegt, hat der Mann gehalten. Wenn man seine Tätigkeit überblickt, alles, was er der Sozialdemokratie an Ideen gegeben, alles, was er für sie gewirkt, so löst dies Schülertagebuch eines Heranwachsenden Betrachtungen aus über die immanente Gerechtigkeit der Weltgeschichte. Der Sprößling eines geknechteten und unterdrückten Volkes ist zum Befreier einer Klasse bestimmt, die noch geknechteter und unfreier war, als die, der er selbst angehörte. Er hat die Sklaven an der herrschenden Gesellschaft gerächt, die Bewegung, an deren Anfang Lassalle stand, in deren Zuckungen wir uns noch befinden, wird nicht zur Ruhe kommen, ehe nicht die Fundamente der alten Ordnung gewichen und unter ihren Trümmern die moderne Kultur unwiederbringlich verschüttet sein wird.

Monten. Feldgottesdienst auf dem Exerzierplatz bei Augsburg während der Lagerübungen, 1838
München, Armee-Museum

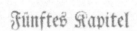

Fünftes Kapitel

LITERATUR
UND
WISSENSCHAFT

ZENSUR
UND
PRESSE

ebhaft war die Bewegung gegen alles
Fremdländische, vor allem gegen das französische Wesen, welche der patriotische Aufschwung
der Freiheitskriege, der die Deutschen mit dem ihnen
bis dahin ganz unbekannten Gefühl der Liebe zu
einem großen deutschen Vaterlande beschenkt hat,
zeitigte. Diese deutschtümelnde Bewegung, welche
die Deutschen in Sitte, Anschauungen und Tracht
von allem Welschen befreien wollte, richtete sich in
erster Linie gegen die französische Sprache und fand
in den exaltierten Köpfen der teutonischen Jugend
ein starkes Echo. Der Turnvater Jahn trat in
Rede und Schrift gegen das Französische auf, das
ihm „Galle, Gift und Greuel", „denn Welschen ist
fälschen, Entmannen der Urkraft, Vergiften des
Sprachquell, Hemmen der Weiterbildsamkeit und
gänzliche Sprachsinnlosigkeit", schrieb er in seiner
deutschen Turnkunst. Seinen überzeugenden Haß
teilte er der Jugend mit. Herr von Thadden erzählt, daß die Berliner Kadetten sich nach der französischen Stunde aus patriotischem Ekel den Mund
auszuspülen pflegten und die Prinzessin Charlotte
schrieb am 12. Juli 1814 aus Sanssouci an ihren Lehrer Wilhelm Harnisch, daß ihr
jüngerer Bruder Prinz Karl einen Bund gestiftet habe, in den nur diejenigen aufgenommen werden sollten, welche das heilige Versprechen ablegten, nie ein französisches Wort
in die deutsche Sprache zu mischen.

Diese Abneigung gegen die französische Sprache, welche selbstverständlich auch in
die Kreise der Turner und der Studenten, zumal der Burschenschafter, eindrang, war

ein Punkt, in dem sich damals Alter und Jugend nicht verstanden und nicht verstehen konnten, wurzelten doch Bildung und Kultur der älteren Generation ganz in französischen Anschauungen. Goethe sprach sich gelegentlich zu Eckermann darüber aus: „Sie haben keinen Begriff von der Bedeutung, die Voltaire und seine großen Zeitgenossen in meiner Jugend hatten und wie sie die ganze sittliche Welt beherrschten. Es geht aus meiner Biographie nicht deutlich hervor, was diese Männer für einen Einfluß auf meine Jugend gehabt und was es mich gekostet, mich gegen sie zu wehren und mich auf eigene Füße zu stellen." Mochte Goethe sich auch geistig von dem französischen Einfluß befreit haben, der seine Jugend bestimmt hatte, er blieb doch dem Volke und der Sprache, der er so viel verdankte, wohl gesinnt. So wenig wie er in das teutonische Gezeter über den welschen Erbfeind mit einstimmte, ja sich von aller Stimmungsmacherei gegen Napoleon und die Franzosen geflissentlich fernhielt, gerade so erging es der Mehrzahl jener, die wie er noch in den Anschauungen des 18. Jahrhunderts aufgewachsen waren und denen ihr Leben lang die französische Sprache vertrauter blieb, als ihre Muttersprache. Mit Schmerz mußten die Turner erleben, daß der alte Blücher, der sie in der Hasenheide besuchte, sie mit „Messieurs" anredete und seine kurze Ansprache mit Fremdwörtern spickte; Karoline von Humboldt, gewiß eine gute Deutsche, stirbt mit französischen Worten auf den Lippen. Fürst Metternich sprach und schrieb bis an sein Ende am liebsten französisch, König Ernst August von Hannover lernte nie richtig deutsch, auch Friedrich Wilhelm III. drückte sich französisch mit größerer Leichtigkeit aus als deutsch, so daß Friedrich von Üchtritz den Monarchen zu seinem Erstaunen die Unterhaltung auf den Subskriptionsbällen im Berliner Schauspielhaus auch Deutschen gegenüber immer in französischer Sprache führen hörte. Fürstin Radziwill zog sich den Spott der Berliner Hofgesellschaft zu, weil sie nach den Freiheitskriegen in ihrem Salon deutsch sprechen ließ, statt zur französischen Konversation zurückzukehren. Karl Rosenkranz wundert sich, in der umfangreichen Bibliothek des Professors Gruson in Berlin keinen deutschen Klassiker zu finden, bis er hört, daß der Besitzer nur französisch liest und sehr anschaulich schildert Rudolf von Delbrück, wie merkwürdig es ihn berührt habe, als die Gräfin Reede im Hause seines Vaters in Zeitz die Kronprinzessin Elisabeth nicht nur kniend, sondern auch in französischer Sprache begrüßte. Karoline von Rochow, geborene von der Marwitz, die so unterhaltende Denkwürdigkeiten über die Jahre 1815—52 hinterlassen hat, schreibt wohl deutsch, aber man merkt ihrem Satzbau die französische Konstruktion und ihrem Ausdruck den dahinter stehenden französischen Gedanken recht wohl an.

Die Erziehung der Töchter höherer Stände vernachlässigte ordentlich mit Absicht die Pflege des Deutschen auf Kosten des Französischen; Malwida von Meysenbug fühlt sich unter den Backfischen der Frankfurter vornehmen Welt äußerst unglücklich, da sie

Franz Krüger. Königin Elisabeth, Gemahlin Friedrich Wilhelm IV.
Zeichnung. Berlin, Nationalgalerie

nicht so gut französisch parlieren kann wie diese kleinen Gänschen. In München erhielten,
wie Luise von Eisenhardt, geborene von Kobell, erzählt, die französischen Erziehungsin-
stitute von Clavelle, Mangin, Richelle die weibliche Bevölkerung der höheren und mittleren Stände noch lange französisch gesinnt, was so weit ging, daß die jungen Mädchen
sich auch in der Messe französischer Gebetbücher bedienten, gerade wie die Norddeutsche
Hedwig von Bismarck das Vaterunser nur auf französisch lernte. Von seiner Freundin
Hertha von Witzleben, der Gattin Edwins von Manteuffel, sagte Leopold von Ranke,
„man lernte die Begabung ihres Geistes erst recht kennen, wenn sie französisch sprach".

In Berlin gab es im dritten Jahrzehnt des 19. Jahrhunderts längere Zeit ein stehendes französisches Theater mit Schauspielern aus Paris, das vom Hofe sehr protegiert wurde. Wer heute die Reisebriefe des Fürsten Pückler, die Romane der Gräfin Hahn-Hahn, die Schriften des Barons van Vaerst und anderer Angehörigen der ersten Gesellschaft liest, der erhält einen Begriff von dem Deutsch, wie es damals in diesen Kreisen gesprochen wurde.

Es war ein Gemisch aus französischen Brocken, die teils in ihrer originalen Form gebraucht, teils seltsam verstümmelt und dem Deutschen angepaßt wurden, ein Jargon, der im großen ganzen nicht viel besser ist, als die drollige Sprache des Teutsch-Franzos Jean Chrétien Toucement ein Jahrhundert zuvor. „Schon ist es mir möglich," schreibt Prinz Chlodwig Hohenlohe einmal aus München, „französische Phrasen mit deutschen elegant zu verschmelzen."

Diesem undeutschen Wesen gegenüber, für das die vornehme Gesellschaft, vorab also der Adel, tonangebend war, ließ sich das Bürgertum die Pflege der deutschen Sprache um so mehr angelegen sein. Wenn Jahn in seiner Berserkerwut gegen die Welschen soweit über das Ziel hinausschoß, daß vorgeschlagen wurde, das Wort Grobian mit Jahn zu übersetzen, so wollten andere ebenso Einsichtige, aber minder hitzige Freunde der Muttersprache ihr mit größerem Bedacht zu einer gebührenden Stellung verhelfen. Einige Berliner Gelehrte, zu denen auch der bekannte Grammatiker Zumpt gehörte, gründeten am 5. Juni 1815 die Gesellschaft für deutsche Sprache, welche einer wissenschaftlich gründlichen Erforschung des Deutschen dienen sollte. Diese Gesellschaft stand insofern ganz im Banne des Zeitgedankens, als sie den Purismus auf ihr Banner schrieb und eine ziemlich einseitige Reinigung der Sprache von Fremdwörtern betrieb, so daß Jakob Grimm sich gelegentlich gegen die unerlaubte Sprachreinigung der Puristen wenden mußte. Die Bestrebungen, die in dieser Art zutage traten im Anschluß an den Sieg der deutschen Waffen auch deutsche Sitte, Art und Sprache über das fremde Wesen und die fremde Sprache siegen zu lassen, fanden wohl einen starken Wiederhall im Herzen der Jugend, aber auch ebenso starken Widerstand in dem Augenblick, da sie in die Praxis übergreifen wollten. Noch war ja nicht einmal die Sprache der Gelehrten innerhalb Deutschlands allgemein die deutsche. Als 1822 beim Regierungsjubiläum Friedrich Wilhelms III. die Berliner Universität eine Feier veranstaltete, beharrte der Senat darauf, daß die Festrede lateinisch gehalten werden müsse, denn der Mund der Universität könne nur lateinisch sprechen. Friedrich von Raumer hielt seine Rede trotzdem deutsch und hatte damit das Eis gebrochen, denn von da an hatte der Mund der Universität deutsch gelernt. In den Kreisen der Leipziger Hochschule, erzählt Karl Hase, hätte man eine Todsünde leichter übersehen, als einen Fehler im lateinischen, während man es dafür im deutschen

nicht so genau nahm. Diese Vorliebe für das Lateinische war eine
Begleiterscheinung des klassischen
Bildungsideales, an dem die ältere
Generation hing, äußerte doch
Goethe einmal, daß ihm Hermann
und Dorothea besonders lieb sei
in der lateinischen Übersetzung,
da sei es der Form nach zu seinem
Ursprunge zurückgekehrt! Allmählich nur trat das Lateinische als
gelehrte Sprache hinter das Deutsche zurück, was vielleicht weniger
mit dem Vordringen des Deutschen, als mit dem Rückgang des
lateinischen Unterrichts auf den
Schulen zusammenhing. Ringseis
in München z. B., der gewohnt
war, seine klinischen Vorträge in
lateinischer Sprache abzuhalten,
sah sich seit Mitte der dreißiger
Jahre zu seinem großen Mißfallen genötigt, deutsch vorzutragen,
da die Studenten nicht mehr lateinisch genug lernten, um ihn
verstehen zu können.

Vogel von Vogelstein. Bildnis von Ludwig Tieck
Ölgemälde. Berlin, Nationalgalerie

Die Stellung, welche die Teutschen vom Schlage des alten Jahn gegen das Französische einnahmen, war von allem Anfang an ein verlorener Posten, denn wenn die
Franzosen auch in dem Kriege den Verbündeten unterlegen waren, Frankreich selbst blieb
doch noch jahrzehntelang der Mittelpunkt europäischer Kultur und Gesittung. Dauernd
blieb das Interesse der Deutschen, deren politische Verhältnisse so völlig trostlose waren,
Frankreich zugewendet. Die Kreise der Intelligenten, die in einer Verfassung das höchste
Gut sahen, blickten mit gespanntester Aufmerksamkeit auf Frankreich, die Verhandlungen
der französischen Kammer wurden in Deutschland vielleicht gewissenhafter verfolgt, als im
Heimatlande selbst. Alle die Fragen, welche dort zur Debatte standen, waren ja auch
für Deutschland von brennendem Interesse, und je weniger sie hier zu Wort kommen

Ferdinand Weiß. Adalbert von Chamisso. Handzeichnung
Berlin, Nationalgalerie

durften, um so leidenschaftlicher nahm man an ihrer Entwicklung im Auslande teil, der Rückschlag auf die eigenen Zustände konnte ja schließlich doch nicht ausbleiben. Dieses Interesse nahm mit den Jahren zu, da politische Ereignisse von höchster Bedeutung, die Ordonnanzen Karls X., die Julirevolution, die Regierung Ludwig Philipps es immer aufs neue aufstachelten. Die Redner der süddeutschen Kammern bildeten ihren rhetorischen Stil an den bewunderten französischen Vorbildern, ebenso wie die deutschen Journalisten den ihren an dem der geistreichen Pariser Größen des Feuilletons. Eine Reise nach Paris, sagt Gustav Freytag, war dem damaligen deutschen Schriftsteller ebenso notwendig zur Ausbildung, wie dem deutschen Künstler eine solche nach Rom. Viele von ihnen, wie Heine, Börne, Venedey, Ruge u. a. haben lange Jahre oder dauernd in der Hauptstadt der Intelligenz gelebt, an dem Stil von Heine und Börne ist die französische Schulung unschwer zu erkennen. Dasselbe, was für die politische und die schöne Literatur gilt, traf auch für die Wissenschaft zu. Der Chemiker Liebig, der Mathematiker Lejeune-Dirichlet, der Orientalist Bohlen, Naturforscher wie Philologen und Historiker gingen nach Paris, weil sie nur hier Material und Apparate fanden, die sie für ihre wissenschaftlichen Zwecke brauchten. Jahrzehntelang schlug Alexander von Humboldt seinen Wohnsitz an der Seine auf, weil er sich hier im Herzen der wissenschaftlichen Welt fühlte. Der Vorstoß der Teutonen gegen die französische Kultur ging fehl, er erreichte höchstens im geselligen Leben kleine Erfolge, wie sich etwa Herr von Eckardstein 1822 in Teplitz gegen Varnhagen darüber wundert, daß er in Berlin sein Französisch in der Unterhaltung fast gar nicht brauche, oder wenn Beuth, der in Schinkels Gesellschaft den Fabrikbesitzer

Buschmann in Mettlach besucht, die immer nur französisch sprechende Familie zu deutscher Konversation nötigt; im großen ganzen war eine völlige Ausschaltung der französischen Bildung, wie sie Jahn wünschte, unmöglich, vollends unmöglich im Zeitalter der allgemeinen Bildung, das eben anbrach.

Im 18. Jahrhundert war die große Masse in Deutschland, selbst diejenigen, welche lesen und schreiben konnten, völlig unliterarisch. Die Bildung der Aristokratie war französisch, ein kleiner erwählter Kreis der bürgerlichen Gesellschaft las die Schriften von Goethe, Schiller, Wieland, Lessing, welche eben zu schreiben begannen, der Rest kannte literarische Bedürfnisse gar nicht und hätte sie auch nur schwer befriedigen können, denn im weitaus größten Teile Deutschlands fehlten Buchhandlungen so gut wie ganz. So beschränkte sich denn der Büchervorrat des Bürgers auf das, was etwa Karl Rosenkranz im väterlichen Hause sah: Kalender, Kochbuch, Gebetbuch, Rechenknecht, allenfalls noch eine Predigtsammlung und ein Liederbuch. Das wurde erst nach den Freiheitskriegen anders, es war, als seien die Geister durch die gewaltigen Ereignisse der Zeit aus dem stumpfen Dahinleben aufgerüttelt worden, erwacht, um nun erst ein geistiges Leben zu beginnen. Ein förmlicher Hunger nach Bildung scheint die Menschheit zu ergreifen, als seien die Versäumnisse von Jahrhunderten nachzuholen, so greift man zugleich nach allen Seiten, um sich alles zu eigen zu machen, was Vorzeit und Mitwelt an geistigen Werten hervorgebracht. Die wissenschaftliche Bildung, die vorher ausschließlich auf den klassischen Sprachen beruht hatte, wird auf einen breiteren Boden gestellt, man zieht nun auch neuere Sprachen und Realien hinzu. Der Andrang zu den Schulen wächst und nötigt überall zur Gründung neuer Unterrichtsanstalten, Kreise, die sich vorher um Wissenschaft und Literatur so gut wie gar nicht gekümmert, Kaufleute und Handwerker, nicht zuletzt die Frauenwelt, drängen nun nach Wissen und suchen sich desselben so gut sie können zu bemächtigen. Der arme Vater von Ernst Rietschel schrieb sich Bücher ab, die er nicht kaufen konnte und machte bei allen Kaufleuten auf Makulatur Jagd, um etwas zum Lesen zu bekommen.

Diesen Trieb unterstützen neu entstehende Buchhandlungen und Leihbibliotheken, welche vorher durchaus nicht allgemein gewesen waren, erst 1817 gründete z. B. der Buchbinder Ollweiler die erste Leihbibliothek in Darmstadt, deren 10000 Bänden, wie Gervinus sagt, die Stadt ihre Einführung in die Breite der literarischen Welt dankt. Die beschränkten Mittel des einzelnen führen zu Assoziationen, aus denen die Museen entstehen, die nur als Nebenzweck die gesellige Unterhaltung fördern, als Hauptzweck aber die Bildung der bürgerlichen Kreise durch die Lektüre von Zeitungen im Auge haben. In Berlin hatte Josef Mendelssohn in der Börsenhalle ein großartiges Lesezimmer begründet, über 100 deutsche und ausländische Journale lagen auf, sogar ein spanisches

Ästhetischer Tee
Aus den Fliegenden Blättern

Blatt konstatiert Varnhagen mit Befriedigung, der Ort war ein Sammelplatz der Politiker, über 800 Personen verkehrten hier. In Halle richtete Professor Blume in den oberen Räumen des Ratskellers ein Lesemuseum ein, in Dresden, das bis dahin kein derartiges Institut besessen hatte, veranlaßte der allzeit rührige und tätige Arnold Ruge die Einrichtung eines solchen und setzte sogar durch, daß die Times abonniert wurde, trotzdem sie 100 Taler jährlich kostete. In Leipzig organisierte Georg Wigand ein Lesemuseum großen Stiles, die Lesehalle in Gießen wurde mit besonderer Rücksicht auf die Handwerkerkreise gegründet, die man politisch zu erziehen wünschte.

Wissenschaftliche Vorlesungen kommen auf, welche Gelehrte für Laien halten, ein Vorgehen, das noch kurz zuvor unmöglich gewesen wäre. Die Gelehrten, die bis dahin ihre Wissenschaft so trocken wie möglich doziert hatten, um sie auch ja für sich allein zu behalten, beginnen auf einmal allgemein verständlich zu sprechen, und scheuen sich nicht mehr, ihr geheiligtes Wissen zu popularisieren. In Berlin war der spätere Minister Ancillon der erste, welcher leichtfaßliche Vorlesungen für Damen hielt, in Frankfurt a. O. trug Leopold Ranke 1825 jungen Mädchen Geschichte vor, eine Epoche im Leben der Gesellschaft aber bildeten die Vorlesungen, die Alexander von Humboldt 1827 in der Singakademie über physikalische Geographie hielt. „Ein Baron, ein Kammerherr, ein wirklicher Geheimrat", schreibt Gräfin Bernstorff, „achtete sich nicht zu gering, vor einem gemischten Publikum zu reden!" Das war unerhört und noch nicht dagewesen. Man drängte sich denn auch dabei zu sein. „Der Saal faßte nicht die Hörerinnen und die Hörerinnen nicht den Vortrag" spottete Saphir, und Gräfin Bernstorff meinte, die meisten Damen glaubten nur um der Mode willen entzückt sein zu müssen und gingen nur hin, weil zu Anfang und am Schluß so viel hin und her geschwatzt würde. Fanny Mendelssohn aber schrieb enthusiastisch an Klingemann: „Das Gedränge ist fürchterlich, das Publikum imposant und das Kollegium unendlich interessant. Es ist herrlich, daß uns die Mittel geboten werden, auch einmal ein gescheites Wort zu hören." So dachten doch wohl noch viele, die dankbaren Hörer widmeten dem berühmten Redner nach Schluß der Vorträge eine Medaille, deren Avers von Rauch, der Revers von Tieck modelliert war. Wenn sich auch sofort Leute fanden, welche die Vorträge dazu benutzten, um Hegel und Humboldt zu verfeinden, indem sie dem ersteren hinterbrachten, Humboldt habe Anzüglichkeiten gegen seine Philosophie vorgebracht, so blieb das Beispiel doch nicht ohne Wirkung und Fortsetzung. In Dresden sprach C. G. Carus vor Gebildeten 1827 über Anthropologie, 1829—30 über Psychologie; in München ließ die Museumsgesellschaft Vorträge halten, in denen z. B. Ringseis über das Schöne in der Kunst sprach. Die Breslauer philomatische Gesellschaft, der Gelehrte, Offiziere, Künstler, Kaufleute angehörten, ließ ihre Vorträge sogar in einer dreibändigen Sammlung von Wachler herausgeben. Friedrich de la Motte-Fouqué, längst aus der Mode gekommen, alt geworden und durch den Tod seiner Frau in finanzielle Bedrängnis geraten, las in Halle im Hause der verwitweten Kanzler Niemeyer ein sogenanntes Zeitungskollegium, bei dem er Damen und Herren die preußische Staatszeitung vorlas und erklärte, die unbarmherzige Jugend fand den grauen Ritter einer verschollenen Romantik dabei schrecklich lächerlich. Den lebhaftesten Anklang fanden diese populär-wissenschaftlichen Vorträge nach wie vor in Berlin, wo sich unter dem Vorsitz Friedrichs von Raumer 1842 ein Verein gebildet hatte, der die Einrichtung derselben in die Hand nahm. Das Programm des Vereins war englischen Vorbildern abgesehen und bestand daraus, Vorträge von allgemeinem Interesse halten zu lassen, deren Gegenstände so behandelt werden sollten, daß weder gelehrte Sprachkenntnisse, noch wissenschaftliche Vorbildung zu ihrem Verständnis notwendig seien. Man warb unter den Professoren der Hochschule und den Mitgliedern der Akademie der Wissenschaften, der Botaniker Link z. B. sprach über den Wein, der berühmte Trendelenburg über Raffaels Schule von Athen, Erdmann über Weinen und Lachen, Marchand über Alchemie usw. Die Einrichtung fand in den Kreisen, auf welche sie berechnet war, das lebhafteste Interesse, und wenn in der Gesellschaft das ganze auch etwas spöttisch das Pfennigmagazin hieß, so wollte doch jeder dabei sein.

Es lag wirklich ein allgemeines starkes Bedürfnis des Publikums nach geistiger Nahrung vor, denn in den gleichen Jahren wurden, wie in der Berliner Singakademie, allerorten derartige Vorträge gehalten. In Breslau las Gustav Freytag 1843 in der Börse über neue Literatur, in Königsberg Ludwig Walesrode über Angelegenheiten der inneren Politik, in Grünberg sprach Rudolf Haym im Bildungsverein, in Bonn Gottfried Kinkel über Shakespeare, in Stuttgart Ludwig Bauer über Literatur und Geschichte, in Leipzig und Dresden Karl Biedermann über soziale Fragen. Es war ein allgemeines Drängen nach Wissen, nach Bildung, nach Aufklärung, das sich der Deutschen bemächtigt hatte und sich in einem förmlichen Hunger nach den Wissenschaften geltend machte. Den Machthabern war es zwar gelungen, den politischen Aufschwung des Volkes,

Theodor Hosemann. Der Zeitungs-Korrespondent

der sich nach den Freiheitskriegen geltend machte, zu hemmen und zurückzudrängen, aber das Gefühl eines gemeinsamen Deutschtums, das in eben jenen Jahren erwacht war, nachdem es so lange völlig erstorben gewesen, konnten sie ja doch nicht ausrotten, wie wenig auch die Metternich und Konsorten von einem Deutschland als solchem mochten wissen wollen. So waren die Deutschen, wenn sie sich in jenen Jahren einer heillosen politischen Knechtung auf das besannen, was ihnen allen gemeinsam war, auf die geistige Kultur ihres Volkes hingewiesen. In dem Andenken an die großen Männer ihrer Vergangenheit fanden Nord- und Süddeutsche die Berührungspunkte des Gefühls der Einigkeit, das sie zu beseelen begann, in dem Wirken ihrer Gelehrten den Mittelpunkt, nach dem die divergierenden Kräfte zusammenstrebten. Der Jahrestag der Schlacht bei Leipzig durfte nicht mehr feierlich begangen werden, warme patriotische Teilnahme an höheren Interessen schien den Regierenden gefährlich, so wurde der Todestag Albrecht Dürers, der sich 1827 zum dreihundertsten Male jährte, ein Festtag, der die Deutschen daran erinnerte, ein Volk zu sein. In Nürnberg und München wie in Berlin und Breslau beging man den Tag festlich und wenn die Reden und Gesänge, die Konzerte und lebenden Bilder dieser Veranstaltungen auch vorerst nur in kleinen Kreisen wirkten, der Funke der Begeisterung erlosch nicht wieder und zündete wie Flugfeuer in immer weiterem Zirkel. Als es 12 Jahre später zur Säkularfeier der Erfindung der Buchdruckerkunst kam, da war die Begeisterung schon nicht mehr auf die kleinen Kreise der Intelligenten beschränkt, da feierte schon ganz Deutschland die Erfindung, mit der Gutenberg einst eine neue Zeit heraufgeführt hatte. In den kleinsten Orten wurde die Erinnerung an eine der größten

Erfindungen, mit der Deutschland die Welt beschenkt hatte, gefeiert, in Leipzig beteiligten sich ungefähr 40000 Personen daran, nur Preußen und Österreich schlossen sich von jeder Teilnahme an nationalen Gedenktagen aus. In beiden Ländern würde man wohl eher gewünscht haben, eine Erfindung, deren Folgen das Regieren so heillos erschwerten, ungeschehen machen zu können, äußerte man doch in Berliner einflußreichen Kreisen, wie Friedrich von Raumer berichtet, es sei ja ganz gut, wenn alle Menschen lesen lernten, noch besser aber, wenn sie keinen Gebrauch davon machten. (Womit sie nur zu sehr im Recht waren. Zusatz von 1921!)

Den weitaus größten Anteil an der Belebung des Nationalgedankens durch den Nationalstolz haben in jenen Jahrzehnten die großen Versammlungen deutscher Gelehrten ausgeübt, die zweifelnd aufgenommen, einen glänzenden Fortgang fanden. Indem sie dauernd Gelehrte aller deutschen Gaue zusammenführten, nährten sie ganz von selbst den Gedanken der Einheit, den sie unter die glänzende Ägide der Wissenschaft stellten. Der Jenenser Naturforscher Lorenz Oken war es, der ganz aus sich selbst heraus den kühnen Gedanken faßte, alle deutschen Naturforscher und Ärzte zu einer Versammlung zu berufen und sie erstmals zum 18. September 1822 nach Leipzig einlud. Die Leipziger faßten das als eine der vielen exzentrischen Ideen des vielleicht etwas schrulligen Oken auf und als Carus mit Bekannten zu dem bestimmten Tage in Leipzig eintraf, fand er nicht einmal ein Lokal bereit. Über alle Erwartung hinaus aber erfolgte eine überaus zahlreiche Beteiligung. Oken hatte instinktiv den Gedanken der Zeit erraten, der aus der Enge ins Weite strebte, aus der Vereinzelung nach dem Zusammenschluß zielte. Die Deutschen sahen, daß sie auch ohne die Hilfe des Staates und der Regierungen etwas erreichen konnten und dem ersten Naturforschertage folgten Jahr für Jahr weitere, getragen von den Sympathien Beteiligter und Unbeteiligter. Sehr hübsch sprach Goethe darüber zu Eckermann, wenn er sagte: „Ich weiß recht gut, daß bei diesen Versammlungen für die Wissenschaft nicht so viel herauskommt, als man sich denken mag, aber sie sind vortrefflich, daß man sich kennen lerne. Auf jeden Fall sehen wir, daß etwas geschieht und niemand kann wissen, was dabei herauskommt." Die Naturforscherversammlung, die 1828 in Berlin gegen 700 Gelehrte vereinigte, war so glänzend, daß die Zeitgenossen noch lange von ihr sprachen. Alexander von Humboldt war die Seele aller Veranstaltungen. „Seine Rede", schreibt Varnhagen, „war an Freimütigkeit, Gehalt, Angemessenheit, Kraft, Schönheit und Kürze ein Meisterstück ihrer Art", „eine Ehre für unsere Sprache, für unsere Nation, für uns Preußen" nennt sie Rahel; das Diner, das der berühmte Gelehrte im Konzertsaal seinen Kollegen gab, ein unvergeßliches Fest. Man sah den berüchtigten Geheimrat von Kamptz Arm in Arm mit dem berufenen Demagogen Oken zur Tafel gehen, an der selbst der König teilnahm. Humboldt hatte in einer fein berechnenden Liebenswürdigkeit auch die künftige Generation herangezogen, indem er nicht nur Studenten, sondern auch von jeder Berliner höheren Schule drei Primaner eingeladen hatte.

Dem Beispiel der Naturforscher folgten zuerst die klassischen Philologen, die am 1. Oktober 1838 in Nürnberg zu ihrer ersten Versammlung zusammentraten. Friedrich Thiersch hatte die Initiative dazu ergriffen und nur unter den größten Schwierigkeiten von dem Minister von Abel die Erlaubnis zur Einladung der Philologen erhalten. Der Minister hatte Thiersch persönlich dafür verantwortlich gemacht, daß kein Wort über Politik fallen dürfe, ein beinah unmögliches Verlangen im damaligen Deutschland. Bei der gespannten Stimmung war es denn auch gar nicht zu vermeiden, daß an einem der Geselligkeit gewidmeten Abende die Köpfe sich erhitzten und die gefürchtete Politik sich der Unterhaltung zu bemächtigen drohte, als Thiersch rasch entschlossen herumging, die Lichter auslöschte und die Gäste zum Heimweg zwang.

1845 fand in Leipzig der erste deutsche Schriftstellertag statt, an dem sich gegen 100 Teilnehmer zusammenfanden, darunter Heinrich Laube, Wilhelm Jordan, Auerbach, Gerstäcker, Joseph Rank, Fürst Friedrich Schwarzenberg u. a. Acht Jahre dauerte es, bis die Germanisten dem Beispiele der klassischen Philologen folgten und auch ihre Tagung abhielten, die erste 1846 im Römersaal zu Frankfurt.a. M., die zweite 1847 in der alten Hansastadt Lübeck. Die innerpolitische Spannung war mittlerweile so hoch gestiegen, daß in einer Versammlung, welche die gefeiertsten Namen Deutschlands in ihren Reihen zählte, von einem Ausschluß der Politik von den Debatten füglich nicht mehr die Rede sein konnte. Die Historiker Dahlmann, Waitz, Droysen besprachen in Frankfurt die soeben akut werdende Angelegenheit Schleswig-Holsteins so eingehend und so überzeugend im deutschen Sinne, daß ein Sturm der Begeisterung für „Schleswig-Holstein meerumschlungen" vom Römersaal aus durch die deutschen Gaue tobte und das deutsche Volk mit Stolz in dieser Versammlung seiner namhaftesten Gelehrten so etwas wie einen geistigen Landtag begrüßte. Auf dem zweiten Germanistentage in Lübeck kam die große Frage eines einheitlichen Rechtes innerhalb Deutschlands zur Sprache. Sie war seit Thibauts Schrift: „Über die Notwendigkeit eines allgemeinen bürgerlichen Rechtes für Deutschland", mit der der berühmte Jurist 1814 seinen Wunsch nach Aufstellung eines gemeinschaftlichen deutschen Gesetzbuches des bürgerlichen Rechtes formuliert hatte, nicht wieder zum Schweigen gebracht worden. Wie heftig auch die historische Rechtsschule, den berühmten Savigny an ihrer Spitze, sich gegen den Beruf ihrer Zeit zur Gesetzgebung aussprach und im Sinne der Reaktion das historisch gewordene Unrecht dem Vernunftrecht vorzog, die Zerreißung der Einheit des Rechtes, welche durch die Zersplitterung Deutschland begründet war, machte sich zu schmerzlich fühlbar, um

Johann Peter Hasenclever. Das Lesekabinett, 1843
Ölgemälde. Berlin, Nationalgalerie

nicht immer aufs neue den Notschrei des gequälten Volkes ertönen zu lassen. So galten z. B. in einem zu Bayern gehörigen mittelfränkischen Dorf von 52 Häusern deutsches Ordensrecht neben dem preußischen Landrecht, fürstlich Oettingschem, gemeinem Deutschen und Ansbacher Recht. Das Burglehenhaus, das Ludwig Richter in Meißen bewohnte, besaß eine eigene Gerichtsbarkeit. In Gotha fand Friedrich Perthes bei seiner Übersiedelung, daß römisches und kanonisches Recht, Sachsenspiegel und deutsche Reichsgesetze, kursächsische Konstitutionen und Ernestinische Landesordnung, Ortsstatute und landesherrliche Patente das Recht des Landes bildeten, welches niemand kennen konnte und doch jeder kennen mußte. Diese entsetzlichen Zustände ließen den Wunsch nach Reform und Rechtseinheit nicht mehr zur Ruhe kommen und es war der Staatsrat Gaupp aus Darmstadt, der in Lübeck dem ganzen Volke aus der Seele sprach, als er öffentlich die Forderung nach einem allgemeinen deutschen Gesetzbuch aufstellte. Auch einer Resolution über die Schwurgerichte schloß sich die Versammlung an, indem sie eine allgemeine Einführung derselben befürwortete und sich in diesem Sinne in schöne Übereinstimmung mit dem Volkeswillen setzte.

In diesen Kongressen der deutschen Gelehrten trat ans Licht, was an Gedanken in langen Jahren geistiger Arbeit im Volke gereift war, sie bedeuteten im großen und für die Gesamtheit, was bis dahin in den engen Zirkeln von Eingeweihten und Vertrauten die literarischen Vereine gewesen waren. Diese Jahrzehnte sind es ja, in welchen sich Deutschland zum klassischen Lande der Vereine entwickelte. In allen öffentlichen Betätigungen gehemmt und bevormundet schloß sich der einzelne im Wunsch nach Gesellschaft mit Gleichgesinnten zu Bünden zusammen, die sich vor jedem Heraustreten an die Öffentlichkeit streng hüteten, wären sie doch dadurch sofort mit der Polizei in Berührung gekommen. Wenn je nach der Art seiner Veranlagung der Spießbürger sein Behagen in Kegelvereinen und Spielklubs fand, westdeutsche Handwerker sich zu geheimen Gesellschaften assoziierten, so suchten die geistig Höherstehenden den Anschluß an gleich gestimmte Kreise, in dem sie sich mit Freunden zu Klubs, Vereinen, Kränzchen, verbanden, deren Zahl in jener Zeit kaum festzustellen sein möchte, so groß war sie. Bei der Inhaltslosigkeit der Presse, auf der die Zensur mit alles erdrückender Schwere lastete, konnte die öffentliche Meinung öffentlich wenigstens nicht zur Sprache kommen, wer aber als Künstler, Dichter, Schriftsteller, Beamter, Geistlicher oder was immer in Tätigkeit und Wirken den Zusammenhang mit seinem Volke suchte, konnte gar nicht anders als durch Anschluß an einen Verein Kenntnis von dem erlangen, was weitere Kreise bewegte. So gab es in Berlin die gesetzlose Gesellschaft, die sich 1809 unter dem Druck der französischen Herrschaft gebildet hatte und ohne bestimmt ausgeprägten literarischen oder wissenschaftlichen Charakter Männer aller höheren Berufe, Minister, Staatsräte, Kaufleute, Professoren, Künstler usw. zusammenführte. Alles, was Berlin an Notabilitäten besaß, hat dieser Gesellschaft, die ihre Mitglieder alle 14 Tage zu einem Mittagessen zu versammeln pflegte, angehört, jeder Fremde von geistiger Qualität oder Distinktion in ihr verkehrt. Hier wurde alles besprochen, was an Zeitfragen im Vordergrunde des Interesses stand und in der Presse keinen Ausdruck fand. Rückhaltlos und mit der größten Offenheit wurden die Ansichten ausgetauscht; von einem Abend der spanischen Gesellschaft, die nur aus hohen Beamten und Gelehrten von Ruf bestand, schreibt Varnhagen bei Gelegenheit eines Festes, welches dem General York zu Ehren gegeben wurde: „Wer als Fremder alles mit angehört hätte, dem wären die Haare zu Berge gestanden über den gefährlichen Geist."

Neben diesen Vereinen, die den Vorzug hatten, den ihnen auch Varnhagen einmal nachrühmt, daß sie eine wohltätige Mischung der Stände untereinander beförderten und Personen miteinander bekannt machten, die sich sonst nie begegnet wären, bildeten sich überall Vereine mit ausgesprochen literarischen und wissenschaftlichen Zwecken. So schreibt Klemens Brentano 1816 an Ringseis über die Gesellschaft der Maikäfer, mit denen er im Winter bei dem Restaurateur Mai an der Schloßfreiheit, im Sommer im

Neujahrskarte von Eichens

Kaffeehaus Bony im Tiergarten zusammenkam. Die drei Brüder von Gerlach, die Grafen
Voß, Stosch, Cajus Stollberg, die Herren von Rappard, von Thadden und andere
Maikäfer beschäftigten sich mit patriotisch-romantisch-genial-christlicher Poesie und befestigten sich dabei in den Grundsätzen der Politik Hallers, dessen Anschauungen sie eifrigst
propagierten. In Darmstadt stiftete der Gymnasiast Gervinus 1819 den Schülerbund
der Philareten, die als Bundeszeichen ein stählernes Kreuz an einem himmelblauen
Bande und einen Dolch trugen und den Zweck verfolgten: „die Seele vom Schlafe zu
erwecken, damit sie dem gemeinen Dahinleben entsage und einer ihrer würdigeren Bestimmung lebe." In Dresden gründete der spätere österreichische Reichskanzler Graf
Beust zur Zeit, als er noch junger Referendar war, einen Disputierverein zur Behandlung schwebender Fragen; in Breslau scharte der fröhliche und liederkundige Hoffmann
von Fallersleben Gelehrte, Künstler, Kaufleute, Kunstfreunde 1826 zur zwecklosen Gesellschaft um sich, die jeden Samstag zusammenkam und die Dichtkunst pflegte, gerade wie
der Breslauer Künstlerverein, der 1827 aus der Dürer-Feier hervorging. Außer Hoff-

317

mann selbst gehörten Griesheim, Karl Schall, Wilhelm Wackernagel, Karl Witte u. a. zu diesen Vereinen, welche die von ihren Mitgliedern gedichteten Lieder von Zeit zu Zeit sammelten und herausgaben. In Leipzig war das Haus des Freisinnigen Georg Wigand der Mittelpunkt eines Vereins, der sich aus Buchhändlern, Schriftstellern, Kaufleuten, Beamten, Juristen zusammensetzte und die Maikäfer nannte. Aus den poetischen Beiträgen der Angehörigen dieser lustigen Gesellschaft entstanden die „Musenklänge aus Deutschlands Leierkasten", die der fidele Professor W. Wenck herausgab und größtenteils selbst verfaßte. Auch eine Chronika im mittelalterlichen Stil ließen die Leipziger Maikäfer von R. Härtel drucken. Wo Arnold Ruge hinkam, war er immer die Seele eines geistig angeregten Kreises begabter Menschen; in Jena, wo die Burgunder Gesellschaft in der Sonne jeden ersten Sonnabend im Monat zusammenkam und sich von dem glänzenden Improvisator O. L. B. Wolff unterhalten ließ; in Halle, wo die Freitagsgesellschaft die jüngeren Dozenten vereinte und das von Karl Rosenkranz so anschaulich geschilderte Treiben der spekulativen Geister, der Ruge, Leo, Wilda, Madai, Ullmann und anderer der Gesellschaft den Spottnamen vom ungelegten Ei zuzog; in Dresden, wo sich in der Montagsgesellschaft Gutzkow, Auerbach, Klaus Groth, Ludwig Richter, Bendemann u. a. schöngeistig und künstlerisch unterhielten. Nur in Berlin konnte sich die offene und natürliche Art Ruges nicht zurechtfinden; angeekelt schreibt er, den man in den Kreis der Berliner Freien hatte ziehen wollen, über die allgemeine Niederträchtigkeit und Überweisheit des Berliner Lebens. Die Freien, zu denen Bruno und Edgar Bauer, Ludwig Buhl, Max Stirner, Engels, Nauwerk, Köppen, die Leutnants Saint-Paul und Techow zählten, standen in ihren politischen Anschauungen auf dem alleräußersten linken Flügel und glaubten ihre Überzeugungen wohl durch ein wüst genialisches Treiben dokumentieren zu müssen. Diese sieben Weisen aus dem Hippelschen Keller, wie man sie auch nannte, überfielen nachts vermummt gut gekleidete Passanten und nötigten ihnen milde Gaben ab, deren Betrag sofort in Kapwein umgesetzt wurde. Arnold Ruge, dem seine Ideale ernst waren, hat sie nur einmal in ihrem Vereinslokal, einer verräucherten düsteren Weinstube in der Poststraße, besucht, aber noch an demselben Abend wieder verlassen: „Ihr wollt frei sein", rief er ihnen zu, „und merkt nicht, daß ihr bis über die Ohren im Schlamme steckt. Mit Schweinereien befreit man weder Menschen noch Völker."

Ganz anderer Art war die Dichtergesellschaft, die aus den zwanglosen Zusammenkünften von Joseph von Eichendorff, Fouqué, Simrock, Chamisso, Franz Kugler, Gruppe, Streckfuß, Hitzig, E. Th. A. Hofmann und anderer Dichter und Schriftsteller entstand und als die literarische Mittwochsgesellschaft bekannt wurde. Sie nahm ihren Sitz im Englischen Hof und hatte sich zum Gesetz gemacht, nur Sachen von Nichtmitgliedern zum

Vortrag zu bringen. Im Gegensatz dazu stand der vielberufene „Tunnel über der Spree", welcher ursprünglich von Saphir 1827 als Berliner Sonntagsverein gegründet, seine eigentliche Bedeutung erst durch Louis Schneider erhielt. Hier durften nur Gedichte von Mitgliedern vorgetragen werden, zu denen außer Schriftstellern von Beruf auch Künstler, Gelehrte, Juristen usw. gehörten. Jeder der Teilnehmer dieser von Geibel spöttisch: Kleindichterbewahranstalt genannten Vereinigung trug einen nom de guerre als Tunnelbeinamen, Fontane z. B., der ausführlich und psychologisch vertieft über den Tunnel, seine Tätigkeit und seine Angehörigen berichtet, hieß Lafontaine.

Ein Dichter jener Tage ist ohne seinen Verein als Publikum und Kritik gar nicht zu denken, Fontane dichtet für seinen Platenbund und seinen Lenauverein, Paul Heyse für den Dichterklub, den er mit jugendlichen Schulfreunden Felix von Stein, Bernhard Endrulat u. a. gegründet hat. Die feuchtfröhlichen Trinklieder Joseph Viktor von Scheffels entstehen auf Anregung der „Engeren", einer Kneip- und Diskutiergesellschaft, die sich 1841 unter dem Vorsitze Ludwig Häußers gebildet hat. Es war die Zeit und das trifft besonders für die Jahrzehnte bis vielleicht in die Mitte der dreißiger Jahre zu, in der die Literatur alle Interessen absorbierte und als Alleinherrscherin auf geistigem Gebiete thronte. Von der Betätigung an politischen Angelegenheiten ängstlich ferngehalten, wandten sich alle Interessen der Wissenschaft, den Künsten und der schönen Literatur zu und suchten in diesen die Befriedigung, welche ihnen das öffentliche Leben auf anderen Gebieten versagte.

Es war das ästhetische Zeitalter der Deutschen, in welchem Poesie und Kunst als das Höchste galten, was der Mensch erreichen könne. Das wirkliche Leben erschien in seiner praktischen Nüchternheit unpoetisch und unerfreulich, man floh es und suchte im Reich phantastischer Schönheit die blaue Blume der Poesie. Die Romantik der Schlegel und Tieck, der Arnim und Brentano lebte noch in Eichendorff und Fouqué und Hoffmann; der berauschende Zauber, der ihren Dichtungen entströmte, wirkte wie ein Betäubungsmittel auf die Sinne, die aller Wirklichkeit entfremdet wurden. So maskierte Hedwig Stägemann ihr wirkliches Leben mit einem phantastischen Spiel, sie ist Rose, die schöne Müllerin; Wilhelm Müller, der Dichter, spielt den Müller, Wilhelm Hensel, der Maler, den Jäger, alle drei halten in ihren Beziehungen in Leben, Sprechen und Dichten die poetische Fiktion fest, der die Müllerlieder dichterischen Ausdruck verliehen haben. Prinzessin Charlotte fühlt sich als weiße Rose, deren Symbol sie dauernd festhält und mit romantischen Spielen umkleidet; Prinzessin Wilhelm führt neben ihrer offiziellen Existenz ein geheimnisumkleidetes Innenleben, dessen Mysterien sich in sinnvollen Bilderchen und geschriebenen Büchelchen offenbaren. Karl Rosenkranz liest die Schauergeschichten E. Th. A. Hofmanns mit seinen Kusinen im künstlich verdunkelten

Zimmer beim Scheine von Spiritusflammen, Wilhelm Waiblinger zieht durch die Welt wie Eichendorffs Taugenichts, Ludwig Bauer und Mörike flüchten sich aus dem schönen Schwaben in das Land Orplid, Hoch und Nieder bestrebt sich, seinem Leben den poetischen Einschlag zu geben, der allein es erträglich machen kann. Theodor von Bernhardi, dessen Mutter eine Schwester von Ludwig Tieck war, erzählt, daß in seinem elterlichen Hause Poesie und Kunst als die eigentlichen Zwecke des menschlichen Daseins hingestellt wurden, die Beschäftigung mit ihnen die einzige des Menschen würdige schien. Seine Mutter verlangte eigentlich von jedem Menschen, daß er sich wesentlich nur mit Kunst und Poesie beschäftige und alles, was er sonst zu tun habe, nur nebenher abmache; sie bemaß den Wert eines Menschen ausschließlich nach seiner größeren oder geringeren Empfänglichkeit für Kunst und schöne Literatur.

Diese Anschauungen blieben lange in Geltung, Friedrich von Üchtritz schreibt glücklich darüber, daß in Düsseldorf, wo er im Kreise von Immermann, Karl Schnaase, Felix Mendelssohn, Wilhelm Schadow lebte, das ästhetische Interesse jedes andere in Schatten stelle. Notgedrungen führte das zu einer Überschätzung der schönen Literatur und hatte eine poetische Pest im Gefolge, welche in den Gefilden der deutschen Dichtkunst wie eine Seuche grassierte. Dichten gehörte notwendig zur Bildung, ja, beide bedingten sich wechselweise, denn erst der Gebildete, der die Sprache zu handhaben weiß, wird die leichte Kunst des Versemachens üben können. Vielleicht sind nie und nirgends so viel Verse gedruckt worden als im Deutschland der zwanziger und dreißiger Jahre des vorigen Jahrhunderts, wie unendlich vielmehr aber glücklicherweise noch ungedruckt geblieben sein mag, entzieht sich vollends jeder Schätzung. Alt und Jung, Hoch und Nieder reimte um die Wette, Platens Kameraden im Kadettenkorps in München machten Gedichte und schrieben Opern, Tischlermeister und Buchbinder, Hutmachergesellen, Perückenmacher und Pfefferküchler, Schuster und Schneider reimten Herz auf Schmerz, Traum auf Schaum und erstaunten die nachsichtige Mitwelt durch die Erstlinge ihrer Muse. Der Berliner Bierbrauer Daniel Josty gab 1838 gar ein Bändchen mit dichterischen Einfällen in drei Sprachen heraus. Von dem Berliner Maler Samuel Rösel berichtet Schadow, daß er überhaupt nicht mehr anders als in Versen sprechen oder schreiben konnte.

Das Dichten wird schon auf den Schulen ganz systematisch betrieben. Friedrich Förster erzählt, daß sein Lehrer, der Professor Messerschmidt am Gymnasium in Altenburg seine Schüler alcäische und sapphische Oden des Horaz in das Versmaß des Originals übersetzen ließ, ja von ihnen verlangte, daß sie griechische und lateinische Dichter auf der Stelle in dem gleichen Versmaß ins Deutsche übertragen könnten. Der Lehrer Karl Biedermanns ermuntert den Knaben unaufhörlich zu eigenen dichterischen Produktionen und mahnt ihn jede Woche an seine poetische Pflicht. Ist es bei einer förmlichen Dressur auf die Poesie dann ein Wunder, wenn 1825 ein Student an Goethe schreibt und ihn bittet, ihm den Plan des zweiten Teils von Faust mitzuteilen, er beabsichtige, ihn zu vollenden, oder wenn Goethes eigener Enkel Gedichte drucken läßt, welche selbst Friederike Kempner mit Neid erfüllen müßten:

> „Wo ein Wasser noch so klein
> Stellt ein kühler Wind sich ein!"

oder jenes tiefsinnige:

> „Im Golfe von Neapel
> Laufen viele Schiffe von Stapel."

Improvisatoren machten das Dichten zum Handwerk, Theodor von Sydow, Christian Jakob von Schneider, August Böhringer und andere zogen umher und veranstalteten Unterhaltungsabende, in denen sie auf Wunsch des Publikums Gedichte aus dem Stegreif machten, der talentvollste unter ihnen war wohl der Hamburger O. L. B. Wolff, der schließlich als Professor in Jena starb.

Die schöne Literatur beherrschte Laien wie Gelehrte, die Germanisten Hoffmann von Fallersleben, Karl Simrock, Wilhelm Wackernagel haben ihre Begabung zwischen Wissenschaft und Poesie geteilt, gerade wie der bekannte Philosoph Th. G. Fechner; Theologen haben ihre Anschauungen vom Reiche Gottes in Romanen verfochten, wie Karl Hase und de Wette; Schleiermacher, einer unserer tiefsten Denker, schreibt einmal an de Wette: „Ich denke, einen moralisch-didaktischen Roman zu schreiben, um die verschiedenen Richtungen des sittlichen Lebens anschaulich zu machen." Perthes, dem es ein so heiliger Ernst um das positive Christentum war, denkt gegen die gehaßten Rationalisten keinen vernichtenderen Schlag führen zu können, als durch einen Roman, so bittet er Heinrich Steffens, einen religiösen Roman zu schreiben, welcher Abscheu und Entsetzen gegen den Rationalismus einflöße. Die Literatur schien nur um ihrer selbst willen zu existieren, die Literaturkomödien Platens, ebenso wie Immermanns im Irrgarten der Metrik herumtaumelnder Kavalier, sind Schriften, die eigentlich nur für die beiden Gegner selbst von Interesse sein konnten; Pustkuchen schreibt die falschen Wanderjahre gegen Goethe, wie Hauff seinen Mann im Mond gegen Clauren, wie Fanny Lewald ihre Diogena gegen die Hahn-Hahn. Diese Hochflut der Belletristik, die mit jedem Jahre stärker anschwoll, trug auf den hohen Wogen ihrer trüben Gewässer jedes wirklich ernste Interesse davon, vielleicht sind unsere Klassiker zu keiner Zeit weniger gelesen worden, als damals. August Wilhelm Schlegel, der in den Jahren 1801—04 in Berlin Vorlesungen über schöne Literatur hielt, sagte schon spöttisch, Deutschland besitze zwar

Franz Krüger. Der Schriftsteller Ludwig Rellstab
Zeichnung. Berlin, Nationalgalerie

berühmte Schriftsteller, aber man lese sie nicht. Lessing war vollständig von der Bühne und aus dem Gedächtnis des lesenden Publikums verschwunden, Karl Lachmann konnte eine Ausgabe seiner Werke veranstalten, die ihn mit Lesarten, Scholien behandelte, wie einen der klassischen Autoren des Altertums, die der toten Buchstabengelehrsamkeit verfallen sind. Professor Messerschmidt in Altenburg benutzte bei den Zensuren, die er erteilte, Schillers Namen als tadelndes Prädikat! Holtei schloß von den literarischen Vorlesungsabenden, die er in den zwanziger Jahren veranstaltete, Schiller völlig aus, da er zu wenig beliebt war; niemand sprach mehr von ihm, sagt Laube.

Das wurde erst anders, als Cotta die erste billige Gesamtausgabe der Werke des Dichters auf den Markt brachte, Karl Rosenkranz nennt das ein nationales Ereignis und nicht mit Unrecht, denn diese Veranstaltung machte das Volk erst mit seinem Dichter bekannt und sicherte seinen Schöpfungen eine um so begeistertere Aufnahme, als sie zeitlich mit dem politischen Aufschwung der dreißiger Jahre zusammenfiel, welcher in Schiller den Dichter der Freiheit feierte. Der Schillerverein, den Georg von Reinbeck in Stuttgart gründete, wuchs über seine nächsten Zwecke, die auf nichts anderes abgezielt hatten, als die Mittel zu schaffen, mit denen eine von Thorwaldsen modellierte und von Stiglmair gegossene Statue in Stuttgart errichtet werden sollte, weit hinaus, und wurde zu einem national-patriotischen Bunde, der sich über ganz Deutschland ausbreitete und die Jahrhundertfeier von Schillers Geburtstag 1859 zu einem nationalen Feiertage für Gesamtdeutschland machte.

Waren Schiller und Lessing dem Gedächtnis ihres Volkes lange Jahrzehnte hindurch völlig entschwunden, so konnte der große Olympier in Weimar niemals vergessen werden, denn er erinnerte immer wieder durch neue Schöpfungen daran, daß sein Genius noch die Schwingen zu höchstem Fluge rege. Um so heftiger und erbitterter wuchs die Feindschaft gegen ihn, entsprang sie doch den allerverschiedensten Gründen. Den Kleinen war er zu groß, wie dem Professor Köchy, der Goethe als Mensch und Schriftsteller unter dem Pseudonym Glover herabzuziehen versuchte, anderen war er im Wege, wie Friedrich Schlegel, der ihn höhnisch einen abgetakelten alten Herrgott hieß, dritte aber haßten den souveränen Geist, der sich nicht vor dem Kreuze beugen wolle. Mit jedem Jahre gewann die Orthodoxie an Boden, und je mehr sie sich ausbreitete, desto heftiger wurde die Anfeindung des alten Goethe. In diesem Sinne verfaßte der Pfarrer Pustkuchen die falschen Wanderjahre, in denen der ungläubige Goethe verunglimpft wurde. Wie sehr er mit seinem Pamphlet die Meinung eines großen Teiles seiner Zeitgenossen getroffen hatte, zeigten die wiederholten Auflagen, die sein Roman erlebte. Hannöversche Adlige sprachen sich in diesem Sinne zu Heinrich Heine äußerst unzufrieden über Goethe aus, weil er die Irreligiosität verbreite, während doch das Volk durch den alten Glauben zur alten Bescheidenheit und Mäßigung zurückgeführt werden müsse. Aus diesem Grunde blieb Goethe auch Dorothea Veit, seit sie katholisch geworden war, stets unheimlich, aus diesem Grunde wurde noch in späterer Zeit von Berliner Kanzeln aus gegen Goethe „gehengstenbergert und gebüchselt". Den Aristokraten war er nicht vornehm genug: Wozu solch Zeug lesen, sagte Fürst Schwarzenberg zu Herrn von Eckartstein über Wilhelm Meister, man sieht doch gleich, daß der Mensch nie in guter Gesellschaft verkehrt hat und was er für Leute gesehen hat. Bezeichnend ist die Erzählung des alten Zelter. Als 1816 beim Fürsten Anton Radziwill in Berlin eine Zusammenkunft stattfindet, um eine Aufführung des Faust vorzubereiten, da stellte sich heraus, daß von all den anwesenden Prinzen, Fürsten, Grafen und Herren keiner das Gedicht kannte, keiner ein Exemplar desselben besaß, und daß auch bei Berliner Buchhändlern keines aufzutreiben war.

Den Demokraten war Goethe zu exklusiv, nicht liberal und volksfreundlich genug. Unter diesem Gesichtspunkte befehdete ihn Börne auf das grimmigste, worin ihm das junge Deutschland treulich folgte, in dieser Gegnerschaft sogar mit seinem Todfeind einig, mit Wolfgang Menzel, dem Goethe nicht deutsch genug war. Goethe schrieb so lange er lebte nur für einen ganz kleinen Kreis von Eingeweihten, die seine Verehrung wie einen Kultus pflegten, dazu gehörten in den letzten Jahren Henriette Herz, Rahel, Bettina, Karl Schall, Varnhagen, Hegel. Für diese war die Lebensanschauung Goethes das

Evangelium, auf das sie schworen, nach welchem sie ihr eigenes Denken und Empfinden richteten. Von diesen engen Kreisen ging zuerst das Verständnis des Dichters aus, sie haben den Boden bereitet, von dem aus sein Werk erst der Masse zugänglich wurde. Zu diesen Verehrern gehörte auch König Ludwig von Bayern, in dessen wunderlich komplizierter Seele die Bewunderung Goethes neben dem strengsten römischen Katholizismus Platz hatte. Er fuhr zu Goethes Geburtstag 1827 nach Weimar und überreichte ihm selbst ein Ordensgroßkreuz, ein Vorgang, der nirgends mehr Aufsehen erregte, als in Berlin, wo man gewöhnt war, Gelehrten und Künstlern nur Orden dritter Klasse zu geben. „Nun wird Papa nach Weimar müssen, um Goethe den Schwarzen Adlerorden zu überbringen", höhnte Prinz Karl, Friedrich Wilhelm III. selbst aber war außerordentlich verdrießlich, daß in den Zeitungen nun von Goethe mehr die Rede sei als von einem Souverän. Den Zensoren wurde die Weisung erteilt, keine solchen Artikel mehr durchzulassen. Der König, dessen Lieblingslektüre in den Romanen Lafontaines bestand, der im Theater die Possen allem anderen vorzog, mochte Goethe nicht, eine Abneigung, die noch aus der rheinischen Kampagne herstammen sollte, bei der Goethe einmal in Gegenwart des damaligen Kronprinzen sehr satyrische Bemerkungen gemacht haben sollte. Als der Minister von Schuckmann daran dachte, Goethe nach Berlin zu berufen, und mit dem Fürsten Wittgenstein über diesen Plan sprach, warnte ihn dieser: „Das lassen Sie lieber bleiben, mit dergleichen empfiehlt man sich beim Könige nicht."

Wie der Monarch Lafontaine, so zog auch das Volk den Werken der klassischen Schriftsteller, denen es noch zu nahestand, die Schriften anderer Autoren vor, die damals hoch gefeiert, heute ohne Ausnahme, wenn auch nicht alle mit Recht, vergessen sind. Da ist zuerst der Hofrat Heun, der unter dem Namen Clauren bis zu seinem 1854 erfolgten Tode zahllose Romane und Novellen schrieb, deren süßlich-sinnliche Art die Dame, wie die Jungfer gleichermaßen entzückten, er verdankt es nur Wilhelm Hauffs Travestie, daß seiner noch gedacht wird. Da erscheint Karl August von Witzleben unter dem Pseudonym August von Tromlitz, einer der beliebtesten Erzähler jener Jahre, dessen gesammelte Werke 128 Bände füllen, Wilhelm Blumenhagen, dessen Novellen in keinem Taschenbuch fehlen durften, Karl von Wachsmann, dessen aus Almanachen und Zeitschriften gesammelte Erzählungen 37 Bände umfassen, Karl Spindler mit einer Reihe von 102 Bänden, von denen einzelne, wie der Jude und der Jesuit heute noch gelesen werden. Das waren die Götter der Leihbibliotheken, deren Offenbarungen vom Publikum verschlungen wurden, die jahrein jahraus den Lesehunger der großen Masse zu stillen wußten, immer neu und immer spannend zu erzählen verstanden, im Boudoir und in der Küche gleich beliebt waren. Sie wurden gelesen, während man von Goethe und Schiller vielleicht sprach, von Lessing und Herder möglicherweise gehört hatte.

324

O ho! Bange machen gelt nich!

Dörbeck. Berliner Redensarten

Wenn die große Masse des Lesepublikums jeden neuen Clauren mit Ungeduld erwartete, seine Tromlitz und Wachsmann, Blumenhagen und Spindler verschlang, so
hieß der literarische Abgott der Gebildeten in dieser Zeit Jean Paul. Zwar lagen die
Hauptwerke dieses so ungemein fruchtbaren Schriftstellers alle schon Jahrzehnte zurück,
der Hesperus, Quintus Firlein, der Siebenkäs waren noch im letzten Jahrzehnt des

18. Jahrhunderts erschienen, sein gefeiertster Roman, der Titan, gerade zur Jahrhundertwende, aber die jüngere Generation schwärmte für ihn mit demselben Feuer wie die ältere. Karl Rosenkranz, Levin Schücking, Rudolf Haym, Gustav Parthey u. a. erzählen, wie sie im elterlichen Hause in die Verehrung Jean Pauls hineinwachsen und mit derselben geradezu groß werden. Heute, wo man wohl mit Recht sagen darf, daß Jean Paul gar nicht mehr gelesen wird, ist es schwer, die Begeisterung seiner Zeit für ihn zu verstehen. Moderne Leser wird der gänzliche Mangel einer geschlossenen Form in seinen Werken, die völlig auseinanderfallen, in dem unendlichen Kram der Anspielungen und Zitate verflattern, stets abschrecken und zumal nicht zum Genuß derjenigen Seite seiner Begabung kommen lassen, die ihm damals sein Publikum sicherte, seines Humors und seiner Empfindung. Die Art, wie er die Gefühle von Liebe und Freundschaft in der zartesten und innigsten Weise zu schildern versteht, wie er gerade die edelsten Empfindungen des menschlichen Herzens, die Liebe für Tugend und Wahrheit, für Freiheit und Recht zu verherrlichen weiß, weckten ein Echo in den Seelen aller Empfindenden. Sein Humor, der die tiefsten Ideen menschlichen Geistes im engsten und kleinsten Kreise spiegelte, der das Lächerliche mit Rührung umspielt, das Tragische durch Schalkhaftigkeit versöhnt, entsprach der Stimmung seiner Leser, die in dem Bilde dieser Jean Paulschen Welt sich selber wie im Spiegel erblicken durften. Hier fanden sie die Rührung, die sie so liebten, die tiefen Empfindungen, die sie zu haben wünschten und genossen ihr ganzes Ich in dem souveränen Humor, der auch im kleinsten noch Züge des Ewigen sah.

Man wallfahrtete nach Bayreuth, um den so warm Verehrten von Angesicht kennen zu lernen, viele, wie Ludwig Rellstab, sogar wiederholt und die persönlich so wenig ansprechende Erscheinung des großen Mannes, der in seiner unbehilflichen Korpulenz, mit seinem Gesicht wie der Pachter Feldkümmel in Kotzebues Posse wirkte, tat der Schwärmerei keinen Eintrag. Die Damen schnitten seinem Pudel die Haare ab, um sie in Ringen und Medaillons zu tragen, in Berlin wurde sein Geburtstag alljährlich von seinen Verehrern mit einem großen Festessen im englischen Hause begangen, bei welcher Gelegenheit 1824 Herr von Held eine Rede hielt, die den Dichter deswegen feierte, weil er kein Fürstenknecht sei und den Großen dieser Erde nicht schmeichle. Karl Hase erzählt, daß die Gestalten der Jean Paulschen Romane dem schöngeistigen Kreise, in dem er in Leipzig verkehrte, so vertraut waren, daß sie wie gute Bekannte erschienen und im Gespräch auch die leisesten Anspielungen auf sie verstanden wurden. Als die Nachricht von seinem Tode 1825 nach Berlin gelangt war, da schreibt Albertine von Boguslawska ganz unglücklich an ihre Mutter: „Wie viel ärmer ist nun die Welt! Mit oder Jean Paul, das macht sie in der Tat verschieden."

Die Reaktion gegen Jean Paul trat erst ein, als im Laufe der dreißiger Jahre die

Vertreter des jungen Deutschland eine Richtung auf das Tatsächliche einschlugen, etwas Greifbares an die Stelle der verschwommenen Unklarheit setzten. Friedrich Hebbel notierte sich einmal: Über Jean Paul ins klare kommen, heißt, über den Nebel ins klare kommen wollen, als aber Heinrich Laube in der Eleganten Zeitung öffentlich gegen die gezerrte und verzerrte Form von Jean Pauls Werken zu Felde zog, da erweckte er noch einen Sturm der Entrüstung gegen sich. Nicht nur das Gefühlvolle seines Stils entzückte, ebenso gefiel das Gebildete desselben allen jenen, die wie Gustav Parthey stolz darauf waren, sich in den tausend Anspielungen zurecht zu finden und mit allen den verschwenderisch aufgestapelten Lesefrüchten Bescheid zu wissen. Jean Paul war wie kein anderer der Dichter einer Epoche, in der die allgemeine Bildung ihren Verheerungszug gegen die geistige Kultur der Menschheit begann.

Es sind jene Jahrzehnte, in denen die ungeheuerliche Überschätzung des toten Wissens um sich greift, in denen das Wissen weit über das Können gestellt wird. Der brave Eckermann, für den es außer Goethe kaum einen Menschen gibt, dem er Beachtung schenkt, macht eine Ausnahme nur für den Oberkellner des Hotels in Frankfurt, dessen seltene Bildung er bewundert, weil derselbe beim Bedienen an der Table d'hote drei Sprachen spricht. „Jetzt trachten viele vielerlei zu wissen," schreibt Ludwig Richter, „und nennen es Bildung; eigentlich weiß ein so Gebildeter gar nichts" und dieses Gefühl, daß über der Aneignung eines rein äußerlich Erworbenen die wirkliche Bildung des Herzens und des Gemütes vernachlässigt wird, erpreßt C. G. Carus den Seufzer „was hilft mir alle Abglättung der modernen Menschheit, wenn darunter die Blüte und der eigentümliche Hauch einer poetischen tiefsinnigen Individualität nicht gedeiht? Wir wollen also immer ganz zufrieden damit sein, daß wir noch aus dem 18. Jahrhundert stammen." Gustav Parthey schildert in seinen Jugenderinnerungen in der Person des Doktor Ludwig Abeken aus Osnabrück den Typus des Gebildeten von damals, des Mannes, der die Meisterwerke aller Literaturen verschlingt, ohne jeden geistigen Gewinn für sich, nur, um daraus zitieren zu können und mit seiner Belesenheit zu prunken. Wie dieses Wesen so ganz besonders in Berlin gedieh, wo ja bis zum heutigen Tage auch der gemeine Mann kein ärgeres Schimpfwort kennt als: „ungebildeter Mensch", das fiel Rahel auf, als sie nach jahrelanger Abwesenheit in ihre Heimatstadt zurückkehrte und den Unterschied gegen die Zeit ihrer Jugend so recht gewahr wird: „Keiner hämmerte früher an seiner Bildung", schreibt sie, „und sah alle Viertelstunde im Spiegel, wie weit sie gediehen sei; Gemeine bedienten sich auch nur gemeiner Worte und würfelten nicht mit den besten." Ausländer, wie Lord Palmerston, der 1844 Berlin besuchte, waren überrascht von dem hohen Grade und dem weiten Umfang einer allgemein verbreiteten Bildung, während er die Gewerbe in ihren Betrieben rückständig fand und dem völligen Mangel allen Komforts im Privatleben staunend gegenüberstand. Das Wissen bestimmte den Wert des Menschen. Levin Schücking bemerkt einmal geringschätzig über Hackländer, einen der liebenswürdigsten Erzähler, den die deutsche Literatur besitzt, „er hatte doch verzweifelt wenig gelernt," und Friedrich von Üchtritz, der doch selbst nicht mehr wußte, als sein bißchen Assessor und sich deswegen schon über jeden Kaufmann hoch erhaben dünkte, schreibt von den jungen Malern, die er in Düsseldorf kennen lernt: „Sie stehen zwar an Ausbildung und Kenntnissen weit unter mir, aber ihre Empfänglichkeit ist sehr groß." Werner Siemens, in diesem Zeitraum aufgewachsen, ist noch in höherem Alter indigniert über die Zumutung des Kommerzienratstitels, er sei ein Gelehrter, kein Kaufmann. Hochkomisch klingen die Betrachtungen, die der fünfzehnjährige Lassalle seinem Tagebuch anvertraut, als er hört, ein ehemaliger Schulfreund, der Kaufmann geworden, sei mit sich selbst zerfallen. „Er, der Homer und Cicero, Sophokles und Euripides in der Ursprache lesen konnte, bekam keinen Gehalt, aber er mußte Leute, die aus Quarta abgegangen waren, über sich sehen!" Diese Anschauung, welche der ganzen Zeit zu eigen war, fand ihren bestimmenden und bezeichnendsten Ausdruck in jener literarischen Schöpfung der Epoche, die man als die Eselsbrücke zum Wissen betrachten kann, dem Konversationslexikon, von dem Varnhagen schon im Jahre 1820 bemerkt, es sei eigentlich das gelesenste Buch in ganz Deutschland.

Das Konversationslexikon stammt zwar aus dem 18. Jahrhundert, es zählt unter seine Ahnen sowohl Bayles Dictionnaire und die Enzyklopädie, wie Zedlers Universal- und Hübners Zeitungslexikon, ausgebaut worden ist es aber doch erst im Deutschland der Biedermeierzeit, die ihm seinen eigentlichen Charakter verliehen hat. Das Konversationslexikon war damals das Brockhaussche, welches zwar schon 1796 von einem Doktor Renatus Gotthold Löbel begonnen worden war, aber erst Erfolg fand, seit es 1808 von Friedrich Arnold Brockhaus, dem Gründer der berühmten Firma, erworben worden war. Die Idee „jetzt, wo ein Streben nach Geistesbildung, wenigstens nach dem Schein derselben herrscht", wie Doktor Löbel in seiner Vorrede sagt, eine kurzgefaßte Enzyklopädie alles Wissenswerten zu bieten, war eine höchst glückliche; seit sich das Unternehmen in den geschickten Händen eines umsichtigen Geschäftsmannes befand, der zugleich selbst im Vollbesitz der ganzen allgemeinen Bildung seiner Zeit war, blieb der Erfolg denn auch nicht aus. 1812 hatte Brockhaus durch seine rastlose Mitarbeit das große Werk glücklich beendet, in demselben Jahre ging er schon an die zweite Auflage, nach Erscheinen der ersten vier Bände derselben wurde 1814 die dritte, vor Beendigung der zweiten und dritten schon 1817 die vierte, 1819 die fünfte Auflage nötig. Das Bestreben der Redaktion, über das er sich selbst einmal ausgesprochen hat, „demjenigen Austausch der Ideen, welcher in wahrhaft gebildeten Gesellschaften stattfindet, zu genügen und dem nicht

328

Spitzweg. Der arme Poet. Ölgemälde. München, Neue Pinakothek

eigentlich Gelehrten ein Hilfsmittel der weiteren Selbstbelehrung an die Hand zu geben", hatte der Unternehmer glänzend durchzuführen verstanden. Man riß sich förmlich um die Bände, trotz der schlechten Zeiten, der unsicheren Lage, der Finanzkalamitäten waren die 12000 Exemplare der fünften Auflage schon im ersten Jahre ihres Erscheinens vergriffen, 1824 folgte die sechste, 1827 die siebente, 1833 die achte Auflage, bis 1838 hatte Brockhaus' Lexikon sich in 180000 Exemplaren verbreitet und war trotz seines Umfanges bereits in fünf Sprachen übersetzt worden.

Neben diesem nicht für die eigentlich gelehrte Welt bestimmten Unternehmen begann der Verleger die rein wissenschaftliche Enzyklopädie von Ersch und Gruber, in einem so gigantischen Maßstab, daß trotz dem seit Erscheinen des ersten Bandes derselben im Jahre 1818 ein Jahrhundert verflossen ist, an einen Abschluß der Riesenpublikation noch lange nicht zu denken ist und der letzte Punkt derselben wohl erst am Jüngsten Tage darunter gesetzt werden wird. Brockhaus hatte das Bedürfnis der Zeit richtig verstanden, ihm nachzufolgen war nicht schwer, so begann denn 1824 der Major Pierer in Altenburg ein ähnliches Lexikon, das auf mehrseitige Belehrung ausgehend, die Mitte zwischen dem Brockhausschen Konversationslexikon und Ersch und Grubers Enzyklopädie halten wollte, in den dreißiger Jahren folgte ihm dann Joseph Meyer in Hildburghausen, ein Verleger, der schon durch sein Universum, seine Groschenbibliothek und andere Artikel bestrebt gewesen war, den breitesten Schichten des Volkes die notwendigen Mittel der Erkenntnis an die Hand zu geben.

Als Meyer nun daran ging, seinen Unternehmungen durch das große Konversationslexikon für die gebildeten Stände gewissermaßen die Krone aufzusetzen, da beschloß er, dasselbe für das große Publikum zu einer Fundgrube aller Kenntnisse werden zu lassen, „die positiven und wesentlichen Wert haben und den sozialen Bedürfnissen angemessen sind". Außerordentlich charakteristisch für das, was jene Zeit unter Bildung verstand, für das, was sie von einem Gebildeten verlangte und für den Weg, auf dem sie sich diese Bildungselemente anzueignen suchte, sind die Worte, mit denen Joseph Meyer den ersten 1839 erschienenen Band seines Lexikons begleitet. Er sagt: „Der Gebildete unserer Tage muß mit allen Haupterscheinungen der Philosophie, Theologie und Literatur, den riesenhaften Fortschritten in der Industrie, mit den Entdeckungen in der Natur und Völkerkunde, der Politik, dem großen Schatz der Geschichte und noch hundert anderen Dingen wohl bekannt sein oder doch imstande sein, sich das Wissenwerteste in jedem Augenblick zu vergegenwärtigen, sonst versteht er nicht einmal die für ihn berechneten Journale und Zeitungen." Es war, als hätte man die Oberflächlichkeit heilig sprechen wollen. Den Typus des in diesem Sinne Gebildeten hat Theodor Fontane in der mit ebensoviel Liebe wie Humor geschilderten Figur seines Vaters gezeichnet; der Apotheker Fontane war ein Mann, der seine gesellschaftliche Überlegenheit über die Spießbürger der kleinen Städte, in denen er lebte, dem Konversationslexikon zu verdanken hatte.

Brockhaus und Meyer haben nicht nur das Verdienst gehabt, ihrer Zeit das zu geben, was sie brauchte, sie hatten das weit größere, das sie die Schatzkammern des Wissens, die sie zum Besten der Gebildeten zusammentrugen, in liberalem Geiste füllten. Unmerklich ging zugleich mit der Belehrung, welche diese Enzyklopädien erteilten, auch Aufklärung von ihnen aus, sie haben dafür, daß damals alle Gebildeten liberal dachten, ebensoviel getan, wie die Presse.

Die Universalität der Bildung, wie sie der Zeit als Ideal vorschwebte, wie sie in der Erscheinung der Konversationslexika zutage trat, hing auf das engste mit der Neigung zusammen, welche damals alle Gebildeten immer über die deutschen Grenzen hinaus in die Fremde blicken ließ. Es war selbstverständlich, daß alle, die an den Händeln der Welt teilnahmen, ihre Augen gern von den jammervollen Verhältnissen und Zuständen der Heimat weg und auf das Ausland wandten. Das politische Interesse hatte an dieser Denkart ebensoviel teil wie das Bildungsbedürfnis, das sich auch alle fremden Kulturelemente anzueignen wünschte. Die Regierungen oder besser die Koterien, welche in denselben den Ton angaben, wünschten ja, daß man sich um das Ausland kümmere und ihnen nicht auf die Finger sehe. Der Freiherr von Stein schrieb an Gagern: „Die Folge dieser Maßregeln (der Karlsbader Beschlüsse über die Zensur) war die Abwendung der Nation von ihren Regierungen und von sich selbst. Da die Behandlung der eigenen Erlebnisse nur unter Aufsicht von Leuten gestattet war, die zum Teil von unglaublicher Rohheit und Gemeinheit Beweise gaben, so wandte man sich von der trostlosen Heimat zu der verbotenen Fremde, ihren Literaturen und Zeitungen."

Im gleichen Grade wie die einheimischen Regierungen in der Kenntnis und Achtung sanken, wuchs die Teilnahme und die Beschäftigung vorzüglich mit den französischen Zeitungen, Büchern und politischen Parteien und französische Begriffe, Denkungsart, Anschauungsweise griffen zum Verderben der Regierungen und der Völker immer weiter und ungehinderter Platz, je ängstlicher die Zensur jedes Wort über deutsche Verhältnisse beachtete, beschnitt, selbst verfälschte oder unterdrückte. 1820 bemerkt Varnhagen: „Der Kampf der französischen Liberalen erweckt ernste Teilnahme. Junge Leute, welche die Zeitung beim Konditor lesen, bezeugen einander jauchzend ihre Freude, wenn kräftige Stellen in den Reden vorkommen." Auch Rahel beschäftigt sich ganz eingehend mit den französischen Kammerreden, Kanzler von Müller zitierte sie wörtlich. Goethe hält den Globe für die interessanteste Zeitschrift und äußert sich, daß er ihn nicht entbehren möchte, bei jeder wichtigen Sache ist seine erste Frage, was wird der Globe dazu sagen? „Die Kaffees sind überfüllt mit Neugierigen," schreibt Moltke 1831, „kaum, daß man die Zeitungen erhaschen kann, besonders die französischen." Börne, nachdem er einmal die Franzosen die Leibwache der Freiheit und die Kosaken die des Absolutismus in Europa genannt hat, versteigt sich zu der Rodomontade: „Darum ist ein Verräter an seinem Vaterland, ein Feind Gottes und der Menschheit, des Rechtes, der Freiheit und der Liebe, wer Frankreich haßt oder es lästert." Das gleiche Interesse erweckte England. Als der Leutnant von Willisen 1826 aus London zurückkommt, äußert er in Berlin: „Man möchte mit dem lieben Gott hadern, daß er einen nicht hat als Engländer geboren werden lassen!" Nach Cannings Tode schreibt Schleiermacher: „Kein einzelner Mensch in Europa war jetzt von solcher Bedeutung und ich kann im Augenblick kaum etwas anderes denken. Wie kann das Schlechte sich nun wieder regen, welche Rückschritte und welche neuen Kämpfe bereiten sich vielleicht!" 1842 notiert sich Friedrich Hebbel in sein Tagebuch: „So wie sich jetzt die Weltverhältnisse mehr und mehr zu gestalten scheinen, muß wohl jeder den Engländern von ganzem Herzen Glück und Wachstum wünschen."

Rudolf Delbrück hält noch als Schüler der ersten Klasse auf dem Pädagogium in Halle schon einen Vortrag über die englische Reformbill, die damals gerade im Werke war; systematisch und wissenschaftlich gründlich verbreitet der berühmte Eduard Gans in Berlin die Kenntnis englischer politischer Zustände. Gans war Politiker von Natur und hatte als solcher das Bedürfnis, allgemein verständlich zu sprechen, wodurch er großen Einfluß auf die politische Bildung Berlins gewann. Da ihm, wie Heinrich Laube rühmt, die politische Geschichte Englands geläufig war und er die politische Entwicklung dieses Landes klar zu zergliedern verstand, so weckte er bei seinen Hörern starke Sympathien für englische Zustände, denn der norddeutsche Sinn fühlt sich unter Engländern auf soliderem Boden als unter Franzosen; zudem verband das, was er sprach und schrieb, den Reiz historischer Genauigkeit mit der warmen Darstellung eines enthusiastischen Teilnehmers, der dabei ein streng prüfender wissenschaftlich geschulter Mann war.

Außer dieser durch das politische Interesse stets wach erhaltenen Aufmerksamkeit auf alles Ausländische, zumal das Französische und Englische, wirkte noch ein Faktor mit, der die Deutschen fortdauernd auf die Fremde hinwies, der Strom der Übersetzungen aus fremden Sprachen, der sich in die deutsche Literatur ergoß. Jahr für Jahr stärker anschwellend, hat er es schließlich dahin gebracht, daß, wie Gödecke so hübsch sagt, ein Fremder jetzt nur noch Deutsch zu lernen braucht, um sich die Literaturen aller Völker und Zeiten in ihren Hauptwerken aneignen zu können. Ursprünglich waren es die Romantiker gewesen, die auf der Suche nach Werken, die sie denen der deutschen Klassiker gegenüberstellen könnten, ausgegangen waren, um vom Ausland das Bedeutendste und Größte einzuernten. August Wilhelm Schlegel, Friedrich Tieck u. a. entdeckten sozusagen für die Deutschen erst Shakespeare und Calderon, Dante und Corneille, indem sie die ersten wirklich guten, den poetischen Gehalt der Originale wiedergebenden Übersetzungen veranstalteten. Neben dem, was zumal August Wilhelm Schlegel auf diesem Gebiet an Feinfühligkeit sprachlicher und poetischer Begabung bewies, verschwindet alles frühere und er durfte mit Recht von dem alten Johann Heinrich Voß sagen, er habe die deutsche Literatur mit einem steinernen Homer, einem hölzernen Shakespeare und einem ledernen Aristophanes bereichert. Auf diesem von den Romantikern geebneten Wege schwärmten dann berufsmäßige Übersetzer in Scharen aus, um erst die klassischen Autoren des griechischen und römischen Altertums einzuholen, bald genug aber, um von dem Bildungshunger des lesenden Publikums in die abgelegendste Ferne der Völker und Zeiten getrieben, nicht nur bei Italienern, Spaniern, Portugiesen einzukehren, sondern auch Chinesen und Inder heranzuziehen. Hafis und Firdusi so gut wie die Edda und Sakuntala, spanische, italienische und portugiesische Heldengedichte sowohl wie altenglische Schauspiele und französische Possen, Altes und Neues, Wichtiges und Wertloses wurde bunt durchein-

Adolf Menzel. Titelblatt

ander auf den literarischen Markt geworfen, um die Freude der Zeitgenossen an einer immer weiter um sich greifenden Bildung, an immer neuer Reizung der Wißbegierde zu befriedigen.

Eine Spielart polyglotter Literatur erscheint, indem Deutsche in fremden Sprachen schreiben, August Wilhelm Schlegel französisch, Gottlieb Heinrich Adolf Wagner italienisch, Fremde, wie die Dänen Jens Baggesen, Laurids Kruse, Ohlenschläger, der Norwege Hinrik Steffens, der Franzose Chamisso, der Ungar Pyrker in deutscher Sprache dichten. Die Übersetzungen nehmen so überhand, daß sie das ursprünglich Deutsche in seinem Bestande bedrohen, es gibt in Braunschweig, Chemnitz, Sondershausen ganze Romanfabriken, welche die Bemerkung: „Aus dem Französischen", „Aus dem Englischen" nur als Aushängeschild benutzen, um ihr deutsches Erzeugnis unter fremder Marke sicher an den Mann zu bringen. Der Vorzug, den das lesende Publikum dem Ausländer gab, hat ja nicht nur die Verleger dieser Art von Leihbibliotheksfutter zu falschen Vorspiegelungen veranlaßt, ließ er es doch sogar einem unserer besten deutschen Erzähler geraten erscheinen, seinen ersten Roman unter der falschen Flagge eines berühmten fremden Namens segeln zu lassen, indem Willibald Alexis seinen Walladmor als Übersetzung von Walter Scott bezeichnete. Die Täuschung gelang vollkommen, er selbst erzählt, wie ein Freund ihn bald nach Erscheinen auf das Buch aufmerksam macht, aus dem er unendlich viel für seinen schriftstellerischen Beruf lernen könne. Publikum und Kritik nahmen das deutsche Buch unbesehen für eine Übersetzung, es war ja die Ära Walter Scotts, in der die Gesellschaft völlig in seinem Banne stand.

Heinrich Heine schreibt 1822: „Ganz Berlin spricht von Walter Scott, den man liest und wieder liest, die Damen legen sich nieder mit Waverley und stehen auf mit Robin dem Roten." Damals war gerade Kenilworth erschienen und machte Furore, von den Piraten erschienen 4 Übersetzungen auf einmal. Die Begeisterung durchdrang alle Kreise. Leopold Ranke gesteht, die Romane Walter Scotts mit lebendiger Teilnahme gelesen zu haben, Schückings Vater las sie seiner Familie laut vor, sie gehörten zu den ersten Büchern, die den geringen Büchervorrat des Rosenkranzschen Hauses in Magdeburg vermehrten. Zu gleicher Zeit erschienen die endlosen Bänderreihen der Scottschen Romane in den zwanziger Jahren als gesammelte Werke bei fünf verschiedenen Verlegern in Zwickau, Leipzig, Danzig, Stuttgart, Gotha, der Einzelausgaben ganz zu geschweigen. Der Vater Robert Schumanns, Verleger in Zwickau, wurde ein reicher Mann durch sie. Literaten von bedeutend minderer Qualität als Alexis, gaben wie L. von Wedell, Heinrich Muther, Friedrich Wilhelm Moser, E. Richter, August Schäfer, H. Döring die schwächlichen Produkte ihrer nachahmenden Feder unter Walter Scotts Namen heraus, um ein Teilchen von dem großen Erfolg für sich zu ergattern. In Berlin kam Kenilworth 1823 auf die Bühne, für Maskenfeste gaben die Romane die glücklichsten Programme, welche glänzend durchgeführt wurden. Wie Sir Henry Wellesley, der englische Gesandte in Wien, ein prachtvolles Fest gab, auf dem die hohe österreichische und ungarische Aristokratie sich in den Kostümen von Quentin Durward, Leicester, Ivanhoe, Elisabeth gefiel, so veranstaltete man auch in Berlin eine glänzende Maskerade Scottscher Romanfiguren, die dadurch eine besondere Weihe erhielt, daß der gerade anwesende Sohn des Dichters als schottischer Hochländer mit dem Kilt, ohne Hosen und mit nackten Beinen erschien. Am Hofe in München führte man 1827 den Ivanhoe, 1835 Quentin Durward in kostümierten Quadrillen auf, Modehändler gaben Stoffen den Namen Amy Robsarts, in Berlin zeigte sogar ein Kaufmann: Walter Scott-Grütze an, die Metze 10 Groschen. Als der kranke Dichter, von der italienischen Reise heimkehrend, 1831 Bonn besuchte, war der junge Bertrand, ein Freund von Felix Eberty, so von dem schottischen Minstrel und seiner schönen Tochter begeistert, daß er sich als Kellner verkleidete, um sie auf dem Dampfschiff, auf dem sie den Rhein hinabfuhren, bedienen zu dürfen und so wenigstens in ihrer Nähe zu sein.

In der allgemeinen Begeisterung für die Schöpfungen Walter Scotts sprach noch jener romantische Zug der Zeit mit, der sich vor der Gegenwart fliehend in das Mittelalter wie in eine schönere und edlere Welt flüchtete. Gewissermaßen klingt die Romantik mit der Schwärmerei für Walter Scott aus. Man war endlich des verlogenen Mittelalters, wie es bei Fouqué erschien, all der herrlichen Ritter und edlen Frauen, die keinen Knochen im Leibe und keinen Tropfen Blut in den Adern haben, herzlich müde, man sehnte sich nach Wahrheit und Wirklichkeit, und wenn man von der guten alten Zeit auch noch nicht gern scheiden wollte, so wollte man doch auch in ihr auf realem Boden stehen. Vor der Gegenwart schloß man zwar noch immer geflissentlich die Augen, aber es nutzte nichts, sie machte ihr Recht auf Realität doch geltend, das Zeitalter der Industrie und der Maschinen, das man so haßte, räumte mit dem historischen Lügenplunder auf, ob man wollte oder nicht.

Die Romantik, in ihrem Anfang eine rein ästhetische Bewegung, hervorgegangen aus dem Widerspruch gegen das klassische Bildungsideal, war allmählich eine Weltanschauung geworden. Die Romantiker Klemens Brentano, Achim von Arnim, Tieck, die Brüder Schlegel und ihre Gesinnungsgenossen Görres, Jakob und Wilhelm Grimm, Friedrich Wilhelm von der Hagen u. a. hatten in das deutsche Mittelalter zurückgegriffen, um in der Zeit der Fremdherrschaft das Gefühl der Vaterlandsliebe zu wecken. In der Art, wie sie auf die frühere Größe und Herrlichkeit deutschen Lebens hinwiesen, lag die Aufforderung, sich des gallischen Wesens zu erwehren. „In ihnen lebte eine Kraft der Liebe zur deutschen Nation, der wir viel schuldig geworden sind", sagt Karl

Quadrille aus Jvanhoe. München, 15. Februar 1827
Elgitha, Freifrau v. Gumppenberg, geb. Freiin v. Perfall
Maria Marian, Komteſſe Maria Sandizell

Rofenkranz. Nach dem Kriege bemächtigte ſich die politiſche Reaktion
der romantiſchen Jdeen und ver-
tauſchte das echte Gold der Dichter
mit den ſchlechten Rechenpfennigen
des Eigennutzes. Hinter der zur
Schau getragenen Liebe für die
große Vergangenheit ſtand der
Wunſch nach Rückführung in mittelalterliche Zuſtände, die Schwärmerei für die alte Kunſt und die
alte Kirche verbarg nur unzulänglich die Genugtuung, in der erneu-
ten Religion ein bequemes Mittel
der Unterdrückung zu beſitzen; kalte
Berechnung hüllte ſich zu politiſchen
Zwecken in den aus tauſend bunten
Lappen zuſammengeflickten Mäntel
der Romantik. Die Stimmung für
das Alte, Verſchollene, längſt Ab-
geſtorbene wurde abſichtlich genährt,
lenkte ſie doch von der Gegenwart
und ihren Forderungen ab. Arnold Ruge beklagt ſich einmal über dieſe Richtung auf
das rein Hiſtoriſche: „Der antiquariſche Geſichtspunkt," ſagt er, „der doch ein abſtrakt
theoretiſcher und oft eine bloß gelehrte Neugierde, keineswegs der Trieb nach wertvollem
Wiſſen iſt, beherrſcht gegenwärtig alle Welt ſo ſehr, daß jeder, der nicht das Lebendige
dem Toten zu opfern bereit iſt, ein Barbar geſcholten wird."
Dieſe falſche Romantik konnte auf die Dauer nicht anders als Gefühle des Verdruſſes und des Mißtrauens auslöſen und in den dreißiger Jahren ſehen wir in der
Poeſie, in der Philoſophie und in den Wiſſenſchaften den Kampf auf der ganzen Linie
gegen ſie eröffnet. Der Dichter, der dieſer Generation, als ſie jung war, ein Abgott geweſen, in dem Friedrich Thierſch einen herrlichen poetiſchen Genius geſehen, Fouqué
verfiel der Lächerlichkeit und der Vergeſſenheit. Seine Undine, ſein Thiodulf, ſeine As-
lauga waren, wie Karl Roſenkranz von ſich bekennt, mit Begeiſterung verſchlungen worden, ein ſchönes Mädchen in Goslar geſtand Heinrich Heine, ſie wollte gern ein Jahr
ihres Lebens hingeben, wenn ſie nur einmal den Verfaſſer der Undine küſſen könnte.

Jetzt fand derselbe Mann, dessen Schriften bis in die untersten Schichten der Lesewelt gedrungen, wirklich zu Volksbüchern geworden waren, wie Varnhagen berichtet, keinen Verleger mehr. Der arme Don Quixote de la Mancha, wie man ihn in Berlin nannte, kam in die größte Not, selbst seine Freunde fanden, wie Friedrich Perthes, „um ihn lieb zu behalten, muß man ihn nicht vor Augen haben". „Die unaufhörliche Verherrlichung des alten Feudalwesens," ur-

Quadrille aus Quentin Durward. München, 3. Februar 1835
Pavillon (Freiherr von Gumppenberg-Poettmes)
Trudchen (Gräfin Holnstein)

teilte Heinrich Heine über Fouqué und die von ihm vertretene literarische Richtung, „die ewige Rittertümelei mißbehagte am Ende den bürgerlich Gebildeten. Beständiger Singsang von Harnischen, Turniergenossen, Burgfrauen, Zwergen, Knappen, Schloßkapellen, Minne und Glaube und wie der mittelalterliche Trödel noch heißt. Fouqués Rittergestalten bestehen nur aus Eisen und Gemüt, sie haben weder Fleisch noch Vernunft." Das eben noch so bewunderte Rittertum geriet so in Mißkredit, daß Karl von Rotteck, der eine Abhandlung über die Ritter des Mittelalters im Vergleich mit den homerischen Helden geschrieben hatte, sich seiner Arbeit schämte und sie verleugnete. Walter Scott hatte Fouqué verdrängt, um selbst sehr bald wieder in den Hintergrund geschoben zu werden.

Der Umschwung in den Anschauungen, der seit der Julirevolution sichtbar wird, verhalf der Gegenwart zu ihrem Recht, indem er den Wunsch nach politischer Betätigung, der im Volke lebte, dadurch zum Ausdruck verhalf, daß es bald kein Thema mehr gab, welches nicht die Politik in Kunst und Wissenschaft, Lyrik und Theater gemischt hätte. Lange noch schwingt das historische Interesse, das die Romantiker geweckt, in unverminderter Stärke nach, aber wie das verlogene Theater Fouquéscher Puppen über den wirklich poetischen Gestalten Walter Scotts vergessen wurde, so begann man nun die Geschichtschreibung dem Roman vorzuziehen. Das wachgewordene politische Bewußtsein, dem man jede unbefangene Meinung abzuschneiden trachtete, fand in der Geschichte, wie Karl von Rotteck in der Vorrede zu seiner Weltgeschichte sagt: „das einzig übrige Organ zur Verkündung der Wahrheit, denn im Urteile über längst vergangene Begebenheiten und Charaktere mochte jenes über die Schicksale und Machthaber des Tages vorklingen." In dieser Weltgeschichte, die der Freiburger Professor 1811 begann und 1827 beendete, machte er sich zum Vorkämpfer der öffentlichen Meinung für Recht und Freiheit und stärkte das höhere Bewußtsein der Nation von ihrem Recht, von ihrer Ehre und Bestimmung. Welcker, der Freund, Mitarbeiter und Biograph Rottecks, nennt dessen Weltgeschichte ein Ereignis, eine Macht für Licht und Recht, für geistige und politische Freiheit in der öffentlichen Meinung und daß die Zeitgenossen ihm darin recht gaben, beweist der beispiellose Erfolg. Das umfangreiche, neun starke Bände umfassende Werk erlebte bis 1840, dem Todesjahre des Verfassers, ohne die Nachdrucke 15 Auflagen und Übersetzungen in die französische, englische, italienische, dänische, polnische Sprache.

Neben Rotteck war Schlosser, wie sein Schüler Georg Weber bezeichnend von ihm sagt, „Jahrzehnte hindurch der Mund und das Gewissen des Volkes". „Er schrieb in der Geschichte des 18. Jahrhunderts," drückt sich ein anderer seiner Schüler, Gervinus, aus, „die Vindikation der Revolution im freimütigsten Geiste, er zeichnet nachsichtslos den Moment der Fäulnis, bei dem der Monarchismus angelangt war, durch die Überspannung der Finanzsysteme, der Militärmacht und der Absolutie und im Gegensatz dazu die neue Geistesfreiheit, deren Stoß auf die alten verrotteten Ordnungen zu den demokratischen Prinzipien führte, die nur im völligen Umsturz über Privilegien und Eigensinn zu siegen vermochten. Geschrieben, als die unverschämtesten Verteidiger der verrotteten alten Ordnungen überall ohne Widerspruch waren, das tückische System der Gentz und Metternich das Festland beherrschte." In diesem Sinne eines ausgesprochenen Liberalismus schrieb Friedrich von Raumer seine umfangreiche Geschichte der Hohenstaufen; eine Geschichtsschreibung ohne Tendenz blieb ohne Resonanz in der Menge, wie denn auch Leopold Ranke, der seit 1824 an der Berliner Universität wirkte, seinen Einfluß nicht über die engsten Kreise der Fachgelehrsamkeit hinaus erstreckte.

Wie das Aufblühen der historischen Wissenschaft als ein Protest gegen das unklare Verschönern betrachtet werden kann, welches die Romantik an der Vergangenheit übte, so erklang dieser Protest gegen das Kokettieren mit Mittelalter, mit Feudalismus und

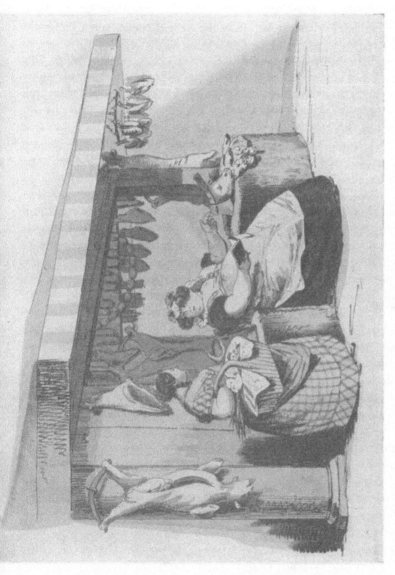

Wenn ich oder mein' Mann die Köller allene besorgten, dann' machten' wir se aus lauter' Neire, so ebent oogud sie nicht andere'. —

Dörbed. Berliner Redensarten

Romanismus noch lauter und kräftiger aus den Reihen der Tagesliteratur. Das junge Deutschland erscheint auf dem Plan und wandelt rasch die blumige Wiese zirpender Lyriker zum Kampfplatz um, auf dem die lendenlahmen Minnesänger und Troubadoure eines unechten Rittertums erschlagen umherliegen. Gegen die Wirklichkeitsscheu der Romantiker setzten sie die Freude an der Realität des Lebens, gegen die Lust am Alten und Abgetanen den Jubel über die Gegenwart, die wundervolle Märchenwelt mondbeglänzter Zaubernacht versinkt in den tosend hereinbrechenden Fluten der Politik. Der Geist der Zeit kam endlich zu Worte und dieser Geist hieß Krieg! „Jede Poesie, die nicht der Zeit diente, verachtete das junge Deutschland als müßige Spielerei", sagt Paul Heyse, der in diesen Jahren poetisch heranwuchs, und trifft damit den wesentlichen Punkt, der sie von der Schreibewelt der vergangenen Jahrzehnte unterschied. Jene hatten die Augen vor dem Tage, der ihnen schien, nicht fest genug schließen können, um in der selbst geschaffenen Dunkelheit mystisch zu munkeln, diese witterten Lebensluft nur im klaren Lichte, jene flohen in die moderduftende Trödelbude der Vergangenheit zu Rittern und Pfaffen, diese schritten in die helle Zukunft hinein, dem freien Mann entgegen. Karl Gutzkow, Heinrich Laube, Theodor Mundt, Gustav Kühne, Ludolf Wienbarg hießen die jungen Weltstürmer, welche gleichzeitig ohne Verabredung, ja ohne Verbindung miteinander zu Wortführern der öffentlichen Meinung wurden. Sie wurden mit Überraschung und Zustimmung begrüßt, sagt Fanny Lewald, denn sie sprachen eine Sprache, die man in Deutschland noch nicht gehört hatte und das junge Mädchen, das in diesen Jahren um die Befreiung der eigenen Individualität aus den Fesseln eines versteinerten Herkommens kämpfte, empfand die bewegende und vorwärts dringende Kraft dieser neuen Literatur wie eine Erlösung. Diese Literatur wandte sich dem Leben zu und erörterte alle Fragen, die den Tag bewegten, den Kampf der Geistesfreiheit gegen die erstarkende Orthodoxie, die beginnende Emanzipation der Frau, die Gegensätze zwischen Liberalismus und Absolutismus, die freie Liebe, die sozialen Gegensätze innerhalb der Gesellschaft mit Freimut, ja mit der göttlichen Rücksichtslosigkeit, welche der Jugend im Kampf gegen das Alter so wohl ansteht. Die Wirkung ihres Auftretens war außerordentlich. „Die Literatur des jungen Deutschland ergoß aus allen Winkeln aufquellend ein seichtes Gewässer revolutionärer Tendenzen über ein dürres aufsaugendes Gelände", schreibt Gervinus geringschätzig, bezeichnete aber mit diesen Worten selbst die beiden Hauptfaktoren, die ihr Vorgehen so überaus wirksam machten. Die unfruchtbare Richtung der Romantik, die bis dahin die Literatur beherrschte, hatte den Boden für das Neue bereitet, ihre Äußerungen langweilten, ihre feudal-reaktionär-pietistisch-mystische Tendenz aber stieß alle zurück, die an eine Weiterentwicklung im modernen Sinn geistiger Freiheit und Unabhängigkeit glaubten.

340

Im Lager der Reaktion war denn auch die Empörung laut genug und bald klingelte der Lärmapparat der Preßpolizei durch ganz Deutschland. Man verfuhr nach dem altbewährten Prinzip, daß, wenn man die neuen Anschauungen nicht widerlegen kann, immerhin die Träger und Verbreiter derselben eingesperrt werden können, und so hat man denn Gutzkow, Laube, Mundt u. a. das Leben lange Jahre hindurch bitter schwer gemacht. Die mittellosen Schriftsteller in ihrem Erwerbe zu schädigen, war für die Findigkeit der Gerichte und der Polizei eine Kleinigkeit, nur die Hauptsache gelang ihnen nicht, die Gedanken zu erschlagen, die im Publikum geweckt worden waren. Nichts von dem, was die ersten Wortführer der neuen Richtung geäußert hatten, war ganz neu, sie haben nur ausgesprochen, was alle dachten, sie haben das erlösende Wort gefunden, das die geschlossenen Lippen öffnete, es erfolgte förmlich a tempo der Umschwung, der die Lyrik auf der ganzen Linie ihrer Entfaltung der Tendenz in die Arme trieb. Freiligrath, bis dahin immer auf der Jagd nach fremdartigen Sensationen, entdeckt sein Herz für das eigene Volk, die bierehrliche Seele Hoffmanns von Fallersleben giftet sich in unpolitischen Liedern, selbst der kühle, glatte Graf Platen wendet sich zur Politik, Friedrich von Sallet, Robert Prutz, Franz Dingelstedt zürnen und wettern, höhnen und spotten; wie Scheidewasser, so ätzend wirken Glasbrenners anscheinend so harmlose Bilder aus dem Berliner Leben, bis sie alle durch den größten und feurigsten der politischen Dichter, den Deutschland kennt, in Schatten gestellt werden, durch Georg Herwegh. Wie viel er mit der Leidenschaft seiner Überzeugung und der Glut seines Gefühls, die er mit dem wunderbaren Wohllaut sprachschöner Strophen austönte, dem Deutschland des Vormärz war, beweist der Triumphzug, den er 1842 von Schwaben bis Ostpreußen durch das ganze Reich hielt, beweist vor allem die Erbitterung, mit der die Reaktion bis heute nicht müde wird, sein Andenken durch erlogene Skandalgeschichten späterer Jahre zu verunglimpfen.

Die Politik hatte die Muse der Romantik vertrieben, „der deutsche Michel", höhnte Heinrich Heine, „reitet nur noch Politik, wie ein Kind sein Steckenpferd, ohne daß das Pferd vorwärts kommt". Wie die Lyrik in diesen beiden Jahrzehnten vor 1848 nicht mehr nach der blauen Blume der Romantik ausschwärmte, so verliert auch die erzählende Dichtung die Freude an dem Verwesungsgeruch der Historie. Der Kultus des schottischen Hochlandsgottes verblaßt neben den Opfern, welche neuen Götzen dargebracht werden, Eugen Sue erscheint und George Sand und mit ihnen der soziale und der Tendenzroman, die ihre Vorwürfe mitten aus der Zeit selbst wählen. Der Erfolg, den die „Geheimnisse von Paris" in Deutschland fanden, war wohl der größte, der im 19. Jahrhundert einem nichtdeutschen Buch beschieden gewesen, Übersetzungen und Nachahmungen drängten sich, Fleur de Marie und Rodolphe in ihrer anscheinenden Natürlichkeit trieben alle Ritter und Edelfrauen der Vergangenheit in die Flucht. In diesen Jahren stellen die Alma-

nache und Taschenbücher, die bis dahin der Frauenwelt eine Lektüre geboten hatten, die
an süßlicher Oberflächlichkeit kaum ihresgleichen finden dürfte, allmählich ihr Erscheinen
ein. Minerva, Urania, Penelope, Cornelia, Eidora, Ceres, Fortuna, Aurora, Philo-
mele, die Taschenbücher des Frohsinns und der Liebe, des schönen Geschlechts, der Liebe
und Freundschaft, des geselligen Vergnügens, die helvetischen, schlesischen, schwäbischen,
rheinischen, westfälischen, nordischen Almanache, die Alpenrosen und Rheinblüten, Früh-
lingskränze, Zeitlosen, Vergißmeinnicht, Wintergrün, Veilchen, Moosrosen, Alpenblu-
men welken im Sonnenbrande einer nur mit den Realitäten des Lebens beschäftigten
Zeit. Sie sterben ab und an die Stelle ihres unwahren Getändels tritt die Literatur
der Frau für die Frau. Eugen Sue hat in Deutschland viele Nachahmer gefunden, aber
keinen, der ihm ebenbürtig gewesen wäre, George Sand treten in Deutschland in der
Gräfin Ida Hahn-Hahn und Fanny Lewald Schriftstellerinnen zur Seite, die der Fran-
zösin an Geist und Können mindestens gleich sind. Wenn die hochgeborne Dame der vornehmen Welt nur an die Emanzipation der Salondame denkt und nichts im Sinne hat,
als die lästigen Gebote der Sitte zu ihren Gunsten zu beseitigen, so beschäftigt sich der
kühle, klare Verstand der anderen nur mit der Frage, wie dem Mädchen und der Frau
des Mittelstandes wirklich zu helfen sei und diese Hilfe verkündet sie ihr in der Arbeit,
in der befriedigenden Tätigkeit eines freigewählten Berufes. Heute ist das alles selbstverständlich, so selbstverständlich, daß wir bereits am Gegenpol dieser Strömung angelangt sind und die Männer sich demnächst werden koalieren müssen, damit ihnen nicht alle
Berufsarten aus der Hand gewunden werden, damals war das alles ganz neu und unerhört. Die Frauen, die bis dahin geschrieben, hatten Romane verfaßt, wie sie sonst vielleicht Strümpfe gestrickt hätten, endlos und farblos in der Weise der Henriette Hanke,
der biederen schlesischen Pastorsfrau, deren freudloses Gepimper die bedauernswerte Karoline Bauer ihrem Koburger Leopold tagein tagaus vorzulesen hatte.

Gervinus trug in seiner 1835 erschienenen Geschichte der deutschen Nationalliteratur
das ästhetische Zeitalter der Deutschen gewissermaßen zu Grabe, sein Buch wendet sich von
allen rein nur literarischen Interessen brüsk hinweg und verkündet, daß jetzt das politische
Zeitalter der Deutschen vor der Tür stehe und das ästhetische ablösen werde.

Mit diesem Umschwung in der Richtung der Literatur geht ein Wechsel im literarischen Betrieb parallel. Die Ausübung der schönen Literatur und der Dichtkunst galten
bis dahin als die Beschäftigung besonders begnadeter Seelen, man schrieb für sich ohne
Rücksicht auf ein Publikum, die Romantiker übten ihren Dichterberuf, wie Richard M.
Meyer ausführt, überhaupt weniger zum Zweck der Produktion, als zur Erzeugung eines
dichterischen Hochgefühls im eigenen Geist. Auch das ändert sich in dieser Zeit, die
Schriftstellerei wird zum Broterwerb, wie jeder andere Beruf. Man verstand das nicht,

Was giebt es da, mein schönes Kind
„Respickte Maikäber Musje!

Dörbeck. Berliner Redensarten

C. G. Carus beschuldigte die Literaten, unter denen er besonders auf Karl Gutzkow und Berthold Auerbach zielt, sich nur im Sinne von Geschäftsmännern zu Stimmführern der öffentlichen Meinung zu machen, ja sogar ihr Absehen auf Gelderwerb und Wohlhabenheit zu richten und Wolfgang Menzel vergleicht im Anblick der sich ändernden Verhältnisse den literarischen Markt einem wohlassortierten Modelager, dessen Artikel auf Bestellung geliefert und durch Reklame ins Publikum gebracht werden. Es war etwas

Wahres daran, der Verleger Voigt in Ilmenau hielt sich in der Person des Freiherrn Ferdinand von Biedenfeld einen Lohnschreiber, der nach Auftrag jedes Buch verfaßte, das gewünscht wurde; Karl Spindler gestand Menzel, daß er nur in der Manier Walter Scotts schreibe, weil die Mode es verlange. Die Schriftstellerei als Beruf ist von Angebot und Nachfrage selbstverständlich ebenso abhängig, wie jedes andere Geschäft auch, nur Mangel an Einsicht konnte das als Übel deuten. Vielleicht aber hängt es damit zusammen, daß wir in jenen Jahrzehnten eine Entwicklung verfolgen können, die von der Überschätzung der schönen Literatur zu einer Geringschätzung derselben führt. Hatte sich noch kurz zuvor jeder Reimschmied als Dichter gefühlt und die fast unabsehbare Literatur der Almanache, Taschenbücher und schönwissenschaftlichen Zeitschriften ganze Fuhren des blödesten Reimgeklingels zu Markte gebracht, so hörte das allmählich auf. Ernsthafte Männer, Staatsbeamte, Gelehrte schämen sich ihrer Verse als holder Jugendeseleien, sie lassen sie nicht mehr drucken, oder, wenn sie sich das doch nicht versagen können, so schreiben sie anonym oder pseudonym, es macht sich jene Ansicht geltend, die der alte Salomon Heine einmal in die Worte faßte, als er von dem Dichter sagte: „Hätte der Heinrich was Ordentliches gelernt, so brauchte er keine Bücher zu schreiben."

Die Reaktion einer wirklichkeitsfrohen gegen eine wirklichkeitsscheue Poesie tritt als Teilerscheinung jener großen geistigen Bewegung auf, welche gleichzeitig auch in der Wissenschaft zu einem Aufstand gegen die Philosophie, welche bis dahin mit unumschränkter Macht geherrscht hatte, führte. „Bis in die vierziger Jahre", sagt Heinrich Laube, „beherrschte uns der philosophische Formalismus, er galt für die höchste Instanz und alle sonstigen wissenschaftlichen Verdienste wurden nur nebenher beachtet, eigentlich nur herablassend. Die Kenntnis der Welt wurde nur in philosophischen Systemen gesucht und gefunden und nur da geschätzt, wo sie in systematischen Formeln geschlossen auftrat." Nur in Deutschland wurde damals noch jener dogmatischen Form der Philosophie gehuldigt, welche die Summe alles Wissens durch Aufstellung logischer Begriffe zu erschöpfen sucht, um an Stelle eines stetigen Forschens die fertige und abgeschlossene Wahrheit zu setzen. „Die Philosophie erhob den Anspruch, im Besitz der absoluten Wahrheit zu sein", schreibt Karl Biedermann, „und unter diesem Vorgehen unternahm sie es, dem Leben und seinen Richtungen Weg und Ziel vorzuschreiben." So hatte Hegel bei seiner am 28. Oktober 1816 in Heidelberg gehaltenen Antrittsrede gesagt: „Nun, da dieser Strom der Wirklichkeit gebrochen ist, dürfen wir hoffen, daß neben den politischen und sonstigen an die gemeine Wirklichkeit gebundenen Interessen auch die Wissenschaft, die freie vernünftige Welt des Geistes, wieder emporblühe" und dieser Mann, der den Strom der Wirklichkeit für gebrochen halten konnte, sollte berufen sein, ein Menschenalter hindurch dem ganzen geistigen Leben Deutschlands den Stempel seines Geistes aufzudrücken.

Seit 1818 als Lehrer an der Berliner Hochschule tätig, beherrschte Hegel durch die verführerische Macht seines Systems, das im Grunde genommen darauf hinauslief, zu erweisen, daß alles, was wirklich ist, auch vernünftig ist, das Gesamtgebiet der Geisteswissenschaften. „Hegel", schreibt der letzte seiner Schüler Karl Ludwig Michelet, „hat die Philosophie aus der Stufe der Liebe zur Weisheit zum wirklichen Wissen erhoben, indem er sie zur sich selbst beweisenden Wissenschaft machte." Die wundervolle Geschlossenheit seines Systems, bei dem Logik und Metaphysik untrennbar ineinandergreifen und alle Teile des Gedankenbaues gleichmäßig ausgebildet erscheinen, stand wie ein vollendetes Kunstwerk vor den entzückten Augen einer Generation, die noch an den alleinseligmachenden Beruf der Philosophie glaubte. „Mit bewundernswerter Dialektik und eiserner Konsequenz umspannte dieses System", wie Gustav Parthey sagt, „den Kreis alles Wissens und forderte mehr zur ruhigen Hinnahme des Gegebenen als zum tätigen Selbstdenken auf." „Die Hegelsche Philosophie", bestätigt Gervinus, der selbst unter ihrem Einfluß aufwuchs, „beherrschte das Geschlecht der Gebildeten in dem Maße, daß sich niemand ihr entziehen konnte. Geschichte, Altertumskunde, Linguistik, deutsche Literatur, alles trat auf eine ganz neue Stufe der Erkenntnis und der Methode der Erforschung hinüber."

Dieser befruchtende Einfluß der Hegelschen Philosophie, der direkt oder indirekt allen Zweigen des Wissens zugute kam, hat die Wissenschaften in Deutschland mächtig gefördert, ihr fast plötzlich eintretender riesiger Aufschwung imponierte auch dem Ausland; ein in Heidelberg lebender gelehrter Engländer, Mr. Wyß, machte einmal Gervinus auf die Allseitigkeit und Allfertigkeit, auf die Breite und Tiefe der deutschen Wissenschaften aufmerksam. Der Einfluß der Hegelschen Philosophie begann bereits in der Schule sich der Geister zu bemächtigen, Felix Eberty beschäftigte sich schon als Primaner mit ihr, der Dr. Benary, Lehrer am Köllnischen Gymnasium, zu dessen Zöglingen auch Rudolf Haym gehörte, umspannt seine Schüler ganz unmerklich mit den Anschauungen der Hegelschen Schule. Hegels Philosophie hatte das letzte Wort des Erkennens ausgesprochen, mit scheuer Ehrfurcht trat man persönlich dem Manne gegenüber, dessen Lehre den Abschluß alles menschlichen Wissens zu bilden schien. Dabei war dann die Enttäuschung sehr groß. Karl Gustav Carus, welcher Hegel und Marheinecke in einer Abendgesellschaft bei Geheimrat Johannes Schulze am Spieltisch emsig beschäftigt sieht, und ihre Neckereien mit anhört, ist ganz entsetzt darüber, daß Philosophen auch nur Menschen sind: „Wenn diese Philosophie nicht zu Höherem und zum Hintansetzen von Whist führt, so werde ich zweifelhaft bleiben über ihren Erfolg." Schwerer noch wurde den jungen Studenten das Abfinden mit der wunderlichen Außenseite des berühmten Denkers. Karl Rosenkranz, einer seiner treuesten Schüler, wurde abgestoßen durch die Art seines Vortrags, die mühsamen schleppenden Perioden, die er seltsam umherwarf und beständig durch Husten und Tabakschnupfen unterbrach. H. G. Hotho schreibt über Hegels Kollegien: „Ich konnte mich weder in die Art des Vortrags, noch der inneren Gedankenfolge hineinfinden. Abgespannt, grämlich saß er da, mit niedergebücktem Kopf in sich zusammengefallen, blätterte und suchte immerfortsprechend in den langen Folioheften vorwärts und rückwärts, unten und oben. Das stete Räuspern und Husten störte allen Fluß der Rede, jeder Satz stand vereinzelt da, und kam mit Anstrengung zerstückt und durcheinandergeworfen heraus. Jedes Wort, jede Silbe löste sich nur widerwillig los, um von der metalleeren Stimme dann im schwäbisch breiten Dialekt, als sei jedes das wichtigste, einen wundersam gründlichen Nachdruck zu erhalten."

Hegels Tod (er gehörte zu den Opfern der Cholera von 1831) bezeichnet einen Abschnitt in der Geschichte seiner Lehre. „Sie begann", schreibt Rudolf Delbrück, „aus dem Gelehrtenkreise heraus in das Bewußtsein solcher Kreise zu treten, welche philosophische Bildung entbehrten. Es war nicht die Substanz der Lehre, welche Eingang erlangte, es waren die bei Anwendung derselben auf Recht und Staat, Religion und Geschichte, Sprache und Kunst für die Auffassung dieser Materien gesammelten Ergebnisse. Sie zogen an durch ihre Neuheit, sie blendeten durch den Geist, mit welchem sie vorgetragen wurden und sie fingen an, die Meinungen zu beherrschen, ohne daß ihr Ursprung stets zum Bewußtsein kam." Dieses Eindringen in die Kreise der allgemeinen Bildung kennzeichnet, indem es gewissermaßen den Höhepunkt darstellt, auf den der Einfluß dieses philosophischen Systems gelangen sollte, zugleich den Wendepunkt, von dem aus die Hegelsche Philosophie in ihrer Bedeutung für Leben, Wissenschaft und Bildung wieder zurückging.

Lange Jahre hatte die Hegelsche Philosophie ein Ansehen behauptet, daß ihr in Preußen sozusagen die Eigenschaft einer Philosophie von Staats wegen verlieh. Wenn alles, was ist, auch vernünftig ist, wie sie lehrte, so war ja auch die preußische Reaktion und die preußische Polizeiwirtschaft vernünftig, gewissermaßen im göttlichen Weltenplan beschlossen und so lange der Kultusminister von Altenstein und sein Geheimrat Schulze den preußischen Universitäten vorstanden, haben nur Anhänger und Schüler Hegels die Lehrstühle derselben in Besitz genommen. Das änderte sich, seit die Orthodoxie wieder ihr Haupt erhob. Die Frommen fingen an, die Hegelsche Philosophie der Selbstvergötterung des Menschen zu bezichtigen; Friedrich Wilhelm IV. sprach ganz ungescheut von der Drachensaat des Hegelschen Pantheismus, aus der ihm alles Unheil in Staat und Kirche zu entsprießen schien. Man begann in dem unbehaglichen Gefühl, das in den dreißiger und vierziger Jahren in Deutschland jedermann mit banger Sorge und Ungewißheit erfüllte, der Philosophie, die denken lehrte, zu mißtrauen, und ihr die Religion, die sich mit dem Glauben begnügte, vorzuziehen. Wie viel schwerer ist es, mit denkenden Köpfen fertig

346

Hühnerschlinger Holzhauer... seine Zweifeln, wie er eene is, die pflanzt meen Mannersh zu Mist, und begrißst mir so lange mit die Fäuste, bis ohne die Knochen of de Säue machen!

Dörbe d. Berliner Redensarten

zu werden als mit gläubigen. In diesem Sinne zog man den alternden Schelling von München nach Berlin, um seine mit größter Spannung erwartete Philosophie der Offenbarung als Waffe gegen die Hegelsche Lehre zu benutzen. Sie versagte, denn Schellings Vorlesungen führten nur zu einem großen literarischen Skandal. Der greise Paulus, der Papst der Rationalisten, veröffentlichte den Wortlaut der Vorträge seines Gegners, den er dem Kollegienheft eines Studenten entnommen, um die ganze Nichtigkeit dieser Offenbarungsphilosophie aufzuzeigen und als dies durch und durch unfaire Vorgehen von den Gerichten ungeahndet blieb, verstummte Schelling und zog sich vom Katheder zurück.

Der leise wirkende Minenkrieg, den die geistlichen Maulwürfe gegen die Philosophie führten, wurde von ganz anderer Seite her und durch eine von ganz anderen Motiven geleitete Gegnerschaft wirksam unterstützt. Wie das erwachende politische Leben alles andere zurückdrängte, wie Gervinus sogar das Ende der Literatur erwartete, so wandte sich Karl Biedermann in seiner 1837 erschienenen Fundamentalphilosophie auch gegen die bis dahin allmächtige Philosophie und verlangte, daß sie ihre Macht von nun an der öffentlichen Meinung abtreten müsse. Diese Forderung setzte der praktische Arnold Ruge sofort in die Tat um, indem er mit Echtermeyer und unterstützt durch eine Anzahl Gleichgesinnter die Resultate der Hegelschen Denklehre als Maßstab benützte, um die geistigen Bewegungen der Zeit in all ihren Erscheinungen im Staatsleben, in der Wissenschaft und in der Literatur daran zu messen und so eine Anschauung vom Wesen und Geist der Zeit zu vermitteln. Die Halleschen Jahrbücher wurden das Organ, in dem die Jüngsten der Hegelschen Schule, von dem grimmigen Heinrich Leo die Hegelingen genannt, mit den Waffen ihres Meisters gegen Finsterlinge und Dunkelmänner, Absolutisten und Reaktionäre zu Felde zogen und so ganz nebenbei auch die Hegelianer von der alten Observanz miterschlugen. Hier schafften die Philosophen selbst die freie Bahn für die Überzeugung, die sich aller denkenden Köpfe bemächtigt hatte, daß die Erkenntnis nicht durch philosophische Formalistik, nicht durch a priori konstruierte Systeme gewonnen werden könne, sondern allein durch Erfahrung, die Philosophie unterlag der Empirie. In ihrem Zeichen hat das 19. Jahrhundert die Riesenfortschritte gemacht, welche die Menschheit in wenigen Jahrzehnten weiter gefördert haben, als die verflossenen Zeitalter es insgesamt vermochten.

Unsere Kultur beruht auf der modernen Naturforschung und der fast augenblicklichen Übertragung ihrer Resultate in die Praxis und doch ist diese Naturwissenschaft noch kein Jahrhundert alt. Im Beginn des Zeitraums, von dem wir handeln, überstieg es, wie C. G. Carus sagt, noch nicht die Kraft eines Menschenlebens, sich das zu eigen zu machen, was vom Baue des Menschen und von der Mannigfaltigkeit der organischen Welt bekannt war. Karl Gottfried Hagen, Professor in Königsberg, las noch zu Eduard

Des is mir sehr lieb, daß Sie hier in die Renne gefallen sind, duhn Sie mir
man den Gefallen un bleiben Sie liegen bis der Herr kommt! ich werd ihm rufen.

Dörbeck. Berliner Redensarten

Simsons Zeit gleichzeitig über Physik, Chemie, Pharmazie, Botanik und Mineralogie. Wie bald wurde das anders, wie drängten sich, seit Baer 1827 das menschliche Ei entdeckte, Wöhler 1828 die erste organische Verbindung am Tische seines Laboratoriums hergestellt hatte, Beobachtungen und Erfahrungen, Entdeckungen und Erfindungen, um dem menschlichen Geiste Gebiete zu erobern, die ihm bis dahin völlig verschlossen gewesen waren. Wie fügte sich Glied an Glied zu einer Kette des Wissens, die das All umspannte und tiefere Einsicht in den ursächlichen Zusammenhang aller Erscheinungen der Welt und des Lebens gewährte, als alle Philosophen und Theologen zusammengenommen bis dahin herausspintisiert hatten. Friedrich Creuzer äußert sich schon 1822 grimmig über die Aussprüche, mit welchen die neue Wissenschaft der alten gegenübertritt, indem er aus Heidelberg an Sulpiz Boifferée schreibt: „Die Phyfikanten dahier meinen, sie wären die Regenten der Welt. Tiedemann hat neulich in einer Rede gezeigt, wie es mit allen übrigen Wissenschaften nichts sei, außer mit den erfahrungsgemäßen Naturwissenschaften und wie es der höchste Triumph des menschlichen Geistes sei, in dem Kadaver eines Krokodils eine neue Tränenfistel entdeckt zu haben."

349

Die unaufhaltsamen Fortschritte, welche die exakten Wissenschaften machten, waren um so weniger zu übersehen, als sie ihre Ergebnisse vom Studiertisch des Gelehrten weg sofort dem praktischen Leben nutzbar machten und sich dem Auge auch des der Wissenschaft fernstehenden Laien aufdrängten. Noch die Generation des zweiten Jahrzehnts des 19. Jahrhunderts hatte von exakten Wissenschaften nichts gewußt, ein Menschenalter später begannen die Eisenbahnen, Dampfmaschinen und die elektrischen Telegraphen der Techniker und Ingenieure schon der ganzen Welt ein anderes Gesicht zu geben. Die chemische Analyse und das Mikroskop entrissen der Natur einen Schleier nach dem anderen; es war, als seien der Menschheit plötzlich die Augen geöffnet worden und sie habe die Zeit, die sie beim Herumtaumeln auf den Irrwegen der Theologie und Philosophie verloren, nun mit Siebenmeilenstiefeln wieder einholen wollen. Grollend sahen es die einen mit an, wie Creuzer und seine Zunftgenossen, ohne Verständnis die anderen. Geheimrat Rist schrieb an Perthes: „Dem jetzt heranwachsenden Geschlecht steht eine langweilige Zukunft bevor. Alles haben wir vorweg gegessen, für unsere armen Jungen bleibt nichts übrig, als Dampfschiffe, Eisenbahnen und Maschinen." Es fehlte die Einsicht für die unendlichen Perspektiven, welche der Betrieb der exakten Wissenschaften und die Verfolgung ihrer Resultate der Menschheit eröffneten. Der Jammer über die Materialisierung des Lebens war überlaut, zumal von seiten jener, deren schmacklose philosophische, theologische und ästhetische Bettelsuppen niemand mehr munden wollten. Schön, ja prophetisch klingen dagegen die Worte, welche Immermann kurze Zeit vor seinem Tode über die materiellen Tendenzen der Wirklichkeit schrieb: „es sind alle Kennzeichen vorhanden, daß eine der großen Evolutionen des menschlichen Geistes im Werke. An der Natur wird es unternommen. Dem Altertum war sie ein Göttliches, dem Mittelalter ein Magisches und der neuen Zeit scheint sie ein Menschliches werden zu wollen. Dem Altertum gebar sie die Schönheit, dem Mittelalter die Furcht Gottes und der neuen Zeit wird sie auch ein lebensfähiges Kind bescheren."

Der Repräsentant der neuen Wissenschaft, derjenige, der allen ihren Zweigen die unermüdlichste Förderung angedeihen ließ und auf den sie zum Dank den vollen Glanz der Größe zurückfallen ließ, war Alexander von Humboldt. Dieser seltene Mann steht am Wendepunkt zweier Zeitalter, wie einer jener riesigen Schneegipfel des Nordens, auf denen noch das letzte Abendrot des sinkenden Tages ruht, während sich schon die helle Morgenröte des neuen auf ihnen malt. Er vereinigt in sich als letzter eines unmöglich werdenden Geschlechtes von Gelehrten das gesamte Wissen, das seine Zeit von der Natur und ihren Erscheinungen besaß. In einem langen Leben rastlos an der Erweiterung desselben arbeitend, sammelt er die Resultate, welche die Forschung auf allen Gebieten der Naturwissenschaft zutage förderte und bleibt so in jedem Augenblick seines Daseins auf

der vollen Höhe des
Wissens, er wird zum
Schatzhüter einer täg-
lich fortschreitenden
Erkenntnis. Die
Universalität seiner
Kenntnisse, welche
ebenso umfassend wie
tief und gründlich
waren, machten ihn
zum typischen Ver-
treter einer Zeit, der
das Wissen über alles
ging. Der Ruhm sei-
ner Gelehrsamkeit
vereinigte sich bei ihm
mit den Wesensvor-
zügen eines wahrhaft
edlen und freien
Mannes, um aus der
Persönlichkeit dieses
kleinen märkischen
Landjunkers den be-
rühmtesten und ge-
feiertsten Mann zu
machen, den die Welt
nach Napoleons Tode
besaß.

Franz Krüger. Alexander von Humboldt. Handzeichnung
Berlin, Nationalgalerie

Alexander von
Humboldt wußte alles, sprach alle Sprachen und war überall zu Hause, „er hat an
Kenntnissen und lebendigem Wissen nicht seinesgleichen und überschüttet uns mit geistigen Schätzen", sagte Goethe zu Eckermann. Er war in Paris, wo jeder Drosch-
kenkutscher seine Adresse wußte, ebenso bekannt wie in Berlin. Die Wissenden
bewunderten, die Unwissenden vergötterten ihn. Wenn Humboldt einen Salon betrat,
erzählt Heinrich Laube, so schwieg vom Momente seines Eintritts an jeder und jede,
er sprach allein. „So etwas von Sprechen habe ich wirklich noch nie gesehen", schreibt

Oldwig von Natzmer an seine Frau, nachdem er eine vielstündige Eisenbahnfahrt in Humboldts Gesellschaft zurückgelegt hat, während welcher derselbe ununterbrochen erzählt hat. Und dabei sprach dieser so vielsprechende Mann nicht nur gern, sondern auch gut, erschöpfte sich nicht, wiederholte sich nicht und fand, während er im Hofleben, auf Reisen, diplomatischen Missionen, in Geselligkeit und Vorträgen völlig aufzugehen schien, noch die Zeit, eine unabsehbare Korrespondenz zu führen und wissenschaftliche Werke von grundlegender Bedeutung zu schreiben. Humboldt gehörte zu den wenigen großen Männern, die, wie Velasquez und Liszt, den Neid nicht kannten, er war unermüdlich, Jüngere zu fördern und zu unterstützen. Seine intimen Verbindungen mit Friedrich Wilhelm III. und Friedrich Wilhelm IV., seine geradezu freundschaftlichen Beziehungen zu Louis Philippe und anderen Monarchen, hat er stets nur im Interesse anderer ausgenutzt, mit Recht nannte ihn Virchow den Schutzgeist der fortschreitenden Wissenschaft. Er hat seine Kräfte und sein Vermögen im Dienste derselben geopfert, der Mann, der ungezählte Summen für die Wissenschaft flüssig gemacht, war, als er starb, arm.

In jenen Jahrzehnten nationalen Jammers, da Deutschland durch die Schuld seiner Regierungen vor der übrigen Welt elend und verachtet dastand, war es allein Humboldts Name, der die Ehre der deutschen Nation rettete. Von dem Weltruhm dieses Mannes fiel ein verklärender Schimmer auf das Volk zurück, dem er angehörte. Am Abend eines langen tatenreichen Lebens unternahm er es noch, die ganze ungeheure Summe seiner Forschungen und Erfahrungen in einem Gesamtbild alles Geschaffenen zusammenzufassen. Der Kosmos wurde das Buch der Epoche, entspricht er doch völlig dem Bildungsideal jener Generation. Er ist im besten Sinne populär, denn er vereinigt auf der Grundlage exakter Wissenschaft streng philosophische Schulung der Darstellung mit formvollendeter Schönheit der Sprache, er verschmilzt die klassisch-philosophische Bildung des 18. Jahrhunderts, in welchem der Verfasser aufgewachsen, mit den Forschungsmethoden des 19., in dem er gewirkt, zu einem Werke, das für immer ein glänzendes Denkmal des Geistes der Zeit sein wird, die es hervorbrachte.

Wenn man sich die Verhältnisse vergegenwärtigt, unter denen die literarische Produktion jener Jahre vor sich ging, so stößt man auf eine Einrichtung, an die man eigentlich immer zuerst denken sollte, wenn man irgendein Buch, eine Zeitschrift, gleichviel welche gedruckte Äußerung aus jener Zeit in die Hand nimmt, auf die Zensur. Niemals durfte der Verfasser so schreiben, wie es ihm ums Herz war, niemals erfuhr der Leser in seinem ganzen Umfang und ohne Umschweife, was der Verfasser, mit dem er sich beschäftigte, eigentlich in Wirklichkeit dachte, zwischen ihnen stand trennend und hindernd der Zensor, wie ein Vormund beider. Es war nicht einmal geraten, im schriftlichen Verkehr sich brieflich rückhaltlos mitzuteilen, denn zwischen Schreiber und Leser stand auch hier

die Polizei in Gestalt des
schwarzen Kabinetts. Jakob
und Wilhelm Grimm bitten
ihren Bruder Ferdinand in
seinen Briefen nichts über
politische Angelegenheiten zu
schreiben, da ihnen daraus
Verdrießlichkeiten erwachsen.
Bei der geringen Anzahl der
Briefe, welche die Post damals zu befördern hatte, war
es noch möglich, die ankom-
menden und abgehenden
Briefe selbst in den größeren
Städten zu kontrollieren,
und so zog es jeder vor, einmal um die hohen Portosätze
zu ersparen, dann aber auch
um der Sicherheit willen,
seine Briefe nicht durch die
Post, sondern durch Gelegenheit befördern zu lassen.
Niemand ging auf die Reise,
der nicht Stöße von Briefen
mitzunehmen gehabt hätte;
in den Korrespondenzen
jener Jahrzehnte spielt die
Gelegenheit, mit der sie befördert werden, eine große
Rolle und ist von um so
größerer Wichtigkeit, als ein
unvorsichtiger Ausdruck, ein
verfängliches Wort die lang-
dauernsten Unannehmlich-
keiten nach sich ziehen konnten. So schreibt Schleier-

Rauch. Goethe. Statuette
Berlin, Nationalgalerie

macher 1828: „Die Post ist mir ein so abscheuliches Institut, daß es mir nicht leicht eine andere, als eine förmliche Zeile abgewinnt." Varnhagen bemerkt 1820, daß alle Briefe, die Wilhelm von Humboldt, Graf Dohna und andere Patrioten schreiben oder empfangen, gelesen werden, 1821 hat er den Dienstgang erfahren, den das schwarze Kabinett der Post verfolgt. Die Sekretäre Lanz und König waren mit dem Öffnen der Briefe beauftragt, die Berichte und Auszüge darüber gingen an Herrn von Kampß, der sie dem Fürsten Wittgenstein brachte, außerdem erging noch jede Nacht ein Parallelbericht durch Herrn von Nagler an den Staatskanzler Fürsten Hardenberg. Man hielt diese Infamie ganz naiv für ein Recht des Staates, wenn das böse Gewissen, das zum Anfertigen falscher Siegel und anderer Betrügereien nötigte, auch das Schuldbewußtsein der Beteiligten verriet. Korrespondenzen in Chiffreschrift nußten nicht immer, einmal sind Chiffreschlüssel zu enträtseln, dann aber wurden Briefschaften, die das schwarze Kabinett nicht verstand, einfach konfisziert. 1822 hatte die Polizei den Sekretär Wilhelms von Humboldt verhaftet und unter seinen Papieren eine handschriftliche merikanische Grammatik gefunden, die konfisziert wurde. Humboldt forderte dies wertvolle Stück zurück, Herr von Schuckmann aber weigerte die Herausgabe, da er überzeugt war, es stecke eine Geheimschrift dahinter. Die Briefe, die Felir Mendelssohn aus Venedig nach Hause schrieb, enthielten lange Notenbeispiele und wurden deswegen auf der österreichischen Post unterschlagen; die K. K. Beamten glaubten, es stecke eine Geheimschrift hinter diesen krausen Schnörkeln, aus welchem Grunde Felir auch auf der österreichischen Douane in Venedig alle Musikmanuskripte fortgenommen worden waren. Der Großfürst Konstantin, Statthalter von Polen, rühmte sich ganz öffentlich, die größte Sammlung von konfiszierten Briefen zu besißen. In Kassel machte der Postdirektor Ortlepp, der alle Briefe öffnen ließ, seine Schwester, die Gräfin Reichenbach, Maitresse des Kurfürsten, mit allem bekannt, was sich an Neuigkeiten darin gefunden.

Die Praxis des Brieföffnens, die übrigens immer geleugnet wurde, war doch so allgemein in Übung, daß, wie Bismarck erzählt, im diplomatischen Verkehr der Kabinette untereinander auf sie gerechnet wurde. Wollte eines dem anderen eine Mitteilung nicht direkt machen, so schrieb man dem eigenen Gesandten durch die Post, diese Nachricht galt dann ohne weiteres dem Minister des fremden Staates für insinuiert. Ebenso machten es Private, wenn sie die Behörden über ihre Ansichten aufklären wollten. Als bei Gelegenheit der Geldsammlung für die Göttinger Sieben Professor Eduard Gans sich in hervorragender Weise an ihr beteiligte und dafür schikaniert wurde, schrieb er einen Privatbrief durch die Post, in dem er sich so äußerte, wie er wünschte, daß die Behörden die Sache wissen sollten. Er hatte auch den gewünschten Erfolg, denn der Minister von Rochow sagte bald nachher zu dem Rektor der Universität Boeckh, nun wüßten sie genau, wie

Wiener Mode. Juli 1837.

die Sache liege. Wer bei
der Beförderung seiner Korrespondenzen die Staatsposten nicht umgehen konnte,
war übel daran. Darum
korrespondierte Karl Biedermann mit seinen Freunden in einer Art Gaunersprache. Angehörige der
besseren Gesellschaft waren
sicher, daß alles, was sie
schrieben oder was ihnen geschrieben wurde, der Behörde bekannt war; „unsere
Briefe werden jedesmal,
nicht nur in Berlin, sondern an mehreren Orten geöffnet", schreibt Emma
Siegmund ihrem Verlobten
Georg Herwegh 1843, und
Bismarck wettert denn einmal an seine Schwiegermutter, Frau von Puttkamer, über den „Schafskopf,
der diesen Brief erbrechen
wird".

Franz Krüger. Carl Begas d. Ä. Zeichnung
Berlin, Nationalgalerie

Wie das gefürchtete schwarze Kabinett jedem Briefschreiber, so schaute dem Schriftsteller der Zensor über die Schulter. Der Artikel 18 der Bundesakte hatte zugesichert,
daß gleichförmige Verfügungen über die Preßfreiheit für das Gesamtgebiet des Deutschen
Bundes erlassen werden sollten, indessen dachte keiner der leitenden Staatsmänner an
die Ausführung dieses Gedankens. Der Grundsatz, den Friedrich von Gentz mit den Worten ausgesprochen hatte, das oberste Gesetz des europäischen Staates heißt Zensur, wurde
in der Tat der leitende Gesichtspunkt einer ängstlichen Staatsweisheit. Die Präventivzensur, also die Einrichtung, daß der Druck von Büchern und Zeitschriften erst nach Einsichtnahme des Manuskriptes durch die Behörde gestattet war, bestand in allen deutschen
Staaten in mehr oder minder laxer Ausführung zu Recht. In Preußen, wo die Wöll-

Das entfliehende Jahr.

Lithographie von Adolf Menzel nach Schroedter

nerschen Edikte vom 19. Dezember 1788 in Kraft standen, hatte die Kabinettsorder
Friedrich Wilhelms III. vom 4. Februar 1804 die Öffentlichkeit das sicherste Mittel gegen
Sorglosigkeit und unlautere Absichten der Behörden genannt und als Zweck der Zensur
die Verhütung strafbarer und schädlicher Äußerungen der Presse bezeichnet. Der Begriff
schädlich ist indessen ein zu dehnbarer, als daß seine Auslegung der Willkür der Zensoren
nicht völlig freien Spielraum ließe, wurde doch während der Jahre 1813 und 1814 den
Berliner Zeitungen verboten, Blüchers Ansprachen an seine Soldaten abzudrucken.

 In sehr bezeichnender Weise kamen die Anschauungen, die bei der Behörde über den
Begriff Preßfreiheit herrschten, bei dem Konflikt zutage, in den Schleiermacher als Re-

dakteur des preußischen Korrespondenten mit dem Polizeipräsidenten von le Coq geriet. Schleiermacher hatte in einem Artikel über die als bevorstehend angekündigten Verhandlungen des Wiener Kongresses prophezeit: „Was sich Deutschland von einer Verfassung versprechen kann, welche durch die Willkür sich durchkreuzender diplomatischer Verhandlungen begründet wäre, das wissen wir seit dem Westfälischen Frieden, der Deutschland zerstörte, indem er es neu zu bilden glaubte." Diese Äußerung wurde, weil sie nur zu wahr war, höheren Ortes mißliebig vermerkt, und nach einer mit ziemlicher Schärfe geführten Korrespondenz, in der Schleiermacher sich jeden Tadel verbat, erließ der Polizeipräsident am 25. September 1813 eine Verordnung an die Berliner Redakteure, in der er ihnen für ihre Tätigkeit folgendes als Richtschnur vorzeichnete: „Der große Zweck der Erweckung patriotischer, preußischer, echt deutscher Gesinnung, des Gehorsams, des Vertrauens und der Liebe für den König, der Ehrfurcht gegen das Gesetz und die bestehende Verfassung, der Achtung gegen Obrigkeit und obrigkeitliche Anordnungen ist nie aus den Augen zu setzen. In keinerlei Form dürften Aufsätze und Äußerungen aufgenommen werden, die offen oder versteckt eine revolutionäre Tendenz haben, oder einen Tadel bestehender Einrichtungen, Verfügungen und Maßregeln enthalten oder Unzufriedenheit und Mißtrauen gegen die Entschließungen der Regierungen zu verbreiten geeignet sind. Die Hauptpflicht der Redakteure sei die Ehrerbietung und Folgsamkeit gegen die Vollzieher des königlichen Willens, Enthaltung von lautem Tadel an Maßregeln der Regierung, vor allem aber bescheidenes Versagen eigenen Urteils." Schleiermacher wies die Anmaßung des frechen Polizisten mit Würde zurück, ohne indessen in der Sache selbst etwas ändern zu können. Mit dem Schmerze des treuen Patrioten mußte er sehen, wie man sich immer weiter von allem, was Preßfreiheit hieß, entfernte, und in eine ängstliche und kurzsichtige Zensur verrannte. 1817 schrieb er: „Die Regierung verdient übrigens alle Mißdeutungen reichlich durch ihr hartnäckiges Verabscheuen der Preßfreiheit."

Seinen Schmerz und seine Empörung teilten alle, welche es mit dem Vaterlande gut meinten. Als die Regierung Görres die literarische Tätigkeit verboten hatte, schrieb Gneisenau an Schleiermacher: „Es tut mir dies um unseres Namens willen leid, denn das auswärtige Publikum glaubte wahrhaftig, die Preßfreiheit habe auf dem Kontinent noch ein Asyl in Preußen gefunden." Es sollte sich nur zu bald zeigen, daß sie nirgends eines hatte. Der Bundesbeschluß vom 20. September 1819 verordnete, daß die Zensur überall zurechtbestehen und daß sie dort, wo sie, wie etwa in Baden, abgeschafft war, wieder eingeführt werden müsse; es war eine direkte Folge der Karlsbader Konferenzen, die Metternich im Schreck über Kotzebues Ermordung einberufen hatte. Rahel sollte rechtbehalten, als sie bei der Kunde von diesem Kongresse äußerte: „Wie Hamlet wollen sie gern etwas Entsetzliches tun, wissen aber nur noch nicht was. Bestärkung in der alten

Gesinnung und neuen Besorgnis wird das einzige sein, was angerichtet wird." Nur Bücher, die über 20 Bogen stark waren, sollten von einer vorgängigen Zensur befreit bleiben, aber auch diese zensurfreien Schriften mußten in Preußen 24 Stunden vor der Ausgabe, in Sachsen bei der Ausgabe der Polizei eingereicht werden, so daß immer noch das Damoklesschwert der Konfiskation auch über ihnen hängen blieb. Es war eine witzige, aber unfruchtbare Rache an Gentz, dem Urheber der Karlsbader Beschlüsse, daß Brockhaus in Leipzig den berühmten Brief neu druckte, den der jetzt so reaktionäre Staatsmann am 16. November 1799 an Friedrich Wilhelm III. gerichtet und in dem er mit Feuereifer bürgerliche Freiheit, namentlich Preßfreiheit, von dem Monarchen gefordert hatte. Beim Bundestag hatte sich nur der oldenburgische Gesandte von Berg das Verdienst erworben, die Rechtmäßigkeit der Zensur zu bestreiten, da sie nicht nur einen Eingriff in die Denkfreiheit bedeute, sondern als unzweckmäßig auch gemeinschädlich sei.

Die ganze schonungslose Willkürherrschaft einer über dem Gesetze stehenden Polizei brach jetzt über alle herein, die in Deutschland schrieben oder druckten, für sie alle folgten Jahre voll unerträglicher Bedrückungen und bösartiger Schikanen, die der Mutwillen hoher und niederer Subjekte straflos über alle verhängen durfte, die mit Literatur und Presse zu tun hatten. Wie ein roter Faden zieht sich der Jammer über die Erbärmlichkeit der Zensur durch das ganze Schrifttum jener Jahrzehnte, völlig wehrlos standen Schriftsteller und Verleger den Launen der Zensoren gegenüber. Das neue preußische Zensuredikt, welches am 18. Oktober 1819 im Anschluß an die Karlsbader Abmachungen erlassen wurde, hob auch die Zensurfreiheit, welche die Mitglieder der Akademie der Wissenschaften und die Universitätsprofessoren bis dahin genossen hatten, auf. 1820 schreibt Varnhagen, daß die Regierung in Ansehung der Zensur gar kein System habe, heute sei dies recht und morgen jenes, heute habe der eine was zu sagen, morgen der andere, und alle im Namen des Staates und der Regierung.

Die Konsequenzen eines so kopflosen Systems mußte gleich anfangs Friedrich Arnold Brockhaus, der Schöpfer des Konversationslexikons, an sich erfahren, sein Leben verzehrte sich vorzeitig im Kampf mit der preußischen Regierung. Das von ihm redigierte, sehr verbreitete und beliebte „Literarische Wochenblatt" wurde 1820 in Preußen verboten, wie Fürst Hardenberg ihm schrieb: „Bis die Erfahrung wird gelehrt haben, ob die Tendenz dieses Blattes auf Erhaltung der öffentlichen Ruhe und Zufriedenheit, auf Ausbreitung loyaler Grundsätze und Gesinnungen, auf Belehrung und Berichtigung der öffentlichen Meinung wird gerichtet sein." Nach einem halben Jahre wurde das Verbot aufgehoben, und das Blatt unter einem neuen Titel in Preußen wieder zugelassen, ein Spiel, welches sich nach einigen Jahren wiederholte, bis die Zeitschrift seit 1825 unter dem Namen „Blätter für literarische Unterhaltung" eines der verbreitetsten Journale

Deutschlands wurde, und in seinem Bestande unangefochten blieb. Der schwerste Schlag gegen Brockhaus fiel, als 1821 in Preußen eine Rezensur seines gesamten Verlages angeordnet wurde. Diese Anordnung, die also bereits in Sachsen mit behördlicher Erlaubnis gedruckte Werke einer preußischen Superrevision unterwarf, kostete dem Staat zweitausend Taler, und war durch ein Vorkommnis veranlaßt worden, so geringfügiger und lächerlicher Art, daß es die Zustände von damals und die durch sie bedingten Möglichkeiten grell beleuchtet. Eine an und für sich sehr schmeichelhaft gehaltene Biographie Friedrich Wilhelm III. von Benzenberg war von einem Berliner Sortimentsbuchhändler in

Franz Krüger. Kunsthändler F. L. Sachse. Zeichnung
Berlin, Nationalgalerie

einer Berliner Zeitung angekündigt worden, die Annonce aber zufälligerweise zwischen andere Inserate, in denen Heringe und Neunaugen feilgeboten wurden, zu stehen gekommen. Der König erblickte darin eine Beleidigung seiner Person, der Zensor Lagarde wurde wegen Zulassung dieser unglücklichen Anzeige seines Amtes entsetzt und die ganze Schwere ministeriellen Zornes fiel auf den völlig unschuldigen Leipziger Verleger. Die preußische Rezensur, die einem völligen Verbot seiner Verlagsartikel glich, schädigte Brockhaus in der empfindlichsten Weise, da er sich aber nicht gutwillig erwürgen lassen wollte, sondern alles daran setzte, diese Verordnungen wieder aufgehoben zu sehen, so gab er keine Ruhe und tribulierte so lange, bis der Minister von Schuckmann ihm drohte, er werde seinen Verlag in Preußen nachdrucken, mit anderen Worten also ihn bestehlen lassen!

Später hat man sich mit dem Umwege von Wiederzensur und dergleichen gar nicht mehr aufgehalten, man verbot in Österreich einfach den ganzen Verlag von Otto Wigand in Leipzig, in Preußen den Verlag von Hoffmann und Campe in Hamburg usw. In Württemberg wurde eine Schrift des Landtagsabgeordneten Elsner untersagt, ehe sie nur erschienen war, weil sie voraussichtlich in entschieden revolutionärem Sinne gehalten sein würde. In Preußen verbot man Karl von Rottecks Naturrecht ebenfalls vor dem Erscheinen. Als der Kollektivbeschluß des Bundestages vom 10. Oktober 1835 gegen die Vertreter des jungen Deutschland ergangen war, der sie verurteilte, weil sie in ihren Schriften die christliche Religion frech angreifen, die bestehenden sozialen Verhältnisse herabwürdigen und alle Zucht und Sittlichkeit zerstören, da übertrumpfte der preußische Minister von Rochow noch den bundestäglichen Fluch, indem er nicht nur alle schon erschienenen, sondern auch alle in Zukunft noch erscheinenden Schriften von Gutzkow, Wienbarg, Laube und Mundt in Bausch und Bogen verbot. Der Verleger Reimer in Berlin beabsichtigte 1824 von Fichtes Reden an die deutsche Nation eine neue Auflage erscheinen zu lassen, aber der Zensor trat dazwischen, da eine solche für die jetzige Zeit nicht passend sei; ebenso wurde eine Übersetzung von Huttens lateinischen Schriften inhibiert, damit der Heilige Stuhl nicht verletzt werde. In Böttigers Lebenserinnerungen aus der weimarischen Zeit strich der Zensor Grano alle adligen Namen, da man nicht wissen könne, ob den Familien die Nennung nicht mißfällig sei. Der Polizeirat Doleschall in Köln strich eine Inseratenanzeige von Dantes Göttlicher Komödie, da mit göttlichen Dingen nicht Komödie gespielt werden dürfe. Im Berliner Historischen Kalender für 1818 mußte ein Bogen umgedruckt werden. Der Verfasser einer Beschreibung von Brasilien hatte nämlich gesagt, die Ureinwohner machten den Portugiesen jeden Fußbreit Landes streitig, in dem richtigen Gefühl, daß ihnen das Land gehöre und nicht den Eindringlingen. Diese Stelle strich der Zensor, denn der Friede von Paris habe Portugal den Besitz von Brasilien garantiert, man könne also nicht sagen, daß es ein richtiges Gefühl der Ureinwohner gewesen sei, wenn sie glaubten, das Land gehöre ihnen. Eine Rezension, die Achim von Arnim über Jakob Grimms Rechtsaltertümer geschrieben hatte, lag ein Jahr bei der Behörde, da der Zensor die ganze Richtung bedenklich fand, werde doch darin das alte Rechtsverfahren gerühmt! Als Holtei wegen des Todes seiner ersten Frau die Vorträge, die er bis dahin gehalten hatte, aufgab, und eine Anzeige deswegen erlassen wollte, gestattete der Zensor dies nicht, da diese Vorträge nicht öffentlich seien; ein Bericht über ein Festessen bei dem Restaurateur Jagor in Berlin, in welchem das Essen nicht gelobt wurde, durfte nicht gedruckt werden. Den Gipfel der Lächerlichkeit erreichte die k. k. österreichische Zensur. In Wien durfte es keine illegitimen Kinder auf der Bühne geben, keine Väter dürfen mit ihren Söhnen, keine Söhne mit ihren Vätern zerfallen. Könige

A. Schroedter. Illuſtration zu Claudius' Rheinweinlied
Deutſche Dichtungen mit Randzeichnungen deutſcher Künſtler. Düſſeldorf, 1842

müssen immer vortrefflich sein, schlechte Minister und Präsidenten wurden Vizedom getauft. Der Präsident in Kabale und Liebe ist des Majors Onkel und nicht der Vater. „Ich habe einen Fleck in meinem Herzen", sagte Ferdinand, „wo der Name Onkel noch nie hingedrungen ist."

Unwürdig und widerwärtig waren die Quälereien, denen Schriftsteller und Verleger ausgesetzt waren, um so peinigender, als es gegen sie so gut wie keine Hilfe gab. Graf Larisch schloß einmal einen Aufsatz in der Schlesischen Zeitung mit folgenden Worten: „Da mein letzter Aufsatz von der Zensur beschnitten und sprachwidrig ergänzt worden ist, kann ich auch bei diesem für den logischen Zusammenhang nicht bürgen." Friedrich von Raumer, in einen Zensurkonflikt mit der Behörde geraten, verlangt, zur Verantwortung gezogen zu werden, aber Herr von Kamptz schlägt ihm das ab, weil er dann freigesprochen werden würde. „Dann will ich unseren Briefwechsel dem Publikum vorlegen", sagt Raumer. „Mit nichten," antwortet Kamptz, „das Publikum würde für Sie Partei ergreifen." Es hieß eben schweigen und dulden, selbst Saphir, der doch auf ausdrücklichen Befehl des Königs, der die Schnellpost und die anderen Elaborate des Witzboldes gerne las, von der Zensur mit Sammethandschuhen angefaßt werden mußte, klagt einmal in seinem affektierten Stil über den Zensor Grano: Er hat mich gepeinigt, gezwickt, gekneift, gemartert, gespießt, gefoltert, gezaust, mißhandelt, gehöhnt. Haß und Verachtung sammelten sich auf den Häuptern der Zensoren, und es ist kein Wunder, daß anständig denkende Männer, wie der Dichter Friedrich von Heyden, den Posten eines solchen mit Entrüstung ausschlugen, Friedrich von Raumer seine Stelle im Oberzensurkollegium sehr bald wieder aufgab.

Die Konfiskationen und Verbote verfehlten zum größten Teil ihren Zweck, gerade die verbotenen Bücher wurden am meisten gelesen. In Berlin gab es, wie Felix Eberty erzählt, eigene Lesegesellschaften, in denen nur verbotene Bücher gelesen wurden, in Wien führte der Zensor von Deinhardstein selbst Wolfgang Menzel in eine Buchhandlung, und half ihm beim Einkauf konfiszierter Werke. Mit Recht schrieb Friedrich Perthes dem Minister Grafen Bernstorff: „Die Preßfreiheit ist für uns in gewissem Sinne schon völlig vorhanden, sie strömt täglich ein. Alle Nachteile, welche sie bringen kann, haben wir in vollem Maße, nur die Vorteile, welche sie begleiten können, sind uns abgeschnitten." Dabei waren die Bestimmungen so kleinlich, daß z. B. in Sachsen ein verbotenes Buch überhaupt nirgends erwähnt werden durfte, nicht einmal in Auktionskatalogen. Ein sehr drastisches und daher gern geübtes Mittel war es zumal für Zeitungen, wenn sie die vom Zensor gestrichenen Stellen nicht ausfüllten, sondern an diesen Stellen Lücken ließen. Dadurch wurde das Publikum selbst viel eindringlicher auf den Zensurunfug hingewiesen. Noch heute kann der Leser von Heines Buch Le Grand im zwölften

Kapital desselben eine Parodie dieses Verfahrens finden, das Kapitel enthält nichts als die Worte: deutsche Zensoren — Dummköpfe, dazwischen eine Seite voller Gedankenstriche.

Natürlich dauerte es nicht lange und dieses Verfahren wurde untersagt. Der bayerische Minister von Schenk verbot, künftig die gestrichenen Stellen durch Lücken anzudeuten, der preußische Minister von Arnim untersagte sogar, daß die Zeitungen, hatten sie einmal bei dem Oberzensurgericht die Freigebung eines Artikels durchgesetzt, dies bekannt gaben, damit die Zensoren nicht bloßgestellt würden. Einen köstlichen Streich spielte in Baden der Redakteur Gustav von Struve der Zensur. Der Mannheimer Zensor von Uria-Sarachaga hatte, um das Mannheimer Journal, welches Struve herausgab, klein zu kriegen, einfach alles gestrichen, ganz ohne Rücksicht auf Sinn und Verstand. Da machte sich der zur Verzweiflung getriebene Redakteur den Spaß, alle vom Zensor gestrichenen Stellen zu sammeln und in drei Bänden von je zwanzig Bogen zusammen drucken zu lassen. Diese waren zensurfrei und durften ungehindert passieren, sie brachten die Lacher auf seiten des gequälten Journalisten, und stellten, wäre das überhaupt noch nötig gewesen, die Einrichtung vor ganz Deutschland bloß.

Die Sache wurde je länger, je schlimmer, als die Regierungen nach der Julirevolution statt Erleichterungen eintreten zu lassen, glaubten, die Zügel noch fester anziehen zu müssen. Der badische Landtag hob 1833 die Zensur in einer denkwürdigen Sitzung auf und verkündete Preßfreiheit. Welcker sprang auf und rief dreimal: Triumph, Triumph, Triumph! Am anderen Tage aber kam schon vom Bundestag in Frankfurt der Befehl, daß es mit der Preßfreiheit nichts sei und die Zensur fortzubestehen habe. 1837 schreibt Varnhagen einmal: „Der Zensurjammer nimmt kein Ende, der Zensor John ist erfinderisch in immer neuen Quälereien, und geradezu witzig in Anwendung neuer Schikanen, Bedenklichkeiten und Weitläufigkeiten." Als das poetische Buch Bettinens, Klemens Brentanos Frühlingskranz von der Polizei mit Beschlag belegt wurde, schreibt er: „Wie ekelhaft, immer mit der Dummheit, welche die Macht hat, im Streit zu liegen."

Als Friedrich Wilhelm IV. zur Regierung kam, wollte er im Rausch der großen Popularität, die ihn empfing, die Lage der Presse erleichtern, denn an völlige Preßfreiheit dachte weder er, noch sonst jemand der maßgebenden Kreise. Notierte doch selbst Varnhagen 1840: „Was würde bei völliger Preßfreiheit für eine Flut von Schlamm hervorbrechen? Man hat zu lange gewartet." Die Halbheit, welche wie ein Erbfluch alles begleitete, was der König angriff, machte auch in diesem Falle alles zunichte, was an reinen Motiven etwa in seinen Intentionen gelegen haben mochte. Da die Presse bald aufhörte, ihn, seine Handlungen und seine Regierung zu loben, so fand er sie zügellos, und das alte Spiel mit Verboten begann schärfer als zuvor. Der König wollte gewähren und auch wieder nicht, er änderte an den Zensurverordnungen des Ministers von Arnim so lange und so viel herum, daß man sagte, das Arnimsche Gesetz habe nie einen Kopf gehabt, nun aber auch die Beine verloren. Immer wieder wurden die Absichten des Monarchen von den unteren Stellen durchkreuzt. „Der König ist umgeben von liberalem Geschrei nach Preßfreiheit," schreibt Ernst Ludwig v. Gerlach, „wird aber immer wieder kompromittiert durch eine willkürlich absolutistische Zensur und deren stümperhafte Formlosigkeiten." Wie in so vielen anderen Dingen, die Friedrich Wilhelm IV. mit Feuereifer ergriff um sehr bald zu erlahmen, sie halb liegen zu lassen und halb zu erledigen, ging es auch in der Frage der Zensur, es wurde damit herumgespielt, aus Furcht, zu viel zu tun, lieber nichts getan, mit kleinen Schikanen nichts ausgerichtet und das Übel, das man vermeiden wollte, erst groß gezogen. „Man will das Licht im Stroh verbergen", spottete Varnhagen, „und hat statt eines kleinen Lichtes eine große Flamme."

Schließlich wurde ein Preßgesetz ausgearbeitet, über das sich Bunsen, einer der Vertrautesten des Königs, 1847 geradezu entsetzt äußert. Es enthalte die Zensur in ihrer beschwerendsten Form, urteilt dieser Staatsmann, die geradezu drakonische Gesetzgebung über Preßverbrechen sei mit dem System der Überwachung des Buchhandels, das geplant werde, den Verordnungen Ludwigs XIV. und Ludwigs V. wie dem Militärdespotismus Napoleons direkt nachgebildet. „Der Kanzler plant ein Gesetz," fährt er fort, „welches ihn vor seinem Volke, vor Deutschland, vor der Geschichte bloßstellt. Preßfreiheit ist die politische Lebensfrage der Zeit, es ist die, an welcher Regierungen untergehen, und Reiche zerstieben oder erstarken und sich erheben." Der Völkerfrühling von 1848 hat dann diese Pläne auch begraben, ehe sie Gesetz wurden.

n Anbetracht dieser Umstände müßte es nur natürlich erscheinen, wenn die Presse, an der Entfaltung gehindert, dahingesiecht wäre, aber das Gegenteil ist der Fall. Unser Zeitungswesen hat seine Wurzeln gerade in jenen Jahren der Unterdrückung geschlagen, vielleicht um so tiefer und fester, je ungünstiger alle äußeren Umstände seiner Entfaltung waren. Während die Feigheit und Erbärmlichkeit der Regierungen alles tat, um eine freie Meinungsäußerung zu unterdrücken und den Gedanken gar nicht aufkommen lassen wollte, daß es neben der Allmacht der Bureaukratie überhaupt noch einen Faktor von Bedeutung im öffentlichen Leben geben könne, hat die Presse gerade in diesen Jahrzehnten die folgenschwere Entwicklung durchgemacht, welche sie aus der bloßen Verbreiterin von Tagesneuigkeiten zur Vertreterin der öffentlichen Meinung machte. Allen Hindernissen zum Trotz — und wie erfinderisch war das böse Gewissen der Machthaber in immer neuen Quälereien — hat die Presse ihren Weg von der Anekdotenkrämerei zur Politik gefunden, sich aus völliger Nullität zu jener Macht emporgerungen, die, ob man sie nun liebe oder hasse, von keiner anderen des öffentlichen Lebens an Einfluß und Bedeutung erreicht wird. Was dem Mittelalter die Religion war, ist dem Geschlechte von heute die Zeitung.

Der Anfang dieses Umschwunges zeigte sich bereits während der Freiheitskriege, wo das patriotische Hochgefühl auch in den vorher so zahmen und zurückhaltenden Blättchen zum Ausdruck kam. Die Verbündeten wußten die Presse so lange zu schätzen, als sie mittels derselben die öffentliche Meinung zu beeinflussen hoffen konnten, die Anschauungen über die Nützlichkeit der Presse änderten sich erst, als nach dem Kriege die Stimmung nicht sogleich abflauen wollte, sondern die Regierenden zu ihrem Mißvergnügen bemerken mußten, daß die Presse ihnen scharf auf die Finger sah und sie natürlich die schmutzigen Machenschaften, die sie auf ihren diplomatischen Kongressen trieben, lieber ungesehen abgewickelt hätten. Friedrich von Gentz gab das Schlagwort aus: die Presse in Deutschland dient einer alle bestehenden Ordnung untergrabenden Partei, und da zu dieser Partei alle gehörten, die den gesunden Menschenverstand nicht völlig abgeschworen hatten, so war sie allerdings groß genug, um den Herren am Staatsruder unbequem zu werden. So begann denn ein frisches fröhliches Verbieten. Görres mußte gleich als erster seinen Rheinischen Merkur aufgeben, und verlor damit eine jährliche Einnahme von 10000 fl. Andere Blätter folgten, wie Ludens Nemesis, gegen Okens Isis wurde die Jenaer Literaturzeitung mobil gemacht, die einen Prozeß wegen unerlaubter Konkurrenz begann. Gegen Brockhaus erhob sich der Pächter der Königl. Leipziger Zeitung, der ein Privileg besaß, wonach in ganz Sachsen keine tägliche Zeitung, keine Wochenschrift ohne seine Erlaubnis erscheinen durfte. Aus alten Privilegien und neuen Edikten wurde der Strick zusammengedreht, welcher Zeitungsschreibern wie Verlegern den Hals zuschnüren sollte. Wie stark aber das Bedürfnis nach einer Aussprache vor der Öffentlichkeit war, mit welcher Gewalt eine bis dahin völlig unbekannte öffentliche Meinung sich Bahn zu brechen suchte, das beweist die Unzahl der literarischen Zeitschriften, die damals bestanden und wie Wieland seinem Sohn Martin schrieb: aus den schwammichten Wasserköpfen unserer literarischen Jugend alljährlich zu Dutzenden wie die Pilze aus sumpfigem Boden emporschossen. Goethe gründet sich noch im hohen Alter eine Zeitschrift in zwanglosen Heften, in der er unter der Firma über Kunst und Altertum sein Herz über alles erleichtern konnte, was ihn bewegte und wie er, so haben die meisten der Schriftsteller jener Tage sich in Zeitschriften an das deutsche Lesepublikum gewandt.

Wer die Annalen unserer Literatur durchgeht, wird finden, daß kaum einer der Autoren jener Jahrzehnte ohne eine ihm ganz eigen gehörende Zeitschrift war, Goethe, Schiller, Wieland, Kleist, Fouqué, Arnim, Brentano, Holtei, Alexis, Müllner, Zschokke, Lafontaine und tausend andere, suchten durch die Zeitschriften, die sie herausgaben, in einen näheren intimeren Verkehr mit der Lesewelt zu kommen, als es durch das bloße Buch möglich war. Die Mehrzahl dieser Blätter fristete nur ein ephemeres Dasein, sie entstanden und vergingen wirklich wie Pilze, nur einige haben dadurch, daß sie den Geschmack des Publikums zu treffen wußten, länger bestanden, und ihre Existenz bis zum großen Jahre 1848 gefristet. Dazu gehörte in Berlin der Gesellschafter von Gubitz, der Freimütige, der erst von Kotzebue, dann von Kuhn und Willibald Alexis redigiert wurde,

A. Schroedter. Illustration aus Robert Reinicks Lieder eines Malers mit Randzeichnungen seiner Freunde. Düsseldorf, 1838

in Dresden die Abendzeitung von Theodor Hell und Friedrich Kind, welche Laube das gesuchteste Blatt der zwanziger Jahre nennt; in Leipzig die Zeitung für die elegante Welt, vor allem aber das „Morgenblatt für die gebildeten Stände" aus dem Verlage von Cotta, dessen leitende Genien lange Zeit die Brüder Hauff waren, und das in seinen Spalten das beste vereint hat, was in den langen 58 Jahren seines Bestehens in Deutschland geschrieben worden ist.

Alle diese Zeitschriften erschienen in kleinen Auflagen. Das Cottasche Morgenblatt, anerkannt die vornehmste und bestredigierte deutsche Zeitschrift, wie Levin Schücking sagt, zählte nie mehr als 2000 Abonnenten, Börnes Waage nur 800, Holteis Obernigker Bote nur 600, Ziffern, die heute minimal erscheinen, aber wie Laube aus eigener Erfahrung erzählt, ein Exemplar befriedigte damals oft eine ganze Stadt. Es schrieb sich eben jeder seine Zeitschrift selber, sogar die heranwachsende Jugend. Gustav Parthey und seine Mitschüler in der Sekunda und Prima des Grauen Klosters in Berlin schrieben eine klassische Zeitung so gut wie Karl Rosenkranz und Wilhelm Volk auf dem Gymnasium in Magdeburg, der Vater von Rudolf Haym, Lehrer in Grünberg in Schlesien, regt seine Schüler selbst dazu an, wöchentlich eine Zeitung mit richtigen Leitartikeln zu verfassen. Friedrich Spielhagen schrieb auf dem Gymnasium in Stralsund mit Hilfe seiner Mitschüler ein poetisches Witzblatt: Ulk; der 14 Jahre alte Gervinus und einer seiner Konpennäler Nodnagel treten mit dem Verleger Julius Körner in Frankfurt am Main in Unterhandlung, um eine belletristische Zeitschrift unter dem Titel „Euterpe" herauszugeben, ein Vorhaben, das nur an den Karlsbader Beschlüssen, nicht an der Unreife der jugendlichen Autoren scheitert. In einem Pavillon des Mendelssohnschen Gartens lag beständig ein Bogen Papier mit Schreibmaterial, wo jeder hinwarf, was ihm an Einfällen durch den Kopf ging, es war der Stoff für das im Sommer Garten-, im Winter Tee- und Schneezeitung genannte Gesellschaftsblatt. Weimarer Herren und Damen gaben unter Leitung Ottiliens von Goethe das „Chaos" heraus, zu dem der alte Dichterfürst gelegentlich selbst Beiträge stiftete, denn er betrachtete die Sache zwar als dilettantischen Spaß, wollte aber doch einen Spiegel der geistigen Höhe der weimarischen Gesellschaft darin sehen. Es war noch die Zeit der Alleinherrschaft der schönen Literatur. Die eigentliche Zeitung mit ihrer Vertretung der Tagesinteressen kam bei der Unterdrückung alles Politischen noch nicht recht auf, oder begnügte sich mit Ehrabschneiden nach Art unserer Revolverpresse. Da gab es in Berlin den Beobachter an der Spree, mit dem man jeden Gegner graulich machen konnte: „Warte, Du kommst in den Beobachter", war vor 1830 eine Drohung, die Felix Eberty oft hörte. Jede kleine Stadt in Mecklenburg, erzählt Fritz Reuter, zitterte vor dem Schweriner freimütigen Abendblatt, wie vor einer Geißel, die unsichtbar und unabwendbar über ihrem Haupte geschwungen wurde.

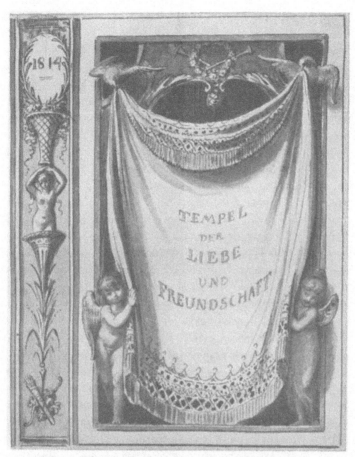

Johann Heinrich Ramberg. Entwurf zu einem Umschlag für das
Taschenbuch der Liebe und Freundschaft
Aquarell. Berlin, Bibliothek des Kunstgewerbe-Museums

Seit Saphir nach Berlin übergesiedelt war und am 1. Januar 1826 die Schnellpost herauszugeben begonnen hatte, besaßen die Berliner ein neues Organ, das ihren
Durst nach Spott und Satyre zu löschen verstand, jedermann fürchtete den Witzbold und
jedermann, vom König angefangen, brannte auf jede neue Nummer seines Blattes. Die
Zerwürfnisse, in die Saphir sofort mit der ganzen übrigen Berliner Schriftsteller-
welt geriet, seine Angriffe gegen die Sontag gaben immer neuen Stoff für witzige

Ausfälle und Bonmots, das Interesse am Persönlichen stand dem an der Allgemeinheit voran.

Die Pariser Julitage des Jahres 1830 haben auch hierin Wechsel geschaffen. Mit dieser gewaltigen Explosion des Volksunwillens kam auch in Deutschland das Interesse an der Politik zum Ausdruck. Wieviel Mühe sich die Zensur auch gab, sie verlor mit jedem Tage mehr die Herrschaft über die Presse, die Sturmflut der brausenden öffentlichen Meinung durchbrach die Wälle von Streusand, mit denen man gehofft hatte, sie eindämmen zu können. Die rein literarischen Zeitschriften verloren den Nährboden ästhetischen Interesses, der sie bis dahin getragen hatte. C. G. Carus wandte sich in einem Aufsatz in der Minerva gegen das Unwesen der Unterhaltungsblätter, die er beschuldigte, gleich wüstem Unkraut alle ernste Lektüre zu zerstören und machte sich damit Goethes Anschauung zu eigen, der einmal zu Eckermann sagte: „Es kommt zwar durch das schlechte, größtenteils negative ästhetisierende und kritisierende Zeitungswesen eine Art Halbkultur in die Menschen, allein dem hervorbringenden Talent ist es ein böses Gift." Das Endurteil sprach ihnen Arnold Ruge in einem Artikel der Blätter für literarische Unterhaltung. Er unterschrieb darin den Totenschein der selig Entschlafenen, die Politik hatte das ästhetische Geschwätz, die belletristische Windbeutelei vertrieben.

Nicht nur in den Tageszeitungen, auch in den Zeitschriften, selbst in den Fachblättern gab die Politik den Ton an, sie herrschte, denn auch die Unterhaltungsblätter waren ohne eine bestimmt ausgesprochene Tendenz nicht mehr zu denken. Der von Gutzkow herausgegebene Telegraph vertrat mit rücksichtsloser Überzeugungstreue die neuen Ideen, neben ihm stellte sich Lewalds Europa. Die Reaktion, im Besitze der Macht, dünkte sich nicht mehr sicher ohne eine literarische Vertretung, so wurde im Oktober 1831 das Berliner politische Wochenblatt gegründet, daß von dem Konvertiten Jarcke redigiert, von dem Kronprinzen und seinem Kreise inspiriert wurde. Die Herren von Lancizolle, von Gerlach und von Radowitz, vertraten in seinen Spalten alles, was mit der Reaktion, mit Feudalität, Romantik und Katholizismus zusammenhing. Weniger glücklich war die Gründung der historisch politischen Zeitschrift, die von Leopold Ranke herausgegeben, seit dem Frühjahr 1832 erschien, die konservativ-reaktionären Interessen aber nicht lange fördern konnte, denn sie stellte schon nach einem Jahre ihr Erscheinen wieder ein. Der erstarkende Ultramontanismus schuf sich seit dem Februar 1838 in den von Guido Görres und Philipps redigierten historisch politischen Blättern ein Organ, das seine Ansprüche und Ideen glänzend vertrat, das Blatt aber, welches damals das größte Aufsehen machte, den weitesten Einfluß gewann und dem ganzen Zeitschriftenwesen ein anderes Aussehen gab, waren die von Arnold Ruge und Echtermeyer seit 1838 herausgegebenen Halleschen Jahrbücher. Ruge eröffnete in denselben den Kampf gegen die Reaktion in

Johann Heinrich Ramberg. Entwurf zu einem Umschlag für das
Taschenbuch der Liebe und Freundschaft
Aquarell. Berlin, Bibliothek des Kunstgewerbe-Museums

seinem berühmten Manifest gegen die Romantik, in welchem er das Ideal der Gegenwart in seinem absoluten Recht gegen die Ansprüche des Feudalismus und der Hierarchie
verteidigte.

Es war, als sei der Funke ins Pulverfaß gefallen, aus ihren dunkelsten Schlupf-
winkeln flogen die erschreckten Eulen auf und verfinsterten den hellen Tag mit ihrem
krächzenden Schwarm. 23 Professoren erließen in der Leipziger Zeitung eine Erklärung,
Ruge sei ein Friedensstörer, denn er hatte allerdings das behagliche Stilleben der Göttinger, Halleschen, Leipziger Literaturzeitungen böswillig getrübt und die staubigen alten
Perücken arg geklopft. Die Jugend aber, die Leute von Mut und Kraft und Hoffnung,

jubelten ihm zu. Die Halleschen Jahrbücher, die täglich erschienen, wendeten sich an jeden, der moderner Bildung überhaupt zugänglich war, sie besprachen nicht nur literarische Erscheinungen, sie suchten das gesamte geistige Leben der Nation zu erfassen und den Lebenden die Kenntnis der eigenen Zeit mit ihren Forderungen und Ideen zu vermitteln. Ihr Erfolg war außerordentlich, Freund und Feind mußten sich damit auseinandersetzen, niemand, der nach Erkenntnis strebte, der geistig mit seinem Volk leben wollte, konnte sich ihrem Einfluß entziehen. Für das, was die Halleschen Jahrbücher der Generation von damals bedeuteten, hat Fanny Lewald in ihren Erinnerungen schöne Worte der Anerkennung und des Dankes gefunden.

Die Halleschen Jahrbücher erschienen in Leipzig unter sächsischer Zensur, das wurde in Preußen untersagt, und als Ruge nach Dresden auswanderte, ließen ihn die jämmerlichen Spießer des sächsischen Landtags natürlich im Stich. Das Blatt mußte eingehen, Ruge ging nach Paris und erst vier Jahrzehnte später hat der Ehrensold des Deutschen Reichstages dem hochverdienten Mann das genugtuende Gefühl gegeben, daß das Volk, für das er sein Leben lang gewirkt, endlich zur Anerkennung seines Wertes gekommen war.

Das gesteigerte politische Empfinden kam auch den Tageszeitungen zugute, das Jahr 1830 bedeutet auch für sie einen Wendepunkt. Schon die Besserung der Postverbindungen hatte ein häufigeres Erscheinen der Zeitungen nach sich gezogen, waren die Berliner Zeitungen bis 1824 nur dreimal in der Woche erschienen, so kamen sie seit dem 1. Januar dieses Jahres täglich heraus, die Naglerschen Briefposten, die jetzt täglich Neuigkeiten brachten, nötigten dazu. Die norddeutschen Blätter blieben zwar noch lange auf dem niedrigen Niveau, das ihnen die preußische Zensur aufzwang, als z. B. Karl Schall 1830 von Berlin aus eine Staffette nach Breslau sandte, damit seine Breslauer Zeitung die Nachricht von den Pariser Julieereignissen schnell ihren Lesern bringen könne, erlaubte der Zensor Baron von Kottwitz den Druck nicht. Derselbe Zensor strich der Breslauer Zeitung Artikel, die schon in der offiziellen Preußischen Zeitung erschienen waren, der Zensor von Terpitz erlaubte nicht einmal den Abdruck königlicher Handschreiben. So bittet einmal Fanny Hensel ihren Freund Klingemann in London: „Schreiben Sie mir doch ein wenig Politik, unsere Zeitungen sind so dumm, daß man weniger als nichts daraus erfährt."

Die Blätter, welche für deutsche Verhältnisse wichtig waren, erschienen außerhalb Preußens in Süddeutschland und unter ihnen nahm die Augsburger Allgemeine Zeitung des Cottaschen Verlages unbestritten den ersten Rang ein. Levin Schücking, der lange zu ihrem Redaktionsstabe gehörte, sagt von ihr: „Sie war das am sorgsamsten redigierte, gediegenste, jedenfalls universalste Blatt Europas", um mit Heinrich Laube zu sprechen, eine literarisch politische Großmacht in Deutschland. „Zu ihren Korrespondenten", schreibt

Johann Heinrich Ramberg. Entwurf zu einem Umschlag für das
Taschenbuch der Liebe und Freundschaft
Aquarell. Berlin, Bibliothek des Kunstgewerbe-Museums

er, „gehörten die wichtigsten Leute des Vaterlandes. Jeder Minister sorgte dafür, daß
seine Nachrichten in diesem Blatte verbreitet, daß sie gut dargestellt, gut verteidigt wurden, jeder Publizist trachtete darnach, daß seine Meinung in diesem Blatt ausgesprochen
wurde, denn er wußte, daß alle Machthaber es lasen. So fühlte man sich, wenn man es
las, in der Gesellschaft, welche vor ganz Europa die deutsche Kultur vertrat, man sprach
in ihr zur ganzen Welt." Der Redakteur Dr. Gustav Kolb war lange Jahre der mächtigste und einflußreichste Journalist des damaligen Deutschland, der Verlag suchte für
die Mitarbeiterschaft unermüdlich nach Kapazitäten, jedermann von Bedeutung sollte
daran teilnehmen. Für die Redaktion und die Honorare gab Cotta jährlich 80000 Gul-

den aus, eine für damalige Verhältnisse enorme Summe, die Duldung der österreichischen Regierung erkaufte er durch eine Art Bestechungshonorar von 4000 Gulden an Gentzens Freund Pilat.

Um den Versuchen, welche die deutschen Regierungen zur Beschränkung der Preßfreiheit machten, entgegenzuwirken, wurde in der Rheinpfalz ein Preßverein gegründet, dessen Seele die Doktoren Wirth und Siebenpfeiffer waren. Die von ihnen herausgegebenen radikalen Zeitschriften, die Tribüne und der Westbote, wurden aber sehr bald, schon 1832 unterdrückt, ohne daß es doch dadurch gelungen wäre, die von ihnen vertretenen Ideen aus der Welt zu schaffen. Immer wieder fanden sich mutige Verleger und Redakteure, welche der Reaktion trotzend, für den Fortschritt eintraten. In den vierziger Jahren waren die Rheinische Zeitung, von Oppenheim und Karl Marx geleitet, die Konstanzer Seeblätter, Robert Blums Sächsische Vaterlandsblätter Vertreter von Aufklärung und Fortschritt gegen den Rheinischen Beobachter, den Janus, die Adelszeitung und andere Verfechter der auf der äußersten Rechten befindlichen Mächte des Rückschritts. Neben ihnen traten das Kölnische Volksblatt, Lünings Westfälisches Dampfboot, Püttmans Rheinische Jahrbücher, Karl Grüns Sprecher, Heß' Gesellschaftsspiegel bereits unumwunden für sozialistische Ziele ein. Als Vertreter einer Politik der mittleren Linie wirkte Karl Biedermann in seiner deutschen Monatsschrift, die in gemäßigt liberalem Sinne den Aufbau eines kräftigen Nationallebens auf der Grundlage möglichst allseitig entwickelter materieller Interessen anstrebte und den Anschluß der Kleinstaaten an Preußen befürwortete, in etwa demselben Sinne einer nationalen Mittelpartei gründeten die Professoren Gervinus und Häusser 1847 die Deutsche Zeitung. Auch diese Blätter gehörten zu den Gegnern der Regierung, und zwar zu überlegenen, denn, wie Rudolf Delbrück von jener Zeit sagt, der Anspruch der oppositionellen Presse, die Meinung des Landes zu vertreten, war nicht zu widerlegen. Die Regierungen hatten es mit allen Zensurmaßregeln eben glücklich dahin gebracht, daß jeder anständige Mensch zu ihren Feinden gehörte.

Die Zeitungen gewannen ihren großen Einfluß trotz der Zensur und trotz ihrer geringen Auflagen. Nach einer Zusammenstellung Treitschkes wurden 1835 in ganz Preußen von inländischen Zeitungen und Zeitschriften kaum 43000 Exemplare verkauft, von nicht preußischen insgesamt etwa 3700, also weit weniger als eine einzige Zeitung heute oft in einer Stadt absetzt. Die Augsburger Allgemeine Zeitung zählte 1827 4000, das Cottasche Morgenblatt 1500 Abonnenten, daß der Gesellschafter von Gubitz in einer Auflage von 1500 Exemplaren erschien, bezeichnete Heine als besonderen Erfolg. Karl Grüns Mannheimer Abendzeitung, ein wegen seiner Ehrlichkeit von allen Regierungen gefürchtetes Blatt, zählte in Preußen nur 134 Abonnenten, Biedermanns Deutsche Monatsschrift brachte es nie über eine Auflage von 500 Exemplaren, eine Abonnen-

Duhn Sie mich den Gefallen un reden Sie
nich von desjenige

Dörbeck. Berliner Redensarten

tenzahl von 11000 wie sie z. B. Helds Lokomotive zählte, galt für sehr hoch. In ganz
Preußen erschienen 1830 285 periodische Blätter, 1842: 300, von denen 31 politischen
Inhalts waren. Dabei hatte sich die Anzahl der Pressen außerordentlich vermehrt, Preußen besaß 1819 240 Buchdruckereien mit 516 Pressen, 1834 schon 399 Druckereien mit
875 Pressen. Seit 1817 versorgte die Maschinenfabrik von Friedrich König und An-
dreas Friedrich Bauer in Oberzell bei Würzburg auch Deutschland mit Schnellpressen,

von denen von 1817—1865 1000 Stück abgesetzt wurden. Für unsere heutigen Begriffe erscheinen diese Zahlen sehr gering, man muß aber wissen, daß die Zeitungen, die noch nicht so zu den Selbstverständlichkeiten des täglichen Lebens gehörten, mit viel größerer Aufmerksamkeit gelesen wurden, als heute; in den Leseanstalten, Museen, Konditoreien wanderte ein Exemplar von Hand zu Hand, die gefürchtete Spezies des Zeitungstigers bildete sich damals aus.

Das ganz neue Element, das mit den Zeitungen in das Leben der Menschheit ragt, ein Element, das von dem starken Drang nach Bildung und Wissen ebenso abhing, wie es ihn selbst mit bedingte und nähren half, erschien der älteren Generation unbehaglich und fremd. So schreibt z. B. Perthes: „Höchst lästig und widerlich sind mir die Literaturzeitungen und Journale, dürftig, ja geradezu schlecht ist dieses Blätterwesen, es ist unglaublich, wie hier geklatscht und geschrien wird, wie eine Hand die andere wäscht." Der viel jüngere Immermann, der einmal eine Betrachtung über die Journale anstellt und dabei konstatiert, daß sich niemand ihnen entziehen kann, sieht das neuartige Element ihres Wesens darin, daß man von ihnen das auf Treu und Glauben annehmen müsse, was eigentlich selbst erschaut und erlebt sein wolle, daß man gewissermaßen Studien, die man selbst nicht zu machen imstande ist, durch andere für sich anstellen lasse, denn schließlich müsse doch jetzt jeder über alles eine Meinung haben und über viele Dinge Bescheid wissen. Damit kennzeichnet er die Macht, die hinter der Presse steht und durch sie wirkt: den modernen Journalismus. Die frühere Zeit kannte ihn nicht, er fand seine Ausbildung in

Ein Schumacher.

(Kol. nach Trautlay)

Nach Wisotzki! Nach Wisotzki!
Wö die frische Würst und Stullen Uf die grosse Tische stahn
Aus de Fenster volle Pullen, Und die schöne Mädchens sehn
Wö ick Herrn Jakobi hör; Dahin sehnt mein Herz sich sehr.

Dörbeck. Berliner Redensarten

diesen Jahren des allmählich wachsenden Einflusses der Presse, in diesen Jahren, in denen ihm die Zensur sein wesentlichstes Charakteristikum mitteilte, die Anonymität. Niemand kann sich im Leben unserer Zeit des gleichen Einflusses auf die Allgemeinheit rühmen, wie der Journalist. Hunderttausende glauben ihm, machen sich unbemerkt seine Anschauungen und Ideen zu eigen, selbst der Höchststehende und Mächtigste fürchtet ihn, denn er richtet im Namen der öffentlichen Meinung, er besitzt eine Gewalt, welche die des Kapitals und der Bajonette an Macht noch übertrifft. Vielleicht wird er darum so viel geschmäht, werden doch die meisten Zeitungsleser die despo-

Eine Schneidermamsell.

Jott, wie unausstehlig der eklige Wind.

Dörbeck. Berliner Redensarten

tische Gewalt, der sie unwissentlich unterliegen, gar nicht einmal gewahr.

Als die Macht der Presse den Regierenden fühlbar zu werden begann, als aus den Spalten der Zeitungen die Stimme der öffentlichen Meinung immer hörbarer an die Gewissen der Verstockten schlug, begann der Ärger über die unbequemen Mahner sich in wegwerfenden Äußerungen über die Zeitungsschreiber zu entladen. Fürst Metternich liebte es, seine Geringschätzung recht deutlich zur Schau zu tragen und die Staatsmänner von kleinerem Kaliber glaubten sich verpflichtet, es ihm gleich zu tun, so daß Varnhagen, der das Metier kannte, einmal darauf hinweist, daß es unendlich viel leichter sei, diplomatische Berichte zu schreiben, als gute Zeitungsartikel. Die Schwierigkeit des Schreibens war damals sogar noch unendlich viel größer als heute; jeder Artikel, der vor dem Druck die Zensur zu passieren hatte, mußte eigentlich so gehalten sein, daß der Zensor seine Äußerungen für harmlose halten, der Leser dagegen zwischen den Zeilen die eigentliche Meinung des Verfassers mußte erraten können. Die Zensur zwang zur Unaufrichtigkeit, zum Spielen mit Andeutungen und halben Worten, sie machte den Journalisten, noch mehr als jeden anderen Schriftsteller, zum Sophisten, der sogar die Wahrheit in zweideutige Worte kleiden mußte. Wie unendlich viel verdankt doch das deutsche Volk diesen Zeitungsschreibern, die von allen Seiten bedroht, in ihrer Tätigkeit gehindert und beschränkt, nicht nachgelassen haben, dem Unrecht, das die Macht besaß, Opposition zu machen, denn nur dieser verzweifelten unablässigen Opposition, sagt Arnold Ruge mit Recht, verdankt das Volk die Aussicht auf ein gesichertes Dasein. Diese Überzeugung von der Größe des journalistischen Berufes durchdrang auch Ferdinand Lassalle, als der kaum Sechzehnjährige sich zuschwor: „Ich will mich der publizistischen Sache widmen. Jetzt ist die Zeit, in der man um die heiligsten Zwecke der Menschheit kämpft, der Kampf um die edelsten Zwecke auf die edelste Weise geführt wird. Laßt uns die Völker nicht aufregen, nein, erleuchten, aufklären!"

Die schwachen Anfänge der illustrierten Presse, die sich heute fast einen zu breiten Boden erobert hat, liegen in jener Zeit. Da die Illustration fast allein auf Kupfer- und Stahlstich angewiesen war, — der Holzschnitt wurde in Deutschland seit Jahrzehnten kaum mehr geübt, die Lithographie aber die Veranstaltung größerer Auflagen ausschließt, — so mußte erst eine Technik gesucht werden, auf Grund deren an illustrierte Blätter gedacht werden konnte und so hielt sich denn die Firma J. J. Weber in Leipzig mit ihrem seit 1833 erscheinenden Pfennigmagazin vorerst an das englische Penny-Magazin. Es wurde rasch sehr beliebt und verbreitete die Kenntnis von Länder- und Völkerkunde in die weitesten Kreise. Der Erfolg ermutigte die Firma, auf diesem Wege fortzufahren, und wir verdanken ihr auf deutschem Boden die Wiederbelebung des Holzschnitts, der bis dahin nur ganz vereinzelt, wie von Friedrich Wilhelm Gubitz, geübt worden war. Am 1. Juli 1843 erschien die erste Nummer der Leipziger Illustrierten Zeitung, die bis heute die Bilderchronik der Zeit geblieben ist. 1845 begannen Kaspar Braun und Friedrich Schneider die Münchener Fliegenden Blätter und ließen in ihren Spalten den Herrn Baron Beisele und seinen Hofmeister Dr. Eisele, den Eichelober, Herrn Nudelmaier und seine Frau Nanni Streifzüge durch das vormärzliche Deutschland halten, deren humoristischer Vortrag den Ernst nicht verbirgt, der die Satire als Mittel zur Besserung benutzt.

Sechstes Kapitel

DIE BILDENDEN KÜNSTE

DAS THEATER

n ihrer Kunst lernt man eine Zeit am besten kennen, sie offenbart sich in derselben weit deutlicher als in den schriftlichen Bekenntnissen ihrer Angehörigen. Die Unzufriedenheit, die Deutschland zwischen 1815 und 1848 erfüllte, die alle bürgerlichen Verhältnisse in stets zunehmender Weise durchdrang, so daß man sie geradezu als Signatur der Zeit bezeichnen darf, dokumentiert sich auch auf dem Gebiete der schönen Künste in der Unsicherheit und Zerfahrenheit, mit der die neue, sich eben bildende Gesellschaft der Kunst gegenübertrat. Die Gesellschaft besaß kein Verhältnis mehr zur Kunst, welche aufgehört hatte, der Ausdruck ihres Wesens zu sein. Auf der Suche nach einem Wege zu ihr geriet die Gesellschaft auf den Umweg der Gelehrsamkeit, was bei ihrer Überschätzung des Wissens gegenüber dem Können zwar ganz natürlich war, die Entfernung zwischen beiden aber nur vergrößern konnte. Die klassische Bildung, auf welcher die Erziehung fußte, stumpfte mit ihrer lediglich begrifflichen Schulung des Geistes die Empfänglichkeit für eine rein sinnlich wahrnehmbare Schönheit völlig ab, betrachtete doch Hegel die Kunst nur als Stellvertreterin des Wissens. Man wußte nicht recht, was man mit einer Kunst anfangen sollte, die so gar nicht mehr in das moderne Leben zu passen schien und so versuchte man, sich ihr auf dem steinigen Pfade der Theorien zu nähern, den Genuß an ihr, den man nicht empfinden konnte, zu lernen. „Wie sind wir voll Theorien und Systeme über die Kunst", schreibt Leopold Ranke 1830 an Heinrich

Ritter, „und von dieser selber haben wir kaum ein Schatten mehr übrig." „Die Stadt putzt und schnäbelt gar zu viel an ihrem Kunstgefühl," bemerkt Rahel 1817 in Berlin, „sie beleuchtet gar zu sehr das Bewußtsein darüber mit Kerzen aus allen Fabriken, anstatt dem Gehen und Kommen der Sonne sich ruhiger hinzugeben." Beide kennzeichnen damit die völlige Ratlosigkeit eines Geschlechtes, welches für Dinge, die nicht gelehrt und gelernt werden können, gar kein Verständnis besaß. Man wußte wohl aus der Geschichte, in die man sich ja so eifrig vertiefte, daß die Hochblüte der Kunst in die Zeit der höchsten Kultur der Antike und der Renaissance gefallen war, man wünschte sich diesen Zeiten so viel wie möglich zu nähern, fühlte also auch, daß man die Kunst nicht wohl entbehren könne, welcher Platz ihr aber im modernen Leben anzuweisen sei, wußte niemand. So kam man dann auf den Ausweg, die Kunst aus Leben und Gegenwart überhaupt zu verbannen und ihr einen Platz ganz für sich anzuweisen. Sie sollte im Idealen hausen, weit jenseits aller sichtbaren Zeitlichkeit.

Man trennte Leben und Kunst, als gehörten sie nicht zusammen, sondern seien Todfeinde, man erhob die Kunst über Raum und Zeit, gleichsam als hätte man sich von ihr befreien wollen. Der Klassizismus, der in der Kunst herrschte, dessen Evangelium einst Winckelmann den Deutschen verkündet hatte, unterstützte diese Anschauungen. Während die größten politischen Ereignisse die Welt erschüttert hatten, Taten geschehen waren, wie sie seit der Völkerwanderung kaum erhört worden waren, hatten die Künstler die Vorwürfe ihrer Bilder, ihrer Skulpturen in der antiken Geschichte und Mythologie gesucht, gerade als ginge sie die Wirklichkeit rings um sie her gar nichts an. Napoleon hatte David förmlich zwingen müssen, jene Bilder zu malen, die wie die Krönung in Notre Dame, die Fahnenweihe auf dem Champ de Mars den Ruhm des Künstlers dauerhafter begründet haben, als alle die frostigen Römerszenen, die er selbst so hoch schätzte. Gros hatte schon seine bedeutendsten Werke geschaffen, als David ihm ins Gewissen redete, er habe noch nichts für die Unsterblichkeit getan: „Vite, vite, feuilletez votre Plutarque." Klagend schreibt Schadow, nachdem er von dem Grabmal des Grafen von der Mark gesprochen, über sich selbst: „Es ist ihm nachher kein so poetischer Auftrag wieder zu teil geworden, vielmehr hat er sich mit vielen undankbaren prosaischen Teufeleien befassen müssen, wohin er nämlich alles zählt, worin unsere Röcke, Tressen, Hüte, Zöpfe, die wesentlichen Bestandteile für den Anblick ausmachen." Das war es, das Sichtbare, soweit es der Wirklichkeit entsprach, schien häßlich, nur das Ideale, welches der Künstler aus seiner Ideenwelt allein schöpfte, konnte den Anspruch auf Schönheit erheben. So erwähnt Peter Cornelius in seinen Briefen nie die Natur, nicht das, was er gesehen hat, sondern nur was er gefühlt und gedacht, scheint ihm wichtig. Verächtlich spricht Friedrich von Üchtritz von der dürren Farb- und Gestaltlosigkeit unseres heutigen Lebens im Gegen-

Wilhelm Schadow.' Gruppenbild von Wilhelm Schadow, Thorwaldsen und Rudolf Schadow
Ölgemälde. Berlin, Nationalgalerie

saß zu Raffaels Zeit, wo der Künstler, wie er sagt, nur vor die Tür zu treten brauchte,
um die malerisch bedeutungsvollsten Gestalten zu sehen. Man sah gar nicht, daß sich seit
Raffaels Zeit Licht und Luft und Sonne doch nicht geändert haben, daß nur der Schnitt
der Kleidung ein anderer geworden, daß farbige Probleme, wenn man sie überhaupt hätte
sehen wollen, auf Schritt und Tritt anzutreffen gewesen wären. Nicht die Künste, aber
die Anschauungen über sie geraten sozusagen auf ein totes Geleise. Goethe und der
Kunscht-Meyer, „die Weimarischen Kunstfreunde", wissen keine anderen Sujets für die
von ihnen veranstalteten Konkurrenzen als Achill auf Skyros, Paris und Helena, ja das
Unternehmen der Gebrüder Riepenhausen, Polygnots Gemälde in der Lesche zu Delphi
nach der Beschreibung des Pausanias zu rekonstruieren, eine Idee, die uns jetzt bewei-
nenswert öde vorkommt, wußte der alte Olympier in Weimar nicht genug anzuerkennen.

Wie man die Wirklichkeit des modernen Lebens verachtete, so übersah man auch die
wirkliche Natur. An der Münchener Akademie konnten die Schüler, wie Friedrich Pecht
erzählt, nicht einmal Akt zeichnen lernen; will doch die Tradition noch heute wissen, das

einzige Modell, welches zu Cornelius Zeit in München gelebt habe, sei aus Mangel an Beschäftigung Hungers gestorben. An Nehers Karton zum Einzug Kaiser Ludwig des Bayern in München tadelte die akademische Kommission in ihrem Gutachten die Pferde als zu natürlich, ganz im Sinne von Rahl, der zu sagen pflegte, mit dem kleinsten Stückchen Natur kann man das größte Bild verderben. So war denn auch die Landschaftsmalerei und ihre im halben Spiel zu gewinnende Palme, wie sich Üchtritz ausdrückt, gering geschätzt. Kein Maler, der vor der Natur studiert hätte, Dorner in München ahmte Ruisdael, Wagenbauer Paul Potter, Peter Heß Wouvermann nach; Ludwig Richter, der sich zum Landschafter ausbilden will, wird auf Waterloo, Both, Swanevelt verwiesen. Drängte es aber einen Künstler zur Landschaft und führt ihn seine Begabung zur Natur, so darf es keinesfalls die Heimat sein, Rottmann malt italienische und griechische, Achenbach norwegische Landschaften. König Ludwig von Bayern, der wirklich von Herzen deutsch gesinnt war, hat nie daran gedacht, seine Schlösser, seine Galerien oder Arkaden mit Bildern des eigenen Landes schmücken zu lassen, auch der Landschaftsmaler, den er beschäftigte, mußte auf dem Kothurn großer Ideen einherschreiten, sich innerhalb klassischer Reminiszenzen bewegen. Es war etwas ganz Unerhörtes, daß Carus in seinen Briefen über Landschaftsmalerei es als Hauptaufgabe derselben bezeichnete, eine gewisse Stimmung des Gemütslebens durch die Nachbildung einer entsprechenden Stimmung des Naturlebens darzustellen. Diejenigen, die das taten, wurden den Zeitgenossen ein Spott. Sie blieben verborgen oder begegneten völligem Unverständnis, wenn sie vor die Offentlichkeit traten, wie Kaspar Friedrich. Dieser geniale Künstler, der mit Recht verlangte, ein Bild solle nicht erfunden sein, sondern empfunden, wurde so ganz mißverstanden, daß beinahe ein Jahrhundert verfließen mußte, ehe er entdeckt werden konnte. Goethe sagte zu Sulpiz Boisserée, die Bilder Friedrichs können ebenso gut gesehen werden, wenn man sie auf den Kopf stellt; Hofrat Böttiger erlaubte sich in des Malers Gegenwart eine neblige Gebirgslandschaft desselben als Seestück zu erklären und nur das unverbildete Auge eines einfachen Laien wie Friedrich Wilhelm III. erkannte zu Schadows Erstaunen in Friedrichs Landschaft mit dem Kreuz, wie richtig der Künstler gesehen und beobachtet habe. Schorn lobte die Landschaften von G. F. Steinkopf, „denn sie tragen das Gepräge einer Originalität, welche auf dem Gedanken beruht". Also nicht wie der Künstler sah, interessierte den Betrachter, sondern was er sich dabei gedacht hatte. Bei Gelegenheit der Berliner Kunstausstellung schrieb das Kunstblatt 1832: „Werden Gegenstände der Genremalerei nicht mit Witz oder Gemüt aufgefaßt, durch geistreiche Charakterschilderungen dem Beschauer interessant gemacht und mit feinem Takt vorgetragen, so sehen wir nichts als die triviale Alltäglichkeit, die also bald langweilig wird. Auf die glückliche Wahl der Motive kommt alles an, der Genremaler muß uns entweder durch komische

Kaspar David Friedrich. Das Kreuz im Gebirge

Kraft zu erheitern oder durch Wärme der Empfindung zu rühren wissen, versteht er das nicht, so bleiben Treue der Charakterschilderung, Naturwahrheit und Kunst der Ausführung nur halber Ersatz."

Das Gegenständliche der Kunst steht im Vordergrunde der Betrachtung und bestimmt das Urteil. Als Begas seine Lurlei auf die Ausstellungen sandte, stritten die Tageskritiker darüber, wie Brentano, Heine, Eichendorff diesen Stoff in ihren Gedichten aufgefaßt hätten. Bendemanns Trauernde Juden fand man so tief wirkend und erhebend, weil man an diesen edlen Gestalten und an dem tief menschlichen Akkord ihrer

Schmerzen sähe, daß es Gott sei, der ihnen diese Last auferlegt habe. Lessings Trauerndes Königspaar, eines der gefeiertsten Bilder der Zeit, war die Krone der Berliner Kunstausstellung von 1830; der Rezensent in Schorns Kunstblatt erklärte bei der Besprechung: „Bei so großen Werken begehrt die Phantasie einen bestimmten, der Sache oder Geschichte angehörigen Gegenstand, um dessen Bild mit dem Kunstwerke vergleichen und darnach das Urteil bestimmen zu können. Gebilde poetischer Phantasie dürften höchstens in Skizzen oder Zeichnungen ausgeführt werden." Das Interesse an der bildenden Kunst ging vom rein Literarischen aus, eine Auffassung, der die Künstler selbst sich beugten. Als Julius Schnorr seine Fresken aus Ariosts rasendem Roland im Kasino der Villa Massimi in Rom beendigt hatte, veröffentlichte er eine Artikelserie über seine Bilder, denn er sagte: „Ich glaube Rechenschaft geben zu müssen, wie ich das Gedicht als ein ganzes angesehen und behandelt habe, und was mir in seinen Teilen als wesentlich erschien." Cornelius stellte den Karton zu seinem Jüngsten Gericht aus und begleitete denselben mit einer

langen theologischen Abhandlung, in der er sich über die katholische Anschauung vom Jüngsten Gericht ausspricht, alle früheren Lösungen der Aufgabe einer gewissenhaften Betrachtung unterzieht, wobei er weder Dante noch Michelangelo vergißt. Genau so verfuhr Overbeck, der über seinen Triumph der Religion in den Künsten ein Buch schrieb, um dem Beschauer zu erklären, was er sich alles dabei gedacht habe. Ludwig Emil Grimm fand 1843 in Berlin

S. Friedr. Dietz. Peter von Cornelius. 1838. Handzeichnung
Berlin, Nationalgalerie

„die Künstler sprechen alle wie gedruckte Rezensionen". Kaulbachs Wandbilder im Treppenhause des Berliner Neuen Museums galten der Zeit für die höchsten Offenbarungen der Kunst, weil so viele literarische Beziehungen hineingeheimnißt waren, daß sich ganze Bibliotheken zu ihrer Erklärung zusammenschreiben ließen, stellte doch der Großherzog Georg von Mecklenburg-Strelitz in einem Briefe an Rauch Kaulbachs Jerusalem über alles, was Michelangelo jemals geschaffen hatte.

Eine so bewußt einseitige Betrachtungsweise mußte notgedrungen dazu führen, daß die rein künstlerische Seite vernachlässigt wurde. Wer heute die Literatur zur Hand nimmt, die sich in jenen Jahren, sei es ästhetisch oder kritisch mit der Malerei beschäftigte, wird zu seiner Verwunderung gewahr werden, daß von der Farbe so gut wie niemals die Rede ist. Es scheint gerade, als habe das Kolorit bei der Beurteilung von Gemälden gar keine Rolle gespielt. Es entsprach das ganz der Theorie von Asmus Carstens, der immer behauptet hatte, in der Kunst sei der Geist alles, die Technik nichts. Nur so erklärt es sich, daß die Deutschen jahrzehntelang Männer wie Cornelius, Kaulbach, Overbeck als die größten Maler der Neuzeit verehrten, während sie Maler waren, die gar nicht malen konnten, ja es gar nicht wollten. Da man beim Urteil nur auf die Idee sah, die der Künstler hatte darstellen wollen, so übersah man willig, wenn die zeichnerischen oder malerischen Qualitäten desselben versagten. Da die Künstler sich dieser Auffassung anschlossen, so suchten auch sie nur durch

Friedrich Overbeck. Selbstbildnis. Zeichnung

Franz Krüger. Johann Gottfried Schadow
Handzeichnung. Berlin, Nationalgalerie

Geift und Wiffen zu imponieren und verfuchten gar nicht, fich eine Technik anzueignen, die erwerben zu müffen zeitraubend und mühfam war. Ludwig Emil Grimm wollte ein Gemälde mit 56 lebensgroßen Figuren ausführen: Der Sieg über den Tod. „Es wäre eine fchöne Lebensaufgabe," fchreibt er, „wenn ich das Bild ausführen könnte, in Fresko, grau in grau, weil bunte Farben dem Ernft des Gegenftandes fchaden würden." Man begnügte fich mit dem Entwurf, die Ausführung in Fresko oder Öl fchien als rein handwerkliche Leiftung des großen Künftlers nicht würdig. Es war die Zeit, in der der Karton herrfchte. 1834 fandte Kaulbach feine berühmte Geifterfchlacht als Bleiftiftzeichnung in den Münchener Kunftverein, von wo aus fie feinen Ruhm durch ganz Deutfchland verbreitete. Graf Raczynski, der bekannte Kunftfreund, beftellte für feine Galerie die Ausführung, aber nicht als Gemälde, fondern in braun getufchtem Karton, 40 Fuß breit und 32 Fuß hoch. Als diefer in Öl ausgeführte monochrome Karton 1837 nach Berlin kam, war die Kritik begeiftert, fie fand den Mangel an Farbe wenig auffallend, da das Hauptverdienft des Werkes nächft der Kompofition hauptfächlich in Ausdruck und Zeichnung liege. Nur der alte Schadow, deffen „Bewunderung an Erftaunen grenzte", bemerkt mit leichter Ironie, der Künftler fei der Schwierigkeiten von Farbe und Beleuchtung überhoben gewefen, da er es bei der getufchten Zeichnung habe bewenden laffen. Als der Ruhm der Kaulbachfchen Kompofitionen fpäter Friedrich Wilhelm IV. veranlaßte, fie als Fresken in fein neues, von Stüler errichtetes Mufeum malen zu laffen, da wurde die Ausführung von Julius Muhr und Echter in enkauftifcher Technik beforgt. Die Fresken, welche Cornelius für die Alte Pinakothek entwarf, führten Schlotthauer, Klemens Zimmermann, Heinrich Heß u. a. aus, sogar die Bestimmung der Farben war ihnen völlig überlassen; die reizenden Entwürfe Schwinds zu den Fresken in Hohenschwangau sind nicht von ihm selbst, sondern von Domenico Quaglio und anderen an die Wände gemalt worden, die hübschen Frauenköpfe auf Tabakspfeifen und Bierglasdeckeln dienten ihnen dabei als Modelle.

Da niemand vom Maler verlangte, daß er auch malen könne, so lernte es eben keiner so recht. Genelli folgte gern dem Rufe Hermann

Alfred Rethel. Selbstbildnis, 1839

Härtels nach Leipzig, um das Römische Haus mit Fresken zu schmücken und merkt erst, als er an die Arbeit geht, daß er sie gar nicht versteht, auch Schwind ist weder der Ölnoch der Freskotechnik je so recht mächtig geworden, er wie Genelli, wie Kaulbach, Cornelius und viele, viele andere jener Generation waren alle weniger Maler, als Zeichner und haben ihre bedeutendsten und größten Werke einfarbig mit Stift oder Tusche geschaffen.

Es kam diesen Malern, denen der farblose Karton zur Wiedergabe ihrer Ideen genügte, zugute, daß die Farbkünstler der alten Zeit völlig in Mißkredit geraten waren. Als Alfred Rethel die ersten Bilder von Correggio und Tizian sah, mißfielen sie ihm in hohem Grade, Führich ließen die Meister der Dresdener Galerie völlig kalt und Wilhelm Schadow rief bei ihrem Anblick aus: „Was würden diese Leute erst geleistet haben, wenn sie unsere Technik gehabt hätten?" Gustav Parthey versteht gar nicht, warum man

Tizian so bewundert; Baron Rumohr, sicher einer der besten Kunstkenner der Zeit, nannte Correggios Fresken zwecklose und widrige Sonderbarkeiten. Der tiefsten Verachtung war natürlich die Kunst des eben abgelaufenen 18. Jahrhunderts verfallen, die Architektur des Ludwigsburger Schlosses nannte Schinkel ganz ohne Bedeutung. Eduard Devrient fand die Dekoration des Residenztheaters in München „kindisch und chinesisch", Rumohr schrieb über Fiorillo: „Er verdankt seine Bildung einem Zeitalter, welches selbst von dem äußerlich Wohlgefälligen und Schicklichen der Kunst keine völlig gereinigten Begriffe besaß." Als der Rezensent von Schorns Kunstblatt einen Amor von J. Roux in Heidelberg besprochen und dabei geschrieben hatte, er sei nach Boucher, sandte der beleidigte Maler einen Artikel an das Blatt, in dem er sich auf das heftigste gegen diese Unterstellung wehrt: „François Boucher ist berüchtigt durch schlüpfrige Vorstellungen," schreibt er, „nach einem so unwürdigen Muster hätte ich meinen Amor gearbeitet? Das vermutet der Kunstrichter, unbekümmert, wie tief er den Künstler und den Menschen herabwürdigt! Die Idee meines Gemäldes entfernt sich weit von dem Schmutz eines Boucher, Herders Ideen und Goethes Gedicht liegen ihm zugrunde."

Die Reaktion gegen die farblose Richtung in der Malerei ging von Düsseldorf aus, wo die Mitglieder der unter Wilhelm Schadows Leitung stehenden Akademie im Gegensatz zu der auf das rein Geistige gerichteten Schule von Cornelius das Hauptgewicht auf die technische Durchbildung von Form und Farbe legten und dadurch ebenso wie durch die von ihnen bevorzugten Sujets in einen sehr starken Gegensatz zu den Münchnern traten. Auf literarischem Boden erwuchsen beide, während man aber in München immer nur die höchsten und letzten Gedanken zur Wiedergabe ins Auge faßte, von Kaulbach sagte man rühmend, er male Hegelsche Philosophie, so hielt man sich in Düsseldorf mehr an das rein Liebenswürdige und Gefällige; die Münchner waren klassisch und episch, die Düsseldorfer lyrisch und romantisch. Friedrich von Üchtritz erzählt, daß Theodor Hildebrandt, J. W. Schirmer, E. Bendemann, Heinrich Mücke, Karl Sohn, Karl Friedrich Lessing, Sonderland und andere Angehörige der Düsseldorfer Akademie 1829 einen Verein bildeten, „um die Regsamkeit der künstlerischen Erfindung lebendig zu erhalten. Dazu bedurfte der Verein des Hinzutritts von Männern, die in der Literatur wohl erfahren, mit reichem Geist und großer Erfahrung die Dichtkunst übten", um den Künstlern erst Ideen zu suggerieren. So wurden denn Uhlands Balladen, Tiecks Novellen, die Nibelungen, die Volksbücher, wie sie damals noch auf allen Jahrmärkten zu haben waren, nach Stoffen durchsucht, wie sie der sentimentalen Ritter-, Räuber- und Klosterromantik der Zeit sympathisch waren. Trauernde Könige, weinerliche Räuber, minnige Mägdlein, stolze Ritter marschierten in ganzen Bataillonen von Düsseldorf aus und eroberten Deutschland um so schneller, als die Münchner, die überhaupt nur das Fresko als des Künstlers würdig anfahen und immer höchftens ihre Kartons auf Reifen fchicken konnten, ihnen nichts eben fo Populäres an die Seite zu fetzen hatten. Die Kaninchenfruchtbarkeit der Düffeldorfer Schule, von der Oldwig von Natzmer einmal fpricht, dominierte auf den Ausftellungen und füllte die Galerien; ihr Ruhm verdunkelte alles Frühere derart, daß die begeifterten Zeitgenoffen überzeugt waren, es fei eine neue Blüte der Kunft angebrochen. 1831 fchrieb Karl Schnaafe: „Seit Winkelmanns Anfichten Einfluß er-

Franz Krüger. Bildnis des Minifters v. Ladenberg
Lithographie

langt haben, ift unftreitig in den bildenden Künften ein neues und befferes Leben erwacht... Ein befferer Geift, ein tieferer Ernft in das Gemeinfame der Kunbeftrebungen feit jener Zeit... So fcheint denn feit einigen Jahren ein neues jugendlich fruchtbares Zeitalter der Kunft unter unferen Augen aufzublühen." Weit überzeugter noch drückte fich König Ludwig in der Rede aus, die er 1846 bei der Grundfteinlegung der Neuen Pinakothek hielt, er fagte: „Erlofchen war die höhere Malerkunft, da entftand fie wieder im 19. Jahrhundert durch Teutfche, ein Phönix entfchwang fie fich ihrer Afche und nicht allein die malende, jede bildende Kunft entftand aufs neue herrlich."

Der Kunfthiftoriker wie der Mäzen ahnten nicht, daß, während der eine den tötenden Klaffizismus als Erwecker befferen Lebens feierte, der andere die Erneuerung der Malerkunft Männern zufchrieb, die nicht malen konnten, die Kunft außerhalb der deutfchen Grenzen längft fchon andere Wege ging, daß ein neues Evangelium der Kunft von Frankreich, von England aus verkündet werden follte. Aber diejenigen, die damals im

Walde von Fontainebleau malten oder der englischen Luft ihre Beleuchtungseffekte abzu-
lauschen verſuchten, waren in Deutſchland noch gar nicht bekannt oder wurden ausgelacht,
wenn Bilder von ihnen ſich auf deutſche Ausſtellungen verirrten. Wilhelm Henſel, auch
einer von den Malern, die nicht malen konnten, ſchreibt 1838 aus London: „Es gibt hier
eine Art Luftwirkung, wie nirgends ſonſt, aber ſie muß behutſam angewendet werden,
ſonſt iſt man gleich mit der jetzigen engliſchen Schule auf demſelben Punkt!" Wie hoch
würden wir den guten Henſel heute werten, wäre er jemals in ſeinem Leben mit Boning-
ton, Conſtable, Turner auf einen Punkt gelangt! Ungefähr um dieſelbe Zeit war Cornelius in Paris, wo er vom Hofe und der Preſſe außerordentlich gefeiert wurde, nachdem
er ſich aber in den Ateliers umgeſehen hatte — Delaroche malte damals und Delacroix
— zu Diez ſagte: „Es iſt nichts hier, gehen ſie nach München zurück", gerade wie Schadow in Düſſeldorf zu Benjamin Vautier, der ihm ſeine Arbeiten vorlegte: „Das iſt ja
alles unbrauchbares franzöſiſches Zeug, Sie müſſen ganz von vorne anfangen, wenn ſie
etwas Rechtes lernen wollen." Als die beiden Großmeiſter der in Deutſchland herrſchen-
den Kunſtrichtung ſo ſprachen, war ihnen ſelbſt ſchon ihr Urteil geſprochen. Die eben
noch ſo hoch gefeierten Düſſeldorfer und Münchener flogen zum alten Eiſen, als die Belgier Gallait und Bièfve ihre Abdankung Karls V. und das Kompromiß der Geuſen auf
eine Tournee durch Deutſchland ſchickten. Das Aufſehen, das dieſe beiden Bilder machten, war ungeheuer, man glaubte, noch nie etwas Ähnliches geſehen zu haben. In Berlin,
wo beide Gemälde in der Rotunde des Muſeums ausgeſtellt wurden, machten ſie, wie
der greiſe Schadow ſchreibt, „einen Effekt, wie er uns bisher noch nicht vorgekommen
war", „einige Künſtler", fügt er hinzu, „ſchätzten ſofort das Beſte unſerer Landsleute
gering dagegen". Von einer ſolchen Ausdrucksfähigkeit der Farbe hatte man in Deutſchland keine Ahnung gehabt, die Schönheit des Kolorits und das ſtoffliche Intereſſe der
belgiſchen Bilder ſchienen alles in Schatten zu ſtellen, was deutſche Künſtler leiſten konnten. So einſtimmig und ſo übertrieben ertönte der Chorus des Lobes, daß Schwind
ärgerlich aus Karlsruhe an Genelli ſchrieb: „Der Ingrimm hat ein Vorrecht, wenn wir,
die wir bereits ein franzöſiſches Schauſpiel, italieniſche Oper und engliſche Lektüre haben,
zur Abrundung noch niederländiſch malen ſollen." Wie ſich ein Jahrzehnt früher die
jungen Künſtler, wie Pecht ſchreibt, an den Düſſeldorfern und ihrem Übermaß ſüßlicher
Sentimentalität kaum hatten ſatt ſehen können, ſo wurden jetzt die Belgier, ihre Farbe
und ihre Vorwürfe zu Muſtern, denen alles nacheiferte. Wer dieſe und ähnliche Bilder
heute ſieht, dem ſcheint das, was ſie mit den zur gleichen Zeit in Deutſchland entſtandenen
Bildern, etwa Leſſings Huſſitenſtücken, in Farbe und Auffaſſung gemein haben, auf-
fallender, als das, was ſie trennt; zu dem großen Erfolg der Belgier wirkte, wie damals
in allem, die Politik mit.

Die Familie Bendemann mit den Malern Karl Sohn, Julius Hübner, Wilhelm Schadow und Hildebrandt
Ölgemälde. Von den Künstlern wechselseitig gemalt

Die Gemälde, deren Stoffe den großen Tagen der niederländischen Glaubens- und
Nationalitätskämpfe entnommen waren, kamen zu einer Zeit nach Deutschland, als die
Differenzen der preußischen Regierung mit dem Erzbischof von Köln zu ihrer höchsten
Spannung gelangt waren, sie vergegenwärtigten Zustände, die sich wiederholen zu wollen
schienen. Es waren aufgeregte Zeiten, in denen es unmöglich war, nicht für oder wider
Partei zu nehmen, in denen selbst in Sachen der Kunst kein unbefangenes Urteil mehr
abgegeben werden konnte. An Meyerbeers Hugenotten sah Immermann nur das schlechte
Sujet von antikatholischem Fanatismus, Lessings Hussitenpredigt wirbelte solche Stürme
auf, daß der katholische Philipp Veit seine Stelle als Direktor des Städelschen Instituts
niederlegte, als die Vorsteher der Sammlung dies Bild erwarben. Die Düsseldorfer
schwammen mit dem vollen Strom der Zeitereignisse; Friedrich von Üchtritz, der behauptet hatte (was in seinem Munde ein Lob sein sollte) die Düsseldorfer Künstler be-
kümmerten sich nicht um Politik, zog sich einen geharnischten Protest der Maler zu, die
sich durch eine solche Behauptung schwer gekränkt fühlten. Sie bewiesen ihre Teilnahme
an der Politik durch eine ganze Reihe von Tendenzbildern, die sie auf die Ausstellungen

Franz Krüger. Der Bildhauer Friedrich Tieck. Handzeichnung
Berlin, Nationalgalerie

sandten. Karl Hübner malte Szenen aus dem Leben der schlesischen Weber, in denen er in den grellsten Kontrasten schwelgte, Kleinenbroich stellte eine trauernde Germania dar, die ein aufgeschlagenes Buch hielt mit der Inschrift: „Schlesien 1844"; Flüggen gab in der Mißheirat eine Gegenüberstellung vornehmer Armut und bürgerlichen Reichtums, die Romantik hatte ausgespielt. Der Zufall, der die ersten belgischen Bilder in demselben Jahre nach Berlin brachte, als Cornelius von München dahin übergesiedelt war, führte zu einer lärmenden Niederlage des letzteren. Das Publikum, überfüttert mit erhabenen Ideen, die immer grau in grau ausgeführt waren und soviel eigenes Denken forderten, ließ den bis dahin Hochgefeierten fallen und griff nach einem anderen Spielzeug, das Neue, Bunte, mit seinem aufreizenden Drum und Dran war ihm lieber, als das tiefsinnige und monotone Einerlei. Dem zersetzenden Einfluß dieser aufgeregten und unruhigen Zeit schrieb Jakob Burckhardt in seiner Besprechung der Berliner Kunstausstellung von 1842 es zu, daß das Schlechte und Mittelmäßige in der-

Ferdinand Olivier. Gebirgslandschaft mit Staffage, 1817

selben überwiege. „In der großen Masse der Bilder", schreibt er, „tut sich eine Ge-
dankenarmut und Kraftlosigkeit der Auffassung kund, die Schuld fällt auf die zerrissene
Zeit. Sie ist es, die dem Menschen seinen freien richtigen Blick verwirrt und verschiebt."

Die überschwenglichen Hoffnungen von einem neuen Blütenalter der Kunst welkten hin mit der literarisch-philosophischen Periode, die sie erzeugt und getragen hatte; nicht von den hochberühmten Akademikern und Freskomalern empfing die deutsche Kunst ein neues Leben, sondern von jenen, die übersehen und gering geschätzt, handwerksmäßig und ehrlich in der Stille gearbeitet hatten, nicht den Cornelius und Kaulbach, den Krüger und Menzel danken wir eine wirklich lebendige und volkstümliche deutsche Kunst. Unbeirrt von der Modeströmung, die mit Quandt in einem Bilde nur ausgesprochene Gedanken, aus der Natur abstrahierte geistige Anschauungen sehen wollte, emanzipierten sie sich nicht von der Natur, um sie, wie Üchtritz meinte, zu echter Schönheit zu verklären, sie studierten sie im Gegenteil mit nicht ermüdendem Fleiß und lernten von ihr und lernten — daheim! Diese Treue, die sie der Heimat bewahrten, unterscheidet sie von ihrer Generation, die einen Künstler so lange für einen bloßen Handwerker ansah, als er nicht in Rom gewesen war. Der preußische Kunstverein stellte Preisaufgaben nur für solche heimischen Künstler, die in Rom arbeiteten, das Kunstblatt widmete seine Spalten zu zwei Dritteln römischen Dingen und Zuständen. Ludwig Richter schildert die Sehnsucht nach Rom, die seine Dresdner Genossen verzehrte und ihn so ansteckte, daß er nicht ruhte, bis er auch das gelobte Land gesehen. Genelli pflegte zu sagen: Wie der Fisch ins Wasser, so gehört der Künstler nach Rom; bis in sein hohes Alter betrachtete Cornelius Rom als den Jungbrunnen seiner Kunst, zu dem er immer wieder und wieder zurückkehrte. Wie die Stimme des Predigers in der Wüste klingen die Bemerkungen, die G. L. P. Sievers 1826 aus Rom schrieb: „Die Natur ist allenthalben zu Hause und diese allein erschafft und bildet den Künstler. Studiert er diese durch eigene Anschauung, so kann er zu Hause bleiben und Geld und Zeit sparen. Reisen sind von Nutzen, nicht, um sein Schaffen, sondern um sein Urteil zu bilden." Heute sind das Binsenwahrheiten, damals predigte er tauben Ohren. Wie viele haben sich in der Fremde glücklich solange abgequält, bis sie ihr Eigenstes verloren, welche Mühe hat sich Ludwig Richter gegeben, sich in das italienische Wesen hineinzufühlen und blieb doch sich selbst unbewußt, immer mit der ganzen Seele daheim. Es hat etwas Rührendes, in seinen Erinnerungen zu lesen, wie er und einige Freunde, nach dem sie in Rom und Umgegend eifrig studiert haben, eines Tages in Tivoli einen Wettbewerb veranstalten und Richter, während die anderen italienische Skizzen entwerfen, sächsische Landleute mit ihren Kindern auf dem Wege zur Kirche darstellt. Und doch blieb dieser selbe Mann noch lange Zeit in den falschen Idealen seiner Zeit befangen, mühte und plagte sich ab mit den seiner Wesenheit so fremden Elementen und erst nach Jahren wies ihn ein ehrlicher und derber Laie, der Pastor Roller, auf den rechten Weg, auf dem er sich selbst erst gefunden hat.

Der hohen Kunst zu Liebe glaubte man auf die Heimat verzichten zu müssen und brach dadurch auch leichten Herzens mit jeder künstlerischen Tradition. Es ist wunderlich,

Friedr. Georg Kersting. Kaspar David Friedrich in seinem Atelier. Berlin, Nationalgalerie

wie felsenfest jene ganze Zeit, Künstler wie Laien, davon überzeugt war, daß die Kunst verloren sei und neu geschaffen werden müsse. Julius Schnorr sprach sich einmal darüber aus, daß er und seine Nazarener Freunde bei dem Verlust aller Grundlagen der Kunst zuerst die Prinzipien hätten retten müssen und es dabei natürlich nicht möglich gewesen sei, auf Technik und Kolorit acht zu geben. So arbeiteten in München die Cornelianer an ihren Fresken, deren Farbengebung und Technik ihnen fast unüberwindliche Schwierigkeiten bereiteten, neben den letzten Vertretern einer älteren Schule, die noch die Traditionen pflegte, welche die Maler des 18. Jahrhunderts befähigt hatte, in den Münchener Kirchen glänzende Werke der Freskomalerei auszuführen. Beide Richtungen gingen nebeneinander her, als existiere die andere gar nicht; die einen konnten malen, aber sie hatten nicht die neuen Ideen, die anderen hatten die neuen Ideen, konnten aber nicht malen, keine Brücke führte von den einen zu den andern. Diese gründliche Verachtung des älteren Geschlechtes führte auch zu jener tiefgehenden Geringschätzung der Akademien, die seitdem die herrschende geblieben ist. Schorns Kunstblatt verkündete schon in seinem ersten Jahrgang: „Die Kunstakademien, wie sie jetzt sind, sind völlig nichtig, sie fesseln mehr als daß sie beleben, sie sind Anstalten für verkrüppelte Künstler, die oft nur ihre Schwächen und noch dürftigeren Ansichten ihren Schülern mit Gewalt einzwängen, bis auch diese in dem schlechten Gange, den sie einschlagen müssen, sich großdünken." Dieses Urteil kennzeichnet den Standpunkt, welche die neue Generation der alten gegenüber einnahm, es scheint aber, als seien die Akademien damals unter den Durchschnitt der Mittelmäßigkeit, welche der ihnen natürliche ist, noch weit heruntergesunken. Von der Münchener Akademie unter Langer hört man nur das übelste, in Dresden existierte überhaupt keine Malklasse mehr und als Rietschel dort dem Unterricht des Bildhaus Pettrich besuchte, konnte der ihm nicht einmal die Technik der Skulptur zeigen. Als nach Langers Tode Cornelius sein Nachfolger in München wurde und nach Düsseldorf an Cornelius Stelle Wilhelm Schadow als Direktor kam, erlebten diese beiden Akademien eine Blütezeit des Besuches, in ihrem inneren Wesen aber scheint sich wenig geändert zu haben. Friedrich Pecht, der die Münchener Akademie besuchte, nennt dieses weltberühmte Institut die schlechteste Anstalt dieser Art, von den Lehrern, die man oft monatelang nicht zu Gesicht bekommen hätte, auf das schmählichste vernachlässigt und verwahrlost. Nie habe er so viel talentlose Menschen beisammen gesehen und so sei denn auch die Mehrzahl der Schüler zugrunde gegangen. Das war die Schuld des Direktors, der sich um seine Schüler gar nicht kümmerte, schon aus dem ganz natürlichen Grunde, weil Cornelius, wie Rauch einmal sagte, seine Vorzüge niemand mitteilen konnte, das, was man lehren kann, aber selbst nicht verstand. Außerdem dachte er über die Nützlichkeit der ihm unterstellten Anstalt sehr skeptisch, schrieb er doch 1840 an Bunsen: „Akademien mögen wohl noch immer unentbehrlich sein, aber da, wo ihre Wirkungen aufhören, fangen die der echten Kunst erst recht an." Wilhelm Schadow dagegen, der Direktor der Düsseldorfer Akademie, stand zwar als schaffender Künstler tief unter Cornelius, als Lehrer aber übertraf er ihn bei weitem. Er besaß, wie Pecht sagt, jene Art feierlich pathetischen Philistertums, das zu wirken und in Staat und Schule zu Ansehen und Einfluß zu gelangen versteht. Er kam 1825 mit nur 5 Schülern von Berlin nach Düsseldorf, dessen Akademie als Kunstinstitut so gut wie unbekannt war, wenige Jahre darauf zählte diese Anstalt schon Hunderte von Schülern und genoß einen Weltruf. Wie Schadow sein Haus zum Mittelpunkt der Düsseldorfer Geselligkeit zu machen verstand, so rückte er seine Akademie in den Brennpunkt der deutschen künstlerischen Inter-

Gustav Blaeser. Der Maler Blaeser. Bronze-Statuette
Berlin, Frl. Hedwig Blaeser

essen, die Düsseldorfer beherrschten den Kunstmarkt, zumal galten Lessing und Bendemann im Publikum und in der Presse für d i e deutschen Maler. Der Ruhm der Düsseldorfer, den die Zeitungen so bereitwillig verbreiteten, lockte viele auf den Weg der Kunst, dessen Betreten die Akademien so leicht machten. „Die mittelmäßigen Talente der Düsseldorfer vermehren sich", klagte Friedrich von Üchtritz und Rauch schrieb einmal an den Großherzog von Mecklenburg: „Die Welt wimmelt von seufzenden, müßig herumirrenden Kunstjüngern." Rauch, der selbst mit der gründlichen Erlernung des Handwerks begonnen, mußte das akademische Wesen mißbilligen; als er die Akademie in Antwerpen besuchte, die nach den sensationellen Erfolgen der belgischen Maler unter Wappers Direktion 1100 Schüler zählte, sagte er traurig: „Die Unglücklichen, mindestens 1000, sollten etwas anderes ergreifen."

Die Förderung, welche den Akademien in jenen Jahren zu teil wurde, hängt mit dem Wechsel zusammen, den die Lebensbedingungen der Kunst in dem gleichen Zeitraum durchmachten. Die Kunst war im 18. Jahrhundert eine rein höfische Angelegenheit geworden, sie hatte einem kleinen Kreis Bevorzugter zur Verschönerung des Lebens gedient, sie war einem noch kleineren Kreise von Liebhabern und Gelehrten der willkommene Gegenstand ästhetisierender Spekulation gewesen, die breite Masse hatte nichts von ihr gewußt. Nun gehörte die Kunst auf einmal zu den Faktoren allgemeiner Bildung, deren Erwerb für den Gebildeten unerläßlich war, die Kunst war kein Vorrecht mehr, sie sollte Gemeingut werden. Dieser Wechsel in der Anschauung, der fast plötzlich eintrat, zog einen völligen Umschwung im ganzen Betrieb der Kunst nach sich; um an die Menge heranzukommen, mußten andere Wege eingeschlagen werden, als die Künstler sie bis dahin gegangen waren. Die bürgerliche Gesellschaft, die sich jetzt der Kunst zu bemächtigen trachtete, mußte, wie sie in anderer Weise genoß, auch ihre Aufträge in andere Formen kleiden. An die Stelle aristokratischer Abgeschlossenheit tritt die demokratische Öffentlichkeit, aus den Kabinetten der Vornehmen, wo ihre Werke nur dem Kennerauge zugänglich waren, versetzte man die Kunst auf dem Markt vor das Urteil Wissender und noch mehr Unwissender. Die Schöpfungen der alten Kunst werden aus Schlössern und Kirchen, von den Plätzen, für die sie geschaffen waren, entfernt und in Museen aufgespeichert, die Lebenden arbeiten nicht mehr für den Liebhaber, sondern für die Ausstellungen, sie erhalten ihre Aufträge nicht mehr vom Sammler, sondern vom Kunstverein, ihr Urteil spricht die Fachpresse, nicht der Kenner.

Die Museen, die Ausstellungen, die Kunstvereine und die Fachpresse sind die neuen Pfade, mittels deren die bürgerliche Gesellschaft an die bildende Kunst herantrat. Bis in das erste Drittel des 19. Jahrhunderts gab es in Deutschland keine öffentlichen Kunstsammlungen. Zwar besaß Dresden seine berühmte Galerie, aber der Eintritt in dieselbe kostete einen Dukaten; in Berlin gab es keine Gemälde, keine Antiken und keine Gipsabgüsse, die Bilder, welche die Wände des Königlichen Schlosses schmückten, waren, wie Parthey erzählt, dem Publikum ganz unbekannt. Gräfin Bernstorff nennt als einzige Sehenswürdigkeiten der Stadt das Gropiussche Diorama und das Schloß. Zwar kaufte der König die Galerie Giustiniani und erwarb die Sammlung des Bankiers Solly, welche dieser von dem Kunsthändler Georgini, einem früheren Schuster, gekauft hatte, aber es fehlte an Räumen zur Aufstellung, so daß sich Leopold Ranke 1827 gegen Heinrich Ritter beklagte: Es ist ein Elend in Deutschland, in Berlin eine schöne Sammlung unsichtbar, in München die Boisserées verschlossen usw. König Ludwig von Bayern war

Franz Krüger. Schinkel, 1836

der erste, der in seiner Glyptothek eine dem Publikum zugängliche Sammlung schuf, an sie reiht sich das Museum in Berlin, das 1828 eingeweiht wurde. Gleichzeitig gingen die Sammlungen des Kanonikus Wallraf in Köln, des Kaufmanns Städel in Frankfurt a. M. in städtischen Besitz über und wurden dadurch öffentliches Eigentum. Bis dahin war es in Deutschland außerordentlich schwer gewesen, überhaupt nur Werke der bildenden Kunst kennen zu lernen; Eckermann war 22 Jahre alt, als er während des Feldzuges von 1814 in Flandern die ersten Gemälde sah, Fanny Lewald hatte nichts von den Werken der großen Künstler gesehen, als ihr mit 18 Jahren die ersten Kupferstiche, mit 21 die ersten Statuen zu Gesicht kamen. Man war schon dankbar für die Möglichkeit, seinen Hunger nach Kunst stillen zu können. Die Sammlung, welche die Brüder Melchior und Sulpiz Boifferée mit ihrem Freund Bertram zusammengebracht hatten, die sie erst in Heidelberg, dann in Stuttgart aufstellten und, als sich der Verkauf nach Berlin zerschlug, an König Ludwig abtraten, zog Besucher von weither an. Professor Luden in Jena empfahl den Studenten dringend die Reise nach Stuttgart, um diese Bilder zu sehen, Karl Hase, Heinrich Ranke, Gustav Parthey, C. G. Carus, Adele Schopenhauer, wer immer dieses Heiligtum der Kunst befuchte, empfing Eindrücke für sein ganzes Leben und war begeistert nicht nur von dem Raffinement, mit dem jedes Gemälde für sich aufgestellt und beleuchtet war, sondern auch von der großen Liebenswürdigkeit der Befitzer, die in der Behandlung, die sie ihren Besuchern angedeihen ließen, nicht den geringsten Unterschied machten, ob sie Goethe oder Schinkel oder einen armen Studenten, wie Hase, vor sich hatten.

Kunstausstellungen waren nichts Neues, die Akademie der Künste in Berlin veranstaltete solche regelmäßig schon seit Jahren. Die ausgestellten Artikel umfaßten indessen bei dem zunehmenden Mangel an wirklichen Kunstwerken immer mehr Arbeiten in Lack, Kork, Eisengüsse, Silhouetten auf Porzellan, Teppiche, Öfen, Gläser, Tapifferien, man ließ Werke von Schülern und Dilettanten zu, so daß das Interesse an diesen Schaustellungen sehr abnahm. Ein Ereignis für alle Kunstfreunde war die im September 1815 in Berlin stattfindende Ausstellung der aus Paris zurückkommenden, in den letzten Jahren von den Franzosen entführten Kunstwerke. Auf dieser Ausstellung sah man die bedeutendsten Stücke des damaligen preußischen Kunstbesitzes beisammen und mit dem Interesse für dieselben wurde das Bedauern rege, sie wieder zerstreuen zu müssen, diese Ausstellung war es, welche den Gedanken, ein Museum zu gründen, erzeugte und nicht wieder einschlafen ließ. Wie dankbar das Publikum jede Gelegenheit zu einem Kunstgenuß benutzte, bezeugen die pekuniären Resultate verschiedener kleiner Gelegenheitsausstellungen. Schadow stellte in seinem Atelier die Modelle seiner Blücherstatue für Rostock und seines Lutherdenkmals für Wittenberg aus und erlöste aus den Eintritts-

Karl Blechen. Selbstbild. Berlin, Nationalgalerie

geldern 1200 Taler, die er der Kasse des Waisenhauses überwies. Kurz darauf stellte Rauch 1824 das Modell seines für Breslau bestimmten Blücher aus und erzielte eine Einnahme von 741 Talern. Als nun die Düsseldorfer begannen, die Ausstellung regelmäßig zu beschicken, wurde sie zu einem Ereignis, das an Eindruck und Wirkung weit über eine bloß gesellschaftliche Attraktion hinausging. 1826 notiert Varnhagen: „Unsere Kunstausstellung wird ungemein besucht, von Vornehmen und Geringen, der Kreis solcher Teilnahme erweitert sich immer mehr." Als die Düsseldorfer 1837 in Dresden ausstellten, unter anderen auch Bendemanns Jeremias und Lessings Hussitenpredigt, schrieb Ludwig Richter an Wilhelm von Kügelgen, daß er sich kaum eine Vorstellung machen könne, welche Wirkung diese Ausstellung unter Künstlern und Publikum gemacht habe, ein Urteil, daß die Briefe von Dorothea Tieck an Üchtritz bestätigen. Die Ausstellungen begannen einen sehr breiten Raum im Kunstleben einzunehmen. Schon im Beginn der dreißiger Jahre bemerkt Sulpiz Boisserée, daß die Schüler von Schadow ihre bedeutendsten Arbeiten immer im Hinblick auf die Berliner-Ausstellung vollenden und Ludwig Richter beklagt sich einmal, daß es ihm an Muße gefehlt habe, sich durch seine Bilder auf Ausstellungen Ruhm zu erwerben.

Die Ausstellungen waren zu einer ständigen Einrichtung geworden, seit sich die Kunstvereine gebildet hatten, die den Verkehr zwischen Künstler und Publikum zu vermitteln übernahmen. Die älteste Einrichtung dieser Art ist die „British Institution", die sich 1806 in London konstituiert hatte, mit der Absicht, Ausstellungen von Bildern zu veranstalten und den Verkauf derselben zu befördern. Diesem Beispiel folgte in Deutschland zuerst die Schlesische Gesellschaft für vaterländische Kultur in Breslau, die es seit 1818 regelmäßig unternahm, während des Breslauer Wollmarktes Gemälde auszustellen und solche zur Lotterie ankaufte. 1820 schlossen sich mehrere Breslauer zusammen, um eine junge Malerin Julie Mikes zu ihrer Ausbildung nach Wien zu schicken, sie dort nach eigener Wahl Bilder kopieren zu lassen und diese dann unter sich zu verlosen. Diese Idee, an Stelle der aristokratischen Mäzene des 18. Jahrhunderts und ihrer aus Staatsgeldern entnommenen unerschöpflichen Mittel die Assoziation treten zu lassen, lag in der Luft. Die Kunst sollte gepflegt werden, da der einzelne sich aber zu schwach fühlte, so traten mehrere zusammen, um durch Vereinigung größere Summen aufzubringen. Am 16. Februar 1823 wurde der erste Kunstverein Deutschlands, jener in München gegründet; er sollte die Liebe zur Kunst erwecken und Künstlern Gelegenheit zur Entwicklung und zum Verkauf ihrer Werke schaffen. Anfänglich bestand er nur aus 300 Mitgliedern, zählte aber nach Verlauf von 4—5 Jahren schon 3000 und fand alsbald Nachahmung. 1824 traten in Berlin Künstler und Kunstfreunde, die in Italien gewesen waren, unter ihnen Wilhelm von Humboldt, Beuth, Rauch, Tieck, Schinkel, Schadow, Begas zusammen, um einen Verein zu bilden, der in Rom studierende Landsleute mit Aufträgen versehen wollte, sie bildeten im nächsten Jahre den Verein der Kunstfreunde im preußischen Staat, durch den, wie Schorns Kunstblatt verkündete, „in der Kunstgeschichte Preußens ein neuer Zeitraum begründet wurde". Alsbald folgten Hannover, Hamburg und andere mit ähnlichen Vereinen. Sie haben ohne Zweifel viel Gutes gestiftet, wenigstens in dem Sinne, daß sie, wenn sie vielleicht auch nicht gerade die Kunst

beförderten, doch manche Künstler über Waffer hielten und ihre
großen Mittel — der kleine
Düffeldorfer Kunstverein ver-
ausgabte allein jährlich 20000
Taler auf diesem Wege — doch
idealen Zwecken zugute kamen;
mit sauersüßer Miene spricht
Ludwig Richter einmal von der
Suppenanstalt des Kunstver-
eins. Sie haben außerdem den
Geschmack an Kunstwerken in
Kreisen verbreitet, in denen er
noch kurz vorher nicht eben heimisch war. Reiche Kaufleute
und Industrielle begannen zu
sammeln und eine ganze Reihe
von Gemäldegalerien, die heute
noch bestehen, oder in toto in
öffentliche Museen übergegangen

Franz Krüger. Christian Rauch. Handzeichnung
Berlin, Nationalgalerie

sind, entstanden in jenen Jahrzehnten, wie die Galerie Ravené und Wagener in Berlin,
Lotzbeck in München, Schletter in Leipzig, Speck von Sternburg in Lützschena, Degen
in Königsberg u. a. m.

Daß es sich bei dieser Verbreitung des Kunstinteresses nicht immer um Vertiefung
handelt, kann nicht erstaunen, Friedrich Pecht erzählt, daß diejenigen Leipziger Kaufleute,
welche belgische oder französische Bilder kaufen konnten, sich doch sehr viel vornehmer
dünkten, als solche, die nur Düffeldorfer oder Münchener erstanden. Auch Varnhagen
klagt schon 1836: „Unser Kunstwesen zeigt seine Hohlheit. Die Künstler klagen, daß sie
nichts verkaufen können, die Liebhaber behaupten, daß die gekauften Bilder dunklen und
schlecht werden, der gemachte Enthusiasmus will nicht vorhalten." Am köstlichsten aber
hat der Advokat Detmold, der spätere Reichsminister, in seiner 1834 erschienenen „An-
leitung zur Kunstkennerschaft oder Kunst, in drei Stunden ein Kenner zu werden", den
Snobismus der damaligen Kunstfreunde ironisiert; die 60 Urteile, die er gibt und zum
Auswendiglernen empfiehlt, parodieren unübertrefflich den Jargon der Kenner und Re-
zensenten, die ihre Ästhetik mit wenigen Phrasen bestreiten. Die Kunst war in Mode
gekommen und mit ihr der Künstler. Seit Tieck in Sternbalds Wanderungen, Wacken-

roder in seinen Phantasien eines Klosterbruders den Künstler als höheres Wesen dargestellt hatten, das mit seinen Gedanken eigentlich auf einem ganz anderen Stern lebe, als in dieser jämmerlichen modernen Welt, wurde der Künstler als etwas ganz Besonderes angesehen und verehrt. Heinrich Abeken macht mit Cornelius und Overbeck 1834 eine Partie nach Frascati und zitterte vor Glück, „die beiden größten Maler der Erde“ zu Gefährten gehabt zu haben. Als Bendemann 1837 die Familie Tieck in Dresden besucht hat, schreibt Dorothea an Friedrich von Üchtritz: „Es ist ein eigenes Gefühl, einen solchen Genius, der so sichtlich von Gott begeistert ist, in seiner körperlichen Erscheinung zu sehen. So muß Abraham gewesen sein, als die Engel zu ihm traten.“

An dieser Übertreibung war die Presse nicht ohne Schuld. Die Tageszeitungen widmeten künstlerischen Fragen einen um so breiteren Raum, als sie ja im politischen sehr beschränkt waren und eine Reihe von Fachzeitschriften unterstützte sie in ihrem Einfluß auf das Publikum. Die erste dieser Zeitschriften und die bedeutendste war das Kunstblatt, welches Cotta mit seiner feinen Witterung für das Bedürfnis des Publikums seit 1820 herausgab und durch Schorn redigieren ließ. Wenn ihm auch bald andere ähnliche Blätter folgten, so ist doch das Kunstblatt mehrere Jahrzehnte hindurch das Organ geblieben, in welchem alle künstlerischen Interessen Deutschlands sei es, daß sie sich auf alte oder moderne Kunst richteten, ein Echo fanden. Auch die Literatur- und die Modejournale befaßten sich mit Kunst, so daß Adele Schopenhauer, des fortwährenden Kunstgeschwätzes und Geschreibes überdrüssig, einmal ausruft: „Waren doch die Alten andere Vögel, als wir. Flogen weit und kühn und man hörte nicht den Flügelschlag ewige Zeit vorher. Wir setzen von einem Baum zum andern, rufen Kuckuck dazu und meinen Wunders, was wir täten.“

Die steigende Teilnahme der Gebildeten für alle Fragen, welche die schönen Künste betrafen, forderte die Frommen heraus, welche den Kultus der Schönheit stets wie ihren Erbfeind betrachtet haben. Die pietistische und orthodoxe Richtung, die seit den zwanziger Jahren in der protestantischen Kirche Norddeutschlands immer mehr an Boden gewann, richtete sich sofort feindlich gegen sinnliche Freuden jeder Art, sie stempelte den Besuch des Theaters zur Sünde und zeterte über Unsittlichkeit, sobald im Museum nackte Statuen zu sehen waren. Friedrich von Raumer wies schon 1829 seinen Bruder Karl zurecht, als er ihm auf derartige Vorstellungen hin schrieb: „Mir ist die puritanische Angst ganz fremd, daß Schönheit der Sittlichkeit schade. Wäre nur alles um uns herum schön, dies würde die Sittlichkeit vielmehr fördern und den Menschen veredeln.“ Die frommen Wühler blieben ihrem Bestreben, den anderen die Freude an den Schönheiten der Welt zu verkümmern, treu, und da sie ihre Gläubigen bis in die höchsten Kreise hinauf hatten, so beunruhigten sie das Gewissen des Königs mit ihren Bedenken. Rauch, der den Rück-

Karl Friedrich Schinkel. Landschaft

schlag davon fühlte, schrieb 1831 an Rietschel über den „satanischen Hochmut der Frommen", deren Wahnsinn und Verachtung alles anderen dem König großen Kummer ver-
ursache und Friedrich von Raumer, der in seiner eigenen Familie außer dem Bruder auch
seinen Onkel und die so nahverwandten Gerlachs zu den Dunkelmännern rechnen durfte,
machte 1831 in einem Briefe an Tieck seinem Staunen über die Weltanschauung dieser
Finsterlinge Luft: „Diese Furcht, Angst, Weltverachtung," schreibt er, „dieser Gott, der
wie ein Zerberus darauf wartet, die armen Menschenseelen in Ewigkeit zu quälen, dieser
Wahnsinn den Satan in aller Kunst, Schönheit und Wissenschaft zu wittern, dieses An-
stoßnehmen an aller Heiterkeit, dieser trostlose Aberglaube von dem steten Schlechterwer-
den der Menschheit!" Diese Stimmung griff sehr weit um sich. Wilhelm Schadow,
schreibt Üchtritz 1830 an Tieck, schien sich wie ein Abtrünniger vorzukommen, daß er, der
von Rom als Kunstapostel ausgesandt sei, das Himmelreich vergessen und der Eitelkeit
der Welt gefrönt habe, mit anderen Worten, statt einer Madonnen- eine Genremaler-
schule gestiftet habe. Als 1839 die Amazonengruppe von Kiß in Schadows Atelier unter
großem Zudrang des Publikums zur öffentlichen Besichtigung ausgestellt war, wurde von

407

Berliner Kanzeln gegen die Neigung, einen heidnischen Gegenstand zu bewundern, gepredigt und dieselbe als den guten Sitten gefährlich hingestellt. Einige Jahre später
trug der preußische Kultusminister von Raumer bei dem König darauf an, die Gruppen
von der Schloßbrücke, da sie keine Hosen anhätten, wieder wegzunehmen und im Zeughaus zu verschließen.

Die pfäffische Unduldsamkeit, die in der Freude an der Schönheit eine Gefahr für
das eigene Geschäft bekämpfte, trat im Norden Deutschlands viel unverhüllter hervor als
im Süden, wo doch in der gleichen Zeit unendlich viel mehr für die Kunst geschah. König
Ludwig von Bayern war kaum zur Regierung gelangt, als er auch an die Ausführung
der vielen und großen Pläne ging, die er als Prinz gefaßt. Wie die meisten Fürsten, die
sich in der Rolle der Mäzene gefallen, liebte er die Kunst, ohne etwas von ihr zu verstehen. Er schätzte sie nur um des Glanzes willen, den sie seinem Throne verlieh, und so
begann er denn Baumeister, Maler, Bildhauer in einem Umfange zu beschäftigen, als
solle sein stilles München im Handumdrehen zur künstlerischen Metropole Deutschlands
werden. Kirchen, Museen, Schlösser, Säle, Arkaden, Tempel entstanden zu kopfschüt-
telnder Verwunderung seiner Untertanen, die sich in dieses neue Wesen nicht hineinfinden
konnten; das Münchener Publikum und die Maler, die dort tätig waren, hatten, wie
Pecht sagt, nur eines gemeinsam: den Durst. Nicht nur die Eingeborenen, auch die
Fremden staunten mehr über alles, was in dieser Zeit in München entstand, als daß sie
es bewundert hätten, man weiß wie sehr Heine den König, seine Bestrebungen und Gedichte verhöhnte. Rauch prophezeite, daß das Münchener Kunsttreiben in seinem übereil-
ten Zustande für Bayern ohne Folgen bleiben würde, die Abgeordneten der Kammer
haben nicht aufgehört, dem König wegen seiner Bauten Opposition zu machen und doch
hat die Zeit dem Monarchen Recht gegeben, der mehr als 10 Millionen Gulden seiner
Liebe zur Kunst geopfert hat. München ist wirklich der künstlerische Mittelpunkt Deutschlands geworden, nicht wegen der Bauten, die König Ludwig errichten ließ, aber durch das
Leben, das er entfesselte, vor allem durch den Umstand, daß dieses ganze Treiben, sei es
noch so absichtlich und gewollt gewesen, auf einen Boden alter Kultur gepflanzt wurde.
Dadurch unterschied es sich von alledem, was Ludwigs Schwager in Berlin anfing.
Schon die Charaktere beider Kunstfreunde waren ganz verschieden, der eine wußte genau,
was er wollte und verstand es auch durchzusetzen, der andere sah zwar das w a s, schwankte
aber immer über das w i e, trieb heute und ließ morgen liegen, „die Unruhe der Pläne
schmiedenden Planlosigkeit", von der Treitschke einmal bei dem politischen Wirken dieses
Monarchen spricht, war ihm auch auf allen anderen Gebieten seiner Tätigkeit zu eigen
und hinderte ihn am Erfolg.

Friedrich Wilhelm IV. begann genau wie sein königlicher Schwager sofort nach

seinem Regierungsan-
tritt damit, seine Resi-
denz zu verschönern, ein
Dom, Museen, Denk-
mäler wurden entwor-
fen, mit Cornelius auch
Schelling, Tieck, Rük-
kert berufen, wenn es
ihm nur gelinge, große
Namen um sich zu sam-
meln, glaubte der Kö-
nig schon, ein Stück
Kultur erworben zu ha-
ben. Den Herrgöttern,
die er sich kommen ließ,
opferte aber schon längst
niemand mehr, ihre
Segnungen fielen auf
einen steinigen Boden,

Eisele und Beisele vor den Münchener Neubauten
Aus den Fliegenden Blättern

den noch keine Kultur gedüngt hatte. So wenig wie Schellings Philosophie oder Tiecks
Dichtkunst hat Cornelius' Wirken in Preußen Früchte tragen können.

Die Anschauungen über das Wesen der Kunst und die Art ihrer Pflege waren im
Süden und Norden ganz die gleichen, ebenso wie die Richtung, nach der man sich bewegte. Für die Malerei erschien allein der Monumentalstil des Fresko würdig, König
Ludwig ließ die Riesenwände der Kirchen und Säle, die er der breitesten Öffentlichkeit
bestimmte, so gut mit Fresken schmücken, wie die intimen Kabinette seiner Residenzen
und die Mauern seiner Museen, kaum konnte Cornelius davon abgehalten werden, die
hohen Plafonds der Alten Pinakothek ganz und gar bunt auszumalen. Ebenso ließ in
Berlin Schinkel die Vorhalle seines Museums mit einem riesigen Fresko ausstatten,
stellte Stüler das neue Museum nur als Rahmen für Kaulbachs Wandbilder hin, beeiferten sich Private, wie Graf Spee, Freiherr von Stein, Baron v. Plessen, Graf
Hompesch, Dr. Crusius auf Rödigsdorf, Hermann Volkmann in Leipzig, ihre Schlösser
und Wohnhäuser von Schwind, Stilke, Anschütz, Stürmer, Ernst Förster u. a. al fresco
ausmalen zu lassen.

In der Plastik und Architektur bekannte man sich im Süden wie im Norden zum
Klassizismus, der seine Vorherrschaft in diesen Zweigen der Kunst weit länger behauptet

409

hat, als auf den übrigen Gebieten des Geistes. Die tiefgehende Wirkung, welche Winkelmanns Lehren auf die ästhetischen Anschauungen ausübten, die Bildung der Jugend an den griechischen und römischen Klassikern, haben dazu das ihrige beigetragen. Hegel, der einflußreichste Philosoph der Epoche, betrachtete die griechische Skulptur, Baukunst und Poesie als die Kunst aller Künste, er bewunderte in ihr das erreichte wirklichkeitsschönste Ideal und brachte diese Überzeugung auch der ganzen Generation bei, die er erzog. Das Land der Griechen, eben wieder in den Vordergrund des politischen Interesses gerückt, wurde stärker als je das Ideal der klassisch gebildeten Köpfe, klassisch fühlenden Seelen, selbst die Schuljungen erneuerten, wie Paul Heyse und seine Kameraden, die Kämpfe der Griechen und Trojaner und spielten mit Baukästen, die wie jener Rudolf Delbrücks Säulen dorischer, jonischer und korinthischer Ordnung nebst Plinthen und Architraven enthielt. Die Begeisterung für die klassische Architektur hielt um so länger an, als Deutschland in Schinkel und Klenze eben zwei Baumeister besaß, die es verstanden, die spröden Formen der antiken Säulenordnungen in so genialer Weise dem modernen Bedürfnis anzupassen, der Monotonie ihrer strengen Regel so viel neue Wirkungen abzuringen, daß das Beispiel dieser hoch begabten Architekten in geradezu verhängnisvoller Weise die Mittelmäßigkeit ihrer zahllosen Nachtreter beeinflussen mußte. Schinkels neue Wache, sein Schauspielhaus, sein Museum, welche Berlin ein anderes Gesicht gaben, Klenzes Glyptothek und Walhalla, mit denen König Ludwigs Neubauten begannen, ließen in den genialen Lösungen, welche die beiden Künstler hier für ihre Aufgaben gefunden haben, den Klassizismus als den allein zulässigen Stil der neuen Zeit betrachten. Sie schienen Klenze recht zu geben, der einmal schrieb: „Die griechische Baukunst, aus der Notwendigkeit der Sache entwickelt, ist wie eine andere Natur, die menschlichen Zwecken dient. Deshalb war und ist die griechische die Architektur aller zivilisierten Völker geworden." Die Schönheit und die Weihe dieser Bauten wirkten mit ungemeiner Stärke nicht nur auf die ältere Generation, sondern auch auf die jüngere. Felix Eberty wird beim Betreten von Schinkels Rotunde im Museum von ehrfurchtsvollstem Schauer erfaßt, der sich in staunendes Entzücken verwandelt, ihm ist zumut wie in einem Heiligtum; Friedrich Spielhagen steckt der Atem in der Brust als er zum ersten Male diesen selben Raum betritt. Fanny Lewald fühlt sich wie in eine andere Welt versetzt, kein Wunder, daß der Klassizismus, der diesem Geschlecht die stärksten Eindrücke vermittelte, ihm auch als die höchste Offenbarung sichtbarer Schönheit erschien. In München entwarf Himbsel die Dekoration des Dultplatzes zum Regierungsjubiläum des Königs Max Josef so gut im klassischen Stil, wie Salucci dem Schloß Rosenstein, welches sich König Wilhelm von Württemberg bei Stuttgart errichten ließ, nur durch Säulenstellungen, „die Würde verleihen zu können glaubte, die sich der königlichen Wohnung geziemt".

Albrecht Adam. Der Künstler mit seinen Söhnen in seinem Münchener
Atelier 1833. Ölgemälde. Berlin, Nationalgalerie

Unter den Händen weniger genialer Architekten, als Schinkel und Klenze es waren, wurde die klassische Formel aber immer dürftiger, ob Kirche oder Schloß, Landhaus oder Kaserne, setzte der Baumeister nur einige Säulen davor, so glaubte er sich mit den Ansprüchen an Schönheit auch schon abgefunden zu haben. So konnte es denn nicht lange dauern, bis ein Widerspruch laut wurde. Gottfried Semper sagte unverhohlen: Das Magere, Trockne, Scharfe, Charakterlose der neueren Architektur sei nur aus der unverständigen Nachäfferei der Antike zu erklären. Unterstützt von der dichterischen Opposition der Romantiker gegen den literarischen Klassizismus, getragen von dem Bildungsfieber der Zeit, die alles wissen, alles üben wollte, bricht sich eine neue Anschauung Bahn; wie man in seinem Empfinden nicht national war, sondern kosmopolitisch, so wollte man im Stil nicht nur klassisch, sondern universal sein. Die Gotik tat den ersten Vorstoß. Die Romantiker hatten in ihrem Suchen nach einem Ideal, das sich dem klassischen als gleichwertig gegenüberstellen ließe, die Vorwelt der deutschen Vergangenheit durchwühlt und mit den Volksliedern, Volksmärchen und Volksbüchern, die sie dort fanden, auch die Gotik entdeckt. Die anscheinend spielende Regellosigkeit und blühende Phantastik des gotischen Stils entzückte sie, die immer bereit waren, die Willkür gegen die Formenstrenge auszuspielen, gutgläubig hielten sie die auf Frankreichs Boden erstandene Gotik für

411

urdeutsch und verkündeten laut, daß der gotische d e r teutsche Stil sei. Mit der Begeisterung der Kriegsjahre setzt die Bewegung ein, die der Gotik neues Leben einflößen möchte,
Schinkel entwirft Projekte für einen gotischen Dom, der in Berlin als Denkmal der Befreiungskriege stehen soll, er errichtet auf dem Kreuzberg das gußeiserne Monument in
gotischen Formen, er baut die Kirche auf dem Werder mit spitzbogigen Fenstern und
denkt ihr die durchbrochenen Turmhelme des Mittelalters zu, die ihn nur die Sparsamkeit des Monarchen auszuführen hindert. Immer weiter schweift die Wißbegierde der
Zeit, sie durchforschte die entlegendsten Gebiete des menschlichen Wissens und zieht die
fernsten Literaturen heran, es wird nicht nur alles übersetzt, es werden auch, wie von
Rückert und Platen, die verschrobensten poetischen Formen des Orients nachgemacht und
Hand in Hand mit dieser literarischen Strömung geht die stilistische Entwicklung. Die
Architektur schreitet nicht nur historisch rückwärts, sie zieht, ebenso wie die Dichtkunst,
das abgelegenste heran, wie die Dichter wollen auch die Baumeister in allen Sätteln ge-
recht sein. Anfänglich zögernd — noch König Ludwig hatte die Walhalla der Teutschen
nicht anders als in den Formen eines griechischen Tempels erbauen lassen wollen — folgt
die Praxis der literarisch mächtig gewordenen Theorie. Als der bayerische Herrscher die
Münchener Ludwigskirche in romanischen Formen errichten ließ, hatte das Kunstblatt es
noch für nötig gehalten, diesen Abfall vom Klassizismus zu entschuldigen: „Die Ludwigskirche“, schreibt der Münchener Korrespondent, „wird im Gebiet der Baukunst auf
den Anfang einer neuen Periode hinweisen... die lebendig freie Anwendung der vorgo-
tischen Bauart ist geeignet, die strengsten Anhänger des klassischen Altertums auf immer
mit sich zu befreunden.“ Bald war ein Erklären oder Beschönigen nicht mehr notwendig,
mit der unwiderstehlichen Gewalt der Sintflut brach die Bildung auch in das Gebiet der
Baukunst ein und ersäufte jedes bessere Können, jedes eigene Wollen im trüben Schlamm
der Nachahmung.

Nur kurze Zeit genügten die einfachen gotischen und romanischen Formen, dann
kamen die Mischstile an die Reihe, das Wittelsbacher Palais in München, Schloß Babelsberg in Potsdam im Tudor-Stil, dann rückte der Orient heran, der König von
Württemberg ließ die Wilhelma im maurischen Stil aufführen, Persius erbaute das
Maschinenhaus bei Sanssouci als arabische Moschee, München, wo der Bautrieb
des königlichen Kunstfreundes die lebhafteste Tätigkeit hervorrief, wurde eine architekto-
nische Musterkarte. Erst hatte der Klassizismus versucht, die Alleinherrschaft zu behaupten, Friedrich Schmidt, der Wiener Dombaumeister, erhielt wegen seiner Vorliebe für
die Gotik vom Stuttgarter Polytechnikum, wo er studierte, das consilium abeundi, bald
wurde ein solches Vorgehen unmöglich, ja die Bauakademien stellten für das Bestehen
ihrer Prüfungen die Forderung auf, jeder Architekt müsse imstande sein, die sämtlichen

Tanzsaal im Gräfl. Redernschen Palais. Erbaut von Schinkel

historischen Stile der Vergangenheit gleich gut handhaben zu können; es war gerade, als hätte man eine Prämie auf die Oberflächlichkeit aussetzen wollen.

Man schleppte die Vorbilder von allen Enden der Welt zusammen, griechische Tempel, frühchristliche Basiliken, byzantische Kapellen, gotische Kathedralen, Florentiner Paläste, alles wurde kopiert, jedem Stil irgendeine seiner Formen abgesehen und in der alleräußerlichsten Weise angewandt. Es war wirklich ein Triumph, den die Bildung auf Kosten des guten Geschmacks feierte, denn alle diese Bauten, aus heterogenen Elementen zusammengetragen, hatten mit dem Boden, auf den sie willkürlich gestellt wurden, so wenig gemein, wie mit der Zeit, in der sie entstanden. „Eine Kluft von Jahrhunderten", sagt Friedrich Pecht einmal, der während dieser Stilmaskerade heranwuchs, „läßt sich nicht mit poetischen Redensarten und völlig ungenügender künstlerischer Bildung überbrücken." Daß die Bildung, mit der man so frohgemut in der Nachahmung schwelgte, ungenügend war, sah aber erst die nächste Generation ein, jene Zeit war stolz und glücklich über den Umfang ihres Könnens. Gärtners Ludwigstraße, hieß es im Kunstblatt, wird der Stadt München ein neues festliches und doch ernstes Gepräge geben.

Die Zeitrichtung auf das Historische, der Eklektizismus, der so lange in der Baukunst herrschend blieb, wurde in doppelter Beziehung verhängnisvoll. Das Herumsuchen und Herumprobieren in fremden Stilen verhinderte die Architekten, sich in der eigenen Zeit umzusehen und sich unbefangen den Aufgaben zu widmen, die ihnen die Gegenwart stellte. Der wirtschaftliche Aufschwung Deutschlands, der seit dem Abschluß des Zollvereins beginnt, die Einführung und Ausbreitung der Eisenbahnen stellten mit ihren Forderungen von Fabrikbauten, Bahnhöfen, Brücken usw. die Baukunst vor völlig neue Aufgaben, vor Aufgaben, deren Lösung den Architekten um so interessanter hätte sein müssen, als ihnen die Entwicklung der Technik im Eisen und im Glas auch ganz neue Materialien zur Verfügung stellte. Gerade an diesen Aufgaben aber und an diesem Material ist die Baukunst jahrzehntelang vorbeigegangen, als existierten sie gar nicht, die Nutzbauten überließ sie den Ingenieuren und diese konstruierten ihre Bauten aus Eisen und Glas, als dürfe die Fehlerlosigkeit des Rechenexempels, das sie entstehen heißt, ihre einzige Schönheit sein. So ist das 19. Jahrhundert, wie Hermann Muthesius einmal so richtig gesagt hat, das Jahrhundert der architektonischen Impotenz geworden, gähnend stehen wir heute vor der Langeweile jener gotischen und romanischen Bauten, die man damals errichtete und so hoch bewunderte. Man war überzeugt, die Alten nicht nur erreicht, sondern übertroffen zu haben, und doch erkennen wir unter dem Stilflitter jener Zeit kein lebensfähiges Geschöpf, sondern nur den traurigen Homunkulus, den Überbildung und Ungeschmack in der Retorte zeugten.

Wenn die Nachahmungssucht den Baukünstlern den Blick für das Allernächstlie-

Salon im Gräfl. Redernschen Palais. Erbaut von Schinkel

gende trübte und dadurch die Entwicklung eines wirklichen Zeitstils um fast ein Jahrhundert aufhielt, so hatte sie auch noch einen weiteren großen Übelstand im Gefolge, die Wut des Restaurierens. Jedes Zeitalter hatte bis dahin seinen eigenen Stil gehabt, in welchem es unbekümmert um Vergangenheit und Zukunft das Bedürfnis der Gegenwart ausprägte. Immer hatte das neue Geschlecht den Geschmack des alten verachtet, zur Zeit der Renaissance war gotisch ein Schimpfwort, das Rokoko lachte über die Renaissance, der Zopf mißbilligte sie alle, aber wenn jede Zeit am Werk der vergangenen Epochen änderte, so hat doch auch jede an Stelle dessen, was sie vernichtete, etwas durchaus eigenes gesetzt. Das ging so fort, bis der Klassizismus der zweiten Hälfte des 18. Jahrhunderts in seiner unseligen Art, zu purifizieren begann; verzopft nennen wir heute die Bauwerke, die man damals in reinerem Geschmack hergestellt zu haben glaubte.

In der Zeit der politischen Neuordnung Deutschlands, als mit dem Reichsdeputationshauptschluß alles durcheinander stürzte und Besitztitel von tausendjährigem Alter nicht vor dem Verlust schützten, wurde auch mit dem Vorrat an Kunstwerken, den West- und Süddeutschland ihr Eigen nannten, in vandalischer Weise gehaust. Die Kirchen, Klöster und Stifte wurden förmlich verwüstet, aus Tafelgemälden machte man Fensterläden und Taubenschläge, in Köln mußten die Käufer von altem Eisen zwangsweise ganze Wagen voll alter Bilder mit übernehmen, in Ulm wurden die Altarwerke fuhrenweise als Brennholz verkauft. Die Mehrzahl der 30 alten Kirchen Rothenburgs wurde auf den Abbruch verkauft, Fürst Wallerstein erzählte den Boisserées, daß in München der Inhalt einer ganzen Kammer voll gotischer Silbergefäße und emaillierter Altarvorsätze zerschlagen worden sei, damit der schlechte gotische Geschmack vertilgt werde. Man würde Bände füllen, wollte man die Verluste namhaft machen, die Deutschland in jenen unheilvollen Jahren in seinem Kunstbesitz erlitten. Das wurde nicht einmal besser, als die Romantik die Liebe zur Vergangenheit proklamierte und das eben noch verachtete Gotische plötzlich schön gefunden wurde.

Man trat der Vorzeit, die man auf einmal zu lieben vorgab, nicht mit Pietät gegenüber, sondern mit dem Besserwissen einer weiter gebildeten Zeit, das Prinzip der Stilreinheit, das man verkündete, brachte die Verwüstung, die bis dahin aus reinem Vandalismus geübt worden war, erst in ein richtiges System. Man glaubte ja weit besser zu wissen, was gotisch und romanisch war, als die alten Baumeister und wollte vor allem, daß ein gotischer oder romanischer Dom auch rein gotisch oder romanisch sein sollte. Die Zutaten späterer Zeiten, welche in diesen ehrwürdigen Baudenkmalen ein Stück lebender Geschichte verkörperten, waren der Zeit, welche so historisch zu empfinden glaubte, ein Greuel, da sie nicht stilrein waren und so begann denn das Erhalten mit einem lustigen Zerstören. 1823 beklagt sich Görres bei Sulpiz Boisserée über die Arbeit am Kölner

Der Maler Dietrich Monten. 1843

Dom: „Es soll arg mit dem Verwittern zugehen," schreibt er, „und was die Elemente nicht zwingen, das soll der königlich preußische Baurat Schauß glücklich zustande bringen." Der Dombaumeister Zwirner ließ die kostbaren Marmordenkmale im Chor des Kölner Doms zerschlagen, weil sie dem Rokokostil angehörten und war nicht einmal zu bewegen, sie den Familien, die sie hatten errichten lassen, auszuliefern, damit sie nicht erhalten blieben. König Ludwigs „unbegrenzte Achtung alles Überlieferten" hinderte ihn nicht daran, die Dome von Bamberg und Regensburg unbarmherzig reinigen zu lassen, so daß beide den kostbarsten Teil ihres Schmuckes einbüßten. Dieses fatale Prinzip einer angeblichen Stilreinheit hat wie ein verdorrender Samum die Kirchen ganz Deutschlands durchwütet und an Stelle des alten Echten neue unechte Nachahmung gesetzt. Mit barbarischer Willkür haben die Restauratoren gehaust und mit ihren Fälschungen die Wirkung zerstört; jeder Bau, der im 19. Jahrhundert restauriert wurde, lügt. Bei wie vielen hat der ersten Restauration nicht schon eine zweite und dritte folgen müssen, um nur die ärgsten Verballhornungen wieder zu beseitigen? An dieser Erbschaft der Biedermeierzeit kranken wir ja noch, was würde Tieck, der es schon als Barbarei beklagte, daß man zum Heidelberger Schloß gebahnte Wege anlegte, wohl heute sagen, wo die Ruine ihrem Schicksal, als Wachsfigurenkabinett ausgebaut zu werden, kaum entgehen wird!

Was man nicht restaurieren wollte oder konnte, wurde auf Abbruch verkauft, wie der uralte Dom in Goslar, den die hannöversche Regierung für 1505 Taler losschlug, die Pfalz der Staufischen Kaiser bei Gelnhausen, die herrliche romanische Kirche in Petershausen bei Konstanz. Die bayerische Regierung ließ die Abtei Schwarzach bei Würzburg, deren Gebäude erst 50 Jahre vor der Säkularisation von Balthasar Neumann aufgeführt und von Tiepolo mit Fresken geschmückt worden waren, abtragen, die Steine zerklopfen und als Material beim Chausseebau verwenden. Die Missalien des Domes in Speyer kamen als altes Pergament an einen Buchbinder, ganze Archive hat damals Freiherr von Aufseß für das Germanische Museum gerettet, indem er sie den Goldschlägern, an die sie verschleudert worden waren, wieder abkaufte. Paul Wigand schreibt an die Brüder Grimm, daß in Hessen-Kassel ein Edikt verordnete, alle Bilder aus den Kirchen zu entfernen, die hessischen Archive wurden als altes Papier verkauft, von dem der Buchbinder Wagner einige tausend Zentner erstand. Bei dem Umbau des Rathauses in Alsfeld in Hessen wurde 1842 das städtische Archiv an die Juden verkauft, darunter das berühmte Passionsspiel, das Pastor Gutberlet für einen Taler erwarb. Als die sächsische Rüstkammer in Dresden 1830 ein neues Lokal bezog, wurde der dritte Teil des Bestandes als altes Eisen verkauft, um die Kosten des Umzugs zu bestreiten; ein Teil der bayerischen Rüstkammer diente als Material für den eisernen Zaun um den Botanischen Garten in München, die schönen alten Helme verwandte Cornelius bei den Fackelzügen der Künstler als Feuerbecken.

Die Besserwisserei, die sich so schonungslos an den Denkmalen einer tausendjährigen Geschichte vergriff, machte auch vor den Gemälden nicht Halt. Die Brüder Boisserée hatten die Bilder ihrer köstlichen Sammlung vor dem Untergang gerettet, aber dann überpinselten sie dieselben, damit sie aussähen, wie sie sich einbildeten, daß altdeutsche Bilder aussehen müßten. Philipp Folz, der Direktor der Alten Pinakothek, übermalte

Das Arbeitszimmer Friedrich Wilhelm III.

die Bilder der ihm unterstellten Galerie selbst; unter der Direktion von Klemens Zimmermann durften zwei Restauratoren alle Rubens der Sammlung verputzen. Als die Boisserée hoffen durften, ihre Sammlung an den preußischen Staat zu verkaufen, beseitigten sie alle Originalrahmen und ließen sämtliche Bilder in neue Goldrahmen fassen; dasselbe geschah in Berlin, wo die Gemälde des Museums an Stelle der alten, Schinkelsche Normalrahmen erhielten. König Ludwig erwarb die berühmte Folge der Agineten, ließ sie aber, ehe sie in München aufgestellt wurden, von Thorwaldsen restaurieren, der dabei ohne Rücksicht auf das Vorhandene nur nach seinem Geschmack verfuhr.

Dauernder als in der Architektur behauptete sich der Klassizismus in der Plastik, glaubte man doch, in Canova und Thorwaldsen Meister zu besitzen, welche die Antike weit überragten. War dazumal in Deutschland ein Denkmal zu errichten, so wandte man sich zuerst an Thorwaldsen und dachte erst, wenn dieser den Auftrag ablehnte, an deutsche Künstler. Die Entfremdung, welche das Aufwerfen der schleswig-holsteinischen Frage zwischen Deutschland und Dänemark herbeiführen sollte, existierte noch nicht, ohne weiteres gingen Graf Bernstorff, Moltke u. a. aus dänischen in preußische Dienste über, man betrachtete Thorwaldsen, der in dem internationalen Rom im Kreise deutscher Künstler lebte, völlig als Deutschen. Man schätzte ihn überschwenglich, „zeitlos und charakterlos", schreibt Karl Hegel von seinen Schöpfungen, „entzücken sie durch ideale Schönheit und poetische Erfindung"; ganze Bogen begeisterten Überschwangs widmet die Hahn-Hahn seinem Christus und seinen Aposteln in ihrem Reiseversuch im Norden. Daß Hegel die Bezeichnungen: zeitlos und charakterlos im Urteil über die Werke eines Künstlers als Lob gebrauchen kann, während sie für uns den stärksten Tadel ausdrücken, charakterisiert die Zeit, der die Annäherung an die Antike, sei sie auch nur scheinbar, als der größte Vorzug erschien; das Deutsche in den Arbeiten von Schadow, von Rauch, das uns diese Künstler so groß erscheinen läßt, entging ihren Zeitgenossen oder wurde doch nicht als Vorzug empfunden.

Während Baukunst und Malerei schon der romantischen Strömung ins Mittelalter folgten, blieb die Plastik im Klassizismus, ein Widerspruch, der auch äußerlich zur Geltung kam. Unter den in Rom tätigen oder studierenden deutschen Künstlern bildeten sich Parteien zwischen den malenden Nazarenern und den einem frohen Heidentum huldigenden Bildhauern, es kam sogar auf den Festen an Ponte molle gelegentlich zu sehr ernsten Zerwürfnissen, die den spottlustigen Römern viel Vergnügen machten. Ernst Rietschel, der in Dresden nur mit jungen Malern umgegangen war, erzählt, daß er von der in diesem Kreise in die Mode gekommenen Verachtung der Antike so angesteckt worden war, daß er bei seinem Eintritt in Rauchs Atelier alle Mühe hatte, sich wieder davon zu befreien. Die Bildhauer hatten einen schweren Stand, denn noch war die Denkmalmanie nicht über Deutschland hereingebrochen. Wer die öffentlichen statuarischen Denkmäler zählen wollte, die sich 1815 im ganzen Deutschen Reich befanden, würde kaum auf ein Dutzend kommen. Die Bildhauer waren auf gelegentliche Grabmonumente, hauptsächlich aber auf Porträtbüsten angewiesen, was für sie das Gute hatte, daß sie in ihrem Studium immer wieder und wieder auf die Natur zurückgewiesen wurden. Sammlungen antiker Skulpturen existierten noch nicht, der fürstliche Besitz an solchen war noch in den Schlössern und Parks zerstreut und man begann erst, ihn in Museen zusammenzutragen,

Eduard Magnus. Adolf Menzel, 1843. Ölgemälde
Berlin, Nationalgalerie

selbst Gipsabgüsse waren sehr selten. Die Dresdener Sammlung, welche noch von Raphael Mengs herstammte, war die einzige von Bedeutung, aber sie war nicht leicht zugänglich und die Gipse in schlechtem Zustand, was den Enthusiasmus von Gustav Parthey und Friedrich Förster, die ja nichts Ähnliches kennen konnten, nicht beeinträchtigte. Die Sammlung der Gipsabgüsse in Berlin war erst im Entstehen, sie verdankt ihre besten Stücke, wie der alte Schadow erzählt, dem Befehl Napoleons I., daß die Abformer im Museum des Louvre von jeder Antike einen Abguß nach Berlin abgeben sollten, gewissermaßen als Entschädigung für die alten Kunstwerke, welche der Kaiser aus Preußen entführte.

Die Seltenheit plastischer Kunstwerke verschuldete wohl auch die Prüderie; das Auge wurde unbekleidete Statuen nur in seltenen Ausnahmefällen gewahr, so hielt der Betrachter, der im Leben niemals nackte Wesen sah, solche Kunstwerke für unschicklich. „So lange ich auf der Schule war“, schreibt Friedrich Spielhagen, „hatte ich nur die dunkelste Vorstellung von der Kunst der Plastik gehabt", ja Fanny Lewald hatte die Gipsabgüsse der Königsberger Sammlung niemals sehen dürfen, da ihr Vater hüllenlose Statuen für unsittlich hielt; Albertine von Boguslawska und Fräulein von Haller geraten im Bethmannschen Pavillon in Frankfurt a. M. beim Anblick von Danneckers Ariadne und Trippels Apollo ganz außer sich und verlassen das Lokal schleunigst, da sie solche Sachen doch nicht gut betrachten können.

Wie in der Malerei, so war auch in der Skulptur die Technik verloren gegangen, für die Marmorplastik war man ganz auf Italiener angewiesen, Schadow und Rauch zogen ganze Kolonien solcher nach Berlin. Der Erzguß hatte im nördlichen Deutschland über ein Jahrhundert völlig geruht, Schlüters Statue des Großen Kurfürsten war im Jahre 1700 der letzte größere Guß gewesen. Als Schadows für Rostock bestimmte Blücherstatue 1818 gegossen werden sollte, mußte man den Gießer Lequine und den Ziseleur Coué aus Paris kommen lassen, weil sich niemand mehr darauf verstand. Erst als in den zwanziger Jahren das Denkmalsfieber zu grassieren begann, auch eines der schmerzlichen Leiden, mit denen Biedermeier die Folgezeit infizierte, widmete sich in München Stiglmaier der Erlernung des Erzgusses, den er bald zur Vollkommenheit brachte.

Während Stiglmaier in München die Technik des Bronzegusses geradezu von neuem entdecken mußte, machte Moritz Geist 1832 in Berlin eine Erfindung, die für den Betrieb der schönen Künste von größter Tragweite werden sollte, er erfand die Gußbehandlung des Zinks. Einem Geschlecht, das von den Architekten forderte, daß sie alle Stile beherrschten, welches aber bei beschränkten Mitteln nicht daran denken konnte, in echtem Material zu bauen, mußte eine Erfindung wie diese hoch willkommen sein. Nicht nur Freifiguren und Reliefs konnte man jetzt billiger und schneller herstellen als in Stein oder Bronzeguß, ganze Architekturteile, die sonst der Steinmetz hatte ausführen müssen, konnten nun gegossen werden und täuschten steinfarbig gestrichen den soviel kostspieligeren Haustein vor. Mit dieser Entdeckung beginnt die Herrschaft des Surrogats in der Baukunst, Schinkel selbst war der erste, der sich beim Bau der Nikolaikirche in Potsdam der neuen Technik bediente. Man war zufrieden, wenn der Putzbau nur so aussah, wie Haustein, wenn der Zinkguß die Skulptur wenigstens vortäuschte; mit dem Gefühl für den Stil, das man bei dem beständigen Nachahmen einbüßte, gingen der Zeit auch Geschmack und Empfinden für die ästhetischen Werte echten Materials verloren. Schinkels Versuche, für die Mark den Ziegelrohbau wieder zu beleben, der für dies an Bruchsteinen so arme Land das gegebene echte Material bedeutet, fanden geringen Anklang, wie gelungen auch die wenigen Bauten, die er so ausgeführt hat, die Werdersche Kirche, die Bauakademie, das Feilner-Haus ausgefallen sein mögen.

In den vervielfältigenden Künsten herrschte am Beginn dieses Zeitraumes der

Kupferstich in seinen verschiedenen Manieren, der Holzschnitt war als Kunstübung so gut wie ganz verloren. Gubitz, der Herausgeber des vielgelesenen Gesellschafters, war der erste, der sich des so lange vernachlässigten Verfahrens wieder annahm und bescheidene, nur von einigen Kennern gewürdigte Erfolge erzielte. Weitere Verbreitung fand der Holzschnitt auf deutschem Boden erst wieder, als er von England aus im Laufe der dreißiger Jahre wieder eingeführt wurde, die Leipziger Illustrierte Zeitung, die Fliegenden Blätter waren die ersten, welche die so lange vernachlässigte Technik in den Dienst größerer Unternehmungen stellten.

Einen eigentlich deutschen Holzschnittstil aber verdanken wir der Tätigkeit, die Ludwig Richter und Adolf Menzel in jenen Jahren entfaltet haben. Ludwig Richter fand sich selbst erst, als er im Auftrage seines Verlegers Georg Wigand jene Reihe von Illustrationen für Märchen, Volksbücher und Kalender schuf, in denen sich das ganze behäbig behagliche Kleinbürgertum jener Zeit so liebenswürdig spiegelt. Er betrachtete diese Sachen immer als lästige Brotarbeit und seufzte nach der großen Kunst umständlich komponierter Landschaften, aber seine Bedeutung liegt einzig in diesen bescheidenen Holzschnitten. Die sanfte Natur des Künstlers, die auch dem Unscheinbarsten einen stillen Reiz abzugewinnen weiß, die das trockene Einerlei des Alltags mit so viel Anmut umhüllt, offenbart sich in diesen Bildern in so kindlicher Herzlichkeit und Naivität, daß das Bild der Zeit, die er darin festgehalten, einen verklärenden Schimmer erhalten hat. Die Zeit erscheint in dem Niederschlag, den Ludwig Richters Kunst von ihr zeigt, still und friedlich, denn der Kreis von Philistern und kleinen Leuten, die er darstellt, wurde von den Aufregungen jener Jahre nicht betroffen und in seinem Stilleben nicht gestört. Adolf Menzel, der zum ersten Male bei seinen Illustrationen zu Kuglers Leben Friedrich des Großen den Holzschnitt benötigte, ist dadurch zum Lehrmeister einer ganzen Generation geworden, zwang er doch den auf tonige Wirkungen ausgehenden, in englischer Schule gebildeten Xylographen die Strenge und das Gesetz seines markigen Striches auf.

Adolf Menzel, dem die Technik des Holzschnitts die stärksten Impulse verdankt, begann seine künstlerische Laufbahn als Lithograph und hat seine ersten Lorbeeren auf diesem Gebiete gepflückt. Alois Senefelder, der die Lithographie fast zufällig als einen Notbehelf zur Erleichterung des Notenabschreibens erfand, hat weder alle Möglichkeiten geahnt, die seine Erfindung barg, noch auch ihre Früchte genossen. Er hat das traurige Schicksal so vieler Erfinder und Entdecker geteilt, die den Nutzen ihres Strebens anderen überlassen mußten. Er starb arm und vergessen, während sein Verfahren schon Hunderte von Unternehmern bereichert hatte. Die Versuche, welche Senefelder während der Rheinbundszeit in München vor französischen Machthabern angestellt hatte, machten u. a. den Grafen Lasteyrie mit der Lithographie bekannt. Dieser tat sich 1816 in Paris mit dem Verleger Engelmann zusammen und gründete eine Anstalt, welche das neue Verfahren in glänzender Weise zu fruktifizieren wußte. Die Leichtigkeit der Bearbeitung, die unendliche Mannigfaltigkeit der verschiedensten Manieren, denen allen der lithographische Stein gleich willig gehorcht, ließen die französischen Künstler nicht sobald mit dem neuen Verfahren bekannt werden, als sie es auch schon mit Vorliebe benutzten, in Frankreich hat die deutsche Erfindung ihre ersten und besten Vertreter gefunden. Horace Vernet, Henri Monnier, Eugène Lami, die Dévérias, Henri Daumier, Charles Philippon, Traviès, Gavarni, Delacroix, um nur wenige der ersten Namen zu nennen, haben technisch aus der Lithographie alles herausgeholt, was dieses wunderbar vielseitige Verfahren an Möglichkeiten künstlerischer Wirkung nur irgend gewährt, sie haben dem rein künstlerischen aber zugleich einen sachlichen Inhalt von solcher Bedeutung zu geben verstanden, daß die französische Lithographie jener Jahre einen wirklich treuen Spiegel des Lebens und der Zeit nach allen ihren Richtungen hin bietet.

Wir sind für Deutschland nicht ebenso glücklich, schon weil auf deutschem Boden die politische Karikatur, welche Daumier und Philippon auf eine unübertroffene Höhe brachten, völlig wegfällt. Selbst das gesellschaftliche Moment der Eleganz und der Mode spielt in Deutschland nicht die gleiche Rolle wie in Paris, fehlt ihm doch die Eigenart, die der immer das Ausland kopierende Deutsche gar nicht aufkommen lassen mag. So blieb die Lithographie diesseits des Rheines auf das Porträt und das Handwerkliche angewiesen, aber selbst in dieser Beschränkung hat sie unter den Händen von Meistern auch Großes geleistet. Die Briefköpfe, Vignetten, Formulare, Geschäftspapiere, die Adolf Menzel in seiner Jugend entworfen, gehören zu den reizvollsten Schöpfungen ihrer Art und zeigen auch im engsten Rahmen schon die Klaue des Löwen. Wie Menzel, so haben auch andere Künstler jener Zeit ihr Brot anfänglich mit Arbeiten für lithographische Anstalten verdient, Moritz Schwind, Friedrich Pecht, Piloty, Winterhalter danken der Tätigkeit am lithographischen Stein die sichere Schulung des Auges und der Hand. Die große Kunst ging dazumal so gern an der Wirklichkeit vorbei; hätten wir nicht den Berliner Franz Krüger, die Münchner Benno Adam und Peter Heß, wir wüßten heute gar nicht, wie die Biedermeierzeit aussah. Alles indessen, was die auf dem hohen Kothurn der Historienmalerei einherstolzierende Kunst übersah, weil sie es geringschätzte, haben uns die Lithographen bewahrt, das wirkliche Leben und die wirklichen Menschen, die Bildnisse und das Milieu. Hanfstaengl, Kriehuber, Krüger, u. a. haben uns die Menschen von damals festgehalten, wie sie waren, die Herren in der feierlichen Würde, die durch den zugeknöpften Rock, die breite, den Kopf in die Höhe treibende Halsbinde so wirksam unterstützt wird, die Damen in der preziösen Eleganz ihrer Lockengebäude, Spitzenhauben und Riesenärmel. Es ist die Zeit, in der die Porträtzeichnung blüht, in

424

Adolf Menzel. Des Künstlers Zimmer, 1845. Berlin, Nationalgalerie
Mit Genehmigung von F. Bruckmann, München

Kohle auf getöntem Karton mit weiß aufgesetzten Lichtern, eine Technik, welcher die Lithographie bis zur völligen Täuschung folgen kann.

Von allen Künstlern, welche auf diesem Gebiete tätig waren, ist einer der bedeutendsten ohne Zweifel der Berliner Franz Krüger. Auf der Berliner Kunstausstellung von 1831 war sein Paradebild zugleich mit Lessings trauerndem Königspaar ausgestellt, hinter dem es damals zurücktreten mußte. Während aber Lessings Ruhm mit jedem Jahr mehr verblaßte, ist Krügers Gestirn immer glänzender emporgestiegen, uns steht heute die nüchterne Sachlichkeit seiner Beobachtung, der Realismus seiner Auffassung weit näher, als das gemachte Pathos eines Lessing, den die Zeitgenossen gar nicht laut genug preisen konnten. Die Studien, welche Krüger zu seinen Paradebildern und zur Huldigung angefertigt hat, folgen der Natur mit einer solchen Liebe, daß sie in ihrer leichten, wie improvisierten Ausführung einen Hauch frisch pulsierenden Lebens bewahrt haben. Neben diesen Köpfen, die oft nur mit wenigen Strichen umrissen, durch einige Wischer modelliert sind, welche die Farbe nur in seltenen Fällen zu Hilfe nehmen, verblassen die Werke der damals hoch berühmten Porträtmaler zu Schemen, Stielers Schönheiten in der bekannten Galerie König Ludwigs sehen in ihrem bunten Glanz daneben aus wie Lebkuchenbilder. Die Bildniszeichnung, wie die Bildnislithographie, erhielten in Daguerres Erfindung der Lichtbilder einen Rivalen, dem sie erlegen sind. Die ersten Daguerrotypien kamen Ende der dreißiger Jahre von Paris nach Deutschland, 1839 wanderte ganz Berlin zu Dörffel Unter den Linden, um die ersten dort ausgestellten Exemplare anzustaunen. Seit dem Beginn der vierziger Jahre versuchten sich Steinheil in München, Petitpierre in Berlin in der Herstellung von Lichtbildern, indessen behielten die Kopien, die man nicht recht zu fixieren wußte, noch viel Unvollkommenes, erst in den fünfziger Jahren hat die Photographie solche Fortschritte gemacht, daß die mechanische Porträtierung das Bildnis von Künstlerhand so gut wie ganz verdrängt hat.

Die Kunst im Hause, wenn wir auch für jene Zeit schon den hochtrabenden Ausdruck anwenden dürfen, den erst eine spätere, die großen Worte liebende Zeit geprägt hat, ging parallel mit der Entwicklung der Architektur. Im Interieur hat der Klassizismus vielleicht am längsten geherrscht, die Abneigung gegen kräftige Farben, die mit der Vorliebe für helle, möglichst ganz weiße Wände ein Erbteil der Winkelmannzeit war, hat in Deutschland ja bis in die siebziger Jahre des 19. Jahrhunderts vorgehalten. Weiße Wände, gerade Linien, strenge Profile, wenig Möbel bilden das Charakteristische eines Stils, mit dem das ausgehende 18. Jahrhundert sich dem Klassischen zu nähern gedachte. So wird uns das Zimmer von Henriette Herz beschrieben, dessen Wände mattfarbiges Papier deckte, dessen Einrichtung von größter Einfachheit war und nichts Überflüssiges enthielt. So schildert auch Varnhagen die Räume, welche Rahel bewohnte: „Die hell-

W. Bendz. Die Brüder des Künstlers. Kopenhagen, Sammlung Hirschsprung

blauen Zimmer waren geräumig und besonders hoch, ganz einfach ausgestattet ohne Kostbarkeit und Glanz. Ein paar Bildnisse hingen an der Wand, zwei Büsten, die des Prinzen Louis Ferdinand und Schleiermachers, standen zwischen Blumentöpfen; von Gerät schien eben nur das zum Gebrauch Notwendige vorhanden, aber das Ganze machte dennoch einen eleganten Eindruck oder vielmehr die Anordnung war so gefällig und bequem, daß sie jenes eigentümliche Behagen hervorbrachte, welches durch die höchste Eleganz bewirkt werden soll und bei den größten Mitteln doch so oft verfehlt wird." Wilhelm von Kügelgen entsann sich der Wohnung seiner Eltern in Dresden als heller luftiger Räume mit einfarbigen Wänden, an Schmuck enthielten sie nur wenige gute Bilder, aber nichts, was des bloßen Putzes wegen dagewesen wäre. Dieser Stil der älteren Generation blieb noch lange in Geltung. Lewalds in Königsberg hatten sich ihren Saal von Professor Huhn für 80 Taler ausmalen lassen, die Wände glatt kornblumenblau, oben herum eine Borte von Vögeln, auf die weiße Fasanen aus Bronzekörben Früchte aßen, am Plafond eine Göttin in Gelb, welche Strahlen über die ganze Decke entsandte. Ebertys gute Stube war hellgrün gestrichen, auf die Wände hatte Wilhelm Schadow grau in grau die vier Jahreszeiten gemalt; in der Bernstorffschen Ministerwohnung, schreibt Gräfin Elise, nahmen sich die Farben der Zimmer, wenn sie alle geöffnet waren, wie die Farben

427

des Regenbogens gar hübsch aus: gelb, blau und grün. Blau war auch Fontanes Saal in Swinemünde mit mythologischen Szenen an der Decke, während in kleinen Städten, wie bei Gustav Freytags Eltern in Kreuzburg, eine kleine gemalte Rosette in der guten Stube schon etwas Besonderes war. Der Fußboden war die einfache hölzerne Diele, die wie bei Stahrs und Ruges vielfach noch mit Sand bestreut, an Sonntagen aber mit Kalmus belegt wurde, während Wachholdersträußchen um Tische und Stühle lagen.

Immer wieder wird Wert darauf gelegt, daß an Mobiliar und Ausstattung nur das Notwendige vorhanden sein dürfe, Kügelgen spricht einmal im Gegensatz zu der Einfachheit im Hause seiner Eltern von den „unnützen Nichtswürdigkeiten" in der Einrichtung des Amthauses. Da begegnete sich denn die Mode sehr glücklich mit der Not, aus der man wohl oder übel eine Tugend machte, wie die Gräfin Marie Brühl, als sie den Hauptmann von Clausewitz heiratete, entzückt darüber war, ein Sofa und 6 Stühle, alles mit Kattun überzogen, zur Ausstattung zu erhalten. Selbst in den fürstlichen Wohnungen sah es sehr bescheiden aus. Malla Silfverstolpe, die 1825—26 eine Reise durch Deutschland machte, bemerkt über das Palais Friedrich Wilhelms III. in Berlin: „Es sind behagliche, aber beinahe dürftige Stuben. Von Luxus ist hier weniger zu merken als in unserem armen Schweden. Man begnügt sich damit bequem zu wohnen, zuweilen fehlt es doch auch an Sauberkeit." Mit Befremden sah die junge Generation, wie Kügelgen im Poncetschen Hause oder Bogumil Goltz bei seiner neunzigjährigen Urgroßtante Bennewitz in Riesenburg auf das kostbare Mobiliar der alten Zeit, die Eichen- und Nußbaumschränke mit blanken Messingbeschlägen und Griffen, die mächtig gebauchten Kommoden, alle die Marketerie und Schnitzerei, mit der ein wohlhabenderes Geschlecht sich in seinem Heim umgeben. Jetzt mußte alles geradlinig und eckig sein und wenn der Empirestil noch Bronzebeschläge und Vergoldungen an seinen Möbeln geduldet hatte, so verzichtet die Biedermeierzeit nun auch auf diese. Unter dem Einfluß der englischen Möbelkunst, die seit der Mitte des 18. Jahrhunderts dem prunkvollen französischen Möbelstil eine Richtung auf das bürgerlich Behagliche entgegengesetzt hatte, den Komfort stärker betonte als die Pracht, entwickelte sich nun auch in Deutschland ein Möbelstil, der sich allerdings vorerst das einfach Bürgerliche noch mehr aneignete als das Behagliche. Die Hauptforderung an das Gebrauchsmöbel ist die der Zweckmäßigkeit, ihr verdanken die Möbel des bürgerlichen Haushaltes jener Zeit die einfachen quadratischen Formen, die geraden Linien, die Schlichtheit des ganzen Aufbaus. Sie verzichten darum keineswegs auf die Schönheit, aber sie suchten sie in der Brauchbarkeit und in der handwerklichen Tüchtigkeit der Mache. Die ästhetischen Werte dieser Möbel liegen weniger im Zierat und im Detail, als in der Art, wie die Reize des Materials, die effektvolle

Karl Blechen. Interieur. Handzeichnung. Berlin, Nationalgalerie

Maferung des Holzes durch die spiegelnden Flächen der Politur zur Geltung gebracht
werden.

So verwendete man gern das helle Birkenmaser- und das dunkle rötlich geflammte
Kirschmaferholz, Mahagonimöbel waren in bürgerlichen Kreisen noch etwas so seltenes,
daß, wie Felix Eberty erzählt, die Schuljungen damit prahlten, wenn in der Familie
ein solches Stück angeschafft worden war. Von den überlieferten Möbelformen hat die
Biedermeierzeit mit besonderer Vorliebe diejenige des Schreibtisches weiter gebildet, sie
hat die überaus praktische Form des Sekretärs geschaffen, eine Konstruktion, die in genialer Raumausnutzung von keiner ähnlichen übertroffen wird. Bereichert hat sie den vorhandenen Vorrat um die Servante, jenen Schrank, dessen Rückwand von einem Spiegel
gebildet wird, während Seiten- und Vorderwände aus Glas sind. Dieses Ziermöbel,
zur Aufbewahrung von Silber, Porzellan und Kristall bestimmt, verkörpert geradezu

Ludw. Wilh. Wittich. Zimmer einer Berliner Wohnung, 1828. Aquarell
Charlottenburg, Frau E. Schottmüller, geb. Wittich

den kleinbürgerlichen Sinn der Zeit, welche die Servante erfand; man wollte seinen Besitz wohl zur Schau stellen und mit ihm prunken, aber doch nichts riskieren, nicht einmal
den Staub. Die Betonung des Zweckmäßigen, welche naturgemäß zum Schlichten führt,
prägt dem Mobiliar der ganzen Zeit den Charakter großer Einfachheit auf. Diese Eigenschaft teilen die Möbel des Fürsten mit jenen des kleinen Mannes, als Adalbert
Stifter 1834 seinen Dichter in den Studien von einem Heim träumen läßt, da füllt
er es ihm mit Möbeln „edel, massiv, antik einfach, scharfkantig, glänzend" und spricht
damit aus, was dem Geschlecht jener Tage als Ideal des Möbels vorschwebte.

Der Einfachheit, die unter dem Gewicht der Armut zu nüchterner Schmucklosigkeit
zu entarten drohte, suchte Schinkel entgegenzuarbeiten. Die Palais der Prinzen Wilhelm, Karl, Albrecht, der Grafen Redern und Raczynski, welche in diesen Jahren nach
seinen Plänen neu errichtet oder umgebaut wurden, hat er auch im Innern ausgestattet
und das Mobiliar derselben entworfen. Die Formen desselben lehnen sich stark an die
Gebrauchsgeräte der Antike an, die Sitzmöbel verlassen sich in ihrer reichen Dekoration
mit Behängen von Passementerie auf die Kunst des Tapeziers. Weit anheimelnder als
diese in ihrem Gesamteindruck recht frostig wirkenden Prunkstücke sind die Gebrauchsmöbel, welche Schinkel für den bürgerlichen Haushalt entworfen hat. Es sind das
Schränke, Kommoden, Schreibtische, die zwar nüchtern sachlich in großen Flächen ent-

Georg Friedr. Kersting. Selbstporträt

wickelt sind, die aber durch ihren streng architektonischen Aufbau und durch die diskrete Verwendung von Säulen, Architraven und anderen Elementen des griechischen Tempelstiles doch etwas ungemein Reizvolles haben, im gewissen Sinne ein künstlerisch geadeltes Behagen um sich verbreiten. Vielleicht das hervorragendste Beispiel dieses Stils besitzt das Kunstgewerbemuseum in Berlin in einem Sekretär, der außen mit Mahagoni, innen mit Zedernholz furniert ist und in seinem Aufsatz die Hauptlinien der Architektur von Schinkels Hauptwache wiederholt, die Zierstückchen der Schlüsselschilder, Vasen und Kapitäle sowie die Viktorien sind aus Goldbronze.

Die Bezüge der Sitzmöbel waren klein gemusterter Kattun, in reichen Häusern einfarbiger Plüsch oder gestreifter Seidenstoff, sehr gern hat man sie auch in Stickerei ausgeführt; in abseits liegenden Schlössern sind wohl noch einzelne solcher Mobiliare erhalten, die von der Kunstfertigkeit, dem Geschmack und der Geduld derjenigen, die sie in langer, zeitraubender und Augen verderbender Tätigkeit angefertigt, Zeugnis ablegen. Als die Komtesse Klara Bernstorff den Grafen Reventlow heiratet, da vereinigen sich ihre Freundinnen, um das Mobiliar eines Salons: Sofa, Chaiselongue, 4 Lehnstühle, 12 Sessel und Taburetts mit eigenhändig gestickten Bezügen zu versehen. Nach einem einheitlichen Plan werden Rosen oder rosa Blumen auf weißem Grund mit lila schattierten Einfassungen, Ecken und Arabesken ausgeführt, wobei die Damen an dem Zusammenstellen und Verändern der Muster die größte Freude haben. So stickte auch Frau von Meusebach ihrem Mann einen großen Lehnstuhl, dessen breite Rückenlehne ein Bücherbord vorstellte, auf dem alle die Bücher zu sehen waren, die der eifrige Sammler seit langen Jahren vergeblich zu erwerben gesucht hatte.

Die Zweckerfüllung, aus der heraus jedes einzelne Stück gleichsam organisch erwachsen zu sein scheint, prägt auch der Gesamtheit aller Möbel eines Zimmers ihr Gesetz auf. Die Vertikalgliederung eines Raumes durch die senkrechten Linien der Schränke, Türen und Fenster steht in wohl abgewogenem Verhältnis zu dem Gleichmaß der Horizontalgliederung, deren Linien durch die halbe Höhe der Tischen und Kommoden und die volle Höhe der Schränke streng betont werden. Die für klassisch geltende Symmetrie in der Aufstellung wird bis zur Ängstlichkeit gewahrt und führt gelegentlich zur Anbringung falscher Türen und doppelter Öfen, sie führt auch dazu, daß Möbel von ganz verschiedener Zweckbestimmung äußerlich den gleichen Charakter erhalten, man gibt z. B. Kleiderschränken das täuschende Aussehen eines Sekretärs oder man versteckt den Waschtisch in einer Kommode. Dem gleichen strengen Gesetz der Symmetrie gehorchen die Bilder, die sich pedantisch abgezirkelt um einen Mittelpunkt ordnen, den man gewöhnlich über dem Ehrensitzplatz, dem Sofa, annimmt. In der Wahl der Bilder prägt sich jener Zug nach dem Gebildeten aus, wie er das ganze Leben jener Zeit charakterisiert. Kopien nach Bildern berühmter Italiener, zumal denen des „göttlichen" Raffael verdrängen bei Wohlhabenden die bescheidenen Originale deutscher Meister. Sulpiz Boisserée findet die Wohnzimmer und Kabinette Friedrich Wilhelm III. voller Kopien nach Raffael, im großen Saal entdeckt er zu seiner Freude eine Kopie des Kölner Dombildes, über dem Schreibtisch des Monarchen hängt originalgroß die Sixtina, das Lieblingsbild der Epoche.

Im Bürgerhause verdrängt der Stich nach einem alten Meister, der von der Kunstgeschichte das Brevet der Berühmtheit erhielt, sogar die Familienbilder von ihren Ehren-

Franz Krüger. Skizze zu der Figur in der Parade
Berlin, Nationalgalerie

Karl Blechen. Interieur. Handzeichnung. Berlin, Nationalgalerie

plätzen. Die Kupferstiche und Gipsbüsten in der Wohnung des Kanzlers Niemeyer in Halle machen Karoline Bardua einen außerordentlich eleganten Eindruck, bei Delbrücks in Zeitz, wie bei Bethmann Hollweg in Bonn bilden die Stiche Müllers nach der Sixtina und Longhis nach Lionardos Abendmahl den größten Schmuck des Hauses, nicht weniger beliebt waren das Sposalizio und die Grablegung. Parthey schildert die Wohnung des Dr. Kohlrausch in der Dorotheenstraße als ganz erfüllt von Kunstschätzen, da

waren nicht nur die damals noch so seltenen Gipsabgüsse von Antiken, wie die Juno
Ludovisi, der Apoll von Belvedere, die Medusa Rondanini, sondern sogar zwei Marmor-
büsten von Thorwaldsen, die einzigen Originale des Meisters in Berlin, alle Wände
voller Zeichnungen, und Kupferstiche noch hinter den Türen der Glasschränke. Diese
große Bevorzugung des rein auf Schwarzweißwirkung gestellten Kupferstichs dokumentiert den Zug nach Bildung und Wissen, den man auch seiner Umgebung aufprägen zu
müssen glaubte, ebenso wie die Farbenscheu der Epoche, die sich über den Gedanken, daß
die Alten ihre Architekturen und ihre Statuen bemalt hätten, ein Problem, das eben
damals aufgeworfen wurde, geradezu entsetzte.

Mit dem Prinzip des reinen Weiß stand und fiel der Klassizismus, dessen Strenge
auch Silber und Porzellan nach antikem Muster formte. 1825 entwarf Schwanthaler
neues Silberzeug für den bayerischen Hof, das Hauptstück war ein 105 Fuß langer
Spiegelaufsatz mit den Statuen der Musen, eingefaßt von Quadrigen. Als der Kronprinz, nachdem er mit der eben angetrauten Gattin seinen Lehrer Delbrück besucht hatte,
ihm ein Andenken stiften wollte, ließ er von Hossauer eine silberne Patera nach Schinkels
Entwurf ausführen. In der Mitte war eine gemalte Porzellanplatte, in den Rand ein-
gelassen Porträtköpfe in geschnittenem Rubinglas. Bei einer eleganten Teemaschine in
modernem Geschmack wurde der Kessel von einer Kugel gebildet, die drei Satyre trugen,
der Ausguß war ein Delphinkopf, der Deckel Amor von zwei Schnecken gezogen, die Lampe
stellte einen Amboß vor, auf dem drei Zyklopen die Blitze Jupiters schmieden. Die Formen
des Porzellans, der Tassen und Kannen wurden antiken Gefäßen nachgebildet, ganze
Service ließ man gern weiß und gab ihnen höchstens einen Goldrand, während in einzelnen Tassen ein großer Luxus getrieben wurde. Man hatte sie ganz hoch und ganz
flach, in Form von Bechern und Schalen, künstlerisch bemalt, reich und echt vergoldet.
Sie waren die beliebtesten Gaben bei allen Veranlassungen des Lebens, dienten als Pathen-
und Hochzeitsgeschenke, Monarchen verschenkten Tassen mit ihrem Bilde, bei Jubiläen
aller Art war die Tasse an ihrem Platz. Sie diente als Zimmerschmuck, die Servante
mit den schönen Tassen war das Heiligtum jeder Bürgerfamilie, in den Zimmern des
Königs standen hohe Etageren, ganz und gar mit kostbaren Tassen besetzt.

Die Reaktion gegen die Tyrannei des klassischen Stils brachte, wie in Literatur,
Tracht und Kunst auch für das Interieur das Mittelalter in die Mode. Diese Strömung, welche durch die dem Kreise der Romantiker angehörenden Dichter und Gelehrten
Arnim, Brentano, Görres, die beiden Grimm u. a. eine gewisse systematische Richtung
erhielt, ist in ihrem Ursprung bis in das erste Drittel des 18. Jahrhunderts zurück zu
verfolgen, wo sie von England ihren Ausgang nahm. Damals hatte man auch in
Deutschland angefangen, die Parks mit gotischen Pavillons zu staffieren, kleine Burgen

Georg Friedr. Kersting. Die Malerin Luise Seidler

im gotischen Stile zu errichten, ganz im Sinne der Ritter- und Räuberromantik von Benedikte Naubert, Spieß, Vulpius u. a. Dieser Geschmack nahm jetzt, wo man die mittelalterliche Gotik als echt deutschen Stil in Anspruch nahm, eine Richtung in die Breite, reiche Leute ließen sich alte Burgen renovieren, wie Bethmann Hollweg die Feste Rheineck, Prinz Friedrich von Preußen Rheinstein, Kronprinz Maximilian von Bayern Hohenschwangau, der Kronprinz von Preußen Stolzenfels, Schwanthaler Schwaneck, andere ließen sich Schlösser im Burgenstil aufführen, Prinz Wilhelm von

Preußen Babelsberg, Graf Alexander von Württemberg Lichtenstein usw. Diese Burgen wurden dann auch in dem Stil eingerichtet, wie man sich wohl dachte, daß mittelalterliche Ritterwohnungen ausgesehen haben müßten. Man schleppte alten Kram von allen Ecken und Enden zusammen und machte seine Behausung zu einem pittoresken Raritätenkabinett von zweifelhafter Behaglichkeit, wie Fanny Hensel nach dem Besuche von Rheinstein schreibt: „Da sind Becher, aus denen man nicht trinkt, Schwerter, die man nicht zieht, Stühle, die man nicht besetzt, allerliebst anzusehen und gräßlich zu bewohnen." Ähnlich lauten die Urteile über den mittelalterlichen Turm, den der Freiherr von Stein sich hatte erbauen lassen, teils als Denkmal der Befreiungskriege, teils als Wohnung. Sulpiz Boisserée nennt ihn „ein merkwürdiges Quodlibet unserer Zeit", Varnhagen ist ganz erschrocken über die 100000 Taler, die er gekostet, so kläglich und gering, unzweckmäßig und geschmacklos findet er das unbrauchbare Bauwerk.

Der romantische Geschmack brachte Möbel im sogenannten gotischen Stile auf, d. h. man übertrug die Zierformen des gotischen Kirchenbaues, das Maßwerk, die Fialen und Verkröpfungen, Spitzbogen und Rosettenfenster auf Stühle und Kanapees, Kommoden und Schränke, so daß man an jedem gotischen Armstuhl einen praktischen Kursus im Kathedralenstil durchmachen konnte. Der Spitzbogen überwuchert Stubenfenster und Stuhllehnen, Bucheinbände und Trinkgläser, die Schnörkel und Ecken werden den Kleidungsstücken gefährlich und bedrohen die Gliedmaßen mit blauen Flecken. Die zwanziger Jahre, in denen man noch Fouqué las, sahen die Hochblüte dieser romantischen Pseudogotik. Dorothea Schlegel hatte diese Mode kommen sehen, als sie 1817 an Sulpiz Boisserée schrieb, der mit seiner Galerie nach Berlin ziehen wollte: „Die erste Zeit wird es Ihnen in Berlin gefallen. Wir werden es erleben, daß man sich Eychisch anzieht und möbliert und die Gärten und Spaziergänge hemmelinksisch einrichtet. Einen rechten Lärm werden meine lieben Landsleute damit treiben, aber ob sie sonst etwas davon haben werden?" Der alte Goethe urteilte einmal sehr abfällig über diesen Modegeschmack: „Sein Wohnzimmer mit so fremder und veralteter Umgebung auszustaffieren, kann ich gar nicht loben", sagte er zu Eckermann, „es ist immer eine Art von Maskerade, die auf die Länge in keiner Hinsicht wohltun kann, denn so etwas steht in Widerspruch mit dem lebendigen Tage, in den wir gesetzt sind und wie es aus einer leeren und hohlen Gesinnungs- und Denkweise hervorgeht, so wird es darin bestärken."

Jedenfalls hat die gotische Mode mit ihrer Freude am Bric à Brac dem individuellen Geschmack mehr Vorschub geleistet als der klassische Stil mit seiner farblosen Kälte und seinen strengen Formen. Nippessachen und Souvenirs kommen auf, man umgibt sich mit Andenken und allerlei Sächelchen, Gräfin Bernstorff spricht einmal von dem Durcheinander von Erinnerungen und Sentimentalitäten im Wohnzimmer Friedrich

Der „Bier"sche Sekretär im Kunstgewerbe-Museum in Berlin

Wilhelms IV.; Fanny Lewald beschreibt das Arbeitszimmer der Paalzow, ein Turm-
gemach mit holzgetäfelten Wänden und gotischem Schreibtisch, wo Ölgemälde, Stiche,
Statuetten, Blumen, Gefäße jedes Fleckchen füllen.

Blaeser. Der Maler Lessing. Bronzestatuette.
Berlin, Nationalgalerie

Man sah wohl auf den Stil seiner Einrichtung, aber auf den Komfort derselben achtete man nicht. Grillparzer ist über die Behaglichkeit, mit der Gentz seine Zimmer eingerichtet hatte, sogar ernstlich entrüstet: „Der Fußboden des Wartesalons“, schreibt er, „war mit gefütterten Teppichen belegt, so daß man bei jedem Schritt wie in einen Sumpf einsank und eine Art Seekrankheit bekam.“ Das Geschlecht jener Tage war überhaupt nicht verwöhnt. Gräfin Bernstorff erzählt z. B., daß die Herren und Damen, welche die Metternichschen Feste besuchten, nach Schluß derselben stundenlang auf ihre Wagen warten mußten und zwar im Freien, oft bis an den lichten Morgen, das waren eben Dinge, die man mit in den Kauf nehmen mußte. Keine der zahlreichen Bequemlichkeiten, ohne die wir uns heute das häusliche Leben kaum mehr vorstellen können, existierte vor 1848: Badezimmer, Wasserleitung, Zentralheizung, Wasserklosett, Eisschrank waren unbekannt, von Gas und elektrischem Licht ganz zu schweigen. Unsäglich stinkend nennt einmal Wilhelm von Kügelgen die Dresdner Treppen und derselbe Grund, der in der sächsischen Hauptstadt den üblen Geruch in den Häusern veranlaßte, verdarb auch an anderen Orten die Luft, daher die vielen Räucherpulver, die starken Parfüms, die Potpourris, die man gebrauchte, um den Gestank zu verbergen. Deswegen stand auch die Kultur der Zimmerpflanzen in hoher Blüte, damals wurden die stark riechenden Hyazinthen Mode, die Tazetten und Jonquillen kamen auf, während man bis dahin hauptsächlich die Rosen gepflegt hatte. Da man keine Zentralheizungen kannte, so waren große Räume, zumal solche, die statt der Öfen französische Kamine hatten, gar nicht zu erwärmen. „Blau gefroren, zitternd vor Kälte“ schreiben Gräfin Bernstorff und Albertine von Boguslawska, wohnten die Damen den Hoffesten und Bällen bei, 1826 wurde z. B. das Ordensfest im Berliner Schloß bei 12° Kälte in ungeheizten Räumen abgehalten. Viele junge Mädchen, die nur vom Tanzen warm werden konnten und sich dann in eisigen Sälen abkühlten, holten sich den Tod bei diesen Vergnügungen. Die erste Warmwasserheizung sah Hoffmann von Fallersleben mit Staunen 1844 im Hause von August Follen in Zürich. Sie bürgerte sich nur langsam ein, denn diese dem englischen Beispiel nachgeahmten Einrichtungen des Komforts wurden bei ihrer Übernahme in Deutschland nicht immer richtig ausgeführt. So hatte man z. B. die Röhren der ersten im Berliner Schloß gelegten Wasserleitung viel zu weit gemacht, sie wurden ein Tummelplatz der Ratten, denen man nicht beikommen konnte, ohne nicht entweder das Wasser zu vergiften oder die Leitung zu zerstören. Dieser Umstand soll nicht eben dazu beigetragen haben, der Kaiserin Friedrich, als sie jung verheiratet im Schlosse wohnen mußte, die neue Heimat angenehmer zu machen.

Silberner Tafelaufsatz

Geschenk der Stadt Augsburg
zur Hochzeit des Kronprinzen
von Bayern, 1842

tärker als von den Einzelkünsten
war das Interesse des vormärz-
lichen Deutschland durch das Gesamtkunstwerk in
Anspruch genommen, wie es durch die Vereinigung
der Architektur, der Malerei und der Plastik unter
Zuhilfenahme von Rede, Gebärde und Ton auf der
Bühne entsteht. Das Theater beherrschte das Leben, weil es der einzige Gegenstand allgemeiner
Teilnahme war, den die Angst der Regierungen der
Öffentlichkeit nicht vorenthielt. Von einer praktischen Betätigung in politischen Angelegenheiten
durfte in der Mehrzahl der deutschen Staaten keine
Rede sein, so mußte das Theater dem Volke als Ersatz
für die verbotene Teilnahme an den ernsten und
wichtigen Beschäftigungen der Verwaltung und der
Politik dienen. Der Generalintendant Graf Brühl
machte einmal dem Minister von Bernstorff Vorwürfe darüber, daß die sonst so skrupulöse Zensur
die zügellosesten Angriffe auf die Bühne und die
persönlichen Verhältnisse ihrer Angehörigen dulde,
aber der Minister antwortete ihm: „Na, einen
Knochen muß man den bissigen Hunden doch lassen!"
Rahel spricht sich einmal in der ihr eigenen geistreichen Weise über das Verhältnis der
damaligen Menschen zur Bühne aus, wenn sie sagt: „Eine Stadt ohne Theater ist für
mich wie ein Mensch mit zugedrückten Augen, ein Ort ohne Luftzug, ohne Kurs. In
unseren Zeiten und Städten ist dies ja das einzige Allgemeine, wo der Kreis der Freude,
des Geistes, des Anteils und Zusammenkommens aller Klassen gezogen ist." Die lebhafte

Teilnahme an allem, was das Theater anging, heftete sich, wie es schließlich natürlich ist, weniger an das dargestellte Kunstwerk, als an die Persönlichkeiten, welche auf der Bühne standen. Schauspieler und Schauspielerinnen, Sänger, Sängerinnen und Tänzerinnen standen jahrzehntelang im Vordergrund des öffentlichen Lebens, das Volk, das für sein Bedürfnis der Heldenverehrung keine geeigneten Objekte besaß, übertrug die Gefühle der Bewunderung und der Liebe fast ausschließlich auf sie. Dieser Wunsch nach dem Ideal dokumentierte sich in überschwenglicher Weise und nahm die wunderlichsten Formen an. Gubitz kannte eine Dame, die sich den Namen des Heldenspielers Mattausch aus den Theaterzetteln herausschnitt und im Kaffee verschluckte, der Kammergerichtsrat Graf Schwerin eröffnete die Sitzungen des Pupillenkollegiums nie anders als mit der Frage: „Wer von Ihnen ist jestern in der Oper jewesen? Hat die Primadonna nich jöttlich jesungen?" Felix Eberti erzählt von seinem Freund Bertrand, daß er seine Protokolle gewöhnlich so zu beginnen pflegte: „Es war an dem Tage, an welchem Fräulein Berta Stich mit so glänzendem Erfolge als Minna von Barnhelm auftrat, da kam der Beklagte" usw. Als Berlin in den Jahren 1825—27 seinen Sontagrummel hatte, erreichte die Vergötterung einer Sängerin ihren Höhepunkt. Die Stimme der göttlichen Henriette, deren Weltruhm Berlin gemacht hat, war nach dem Zeugnis Karoline Bauers weder voll, noch stark, aber glockenrein, silberhell, leicht beweglich, in jedem Tone deutlich artikuliert und von verführerischem Schmelz, Rahel sprach ihr aber Seele und Leidenschaft ab und meinte, die Engländer erfinden gewiß nächstens eine Maschine, die so vortrefflich singt. Die Berliner waren jedenfalls vollständig aus dem Häuschen, man riß sich darum, den Wagen des Fuhrherrn Gentz, den sie benützte, in den Stunden haben zu können, in denen ihn die Diva nicht brauchte. Als sie abreiste, spielten die Kapellen verschiedener Regimenter bis tief in die Nacht vor ihrer Wohnung, und eine unzählbare Menschenmenge wogte die ganze Nacht vor ihrem Fenster hin und her, der König, der ganze Hof und Scharen von Bewunderern geleiteten sie nach Potsdam, wo sie noch in einem Konzert auftrat, welches kein Potsdamer besuchen konnte, weil alle Billetts von Berlinern aufgekauft waren. Als sie Göttingen berührte, zogen die Studenten sie in die Stadt und warfen dann den hannöverschen Postwagen, der sie gebracht hatte, in die Leine, damit er nie wieder nach ihr benützt würde. Sie erkrankte in Paris, da nahm der Justizrat Ludolff Kurierpferde, fuhr Tag und Nacht von Berlin nach Paris, erkundigte sich nach ihrem Befinden und fuhr sofort wieder zurück, um die Aufregung der Berliner über die Krankheit ihres Lieblings zu beschwichtigen. Es fehlte nicht an Duellen ihretwegen. Die Sontag war der Stoff aller Gespräche, und Saphir hatte, um plötzlich ebenfalls berühmt zu werden, nichts anderes zu tun, als Opposition gegen sie zu machen. Lange Zeit griff er Henriette und ihre Schwester Nina Sontag in boshaftester Weise an, bis er plötzlich in seiner Zeitung, dem „Berliner Courier", ein schmeichelhaftes Sonett „An Mademoisella Nina Sontag als Minna in dem Lustspiel „Die Schleichhändler" veröffentlichte:

> Um daß die Anmut sich der Muse paare,
> Nahst du dich mit dem Reize der Chariten,
> Gewinnst die Seelen mit der Schönheit Blüten,
> Erringend zu der Anmut auch das Wahre;
>
> Holdselig zeigst du uns das ewig Klare;
> Ein schönes Bild verbunden uns zu bieten,
> Und vor Gemeinem stets uns zu behüten,
> Reichst du die Kunst uns dar, die wunderbare.
>
> Im schönen Hause ist es schön erklungen,
> Ringsum verbreitest du dein Zauberwalten,
> O, mög' es, tief aus deiner Brust gedrungen,
>
> Nur zu dem Hohen, Höchsten sich gestalten;
> In einem Kranze, schwesterlich gehalten,
> Ein Künstlerleben stets sich dir entfalten.

Die Schwestern Sontag waren entzückt über diese poetisch sein sollende Huldigung, bis Saphir verbreitete, das Gedicht sei ein Akrostichon gewesen! Und nun las man: U n g e h e u r e (von der achten Zeile die z w e i ersten Buchstaben) J r o n i e. An den Scherz Saphirs knüpfte sich übrigens Prozeß gegen ihn, da die Schwestern Sontag sich bei Hofe über diese Verhöhnung beklagten.

Kopfschüttelnd sahen Fremde dies übertriebene Wesen, der Professor Charles Hodge aus Princeton sagte zu Ernst Ludwig von Gerlach, man spräche ewig nur von der Sontag, weil es in Berlin an Gegenständen öffentlichen Interesses fehle, Bunsen, der gerade aus Rom gekommen war, fand es entsetzlich zu sehen, wie sich die ganze Bildung Berlins nur um das Theater drehe.

Es ging in der Tat sehr weit, hängte doch ein vielgelesenes Unterhaltungsblatt, der Freimütige, in den Berliner Straßen Briefkästen zur Aufnahme anonymer Theaterkritiken aus, die dann abgedruckt wurden. Der Philosoph Hegel verfaßte Theaterrezensionen für Saphirs Schnellpost, der berühmte Jurist Eduard Gans unterzog die Leistungen von Schauspielerinnen und Tänzerinnen eingehendsten Studien. Gutzkow begann seine literarische Laufbahn noch als Schüler mit Artikeln über das Theater, welche Gubitz' „Berliner Gesellschafter" bereitwillig aufnahm. Diese Teilnahme ging durch alle Kreise.

Kaiser Nikolaus schenkte dem Heldenspieler Wilhelm Kunst eine echt silberne Rüstung, Graf Hahn, einer der reichsten Aristokraten Mecklenburgs, der Herr von 99 Gütern, Vater der Schriftstellerin Hahn-Hahn, opferte dem Theater sein ganzes unermeßliches Vermögen und starb als Direktor einer Schmiere in bitterster Armut. Der Gebrauch, den Bühnensternen die Pferde auszuspannen und sie nach Hause zu ziehen, wurde so allgemein, daß eine Verordnung Offizieren und Beamten die Beteiligung an dieser Kundgebung des Enthusiasmus verbieten mußte. Ein Herr von S. hatte

Franz Krüger. Henriette Sontag. Handzeichnung
Berlin, Nationalgalerie

Schadow beauftragt, ein Grabmonument für seine eben verstorbene Gattin anzufertigen; während der Meister noch an der Arbeit war, starb die gefeierte Sängerin Schick und nun ließ der trauernde Gatte durch Umdrehen der Inschriftplatte das Denkmal dieser widmen. Die Leidenschaft für das Theater, welche allerdings die Grenzen des guten Geschmacks weit überschritt, rief denn auch die Opposition hervor. Als das Berliner Schauspielhaus abbrannte, verkündeten die Pietisten mit Frohlocken, dies sei ein leuchtendes Zeichen der endlich einmal erschöpften göttlichen Geduld und Langmut, und während die Kirche sich bisher so gut wie gar nicht um das Theater gekümmert hatte (der Prediger Catel fungierte z. B. jahrelang als Theaterrezensent der Vossischen Zeitung), begann jetzt eine Bewegung der kirchlichen Kreise gegen die Bühne, die mit Tholucks anonym erschienener „Stimme wider die Theaterlust" 1824 einsetzte und nicht wieder zur Ruhe kam. 1829 wies Friedrich von Raumer die Vorstellungen seines Bruders Karl zurück, dem er schrieb: „Alle Tanzböden und Komödienhäuser in der ganzen Welt haben noch nicht so viel Böses zutage gefördert, als der Fanatismus unter der Firma der Religion." Die

Opposition, die von der Geistlichkeit ausging, schüttete das Kind mit dem Bade aus, indem sie das Theater als sündlich und frivol überhaupt verdammte; sie hätte sich gegen die Auswüchse, welche die Personenverehrung in so abgeschmackter Weise zeitigte, allein richten müssen, um nicht ganz wirkungslos zu bleiben.

Die Bühne jener Jahrzehnte, soweit sie der Schauplatz einer Kunstübung war, hat dieselben Wandlungen durchgemacht, welche auch in den bildenden Künsten die Befreiung vom Klassizismus und die Hinneigung zum Naturalismus herbeigeführt haben. Auf dem deutschen Theater herrschte die Weimarische Schule des alten Goethe. Für ihn war, wie Heinrich Laube, selbst ein Fachmann, in seinen Erinnerungen ausführt, nicht das Stück maßgebend, sondern die stete Erscheinung des Schauspielers vor dem Publikum. Die bildende Kunst war die Grundlage der Erziehung, die Goethe dem Schauspieler zuteil werden ließ, denn sein Zweck war nur der, von vorn gesehene Bilder zu zeigen. Der durch ihn systematisch gepflegte antike Geschmack gehorchte in all und jedem dem Begriffe abstrakter Schönheit, so kunstvoll wie seine Stellungen sollte auch der Vortrag des Schauspielers sein. Im Gegensatz zu dieser Weimarischen Schule stand die Hamburgische, deren Tradition auf den berühmten Schröder zurückging. Diese ging nicht sowohl auf Schönheit als auf charakteristische Wahrheit aus und hielt die Deklamationskunst, wie sie Goethe pflegte, für den Untergang der dramatischen Kunst.

Die Schrödersche Richtung gelangte mehr und mehr in Aufnahme, zumal, seit die allgemeine Mißstimmung die Politik auch in das Theater trug. Die modernen Stücke, welche Zeitfragen, wenn auch in verhüllter Weise und in historischer Maske, behandelten, wie diejenigen Gutzkows, boten von der Bühne herab die von der Öffentlichkeit so leidenschaftlich geforderte politische Nahrung, jede Anspielung war willkommen, die dem Publikum Gelegenheit bot, seinen Anschauungen Luft zu machen. Dazu gehörte von seiten des Schauspielers eine deutliche nachdrückliche Sprache und eine charakteristische Ausdrucksweise; der Schrödersche Stil bürgerte sich ganz von selbst ein, die Kunst der schönen Rede, wie sie in Weimar heimisch war, blieb den Virtuosen. Eine der glänzendsten Vertreterinnen des hamburgischen Stils war die berühmte Sophie Schröder, welche jahrzehntelang für Deutschlands erste Tragödin galt. Sie besaß, wie Fanny Lewald von ihr sagt, die Zauberkraft des Genius, mit der sie sich wie ein Proteus jedesmal in das Wesen verwandelte, das sie zur Darstellung brachte. Ihre Begabung und ihren Ruf erbte die Tochter Wilhelmine, die erst als Sängerin, dann als Schauspielerin die Mitwelt durch ihre Talente und ihre strahlende blonde Schönheit begeisterte und ihr durch nie aufhörende Liebesgeschichten den hoch willkommenen Stoff zu endlosem Klatsch bot. Neben ihnen stand die schöne Auguste Stich-Crelinger als Repräsentantin der anderen Richtung, kein Mißton, keine Gewaltsamkeit störte je ihr harmonisch, aber konventionell gefärbtes Spiel, das etwas pathetisch Deklamatorisches gehabt haben muß. Die Stich-Crelinger und ihre Berliner Kollegen vergaßen nach Paul Heyses Urteil, selbst wenn sie Leute aus dem Volk zu spielen hatten, niemals, daß sie königlich preußische Hoffchauspieler waren.

Während das Spiel an großen wie an kleinen Bühnen sich mehr oder minder auf glänzenden Einzelleistungen talentierter Darsteller aufbaute, Iffland, Ludwig Devrient z. B. hatten niemals gleichwertige Kräfte neben sich, machte Immermann den Versuch, das Theater nach der Richtung eines sorgfältigen Zusammenspiels aller Schauspieler hin zu reformieren.

Franz Krüger. Hoffchauspieler (fpäter Geh. Hofrat) Louis Schneider
Handzeichnung. Berlin, Nationalgalerie

Er lebte als Landgerichtsrat in Düsseldorf, schrieb selbst für die Bühne und begann, seine Ideen an dem dortigen Stadttheater zur Geltung zu bringen. Der künstlerische Erfolg war groß, aber der pekuniäre so gering, daß Immermann schon nach einigen Jahren seine Tätigkeit an der Bühne einstellen und zu seinem juristischen Beruf zurückkehren mußte. Das hohe literarische Niveau des von ihm Dargebotenen (er bevorzugte Shakespeare und Calderon) hat wohl zu dem Mißerfolg beigetragen; das Publikum hatte, Goethe sagte es einmal zu Eckermann, gar nicht das Bedürfnis, immer ein gutes Stück zu sehen, es will nur immer Neues, fügte er hinzu, und das Neue sollte vorzugsweise etwas Leichtes sein.

Das starke Anwachsen des komischen Genres durch Possen, Burlesken, Vaudevilles, Liederspiele u. dgl., das in diesen Jahren zu beobachten ist, führte zu der Klage vom

445

Niedergange der Bühne, welche immer von denjenigen angestimmt worden ist, welche das ernste für das einzig erlaubte Genre halten. Louis Schneider, damals noch Hofschauspieler in Berlin und als Verfasser wie Darsteller komischer Rollen gleich ausgezeichnet, hat einmal die Zeitungen mehrerer Jahrzehnte daraufhin untersucht und gefunden, daß die Klage von dem unerhörten Tiefstand des Theaters Jahr für Jahr regelmäßig wiederkehrt. Diejenigen, welche mit diesem Vorwurf so schnell bei der Hand sind, vertreten gewöhnlich mit Einseitigkeit die Anschauung vom Theater als einer Stätte der Bildung, daß das Theater in erster Linie dem Vergnügen und der Unterhaltung zu dienen hat, wollen sie nicht zugeben. Aber gerade in den Jahren, welche dem Sturz Napoleons folgten, war das Bedürfnis nach einem geistigen Ausruhen besonders stark und dieser Wunsch der Erholung beschwor die Hochflut aller Arten von Lustspielen herauf, welche die Bühne überschwemmten und dem Publikum umsomehr behagten, je geringere Anforderungen sie an geistige Mitarbeit stellten.

Als Napoleons Gestirn auf seiner Höhe stand, tauchte in Deutschland die Schicksalstragödie auf. Wie damals in der großen Welt der blinde Zufall kaiserlicher Launen über die Geschicke der Völker und Könige entschied, so regierte auch auf den Brettern, welche die Welt nur bedeuten, der blinde Unverstand des Zufalls, anstatt des freien Willens. Adolf Müllners Schuld, welche am 27. April 1813 zum erstenmal auf dem Burgtheater in Wien aufgeführt wurde, eröffnete den Reigen. Dies Trauerspiel erlebte rasch drei Auflagen und mehrere Übersetzungen und eroberte alle deutschen Bühnen. Nun folgten zahlreiche Nachahmungen, unter denen allein Zacharias Werners 24. Februar und Grillparzers Ahnfrau literarisch hervorragen. Als die Weltherrschaft Bonapartes zu Ende war, hörte mit dem Verhängnis, welches über Europa hereingebrochen, auch das Interesse für die Spiele des Verhängnisses auf der Bühne auf. Man hatte in Wirklichkeit so viel Ernstes erlebt, daß es scheint, als sei für viele Jahre der Wunsch, den Ernst des Lebens im Spiegel der Bühne zu erblicken, völlig erloschen. Von 1815—1830 spielte die Berliner Hofbühne 292 neue Lustspiele, aber nur 56 neue Trauerspiele, im Jahre 1821 erwarb Graf Brühl zwei Trauerspiele und 15 Lustspiele. Man hat das Vorherrschen des leichten Genres an den Berliner Bühnen wohl in Zusammenhang mit dem Geschmack Friedrich Wilhelm III. gebracht, aber der König, der allerdings Lustspiel und Posse den Vorzug gab, befand sich darin in vollster Übereinstimmung mit dem hauptstädtischen Publikum, dieses selbst aber spiegelte den herrschenden Geschmack, dem alle Theater Deutschlands Rechnung tragen mußten. Von den 222 Vorstellungen, welche das Leipziger Stadttheater im ersten Jahr seines Bestehens 1817—18 gab, gehörten 58 Trauerspielen, die übrigen dem Lustspiel; die Dresdner Hofbühne führte 1829 24 Trauerspiele und 139 Lustspiele auf, in München brachte der Schauspieler Karl den

Aus Angelys Poffe: Sieben Mädchen in Uniform. Kupferstich von Zincke

Hans Wurst als Staberl wieder auf die Bühne und wurde durch den Erfolg der Stab-
leriaden, die er selbst erfand und spielte, zum reichen Mann.

Das leichte Genre wurde immer leichter, man ließ Kinder auftreten, Schauspieler
feierten die größten Triumphe in Affenrollen; Verkleidungsstücke kamen auf, in denen
eine Person die verschiedensten Rollen zu spielen hatte, andere, in denen nur mit zwei
stets wiederholten Worten die verschiedensten Empfindungen ausgedrückt werden mußten,
wie in Elsholz Bluette: Komm her. Immer noch herrschten Iffland und Kotzebue, den
z. B. Gustav Partheys englischer Lehrer Seymour über Shakespeare stellte. Von den
genannten 222 Theaterabenden in Leipzig gehörten ihnen 20, Schiller nur 4 und Goethe
gar nur 2. In Berlin war zwar der Tell neu ausgestattet worden, wozu die Dekorationen in der Schweiz aufgenommen worden waren (Professor Buttmann versicherte, ihm
sei dadurch eine Schweizerreise erspart worden), aber bald gehörte dies Stück zu den verbotenen und wurde nicht mehr aufgeführt, enthielt es doch folgende Verse:

> Wir wollen sein ein einig Volk von Brüdern,
> In keiner Not uns trennen und Gefahr,
> Wir wollen frei sein wie die Väter waren,

447

Eher den Tod, als in der Knechtschaft leben.
Wir wollen trauen auf den höchsten Gott
Und uns nicht fürchten vor der Macht der Menschen.

So freche Ansichten durften im Vormärz nicht von der Bühne her verkündet werden, strenger noch, als die Erzeugnisse der Presse bewachte die Zensur jene der Bühne.

Der berüchtigte Geheimrat von Tzschoppe verfolgte Holtei als unruhigen Kopf, weil er in seinem Liederspiel: Der alte Feldherr in der Person Kosciuszkos einen Rebellen gefeiert habe. In dem kleinen Einakter: Der alte Student von G. A. von Maltitz hatte die Zensur verschiedene Anspielungen auf Rußland sorgfältig gestrichen, als sie in der Aufführung des Königstädtischen Theaters trotzdem nicht ausgelassen wurden, wurde der Verfasser ausgewiesen. Um die Aufführung von Gutzkows Richard Savage, die 1840 im Berliner Schauspielhaus stattfand, entbrannte zwischen dem Minister von Rochow und dem Intendanten ein heftiger Streit, da die Herren von Rochow und Tzschoppe sich der Aufführung aus allen Kräften widersetzten und als wenigstes verlangten, daß der Name des Verfassers, der in den Kreisen der preußischen Polizei durch seine Teilnahme am jungen Deutschland für kompromittiert galt, weggelassen würde. So ängstlich wie die Zensur darauf bedacht war, von der Bühne alles fernzuhalten, was auch nur die leiseste Erinnerung an bessere freiere Zustände enthalten oder Kritik öffentlicher Einrichtungen bedeuten konnte, so empfindlich waren die Theater selbst gegen die Beurteilung ihrer Leistungen. Goethe wollte eine solche so wenig dulden, daß er den Schriftsteller Karl von Jarriges seiner scharfen Theaterkritiken wegen aus Weimar ausweisen ließ; Spontini in Berlin ließ ein Schriftchen gegen seine Direktion von der Polizei verbieten, ehe es nur erschienen war. In Berlin durfte die Zensur in den Theaterartikeln der Zeitungen keinen Tadel der Direktion in bezug auf Besetzung der Rollen, Wahl des Repertoires, Ausstattung der Bühne usw. durchlassen, ein neues Stück durfte erst nach der dritten Vorstellung kritisiert werden, so daß Friedrich von Üchtritz am Morgen nach der Aufführung seines Ehrenschwert in allen Bäckereien, Friseurläden, Konditoreien herumlief, um ein Urteil über sein Stück zu hören. Diese Angst vor der öffentlichen Meinung spielte in die Auswahl des Repertoires hinein und begünstigte geradezu das leichte Genre, weil es politisch nicht gefährlich schien. Karl Blum, Kurländer, Julius von Voß, Louis Angely haben allein jeder gegen 100 Schwänke, Possen, Liederspiele u. dgl. verfaßt und wenn ihre Fruchtbarkeit der Nachfrage noch immer nicht genügen konnte, so waren ja die fremden Literaturen zur Aushilfe da.

Ungefähr die Hälfte aller damals auf deutschen Bühnen aufgeführten Stücke waren Übersetzungen, meist aus dem Französischen, mancher der für das Theater tätigen Schrift-

Plakat des Zirkus Tourniaire, der in den zwanziger und dreißiger Jahren
in Deutschland herumzog

steller, wie der Freiherr von Biedenfeld, betrieb das Übersetzen ganz fabrikmäßig. Viele
Schauspieler machten sich die Stücke, in denen sie zu glänzen hofften, unter Entlehnung
derselben vom Auslande selbst zurecht, wie Tieck einmal boshaft bemerkt, weil Schauspieler in schlechten Stücken immer besser spielen als in guten. Gegen diese Hochflut
leichter und allerleichtester Ware verschwindet fast alles, was die deutschen Bühnen damals an ernsten Stücken darboten.

Im Vordergrund steht da das historische Schauspiel, welches in der Wahl seiner
Stoffe der romantischen Vorliebe für das Mittelalter entsprach. Zur Eröffnung des
neuen Hoftheaters in München wurde 1817 eine Konkurrenz ausgeschrieben, welche zwei
Preise von 150 und 120 Dukaten für Schauspiele aus der bayerischen Geschichte aus-
setzte. Die Masse der eingesandten Stücke war so groß, daß die Preisrichter sie gar nicht
alle lesen konnten und wie man sagt, auf gut Glück das erste beste herausgriffen. So
wurde nicht Uhlands Ludwig der Bayer, sondern der Haimeran eines Münchener Schul-
meisters, namens Erhard, gekrönt. Der Kammergerichtsreferendar Otto Jacobi aus
Ravensberg nahm sich vor, die ganze deutsche Kaisergeschichte von Karl dem Großen bis
zum Dreißigjährigen Krieg in einigen Dutzend Tragödien abzuhandeln, er gab sein Vorhaben aber, nachdem er es kaum begonnen hatte, schon wieder auf, denn mit Raupachs
unerschöpflicher Fruchtbarkeit hätte er sich doch nicht messen können. Seit 1824 lebte
Ernst Raupach in Berlin, für dessen Bühne er binnen 10 Jahren 50 Stücke schrieb,
darunter allein 16 Dramen, die sich mit der Geschichte der Hohenstaufen befassen, für

jeden Akt erhielt er 30 Taler. „Er verleidet uns noch die Erinnerung an die schönsten und edelsten Kaiser des deutschen Vaterlandes", schrieb Heine über diese Trauerspiele, welche die Berliner langweilten, trotzdem sie mit großer Pracht und historischer Treue ausgestattet wurden. Graf Karl Brühl gab sich, während er von 1815—28 Intendant in Berlin war, die größte Mühe, das Theaterkostüm in bezug auf historische Richtigkeit zu reformieren. Seine Bemühungen waren nicht immer glücklich, die von ihm veröffentlichten Bilder beweisen es; sie fanden auch von seiten des Schauspielpersonals, welches seine Eitelkeit in modischer Tracht befriedigen wollte, heftigen Widerstand und wurden selbst von Ästhetikern nicht gutgeheißen. Tieck nannte die Kostümtreue bloße Effekthascherei und Rahel spricht von dem „Vorurteil oder Irrurteil über die Richtigkeit des Theaterkostüms".

Glücklicher als in seinem dem Kostüm gewidmeten Streben war der kunstsinnige Intendant in der Wahl der Dekorationsmaler, welche für die ihm unterstellten Bühnen arbeiteten. Schinkel, dessen für das Gropiussche Diorama gemalte Perspektiven: Vesuv, Montblanc, Jerusalem, Palermo u. a. nach Schadows Urteil alles übertrafen, was man bis dahin in diesem Fache gesehen hatte, entwarf auch für die Hofbühne Dekorationen, so z. B. für Müllners König Yngurd, Schillers Jungfrau von Orleans und Braut von Messina, Shakespeares Othello, Üchtritz Alexander und Darius u. a. In diesen Werken rein illusionistischer Baukunst konnte der große Architekt seiner genialen Phantasie die Zügel schießen lassen, er hat in dieser Art Unvergleichliches geschaffen, das Großzügigste für die Oper. Die Vestalin und Ferdinand Cortez von Spontini, Armida und Alceste von Gluck, Undine von Hoffmann hat er mit Tempeln, Palästen, Burgen, Terrassen ausgestattet, welche die ganze phantastische Pracht der an keine Schranken der Möglichkeit gebundenen theatralischen Perspektive aufbieten, um den Zuschauer zu blenden. Die Serie der von Schinkel erfundenen Dekorationen zu Mozarts Zauberflöte, die am 18. Januar 1816 zum ersten Male verwendet wurden, stellen vielleicht das Höchste an künstlerischer Wirkung dar, was das Genie eines Malerarchitekten im Dienste der Bühnenkunst hervorbringen kann. Friedrich Wilhelm III. hatte sich mißbilligend darüber geäußert, daß man eine alte Oper neu ausstatte und vorgeschlagen, diese Kosten lieber an eine neue zu wenden, als aber die neu ausgestattete Zauberflöte hintereinander zwölf überfüllte Häuser machte und der Intendant einen glänzenden Kassenrapport vorlegen konnte, sagte der König zum Grafen Brühl: „Der Rapport beweist, daß ich nicht verstehe, was das Publikum will, künftig werde ich mich mit meiner Meinung nicht mehr in Verwaltungsangelegenheiten mischen."

Oper und Ballett waren ja an und für sich die Magnete, welche das Publikum weit stärker in das Theater zogen, als alles andere. In diesem Punkte traf sich der Geschmack

Schinkel. Dekoration zu Mozarts Zauberflöte

aller Klassen. Schon die Ausgaben, welche für sie gemacht wurden, im Verhältnis zu den an das rezitierende Schauspiel gewandten Kosten beweisen das. Henriette Sontag war an die Oper engagiert mit 6000 Taler Gage, 2500 Taler Pension und sechsmonatlichem Urlaub, die Sängerin Milder-Hauptmann erhielt 3500 Taler, Ludwig Devrient nur 2600, die Stich-Crelinger 2700, der Solotänzer Hoguet dagegen 4000. Im Jahre 1827 wurden an das Opern- und Ballettpersonal der Berliner Bühne, ohne Chor, Orchester, Figuranten usw. 45 000 Taler gezahlt, während die Gagen der Schauspieler und Schauspielerinnen nur 28 742 Taler betrugen. Die Ausstattung eines neuen Schauspiels kostete etwa 500 Taler, die einer neuen Oper oder eines neuen Balletts gegen 20000, Spontinis Alcidor allein 30000 Taler.

Die Oper hat in ihrer Kunstform in diesen Jahrzehnten dieselbe einschneidende Wandlung durchgemacht, welche auch die anderen Künste vom Klassizismus fort und auf den Weg des Realismus geführt hat. Am Beginn dieses Zeitraumes herrschte noch unbedingt die italienische Oper alten Stils, bestehend aus einigen Glanzarien, welche lose und dürftig durch magere Rezitative und Chöre zu einem Ganzen verknüpft sind. Vielfach, wie in Berlin und Dresden, wurden die ersten Partien noch von Kastraten gesungen, dauernd Männerrollen für Sopran und Alt geschrieben. 30 Jahre später hat Richard Wagner schon den Bann gebrochen, der auf der deutschen Oper lastete und mit dem Rienzi, dem Fliegenden Holländer, dem Tannhäuser begonnen, die Oper zum Gesamtkunstwerk zu gestalten. Dazwischen liegen die Schöpfungen von Weber und Meyerbeer. Vertritt Weber die Romantik, so verkörpert Meyerbeer die Stimmung der Aufregung und gespannten Erwartung, die sich nach der Julirevolution der Köpfe bemächtigte. Wie in der Politik, der Literatur und den Künsten, herrschte auch in der Musik heißer und erbitterter Kampf zwischen dem Neuen und dem alten Überlieferten. Karl Maria von Weber ist dem Volke zuerst als Komponist der Lieder Theodor Körners bekannt geworden, aber König Friedrich August von Sachsen, der treue Bundesgenosse Napoleons, verzieh es dem Komponisten nie, daß er durch seine Melodien eine so helle Begeisterung geweckt hatte. „Wir wußten nicht, daß Weber dies demagogische Zeug komponiert hat," sagte der Minister v. Einsiedel, „sonst hätten wir ihn nicht nach Dresden engagiert." Den ersten großen Erfolg seines Lebens, den Weltruhm, errang Weber mit einem Schlage durch seinen Freischütz. In Dresden erfreute sich die italienische Oper noch einseitigerer Förderung, als in Berlin, so mußte der Dresdner Hofkapellmeister seine Oper der Berliner Bühne zur Erstaufführung überlassen. Am 18. Juni 1821 fand die Premiere statt, zwei Tage darauf schrieb der glückliche Komponist an seinen Librettisten Friedrich Kind in Dresden: „Kein Mensch erinnert sich, eine Oper je so aufgenommen gesehen zu haben." Bis zum Schlusse des Jahres wurde die Oper 18 mal wiederholt, 1822 wurde sie 33 mal gespielt, aber niemals waren Billetts dafür zu haben, schreibt Heinrich Heine. Als 1840 die 200. Vorstellung des Freischütz in Berlin stattfand, hatte er der Hofbühne eine Einnahme von 94000 Talern gebracht. Er durchflog die Welt mit einem Erfolg, wie er noch nie einer Oper beschieden gewesen war. Alle Leierkästen spielten den Jungfernkranz, Ludwig Richter hörte ihn im Dome zu Parma, Sulpiz Boisserée von den Glockenspielen holländischer Kirchtürme. Der Komponist hatte von seinem Erfolg den Ruhm und die Feindschaft des in Berlin allmächtigen Spontini, dessen Olympia durch den Freischütz einfach totgemacht worden war. Spontinis Mißgunst verfolgte den glücklichen Nebenbuhler noch über das Grab hinaus. Er lehnte es ab, den Oberon für die Oper zu erwerben, als aber das Königstädter Theater dies Werk angekauft hatte, ließ ihm der Intendant die Aufführung verbieten, so daß der edle Italiener wenigstens die Genugtuung hatte, der Witwe des gefeierten, in Armut gestorbenen deutschen Komponisten das Leben zu verbittern. Spontini konnte wohl die Erfolge anderer verkümmern, ihm selbst waren nach seiner Vestalin keine mehr beschieden, zumal seit Meyerbeers glänzend gearbeitete Sensationsopern Robert der Teufel 1831, die Hugenotten 1836 von Paris aus den Weg über alle Bühnen der Welt einschlugen. Die ungewöhnliche Meisterschaft in der Handhabung aller Kunstmittel, die Meyerbeer eignet, das skrupellose Raffinement, mit dem er alle Effekte zu überraschender Wirkung zu vereinen weiß, verschafften diesen Werken einen geradezu beispiellosen Erfolg. Meyerbeer war, wie Bernhard Marx sagt, der Mann der Zeit, der Gesellschaft, die neben den rein persönlichen Interessen kein dringenderes Bedürfnis kennt, als nach Zerstreuung zwischen ermüdender Hatz.

Auf den Schultern beider, Webers und Meyerbeers, steht Richard Wagner, von dem Rienzi und Fliegender Holländer 1841, Tannhäuser 1845 noch in diesen Zeitraum fallen. Sie haben der Welt schon damals das Kunstwerk der Zukunft verkündet, wenn der Meister die Versprechungen, die er in ihnen gab, auch erst im Ring des Nibelungen, im Tristan und den Meistersingern im Laufe der nächsten Jahrzehnte eingelöst hat. Wagners Forderung großer Stoffe und innigsten Zusammenhangs zwischen Text und Musik, seine Umgestaltung der Oper in ein musikalisches Drama, die Eigenart des poetischen Wortes, die Eigentümlichkeit der Tonsprache, alle die Elemente, aus denen das Neuartige seiner Kunst entstand, haben die musikalische Welt seinerzeit in Aufregung versetzt und Deutschland in zwei Lager gespalten, die sich auf das bitterste befehdeten. Wie heiß auch jahrelang die Kämpfe um die Zukunftsmusik getobt haben, wie vergiftend sie ihrer Zeit auf das Kunstleben auch gewirkt haben mögen, den endlichen Triumph des Genies haben sie kaum aufgehalten, heute gehört Richard Wagner keiner Partei mehr, sondern seinem ganzen Volke.

Eine Hauptanziehungskraft der Oper lag in den eingestreuten Balletten mit ihrem finnlichen Reiz. Wenn fich in diefen Jahren auch im Ballett ein Wechfel vollzieht, der zu einem Bruch mit der älteren noch immer herrfchenden franzöfifchen Schule führte, an die Stelle des gemeffenen feierlich abgezirkelten Stils diefer Richtung die Betonung der natürlichen Bewegung trat, fo hängt das mit der Perfönlichkeit einer befonders begabten deutfchen Tänzerin zufammen, welche dem neuen Stil zum Siege verhalf, mit Fanny Elßler. Sie war nicht nur blendend fchön, der greife Friedrich von Gentz widmete ihr die letzten Gluten feines Herzens, fondern auch von bezaubernder Anmut, ihre Darftellungskunst wetteiferte mit ihrer Begabung für den Tanz. Sie entzückte alle Welt, „fie tanzt Weltgefchichte", behaupteten die Berliner, welche durch der göttlichen Fanny Beine ebenfo enthufiasmiert wurden, wie durch Lißzts Spiel. Die Begeifterung der Zeitgenoffen erfchöpfte fich in einftimmigem Lobe, Jahrzehnte fpäter fchreibt Friedrich Pecht, daß fie den höchften finnlichen Reiz mit Anmut vereinigt habe und Rudolf Delbrück fchwärmt in feinen Lebenserinnerungen: „Fanny Elßler war in der Pantomime unerreicht, fie wußte in ihren fchönen Zügen die ganze Stufenleiter der Affekte von der ausgelaffenften Luftigkeit bis zum herzzerreißenften Schmerz in höchfter Wahrheit und immer fchön zum greifbaren Ausdruck zu bringen." Sie hat in einer lange Jahre dauernden Rivalität mit Marie Taglioni, deren Begabung ebenfalls in der Pantomime lag (Eduard Gans fagte von ihr „fie tanzt Goethe"), dem Ballett eine andere Richtung gegeben. Beide haben durch das Beifpiel, das fie gaben, die höhere Tanzkunft erft zu einer wirklich perfönlichen Kunft erhoben.

Siebentes Kapitel

DAS LEBEN
IN STAAT UND HAUS

ft genug hört man heute, daß die Verwaltung sich im vormärzlichen Deutschland auf dem Höhepunkt der Vollkommenheit befunden habe. Die Berechtigung dieser Behauptung stehe dahin, fragen wir aber die Zeitgenossen selbst, so werden ganz andere Stimmen laut. Neben dem Selbstlob der Beamten, daß sie sich und ihrem Stand verschwenderisch erteilten, wird die Klage hörbar über den ungeheuren Druck, mit dem eine Jahr für Jahr an Zahl wachsende Bureaukratie auf dem Staatsleben lastet, alle freie Entwicklung hemmt und zu Boden drückt. „Die ganze Hardenbergsche Beamtenhierarchie", schreibt Fr. Aug. Ludw. v. d. Marwitz, „mit all ihren Ministern, Ministerien, Oberpräsidien, Präsidien, Regierungen, Generalkommissionen und all den tausend Heimatlosen arbeitete gegeneinander." „Die hoffärtige viel geschäftige Beamten- und Schreiberherrschaft, der Despotismus der Bureaumenschen, der alles niedertritt, keine Rechte, keine Überzeugung und kein Gewissen achtet", heißt es einmal bei Friedrich Thiersch, der in München unter dem vom Ministerialrat von Grandauer eingerichteten Aufpasser- und Angebersystem genug zu leiden hatte, um die in Deutschland eingerissene, jede Selbständigkeit ertötende Schreiberherrschaft gründlich hassen zu lernen. In Württemberg trat Friedrich List in Reden und Flugschriften gegen die Allmacht der Bureaukratie auf, mußte aber sehr bald den Machinationen der unversöhnlichen Kaste weichen, die sich gesetzlich durch Erteilung von Stockprügeln an dem unbequemen Gegner hätte rächen können.

Die Einmischung in alle Verhältnisse des Lebens, die Bevormundung war unendlich. Auf den badischen Landstraßen waren die Obstbäume numeriert, das Höchste im Uniformieren von Land und Leuten, sagt Karl Braun, mehr als irgendein Staat in Europa leistete aber Hessen-Darmstadt, wo sogar Lokomotivheizerlehrlinge dritter Klasse zu Lokomotivheizerlehrlingen zweiter Klasse befördert werden konnten. In Preußen kam auf je 49 Menschen ein Beamter, so daß der Präsident von Ladenberg sich einmal dazu erbot, nachzuweisen, daß jeder Dritte von allen Beamten überflüssig und entbehrlich sei.

Diesem ungeheuren Beamtenschwarm war, wie einmal ein Freund an Perthes schrieb, das Verwalten die Hauptsache, das Verwaltete etwas Gleichgültiges. „In hohem Grade befremdete mich die Art und Weise", bemerkt K. Fr. von Klöden, „wie die Dekrete der Regierung zustande gebracht wurden", nämlich nicht einmal immer mit gesundem Menschenverstand, ein Erbe, das die deutsche Republik nebenbei gesagt in vollem Umfange angetreten hat. Der ganze selbstgerechte Dünkel dieser papierseligen Schreiber trat in der Behauptung des Regierungsrats Wehnert zutage, der im Beamtentum die eigentlich ideale Kraft des Volksgeistes erblicken wollte. „Dabei", schreibt ein anderer Freund gelegentlich an Friedrich Perthes, „klagen Preußens eigene Diener bitter über ein gar steifes und kratzbürstiges Formenwesen in der Verwaltung, über den Mangel an allem Bürgersinn und selbständigen Gemeindeleben. Es sei nun einmal ausgemacht, daß der Staat allein Intelligenz besitze, es geschehe nichts, was nicht durch Räte und Referendarien geschehe." „Das Verständnis der allgemeinen Interessen", erzählt Rudolf Delbrück, „war den Beamten vorbehalten, jede Kritik von unberechtigter Seite, worunter man das beteiligte Publikum verstand, erschien als Anmaßung." Als im März 1846 eine Anzahl hervorragender rheinischer Fabrikanten und Kaufleute eine Petition an den Justizminister wegen Annahme des Rönneschen Differenzialzollprojekts, an dem sie ein großes Interesse hatten, richteten, anwortete er ihnen, sie sollten sich gefälligst um die Verbesserung ihres Gewerbes kümmern, nicht um die Beratung von Petitionen und variierte damit nur den berühmt gewordenen Erlaß des Ministers von Rochow an den Stadtrat von Elbing über den beschränkten Untertanenverstand. Als der Minister von Bodelschwingh 1845 auf dem Städteordnungsfest dem Magistrat und der Bürgerschaft Berlins ähnliche weise Lehren zum besten geben wollte, wurde er ausgescharrt, man war dieses Tones und dieser Leute satt. 1818 hatte Schleiermacher aus Linz an seine Frau geschrieben: „Die Verwaltung ist hier noch viel peinlicher, drückender und unverständiger, als bei uns", ein Menschenalter später notiert Varnhagen: „Das ganze Land ist voll Bedrückung und Schererei, die durch den Schein der Gesetzlichkeit nur um so empörender wird. Alles läuft auf äußerliches Rechthaben hinaus, alles wird in Advokatenkniffe verwickelt, die Regierung wird ganz und gar in praktische Sophistik aufgelöst."

„Die Pflanzschule der Bureaukratie"
Aus den Fliegenden Blättern

Knechtisch nach oben, anmaßend nach unten, so charakterisieren die Zeitgenossen diese Beamtenautokratie. 1824 schreibt Schleiermacher: „Das Ministerium wird despotischer nach unten, je kriechender es wird nach oben" und 20 Jahre darauf bekräftigt Varnhagen diese Beobachtung mit der Bemerkung: „Unsere Minister, die warten bis man sie fortjagt, sie nehmen alle Fußtritte geduldig hin und teilen solche auch aus." Dieses Beamtentum an sich aber stand um so fester da, als die demoralisierende Wirkung, die es in der Unterdrückung jeder selbständigen Regung des Bürgers ausübte, auch darin zur Geltung kam, daß dem Bürger nichts anderes mehr erstrebenswert erschien als die Zugehörigkeit zu dieser Kaste. „Eine Anstellung, die mit dem Staate zusammenhing, wurde gesucht," schreibt Heinrich Laube im Rückblick auf seine Jugendjahre, „jede freie Tätigkeit, welche lediglich auf selbständige Kraft angewiesen blieb, galt für abenteuerlich, ja verdächtig." Aus dieser Anschauung heraus entstand die Redensart, die den Journalisten als Mann qualifiziert, der seinen Beruf verfehlt hat, als Beruf im höheren Sinne galt eben immer nur Bureauschreiberei. Diese Schreiberwirtschaft, die so notwendig zum Strebertum führt, wußte sich mit Hilfe der Justiz vollends unangreifbar zu machen, übten doch, wie Varnhagen 1844 niederschreibt, die Gerichte den Grundsatz aus, Anklagen gegen höhere Staatsbeamte als Injurien zu behandeln und zu bestrafen, auf die Erörterung der Sache aber gar nicht einzugehen. In Württemberg hatte man als Seitenstück zu dieser Praxis die famose schon früher besprochene „Amtsehrenbeleidigung", die den Beamten geradezu sakrosankt machte. Der Dünkel und die Überhebung der Beamtenkaste trug das seinige zur Erhöhung der allgemeinen Unzufriedenheit bei, so schrieb Hormayer an Perthes: „Der übertriebene Diensteifer von Zivil- und Militärbeamten

Eisele und Beisele in Berlin

„Entschuldigen Sie, wohnt hier der Herr Geheime Rath —
„Geheimrath? — das bin ich." —
„Ich auch — ich auch — ich auch — wir auch — auch —
auch — auch — auch, wir sind Alle Geheimräthe." —

Aus den Fliegenden Blättern

hat Preußen üble Dienste geleistet und viel Argwohn und Mißtrauen erregt", nicht nur das, er hat redlich am Zusammenbruch des Polizeistaates mitgeholfen.

So heftig wie das Verlangen nach Öffentlichkeit im Staatsleben, nach Verfassung, Kammern, Preßfreiheit, war, so lebhaft war auch die Bewegung, welche Öffentlichkeit und Mündlichkeit vor Gericht forderte. Noch bestand fast im ganzen Deutschland der geheim geführte Inquisitionsprozeß, der den Angeklagten völlig der Willkür seiner Richter überließ; nur da, wo durch die französische Eroberung der Code Napoléon und die französischen Rechtsformen eingeführt worden waren, wie im Königreich Westfalen und in den linksrheinischen Gebieten, existierten Schwurgerichte, wenn sie nicht, wie in Kurhessen sofort nach Rückkehr des angestammten Landesvater wieder abgeschafft worden waren. Der Kampf um die Öffentlichkeit vor Gericht bildete einen Teil des Ringens, zu dem das deutsche Bürgertum in seinem Streben nach Freiheit und Unabhängigkeit von der Reaktion gezwungen wurde, auch auf diesem Gebiete schieden sich die Geister scharf voneinander. Alle liberal Denkenden waren für die Öffentlichkeit, die Regierungen dagegen, die so viel zu verbergen hatten, für das Geheimnis.

Es war ein ganz eigenes Verhängnis, daß auch in diesem Falle wieder die Einrichtungen Frankreichs die besseren waren, daß wie im politischen Leben auch in diesen Fragen die Deutschen von ihren eigenen Regierungen ordentlich geflissentlich zur Bewunderung der Franzosen genötigt wurden. „Die diesseits rheinischen Deutschen", schreibt Karl Theodor Welcker, „müssen ihre Blicke mit Neid auf die Strafgesetzgebung richten, die die Rheinlande ihrer Einverleibung in Frankreich danken." In Preußen sah die regierende Clique mit größter Mißbilligung auf die rheinischen Zustände, man gönnte den Rheinlanden die Schwurgerichte nicht und rümpfte die Nase über Gevatter Schneider und Handschuhmacher, die da zu Gerichte säßen. Man nannte die Einrichtung revolutionär und schimpfte, wie Heine erzählt, den Code Napoléon ein ganz schlechtes Gesetzbuch, da es nicht einmal erlaube, der Magd eine Maulschelle zu geben. Man schickte von Berlin aus Assessoren an den Rhein, die für das preußische Landrecht und das schriftliche und geheime Verfahren Stimmung machen sollten, aber wie Parthey berichtet, kamen sie alle als Freunde der Geschworenengerichte zurück. Wie Varnhagen urteilt, hing man ja am Rhein weniger an dem französischen Rechtswesen, als daß man das preußische fürchtete, besonders wünschte man um jeden Preis an der Öffentlichkeit des Gerichtsverfahrens festzuhalten. So wurde auch der Prozeß, in dem ein kölnischer Kaufmann Fonk beschuldigt worden war, seinen Angestellten Könen ermordet zu haben, zu einer cause célèbre jener Jahre, denn das ganze für und wider dessen, was Gegner und Freunde der Schwurgerichte vorzubringen wußten, spielte in diesen Prozeß hinein und übertraf an prinzipieller Wichtigkeit weit das Schicksal des Inquisiten, der schließlich nach langem hin und her freigesprochen wurde, seinen Freunden selbst aber doch nur geringe Sympathien einzuflößen wußte.

Man hielt mit Justus Gruner das französische Gesetz für eine Fessel der Tyrannei, für ein Bollwerk gegen Willkür und Unsicherheit, wie Eduard Gans es aussprach: „Öffentlichkeit und Mündlichkeit vor Gericht sind die größten Segnungen, welche einem Volk zuteil werden können, als unerschütterliche Felsen der Rechtssicherheit, sie werden auch in Deutschland wieder die Grundlagen des Rechtsverfahrens bilden, wie lange auch Vorurteile und Ängstlichkeit diesen Zeitpunkt noch hinausschieben mögen." Sie wußten ihn allerdings noch weit genug hinauszuschieben. Von den Zuständen in Preußen schreibt Friedr. Aug. Ludw. v. d. Marwitz: „Eine wirkliche Justiz gab es im Lande nicht, am wenigsten seit Kircheisen. In der Person dieses bisherigen Kammergerichtspräsidenten wurde ein Justizminister gesetzt (1810—25), der alles vereinigte, was Beschränktheit, Dummheit, Unbehilflichkeit, Versunkenheit in den Buchstaben des Landrechts und Gehorsam gegen Befehle nur irgend in einem menschlichen Wesen Widerwärtiges zusammenbringen können. Soll einmal eine ordentliche Justiz im Lande eingeführt werden, so wird das erste sein müssen, die gänzliche Absonderung, die gewissermaßen feindselige Stellung aufzuheben, in welcher die Justizpersonen gegen die übrigen Staatsbürger stehen." In Sachsen setzte der Justizminister von Könneritz der Forderung des Landtages auf Einführung des Anklageverfahrens mit Mündlichkeit und Öffentlichkeit unbeugsamen Widerstand entgegen, das bloß schriftlich und geheim geführte Inquisitionsverfahren schien den Regierenden ebenso unentbehrlich wie es den Regierten je länger je verhaßter werden mußte. Wenn ein oldenburgischer Jurist L. D. von Buttel stolz darauf war, daß die oldenburgischen Gerichte in einzelnen Strafbranchen lediglich auf das Zeugnis eines einzigen, noch dazu von der Regierung besoldeten und in Hoffnung einer Denunziationsgebühr denunzierenden Beamten niederen Standes und niederer Bildung ganz getrost verurteilten, so begreift man das Mißtrauen, das in allen Kreisen gegen die Gerechtigkeitspflege Platz griff, um so mehr denkt man an die berüchtigten politischen Prozesse jener Jahre, die gegen den Pfarrer Weidig und den Professor Silvester Jordan. Von dem Verfahren gegen Jordan, seiner fünf Jahre dauernden Untersuchungshaft, den vom Gericht bezahlten falschen Zeugen, die gegen ihn aufgeführt wurden, war schon die Rede, nicht minder schändlich wurde in Hessen der Prozeß gegen den freisinnigen Pfarrer Friedrich Ludwig Weidig geführt. Der Richter Georgi, dem der Unglückliche überantwortet wurde, war zwar notorisch ein jähzorniger leidenschaftlicher Trunkenbold, seine vorgesetzte Behörde hielt ihn aber trotzdem für eine zum Richteramt genügend fromme ehrbare und taugliche Person und besiegelte damit Weidigs Schicksal. Jahr und Tag in einem feuchten, übelriechenden halbdunklen Loch eingesperrt, mit Ketten an die Mauer geschlossen und geprügelt, verzweifelte der Untersuchungsgefangene endlich an der menschlichen Gerechtigkeit und öffnete sich mit Glasscherben die Adern. Wärter und Richter fanden ihn zwar, ließen ihn aber verbluten, wodurch sie den unbequemen Gefangenen los waren und der Prozeß sein Ende gefunden hatte.

1808 wurde in Bayern die Tortur abgeschafft und 1813 ersetzte das Feuerbachsche Strafgesetzbuch den Kreittmayerschen Kodex mit seinen brutalen Bestimmungen. Im sogenannten Kommunion-Harz und in Lauenburg galt noch die Carolina und in diesen Landesteilen bestand bis zum 1. April 1870 die Folter noch juristisch zu Recht. Sie ist nicht mehr im mittelalterlichen Sinne ausgeübt worden, was der Student Otto von Gerlach, der spätere Hofprediger, lebhaft gegen Gustav Parthey beklagte, aber wie man in Hessen gegen Weidig und Jordan vorging, den armen jungen Studenten von Minnigerode in den Wahnsinn trieb, so verstand man sich auch anderswo darauf, die Untersuchungsgefangenen scharf anzugreifen. Arnold Ruge, Heinrich Laube, Fritz Reuter u. a. haben ihre Erlebnisse in den Berliner Gefängnissen anschaulich genug geschildert. Die Regierungskommission, welche die Gefängnisse der Magdeburger Zitadelle zu untersuchen

Jurist.

Mackelden und Ulpian.
Savigny und Feuerbach
Brechen Dir die Ehrenbahn
Lauf' Du ihnen muthig nach,
Doch vergiss nicht's Alligiren
Das in termino citiren
S' Dekretiren 's Referiren.

Lebst Du so im neuen Jahr,
Wirst Du einstens wohl Minister
Venus, Bachus stellt sich dar,
Als gehorsam dem Philister.
Es wie wirst Du dann sponsiren
Und interdum poculiren
Wenn Dich Ordensbänder zieren!

Adolf Menzel. Steinzeichnung

hatte, konstatierte, daß es den Gefangenen an den notwendigsten Lebensbedingungen fehle, nämlich an Luft, Licht, Wärme und Wasser. „Das Verfahren in Straffachen", erzählt Felix Eberty, der in den dreißiger Jahren als Referendar in Berlin tätig war, „war hart und grausam. Es kam alles darauf an, den Beschuldigten zum Geständnis zu bringen, als sei es nicht vielmehr Sache des Richters, den Verbrecher zu überführen." Man ließ die Untersuchungsgefangenen länger sitzen als nötig, gab Hartnäckigen salzige Speisen und nichts zu trinken dazu, prügelte in der Untersuchungshaft und den Zuchthäusern. So hatte der Polizeirat Eckert in Berlin durch Durst, den er durch starke Salzauflösung im Trinkwasser zu mehren wußte, ein verhaftetes Dienstmädchen zum Geständnis eines von ihr gar nicht begangenen Verbrechens gebracht. Die wahre Schuldige kam durch Zufall an den Tag, und die Gerichte verurteilten Eckert zu dreijähriger Festungsstrafe. Wie Varnhagen berichtet, erklärte aber der Minister von Schuckmann den Mann als unentbehrlich für den Dienst der Polizei, und so mußte ihm die Strafe erlassen werden. Varnhagen erzählt auch die Geschichte des Studenten von Caprivi, den man wegen der sogenannten burschenschaftlichen Umtriebe verhaftete, fieberkrank in ein dunkles feuchtes Loch einsperrte, keinen Arzt zu ihm ließ und schändlich behandelte. Auf seine Beschwerde antwortete der Staatsrat Schulz: „Er soll erst bekennen." Der berüchtigte Geheimrat von Tzschoppe mischte unter die beschlagnahmten Papiere verhafteter Untersuchungsgefangener falsche, um die Betreffenden auch ja zu belasten. Man beschuldigte, wie Varnhagen 1822 notiert, den Justizminister ganz offen der schreiendsten Eingriffe in die Behandlung

Adolf Schroedter. Verlobungsanzeige des Künstlers, radiert von ihm selbst

464

der einzelnen Rechtshändel, indem er Prozesse hemme oder niederschlage, man sagte in Berlin ohne Scheu, daß der Adel empörend begünstigt werde und ein Bürgerlicher bestraft werde, wo ein Adliger frei ausgehe, bei Adligen werde das Verfahren eingestellt, wo es bei Bürgerlichen streng fortgesetzt werde. Dieses allgemeine Mißtrauen in die Unabhängigkeit der Rechtsprechung, trat in sehr bezeichnender Weise in der Proklamation zutage, die der Kammergerichtsrat Gedicke nach einer in Potsdam gehaltenen Justizvisitation am 3. März 1825 an die Bewohner der Residenz erließ. Er sagte in derselben u. a., die Justizbeamten müßten sich mit der Überzeugung durchdringen, daß das Vertrauen und die Zufriedenheit der Einwohner dasjenige sei, wonach sie zu streben hätten und was ihnen unendlich mehr gelten müsse, als der Beifall eines Vorgesetzten. Die sich häufenden Demagogenprozesse gegen harmlose Männer, an deren Unschuld niemand, wahrscheinlich die Richter selbst nicht zweifeln konnten, haben in den nächsten Jahren allerdings nicht dazu beigetragen, das wankend gewordene Vertrauen zu der preußischen Justiz wieder zu befestigen, im Gegenteil, 1837 bemerkt Varnhagen: „Die ganze Justiz ist bei uns demoralisiert." Bezeichnend für die Anschauung des obersten Richters ist die Geschichte, die Varnhagen von dem Oberpräsidenten des Kammergerichts, Adolf von Kleist, dem vom Volke sogenannten blutigen Kleist, erzählt. Bei dem Widerspruch, den einige seiner Räte sich gelegentlich gegen das von ihm abgegebene Votum erlaubten, habe er auf den Tisch geschlagen und gerufen: Das Kammergericht müsse vor allem durch Gehorsam gegen jeden Befehl der höchsten Behörden sich auszeichnen. Diese Gesinnung trug ihm zwar das Lob des Hofes ein, vornehm Denkende aber zogen sich von dem Manne zurück, wie General von Müffling 1842 an Oldwig von Natzmer schreibt: „Alles ist von dem Köpfen und lebenswierigen Einsperren so degoutiert, daß Kleist im Staatsrat verlassen dasteht." Als im Prozesse des Bürgermeisters Tschech, der auf Friedrich Wilhelm IV. geschossen hatte, der Kammergerichtsrat von Alvensleben in die Verhörsprotokolle, wie es sein muß, alle Aussagen desselben aufnahm, auch alles, was dieser gegen den König und seine Regierung vorbrachte, fuhr ihn der Präsident von Kleist an: „Was haben Sie denn da gemacht, bedenken Sie, daß der König diese Protokolle lesen will. Sie müssen das weglassen." Alvensleben aber ließ den servilen Mann gehörig abfallen, indem er ihm erwiderte: „Das verbietet mir meine Pflicht und mein Eid." Die Beschuldigung, die Varnhagen einmal gegen den berüchtigten Herrn von Kamptz ausspricht, indem er sagt: „Kamptz hat auf das Verderben unserer Justiz den größten Einfluß", hatte außer vielen anderen Schritten dieses in jenen Jahren nur zu einflußreichen Mannes ihren Grund darin, daß es Kamptz gelungen war, durchzusetzen, daß gegen Richter auch wegen ihrer Führung außer dem Amt eingeschritten werden konnte und der Verwaltung das Anklagerecht gegen dieselben zustehe. Das preußische Landrecht von 1794 hatte die Richter davor geschützt, daß sie wegen irgend etwas außerhalb ihrer Amtsführung Liegenden zur Verantwortung gezogen werden konnten. Das wurde seit 1844 anders, die Kamptzschen Verordnungen galten nicht der Bildung unabhängiger, sondern zuverlässiger Richter. Zu den eifrigsten Vorkämpfern der Unabhängigkeit des Richterstandes gehörte in jenen Jahren auch Heinrich Simon, den seine vornehme Gesinnung nötigte, den Staatsdienst zu verlassen.

Den grausamen Prozeduren des Untersuchungsverfahrens entsprach die brutale Härte des Strafvollzuges, der, was die Lebens- und Ehrenstrafen betraf, in vollster Öffentlichkeit verrichtet wurde. Die Gerichtslaube am Berliner Rathause trug noch den Pranger mit dem Halseisen. In Bergen auf Rügen, erzählt Ludwig Ruge, bestand eine Verordnung, daß sämtliche Schüler dem Auspeitschen der Verbrecher auf öffentlichem Markt beiwohnen mußten. Das Blut floß in Strömen, das Geheul der Gemarterten drang durch Mark und Bein. Karl Gutzkow spielte als Knabe unter dem Galgen, dessen hoher steinerner Unterbau drei hohe Balken oben im Dreieck verbunden trug, Hedwig von Bismarck hat der Galgen in Spandau einen unauslöschlichen Eindruck gemacht, wie Hoffmann von Fallersleben jener in Celle, auf dem er 1820 noch die im Winde baumelnden Glieder eines kürzlich Geräderten sah. Pranger, Galgen und Rad waren keine leeren Schaustücke, sondern funktionierten noch mit der ganzen Barbarei eines dem Mittelalter entstammenden Verfahrens. Am 28. Mai 1813 wurden in Berlin der Brandstifter Horst und seine Genossin Christiane Delitz vor dem Oranienburger Tor lebendig verbrannt. Die Hinrichtung zweier Mörderinnen, die Karl von Holtei als Kind in Breslau mit ansah, wurde zur Volksbelustigung, zu der der Pöbel, mit Eßwaren und Getränke reichlich versehen, schon am Abend vorher hinauszog, um sich gute Plätze zu sichern. In Magdeburg wurden Mörder auf einer Kuhhaut durch die Stadt bis zum Schafott vor dem Krökertor geschleift und dann gerichtet. Fontane schildert die Hinrichtung eines Mörderpaares, die in seiner Jugendzeit in Swinemünde stattfand und ihm den stärksten Eindruck hinterließ, trotzdem seine verständigen Eltern ihm nicht erlaubten zuzusehen. In Frauenburg wurde am 7. Juli 1841 Rudolf Kühnapfel, der Mörder des greisen Bischofs von Ermeland, Stanislaus von Hatten, öffentlich von unten auf gerädert und ähnliche Szenen blutiger Greuel konnte man damals in Deutschland noch allerorten beiwohnen.

Es steht dahin, ob sie abschreckend gewirkt haben, jedenfalls setzte sich in den Köpfen des Volkes ein Schreckbild von der Justiz und der durch sie geübten Rache fest. Die Witwe Gesche Margarethe Gottfried in Bremen, die im Laufe der Jahre 15 ihrer nächsten Angehörigen und Freunde durch Gift beiseite geschafft hatte, wurde während ihres drei Jahre dauernden Prozesses am meisten durch die Vorstellung gepeinigt, in welcher

La Mode 1830. Zeichnung von Gavarni.

Die Überfahrt von Stralau nach Treptow bei Berlin

Weise sie wohl hingerichtet werden würde. Als eine Menagerie während dieser Zeit nach Bremen kam, fürchtete sie, man würde sie lebendig den wilden Tieren vorwerfen, als man eines der Opfer in ihrer Gegenwart exhumierte, glaubte sie, man werde sie mit der Leiche zusammenbinden und lebendig begraben. Solche Ideen folterten die Unselige, die wie wohl die Mehrzahl ihrer Zeitgenossen mit dem Gedanken an die Justiz nur die Vorstellung roher Greuel verband. Die Gefühllosigkeit, mit der die Strafe vollzogen wurde, stumpfte Richter, Verbrecher und Publikum in gleicher Weise ab. In Oschatz in Sachsen konnte man 1835 für 8 Groschen Entree zusehen, wie die Deliquenten, die am andern Tage hingerichtet wurden, in der Kirche das Abendmahl nahmen. Erbarmungslos wurde in allen Zuchthäusern geprügelt, August Bebel erzählt in seinen Erinnerungen von der grausamen Behandlung, die den Gefangenen in Brauweiler zuteil wurde, wo ihnen stundenlang Hände und Füße kreuzweis über den Rücken gefesselt wurden. Vor den Augen von Jung und Alt erschienen die schwersten Verbrecher als sogenannte Baugefangene in aller Öffentlichkeit, Ludwig Richter sah sie in Dresden in ihren halb hell, halb dunkel gefärbten Jacken und Hosen, belastet mit schweren Fußeisen, manche mit Halseisen, an denen eiserne Hörner befestigt waren, die hoch über den Kopf emporragten. Ebenso schildert sie Karl Rosenkranz, der sie in Magdeburg mit öffentlichen Arbeiten beschäftigt sah und mit seinen Spielgefährten schaudernd zusah, wie die Unglücklichen im Angesicht der Zuschauer geprügelt wurden; auch Fanny Lewald sah sie in Königsberg in Ketten an der Arbeit.

Wenn dieser Behandlung die Theorie der Abschreckung zugrunde lag, so muß man gestehen, daß sie versagt hat, man hört aus jener Zeit die gleiche Klage über die zunehmenden Verbrechen gegen Leben und Eigentum, wie heute, nur in der Jachenau erzählte der Landrichter von Tölz damals Ringseis, war seit 25 Jahren weder ein Verbrechen vorgefallen, noch ein Rechtsstreit zu schlichten gewesen. Sonst aber hörte man, daß Bettelei, Betrügereien, Vagabundieren überhandnehme. In Berlin, schreibt Varnhagen, erhalten sich allein 3000 Leute vom Rauben, Stehlen und Betrügen, und dabei fanden sich die Berliner schlecht genug gegen das Gesindel geschützt. Die Kriminaljustiz sei ja nur dazu da, sagte man, daß die Spitzbuben von den rechtlichen Leuten nicht zu sehr beunruhigt würden und über den Polizeipräsidenten von Esebeck wurde die größte Klage geführt. Einem Freunde Partheys, Bernhard Klein, wurde die ganze Wohnung ausgeraubt, ebenso ging es Hoffmann von Fallersleben und seinem Bruder. Holtei, Karl Schall u. a. wurden in empfindlichster Weise bestohlen, passierte es doch 1825, daß dem König, als er vor dem Opernhause aus dem Wagen stieg, der Mantel und dem Adjutanten die Mütze gestohlen wurde. Bentschen in Posen war der Sitz einer vielköpfigen und sehr gefährlichen Gaunerbande, die meist aus Juden bestand und sich nur zwei Christen hielt, die alle etwa nötig werdenden Meineide schwören mußten. An der Mosel hauste der Straßenräuber Matthias Schwind, der jeden von ihm Geplünderten schwören ließ: „Ich schwöre bei Gott und dem Räuberhauptmann Schwind, diesen niemals zu verraten", dann umarmte er ihn und ließ ihn ziehen. „Es ist auffallend", schreibt August Klingemann 1825, „wie unsicher es in der Pfalz zu reisen ist und wie häufig man hier von Straßenraub und mörderischen Angriffen hört."

Neben diesen Verbrechern niederen Ranges hat es auch nicht an solchen gefehlt, die als Hochstapler, Falschspieler und Erpresser ihren Beruf mitten in der Gesellschaft ausübten, auf deren Kosten sie lebten. 1822 hatte ein Leutnant von Alvensleben dem Prinzen August, dem Bankier Benecke und anderen reichen Leuten durch Drohbriefe Geld abzupressen gesucht. Als durch die Anzeige Beneckes die Sache herauskam, nahm es die vornehme Welt Berlins dieser „bürgerlichen Kanaille" sehr übel, daß sie die Angelegenheit nicht verschwiegen habe. Ein Deutsch-Russe, namens Grimm, von Haus Kammerdiener, wußte sich durch seine schöne Erscheinung, tadellose Manieren und elegantes Auftreten Eingang in die erste Berliner Gesellschaft zu verschaffen, in der er sich längere Zeit als Graf Alexander Samoilow zu behaupten wußte. Er verlobte sich mit der an-

Gavarni. Balltoilette, 1834
Lithographie

mutigen Schauspielerin Karoline Bauer, schädigte durch flottes Pumpen seine hochgeborenen Freunde um recht beträchtliche Summen und endete schließlich statt im Salon in den Kasematten von Spandau. In den Jahren 1835/36 machte in Berlin eine junge Dame Aufsehen, die man wegen ihrer Verschwendung nur die Goldprinzessin zu nennen pflegte. Sie hieß Henriette Wilke, war die Tochter eines Hausdieners und behauptete, die Mittel, über die sie in freigiebigster Weise verfügte, von ihrem Verlobten, einem brasilianischen Grafen, zu erhalten. Nachdem sie zwei Jahre lang mit vollen Händen das Geld um sich gestreut hatte, trat die Katastrophe ein, welche die Goldprinzessin plötzlich wieder aus dem Strome des Reichtums auf den Strand setzte. Es stellte sich heraus, daß die raffinierte Person einem alten Fräulein Eversmann in Charlottenburg ihr ganzes Vermögen, etwa 20000 Taler, abgeschwindelt hatte unter dem Vorwande, der König und seine Kusine, die Fürstin Radziwill, brauchten Geld zu wohltätigen Zwecken, und da sie beide keines hätten, möchte doch die gute alte Dame ihnen aushelfen. Die Briefe, welche die Wilke im Namen des Königs und der Fürstin an das alte Fräulein schrieb, zeigen, daß die beiden Herrschaften nicht nur des baren Geldes, sondern auch der elementarsten Kenntnisse der deutschen Sprache und Orthographie ermangelten und würden wohl weniger arglosen Personen die Augen geöffnet haben. Als der Betrug an den Tag kam, war es zu spät, die Wilke hatte alles für Putz und Tand, Näschereien und Geschenke vertan und wanderte ins Zuchthaus, ihre vertrauensselige Gönnerin in bitterster Armut zurücklassend. Mehrere Jahre später lancierte sich eine hannöversche Gouvernante in die Gesellschaft, in der sie dank ihrer vorzüglichen Sprachkenntnisse, ihrer mit Carlyle, Alexander von Humboldt und anderen Gelehrten geführten geistreichen Korrespondenz, als Miß Sophy Menges-Hereforth eine gewisse Rolle spielte und unmittelbar vor ihrer Ernennung zur Vorleserin der Königin Elisabeth stand, als die schöne Seifenblase platzte. Eine von ihr bewerkstelligte Falschmeldung bei der Polizei führte zu Recherchen, deckte Diebstähle, die sie begangen, auf und brachte die Arme ins Zuchthaus, als sie eben in das Königliche Schloß einzuziehen gedachte.

Geschickte und begabte Menschenkenner fanden den weitesten Spielraum eigener Betätigung auf dem Grenzgebiet zwischen Unglauben und Aberglauben, wo die Furcht vor allerlei wirklichen und eingebildeten Übeln die Menschen so vielfach wie mit Blindheit schlägt und zur Ausbeutung durch allerlei Charlatane geradezu disponiert. Es waren die Zeiten, in denen Juliane von Krüdener, nach den Stürmen einer dem Vergnügen geweihten Jugend fromm geworden, in Deutschland umherzog und den Ruhm, den sie als Egeria Kaiser Alexander I. errungen, als Prophetin zu vermehren trachtete. Lange hauste die zur Himmelsbotin Auserwählte mit ihrer Tochter, Frau von Berckheim, die sie als die „Vollendete" bezeichnete, in Leipzig im Hotel de Saxe, wo unter andern Gubitz sie besuchte. Sie sprach eine Stunde lang sehr erleuchtet, aber sehr unklar, schreibt er, und bestätigt damit das Urteil der badischen Hofdame Karoline von Freystedt, die von ihr sagte: Sie konnte stundenlang über die bevorstehende Zerstörung von Paris und ähnliche Dinge sprechen, und wenn schon die Vernunft nicht oft auf ihrer Seite war, so riß doch die Wärme ihres Vortrages hin. Wie Frau von Krüdener, reiste auch der pfälzische Bauer Adam Müller in Deutschland herum, predigte und prophezeite die Ankunft des neuen Jerusalems, welches natürlich in Nußloch bei Heidelberg, wo der Schlauberger herstammte, zu stehen kommen würde. Zu den Wundertätern dieser religiös aufgeregten

Jahre gehörte auch der Prinz Alexander Hohenlohe, ein katholischer Geistlicher, dessen Ruhm als Heiland aller Gebrechlichen ganz Süddeutschland durchdrang. Als er nach Bamberg kam, war der ganze riesige Domplatz voller Krüppel und Lahmer, die Versuche aber, die der Prinz im Krankenhaus anstellte, hatten keinen Erfolg. In

Mon chéres Alles! der wichtige Moment unres debut in der crème der société ist da. Ich kann nicht umhin, bevor wir in den Wagen steigen, euch noch eine Lehre zu geben, von deren Befolgung euer ganzes sort abhängt! Du Hermine, mußt beim Eintritt in den salon ein Wort leise aussprechen, welches deinen Mund verkleinert, und du, Valerie, eines, welches den deinern vergrößert; also Hermine: „Suppy" — Valerie: „Braut!"

Zeichnung von Schwind. Aus den Fliegenden Blättern

Würzburg dagegen heilte er in Heines orthopädischem Institut (zum größten Verdruß desselben, bemerkt Carus ironisch) die Prinzessin Schwarzenberg, ein Wunder, das natürlich mehr Aufsehen machte, als wenn er hundert Bauern den Gebrauch ihrer Glieder hätte wiedergeben können. Da es auf dem Lande nur Bader gab und keine Ärzte, wie Ringseis erzählt, so steckte alles voller Wunderdoktoren, die ihre Praxis um so leichter fanden, als der Aberglaube weitester Kreise ihnen den Boden ebnete. Der hohe deutsche Adel, schreibt die Gräfin Bernstorff, war dem Glauben an Geister und Gespenster besonders hingegeben, selbst Goethe war außerordentlich abergläubisch und machte über seinen Kontorkalender ein Futteral, damit nicht etwa ein zufälliger Fleck ein übles Vorzeichen bringe. Der Minister Hassenpflug war von der Existenz von Hexen fest überzeugt. Als er nach Preußen berufen wurde, fürchtete man, er würde am Ende die Scheiterhaufen wieder auflodern lassen. Ludwig Uhland gab unendlich viel auf Träume und ließ sich auf Reisen die Nativität stellen, auf die auch Goethe und Heinrich Leo großen Wert legten. Der Komponist Karl Löwe erzählt selbst, wie stark der Glauben, mit dem seine Mutter an ihren Träumen hing, auf ihn gewirkt habe: „Besonders, wenn sie einen schönen seltsamen Traum gehabt hatte, wußte sie ihn mir so deutlich zu erzählen, daß mir war, als hätte ich ihn selbst geträumt." Hebbel füllt ganze Seiten seines Tagebuches mit den Träumen seines Münchener Schatzes.

Je weiter man auf der sozialen Leiter hinuntersteigt, um so tieferwurzelndem Aberglauben begegnet man. Karl Gutzkow kannte als Knabe in Berlin eine heilkundige Zauberin, die in einer Hütte am alten Dom hauste, aus Karten und Kaffeesatz wahrsagte und Sympathie lehrte, die mit rohem Fleisch, das unter einer träufelnden Dachrinne begraben werden mußte, geübt wurde. In den Kreisen, in denen Karl Rosenkranz in Magdeburg aufwuchs, glaubte man fest an unterirdische hilfreiche Männchen, an Nickelmänner in der Elbe, an Hexen und Gespenster. Bei seiner Mutter, Marie Katharina Grüson, gingen weise Frauen in tiefster Heimlichkeit aus und ein, welche Ausschläge, Balggeschwülste und Geschwüre durch Bestreichen mit einer Totenhand heilten, Zahnschmerz in Bäume vernagelten, die Rose besprachen und Warzen vertrieben, indem Karten in Zwirnsfäden eingebunden bei abnehmendem Mond unter einer Dachtraufe vergraben wurden. Das Blut von Hingerichteten galt als unfehlbares Mittel gegen Epilepsie, Jakob Grimm schreibt, wie in Kassel das Schafott fast umgerissen wurde, um Tücher in das frische Blut eines eben Geköpften eintauchen zu können. Das Besprechen des Feuers war noch im Schwange. Als in Gustav Freytags Heimatstadt Kreuzburg zwei Blinde das Armenhaus ansteckten, umschritt einer von ihnen das Gebäude dreimal und sprach einen alten Feuersegen zum Schutze der Stadt.

Bei solchen Anschauungen war es für leidlich Pfiffige nicht schwer, den Glauben ihrer Mitmenschen zu eigenem Vorteil auszumünzen. Der Wunderdoktor Grabe, ursprünglich ein Pferdeknecht, der in Berlin großen Zulauf, besonders aus der Hofgesellschaft hatte, heilte seine Patienten, indem er ihnen in den Mund spuckte; der Tagelöhner Johann Friedrich Hänle in Dippoldiswalde befreite durch magnetische Kraft von der Gicht, und als ihm das immerhin nur 8 Taler wöchentlich einbrachte, begann er Geister zu erlösen und Schätze zu heben. Besonders hatte er es auf einen Schatz von hundert Millionen Taler gemünztes Goldes abgesehen, der in seinem Hause verzaubert war und nur durch starke Geldopfer gläubiger Freunde ans Licht gebracht werden konnte. Ungeschickterweise traten die Gerichte zu früh dazwischen und so ruhen die Millionen noch heute ungehoben in Dippoldiswalde.

Die Wunderdoktoren hatten um so leichteres Spiel, als die Heilkunst, welche die studierten Ärzte ausübten, selbst noch kaum zur Wissenschaft gediehen war. Da, wo Ärzte erfolgreich wirkten, wie Hufeland und der alte Heim in Berlin, Carus in Dresden, Ringseis in München, der Aachener Alertz in Rom, Strohmeyer in Hannover, verdankten sie ihre Erfolge einer glücklich ausgeübten Empirie. Die medizinische Wissenschaft war weit zurück, sie ging nicht von Erfahrung und Erkenntnis aus, sondern von philosophischen oder theologischen Systemen. Ringseis beschäftigte sich in seinen Vorlesungen über Pathologie bis Weihnachten mit dem Sündenfall als dem Prinzip aller Übel und Siechtümer des Menschengeschlechts. Professor Heinroth in Leipzig teilte die Seelenstörung ein in Tobsucht, Wahnwitz und Blödsinn, allein von der Erbsünde her-

472

Gavarni. 1834. Lithographie

geleitet. Diesen Ansichten entsprach die Therapie vollkommen. Als Carus in Berlin die
Irrenabteilung der Charité besuchte, war er entsetzt über die Einrichtungen, die der Vorsteher, Geheimrat Horn, mit Drehmaschinen, Drehstühlen und anderen Apparaten zum
Herumwirbeln der Kranken getroffen hatte; wer da nur nervenschwach oder überarbeitet
war, wurde durch diese Behandlung sicher verrückt, wie der unglückliche Karl Blechen in
der Behandlung Horns ja wirklich den Verstand verlor. „Unter Geh. Rat Wolff", erzählt E. von Leyden, „wurden in der ersten Klinik in Berlin nur in lateinischer Sprache
doziert und die Mär ging, Auskultieren und Perkutieren sei in dieser Klinik völlig unbe-

Eifele und Beifele in Berlin

Eifele und Beifele nach einem Bad beim
Unterbaum in der Spree

Aus den Fliegenden Blättern

kannt, ja verboten." Carus beklagt einmal, daß es
den wenigsten seiner Kollegen gegeben sei, eine Krankheit in ihrer Totalität zu erfassen, oder einen Heilplan als größer durchdachtes und im ganzen ange-
schautes Kunstwerk zu begreifen! Gewiß, „dieses
schöpferische Gestalten des Kunstwerks in einem tiefer
greifenden Heilplan", was der sächsische Ästhet vermißte, hat den wenigsten seiner Zeitgenossen Kopf-
zerbrechen gemacht, wie hätte sonst der Barbier
Schubert, wie Felix Eberty erzählt, zu den gesuch-
testen Ärzten Berlins gehören können! Sie begnügten sich, reichlich Medizin zu verschreiben, das Kunstwerk daraus zu gestalten, übernahm die Natur. Es
ist furchtbar viel mediziniert worden damals, die
Pharmakopöe umfaßte so ziemlich das gesamte Reich
der Natur. Fontanes Prinzipal, der Apotheker Wil-
helm Rose, schickte den ganz unschuldigen Extrakt der Quecke gleich in ganzen Fässern
als Allheilmittel in die Welt. Kügelgens Freund, der Pastor Roller, verkohlte und
pulverisierte Elstern als unfehlbar wirkendes Mittel gegen die Epilepsie; die Leidenden,
welche Pulver und Tränkchen im Übermaß schlucken mußten, atmeten auf, als der Apotheker Hahnemann gegen das unmäßige Medizinieren auftrat.

Die Homöopathie fand sofort in der gequälten Laienwelt Scharen von Anhängern
und den heftigsten Widerstand auf seiten der in ihren Einnahmen bedrohten Ärzte und
Apotheker. Hahnemann selbst fand eine Stätte ruhigen Wirkens erst in Köthen, wo
ihm der Herzog eine Freistatt eröffnete, in der er von 1821—1834 ungestört praktizieren
durfte, während draußen der Kampf um seine Lehre tobte. Tittmann, Albrecht, Groos,
Sundheim, Kopp, Werber, Henke, Pfeifer u. a. erörterten, ob die Homöopathie staats-
polizeilich überhaupt zuzulassen sei, eine Frage, die der greise Hufeland 1831 unbedenklich
bejahte und denen, die nach der Polizei riefen, sagte: „Freiheit des Denkens, Freiheit
der Wissenschaft ist unser höchstes Palladium. Die Regierung darf in wissenschaftliche
Gegenstände nicht eingreifen, weder hemmend, noch eine Meinung ausschließlich begünsti-
gend, denn beides hat, wie die Erfahrung lehrt, der Wissenschaft Schaden getan. Nur
Prüfung durch Erfahrung kann das Wahre vom Falschen, das Brauchbare vom Un-
brauchbaren sondern." Der Segen der Hahnemannschen Lehre kam der Therapie durch
Verminderung des Medizinierens zugute, trotzdem ihre leidenschaftlichsten Anhänger,
wie der Archäolog Emil Braun, der immer alle Taschen voller Kügelchen und Tropf-

fläschchen hatte und von seinen Freunden nur der Pulverturm genannt wurde, im Übermaß ihres Glaubens in denselben Fehler verfielen, den sie zu bekämpfen dachten.

Wie sehr man über die Bedingungen, unter denen Krankheiten entstehen können, im unklaren war, zeigt der vollständige Mangel an Hygiene. Auch in den größten Städten noch flossen die übelriechenden Abwässer in offenen Rinnsteinen durch die Straßen, weithin die Luft verpestend. Es gab nirgends Wasserleitungen und wo, wie in Halle, eine Trinkwasseranstalt angelegt wurde, die ihr Wasser der Saale entnehmen mußte, hatten die Unternehmer die größte Mühe, zu verhindern, daß die Universitätsklinik nicht ihre Abzugskanäle unmittelbar davor in den Fluß leitete. Von dem Geheimrat Krukenberg, den Arnold Ruge kaum von dieser Absicht abbringen konnte, erzählte man, daß, wenn einer seiner Hörer etwa dreißig Jahre, nachdem er selbst die Universität besucht hatte, seinen Sohn hinschickte, dieser getrost das Kollegheft des Vaters benutzen konnte, denn der alte Krukenberg hatte inzwischen nichts in seinem Vortrage geändert.

Da das Wasser den Brunnen entnommen werden mußte, gab es nur wenige Badeanstalten, Badezimmer im Hause gehörten zu den allergrößten Seltenheiten, ist doch selbst beim Bau des Palais, das sich der spätere Kaiser Wilhelm Unter den Linden errichten ließ, ein Badezimmer gar nicht vorgesehen worden. Wenn ein Bad notwendig schien, so wurde aus dem Hotel de Rome eine hölzerne Badewanne für diesen Zweck geholt. Man vernachlässigte die Körperpflege, weil nur der Geist der Kultur würdig schien. In ganz Europa, nicht nur in Deutschland, hätte man damals die Zahnärzte zählen können. Friedrich Wilhelm III. reiste nach Paris, um sich die Zähne in Ordnung bringen zu lassen, die Kronprinzessin Elisabeth ging dazu einige Jahre darauf nach Frankfurt a. M., Hedwig von Bismarck mußte eine Vergnügungsreise nach Dresden zum Zweck des Plombierens ausnutzen. Fürst Putjatin in Dresden, der für Luftbäder Propaganda machte, schien den Leuten verrückt, Ringseis, welcher Atemgymnastik empfahl, wurde ausgelacht.

Die Suggestionstherapie versteckte sich noch unter den mystischen Formen und Rätseln des tierischen Magnetismus, dessen Erfinder Mesmer zwar

Eisele und Beisele in Berlin

Dr. Eisele macht wider Willen eine sehr unangenehme Bekanntschaft mit den Berliner Rinnsteinen.

Aus den Fliegenden Blättern

475

1815 vergessen in Mersburg gestorben war, dessen geheimnisvolles Wesen aber fort und fort Gläubige anzog. In Berlin etablierte ein Doktor Wolfahrt ein mesmerisch-magnetisches Baquet, dessen Heilkraft besonders dem weiblichen Geschlechte zugute kam. Als Carus die Anstalt besuchte, fand er in einem großen, spärlich erleuchteten Saal zahlreiche Frauen, die dort schliefen, um im Traum weitere Aufschlüsse über die Fortsetzung der Kur zu empfangen. Als dann Justinus Kerner, Gotthilf Heinrich von Schubert u. a. den tierischen Magnetismus in die Schauer des Geisterreiches, in ein Nachtgebiet der Natur entrückten, aus dem nur Seherinnen und Somnambulen magisch-magnetisch-dämonische Kräfte schöpfen können, da fehlte es nicht an Wundermännern, welche die Kraft eines zielbewußten Willens in den krausen Hokuspokus geheimnisvoller Mystik hüllend, hysterische beider Geschlechter zu blindgläubigen Gemeinden um sich scharten. In den vierziger Jahren spielte in Dresden Graf Szapary eine große Rolle als Magnetiseur, dessen Wundertaten laut gepriesen wurden, hatte er doch u. a. Komtesse Marie Bernstorff, die ihr Krankenlager seit 15 Jahren nicht mehr verlassen hatte, in wenigen Tagen völlig wiederhergestellt.

Diesem blindgläubig, aber ganz unhygienisch lebenden Geschlecht erschien in der Person von Vinzenz Prießnitz der Prophet, der ihm zurief: Wasser tut's freilich! Ein Grundsatz, an den die Wasserscheu der Zeitgenossen allerdings nur langsam glauben lernte. 1826 sah Gräfenberg die ersten Fremden eine Kaltwasserkur gebrauchen, von 1829, wo die Zahl der Badegäste sich auf 49 belief, stieg sie bis 1837 auf eine Frequenz von 586, um von da an in stärkerer Progression zu wachsen. Prießnitz besaß eine Eigenschaft, welche studierten Ärzten stets mangelt, „er hörte mit unerschütterlicher Gelassenheit zu", erzählte Heinrich Laube, „und erweckte dadurch Zutrauen, denn der Leidende will zunächst alle seine Gedanken angebracht sehen". Heute, wo unsere Ärzte so viel ehrlicher geworden sind, haben sie die Bauernschlauheit, mit der Prießnitz Patienten fing, nicht mehr nötig, sie brauchen nicht mehr zuzuhören, sie wissen ja doch, daß sie nichts wissen und der Patient weiß es auch!

Man hatte von Körperpflege nur sehr rudimentäre Vorstellungen und nicht viel weiter entwickelte von öffentlichen Maßnahmen der Gesundheitspflege. Waren in Berlin in einem Haus die Pocken, so hing die Polizei, wenn es sich um Arme handelte, eine große schwarze Tafel vor die Tür: Hier ist ein Pockenkranker; waren es aber bessere Leute, so wurde ein gleichlautendes Täfelchen im Hausflur angebracht, so daß der ahnungslose Besucher das gefährliche Haus schon betreten hatte, wenn er von der Ansteckungsgefahr hörte. Bei einer so kindlichen Handhabung der Gesundheitspolizei, die von keiner wissenschaftlichen Erkenntnis unterstützt oder korrigiert wurde, mußte das Auftreten der

Cholera geradezu verwirrend, wenn nicht völlig lähmend wirken. Seit 1817 war die Seuche in Indien von englischen Ärzten beobachtet worden, man wurde aber erst auf ihr Fortschreiten aufmerksam,

Cholera-Kontumaz-Anstalt in Schloßhof, 1831

als sie sich auf dem Wege über Rußland dem Westen Europas zu nähern begann. Das merkwürdig sprunghafte Vorgehen der Cholera erhöhte die Furcht vor dieser bis dahin völlig unbekannten Krankheit und steigerte die Anschauungen über Wesen und Art derselben zu völligem Aberglauben. Ruges Freund Echtermeyer behauptete, die Cholera sei eine barbarische Krankheit, die an den deutschen Grenzen von selbst Halt machen werde, während die Frommen in ihr die Gottesgeißel begrüßten, welche nur die Ungläubigen schlagen könne. Wie Frau von Bunsen aus Rom schrieb, war dort die allgemeine Anschauung, die Cholera sei ein Gottesgericht, welches mit Recht über unheilige Orte verhängt sei und deshalb Rom, die heilige Stadt, gar nicht berühren werde. Aus diesem einleuchtenden Grunde unterließ man auch alle Vorkehrungen dagegen. Ebenso dachten, wie Friedrich von Raumer 1831 bemerkt, auch die Puritaner in Deutschland, die sich rühmten, die Krankheit sei eine Strafe Gottes, zugefügt nach dem Maße der Sünden, und soweit gingen, die anfänglich geringere Sterblichkeit in Berlin davon herzuleiten, daß hier weniger gesündigt werde als anderwärts. „Nun", antwortete Herr von Knobelsdorf dem General, der diese geistreiche Ansicht zum besten gegeben hatte, „dann ist Wriezen zwanzigmal so gottlos als Berlin." Als die ersten Krankheitsfälle sich in Berlin zeigten — Schiffer auf einem in Charlottenburg liegenden Spreekahn waren erkrankt —, wanderten die Berliner in Scharen hinaus, wie sonst zum Stralauer Fischzug, um die interessanten Kranken zu sehen und mußten durch Wachen

Karikatur auf die Cholera-Ärzte. Handzeichnung. Berlin, Lipperheide-Sammlung

vom Betreten der Schiffe abgehalten werden, bald aber machte die Seuche solche Fortschritte, daß Furcht und Entsetzen die Neugier verdrängten. Wer abreisen konnte, floh. Damals ging Arthur Schopenhauer nach Frankfurt a. Main, wo er den Rest seines Lebens blieb. Die Zurückbleibenden aber verbrachten ihre Tage in Angst. Eine unglaubliche Todesfurcht hatte sich aller bemächtigt, so das Dorothea Tieck an Friedrich von Üchtritz schrieb: „Viele Menschen tun wirklich, als wären sie bis jetzt unsterblich gewesen und das Sterben eine ganz neue Erfindung von 1831." Die Gräfin Karl Brühl verlor in der Tat aus Angst den Verstand. Man verproviantierte sich, als gelte es eine Belagerung auszuhalten; das Gesellschaftsgespräch, erzählte Karl von Holtei, drehte sich nur um die Cholera. Über Dinge, die man sonst gar nicht erwähnen darf, wie wollene Leibbinden, Magenpflaster, Klistierspritzen, Stuhlgang und ähnliches wurde eifrig und rücksichtslos debattiert.

Die Furcht wurde durch die Maßregeln, welche Regierung und Polizei ergriffen, nur verstärkt. Auf Veranlassung des Geheimrat Rust, des Leibarztes Friedrich Wilhelms III., waren die Landesgrenzen durch einen militärischen Kordon abgesperrt worden (eine Karikatur zeigte ihn als Sperling mit der Überschrift: „Passer rusticus, der gemeine Landsperrling"); dieses Vorgehen ahmten einzelne Städte nach. Als Holtei in diesem Jahre nach Schlesien reiste, wurde ihm in verschiedenen Städten vom Polizei-diener untersagt, die Postkutsche zu verlassen, aber man verhinderte nicht, daß der Kellner mit dem Frühstück, der Barbier zum Rasieren zu ihm in den Wagen stiegen. An den Landesgrenzen wie an denen der Provinzen waren Quarantänestationen, welche aus ver-dächtigen Orten kommende Reisende zu sehr langem unfreiwilligem Aufenthalt zwangen, so mußte Karl Rosenkranz, der von Berlin nach Halle wollte, im Gasthof zur Stadt Mailand vor den Toren Wittenbergs 8 Tage zubringen, ehe er weiter fahren durfte. Grauenerregend, lästig und gefährlich nennt Gräfin Bernstorff die Anstalten, welche die Behörden gegen die Cholera trafen. Zu ihnen gehörten u. a. das Desinfizieren aller eintreffenden Briefschaften und Drucksachen, die kreuz und quer durchstochen wurden und ein ausgiebiges Räuchern mit Chlordämpfen, wie man ja auch den Typhus mit Räuche-rungen von Essig und Nelken über glühend gemachten Steinen bekämpfte. So schrieb Leopold Ranke 1831 an Platen: „In einigen Häusern wird man beräuchert, seltsamer Zustand, wenn das Dienstmädchen einen mit dem Rauchfaß umwandelt." Jedes infi-zierte Haus wurde abgesperrt, seine Bewohner waren von der Mitwelt so gut wie ausge-schlossen und empfingen Briefe, Rezepte, Arzneien, Lebensmittel nur mittels langer Stangen. Ärzte und Krankenträger hüllten sich von Kopf zu Fuß in schwarzes Wachs-tuch, Entsetzen verbreitend, wo sie sich sehen ließen.

Da diese auf Einschüchterung und Schrecken abzielenden Maßregeln der Krankheit weder Einhalt taten, noch ihr Ausbreiten hinderten, so verbreitete sich unter den niederen Ständen, deren schmutzige Quartiere am stärksten heimgesucht wurden, der Verdacht, die Cholera werde absichtlich eingeführt, und es entstanden an vielen Orten Aufstände und Unruhen. Bei einem derartigen Tumult wäre in Königsberg Eduard Simson, der sich mitten unter die aufgeregten Pöbel stürzte, um ihn zu beruhigen, beinahe erschlagen worden, hätte ihn der Kaufmann Kurth nicht im letzten Augenblick gerettet. Zu denen, die inmitten des allgemeinen Schreckens den Kopf nicht verloren, gehörte auch Rahel, die damals schrieb: „Ich verlange ein besonderes, ein persönliches Schicksal, ich kann an keiner Seuche sterben", und dann empfiehlt sie ihre Anstalten zum Schutz: Viel Ingwer essen, Bernsteinräucherungen, Flanell auf den Leib, Löschpapier auf den Rücken und Fuß-sohlen. Diejenigen aber, denen sie dieselben anriet, ihr Bruder und ihre Schwägerin waren, trotzdem sie Berlin verlassen hatten und nach Baden geflohen waren, schon von der Seuche dahingerafft worden. Die Epidemie des Jahres 1831, die unter ihre ersten Opfer auch Gneisenau gezählt hatte, raffte fast als ihr letztes Hegel dahin. Die ärztliche Kunst war ohnmächtig gegen die Krankheit, deren Wesen sie nicht erkannte, um so stärker blühte der Handel mit den tausend Mitteln zur Vorbeugung, unter denen solche, die auf die Geruchsnerven wirken, die Hauptrolle spielten. Da nichts wirklich half, waren der Scharlatanerie Tür und Tor geöffnet.

———————

Bis in das erste Drittel des 19. Jahrhunderts haben sich die deutschen Städte in ihrer äußeren Erscheinung einen völlig mittelalterlichen Charakter bewahrt. Allerorten waren noch Wall und Graben, Ringmauern und Tore erhalten; die Gebäude, die nach dem Dreißigjährigen Kriege aufgeführt worden waren, konnte man zählen, das 18. Jahrhundert hatte ja in Deutschland fast nur Schlösser entstehen sehen. Im Äußeren war wohl der mittelalterliche Charakter erhalten, das reiche bürgerliche Leben aber, das mit der Rührigkeit seines Handels und Wandels die Städte erfüllt hatte, war längst dahin. Als die politischen Veränderungen, die der Reichsdeputationshauptschluß und all die anderen Friedensschlüsse auf ewige Zeiten, die sich in diesen Jahren förmlich jagten, die uralten freien Reichsstädte Augsburg, Nürnberg, Ulm, Heilbronn u. a. ihrer Selbständigkeit beraubten, waren sie bankrott. Der Friede, den die Verbündeten 1815 aus Paris mitbrachten, fand in Deutschland ein verarmtes ausgesogenes Volk, welches wie verloren in den reichen Wohnstätten einer glänzenden Vergangenheit hauste. In Konstanz, erzählt Friedrich Pecht, wuchs das Gras so dicht in den Straßen, daß es schon für einen Fortschritt galt, als der Bürgermeister anordnete, es solle regelmäßig alle 8 Tage ausgerupft werden. München erschien Gustav Parthey 1820 als eine alte, winklig gebaute häßliche Stadt mit ein paar verzopften Kirchen, wenig öffentlichen und gar keinen bedeutenden Privathäusern. Die Herzogspitalgasse und die Fürstenfelderstraße, erzählt Ringseis, galten für die vornehmsten Quartiere, in denen die Gesandten wohnten. Karl Hegel und Gutzkow, die beide im Zentrum Berlins in nächster Nähe der Universität aufwuchsen, schildern ihre Umgebung als öde, erfüllt von Holz- und Zimmerplätzen, wo Sägen, Ärte und Hämmer von morgens bis abends hallten und dröhnten. Alles verlor sich in Winkel- und Sackgassen ohne Durchgänge, dazwischen ein regelloses Durcheinander von Kasernen- und Exerzierplätzen. Innerhalb der Stadtmauer, erzählt Felix Eberty, befanden sich noch Kornfelder und Gemüsegärten, Michelet spielte als Kind auf der Hothoschen Bleiche, auf der sich jetzt Berlin N erhebt. Unmittelbar vor den Toren, sagt Sebastian Hensel, begann schon das Land, eine halbe Meile vor dem Tore aber war man nach Karl Gutzkow schon mitten in der Altmark, unter Leuten, welche Volkstracht trugen, plattdeutsch sprachen und in Lehmhäusern mit Strohdächern wohnten. Noch ging überall der Nachtwächter umher und sang Stunde für Stunde seinen Vers. Nachts wurden die Stadttore geschlossen, eine Maßregel, welche man in den kleinen schlesischen Städten auch aus Furcht vor den Wölfen traf, welche, wie Gustav Freytag berichtet, sich im Winter noch in der Nähe der menschlichen Behausungen sehen ließen

Em. Leuze. Familienbildnis

und dem Jäger Schußprämien von 10—11 Talern eintrugen. Selbst die großen Städte schlossen noch ihre Tore, die Spaziergänge Karl von Holteis und seiner Mitschüler in Breslau waren durch den Sperrkreuzer, der nach Toresschluß bezahlt werden mußte, sehr gehindert, auch Parthey zahlte in Dresden seinen Torgroschen, Karl Rosenkranz paſſierte es auf einer Reiſe nach Kaſſel, daß er mit ſeinen Gefährten die Nacht vor dem Tore bleiben mußte, weil es bei ihrer Ankunft ſchon geſchloſſen war.

Die Straßen waren ungepflaſtert, beſtenfalls mit kleinen Kopfſteinen belegt, die Rinnſteine in der Mitte der Fahrbahn. Hier und da lagen wohl vereinzelt große Steine, um bei Regenwetter einen Pfad von einer Inſel zur andern zu bieten, wie in Halle, wo die Burſche vom „breiten Stein nicht wankten und nicht wichen", um nämlich durch unvermeidliche Anrempelungen Kontrahagen zu bekommen. Berlin ſah das erſte Trottoir, als die Weinhandlung von Lutter und Wegener am Gendarmenmarkt Granitplatten vor ihr Lokal legte, eine Einrichtung, die ſo viel Beifall fand, daß Fanny Henſel 1827 an Klingemann ſchrieb: Die Trottoirs nehmen überhand und 1828 eine königliche Kabinettsorder die Anlage des Bürgerſteiges mit großem Plattenpflaſter zur Regel machte. 1837 wurde in Berlin der erſte Verſuch mit Aſphaltpflaſter gemacht. Promenaden waren allerorten eine große Seltenheit, München verdankte ſeinen Engliſchen Garten dem Kurfürſten Karl Theodor, Frankfurt a. Main die Anlage ſeiner öffentlichen Spaziergänge dem Koadjutor von Dalberg, der Berliner Tiergarten war eine Sandwüſte, die faſt nur mit Kiefern beſtanden und durch Staub ungenießbar war. Die ſchlecht gepflaſterten und ſchmutzigen Straßen waren nicht beleuchtet, wer abends ausging, mußte ſich eine Laterne vorantragen laſſen oder ſelbſt tragen; in Dresden erfand 1817 ein gewiſſer Horn einen Spazierſtock, der ſich in eine Laterne verwandeln ließ.

Die Straßenbeleuchtung begann mit Öllampen, die in weiten Zwiſchenräumen inmitten der Straßen an langen Ketten hingen, bei windigem Wetter verſchönten ſie daſſelbe noch durch die Monotonie ihres kreiſchenden Geräuſches. Erſt ſeit der Mitte der zwanziger Jahre begann die Gasbeleuchtung ſich Bahn zu brechen, welche engliſche Induſtrielle und Ingenieure auf den Kontinent verpflanzten. Berlin erhielt ſeine erſte Gasbeleuchtung 1826, ſie begann damit, daß am 18. September, dem erſten Abend, an dem ſie funktionieren ſollte, ſämtliche Laternen, die zu klein beſtellt worden waren, platzten. Wie die alte Beleuchtung mit Öl, wurde auch die Gasbeleuchtung vom Mai bis September ausgeſetzt, in dieſer Zeit rechnete man auf den Mond und helle Nächte.

Schlecht ſtand es um die öffentlichen Beförderungsmittel. Dresden hatte ſeine berühmten Portechaiſen, die ſich bis in unſere Tage erhalten haben. Berlin bekam Droſchken, deren Einführung Heinrich Heine ſehr imponierte, die Fahrt koſtete überall hin für eine Perſon 4 Groſchen, für zwei 6 Groſchen, alle Wagen waren gleich ausgeſtattet, die Kutſcher uniformiert, ſie trugen graue Mäntel mit gelben Aufſchlägen, aber — wenn es regnete, fuhren ſie nicht. Schon der nächſten Generation machten die Berliner Droſchken nicht mehr den erfreulichen Eindruck, wie jener, welche ihre Einführung miterlebte; als Wilhelm Lübke in der Mitte der vierziger Jahre nach Berlin kam, ſchreibt er: „Keine

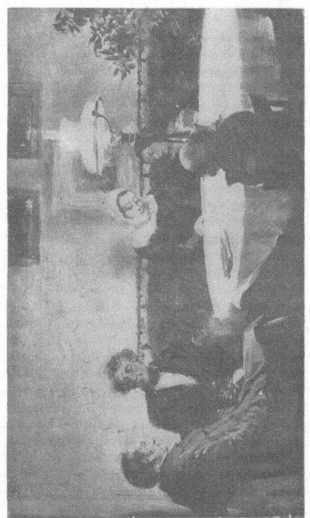

Adolf Menzel. Im Familienkreis. Mit Genehmigung von F. Bruckmann A.-G., München

große Stadt besaß ein so erbärmliches und armseliges Institut, wie die Berliner Droschken es waren." Der schlechte Zustand der Straßen machte auch bei den mangelhaften Verkehrseinrichtungen Besuche für diejenigen, die weder Wagen noch Pferde besaßen, zur Schwierigkeit, die Entfernungen schienen dadurch größer, als sie waren. Als die mit der Familie Mendelssohn innig befreundeten Devrients aus deren Haus nach der Markgrafenstraße 102 umzogen, sahen sie sich oft monatelang nicht mehr, die weite Entfernung (nach der Leipzigerstraße 3), schreibt Therese Devrient, machte die öfteren Besuche unmöglich. Ebenso erging es Michelet, als er sich 1844 eine Villa in der Matthäikirchstraße erbaut hatte, die Freunde fanden nur noch selten den Weg zu dem „Hinterwäldler", wie sie ihn jetzt nannten. Karl Fr. von Klöden gab seine Wohnung am Spittelmarkt auf, weil sie ihm von der Plamannschen Schule (Lindenstraße 4) zu weit entfernt war.

Ganz allmählich trat in diesen Verhältnissen ein Wechsel ein. Mit der Dauer des Friedens begannen Handel und Wandel sich wieder zu regen, neue Industrien erstanden, neue Anlagen. Die alten Mauern wurden zu eng, das neue Leben reckte sich, verlangte nach Luft, Licht und Raum. Das frische Leben, das sich überall regte, machte sich nun allerdings, Friedrich Pecht beklagt es einmal im Rückblick auf jene Jahre, anfänglich nur im Zerstören geltend! Zuerst fielen die malerischen alten Stadtmauern und Tore mit dem romantischen Gewinkel ihrer Tore und Brücken, Brustwehren und Zinnen, die Gräben und Wälle wurden eingeebnet und Promenaden auf ihnen angelegt. Das Mittelalter entschwand nach und nach vor den Forderungen der neuen Zeit. In Rücksicht auf malerische Effekte kann man das mit Recht beklagen, jener Generation aber wird man es nicht verübeln dürfen, daß sie zuerst Ellbogenfreiheit für ihre nächsten Bedürfnisse forderte. Die alten Tore gaben unzweifelhaft sehr gefällige Bilder, aber welch Hindernis stellten sie für den Transport dar. Rauch sandte 1835 die Modelle des Piedestals zum Denkmal König Max I. von Berlin aus an die Münchener Gießhütte, wo sie mit großer Verspätung eintrafen, denn der Frachtwagen, der sie trug, hatte seiner Höhe wegen die meisten der kleinen Landstädte nicht passieren können, sondern um sie herumfahren müssen, weil ihre Stadttore zu niedrig waren. Allerdings ist man mit dem Wegräumen des Alten, bloß weil es alt war, wohl auch in nur zu vielen Fällen vorschnell bei der Hand gewesen. In Konstanz riß man 1830 die kaiserliche Pfalz ganz ohne Not ab, die herrliche romanische Kirche in Petershausen wurde abgetragen, um Steine zu gewinnen, der Dom in Goslar, mehrere Kirchen in Rothenburg wurden auf Abbruch verkauft; der Eifer und die Freude an dem modernen Leben, das sich mit all seinen Bedürfnissen so kräftig regte, führte im Zerstören nur zu oft weit über das Notwendige hinaus. Bitter schreibt Emanuel Geibel 1838 an seine Mutter: „Lübeck ist großartiger als Nürnberg

Adolf Menzel. Familienbild. Mit Genehmigung von F. Bruckmann A.-G., München

und würde es bei weitem übertreffen können, wenn nicht seine Bewohner alles mögliche täten, um für die alte eigentümliche Schönheit eine moderne Mittelmäßigkeit einzutauschen."

Unter der Mittelmäßigkeit, die Geibel hier rügte, verstand er wohl jene öde Regelmäßigkeit, welche damals begann, das malerische Stadtbild des Mittelalters durch die Langeweile neuer schnurgerader und im rechten Winkel ausgelegter Quartiere zu verwischen. Ohne Rücksicht auf Bedürfnisse des Verkehrs, ohne Anschluß an das Bestehende scheinen diese allzubreiten Straßen und zu großen Plätze rein nur für das Reißbrett des Architekten entstanden. Der neue Stadtteil, den König Ludwig in München um die Pinakotheken herum anlegte, ist ein Musterbeispiel für die mißverstandene Art, in der jene Zeit die Städtevergrößerung betrieb. Das ganze Quartier, dessen endlose Straßenzeilen, wie die Amalienstraße und Gabelsbergerstraße, sich zum Teil in Sackgassen verlieren, entbehrt jeder Verbindung mit dem Zentrum der Stadt, jedes organischen Anschlusses an das bereits Vorhandene. Man hat das auch damals schon empfunden, stärker sogar noch als heute, denn das langsame Entstehen des Neuen erhöhte den Kontrast des Zwiespältigen, das so viele der damals sich entwickelnden Städte darboten. Als Friedrich Pecht 1833 nach München kam, fand er es ärmlich, das Pflaster furchtbar, den Kot ungeheuer, in der neuen Vorstadt erhob sich erst da und dort ein Haus, die Glyptothek stand in einer Wüstenei, alles erschien ihm ebenso armselig wie willkürlich. Heinrich Laube wunderte sich über die reizlose Ebene Münchens, auf deren wüsten Plätzen vereinsamte griechische Gebäude errichtet würden und den gleichen Eindruck empfing Paul Heyse, als er 1842 zum erstenmal nach München kam. Die Bauten König Ludwigs waren noch im Werden, die Straßen verliefen ohne Abschluß ins freie Feld, überall drängten sich große Gärten zwischen die Häuser, der Dultplatz war eine Wüste; jahrzehntelang trat den Besuchern nur das Absichtliche und das Unfertige der Anlage entgegen. Geradeso bezeichnet Leopold Ranke Hannover als eine groteske Verbindung von alt und neu, in kleinen alten winkligen Straßen erhöben sich neue Gebäude mit Anspruch auf Eleganz, nichts sei fertig, Altes und Neues liege noch im Kampf miteinander. Da hat Berlin, fährt er fort, den Vorteil, eigentlich durchaus modern zu sein; wenigstens bot es nicht jenen unerfreulichen Kontrast, welche die Städte des Südens und Westens, bei denen eine reiche alte Kultur im Streit mit moderner Nüchternheit lag, dem Besucher und Bewohner vor Augen stellten. Außerdem machte Berlin stetige Fortschritte. 1825 schon schrieb Chamisso an de la Foye: „Solltest du einmal unsere Stadt wiedersehen, so würdest du sie nicht wieder erkennen. Es wächst kein Gras mehr in den Straßen, eine Unzahl von Brücken sind entstanden, vier neue Standbilder" usw. Carus, der Berlin mehrere Jahre nicht besucht hatte, schreibt im gleichen Jahr nach einem Gange durch die Stadt: „Man hat sich tüchtig geregt, vieles ist entstanden, vieles entsteht und wird vorbereitet, in allem waltet ein zeitgemäßer großer Geist." Sulpiz Boisserée, der 1832 nach Berlin kam, fand sogar, die Stadt erinnere an Paris, welches zum Teil übertroffen, zum Teil nicht erreicht sei. Emanuel Geibel schreibt 1836 an seine Mutter: „Ich kann es nicht leugnen, daß Berlin einen großartigen Eindruck auf mich macht", wenn dem Süddeutschen Pecht Berlin dagegen nur wie eine einzige große Kaserne von tötlicher Einförmigkeit und grenzenloser Nüchternheit vorkam, so wird man sich erinnern müssen, daß bei dem Eindruck, den eine Stadt dem Fremden macht, ja das Leben, das ihre Straßen erfüllt, wesentlich mitspricht. Das aber fehlte Berlin, Boisserée fand die größere Ruhe Berlins noch einen Vorzug gegen den Trubel von Paris, Laube erschien es still und kleinstädtisch. Nach 10 Uhr abens sah man kaum noch Menschen auf den Straßen und Felix Mendelssohn konnte seine Wette, er werde mit einem Rosenkranz auf dem Kopf unbemerkt die ganze Leipziger Straße bis zum Dönhoffplatz hinaufgehen, glänzend gewinnen. Zu gewissen Stunden des Mittags promenierte die elegante Welt Unter den Linden, wie Heinrich Heine sang:

> Ja Freund hier Unter den Linden
> Kannst Du Dein Herz erbauen,
> Hier kannst Du beisammen finden
> Die allerschönsten Frauen!

Sonst aber waren weit und breit keine Leut', nur geschnürten Soldaten begegnete Ludwig Pietsch, als er zum erstenmal in seinem Leben die Friedrichstraße besuchte. Noch 1852 schreibt Gutzkow: „Berlin wächst an Straßen, mehrt sich an Menschen, aber man kann des Abends um 9 Uhr doch noch im Anhalter Bahnhof ankommen und wird mit einer Droschke nach den Linden fahrend glauben, in Herkulanum und Pompeji zu sein. Selbst die Friedrichstraße gleicht um diese Zeit einer verlängerten Gräberstraße, ein Mensch auf dem Trottoir rechts, einer links." Diese Eigenschaft des mangelnden Straßenlebens hatte Berlin mit den übrigen Residenzen gemein. In Dresden wettete Baron von Malzahn, er werde 8 Tage lang vom Hut bis zum Schuh ganz rosenfarbig gekleidet in den Straßen herumgehen, ohne Aufsehen zu erregen und gewann die Wette, ebenso wie der bayerische Chevaurlegerleutnant, der gewettet hatte, ganz nackt durch die Stadt zu reiten, ohne daß man es bemerken werde und ebenfalls gewann, da er sich die Uniform in Grün und Rosa auf den Leib hatte malen lassen.

Die Armut, welche die langen Kriegsjahre zurückgelassen hatten, beschränkte die Menschen ebensogut auf das Haus, wie es der Polizeidruck tat, der sie von jeder Betätigung, von jedem Heraustreten an die Öffentlichkeit ängstlich fernzuhalten suchte. Diese

Mütterlicher Rath.

„Louise, mach' Dich interessant!"

Aus den Fliegenden Blättern

Zurückhaltung teilte sich allen Äußerungen des Lebens mit und sprach sich im ganzen Zuschnitt der öffentlichen Einrichtungen, wie der privaten Geselligkeit aus. In Dresden fand Friedrich Pecht die natürliche Genügsamkeit der Sachsen zum Unglaublichen gesteigert, die Leute lebten nur von dünnem Kaffee, Hering und Kartoffeln, der höchste Wunsch des Akademieschülers Ernst Rietschel ist es, einmal im Jahre im Gasthaus zu essen. Die Posten vor dem Dresdener Schloß lasen Romane, die Gardegrenadiere strickten auf Wache, ebenso wie die Frauen im Theater und in den Konzerten. „Karlsruhe", schreibt Rahel 1816, „ist ein schöner unbequemer Ort. Die Unbequemlichkeit liegt in der Prätention eines Großen, ohne dessen Ressourcen zum Nutzen oder Vergnügen, und in der Beschränktheit und dem Stagnierenden eines Kleinen." „Das Leben in Karlsruhe", bemerkt Varnhagen 1825, „ist das kläglichste und langweiligste von der Welt, der französische Gesandte legt sich im Sommer schon um 9 Uhr ins Bett." Für ebenso langweilig galt Hannover, wo der König keinen seiner gutbezahlten Hofschauspieler lange zu fesseln vermochte. Als Döring bat, aus dem Kontrakt entlassen zu werden, der Ort sei zu öde, antwortete ihm Ernst August: „Ich muß es auch aushalten, geben wir uns Mühe", während er, als die Sängerin Gentiluomo 1844 aus demselben Grunde kontraktbrüchig wurde, loswütete: „Denkt denn das Luder, daß ich mich hier amüsiere!" Ist es da ein Wunder, daß der König sich am liebsten in Berlin aufhielt oder der Großherzog von Mecklenburg-Strelitz, wie General von Natzmer 1826 berichtet, beabsichtigte, sein Land administrieren zu lassen, um immer in Berlin wohnen zu können?!

Julius Schoppe. Abendgesellschaft in Berlin, 1825. Ölgemälde. Berlin, Märkisches Museum

Keine der Großstädte oder fürstlichen Residenzen wurde wegen des Lebens, wie wir es heute verstehen, besucht. Wer es damals einmal gut haben wollte, der fuhr nach Leipzig. Wenn Karl Rosenkranz gelegentlich den Wunsch hatte, „das Gefühl eleganten Komforts zu genießen", so fuhr er von Halle nach Leipzig, das nach Friedrich Pechts Worten in behaglicher Selbstgenügsamkeit, in frohem genußlustigem Bürgerstolz einer freien Reichsstadt glich. Einen wahren Dithyrambus hat Karl von Holtei in seinen Vierzig Jahren der Pleiße-Stadt gewidmet, wenn er sagt: „Es gibt nur eine Stadt in Deutschland, die Deutschland repräsentiert, nur eine Stadt, wo man vergessen darf, daran zu denken, ob man Hesse, Bayer, Württemberger, Preuße oder Sachse sei. Nur eine Stadt, wo weder hochweise Vornehmtuerei der Beamten, noch kecke Zuversicht wohlgeschnürter Offiziere, noch Anmaßung adligen Vollbluts oder bürgerlicher Patrizier fühlbar wird, nur eine Stadt, wo alle Vorzüge einer Weltstadt ans Licht treten: Leipzig!" 20 Jahre später bestätigt Theodor Fontane dieses Urteil: „Alles, was ich damals aus mittleren Bürgerkreisen in Leipzig kennen gelernt hatte," schreibt er, „schien mir nicht nur an Umgangsformen und Politesse, sondern auch in jener gefälligen und herzge-

489

winnenden Lebhaftigkeit, die die Person der Sache zuliebe zu vergessen weiß, unserer entsprechenden Berliner Gesellschaft erheblich überlegen."

Das Urteil über die Berliner, welches hier noch in einem Lob für die Leipziger ausklingt, formuliert sich im Munde anderer Zeitgenossen zu einem harten Tadel, den Berlin und seine Bewohner erhalten. Achim von Arnim hatte schon in den ersten Jahren des 19. Jahrhunderts, als er einmal von den großen Maskenfesten des Hofes berichtet, den schlechten Ton, der in der Gesellschaft herrsche, gebrandmarkt, und diese Klage nimmt mit dem Vorschreiten des Jahrhunderts an Schärfe zu. „Sie werden in Berlin viele nette Leute finden," sagte der französische Gesandte Bonnay zu dem Chevalier de Cussy als sie 1816 dorthin reisten, „aber auch nicht einen Menschen, der Takt besitzt." Rahel sagte einmal: „In Berlin hält sich nichts, alles kommt herunter und wird ruppig, ja käme der Papst nach Berlin, er bliebe es nicht lange", eine Anschauung, welche besonders diejenigen teilten, die lange im Ausland gelebt hatten und schließlich nach Berlin verschlagen wurden. Alexander von Humboldt sagte zu Varnhagen, es gäbe gewiß in Europa keinen Ort mehr, wo die vornehme Gesellschaft so völlig geistlos, roh und unwissend sei, ja es sein wolle. Sie lehne mit Absicht jede Kenntnis des anderen Lebens, der anderen Meinungen und Bestrebungen ab, und viele Jahre später nannte er Berlin noch immer eine intellektuell verödete, kleine, unliterarische und dabei überhämische Stadt. Gabriele von Bülow urteilte, eigentlich gesellschaftliche Liebenswürdigkeit sei in Berlin nicht zu Hause, die Leute wären zu schwerfällig dazu, auch herrsche ein bedauerlicher Mangel an Form. Diese Vorwürfe trafen die Berliner nur deswegen mit solcher Schärfe, weil sie im Vordergrunde standen und die sprichwörtliche Anmaßung des Berliners die Kritik stets herausgefordert hat, das, was hier an den Berlinern getadelt wird, trifft mehr oder weniger für das ganze norddeutsche Wesen jener Zeit zu.

Die alte aristokratische Gesellschaft, für die der Vorzug der Geburt der allein maßgebende gewesen war, hatte mit dem 18. Jahrhundert aufgehört zu existieren, die neue, welche in der Bildung die Elemente der Gesellschaftsfähigkeit sah, begann sich erst zu fermieren. Es war, als sollten die Angehörigen zweier Welten einen Bund schließen, als sollten Mondbewohner und Erdenbürger zusammenkommen. Wie Fossilien längst verschwundener Zeiten lebte die ältere Generation, welche noch im philosophischen Jahrhundert aufgewachsen war, unter den Jüngeren, die sie nicht verstand, deren Art und Weise sie mißbilligen mußte. Hier stießen nicht allein die Anschauungen unversöhnlich aufeinander, es waren ganz andere Formen, in denen die Jugend sich bewegte. Der Onkel, bei dem Wolfgang Heinrich Puchta in Ansbach erzogen wurde, war beleidigt, wenn sein Neffe „Guten Morgen" sagte, statt „Wünsche wohl geruht zu haben" oder gar „Ergebenster Diener" statt „Gehorsamster Diener". Karl von Holtei sah mit an,

Joh. Erdmann Hummel. Die Schachpartie
(Von links nach rechts: Architekt Genelli, Hofrat Hirt, Graf Ingenheim,
Maler Friedrich Burv, Maler Hummel, Graf Brandenburg)
Ölgemälde. Berlin, Nationalgalerie

wenn die Schwestern seines Onkels, des Chefpräsidenten von Seidlitz, Frau von Holtei
und Frau von Bieberstein, selbst schon alte Damen, ihrem Bruder beim Kommen und
Gehen, wie beim Aufstehen von der Tafel die Hand küssen mußten. Jeden Morgen um
10 Uhr hatte August von Goethe bei seinem Vater anzutreten und zu sagen: „Lieber
Vater, wie haben Sie die Nacht geruht und haben Sie mir etwas zu befehlen?" Dann
antwortete die alte Exzellenz: „Lieber August, wir haben eine leidliche Nachtruhe gehabt
und finden in diesem Augenblick nichts anzuordnen." Da, wo in den Familien noch Angehörige waren, deren ehrfurchtgebietende Persönlichkeit die Ansprüche einer veralteten
Etikette durchsetzte, legten sie den Ihrigen die Reste dieser antiquierten Formenwelt wie
ein Joch auf. So erzählt Bogumil Golz von seiner neunzigjährigen Urgroßtante Bene-
witz in Riesenburg, Werner Siemens von seiner Tante Sabine Freiin von Grote, die
den Siebenjährigen Krieg erlebt hatte, Levin Schücking von seinem Großvater in Münster, welcher zeremoniös und feierlich beim Diner nie anders als in gepuderter Perücke mit
Frack, Kniehosen und seidenen Strümpfen erschien und in seinen Erinnerungen an die

491

stiftische Zeit weiterlebte, als regierte noch immer Maria Theresia. Die alte Frau von Thümmel in Altenburg gestattete den Handkuß nur höheren Hofchargen und Geheimräten, die eigenen Kinder und jüngeren Damen durften nur den Spitzenärmel, Bürgerliche aber gar nur den Saum des Kleides an die Lippen führen. Die Großmutter Friedrich Försters, Rätin Königsdörffer, geborene Freiin von Schubert, ordnete an, daß ihr Enkel den Vater mit Du, die Mutter aber mit Sie anzureden hätte, da diese von edlerer Herkunft sei.

Wie manchem hingen diese Formen einer Vorzeit, die dem jüngeren Geschlecht lächerlich erschien, auch dann noch an, als der Ton längst schon ein ganz anderer geworden war. Der Hofprediger Strauß wollte Graf Bernstorff die Hand küssen, weil er in seiner Unkunde der Welt und ihrer Sitten dies für üblich hielt, der Superintendent Maaß aus Kolberg nannte Adolf von Thadden nie anders als „gnädiger Herr". Die Manieren hatten sich von dem Zeremoniell der alten Zeit emanzipiert, feiner aber waren sie dadurch einstweilen noch nicht geworden. „Man klagt außerordentlich", schreibt Varnhagen 1828, „über den groben Ton, der unter dem jungen Volk herrscht, aber der unter den Alten ist nicht besser, der letzte Rest von Anstand und Feinheit verschwindet." Am wenigsten war er es, wie es scheint dort, wo man eigentlich hätte das Muster geben müssen, bei Hofe. Viele Damen, notiert Varnhagen 1824, wollten nicht mehr den Hof besuchen, da sie sich den groben Späßen der Prinzen nicht auszusetzen wünschten, deren Ton immer mehr in neckende Verhöhnung ausarte, die sich mit den Leuten gemein machten, ohne herablassend zu sein. Dieses Beispiel fand, zumal im Offizierskorps, nur zu bereitwillig Nachahmung. Nicht nur auf den Privatbällen der Tanzmeister Gasparini, Schulz u. a. kam es durch das rüde Benehmen der Offiziere zu Skandalen, die mit Mord und Totschlag endeten, auch auf den sogenannten Brühlschen Bällen im Schauspielhaus führten die Unarten der Herren zu den unerfreulichsten Szenen. Einmal arrangierten sie einen Kotillon, bei dem eine Tour mit Küssen vorkam, zu der die sich sträubenden jungen Mädchen genötigt wurden, ein anderes Mal warfen sie alle Herren hinaus, die weiße Strümpfe trugen und verleideten den besseren Elementen diese Bälle so völlig, daß sie schließlich eingestellt wurden. Der König, schreibt Varnhagen 1830, beklagt immer nur, daß die Berliner keinen Sinn für solche Vergnügungen haben, aber niemand sagt ihm den Grund. Als die Redouten nach Jahren wieder aufgenommen wurden, führte die Insolenz der Offiziere dazu, daß auf einem Ball im Opernhaus 1841 einige derselben Prügel erhielten und sich flüchten mußten. Werner Siemens, der die Berliner Artillerie- und Ingenieurschule von 1835—1838 besuchte, bemerkt, daß erst beständige Duelle vermochten, einen gesitteten Umgangston unter den Zöglingen herbeizuführen.

Wenn es während der französischen Okkupation und der Freiheitskriege einen Augen-

Franz Krüger. Aquarellzeichnung

blick geschienen hatte, als fingen die Standesunterschiede an, sich zu verwischen, so wurden sie doch nach dem Frieden nur wieder um so stärker betont, Rangstreitigkeiten füllten das Leben der höheren Kreise mit Verdruß und Zank. „Unsere vornehme Welt", schreibt Varnhagen 1828, „lebt immer im Kriegszustande Aller gegen Alle," wozu das besondere Ungeschick in allem, was Rangverhältnisse anbetraf, das Frau von Rochow dem preußischen Hofe nachsagt, das ihrige beitrug. Der alte Haß zwischen Adel und Bürgertum lebte wieder auf, so als habe das Jahr 1789 nichts Neues gebracht, als habe speziell der preußische Adel die Tage von Jena und Auerstädt völlig vergessen. Die Franzosenzeit hatte die Ideen über Ebenbürtigkeit ganz in den Hintergrund gedrängt, hatten sich doch mehrere der regierenden deutschen Fürstenfamilien mit den Bonapartes und Beauharnais verschwägert, nun regte sich unter dem Bundestag die alte Exklusivität, eine der längsten und berühmtesten Prozesse jener Jahre war der, den die Grafen Bentinck gegen den Standesherrn von Kniphausen anstrengten, weil er aus der Ehe seines Vaters mit Margarete Gerdes geboren worden war. Im Prozeß gegen Heinrich Laube spielte der Vorwurf, er habe als Hauslehrer in der Familie des Herrn von Nimptsch seinem 8 Jahre alten Zögling Ideen über Standesgleichheit beizubringen gesucht, eine Hauptrolle, das Gericht ging soweit, den mittlerweile 11 Jahre alten Knaben über die Anschauungen seines früheren Erziehers zu verhören!

Es war schon früher die Rede von der Bevorzugung des Adels in der Verwaltung und in der Armee. Dieses Streben nach Einfluß und Macht auf Kosten des Bürgertums, das sich im Staatsleben geltend machte, warf tiefe Schatten in die Gesellschaft und den Zuschnitt der Geselligkeit. Varnhagen, der ein so aufmerksamer Beobachter alles dessen war, was in den höheren Kreisen um ihn herum vorging, kommt in den Jahren von 1819–1830 immer wieder darauf zurück, wie die Absonderung der Adligen von den Bürgerlichen in ständigem Zunehmen begriffen sei. „Die jungen Leute meiden bürgerlichen Umgang und versuchen, sich Airs zu geben, indem sie durch Worte, Gebärden und Handlungen Geringschätzung der Bürgerklasse an den Tag legen." Im Kasino ließ sich der Adel besondere Tische reservieren und es gelang schließlich durch ein verfälschtes Protokoll auch den letzten Bürgerlichen aus der Zahl der Direktoren dieser Vereinigung zu beseitigen. Die Zirkel, in denen man die wenigsten Bürgerlichen traf, wurden von der Gesellschaft bevorzugt. Graf Solms versicherte Varnhagen, ihm sei nicht wohl, wenn sich ein Bürgerlicher in der Gesellschaft befände. Der Verleger Reimer, der in diesen Jahren die gehässigsten Verfolgungen wegen seiner Freundschaft mit Arndt, Schleiermacher, Gneisenau über sich ergehen lassen mußte, schob den Haß der aristokratischen Kreise, der sich darin dokumentierte, auf den Umstand, daß er das ehemals gräflich Sackensche Palais in der Wilhelmstraße kaufte, hatte Gräfin Golz doch indigniert ge-

494

äußert: „Nur ein Buchbinder kann sich das unterstehen." Als der König, der sich gern harmlos amüsierte, einen Ball besuchte, den die Hofballettmeister Blum und Hoguet veranstalteten, ertönten aus Hof- und Adelskreisen Kassandrarufe: Man habe doch an der französischen Revolution gesehen, was daraus werde, wenn man die Standesunterschiede so wenig beachte! Ebenso empört waren die Damen, als der König Henriette Sontag einlud, die Parade aus einem Fenster des königlichen Palais mitzuansehen; wenn sie wenigstens seine Mätresse wäre, hieß es vorwurfsvoll. Als Bunsen, der Günstling Friedrich Wilhelms III. und Intimus des Bernstorffschen Hauses, in einem Konzert zwischen der Gräfin Bernstorff und der Gräfin Dernath saß, äußerte ein Kammerherr, er finde es höchst unschicklich, daß die vornehmen Damen den Rotürier als vertrauten Umgang anerkennten! Der russische Gesandte von Alopeus hatte zu seinen Soireen ein Fräulein Richter eingeladen, gestand aber, als er sehen mußte, wie schlecht sie von seinen aristokratischen Gästen, Frau von Fouqué, Gräfin Trautmannsdorff u. a. behandelt wurde, daß in Berlin Talent und Sittlichkeit einer Bürgerlichen nichts helfen, Unverstand und Liederlichkeit einer Adligen nichts schaden.

Es war nicht in Berlin allein so, auch aus Weimar hören wir 1818 von Adele Schopenhauer, daß die Spannung zwischen Adel und Bürgerlichen immer mehr wächst und eines Tages zu einem Ball des adligen Klubs alle Bürgerlichen absagten. Man lebte wie in zwei getrennten Welten, Graf Zichy war schon 14 Jahre österreichischer Gesandter in Berlin und hatte in dieser ganzen Zeit niemals den Namen von Friedrich August Wolf gehört, der nicht nur ein Gelehrter von Weltruf, sondern durch seine auffallende Erscheinung auch eine stadtbekannte Person war. Selbst da, wo man den besten Willen hatte, sich gegenseitig zu verstehen, wo man geradezu aufeinander angewiesen war, störte der unversehens zum Vorschein kommende Bocksfuß der Standesvorurteile die Eintracht. In Swinemünde beschlossen die Familien Borcke, Flemming und Fontane einen Cercle intime zu bilden. Nur einen Abend dauerte leider die Intimität, denn als es zu Tische ging, reichte Herr von Borcke seinen Arm Frau von Flemming, Herr von Flemming den seinen Frau von Borcke und so mußte Herr Fontane Frau Fontane führen und der Cercle intime erlebte keinen zweiten Abend. Weit natürlicher und freier als in dem halb slawischen Norden war der Ton in Süddeutschland, das ja seine alte Kultur vor der bloßen Dressur voraus hat. Als Varnhagen 1827 in Bayern reiste, fiel ihm auf, wie wenig man in der Gesellschaft den Unterschied der Stände bemerke und wie umgänglich der bayerische Adel sei.

Das Bürgertum, das die Anmaßung des Adels mit Haß und Geringschätzung vergalt, vermochte in seinen eigenen Kreisen durchaus nicht zu freieren Anschauungen zu gelangen; fühlte es sich vom Adel durch die rein zufällige Schranke der Geburt getrennt,

Karl Arnold. Adolf Menzel zeichnend. Charlottenburg, Herr Robert Arnold

so errichtete es unter sich Mauern von Vorurteilen, die ebenso schwer zu übersteigen waren. Der Kaufmann, der Fabrikant, der Beamte, alle schieden sich gewissenhaft voneinander und führten jenen den Deutschen so tief im Blute liegenden Kastengeist zu seiner
Vollendung. Nicht darauf kam es an, was jemand war, sondern was sein Vater gewesen, man fragte nicht, was kannst du, sondern welche Examina hast du gemacht, so
stand denn auch hoch über allen andern jener, der die meisten Prüfungen abgelegt hatte,
der Gelehrte, der Professor. Das vormärzliche Deutschland blickte zu seinen Professoren
empor, wie zu Idealgestalten; aus dem höheren Lichte der Erkenntnis, in dem sie ihm zu
wandeln schienen, empfing es voll Ehrfurcht nicht nur die Ideen politischen Fortschritts,
sondern auch die Gedanken philosophischer und künstlerischer Kultur; für den Bürger
aller Berufsarten war der Professor das Höchste, was in dieser Welt zu erreichen war.

So fühlte auch er sich. Als Karl Hegel vom Oberpräsidenten von Senfft-Pilsach

„mit schroffem Adelsstolz zurückgewiesen" wird, tröstet er sich damit, daß dieser Mann in der Allgemeinen Deutschen Biographie nicht einmal eines Artikels gewürdigt sei und daß sein Sohn Arnold eine bürgerliche Stellung bei der Berliner Lebensversicherungs-anstalt habe annehmen müssen, zwei Dinge, die einem richtigen Professor und den Seinen gar nicht passieren können. So läßt der Oberfaktor der Königlichen Porzellanmanufaktur in Meißen den simplen Zeichenmeister Ludwig Richter die unübersteigliche Rangkluft fühlen, die zwischen ihnen befindlich ist, so sondern sich in Ems, wie Perthes 1825 be-richtet, die Gelehrten, die Frankfurter Bankiers, die Bremer und Hamburger Kaufleute sorgfältig voneinander und vermeiden gewissenhaft, sich ihrerseits etwa mit reichen Brau-ern oder einfachen Eisen- und Tuchhändlern gemein zu machen.

Die bürgerliche Gesellschaft des 19. Jahrhunderts hat der aristokratischen des 18. weder die Lebenslust noch die leichte Grazie des Tones abgesehen, sie fand nur an den Fehlern derselben Gefallen, und wie sie ihr im engherzigen Kastengeist die Exklusivität nachzumachen suchte, so übernahm sie auch noch eine andere ihrer Einrichtungen, das Or-denswesen. Die Ritterorden waren im Zeitalter des Rokoko zu Klubzeichen geworden, mit denen die Herrscher den Kreis ihrer nächsten Hofdienerschaft herausputzten, sie waren für den Adel gestiftet und diesem ängstlich vorbehalten. Erst das Beispiel Napoleons, der an Stelle der Orden der Monarchie, welche die Republik mit dem übrigen Firlefanz derselben über Bord geworfen hatte, die Ehrenlegion für alle Franzosen ohne Unter-schied des Standes stiftete, fand auch in Deutschland Nachahmung und seit dem Jahre 1806 drängen sich die Ordensstiftungen für bürgerliche Verdienste auch in den Vater-ländern diesseits des Rheines. Wer die Eitelkeit der Menschen in seinen Kalkul stellt, hat sich noch nie verrechnet, die Kinderklappern der Monarchie, wie der Staatsrat Ber-thier die Orden nannte, haben ihren Zweck, die Ehrgeizigen zu ködern, die Widerspenst-igen zu zähmen, die Übelwollenden zu strafen, nicht verfehlt. Die Deutschen waren in ihrer Sucht nach den glitzernden Sternchen und Kreuzchen, nach einer Elle bunten Ban-des genau so kindisch wie die Franzosen, bei denen ein solches Wettlaufen nach der roten Rosette im Knopfloch stattfand, daß ein Witzbold in der Kammer die Motion einbrachte: Alle Franzosen sollten von ihrer Geburt an das Recht haben, die Ehrenlegion zu tragen. 1817 fand Gottschalk in seinem Werk über die Orden, es gäbe deren zu viele und das starke Anwachsen derselben müßte ihren Wert schwächen, ja der Staatsrat Klüber meinte, bei dem Überfluß an Orden müsse es guter Ton werden, keine mehr zu tragen. Sie haben ihre Zeitgenossen schlecht gekannt. Treitschke datiert die Ordensüberschwem-mung erst von dem Aufenthalt des Kaiser Nikolaus in Schwedt 1833, wo der Regen russischer Orden keine Brust verschonte, „eine Ordensverschwendung, welche, seitdem von allen Höfen getreulich nachgeahmt, den Ehrenzeichen allen Sinn und Wert geraubt hat",

Gavarni. Polka Mazurka

aber das Unwesen setzte schon viel früher ein und kann bis zum Wiener Kongreß zurück verfolgt werden. Nach der Einnahme von Paris stifteten die Damen der Wiener Gesellschaft einen Orden, den sie zur Erinnerung an dieses wichtige Ereignis tragen wollten, es war ein Schmuckstück in Gestalt eines braunemaillierten Malteser Kreuzes mit Granaten besetzt und an schwarzer Schleife zu tragen. Gräfin Bernstorff sah auf einem Fest, welches Admiral Sidney-Smith, der leidenschaftliche Vorkämpfer der Befreiung der Negersklaven, den Kongreßgästen gab, daß der Wirt alle Ordensketten seiner Großkordons an großen weißen Atlasschleifen auf der Schulter befestigt trug und dieselben von Stunde zu Stunde wechselte, damit keiner der Anwesenden beleidigt werde. Der Großherzog von Mecklenburg-Strelitz, erzählt Frau von Rochow, behängte sich über beide Schultern so mit russischen und preußischen Ordensbändern, daß er aussah wie ein Dresdener Portechaisenträger.

Dieses von oben gegebene Beispiel wirkte nach unten. Felix Mendelssohn schreibt aus Soden 1844: Wer irgend kann, trägt ein Bändchen im Knopfloch und läßt sich Geheimrat nennen; Hoffmann von Fallersleben sah am Rheinfall den Hofprediger Strauß mit dem Roten Adlerorden und freute sich, als er den Bibliothekar Hanka traf, der in Ermangelung eines Ordens einen Brillantring, den ihm der Kaiser von Rußland geschenkt, an einem Bande um den Hals trug. Das Land chronischer Ordenswut war Preußen, trotzdem es damals nur 6 Orden im ganzen besaß. Die Berliner, sagt Karl Gutzkow, erwarteten die regelmäßigen Ordensverleihungen im Januar, wie die Schuljungen ihre Prüfungen und Zeugnisse, und da allmählich so ziemlich jeder Preuße, der nicht gerade gestohlen hatte oder liberal war, etwas abbekommen mußte, so hatte der Bischof Eylert nicht so ganz unrecht, wenn er das Ordensfest im Weißen Saal die preu-

tische Volksvertretung nannte. Wenn man sich in Berlin
einen Rock anmessen ließ,
schreibt Heinrich Heine, so
fragte einen der Schneider:
Mit oder ohne Orden? Denn
daß ein Mann, wie Karl
Heyse, den Roten Adlerorden,
den er statt der ordentlichen
Professur erhält, nicht trägt,
wird ebenso selten gewesen
sein, wie die Ablehnung eines
solchen durch Hofrat Parthey.
1842 brach in der Nacht vor
dem Ordensfest auf dem
Schlosse Feuer aus, da sagten
die Berliner, man habe zu viele
arme Ritter backen wollen.
„Keine zehn Knopflöcher ohne
Ordensbändchen", schreibt
Georg Herwegh 1842 an

Gavarni. Walzer

seine Braut über eine Berliner Gesellschaft. Die entsittlichende Einwirkung des
Ordenswesens nötigte Ernst Ludwig von Gerlach manch tiefen Seufzer ab, sie veranlaßte
Arndt zu dem Vorschlag, den er in seinen Phantasien für ein künftiges Deutschland
niedergelegt hat: Es solle ein neuer Orden, der Eichenkranz, gestiftet werden, der nur an
die Edelsten und Würdigsten, die das Volk dem Könige zeige, verliehen werden dürfe;
ganz ohne Orden und Bänder konnte sich also selbst ein Mann wie Arndt sein deutsches
Volk nicht denken. Es ist selbstverständlich nicht zur Ausführung dieses Vorschlages gekommen, das Volk suchte sich andere Wege, um seine Helden, die von den schwarzen,
roten, blauen, gescheckten oder gefleckten offiziellen Adlern und Löwen gemieden wurden,
zu ehren, es stiftete ihnen silberne Becher. Der Bürgermeister Karl Schomburg, der
Küfer Herbold, die in Kassel dem Kurfürsten zu Leibe gerückt waren, erhielten ihre Sil-
berbecher ebensogut wie der Bürgermeister Stüve in Osnabrück, der die Ablösung der
bäuerlichen Dienste und Zehnten in Hannover durchgesetzt hatte. Einen wahren Schatz von
Ehrenbechern sammelte Karl von Rotteck, der diese Zeichen der Hochachtung und Verehrung mit Recht höher schätzen durfte, als die allerbuntesten Ordenssterne eines Ministers.

Die kastenartige Strenge, mit der sich in der Gesellschaft die verschiedenen Berufsarten gegeneinander abschlossen, prägte auch dem Verkehr derselben den Charakter der
Engherzigkeit, des Feindseligen und Ablehnenden gegen die andern auf. Noch 1820
hatte Varnhagen rühmen können, daß die zahlreichen Tischgesellschaften und Klubs in
Berlin eine wohltätige Mischung der Stände und Bekanntschaft der Personen miteinander unterhalten, aber in den folgenden Jahren wiederholten sich seine Klagen über die
zunehmende Absonderung der einzelnen Klassen immer häufiger, und zwanzig Jahre
später, als Fanny Lewald sich 1839 in Berlin niederließ, hat sich schon eine völlige Trennung vollzogen, die Geselligkeit hat einen ganz anderen Charakter angenommen. Die
kluge und scharfe Beobachterin charakterisiert dieselbe in ihren Erinnerungen wie folgt:

„Die eigentliche Glanzepoche der Berliner Geselligkeit war schon vorüber, als ich
zum zweiten Male nach Berlin kam. Man sprach überall noch von den Zeiten vor dem
Jahre sechs, und namentlich von den Jahren, welche den Freiheitskriegen gefolgt waren,
als von einer schönen Vergangenheit. Jene Zirkel, in denen man um der Unterhaltung
willen zusammengekommen war, in denen die geistig Bevorzugten aller Stände sich getroffen, und in welchen sich der Ruf der Berliner Gesellschaft, als der tonangebenden in
Deutschland, gebildet hatte, existierten nicht mehr. Der Geist des vorigen Jahrhunderts,
der die Menschenrechte und die Gleichheit proklamierte, hatte die Berliner Gesellschaft
erzeugt, hatte Bürgerliche, Adel, Juden, Gewerbetreibende und Gelehrte miteinander,
zum größten Vorteil jedes einzelnen Standes in Berührung gebracht, und die Not der
französischen Usurpation, die Begeisterung für die Befreiung des Vaterlandes, die Leiden
und Opfer, welche jeder für dieselbe über sich zu nehmen gehabt, hatten geistig und materiell die Gleichheit und damit die Neigung zu Anschluß und Verkehr noch eine Weile
aufrecht erhalten. Solange die preußischen Fürstinnen mit den bürgerlichen Damen die
Sorge für die Lazarette, die Pflege der Invaliden teilten, solange man die verwundeten
Söhne in den verschiedenen Städten dem Wohlwollen der Bürger anvertraut wußte und
alle Verhältnisse durch gleiche Not einander angenähert blieben, solange dauerte jene
Art der Gesellschaft fort, in welcher Bildung die einzige Forderung war, die man an ihre
Teilnehmer stellte. Der Friede und die ihm folgende Reaktion hatte die Fürsten von
dem Volke, den Adel von den Bürgerlichen, das Militär vom Zivil getrennt. Der Gewerbetreibende hatte in Schaustellung seines Reichtums Ersatz gesucht für den Verlust
des geistig befreiten Verkehrs. Die Gelehrten und Beamten, denen die Mittel zu solchem
Luxus nicht zu Gebote standen, und die vielleicht nicht gern empfangen mochten, was sie
nicht erwidern konnten, hatten sich in engere Kreise zurückgezogen; und da die Menschen,
auf welche ein Druck ausgeübt wird, leicht zu dem unvernünftigen Verlangen kommen,
an andern zu vergelten was ihnen böses geschieht, so gab sich die christliche bürgerliche

Radierung von Eugen Neureuther

Gesellschaft bald wieder das Vergnügen, sich ebenso von den Juden zu entfernen, wie der Adel und der Hof sich von der bürgerlichen Gesellschaft entfernt hatte.

Soviel und auf so verschiedene Weise man daher auch von der Berliner Gesellschaft noch in den Provinzen zu sprechen liebte, so wenig war von ihr zu Ende der dreißiger Jahre noch vorhanden. Was davon noch existierte waren Ausläufer einer vergangenen Zeit. Die verschiedenen Stände waren ziemlich scharf getrennt, feste Gesellschaftsabende oder Häuser, welche den Besuchern an jedem Abende offen gestanden hätten, gab es in den bürgerlichen Kreisen wenige. Die Aristokratie hielt sich um den Hof geschart, die Ministersoireen standen der Gesellschaft im allgemeinen nicht offen. Die höheren Beamten lebten das Jahr hindurch meist in genauester Beschränkung, um ein- oder zweimal im Winter eine jener ängstlich aufgesteiften, mit frostigem Überfluß versehenen Gesellschaften zu geben, bei denen in sonst ungeheizten Sälen die Feuchtigkeit aus den Wänden schwitzte und fremde Lohndiener sich in den Zimmern nicht zurecht fanden; und die reichen Kaufleute, Christen sowohl als Juden, gaben Bälle, Mittagbrote und Soireen, welche von hochgestellten Beamten, von Gelehrten und von höheren und niederen Militärpersonen sehr gern, aber doch mit einer gewissen halbironischen Herablassung besucht wurden. Es war, soweit mein Blick und die Berichte reichten, welche ich von andern erhielt, die mehr noch als ich Gelegenheit hatten, die Gesellschaft von Berlin kennen zu lernen, damals nicht anders als jetzt. Das Jahr der Revolution in Preußen, dem man gern die Schuld von allen Unbilden aufbürden möchte, von denen man zu leiden hat, fand an der Berliner Gesellligkeit nicht mehr viel zu verderben und zu zerstören, es stellte nur die lang bestandene innere Trennung der verschiedenen Klassen noch bestimmter und ehrlicher heraus."

An dieser Trennung der Gesellschaft, die, was Berlin anlangt, auch von anderen damals Lebenden, Gräfin Bernstorff, Frau von Rochow, Rudolf Delbrück und anderen bestätigt wird, haben die politischen und sozialen Verhältnisse die Hauptschuld. Beide trugen zur Verbitterung bei, die Politik verhetzte die Geister, der zunehmende Reichtum der Industriellen und Kaufleute verstimmte die, welche mit ihnen nicht rivalisieren konnten. In den Stuttgarter Wirtshäusern saßen Liberale und Konservative an getrennten Tischen, in Swinemünde, erzählt Fontane, legten die Honoratioren es darauf ab, die Träger des Höheren, also studierte, aber arme Leute, fühlen zu lassen, daß es mit dem Geistigen nichts sei und allein der Reichtum Wert habe. Zu diesen trennenden Faktoren, die bei der allgemein herrschenden Unzufriedenheit mit den bestehenden Zuständen zur Zersetzung der Gesellschaft völlig hingereicht hätten, kamen auch noch die neuen Möglichkeiten des Verkehrs, die der Ortsveränderung den größten Reiz verliehen und die Menschen dem Boden der Heimat entrissen, in welchem sie eben noch so fest gewurzelt hatten.

Friedrich Wasmann. Die Schwester des Künstlers
Zeichnung

Unzufriedenheit und Unruhe verdrängten die Beschaulichkeit und Stille, die bis dahin im Leben geherrscht hatten. „Wenn ich doch nur ein einziges glückliches zufriedenes Paar zu sehen bekäme," bemerkt Malla Silfverstolpe 1825, „ein wahrhaft friedevolles Heim, das würde mir in der Seele wohl tun. Friedliches Behagen wird man bei dieser Generation vergeblich suchen." „Es fehlt der deutschen Familie an dem früheren durchgehenden Genügen in sich selbst," schrieb Immermann Ende der dreißiger Jahre, „der Frau ist das Haus zu leer und zu kalt geworden" und ähnliche Beobachtungen drängen sich zumal denen auf, deren Jugend noch in das 18. Jahrhundert gefallen war. „Ein unhemmbarer Wirbel hat uns ergriffen," klagt der greise Perthes, „alles strebt nach immer eiligerem Umdrehen und Umwenden, die jetzige Generation kann dem nicht widerstehen." „Das Leben wird alle Tage unruhiger, geräuschvoller, eiliger, zerstreuter," bemerkt Varnhagen 1842, „alles ist gespannt, gehetzt, nimmt an allem Anteil, und will in allem nur sich selbst." Der kurhessische Zollvereinsgesandte Schwedes schildert den Eindruck, den er im Anfang der vierziger Jahre von Berlin empfängt, in dem gleichen Sinne: „Es ist merkwürdig anzusehen," schreibt er, „welche Masse von Fremden mit den Bahnzügen anlangen und abgehen, aber sie treiben sich auch ebenso im Sturm herum, wie sie die Bahn befördert. Es wird alles in kürzester Zeit abgetan und in größter Eile wieder fortgerannt, als ob die Bewegung der Dampfräder in das Fleisch und in die Seelen übergegangen wären. Man muß es mit eigenen Augen sehen, welche Veränderungen die hiesigen Eisenbahnen in das Leben bringen und doch ist es erst der Anfang." Wenn dann Perthes bei seinem letzten Besuch der preußischen Residenz findet: „In Berlin ist alles ausgetrocknet, abgedroschen, ausgeledert, bis in die höheren Kreise hinein wird räsoniert, intrigiert, maliziös unterminiert," so hat er das gleiche Gefühl wie Varnhagen, der 1840 notierte: „Jeder fühlt seinen beklommenen Zustand, seine Gebundenheit, sein gereiztes Mißbehagen und macht sich Luft, wo und wie er kann, gegen Schauspieler, Künstler, Schriftsteller."

Unter diesen Umständen nahm die Geselligkeit ein ganz anderes Aussehen an, nicht nur Stände und Berufe standen sich feindselig gegenüber, die beiden Geschlechter fingen an, sich zu trennen. Die Männer verließen den Salon, in dem die Frau bis dahin mit Geist und Grazie die Alltäglichkeit des Lebens zu verschönen gesucht hatte; Literatur, Ästhetik und Kunst wurden vernachlässigt, die Politik drängte alles andere in den Hintergrund und störte die zarte Tändelei der Salons. „Immer mehr werden die Frauen von den geselligen Gesprächen der Männer ausgeschlossen", beschwerte sich Frau von Gerlach 1842. Ein anderes Geschlecht war seit 1815 herangewachsen mit anderen Ideen und anderen Anschauungen, es suchte andere Freuden und Zerstreuungen, die Zeiten, wo die schönen Geister und die schönen Seelen ästhetisch geschwärmt hatten, waren dahin. Empfindsamkeit und Romantik welkten, wie abgeschnittene Blumen, sie waren schon gestorben, als die Märzstürme des Jahres 1848 mit allem aufräumten, was der Gesellschaft bis dahin unerläßlich gedünkt hatte. Nach 1815 hatte Byron den Weltschmerz in die Mode gebracht; glücklich zu lieben, wäre äußerst wenig schick gewesen, unglücklich verliebt mußte man sein. Als Eduard Devrient Therese Schlesinger, seine spätere Frau, kennen lernte, erfüllte ihn eine unglückliche Liebe, „was für einen richtigen Jüngling notwendig war", schreibt sie. Adele Schopenhauer, Ottilie von Goethe und andere aus dieser Generation sind ihr Leben hindurch die unglücklichen Lieben nicht los geworden; Immermann krankte lange Jahre an seinem Verhältnis zur Gräfin Ahlefeldt, wie Johanna Schopenhauer an dem zu Herrn von Gerstenbergk, wie Holteis Pflegemutter an dem zu Professor Kannegießer. Lorette von Arnold, Holteis Tante, war verwachsen und immer krank, aber stets in unglückliche Lieben verwickelt, die ihr Gelegenheit zu Geheimnissen und Aufregungen gaben. Frau von Alopeus, geb. von Wenckstern, eine Erscheinung, die nach dem Urteil der Gräfin Bernstorff an Vollkommenheit alles übertraf, was diese in ihrem ganzen Leben je gesehen, erschien nie in der Berliner Gesellschaft, ohne daß ihr nicht fünf bis sechs sterblich verliebte Anbeter stumm verzückt gegenüber gesessen hätten. Man durfte damals nicht nur schwärmen, man mußte es geradezu. Henriette Händel-Schütz hatte sich im Garten ihres Schwiegervaters in Halle in die Äste einiger großer Bäume ein Bettgestell einpassen lassen, wo sie laue Sommernächte im Duft der Linden-blüten wollüstig verträumen konnte. Im Favreauschen Garten in Magdeburg war nicht nur ein Liebestempel, sondern auch ein künstlicher Friedhof mit einer Kapelle; in dem offenen Sarge, der in derselben stand, pflegte der alte Besitzer öfters zu schlafen. Man hielt die gesteigerte Empfindung bis zum Tode fest. Der damals schon lange vergessene Romanschreiber Lafontaine in Halle sprang in der Nacht vom Krankenstuhl auf, sang mit voller Stimme die Marseillaise, fiel um und starb. Professor Daub in Heidelberg, auf dem Katheder vom Schlage gerührt, stammelte: „Das Leben ist der Güter höchstes nicht", dann fiel er tot um. Weniger emphatisch starb der alte Herr von der Recke: „Kinder," schrie er, „nu holt mir der Deibel!" Viele versuchten, die Empfindsamkeit über Tod und Grab hinaus fortzuspielen. Gräfin Karoline von Bombelles verlangte, daß ihr Herz in einen Bleikasten gelegt würde, den ihr Mann niemals, auch auf der kürzesten Reise nicht, von sich lassen dürfe, sie hatte sogar gewünscht, er solle bei dem Herausnehmen desselben gegenwärtig sein. Wie lange der trauernde Witwer, der später die Exkaiserin Marie Luise heiratete, diesem Wunsche nachgekommen ist, wissen wir nicht. Ebenso hatte die Herzogin Luise von Koburg, die Mutter des Prinzgemahl Albert, die nach ihrer Scheidung den hübschen Leutnant Alexander von Hanstein geheiratet hatte, ihm eine große Rente vermacht, aber nur unter der Bedingung, daß er sich nie von ihrer Leiche trenne. Herr von Peucker, der spätere General und Bundestagsgesandte, ließ sich nach dem Tode seiner Frau in seiner Wohnung in der Behrenstraße in Berlin ein Zim-mer ganz mit schwarzem Krepp ausschlagen und einen Katafalk mit Wachskerzen vor dem Bilde der Verstorbenen aufstellen, vor diesem kniend huldigte er täglich seinem Schmerz. Viele ließen sich in ihren Gärten begraben, um ihren Lieben auch immer recht

Der Eiswalzer.

Aus Zindel. Der Eislauf. Nürnberg, 1825

nah zu sein; so war das Grab des Großvaters Hotho auf der Hothoschen Bleiche ein beliebter Spielplatz für Michelet und seine Jugendgenossen. Hans Wilhelm von Thümmel ließ sich auf seinem Gute Nöbdenitz ohne Sarg, sitzend innerhalb einer großen alten Eiche beisetzen. Niklas Vogt bestimmte, daß sein Herz und Hirn im Rhein versenkt werden sollten.

Die Empfindsamkeit verlangte noch, daß man Tagebücher schrieb und sich in seinen Gefühlen bespiegelte. Die Prinzessinnen Charlotte und Friederike, Töchter Friedrich Wilhelms III., kamen jeden Sonntag mit ihren Tagebüchern zu ihrer Tante, der Prinzessin Wilhelm, um Gespräche über das innere Gebiet des Herzens zu führen. Charlotte, die spätere Kaiserin von Rußland, hatte sich als ein Symbol die weiße Rose gewählt, an deren Emblem ihr romantischer Sinn dauernd festhielt, so daß sie den Intimen ihres Kreises weiße Rosen als kleine Schmuckstücke verlieh. Prinzessin Wilhelm hieß unter den Vertrauten nur „Minnetrost", Kaiserin Charlotte „Blanchefleur". Flora von Pommer-Esche will rote Rosen für ihren Bräutigam sticken und färbt die weiße Wolle dazu mit dem eigenen Blut. Die Prinzessin Alexandrine tauscht bei ihrer Verheiratung mit dem Erbprinzen von Mecklenburg Ringe in Form eines goldenen Kleeblatts mit Albertine von Boguslawska und Röschen Hufeland, den Herzensfreundinnen ihrer Jugend. Die

506

Die Schrittschuhbahn zu Nürnberg

Aus Zindel. Der Eislauf. Nürnberg, 1825

Tagebücher mit den Ergießungen des Herzens waren natürlich durchaus nicht für den Schreiber allein bestimmt, man teilte sie Freunden und Freundinnen mit, um auch diese einen Blick in die Abgrundtiefe des eigenen interessanten Wesens tun zu lassen. Adele Schopenhauer und Ottilie von Pogwisch kopieren sich Stellen aus dem Tagebuch Karolinens von Egloffstein, über dessen räsonnierenden und frömmelnden Ton sie sich entrüsten. Das war aber nicht nur bei jungen Mädchen so. Ernst Rietschel in Berlin und sein Freund Thaeter in Nürnberg wechseln ihre Tagebücher regelmäßig, aber nicht ohne auch ihre Dresdener Freunde in deren köstliche Geheimnisse einzuweihen. Hebbels Freund Alberti in Hamburg bringt diesem sein Tagebuch, welches er mit den verletzendsten Bemerkungen über ihn gefüllt hat. Nach der Lektüre dieser Bekenntnisse entwarf man dann wohl, wie Karoline von Freystedt erzählt, psychologische Porträts seiner Freunde und Freundinnen, die man austauschte, kurz, man spielte auch im Leben immer ein wenig Theater, vor sich, wie vor andern, und war sich dessen auch bewußt. Nach der Krönung der Kaiserin Charlotte schrieb sie nach Hause, als sie in der Kirche zum Gebet auf die Knie gefallen sei, habe sie sich nicht enthalten können zu denken, welch große Wirkung diese Szene einst auf der Bühne machen würde, falls ein Dichter dieses Ereignis dramatisch behandele.

Man putzte sich das Leben etwas heraus, ohne einen Schuß Romantik schien es sonst gar nicht des Lebens wert. Diese Sucht nach Romantik, nach Abenteuern, nach

etwas ganz und gar Ungewöhnlichem lag in der Zeit, die nach den unerhörten Wechsel-
fällen, welche die Jahrzehnte der französischen Invasion in die Geschicke von Hoch und
Nieder gebracht hatten, nicht so schnell wieder zur Ruhe kommen konnte. Da waren aus
Kellnern und Ellenreitern Könige und Fürsten und Feldmarschälle, aus Königen dagegen
Bettler und Abenteurer geworden. Diese Stürme tobten nicht sobald aus und setzten die
unteren Klassen der Gesellschaft noch in Bewegung, als die oberen schon längst wieder
zur Ruhe gekommen waren. Johann Arnold Kanne ist abwechselnd Gelehrter, Prinzen-
erzieher, Soldat, Vagabund und Professor; der Bauernbursch Peter von Bohlen wird
nacheinander Schneider, Lakai, Kellner, Kommis und stirbt als Professor der orientali-
schen Sprachen. Der Mann von Aline Delbrück, Hohl, studiert Jura und wird Advokat,
dann fürstlicher Stallmeister, als solcher studiert er Medizin und legt mit 40 Jahren
das Staatsexamen ab. Ein Rittmeister von Kameke heiratet eine schöne Zirkusreiterin,
die er so abgöttisch liebt, daß er beschließt, sie zur Königin von Persien zu machen. Julius
Klaproth muß für ihn persische Proklamationen abfassen, welche Gubitz in Holz schneidet,
dann kauft er einen Luftballon, um die Angebetete in Teheran gleichsam aus dem Himmel herab auf den Thron fallen zu lassen. Sie reisten von Berlin ab und niemand hat
je wieder von ihnen gehört.

Nichts schien unmöglich in einer Zeit, welche stärkere Sensationen gebracht hatte, als
je ein Romanschreiber zu erfinden imstande gewesen wäre. Man hatte all die Abenteuer
und Schrecken, welche die Erzähler von einst in die fast unerreichbare Ferne italienischer
Schlösser und spanischer Klöster verlegt hatten, mittlerweile selbst erleben können und
stieß noch alle Tage auf Rätsel und Abenteuer. Da zog der letzte Wasa als halbirrer
Querulant in Deutschland herum, da zeigte sich die Prinzessin von Wales in abenteuer-
lichstem Aufputz und zweideutigster Gesellschaft. Da lebten in Eishausen vornehme
Fremde in einem Geheimnis, dessen Schleier auch die folgende Zeit nicht ganz enthüllen
konnte, da tauchte in Kaspar Hauser plötzlich der Thronerbe Badens aus dunkler Kerker-
nacht empor — man schwelgte förmlich in Romantik! Die Kaspar Hauser-Affäre ist
überhaupt nur aus der romantischen Stimmung jener Jahre heraus zu erklären, aus der
Überzeugung der Menschen, daß eben nichts unmöglich sei, und die Wahrscheinlichkeit,
der Wahrheit nahe zu kommen, um so größer, je dichter der Nebel des Unwahrschein-
lichen, der sie umhüllt. Niemals hätte ein oberbayerischer Bauernbursche mit seinem
Wunsch, in Nürnberg Chevauxleger zu werden, zur cause célèbre Deutschlands werden
können, ohne die Sucht der Zeitgenossen, welche Romantik so notwendig brauchte, wie
die Luft. Was man alles in den bäurischen Dickschädel hineingefragt hat, bis die Un-
möglichkeiten, die er dem Publikum zumuten konnte, unglaublich genug waren, um geglaubt werden zu können, ist bekannt. Ein gesunder strammer Bursche von etwa 18 Jah-

ren, der sprechen, lesen und
schreiben kann, behauptet,
bis dahin in einem unter-
irdischen dunklen Loch gelebt zu haben, ohne je das
Tageslicht oder Menschen
zu sehen. Die Widersprüche,
die diese Erzählung mit der
äußeren Erscheinung des
jungen Mannes barg, ha-
ben merkwürdigerweise au-
ßer einem Berliner Polizeirat niemanden stutzig ge-
macht. Der Hunger nach
Sensation war zu stark,
selbst ein so scharfsinniger
Jurist wie Anselm Feuer-
bach glaubte, wenigstens
anfänglich, an ein „Verbrechen am Seelenleben".
Vielleicht wäre das Inter-

Karl Blechen. Das ehemalige Palmenhaus auf der Pfaueninsel
Ölgemälde. Potsdam, Stadtschloß

esse an dem Findling Europas eher abgeflaut, hätte sich nicht ein englischer Lord
Stanhope seiner angenommen und die Spur der Herkunft Kaspars so ziemlich in
alle vornehme Familien Deutschlands, Österreichs und Ungarns verfolgt. Die
Entwicklung der Angelegenheit bis zum Thronerben Badens muß man bei van der
Linde nachlesen. Der arme Junge, dem die Gemütsstimmung seiner Mitmenschen die
Rolle des betrogenen Betrügers aufdrängte, endete, nachdem er schon einmal durch ein
fingiertes Attentat die erlöschende Aufmerksamkeit des Publikums von neuem auf sich
gezogen hatte, durch unfreiwilligen Selbstmord. Er wollte wohl abermals einen Mord-
anfall auf sich vorspiegeln und stach sich am 14. Dezember 1833 im Schloßgarten zu
Ansbach ein bißchen zu tief und am falschen Platz. Am 17. Dezember starb er und nahm
sein Geheimnis mit ins Grab. Es gibt heute noch Menschen, sogar geistreiche, die an
Kaspar Hauser und sein badisches Prinzentum glauben, ein Beweis dafür, daß die
Lüge immer größere Chancen hat als die Wahrheit.

Ein Jahr darauf wurde Deutschland in Aufregung versetzt durch eine Tat, die gewissermaßen die Epoche der Romantik abschließt. Am 29. Dezember 1834 gab sich die

509

Karl Spitzweg. Die Ronde

junge und schöne Charlotte Stieglitz den Tod, um ihren Mann durch ein großes Schicksal zu großen Werken anzufeuern. „Ich brachte ihm Frucht um Frucht hinab", schrieb sie kurz zuvor an Freundinnen in Weimar, „und er erstarkte nicht, ich sang und er erstarkte nicht, ich hob ihn liebend empor auf meinen Flügeln und er erstarkte nicht, und da ich alle Mittel meines durch Liebe und Pflicht geschärften Denkens umsonst versucht hatte, da dachte ich des erziehenden Unglücks." Ihre Tat verfehlte ihren Zweck vollständig, die Begabung des leichten Versemachens, welche Heinrich Stieglitz besaß, konnte nach dem erlittenen Schrecken gar nichts Großes leisten, im Gegenteil, sein kleines Talent versiegte. Er irrte unstet umher und mimte den Zerrissenen, Friedrich Pecht sah ihn mehrere Jahre später nach einem lustigen Diner in Venedig das Bild Charlottens herausziehen und den Unglücklichen spielen. Humboldt und Böckh verglichen Charlotte Stieglitz mit Alceste, die an Stelle des Gatten zum Hades hinabstieg, es gab Enthusiasten, die sie dem Heiland gleichstellten. „Sie ward Schicksal und Opfer durch eigenen Willen und durch eigene Kraft. Sie starb für einen Irrtum, doch sie starb groß wie jede Heilige, für ihren Glauben", schreibt die jugendliche Jenny von Pappenheim. Charlottens Tod steht an der Wende zu einer neuen Zeit. War ihr Selbstmord noch hervorgegangen aus der ganzen hochgespannten Stimmung eines Ästhetizismus, der schon der Vergangenheit angehörte, so deutet die Energie, mit der sie ihr Ziel verfolgte, mit der sie vor dem Opfertod für den Gatten, an dessen Genie sie glaubte, nicht zurückscheute, schon auf die neue Zeit mit ihrem Willen zur Tat und ihrer Rücksichtslosigkeit gegen Herkommen und Tradition. In diesem Sinne darf man auch das Denkmal auffassen, welches Theodor Mundt der Verewigten aus ihren Tagebüchern und Briefen zusammensetzte, nachdem noch kein Jahr seit ihrem Tode vergangen war. Daraus spricht schon jene ganz moderne Hast, welche nicht warten kann und der Erinnerung und dem Vergessenwerden zuvorkommen möchte.

Ästhetisch-literarisch-romantisch, wie die Stimmung der Gesellschaft, war auch der Ton, der ihre Geselligkeit bestimmte, wenigstens in den Kreisen, die auf Bildung höheren

Wert legten, als auf Geburt oder Geld allein. In der Hofgesellschaft langweilte man sich mit Anstand, „der Hof ertötet alles in Geistlosigkeit und Anteillosigkeit", bemerkt Varnhagen 1826 und da, wie Herr von Lützow schrieb, jede arme Leutnantsfrau in Berlin ein Stück des Hofes vorstellen zu müssen glaubte, so klagte man, wie Varnhagen oft wiederholt, in diesen Kreisen über die schauderhafteste Langeweile. Karoline von Fouqué charakterisiert die Unterhaltung der Berliner vornehmen Welt als ein plattes Geschwätz voller trivialer oder burlesker Ausdrücke, aus Theaterreminiszenzen zusammengestoppelt. Die Kaiserin Charlotte von Rußland, die Königin Wilhelmine der Niederlande, die Kurfürstin von Hessen, alle drei von Geburt preußische Prinzessinnen, die oft und lange in der Heimat lebten, hatten für diese Art außerordentlich viel Sinn und liebten, wie Frau von Rochow erzählt, die Gemeinplätze des Berlin-Potsdamer sens commun, eine Art, in die sich die Kronprinzessin gar nicht finden konnte, trotzdem auch ihr Gatte in dieser Form der Konversation und Witzelei, die ja bis heute in Berlin herrschend geblieben ist, exzellierte. Frau von Rochow erwähnt als das bedeutendste gesellige Haus der Hofkreise das des Herzogs Ernst August von Cumberland, der mit einer Schwester der Königin Luise verheiratet in Berlin lebte, da er sich in England wegen seines schlechten Rufes und seiner Schulden nicht sehen lassen durfte. Sie nennt dieses Haus einen Tummelplatz der fürstlichen Jugend. Es war zugleich bei der neugierigen und indiskreten Natur des Hausherrn der Mittelpunkt des Berliner Klatsches. Um wenigstens eine kleine Abwechslung zu haben, beförderte man das Cliquenwesen. Die Berliner Hofgesellschaft teilte sich im Beginn der vierziger Jahre in Monteechi und Capuletti. Letztere trugen an Armband oder Uhrkette eine Medaille mit der Devise

Karl Spitzweg. Im Garten

„Union et fidélité", die Montecchi als Berlocke eine kleine Kaffeekanne. Zu den Capuletti, die von den Prinzen begünstigt wurden, gehörten die Werther, Nagler, Bülow, Pourtalès u. a., zu den Montecchi hielten sich alle, die Anspruch auf Schöngeisterei erhoben.

Sonst gab es kein einheimisches Haus mit angenehmer Geselligkeit, alles verlor sich, wie immer in Berlin, in kleine Koterien, nur zu Radziwills drängte man sich, erteilt doch Frau von Rochow der Fürstin Luise das Lob, die letzte Frau gewesen zu sein, die eine conversation de salon zu machen verstand. In diesem Kreise kam es vor, daß die Herren gelegentlich in einer Tanzpause einige der Geladenen auf großen Tüchern prellten, ein Vergnügen, das an die practical jokes der Honoratioren von Swinemünde erinnert, die sich gelegentlich damit amüsierten, einem armen Gaste bei Tisch einen Backzahn auszuziehen. So wenig erfreulich wie das Bild, das Frau von Rochow von den Hofkreisen Berlins entwirft, so wenig schmeichelhaft ist ihre Beschreibung von dem Verkehr der märkischen Junker auf dem Lande, die durchaus kein Bedürfnis nach feinerem gebildeten Umgang empfanden. „Ihre Geselligkeit", schreibt sie, „bestand in Zusammenkünften, bei denen mehr gegessen und besonders getrunken wurde, als ich je in meinem Leben gesehen habe, um dann dem Spiel Karten und der Tabakspfeife Platz zu machen." Auch die Kreisversammlungen waren nach ihrem Berichte nur der Vorwand, um bei einem guten Glas Wein einige Stunden am Spieltisch zubringen zu können. Das Spiel war in diesen Kreisen so unerläßlich, daß die Gräfin Elise Bernstorff und ihr Vetter Graf Wolf Baudissin als Kinder Unterricht im Kartenspiel erhielten, um in Gesellschaft gehen zu können.

Das niedere Volk in Stadt und Land unterhielt sich auf Schützenfesten, Jahrmärkten, Vogel- und Königsschießen, der katholische Westen und Süden hatte seine Faschingsfreuden mit Maskenzügen, seine Abläsfe

und Wallfahrten, wie ja die berühmte Spring-
prozession in Echternach nach dem großen Kriege
wieder hergestellt wurde. München hatte sein
Oktoberfest, Berlin den Stralauer Fischzug, den
Pferdemarkt in Spandau und noch eine Reihe
kleinerer Feste, welche die Gewerke unter sich
begingen, die Tuchscherer das Mottenfest in
Lichtenberg, die Leineweber das Fliegenfest in
Pankow, die Kammacher das Lausefest u. a. m.
Das Vogelschießen war nach Friedrich Spielhagen der Lichtblick des Stralsunder
Lebens. „Von der Weltabgeschiedenheit, in der der Pächter, der Gutsbesitzer so hinvege-
tierte," schreibt der berühmte Romancier in seinen Jugenderinnerungen, „kann man
sich kaum eine entsprechende Vorstellung machen. Hier war von einer Teilnahme an
den Welthändeln, an der Politik des eigenen Volkes nicht die Rede, wofür man denn
nicht müde wurde, die erbärmlichsten Kirchturminteressen, jahrein jahraus, tagaus
tagein durchzusprechen. Literatur und Kunst kannte man nicht einmal vom Hörensagen."

Die Pflege einer höheren Geselligkeit, die sich auf den feineren Reizen einer

literarisch-ästhetischen Kultur aufbaute, lag
bei den Mittelklassen der größeren Städte, in
dieser Art ist Norddeutschland für den Süden
vorbildlich geworden. Man verkehrte in Süddeutschland im Wirtshaus, so fand Hoffmann
von Fallersleben eine Eigentümlichkeit des Stuttgarter Lebens darin, daß ein und dieselbe Gesellschaft jeden Abend in der Woche ein anderes
Lokal besuche und immer einen besonderen Tisch
finde. In München traf man sich im Glasgarten,
im Prater auf der Isarinsel, im Neudecker-Gar-
ten, am Chinesischen Turm, in einem Bräu oder
auf dem Keller, Frauen empfingen höchstens
eine Freundin. Es kam vor, daß der Hausherr,
wie Paul Heyse z. B. von Kobell erzählt, selbst
ausging, wenn er sich Gäste eingeladen hatte und
die Magd dann kam, um zu fragen, was sie
(auf Kosten der Gäste natürlich) aus dem Wirtshaus holen solle.

Wenn der Zuschnitt der Berliner Geselligkeit für das übrige Deutschland das Muster wurde, nach dem man sich richtete, so waren es in Berlin zuerst die reichen jüdischen Häuser, welche diesen Ton angaben. Als Karl von Holtei aus Paris nach Berlin zurückkehrte, fand er hier nur zwei Häuser, die mit dem höheren Zustand der Pariser Geselligkeit rivalisieren konnten, die eine feinsinnige Gastlichkeit ohne Rücksicht auf Rang und Stand, lediglich unter Beachtung geistiger Vorzüge ausübten. Es waren Meyer Beers und Mendelssohns, bei denen alles, was sich in Berlin durch Geist, Genie und Bildung auszeichnete, aus- und einging. Hier traf man Humboldt, Hegel, Bettine, Ranke, Böckh, Schinkel, Varnhagen, Lepsius, Kaulbach, Rauch, Heine und seit die hervorragenden Talente von Felix und Fanny Mendelssohn anfingen, den Zusammenkünften ihr Gepräge zu geben, alle Sterne des musikalischen Himmels, mochten sie nun Berlin angehören oder nur durchreisen, Henriette Sontag, Angelika Catalani, Weber, Paganini, Gounod, Liszt, Klara Schumann, Wilhelmine Schröder-Devrient u. a. m. Andere Sammelpunkte der Gesellschaft waren bei Madame Levy, die auf der jetzigen Museumsinsel ein schönes Haus im großen Garten besaß, wo sie jeden Donnerstag zum Diner, jeden Sonnabend zum Tee empfing und jenes des Bankier Fränkel, dessen eine Tochter den General von Gansauge, die andere einen Freiherrn von Lauer-Münchhofen heiratete. Neben ihnen erwarben sich auch andere Verdienste um die Gesellschaft, so versammelte der Leibarzt Rust an den Donnerstagen, wo er offenes Haus hatte, oft mehrere hundert Gäste; ein Stil der Geselligkeit, welcher Sulpiz Boisserée außerordentlich imponierte, der dem Hausherrn aber auch, wie er einmal Oldwig von Natzmer anvertraute, mehr als 18000 Taler jährlich kostete. Karoline Bauer gedenkt in ihren Erinnerungen mit Dankbarkeit der großartigen Gastfreiheit, die der Justizrat Ludolff in Berlin ausübte. Er ruinierte sich in seiner Schwärmerei für die Bühnensterne, er schenkte den geladenen Damen oft die Toiletten zu seinen Festen und nahm, als er alles verschwendet hatte, ein trauriges Ende. Gutzkow hat ihn in den Rittern vom Geist als Schlurck gezeichnet.

In wesentlich einfacherem Stil und in engeren Grenzen hielten andere die Geselligkeit ihres Hauses, wie Dr. Kohlrausch, der viele Künstler bei sich sah; Geheimrat von Meusebach, der Präsident des rheinischen Kassationshofes und berühmte Sammler, bei welchem Gneisenau, Tümpling, Clausewitz, Hegel, Savigny, Eichhorn, Achim und Bettine von Arnim verkehrten. Der witzige Hausherr machte sich, wie Hoffmann von Fallersleben erzählt, den Spaß, berühmte Gäste den anderen als Geheimrat Spanknabe vorzustellen und ihnen zu überlassen, den rechten Namen selbst zu finden. Hoffmann war sehr glücklich, als er einmal Wilhelm Müller unter diesem Pseudonym entdeckte. In späteren Jahren war das Kuglersche Haus ein Anziehungspunkt für Dichter, Künstler

und Gelehrte. Von den Versammlungen am Teetisch der
schönen Frau Klara haben
Paul Heyse, Theodor Fontane,
Emanuel Geibel, Wilhelm
Lübke u. a. anziehende Schilderungen entworfen. Auch in
die Geselligkeit der Kleinstädte
drang hie und da ein Luftzug
frischeren Wesens. Fast überall waren, wie zu Ruges Zeit,
in Triebsees die Krämer und
kleinen Beamten in die Rats-
und Zollamtspartei gespalten
oder verkehrten, wie in Gotha,
die Männer nur in streng
nach dem Beruf geschiedenen
Gesellschaften, während die
Frauen einander mit dem
Spinnrade besuchten. In
den zwanziger und dreißiger

Was seind mer, Knoten sein' mer? En Dreck seind mer.
Un wer des sagt is en Esel; un des sag i.

Lithographie von Philipp Folk

Jahren fand Chevalier de Cussy, der französischer Konsul in Danzig war, dort nur
Männergesellschaften. „In Marienwerder", erzählt Ernst von Leyden in seinen Erinnerungen, „schieden sich die Beamten in höhere und subalterne, und es gab keine Brücke, die
einen gesellschaftlichen Verkehr zwischen beiden ermöglichte, die Kaufmannschaft wurde zu
den subalternen gezählt. Die höheren Beamten hatten ein Kasino für ihr geselliges Zusammensein gegründet, Subalternbeamte und Kaufleute eine Ressource." In Altenburg sammelte
sich in der Zeit, als Friedrich Arnold Brockhaus dort lebte und seine zweite Frau Jeannette
von Zschock kennen lernte, eine ästhetische Teegesellschaft um den Minister von Thümmel
und seinen Bruder, den greisen Dichter August von Thümmel. In Jena war Jahrzehnte
hindurch das Frommansche Haus der Mittelpunkt einer geistig belebten Geselligkeit, wie
in Weimar das von Johanna Schopenhauer. Die Mutter des berühmten Philosophen
war sehr wohlhabend und ungewöhnlich unterrichtet, sie liebte Gesellschaft und besaß
hervorragende Begabung für eine anmutige Geselligkeit. „Johanna Schopenhauer",
schreibt Jenny von Pappenheim, „hatte eine unvergleichliche Art, sich selbst in den Hintergrund zu stellen und trotzdem wie mit unsichtbaren Fäden die Geister in Bewegung zu

erhalten. Oft schien sie selbst kaum an der Unterhaltung teilzunehmen und doch hatte ein hingeworfenes Wort von ihr sie angeregt, ein ebensolches belebte sie, sobald sie ins Stocken zu geraten schien." Die Geselligkeit Weimars erhielt ein belebendes und anregendes Element durch die vielen jungen Engländer, die sich damals dort aufhielten, und durch die Bevorzugung, die ihnen zuteil wurde und die Nachsicht, die man mit ihren schlechten Manieren übte, den Einheimischen, zu denen wir auch Karl von Holtei rechnen, manchen Seufzer über die englische Pest, die englischen Krankheit usw. erpreßten. Thackeray, der auch zu diesen Gästen gehörte, hat zwar in Vanity fair ironische Streiflichter auf die kleinresidenzlichen Zustände des damaligen Mitteldeutschland fallen lassen, 1856 schrieb er aber doch an Lewes über das Weimar, wie er es 1831 kennen gelernt hatte: „Ich kann auch heute noch sagen, daß ich eine einfachere, liebevollere, höflichere und feiner gesittete Gesellschaft nie gesehen habe, als in der lieben kleinen Stadt." Major Sarre in Maxen, Frhr. von der Malsburg in Escheberg machten ihre Güter durch großartige Gastfreundschaft zu Mittelpunkten einer von Dichtern und Künstlern gesuchten Geselligkeit.

Nach dem Westen und Süden verpflanzten einwandernde Norddeutsche die gesellige Art, die sie aus der Heimat gewöhnt waren. In Düsseldorf wußten Immermann, Wilhelm Schadow, Schnaase, Felix Mendelssohn einen künstlerisch und geistig reich bewegten Kreis zu vereinen; nach München brachten die Familien von Jacobs, Niethammer, Roth und Thiersch, die erste Invasion der Nordlichter die norddeutsche Weise. Sie bildeten ein Kränzchen und luden einander alle 14 Tage zu Tisch. In den nächsten Jahrzehnten bildete das Haus von Friedrich Thiersch für München den Mittelpunkt einer unvergleichlich anregenden Geselligkeit. Mitte der dreißiger Jahre, erzählt der Sohn Heinrich, erreichte die Gastfreundschaft und Geselligkeit in Thiersch' Hause ihre schönste Entfaltung. Jeden Abend stand es den Gästen offen, die sich einstellen wollten, Einheimischen und Fremden, und die Mehrzahl der geistig bedeutenden Reisenden, die München besuchten, fand sich ein. Nicht selten waren vier Nationen vertreten, Deutsche, Engländer, Franzosen, Griechen. Um Görres und seine Frau Katharina geb. v. Lasaulx scharten sich die Spitzen der katholischen Partei: Phillips, Möhler, Döllinger, Haneberg, Pocci, Cornelius, Heß u. a. Sonntag abends waren bei ihnen immer 20 Gedecke aufgelegt. „Alle legitim und katholisch gesinnten Männer", schreibt Klemens Brentano seinem Bruder Franz, „besuchen Görres' Haus und lebte er nicht hier, so wäre München für viele ein gewöhnlicher Ort." Dankbar erinnerte sich Ludwig Bamberger des kosmopolitischen Mittelpunktes, den Justus Liebig in dem abscheulichen Nest Gießen in seinem Hause geschaffen. In Augsburg fand sich der Kreis, der zur Allgemeinen Zeitung gehörte, Friedrich List, Levin Schücking, Gustav Kolb u. a. bei Geheimrat von Hormayer

Eduard Meyerheim. Die Kegelgesellschaft, 1834. Ölgemälde. Berlin, Nationalgalerie

und der Familie von Binzer zusammen; in Stuttgart, wo Gustav Schwabs Haus der literarische Mittelpunkt der Geselligkeit war, liebte auch Graf Alexander von Württemberg, geistreiche und begabte Persönlichkeiten um sich zu versammeln.

Im Vergleich zu heute waren die äußeren Umstände, unter denen sich damals eine Geselligkeit entfaltete, von geradezu rührender Einfachheit, Beleuchtung und Bewirtung konnten kaum bescheidener sein. Man brannte im Hause Talglichter, die man selbst in Zinnformen goß, was Gustav Freytag als Knabe noch lernte. Sie rochen übel und qualmten leicht, so daß die Lichtputzschere nicht vom Tische kommen durfte und das Schneuzen der Kerzen eine Geschicklichkeit war, mit der man sich sehr beliebt machen konnte. Felix Eberty erzählt, zwei Talglichter abends anzustecken war schon ein ungewöhnlicher Luxus, das Staatszimmer seiner Eltern, reicher Bankiers, erleuchtete eine Krone mit 4 Kerzen. In Pommern brannte man statt der Talglichter sogar noch den Kienspan, denn Wachskerzen waren eine Verschwendung, die sich nur die wenigsten erlauben konnten, brannte doch auch Ottilie von Goethe in ihren Soiréen nur Talglichter. Karl Rosenkranz, der an qualmende Talglichter im Kolleg gewöhnt war, erschien es ein

beispielloser Luxus, daß Wilhelm von Schlegel beim Scheine von Wachskerzen las.
Heinrich Heine erwähnt den funkelnden Lichterwald von 50 langen Wachskerzen, die
der Taschenspieler Bosco in Berlin bei seinem Auftreten anzünden ließ. Sehr langsam
nur verdrängte die Öllampe das Talglicht. Karoline Bardua erzählt von den Gesellschaften bei Oberbaurat Crelle in Berlin, wo kleine Lampen unter Blechschirmen brannten, daß man diese Schirme aber lüften mußte, wenn man sehen wollte, wer da war.
Eine Astral- oder Sinumbralampe, in der gereinigtes Öl verzehrt wurde, war etwas
ganz Besonderes; Louis Bardua überraschte seine Mutter damit zu Weihnachten 1821,
sie wurden auch bei Ebertys nur dann benutzt, wenn Fremde da waren; so erzählt auch
Luise von Kobell, daß in Thiersch' Hause bei Gesellschaft nur zwei Lampen brannten.

So primitiv wie die Beleuchtung, so einfach war auch die Bewirtung. Man hatte
sich während der französischen Invasion an die größte Frugalität in bezug auf materielle
Genüsse gewöhnt, so sagte in dieser Zeit die Gräfin Tisseul, geborene von Berg, einmal zu
Friedrich von Raumer: „Sie können jeden Abend zu uns kommen, wenn Sie mit Kartoffeln vorlieb nehmen wollen, die in der Asche geröstet sind." Im Ebertyschen Hause gab
es auch für Gäste abends nur Butterbrot und dazu Grüntaler oder Stettiner Bier.

Hosemann. Straßenbild

„Das Souper bei Savignys", schreibt Malla Silfverstolpe 1825, „bestand aus deliziösem Kuchen und Früchten. Es sah sehr schön aus und schmeckte gut, war aber für schwedische Magen doch vielleicht gar zu ästhetische Nahrung." Adolf Stahr berichtet aus Prenzlau, daß Gastbesuche überhaupt etwas sehr Seltenes gewesen seien, dann habe es für die Jugend Braunbier, für die Alten Bitterbier oder als Delikatesse Fredersdorfer Doppelbier aus einer Stettiner Brauerei gegeben, Punsch war der allerhöchste Luxus, zu dem man sich verstieg. Er lernte Rheinwein erst am Rhein kennen, als er schon über 20 Jahre alt war,

Ludwig Richter. Der Spaziergang am Sonntag

gerade wie Ludwig Rellstab, Felix Eberty, Rudolf Delbrück u. a. die erste Bekanntschaft mit dem Maitrank am Rhein machten. Da mußte es Rudolf Delbrück wohl glänzend vorkommen, wenn es beim Grafen Arnim in Merseburg Bowle und sogar Champagner gab oder Hoffmann von Fallersleben bei einem Essen im Hause des Senators Merck in Hamburg 7 Weingläser vor jedem Kuvert erblickte. Man war nicht verwöhnt und so gab es denn bei Gastessen in kleinen Städten, wie Fontane aus Swinemünde berichtet, immer das gleiche Menü, als die dortige Kochfrau ihren tausendsten Baumkuchen gebacken hatte, gaben ihr die Damen ein Fest. Bismarck erzählt, daß er und einige Freunde sich zu einem Balle in einem der größeren Häuser Berlins geschmierte Stullen mitnahmen, die sie in der Pause aus dem Papier verzehrten! Immerhin ein so ungewöhnlicher Wink mit dem Zaunpfahl, daß die Dame vom Hause die Stullenesser lieber nicht wieder einlud. Die schlechten Verkehrsverhältnisse standen dem Transport von Delikatessen hindernd im Wege. Karl Schall, ein großer Gourmand, der leidenschaftlich gern Austern aß, kannte dieselben doch nur in nicht mehr frischem Zustande; als er später ein Tönnchen wirklich lebendfrische erhielt, war er ganz empört, das seien keine gute Austern, sie hätten noch nicht den richtigen Geruch. Gourmandise, wie sie Fürst Pückler, Baron von Rumohr und Herr van Vaerst damals übten, war nicht so leicht zu erwerben wie heute, wo es für den Gaumen fast keine Entfernungen mehr gibt und alle Vorkehrungen für das Frischerhalten von Wild, Geflügel, Fischen und Gemüsen zu Selbstverständlichkeiten geworden sind. Hoffmann von Fallersleben, der in seinen Erinnerungen jeden Trunk und jeden Bissen verzeichnet hat, der ihm im Leben zuteil geworden, schwärmt denn auch noch länger als dreißig Jahre später von dem ausgezeichneten Abendessen, welches ihm Rudolf Weigel 1842 im Hotel de Bavière in Leipzig gegeben hat: Es gab am 7. April Lachs, frischen Spargel, Schnepfen und Ananas.

Je bescheidener aber die Gebildeten jener Jahre in bezug auf alles waren, was ihnen an substanziellen Genüssen vorgesetzt wurde, je wohler sie sich bei Tee und Butterbrot fühlten, desto größer waren die Ansprüche, die sie an die geistigen Genüsse der Geselligkeit machten. Der ganz auf literarische und ästhetische Interessen eingestellte Geist der Zeit manifestierte sich hier in unzweideutigster Weise und drückte jedem Beisammensein mehrerer Menschen wohl oder übel einen stark schöngeistigen Charakter auf. Man ging nicht nur äußerlich soigniert in Gesellschaft, man mußte notwendig auch seinem Geiste einen gewissen Schwung geben, körperlicher Sport war unbekannt, dauerndes Training der intellektuellen Kräfte aber nicht zu umgehen. Schon bei einer früheren Gelegenheit war die Rede von den zahlreichen literarischen Vereinen, die sich in jenen Jahren bildeten, man darf aber eigentlich, verfolgt man die Art der Geselligkeit, wie sie damals geübt wurde, sagen, daß jede größere oder kleinere Gesellschaft, die zusammenkam, einen literarischen Klub bildete. Die Grenzen zwischen Ernst und Dilettantismus in diesem Treiben sind schwer zu erkennen, denn sie verwischen sich völlig. Versemachen war eine ganz gewöhnliche gesellige Unterhaltung, bei Bettine, schreibt Geibel einmal seiner Mutter, saß alles um den Tisch und machte reihum Verse, aus Weimar berichtet Jenny von Pappenheim, daß Gesellschaftsspiele, wobei in möglichster Geschwindigkeit hübsche Reime gemacht werden mußten, an der Tagesordnung waren; der, dessen Versfüße hinkten, mußte ein Pfand geben, das mit besseren Versen ausgelöst werden mußte. Es war eine Art beständiger geistiger Dressur, welche die Geselligkeit damals mit sich brachte; wer da mittun wollte, mußte immer darauf bedacht sein, sich auch geistig vorteilhaft zu präsentieren. Man machte ja nicht nur Verse, man mußte auch mit Rätseln spielen können, so gab der Herzog August von Gotha seinem Kammerherrn von Seebach auf: Die erste Silbe ist ein großes Wasser, die zweite ein kleines Wasser, das Ganze sehr trocken; der Kronprinz von Preußen ließ den Minister von Kleewitz raten: Das

Ludwig Elsholz. Spaziergang. Tuschzeichnung. Berlin, Nationalgalerie

erste frißt das Vieh, das zweite haben Sie nie, das Ganze ist eine Landplage — ein Scherz, der dem witzigen Kronprinzen einen königlichen Verweis eintrug. Schleiermacher rätselte den Dr. Kohlrausch an: Das erste macht Leibschmerzen, das zweite Kopfschmerzen, das Ganze heilt beides usw.

Der Kreis, in dem Karl Hase als junger Mann in Leipzig verkehrte, schrieb einen Roman, bei dem jeder es sich angelegen sein ließ, dem anderen die Fortsetzung so schwer wie möglich zu machen. So verfaßten Karoline von Fouqué und Herzog Karl von Mecklenburg einen Roman in Briefen, sie übernahm die Briefe des Herrn, er die der Dame. Adele Schopenhauer und ihre Freundinnen nannten ihr Kaffeekränzchen einen Musenverein. Karoline von Egloffstein schreibt 1817 darüber an Frau von Beaulieu: „Wir haben einen Verein ausgedacht, worin jede über ein Thema eine Ausarbeitung liefern muß. Alle acht Tage ist eine Versammlung, wo abwechselnd jede eine Arbeit vorlegen muß, die in das Musenherbarium eingetragen wird." Verse zu machen war nicht nur erlaubt, sondern selbstverständlich, sie vorzutragen, nicht unbescheiden, sondern artig; kein Roman jener Zeit, der dieses Treiben nicht schilderte, Hoffmanns Serapionsbrüder sind ihm aus wirklichen Zusammenkünften gesellig literarischer Art mit den Freunden Koreff, Hitzig und Contessa entstanden. Man gab auch Programme dafür aus. So unterhielt man sich bei Feuerbachs in München damit, einmal eine Kriminalgerichtssitzung über das alte Jahr abzuhalten, wobei die strengen Formen des alten Kriminalprozesses mit Anklage und Verteidigung sorgfältig gewahrt wurden, ein andermal persiflierten die Mitglieder der Akademie, der Ästhetiker, der Theologe, der Mathematiker wechselseitig ihre Wissenschaften, indem sie eine feierliche Sitzung ihres Institutes parodierten. Adele Schopenhauer, Herr von Vitzthum und Herr von Waldungen führten einmal in einer Gesellschaft ein improvisiertes Theater auf, sie stellt eine Witwe vor, die sich aus der nachgelassenen Bibliothek ihres Mannes einige Kenntnisse angelesen hat, Vitzthum einen Literaten und Waldungen einen eitlen jungen Mann, der brillieren möchte, alle drei müssen so tun, als verständen sie kein Wort deutsch und halten ihre Rollen den ganzen Abend hindurch fest. In Schinkels Hause, wo Klemens Brentano und seine Schwester Bettine, Rungenhagen, Gropius u. a. verkehrten, wettete Klemens Brentano einmal mit dem Hausherrn, daß er eine Erzählung erfinden wolle, die Schinkel durch eine Zeichnung nicht verständlich machen könne. Brentano erzählte und Schinkel zeichnete, beide wurden zusammen fertig und Schinkel gewann glänzend. In Düsseldorf machen sich einige Maler den Spaß, bei einem ihrer Freunde, dem das Leben nicht romantisch genug war, an seinem Geburtstag morgens um 4 Uhr vermummt mit gezückten Dolchen einzudringen, ihn aus dem Bett zu reißen, in einen bereitstehenden Wagen zu werfen und über Stock und Stein mit ihm davonzujagen. Jede Frage wird durch Bedrohen mit dem blitzenden Stilett abgewiesen, bis der Verschüchterte nach einigen Stunden nächtlicher Irrfahrt in einem auswärtigen Gasthaus die fidele Aufklärung erhält. Herzog Mar von Bayern kleidete die freundschaftlichen Zusammenkünfte mit seinen Intimen in die Formen von König Artus Tafelrunde, Graf Franz Pocci war der Kanzler Topo von Ammerland, Herr von Schauß der Truchseß Bomsen von Schaustein usw., den Rittern lag aber nichts weiter ob, als reihum den Speisezettel für das nächste Mal zu bestimmen.

Nicht nur das Vortragen eigener, auch das Vorlesen fremder Dichtungen gehörte integrierend zur Unterhaltung, zumal wurde das letztere von Ludwig Tieck geradezu zur Kunst ausgebildet. „Tiecks Vorlesungen ersetzten die vollendeten Vorstellungen der Bühne", schreibt Karl Hase, gerade wie Heinrich Abeken aus Dresden 1829 enthusiastisch berichtet: „Wenn man Tieck lesen gehört hat, so sollte man es verschwören, wieder in das Theater zu gehen. Hier ist die wahre geistige Täuschung, das Gedicht selber scheint lebendig zu werden." Genau so drückt sich Eckermann aus, nachdem Tieck den Clavigo gelesen: „Es war mir, als hörte ich es vom Theater herunter, allein besser, man hatte den Eindruck einer Vorstellung, in der jede Rolle ganz vortrefflich besetzt ist." Auch diejenigen, denen wie Carus der Tiecksche Salon unheimlich war, einmal, weil sie der Kultus abstieß, den die Damen mit dem Hausherrn trieben, dann aber auch das

Ludwig Elsholz. Gartenwirtschaft in Berlin, 1835. Handzeichnung. Berlin, Nationalgalerie

Bestreben, Personen höherer Stände besonders zu fesseln, gar so sichtbar war, mußten sich schließlich doch dem Zauber der Tieckschen Vortragskunst gefangen geben, ja Carus selbst hat später jahrelang zu den Getreuesten des Tieckschen Kreises gehört. Das war in Dresden nicht so einfach, denn die langjährige herzliche Feindschaft zwischen Tiedge und Gräfin Elise von der Recke auf der einen, Tieck und Gräfin Henriette Finkenstein auf der anderen Seite spaltete die Schöngeister der sächsischen Hauptstadt in zwei gegnerische Lager. Karoline Bauer, Therese Devrient u. a. haben sehr anschauliche Bilder der Abende bei Tieck entworfen, auch die leise Langeweile nicht verschwiegen, die wie ein feines Aroma über den immer nur zum Zuhören verurteilten Gästen lag. Gräfin Finkenstein, Tiecks langjährige Seelenfreundin, die alles schon hundertmal gehört haben mochte, pflegte zur Ermunterung des Auditoriums bei komischen Stellen immer schon im voraus zu lachen. Übrigens erteilt Ludwig Rellstab Tieck das Zeugnis, keiner habe so aufmerksam und so geschickt wie er zuzuhören verstanden. Wie es in späteren Jahren keinen Klavierkünstler, keine Pianistin gab, die nicht behauptet hätten, Schüler von Liszt zu sein, so gab damals jeder, der einmal Tieck gehört hatte, vor, die Kunst des Lesens von ihm gelernt zu haben. In Münster machte zu Schückings Zeit ein Geheimrat Carvacchi die Gesellschaften mit Vorlesungen à la Tieck unsicher, ernstlicher Schüler des Dresdner Hofrats war aber Karl von Holtei, der in seinem unsteten Leben das Vorlesen lange Zeit zur Profession machte und sich in Berlin anfangs 1200 Taler im Winter damit verdiente. Saphir nennt einmal Holteis Shakespeare Vorträge im schlesischen Dialekt unter den Mitteln zum Selbstmord. Fanny Lewald aber war von dem unvergleichlichen Humor, der Holtei zu Gebote stand, ganz bezaubert und erzählt, daß der Dichter in Königsberg, wo die Mehrzahl noch nie einen Vorleser gehört hatte, den größten Beifall geerntet habe.

Wie man sich wohl mit Improvisationen unterhielt, um den geselligen Zusammenkünften einen besonderen Reiz zu verleihen, so veranstaltete man große Feste, denen bestimmte, von Künstlern, Dichtern oder Gelehrten ausgearbeitete Ideen untergelegt wurden, auf Grund deren sie sich pantomimisch-theatralisch abwickelten. Am badischen Hof veranstaltete die Großherzogin Stephanie im Januar 1818 eine Maskerade, in der die Hauptpersonen von Goethes Werken auftraten. Im Dezember des gleichen Jahres führte die Weimarer Hofgesellschaft zu Ehren der anwesenden Kaiserinmutter von Rußland einen Maskenzug auf, dessen Verse von Goethe verfaßt worden waren. In Berlin, an dessen Hof eine Schar lebenslustiger schöner Prinzen und Prinzessinnen heranwuchs, wo sich auch andere Fürstlichkeiten gerne aufhielten, wie der berühmt schöne Erbprinz von Modena, der Herzog Wilhelm von Braunschweig, der Kurprinz von Hessen, die Cumberlandsche Familie u. a. m., veranstaltete man reiche und pomphafte Feste, welche diejenigen, in denen einst Königin Luise mitgewirkt hatte, an Glanz und Aufwand weit übertrafen. Archäologen, Dichter und Künstler wirkten mit, um die Veranstaltungen über den Rahmen gewöhnlicher Kostümfeste hinauszuheben und ihnen die Weihe einer durch alle Künste geadelten Romantik zu verleihen. Am 18. Januar 1818 wurde zur Vermählungsfeier des Prinzen Friedrich von Preußen mit der Prinzessin Wilhelmine Luise von Anhalt-Bernburg im Weißen Saal des Berliner Schlosses die Weihe des Eros Uranios aufgeführt, ein festlicher Aufzug mit eingestreuten Tänzen und Gesängen, dessen Idee von dem Grafen Brühl und dem bekannten Professor Hirt angegeben worden war. Am 27. Januar 1821 wurde bei der Anwesenheit des Großfürsten Nikolaus und seiner Gemahlin, der Großfürstin Charlotte, das Festspiel Lalla Rookh gegeben, das Graf Brühl nach einem Gedicht von Moore inszeniert hatte. Die ganze Hofgesellschaft wirkte mit, Prinzessin Elise Radziwill sah als Peri bezaubernd aus und befand sich, wie Frau von Rochow bemerkt, auf dem höchsten Gipfel des Glücks, denn gerade damals

Joh. Gottfried Schadow. Kaffeegarten. Handzeichnung

waren alle Anzeichen dafür vorhanden, daß ihre Verbindung mit dem Prinzen Wilhelm zustande kommen würde. Bei Bernstorff tanzte man Kostümquadrillen, deren Charaktere Fouqués Zauberring entnommen waren, Graf Palffy in Dresden legte 1822 Schulzes bezauberte Rose seinem großen Maskenball zugrunde, besonderen Beifall aber fanden bei der herrschenden vogue der Romane Walter Scotts jene Feste, die sich ihre Vorwürfe aus dessen Dichtungen holten; in den romantisch-ritterlichen Figuren dieser mittelalterlichen Idealwelt gefiel sich die Gesellschaft am besten. Herzog Karl von Mecklenburg war die Seele aller Berliner Feste, als deren Regisseur er sich betrachtete. 1827 wollte er einen großen Aufzug veranstalten, dem als Idee ein Roman Karolines von Fouqué: Die Herzogin von Montmorency untergelegt werden sollte. Da dieser in der Bartholomäusnacht kulminiert, so machten alle, die etwa nicht mittun sollten, dagegen mobil und Geheimrat von Raumer mußte dem König eine Denkschrift vorlegen, in der das Unschickliche und Gehässige einer solchen Vorstellung dargetan war. So mußte denn auf Allerhöchsten Wunsch nicht der Hof Karl IX., sondern eine Zusammenkunft zwischen Franz I. von Frankreich und Heinrich VIII. von England gemimt werden. 1828 lautete das Programm des großen Kostümfestes, welches über 700 Personen im Konzertsaal des Schauspielhauses vereinte: Das Hoflager Kaiser Otto des Großen bei der Vermählung seines Sohnes Otto mit der byzantinischen Prinzessin Theophano in Quedlinburg. Das poetische Fest aber, jenes, von dem am längsten gesprochen wurde, war der Zauber der weißen Rose, mit dem der 13. Juli 1829, der Geburtstag der Kaiserin Charlotte, im Neuen Palais in Potsdam gefeiert wurde. Es füllte den ganzen Tag, begann vormittags mit einem Turnier und endete nach Festmahl und Festvorstellung im Theater mit einem Ball erst nach länger als 12 Stunden. Gräfin Bernstorff nennt das allegorische Festspiel recht herzlich langweilig, ein unsinniges Gemisch von Genien, Nixen, Feen und Rittern, den Ball fand sie unendlich fade mit schläfrigem und steifem Tanzen, und auch Frau von Rochow meint, dieser Zauber sei zum Sterben fatigant gewesen. An den Turnieren hatten sich alle Prinzen, alle Herren des Hofes und der Garderegimenter beteiligt, Fürst Wittgenstein aber sprach mit Geringschätzung von dieser Ritterübung als von einer schlechten Reiterei, die man zehnmal besser im Zirkus Tournière sehen könne. Im Neuen Palais werden noch heute die Schilder der Ritter mit ihren Devisen aufbewahrt, länger als dreißig Jahre später hat Adolf Menzel, der die Aufführungen gar nicht gesehen hat, Erinnerungsblätter an dasselbe entworfen. Am 6. März 1834 gab der kronprinzliche Hof ein Fest, das den Hof Lorenzos de Medici darstellte, der alte Schadow, der zuschauen durfte, nennt es zauberhaft. Berühmt waren damals schon die Maskenfeste der Münchener Künstlerschaft, die bald im Hoftheater, bald im Odeon abgehalten wurden und mit Umzügen durch die Säle und Korridore der Residenz verbunden

Konditorei von Josty in Berlin, 1845

waren. Gottfried Keller hat im Grünen Heinrich eines derselben beschrieben. Besonders gelang ihnen die Darstellung von Wallensteins Lager, welches mit der Buntheit seiner Trachten und Waffen, der Mannigfaltigkeit seiner Gestalten den weitesten Spielraum zur Entfaltung farbenprächtiger Bilder darbietet. Am 18. Februar 1840 fand eines der großartigsten Feste dieser Art statt, die Künstler stellten in einem großen Festzug von drei Abteilungen dar, wie Kaiser Max I. in Nürnberg dem Maler Dürer ein Wappen verleiht. Als der Berliner Hof sich im Februar 1843 anschickte, ein Fest am Hofe der Este von Ferrara darzustellen, da hatte die pietistische Richtung schon solchen Boden gewonnen, daß die Prediger Arndt und Goßner es wagen durften, von ihren Kanzeln herab gegen den Unfug der Maskenfeste mit ganz deutlichen Anspielungen auf das üble Beispiel des Hofes zu eifern. Mit welchem Erfolg, konnte Ernst Ludwig von Gerlach an seinen Schwestern und Nichten beobachten, die ganz zerknirscht von der schönen Predigt heimkehrten, um sich sofort mit der Fertigstellung ihrer Ballkleider zu beschäftigen. Zur Vermählung der Herzogin Karoline von Mecklenburg mit dem Kronprinzen Friedrich von Dänemark dichtete Friedrich Förster ein Festspiel: Die Perle auf Lindahaide, das 1841 von der Hofgesellschaft in Neustrelitz aufgeführt wurde. Mit einem prächtigen Karussell feierte der württembergische Hof 1846 die Vermählung des Kronprinzen Karl mit der

527

Großfürstin Olga Nikolajewna; Hackländer hat dies in herrlichen Aufzügen sich abspielende Reiterfest schwungvoll beschrieben. Es zeigte die ganz verführerische Pracht orientalischer Romantik, die hier in die Zeiten der Kreuzzüge zurückverlegt war.

Nahe verwandt mit diesen Maskenfesten, die zur Entwicklung ihres ganzen Glanzes immer eines größeren Rahmens und längerer Vorbereitungen bedürfen, ist ein anderes geselliges Vergnügen, das in jenen Jahren ausgebildet wurde, die lebenden Bilder. Sie gehen in das 18. Jahrhundert und die ersten Jahre des 19. zurück. 1804 half Gottfried Schadow die Tableaux vivants beim Minister von Schrötter stellen. 1812 arrangierte Baurat Langhans im Konzertsaal des Berliner Opernhauses lebende Bilder, in denen sogar schwebende Figuren erschienen, weiteren Kreisen ästhetisch gesinnter Kunstfreunde wurde die Sache wohl erst durch Goethes Wahlverwandtschaften bekannt und mundgerecht gemacht. Die Ausführlichkeit, mit der hier die Möglichkeiten und Effekte lebender Bilder behandelt werden, luden förmlich zum Nachmachen ein und seit auf dem Wiener Kongreß die vornehmsten Damen und Herren der internationalen Aristokratie

Friedrich Kaiser. Am Chinesischen Turm in München

F. Catel. Kronprinz Ludwig von Bayern im Kreise deutscher Künstler in der spanischen
Weinkneipe auf Ripa grande in Rom (1824). Ölgemälde. München, Neue Pinakothek

miteinander in der Schaustellung körperlicher Vorzüge und verschwenderischen Reichtums
in Juwelen und Kleidung gewetteifert hatten, wurde das Stellen lebender Bilder ein
Hauptvergnügen von Hoch und Nieder. Zu höfischen Vorstellungen schlug man, wie in
Berlin und Wien, große Wände auf, in denen Löcher mit Rahmen ausgespart waren,
die dann durch Personen gefüllt wurden und so den Anblick mehrerer Bilder auf einmal
gewährten. Im Berliner Schloß stellte Schinkel 1826 lebende Bilder, die so gefielen,
daß Graf Brühl sie im Schauspielhaus wiederholen ließ. Amalie von Hellwig, geb. von
Imhof, beschrieb sie ebenso begeistert wie schwülstig und begrüßte die Veranstaltung besonders „als würdige und bildende Unterhaltung, welche beide Geschlechter auf geistig
belebte Art einander näher bringt". In Privatgesellschaften fand die Jugend ein Hauptvergnügen daran, lebende Bilder zu improvisieren.

Als in Berlin das Sontagfieber auf seiner Höhe war, erschien eine Karikatur,
welche die gefeierte Sängerin mit einem Viergespann darstellte, das von ihren Haupt-

verehrern, den Herren von Bonin, von Witzleben, Rittmeister Molière und Bankier Fränkel gebildet war, dieses Spottblatt amüsierte die Gesellschaft so, daß es in einer Abendgesellschaft bei Oberst von Brause von den Herren von Boguslawski, von Könneritz, von Madai, Fräulein Berta von Brause und Fräulein Luise von Altenstein als lebendes Bild gestellt wurde. Sonst bediente man sich als Vorlagen gern berühmter klassischer Bilder oder moderner, in denen ja die damals auf der Höhe ihrer Popularität stehende Düsseldorfer Schule es an wonnigen Goldschmiedstöchtern, sentimentalen Räubern, trauernden Königspaaren und ähnlichen dankbaren Stoffen nicht fehlen ließ. Bendemanns trauernde Juden waren nicht so bald auf der Berliner Kunstausstellung erschienen, als sie auch schon bei Hofe als lebendes Bild vorgeführt wurden. Man gab wohl auch in einer Reihe von Bildern Rätsel auf, welche die Zuschauer erraten mußten; so stellte man bei Graf Appony die Scharade: Délire. Erste Silbe: Die Würfelspieler nach Veronese, gestellt von der Prinzessin Rasumowski und zwei Apponyschen Kindern, zweite Silbe: Sappho, umgeben von griechischen Nymphen, das Arrangement lag in den Händen des so jung gestorbenen Malers Flohr.

Die Künstlerfeste in Berlin und Düsseldorf, wie das fünfundzwanzigjährige Stiftungsfest, welches der Verein Berliner Künstler am St. Lukastag 1839 im Englischen Haus beging, das Schadowfest der Düsseldorfer u. a. wären nicht zu denken gewesen ohne lebende Bilder, die von Gesängen begleitet wurden. Zur höchsten Kunst erhob sie Carus in seinem Hause in Dresden. Nachdem er schon jedes Jahr die Feste, die er gab durch Tableaux vivants verschönt hatte, kam er 1841 auf die Idee, ein Hautrelief stellen zu lassen. Eine weiße Wand wurde architektonisch mit Kränzen verziert und der Platz für die Personen halb herausgeschnitten, dann stellten Agnes Tieck, Fräulein von Lützerode, Frau Bendemann geb. Schadow, zwei Fräulein von Ungern-Sternberg, Luise Förster, Gräfin Armansperg, Anna Bertholdi und Karoline Carus weiß gekleidet mit goldenen Attributen den Chor der neuen Musen. Dazu ertönte ein Quartettgesang Horazischer Verse.

Nachdem alle Möglichkeiten ausgekostet waren, fing man auch an, die lebenden Bilder nicht nur durch Musik oder Rezitation begleiten zu lassen, sondern die Figuren selbst begannen aus ihrer Erstarrung zu erwachen, aus dem stummen Bild zur Pantomime und schließlich zum Gesang und Theaterspielen überzugehen. Wilhelmine Schröder-Devrient, von deren hinreißender sieghafter blonder Schönheit und blühendem Temperament die Zeitgenossen nicht genug erzählen können, entzückte die Dresdner Gesellschaft in mimisch-plastischen Vorstellungen als Niobe, Isis und in anderen der Antike entlehnten Vorwürfen und pflegte damit ein Genre, durch das einst die berühmte Lady Hamilton, als sie noch Emma Hart hieß, Goethe begeistert hatte. Diese vielberufene Frau,

Die Habelsche Weinstube, Unter den Linden in Berlin. Um 1820

hatte die Kunst der schönen Pose zur Vollkommenheit gebracht und durch ihre Attitüden, die von dem Maler Rehberg in Kupfer gestochen worden waren, diese neue Art der Pantomime allen Schönheitslustigen empfohlen. Nach ihr hatte sich Henriette Händel-Schütz gebildet, deren mimisch-plastisch-dramatisch-deklamatorische Darbietungen länger als zwei Jahrzehnte hindurch das Entzücken der Kunstfreunde bildeten. Wie ein Echo desselben tönt das Lob, das ihr die Besten ihrer Zeit in Prosa und Poesie ins Stammbuch schrieben, zu uns hinüber, hat sie diese Ergüsse doch als Reklame sofort drucken lassen. Die komische Seite dieses Spiels haben ihm Hoffmann in seinen Schicksalen des Hundes Berganza abgewonnen, wie Wilhelm von Kügelgen in der drolligen Schilderung seiner Erlebnisse mit der berühmten Künstlerin. Diese ganze Art künstlerischer Darstellungen lag dem auf alles Antike eingeschworenen Zeitgeschmack so, daß die Vorführungen der Händel-Schütz Nachahmung vor der Öffentlichkeit wie in Privatzirkeln fanden. So versuchte Bürgers dritte Frau Elise, das Schwabenmädchen, das den Namen des unglücklichen Dichters mit so viel Schande beladen hat, in ihrem unruhigen und zerrissenen Leben sich auch in Attitüden, mit denen sie aber ebensowenig Glück hatte, als mit den anderen Versuchen, die sie machte, um sich über Wasser zu halten. Sophie Schröder, die Jahrzehnte hindurch für die größte deutsche Tragödin galt, versuchte sich in ähnlichen Darstellungen, bei denen sie den Hauptakzent aber weniger auf die Plastik, als auf die Mimik legte, war sie doch ohnehin von der verschwenderischen Natur allzu plastisch ausgestattet worden und mußte weniger durch die Formen als mit der Seele zu wirken suchen. Die Kunst der Händel-Schütz begeisterte den Freiherrn Gustav Anton von Seckendorf derart, daß er sich veranlaßt fühlte, seinen Ministerposten in Hildburghausen aufzugeben und unter dem Pseudonym Patrick Peale in Deutschland herumzuziehen, um ästhetische Vorlesungen zu halten und mimisch-plastische Vorstellungen zu geben, in denen er, mangelhaft bekleidet, antike Statuen und als Clou seiner Séancen den Apollo von Belvedere ganz nackt stellte. Er starb 1823 in Amerika, sein Vorbild, die gefeierte Händel-Schütz, völlig vergessen erst 1849 in Köslin, wo sie die letzten Jahrzehnte ihres bewegten Lebens als Hebamme gewirkt hatte. Von London aus verbreiteten sich als Abart der lebenden Bilder die living statues, die aber wenig Beifall fanden: die weißen Trikots, weißen Perücken und weiß geschminkten Gesichter der Darsteller ließen den Gedanken an Marmorgruppen doch nicht recht aufkommen und so schien das Genre mit dem Zurücktreten seiner berühmtesten Träger von der Bühne ziemlich in Vergessenheit geraten. Erst nach einer Pause von 20 Jahren hört man wieder von Schönheitsabenden, als der Athlet Quirin Müller in Berlin auftrat und allein oder in Gesellschaft junger Mädchen unbekleidete Gruppen nach der Antike stellte. Trotzdem er einen Taler Entree nahm, fanden seine Darbietungen großen Zulauf, besonders seit sich einige Künstler die Mühe

Louis Drucker

Die Umrahmung lithographiert von Adolf Menzel

Wilhelm Hensel. Prinzeß Wilhelmine von Preußen im Festspiel
Lalla Rookh, 1821. Handzeichnung. Berlin, Nationalgalerie

gegeben hatten, Geschmack und Schick hineinzubringen. Der alte Gottfried Schadow, der
50 Jahre zuvor die Viganos in ähnlichen Darstellungen bewundert und gezeichnet hatte,
schrieb eine Abhandlung über die Müllerschen Akte, die er mit Umrissen der Gruppen
ausstattete, aber schließlich legte sich die Polizei ins Mittel und verbot weitere Schön-
heitsabende vor zahlendem Publikum. Laube hatte sich ebenfalls für den Müller interessiert und wurde für seine Empfehlung desselben von Robert Pruß in der politischen
Wochenstube durch die Hechel gezogen.

Die Kunst der Attitüde, die darin bestand, in einer Folge anmutiger Bewegungen

Wilhelm Hensel. Der Herzog Karl von Mecklenburg als Dschehangir
in dem Festspiel Lalla Rookh, 1821. Handzeichnung
Berlin, Nationalgalerie

aus einer plastisch schönen Stellung in die andere überzugehen, wurde im Salon ebenso
eifrig geübt wie auf die Bühne. Theodor von Bernhardi sah seine zehnjährige Kusine
mit Hilfe eines roten Schals einen charakteristischen Tanz mit malerischen Stellungen
zur Bewunderung der Erwachsenen ausführen, Hedwig von Bismarck erhielt noch in der
Mayetschen Schule Unterricht im Schaltanz. Die Rundtänze werden erst in diesen
Jahren allgemein und verdrängten die französischen Quadrillen, Allemanden, Gavotten
aus den Ballsälen. Der Walzer, schon zur Wertherzeit beliebt, hatte sich das höfische
Parkett erobert, seit er am 13. Juli 1816 zum ersten Male auf einem Hofball beim
Prinzen von Wales getanzt worden war. Der entrüstete Protest der Times verhallte

Wilhelm Henfel. Prinzeß Elife Radziwill als Peri im Festspiel
Lalla Rookh, 1821. Handzeichnung. Berlin, Nationalgalerie

ungehört, im Gegenteil, die Rundtänze, die für unschicklich galten, weil die Tanzenden
sich dabei umfaßten, vermehrten sich noch. Zuerst kam seit dem Beginn der zwanziger
Jahre die Polka dazu, die aus Böhmen stammen soll und mit dem Nationaltanz der
Masuren zur Mazurka verschmolzen, ungeheuer populär wurde. Der polnische Aufstand,
der so viele flüchtende Polen nach Deutschland trieb, tat dann das sein, um den Rhythmus
dieses aufreizenden Tanzes völlig einzubürgern. Zu Walzer, Polka und Mazurka trat dann
noch der Galopp, mit dem Ungarn die tanzlustige Jugend beschenkte. Er soll auf dem
berühmten Maskenfest, das die Herzogin von Berry 1829 in den Tuilerien veranstaltete,
zum ersten Male durch den Grafen Rudolf Apponny getanzt worden sein.

536

angsam eroberte sich die Musik neben diesen Vergnügungen einen breiten Raum in der geselligen Unterhaltung. Sie hatte auch bisher nicht gefehlt, im Gegenteil hatte ja gerade der Gesang in den Kreisen anspruchsloser Leute fast die ganze Unterhaltung gebildet. Man sang vor Tisch, bei Tisch und nach Tisch. „Es war in der guten alten verseligen Zeit," schreibt Karoline Bauer, „wo man kein Gericht Pellkartoffeln und Hering mit zwei Freunden essen, keine kühle Blonde miteinander trinken konnte, ohne daß ein Lied erklungen, ein Toast gesungen worden wäre." Man sang, wenn man lustig war, nach der Komposition Nägelis: „Freut Euch des Leben", von Usteri oder nach Himmels Melodie: „Es kann ja nicht immer so bleiben" von Kotzebue, vielleicht auch das beliebte:

„Als ich noch im Flügelkleide
In die Mädchenschule ging,"

und andere fröhliche und scherzhafte Dichtungen. In Bayern sang man die Lieder des Augustiner-Paters Marcellin Sturm, auf welche das Urteil zutrifft, das er selbst einmal einem Lobredner der alten Zeit in den Mund legt:

„Man hörte nie zu meiner Zeit
Ein unanständig's Wort,
Jetzt wird die große Sauglocken g'läut',
Und zwar in ein' Trumm fort."

Lalla Rookh,
Großfürstin Alexandra Feodorowna
(Prinzessin Charlotte von Preußen)
Festspiel Lalla Rookh. Berlin, 27. Januar 1821

Aliris,
König der Bucharey
(Großfürst Nikolaus von Rußland)

Die Wahl der besungenen Gegenstände, der derbe Humor und die urwüchsige Kraft
des Ausdrucks würden diese Gesänge in unserem zimperlichen Zeitalter kaum noch zum
Vortrag in Herrenkneipen zulassen. Goethe verdankte den Ruhm, den er auch in jenen
Kreisen genoß, die nicht lasen, wesentlich den leicht singbaren Kompositionen, welche
Himmel, Reichardt, Zelter u. a. zu seinen Liedern geschrieben haben. Die Mehrzahl der
Romane, die damals erschienen, enthielt zu den Liedern gleich die Noten zum Gesang, die
Almanache und Taschenbücher beeiferten sich, ihre Leserinnen durch Notenbeilagen neuer
Lieder zu erfreuen. Man begleitete sich dazu auf der Gitarre, die ein leicht zu spielendes
und sehr bequem zu transportierendes Instrument war. Ein empfindsamer Jüngling
war ohne seine Gitarre gar nicht zu denken. Klemens Brentano wanderte mit ihr
rheinauf und rheinab und 20 Jahre später noch zog Heinrich Laube mit der Gitarre

auf dem Rücken zu Fuß von Schlesien nach Halle. Er spielte schlecht und sang schlecht, er brauchte sie also gar nicht, aber sie gehörte zur Romantik, es schickte sich für einen jungen Studenten seine Gitarre bei sich zu haben. Viel später erzählt Luise von Kobell von fröhlichen Waldspaziergängen, die sie mit jugendlichen Freundinnen im bayerischen Hochland unternommen; der Benefiziat von Dietramszell nahm zu denselben stets seine Harfe mit, um unterwegs den Gesang begleiten zu können. „Zu jener Zeit", schreibt K. F. v. Klöden, „hörte man viele Lieder auf Spaziergängen, Landpartien und als Ständchen, die jetzt alle verstummt sind, weil man das Fortepiano nicht mitnehmen kann."

Die beliebtesten Spiele waren von Gesang begleitet. Man bildete z. B. einen Kreis, in dessen Mitte ein junger Mann mit verbundenen Augen gestellt wurde. Während dieser mit seinem Stocke eines der jungen Mädchen zu berühren suchte, drehten sich alle um ihn und sangen:

> „Amor ging und wollte sich erquicken,
> Doch das Ding, es wollte sich nicht schicken.
> Er ging wieder
> Auf und nieder,
> Bis er seine Schöne fand."

Hatte er nun getroffen, so sangen alle:

> „Ihn'n zu dienen
> Bin ich hier erschienen,
> Und dies Händchen
> Soll ein Pfändchen
> Unsrer treu'sten Liebe sein."

Die Getroffene umfaßte den Herren, beide gingen im Kreise und sangen:

> „Ach, ach, ach mein allerliebstes Kindchen,
> Reich mir doch dein zuckersüßes Mündchen,
> Fein gelinde
> Fein geschwinde
> Denn es geht zum Hochzeitstanz."

Dann küßten sie sich und das Spiel begann von neuem.

Solche, die es mit der Musik ernst nahmen, schlossen sich wohl auch zu Vereinen zusammen, wie z. B. in der Berliner Singakademie, die schon seit dem Ende des 18. Jahrhunderts besteht, ihre erste Blüte aber in diesen Jahren unter der Leitung des alten Zelter und dem tatkräftigen Eingreifen Felix Mendelssohns erlebte. Der Verein war so herangewachsen, daß er an die Gründung eines eigenen Heims denken konnte und am

30. Juni 1825 den Grundstein zu dem schönen Gebäude legte, das, nach Otmers Plänen errichtet, noch heute steht. Das größte Ereignis in den Annalen dieses Instituts war die Aufführung von Bachs Matthäus-Passion, die Felix Mendelssohn mit leidenschaftlichstem Eifer betrieb und tausend Hindernissen zum Trotz auch durchsetzte. „Dieses Ereignis", schreibt Heinrich Abeken, „bezeichnet eine Epoche in der Kunstgeschichte Berlins." Alles war erfüllt davon, die Erwartung aufs höchste gespannt. Am 11. März 1829 fand die Erstaufführung statt, Felix Mendelssohn dirigierte, Eduard Devrient sang den Christus, Adolf von Eckenbrecher den Evangelisten. Der Erfolg war so gewaltig, daß, wie Fanny Hensel schreibt, Spontini mit der größten Freundlichkeit bemüht war, weitere Aufführungen zu hintertreiben. Als nach Zelters Tode die Singakademie anstatt Felix Mendelssohn Rungenhagen zu ihrem Direktor wählte, verdammte sie sich selbst zur Mittelmäßigkeit. Rungenhagen galt, wie Paul Heyse sagt, für einen pedantischen und doch energielosen Anhänger der klassischen Musik, der jedem frischen Hauch der neuen Zeit den Eingang verwehrte. Als er starb, rief Heyses Mutter: „Da liegt wohl die Singakademie in den ersten Zügen!" In einem so vielköpfigen Gemeinwesen, wie ein Gesangverein es ist, gab es auch für ihn Schwierigkeiten genug; als er 1834 Bachs H-moll-Messe einstudierte, da meinten, wie Friedrich von Raumer schreibt, einige Gelbschnäbelchen, was sie nicht vom Blatt wegkakeln, oder wozu sie nicht mit Armen und Beinen tanzmäßig Takt schlagen können, sei veraltet.

In Dresden hatte der Kantor Dreyßig eine Singakademie gestiftet, die damals von Weinlich geleitet wurde, in Berlin stifteten Ludwig Rellstab und Ludwig Berger 1819 die Liedertafel, ausschließlich für Männergesang, der sich sofort Eduard Theodor Amadeus Hoffmann, Streckfuß, Körner und andere Freunde des Gesanges anschlossen. Allerorten entstanden Singvereine, kein Städtchen ist ohne einen solchen, sagt Adolf Bernhard Marx einmal, keine Mittelstadt, die nicht zwei bis drei hätte, Berlin zählte um 1850 etwa 18—20.

Die Männergesangvereine haben in jenen Jahrzehnten unendlich viel zur Hebung und Wahrung patriotischen Gefühls getan; als Bunsen 1845 von England aus Deutschland besuchte, war er ganz gerührt über „die Art, wie Vetter Michel seine getäuschten Hoffnungen singend aushaucht und Mut bewahrt, wenn auch nicht mehr Vertrauen!" Die Musik wurde auf den höheren Schulen als Bildungsmittel eifrig gepflegt, auf dem Kollegium Fredericianum in Königsberg, das Eduard Simson besuchte, veranstaltete Friedrich August Gotthold musikalische Aufführungen von Kompositionen Zelters, Durantes u. a.; im Cauerschen Institut in Berlin beging man den Geburtstag des Königs, sowie diejenigen von Pestalozzi, Fichte und Plato durch die Aufführungen Händelscher Oratorien, so hat Felix Eberty im Samson, im Messias, im Judas Makkabäus,

Quadrille getanzt am Berliner Hofe, 1836
Prinz Wilhelm (der spätere Kaiser) als König, Frau von Lindheim als Königin im Schach

Saul und Josua eifrig mitgewirkt. Gustav Parthey, Felix Eberty und andere erzählen, daß man in den Abendgesellschaften am Fortepiano die Klavierauszüge ganzer Opern mit allen Arien, Duetten, Terzetten, Chören, Rezitativen usw. Nummer für Nummer durchnahm, bei Partheys wagte man sich sogar an Glucks Alceste, an Mozarts Idomeneo, sogar an den Don Juan und war darin so harmlos, daß einmal der Pastor Ritschel

Sonntag abends bei ihnen den Don Juan sang, nachdem er morgens in seiner Kirche das Abendmahl ausgeteilt hatte.

Die romantische Vorliebe der Zeit für das Mittelalter und seine Kunst beförderte in der Musik das Zurückgreifen auf die alten a capella Gesänge des katholischen Ritus. Zwei Männer haben sich damals besonders damit befaßt die alten Choräle und Kompositionen wieder zugänglich zu machen, beide literarisch wie praktisch für ihre Bestrebungen tätig, der Professor Thibaut in Heidelberg und der Oberlandesgerichtsrat Karl von Winterfeld in Breslau. Der erstere hatte schon in seiner weitverbreiteten kleinen Schrift „über die Reinheit der Tonkunst" seine Vorliebe für reine Vokalmusik ausgesprochen, seine musikalischen Donnerstag-Abende glichen mehr einem Gottesdienst, als einem Konzert, um so mehr, als er kein anderes Tempo kannte, als Largo. Herr von Winterfeld gründete in Breslau das Institut für Kirchenmusik und ließ auch in den alle Freitag stattfindenden Hauskonzerten ausnahmslos Kompositionen alter Zeit zu Gehör bringen, die Hauptpartien sang seine Gattin, eine geborene von Thümen. Die Herausgabe alter Musikstücke, die der gelehrte Musikfreund veranlaßte, hat viel zur Verbreitung und Kenntnis dieser Kompositionen beigetragen, war doch der kirchliche Stil damals auch in der Kirche so völlig verloren gegangen, daß Ludwig Richter im Dom zu Parma den Organisten bei der Messe den Jägerchor aus dem Freischütz, zur Wandlung aber den Jungfernkranz spielen hörte und Sulpiz Boisserée bei einem Gottesdienst der Bergmannschaft zu Freiburg i. S. 1832 Mozarts: „O Isis und Osiris" zu Gehör bekam. Nun errangen sich die Kompositionen von Vittoria, Palestrina, Gabrielli, Leo Durante, Orlando Lasso wieder ihren alten Platz; in München nahm sich der Chorregent zu St. Michael Kaspar Ett, in Dresden der Organist Schneider, in Nürnberg Freiherr von Tucher um die Wiederbelebung des altitalienischen Kirchengesanges an.

Die Musik eroberte sich einen immer breiteren Raum, von einer rein zufälligen Übung aus wurde sie allmählich Hauptsache, sie bemächtigte sich der Geister in einer alles andere ausschließenden Weise, ja sie zog die bis dahin in der schönen Literatur völlig aufgegangenen Interessen der Gebildeten, soweit sie ästhetischer Natur waren, ganz an sich. Tieck, der alte Oberpriester der Romantik, hielt dies Vordringen der Musik für sehr gefährlich für die Geselligkeit und Immermann sah schon alle gesellige Unterhaltung durch sie bedroht. In den Winter 1822 fällt der Beginn der regelmäßigen Sonntagsmusiken im Mendelssohnschen Hause, die nach Fannys Verheiratung bei Hensels fortgesetzt wurden und bis zu Fannys frühem Tod den Kristallisationspunkt für alle Musikübenden und Musikliebenden Berlins bildeten. In Hannover pflegte der Kunstsammler Hermann Kestner gute Musik im eigenen Hause, zumal das Männerquartett; in Düsseldorf bildeten der Präsident von Woringen und die Seinen den Hauptpfeiler des musikalischen

Ludwig Richter. Holzschnitt

Wesens, in Bonn sammelte Johanna Kinkel eine Anzahl begabter Dilettanten um sich, mit denen sie Spohrsche und Glucksche Opern studierte. In Weimar war das Goethesche Haus der Platz, wo alle Virtuosen sich hören ließen.

Wie in dem engeren Zirkel häuslicher Geselligkeit, so trat auch in der Öffentlichkeit die Musik immer mehr in den Vordergrund. Die großen Musikfeste, wie sie seit dem dritten Jahrzehnt des 19. Jahrhunderts sich in regelmäßiger Folge am Rhein, in Schlesien und den anderen Landschaften Deutschlands einzubürgern beginnen, wurden zu Faktoren, die das Leben der Nation mächtig beeinflußt haben und wie die Versammlungen der Gelehrten den Gedanken an die Einheit, an ein Gesamtdeutschland nicht einschlummern ließen. „Ein rheinisches Musikfest muß man erlebt haben," schreibt Fanny Hensel 1836 an Klingemann, „um wieder den alten Traum vom alten Deutschland zu träumen!" Die Freude an der Musik nahm zu. Als Paul Heyse jung war, veranstaltete der Kapellmeister Liebig vor dem Oranienburger Tor in Berlin populäre Konzerte, in denen man für 2 gute Groschen eine Symphonie und 2 Ouvertüren hören konnte und fand großen Zulauf, gerade wie die Teichmannschen Mittwochskonzerte im Tiergarten, wo verschiedene Militärkapellen Beethovens Symphonien für Blasinstrumente arrangiert vortrugen.

Die Freude an der Musik wurde von der Mode ganz wesentlich unterstützt, es waren ja die goldenen Jahre des Virtuosentums, in denen reisende Klavierspieler, Sängerinnen, Violinisten und andere Musiker sich Millionen erspielt haben. Eine Begeisterung, von der wir uns kaum noch eine rechte Vorstellung machen können, trug diese Künstler von Erfolg zu Erfolg, der Enthusiasmus, der ihre Personen geradezu vergötterte, umrankte ihr Leben mit einem Mythus abenteuerlicher und romantischer Märchen und steigerte das Entzücken des Publikums zur Raserei. Von allen reisenden Virtuosen, Paganini, Thalberg, Dreyschock, Madame Pleyel, Klara Schumann, den Milanollos u. a. errang die höchsten Ehren und lautesten Triumphe doch Franz Liszt. Als er 1843 nach Dortmund kam, waren nach Lübkes Erzählung die Menschen in Strömen aus der ganzen Provinz gekommen und füllten Saal, Flur und Treppen des Konzertlokals bis auf die Straße hinaus, der Glanz und der Rausch, die sein Auftreten in München begleiteten, wurden für Ringseis zu einem Eindruck von unvergeßlicher Originalität. „In seiner Seele kocht ein Vulkan von Tönen", schreibt Carus und Felix Mendelssohn, selbst ein Meister des Klavierspiels, hat das Gefühl, als ob bei Liszt die musikalische Empfindung bis in die Fingerspitzen liefe und dort unmittelbar ausströme. Varnhagen hört ihn 1841 in der Singakademie und bemerkt darüber: „Liszt spielte ganz allein, wunderbar, beispiellos, zauberhaft. Die Ouvertüre zu Wilhelm Tell, die Phantasie über Robert den Teufel und der Erlkönig waren am schönsten. Zuletzt spielte er einen chromatischen Galopp, den ich nicht aushalten konnte. Er hatte meine Pulse in seiner Gewalt und beschleunigte sie so, daß ich schwindlig wurde!" Die Damen rissen sich um den Rest, den er in seiner Teetasse ließ, die Kellner im Hotel de Russie, wo er wohnte,

Der Kronprinz mit Gefolge im Festspiel: Der Zauber der weißen Rose
Potsdam 1828

verkauften das Wasser, in dem er sich gewaschen und die Haare, die er sich ausgekämmt hatte. „Liszt ist das Entzücken der Stadt, er verherrlicht diesen Winter und ist sein schönster Glanz", schreibt Varnhagen. Er gab vor seiner Abreise ein Konzert in der Aula der Universität nur für Studenten, den Platz zu 10 Silbergroschen und versetzte Hoch und Nieder in einen wahren Taumel der Begeisterung. Als er am 3. März 1842 abreiste, waren der Schloßplatz und die Königstraße so von Menschen gefüllt, wie es nur bei der Huldigung der Fall gewesen war, bis hinaus nach Friedrichsfelde war alles voller Wagen und Fußgänger, die den berühmten Künstler noch einmal sehen wollten. Es war eine solche Aufregung, daß Hof und Adel außer sich darüber waren, daß ein Musikant selbst den König in Schatten stelle; „meine Abderiten an der Spree kitzeln sich gern in Enthusiasmus hinein", schrieb Heine. Eben solche Ehren wurden Liszt an anderen Orten zu teil, so ernannte ihn die philosophische Fakultät der Universität in Königsberg zum Ehrendoktor.

Dieses Vordringen der Musik, welches die Mode so sehr begünstigte, beförderte zugleich auch den Dilettantismus in einer bis dahin nicht gekannten Weise. Der Gesellschaftsgesang als harmlose Unterhaltung, ohne Kunst und Prätension geübt, verschwindet und mit ihm die Gitarre, das Klavier hat sie beide erschlagen. In diesen Jahren wächst sich das Spinett der Großväter, das selbst in den besten Silbermannschen Hammerklavieren nur zirpende Tönchen von sich gab, zum Flügel aus, wie wir ihn kennen. Die Wechselwirkung, die zwischen den Ansprüchen, welche geniale Virtuosen an das Instrument stellten, und den Möglichkeiten bestand, die begabte Techniker, wie Erard, Bechstein u. a. durch ihre Erfindungen dem Spiel eröffneten, hat diesen Fortschritt zustande gebracht. Liszt, der das Pianoforte zu einer bis dahin unerhörten Klang- und Farbenfülle steigerte, ihm die feinsten und mächtigsten Wirkungen zugleich abgewann, hat der Kunst des Klavierspiels die Bahn eröffnet. Zuerst eiferten ihm die höheren Kreise nach, bald aber folgte die große Menge, glaubte doch jeder Kleinbürger, dessen Tochter Klavierunterricht bekam, sich zu den Gebildeten rechnen zu dürfen. „In vielen Kreisen," schreibt Marx um die Mitte des vorigen Jahrhunderts, „beschränkt sich wenigstens für die weibliche Jugend die ganze freiere Bildung, sogar die Unterhaltung nur auf Musik, man dürfe nicht mehr fragen, wer ist musikalisch, sondern wer ist es nicht?" Er konstatiert dann eine Verbreitung der Musik ohnegleichen, erreicht durch ungeheure Opfer an Zeit und Geld, aber doch nur ein Kreislauf ohne Anfang und Ende, man lernt Musik, sagt er, weil überall Musik gemacht wird, und man macht Musik, weil man es überall lernt.

Das Beispiel der Virtuosen leistete dem Dilettantismus Vorschub, was Liszt und anderen Künstlern zuerst nur als sinnvolles Mittel zur Erreichung der Wirkung diente, ward Selbstzweck. Nun klagt Marx, „erbrausen alle Klaviere vom Sturm der Arpeg-

Aus den Fliegenden Blättern

gien, nun ist keine Zeit und Nervenopfer zu groß, um auch auf diesem Sturm einherreiten zu können." Der Dilettantismus in dieser Art der Kunstübung verrät sich auch darin, daß gerade die Werke, die der größte der damals lebenden Komponisten, Beethoven, für das Klavier geschrieben hatte, so gut wie ganz unbekannt geblieben waren. Felix Mendelssohn, der eine so begeisterte Propaganda für Beethoven machte, erlebte die merkwürdigsten Überraschungen. In Paris kannte man 1825 keine Note aus Fidelio, die Münchener Kapellmeister setzten Posaunen zu seinen Symphonien, als Felix 1830 in Wien war, spielte keiner der zahlreichen männlichen oder weiblichen Klavierkünstler auch nur eine Note von Beethoven. Nur mit größter Mühe bekam Mendelssohn Goethe dazu, sich Beethoven anzuhören, er wollte so wenig an ihn heran, wie Carus, der ihn aburteilte: „Beethoven hat für mich eine Schwerkraft, die ihn zu fest an die Erde bindet, als daß ich ihn den ganz vollkommenen Musiker nennen könnte." So durfte Marx im Hinblick auf die Musikübung seinerzeit zu dem Schlusse kommen, daß sie zwar durch die schrankenlose Mitbetätigung im Volk eine beispiellose Verbreitung erlangt habe, das Geistige, Charaktervolle und Wahre dabei aber vor dem Hohlen und Erheuchelten völlig zurücktrete.

Wenn man sich vorzustellen versucht, welche Vergnügen den Deutschen zwischen 1815 und 1847 zu Gebote standen, so darf man das Reisen nicht dazu rechnen. Die Wege waren schlecht, die Fahrtverbindungen unbequem und kostspielig, die Gasthäuser unzulänglich, so reiste nur, wer es aus Rücksichten auf Geschäfte und Gesundheit durchaus mußte. Das hat sich auch mit dem Aufkommen der Schnellposten und der besseren Straßen nur langsam geändert, erst die Eisenbahnen und die Dampfschiffe haben die Ortsveränderung als eine wünschenswerte Abwechslung erscheinen lassen; indessen auch diese Möglichkeit wurde lange nicht so ausgenutzt, als wir es heute gewohnt sind. Als Anna von Arnim, des Verfassers Mutter, in Berlin geboren und aufgewachsen sich 1851, 20 Jahre alt, verheiratete, war sie noch nie in Potsdam gewesen; der Gräfin Hahn-Hahn machte die Kritik einen Vorwurf daraus, daß sie Helden und Heldinnen ihrer Romane beständig auf Reisen schicke, das sei höchst unwahrscheinlich. Als Therese Devrient 1841 mit ihren Kindern nach Heringsdorf unterwegs ist, macht sich Eduard heftige Vorwürfe, daß er sie allein reisen läßt: „Mir kommt es jetzt unbesonnen vor," schreibt er seiner Frau, „daß ich Euch so unbeschützt auf die nächtige Landstraße hinaus entlassen habe." Man blieb unter allen Umständen lieber zu Hause oder wenigstens in unmittelbarer Nähe der Heimat. Wohlhabende besaßen vor den Toren Gärten und Landhäuser, die sie im Sommer bezogen, wie in Berlin Partheys das Lehmschlößchen Nikolais, Arnims den Johannistisch, Humboldts Tegel; eine Sommerfrische weiter zu nehmen, als in Charlottenburg, Schönholz, Schöneberg oder anderen in nächster Nähe gelegenen Orten, wäre nicht leicht jemand eingefallen. Als die Prinzessin Elise Radziwill einen Erholungsaufenthalt braucht, reist sie nach Freienwalde. Rudolf Delbrücks Vater geht von Zeitz nach Berlin, um eine Brunnenkur im Soltmannschen Garten zu gebrauchen. Wer nach dem Süden ging, hat es damals bitter bereut, wie Peter von Bohlen und seine Frau, die nach Hyères geschickt werden und kränker zurückkommen, als sie hingehen, denn für die Kranken ist keinerlei Vorsorge getroffen. Schleiermacher sendet seine Familie 1824 nach Saßnitz, aber da dort keinerlei Einrichtungen für Fremde getroffen sind, müssen Betten und Bettstellen mitgenommen und erst zwei Häuschen von den Bewohnern völlig

Alfred Rethel. Am Klavier. Federzeichnung

geräumt werden, bis sie unterkommen. Als Friedrich Perthes sich 1837 in Friedrichs-
roda ansiedelt, ist er der einzige Fremde und die Einwohner finden es unbegreiflich, wie
ein alter Herr, der weder Kohlen zu brennen noch Teer zu schwelen habe, sich bei ihnen
niederlassen könne! Heringsdorf, ohne das man sich jetzt Berlin W und WW gar nicht
vorstellen kann, wurde als Badeort erst in den dreißiger Jahren von Professor Klenze
in Berlin, einem jüngeren Bruder des berühmten Architekten geschaffen und blieb noch
lange eine vollständige Idylle. Man begreift das, wenn man hört, daß es noch 1835
nur 4 massiv gebaute Häuser besaß und die Reise von Berlin aus drei Tage dauerte;
Devrients müssen auf der Fahrt dahin zweimal Nachtquartier machen, in Neustadt-
Eberswalde und Schwedt! 1839 schreibt Rebekka Dirichlet aus Heringsdorf an ihre
Schwester Fanny: „Eine zum Nachdenken geschaffene Gegend. Nur kann ich mich der
Wehmut nicht erwehren, wenn ich das reizende idyllisch ländliche Dorf mit seinen Stroh-
dächern und den anspruchslos einfachen Häusern ansehe und bedenke, wie unfehlbar in
einigen Jahren die verschönernde Hand des Menschen dieses harmonische Winkelchen
Erde verunstalten wird!" Laube ging nach Kösen, weil es klein und leer war und seine
Solbäder gar kein Ansehen genossen, Kissingen begann eben in Aufnahme zu kommen
und war ein Ort, in dem es so harmlos zuging, daß der Oberkellner des Kurhauses die
Hauptuhr nach seinen Bedürfnissen vor- oder zurückstellte. Varnhagen, der es öfters besuchte, klagt sehr über den Badekommissar von Rothenhahn, der augendienerisch gegen
die Großen, hoffärtig und grob gegen die Geringen die aristokratische Absönderung im
Publikum nach Kräften beförderte. Erst unter seinem Nachfolger Freiherrn von Zu
Rhein wurde das besser, so daß auch die Gendarmen aufhörten, alle Augenblicke einzuschreiten. In Karlsbad, wohin die österreichische Aristokratie mit Dienerschaft und Equi-
pagen kam, gaben Russen und Polen den Ton an, die schöne Fürstin Galitzin, schreibt
Adele Schopenhauer 1818, macht hier Regen und Sonnenschein. Helgoland gewann
als Seebad alle Jahre an Bedeutung, als Kölliker 1840 hinkam, zählte es schon 2000
bis 2500 Kurgäste jährlich.

Von den deutschen Bädern waren diejenigen die frequentiertesten, in denen gespielt
wurde, also Homburg, Ems, Wiesbaden und Baden-Baden. Alles, was man sonst bezahlen muß, schreibt Varnhagen 1844, geben die Spielpächter Gebrüder Blanc in Homburg umsonst. Sie zahlen an den Landgrafen die ersten zehn Jahre jährlich 3000 Gulden, die zweiten zehn jährlich 5000, die letzten zehn jährlich 10000 Gulden. Diese Bäder
versammelten ein internationales Publikum solcher, die reich waren, und solcher, die es
erst werden wollten, der vorletzte Kurfürst von Hessen brachte sein ganzes Leben an den
Spieltischen dieser Modebäder zu. Zumal wurde Baden-Baden das Rendezvous der
großen und der halben Welt, zu der die französische Gesellschaft ein reiches Kontingent

stellte. Die nord-
deutschen Brüder
waren so wenig be-
liebt, daß Fanny Le-
wald 1833 am Kur-
saal in Baden-Baden
das Plakat las: „Es
wird gebeten, keine
Hunde mitzubringen
und keine Preußen."
In den zwanziger
Jahren gewann in
Baden-Baden ein
junger Livländer
Baron auf einen
Schlag 40000 Gul-
den. In der Nacht
darauf brannte ihm
sein Diener mit der
ganzen Summe
durch, so daß der
glückliche Spieler
statt des Gewinnes

S. Friedr. Diez. Giacomo Meyerbeer, 1842. Handzeichnung
Berlin, Nationalgalerie

nur die Schadenfreude aller Nichtgewinnenden erntete — so lange, bis von Hause
die Nachricht kam, der Diener sei mit dem Gelde glücklich angelangt, die treue
Seele hatte es vor seinem Herrn in Sicherheit bringen wollen! Daß man nicht bloß in
den rheinischen Modebädern starke Gewinne und Verluste erleiden konnte, zeigt das
Beispiel des Großherzogs Friedrich Franz von Mecklenburg, der an der Spielbank von
Doberan allmählich 6 Millionen Taler verlor. Die Sächsische Schweiz, welche die Gräfin
Bernstorff nur an Kandiszuckerwerk erinnerte, war selbst in Dresden noch völlig unbe-
kannt; der Harz wurde ab und zu von wandernden Studenten durchquert und befand sich
noch im Urzustand, als Karl Rosenkranz ihn Jahre nachher wiedersah, erkannte er die
Gegend nicht wieder, so hatten sie die Berliner umgearbeitet.

Eine sehr unerfreuliche Seite des Reisens, ein Magnet, der die Menschen zu
Hause hielt, war der Zuschnitt der Gasthäuser, die nicht nur jeden Komfort, die selbst
das notwendigste vermissen ließ. Wenn Hedwig von Bismarck mit ihren Eltern nach

Berlin fuhr, mußte das Nachtlager im Gasthof zu Brandenburg aus den mitgebrachten Kissen des Reisewagens hergerichtet werden und in Berlin selbst scheint es nicht viel besser bestellt gewesen zu sein, denn die Generalin von Boguslawska beschwert sich gelegentlich bitter darüber, daß Berlin keinen ordentlichen Gasthof besitze. König Ludwig I. vermißte auch in München ein erstklassiges Hotel und erst der Minister von Abel verwirklichte diesen Lieblingswunsch des Königs, indem er den Bayerischen Hof auf dem Promenadeplatz aus Alt-Öttinger Meßgeldern erbaute. Je weniger aber die Gasthäuser darauf bedacht waren, die Bequemlichkeit der Reisenden zu fördern, desto stärker spekulierten sie auf ihren Geldbeutel, die Begriffe: Im Gasthof logieren und: Übervorteilt werden decken sich für jene Zeit vollkommen, erst die Zunahme der Reisenden, die das Entstehen immer neuer Hotels veranlaßte, hat Angebot und Nachfrage auf diesem Gebiet in das rechte Verhältnis zu einander gebracht, so daß wir uns vor dem großen Kriege rühmen durften, in Deutschland die besten und billigsten Hotels zu besitzen.

Ließen die Gasthäuser in bezug auf Bequemlichkeit und Billigkeit zu wünschen übrig, so müssen Restaurants und Konditoreien sich dagegen schon auf einer bemerkenswerten Höhe befunden haben. In Heinrich Heines 1822 geschriebenen Berliner Briefen bespricht er sie mit der eingehendsten Gründlichkeit. Bei Teichmann bekam man damals die besten gefüllten Bonbons, aber in seinen Kuchen war zu viel Butter; bei Beyermann im Café Royal speiste man am besten. Sehr unzufrieden äußerte er sich über Jagor, das berühmte Restaurant, in dem zu essen für den Berliner jener Jahrzehnte den Gipfel des Schlemmerhaften bedeutete, hatte doch Jagor außer anderen kulinarischen Großtaten das Trüffeleis erfunden. Hier wurde zwar eine täglich neu gedruckte Speisekarte aufgelegt, aber die Bedienung war nach Heine langsam, das Fleisch zäh und nur die Weine zu loben. Die Konditorei Josty an der Stechbahn fand er eng und dumpfig, dekoriert wie eine Bierstube; der wundervoll und mit der ausgezeichnetsten Eleganz eingerichteten Konditorei von Fuchs sagte er dagegen nach, daß alles, was man genieße, am schlechtesten und teuersten in Berlin wäre, die Auswahl sei gering und das meiste davon alt. Jedes der Berliner Lokale hatte seine besonderen Stammgäste, Giovanoli die Beamten, Spargnapani Studenten, d'Heureuse Kaufleute, Kranzler Diplomaten und Elegants, während Stehely die Literatur-Börse vorstellte, wo Geheimräte, Journalisten und Schauspieler ihre besonderen Stammtische hatten. Josty war die erste Konditorei, die 1822 einige Zeitungen hielt, 1842 fand man sie bereits überall, selbst in den abgelegensten Gegenden.

Wie in Berlin die Namen der beliebtesten Konditoreien Josty, Stehely, d'Heureuse, Spargnapani u. a. darauf hindeuten, daß ihre Besitzer aus Italien und der Schweiz zugewandert waren, so trugen diese Ausländer die leckere Wissenschaft vom Süßen auch in andere deutsche Städte, Horny nach Weimar, Pomatti, Zappa, Bucella

Joh. Erdmann Hummel. Laden an der ehemaligen Schloßfreiheit in Berlin, 1830
Ölgemälde. Berlin, ehemals im Besitze des Kaisers

nach Königsberg, Tambosi nach München, Bonorand, Kinschy nach Leipzig, Manatschal, Orlandi nach Breslau. Indessen haben sich die Wirte auch schon damals nicht damit begnügt, die Kundschaft nur durch Qualität und Quantität des an Essen und Trinken Gebotenen anzuziehen, sie versuchten auch andere Attraktionen. So machte der vergnügte Weinhändler Louis Drucker in Berlin, dessen Lokal in der Spandauer Straße 49 lag, durch allerhand Witze und drollige Einfälle von sich reden; er ließ Musik zum Essen machen, seine Kellner auf Steckenpferden reiten und unterhielt die Berliner mit so viel Glück, daß einige Verehrer seines Humors 1838 ein Bändchen seiner Schnurren als Druckeriana herausgaben. Andere benutzten die Eleganz der Ausstattung als Anziehungsmittel, wie Felsche in Leipzig, der 1835 seine Konditorei im neuesten Pariser

Geschmack reich mit Spiegeln, Vergoldung, roten Samtpolstern usw. ausstaffiert als Café Français eröffnete, oder Ohlmeyer in Bremen, der seine Börsenhalle so prachtvoll einrichtete, daß die Leute vor Staunen nicht essen konnten. In Berlin errang sich Meinhardts Hotel, Ecke Linden und Charlottenstraße gelegen, den Ruf, das eleganteste Hotel und Restaurant zu sein. Hier stiegen die Russen aus dem kaiserlichen Gefolge ab und amüsierten sich damit, zum Fenster hinaus Geld unter das Volk zu werfen und dadurch einen Auflauf des Pöbels zu veranlassen. Als einmal ein Fremder seinen Kaffee täglich mit einem Friedrichsdor zahlte, ohne sich herausgeben zu lassen, gerieten Wirt und Kellner in Aufregung, die Polizei wurde benachrichtigt und erst, als es sich herausstellte, daß der verschwenderische Unbekannte der Fürst Esterhazy war, beruhigten sich die Gemüter wieder.

Weihnachten war die Glanzzeit der Berliner Konditoreien und Lokale. Da veranstalteten sie große Ausstellungen, in denen sich das Publikum für zwei Groschen Entree drängte, um die Kunstwerke der Panoramamalerei, die mit Puppen aus Zucker oder Dragée staffiert waren, zu bewundern. Die Sache wurde so wichtig genommen, daß Karl Müchler Rezensionen über die Ausstellungen schrieb, der alte Schadow verglich den Konditor Weyde sogar mit Chodowiecki. So sah man einmal bei Fuchs Lalla Rookh oder fand den Mielentzschen Saal als Meeresgrund oder Alpenhöhe dekoriert, Veranstaltungen, die der jüngeren Generation, wie Rudolf Delbrück „häufig albern, aber stets lächerlich" vorkamen, so daß sie seit den vierziger Jahren allmählich in Abnahme kommen.

In der schönen Jahreszeit besuchte man die Gartenwirtschaften vor der Stadt, in Berlin z. B. die Zelte, zu Pfingsten ging man nach Wilmersdorf um Schafmilch zu trinken oder man veranstaltete Landpartien im Kremser nach dem Grunewald, Pankow, Stralau, wohin das Essen mitgenommen wurde und als Getränk höchstens kalte Schale in Frage kam. Gneisenau, der einmal den Bernstorffschen Kreis nach Treptow einlud, muß, trotzdem man Kuchen und Orangen mitgebracht hatte, für die bescheidene Bewirtung noch 40 Taler zahlen. Die Lokale: „Hier können Familien Kaffee kochen", übten eine große Anziehung aus, Wilhelm Harnisch erzählt als guter Familienvater, daß ihm ein Ausgang mit Frau und zwei Kindern, wenn man gemahlenen Kaffee und Zucker mitnahm, in Breslau nur auf 4 Silbergroschen zu stehen kam. Das Münchener Kellerwesen fand damals bei den Norddeutschen durchaus noch nicht den Beifall wie später. Wenn sich die Maler aus der großen Künstlerkolonie, die sich in München ansammelte, wie Pecht erzählt, auch mit den Eingeborenen nur in einem Punkte verstanden, nämlich dem beständigen Durst nach dem guten Bier, die primitive Aufmachung der Sommerkeller, der Wirtschaften „Zum grünen Baum" und anderer stieß die an größere Reinlichkeit

Jakob Gensler. Die Mutter Louis Gurlitts

Gewöhnten doch immer wieder ab. Hoffmann von Fallersleben, neben Viktor Scheffel vielleicht der trinkfroheste deutsche Sänger des 19. Jahrhunderts, empfing von dem Münchener Bockkeller, seinem düsteren schmutzigen Raum, dem Heidenlärm, dem Gedränge, den schmierigen Radiweibern einen höchst unbehaglichen Eindruck, den ihm auch der gute Tropfen, den er dort zu trinken bekommt, nicht verwischen kann.

Das Wirtschaftführen im privaten Haushalt war wesentlich komplizierter als heute, da man noch alles im Hause selbst machte, bis auf Lichte ziehen und Seife kochen, noch gab es nicht an jeder Straßenecke Kaufläden und Drogerien, in denen man jeden Augenblick alle seine Bedürfnisse befriedigen konnte, wie heute. Selbst in großen Städten mußte man darauf bedacht sein, Vorräte zu halten und mit Aufbewahren von Obst und Gemüsen schon im Sommer für den Winter vorsorgen, die Kunst des frisch Konservierenkönnens war nur sehr unvollkommen ausgebildet und Liebig begann erst seine Studien über Nahrungsmittelchemie. Vielleicht war es dafür billiger, denn Fanny Lewald erzählt, daß ihr ganzer Hausstand von beiläufig 17 Personen seinen Bedarf an Lebensmitteln und Beleuchtung, aber ohne Zucker, mit 70 Talern im Monat bestreiten konnte. Das lästige Drum und Dran alles dessen, was sich von Sorgen an das Wirtschaftsführen hängt, ist den Hausfrauen schon damals beschwerlich genug gefallen; es begeisterte Rahel zu der Idee, die sie 1830 der Fürstin Pückler mitteilt: „In einem großen korridorreichen schloßähnlichen Gebäude müßten Kolonien feiner Leute zusammenwohnen, alles geheizt und erleuchtet, das Ganze voller Bescheidenheit und Wohlwollen, präparierter Luft und herrlichster Pflanzen, Bücher, Instrumente, kluge Freiheit. Dann wäre die Erde eine Station, wo sich's auf Beförderung warten ließe." Das Ideal von geselligem Zusammensein ohne wirtschaftliche Sorgen, was der geistreichen Frau hier vorschwebt, hat erst eine spätere Zeit erfüllt; wer weiß, welcher Zukunft die Pensionen, Sanatorien, Einküchenhäuser unserer Tage noch entgegengehen!?

Franz Schroßberg. Damenbildnis

Achtes Kapitel

DIE MODE

anz im Sinne der patriotischen Aufregung der Jahre 1813 und 1814 trugen auch Tracht und Mode Ansichten an die Oberfläche des Tages, die schon seit der zweiten Hälfte des 18. Jahrhunderts Geltung erlangt und Volkswirte, Ärzte, Künstler, Moralisten, Gelehrte und Laien beschäftigt hatten. Man wollte eine Volkstracht feststzen. Dieser Wunsch war im philosophischen Jahrhundert aus der alles gleich machen wollenden Tendenz der herrschenden Aufklärung hervorgegangen, er wurde jetzt wieder laut, als der Haß gegen die Franzosen zum Widerspruch gegen alles aufforderte, was mit französischer Kultur und Bildung zusammenhing. Wie in weiten Kreisen des deutschen Volkes eine Bewegung gegen den Gebrauch der französischen Sprache und französierender Fremdwörter einsetzte, wie man sich in Literatur und Kunst dem Altdeutschen zuwandte, so suchte man sich auch in der Kleidermode von Frankreich zu emanzipieren. Ernste und verständige Männer machten sich zu Wortführern dieser Anschauung. Goethes Freund, der Geheimrat Willemer in Frankfurt, erließ 1814 einen Aufruf zur Annahme einer deutschen Nationaltracht, Rudolf Zacharias Becker in Gotha, seit Jahrzehnten literarisch als Volksfreund tätig, betrieb eine eifrige Propaganda für eine solche Tracht, Ernst Moritz Arndt schrieb im gleichen Sinne: „Ein Wort aus der Zeit über Sitte, Mode und Kleidertracht." Er stellt in diesem Schriftchen als wichtigste Forderungen für die Tugend des teutschen Geschlechts eine teutsche Sprache und eine teutsche Kleidertracht auf:

„Eine stehende Kleidertracht, deren Hauptgestalt fest wäre, würde für die Sitten das erprießlichste seyn. Es ist eine wundersame Erscheinung, die dem beweglichen und wechselvollen Europäer wenig Ehre macht, daß er in seinen Kleidern kaum scheint erfin-

Dame aus Frankfurt a. M. in deutscher Tracht
(Frankfurter) Journal des Modes, 1814

den zu können, was für die Bedürfnisse seines Himmels das zweckmäßigste und für die
Gestalt seines Leibes das schönste ist, da doch dem Orientalen noch heute die Trachten ge-
fallen, die schon vor 4000 Jahren am Euphrat und Indus getragen wurden. Von allen
Europäern sind wir Teutsche fast diejenigen, welche auch hier am meisten vom Wechsel

Junger Mann aus Frankfurt a. M. in deutscher Nationaltracht
(Frankfurter) Journal des Modes. Januar 1815

und von den Launen und Torheiten fremder Völker abhangen. Abgeschmackter, lächer=
licher und zweckwidriger kann nichts seyn, als wie ein europäischer Mann, vorzüglich wenn
er stattlich und feierlich seyn soll, seit zwei Jahrhunderten auftritt. Wenn man seyne
verschnittene und verstümmelte Kleidung sieht, sollte man glauben, sie sey Hunden

und Affen ausgezogen, die ein Gaukler mit der Peitsche in der Hand dem Pöbel zum Tanze aufführt und aus Versehen auf seynen Leib getan: Da ist alles für das Lächerliche und Häßliche, für die Gesundheit, die Schönheit, den Wohlstand auch fast nichts. Wir würden vieler kleinen und eitlen Sorgen los, unsere Jugend würde von vieler Geckerei und Gaukelei errettet, wenn wir von der Tracht unserer Vorfahren uns das Natürlich= und Männliche wieder nähmen, das sie vor zweihundert und dreihundert Jahren noch hatte. Ich mache hier einen Vorschlag einer solchen allgemeinen Volkstracht für Män= ner, wie ich glaube, daß sie für unser Land, unser Gemüt und die Gestalt des menschlichen Leibes überhaupt schicklich wäre.

Der teutsche Mann trägt gewöhnlich Stiefeln, die höchstens bis an die Kniebeuge hinaufgehen; bei feierlichsten Gelegenheiten nur trägt er Schuhe.

Seyne Beinkleider halten die Mitte zwischen zu eng und zu weit.

Um den Leib und halb über die Arme bis an den Ellenbogen trägt er in der kälteren Jahreszeit einen kurzen, den ganzen Leib umschließenden und bis auf die Hüften hinab= gehenden Wams. Damit er sich auf das leichteste und bequemste bewegen könne, mag er sich bei Arbeiten und Leibesübungen bis auf diesen entkleiden.

Sein gewöhnliches Kleid ist der alte teutsche Leibrock, welcher, nirgends ausge= schnitten, schlicht herabfällt, so daß er die Hälfte der Schenkel über dem Knie bedeckt.

Wann er bewaffnet einhergeht, ist um denselben das Wehrgehäng, sonst ein leichter Gürtel geschnallt.

Bei feierlichen Gelegenheiten trägt er immer ein Schwerdt und hängt über diesen Leibrock einen leichten Mantel, der etwas über die Kniee hinabreicht.

Den Hals befreit er von dem knechtischen Tuche und lässet den Hemdkragen über den kurzen Rockkragen auf die Schultern fallen.

Bei Feierlichkeiten und Festen wird ein Federhut mit den Volksfarben getragen; sonst mag er seinen Kopf bedecken und schmücken, wie es ihm gefällt.

In solcher bestimmten Tracht, welche alle Männer tragen müßten, die ihre eigenen Herrn sind, würden die teutschen Männer wieder stattlich, ernst und würdig erscheinen.

Auch für die teutschen Frauen in ihrem Geschlecht müßte eine Volkstracht erfunden werden, welche die angemessenste, schönste und züchtigste wäre. Ich wage keine vorzu= schlagen. Ihr Schönheitsinn mag sie selbst erfinden, und in den Wechseln und Ände= rungen des kleinen Schmucks und der beweglichen Zieraten mag man ihnen die Freiheit lassen, welche man dem spielenden und zarten Geschlechte nicht nehmen darf.

Viele werden über den Ernst lächeln, den ich in eine Sache lege, die den meisten so unbedeutend erscheint. Mir scheint sie die bedeutendste für die Sitte und für das Leben, und ein großer Schritt vorwärts, damit uns nach und nach eine Eigentümlichkeit und

Friedrich Wasmann. Bildnis der Frau Professor Krämer

Gediegenheit wiederkehre, die wir als Volk leider verlohren haben. Man sagt im gemeinen Sprichwort: Kleider machen Leute, ich sage Kleider machen Menschen. Wo der Mensch in dem Gewöhnlichen und Alltäglichen jede Woche und jeden Monat wechselt, da bemächtigt sich das Unstäte, Wilde und Launische des Gemütes, und raubt ihm die Beständigkeit und die Freiheit.“

Diese Anregungen fielen bei der Jugend auf einen fruchtbaren Boden, konnte die aufgeregte jüngere Generation ihren Widerspruch gegen die ältere doch durch gar nichts so auffallend und so offensichtlich zur Schau tragen, als durch Annahme einer Kleidung, die sie von anderen unterschied. Vor 40 Jahren hatten die Jünglinge der Sturm- und

Adolf Menzel. Frau Klara Schmidt von Knobelsdorff, 1849
Mit Genehmigung von F. Bruckmann A.-G., München

Drangzeit sich aus Opposition gegen die französisch gekleideten Väter englisch à la Werther getragen, jetzt opponierten ihre Söhne und Enkel „altteutsch". In den Kreisen der Turner und Studenten kam eine Kleidung auf, die vielleicht nicht schön, aber einfach und zweckmäßig war. Man trug den langen Pantalon, wie er sich schon im letzten Jahrzehnt völlig eingebürgert hatte und dazu einen schlichten, völlig geschlossenen Leibrock. Ein junger Mann in der Nationaltracht, welche die Frankfurter 1814 angenommen hatten, sah ungefähr so aus, wie ein deutscher Soldat vor dem Kriege. Ein so schlichtes und unscheinbares Gewand konnte auf die Dauer aber auch den tugendstolzesten altteutschen Jüngling nicht befriedigen und es dauerte nicht lange, bis die Einfachheit von der Eitel-

562

Julius Oldach. Bildnis einer alten Frau. Um 1820

keit besiegt wurde. Die Farbe blieb dunkel, am liebsten schwarz, aber die Stoffe wurden besser, an Stelle des hohen Stehkragens, wie ihn das Frankfurter Bild zeigt, trat ein weit umgeschlagener, der Ausputz wurde gewählter. „Feine seidene Schnüre fassen den Rock ein," schildert Steffens in seinem Turnziel den Anzug, „zierliche Kragen ahmen gotische Spitzgewölbe nach. Gürtel aus verschiedenen Farben bezeichnen altteutsche Tugenden, die Baretts schmücken Federn." Peter von Bohlen trug einen deutschen Rock mit gesticktem Kragen, eine weiße Schärpe, die mit hebräischen Sentenzen bestickt war und dazu eine rote, mit arabischen Sprüchen bemalte Mütze. Der kleine Heinrich Leo hatte seinen Rock mit schwarzem Samt besetzt, den bloßen Hals rahmte ein breiter gestickter Hemdkragen aus Musselin ein, auf den blonden Haaren, die ihm gelockt bis auf die Schenkel hinabhingen, saß ein geschlitztes Barett. Friedrich Förster schmückte sich mit einem Barett von violettem Samt, auf das eine liebende Tante ihm einen Kranz von Eichenlaub in Gold gestickt hatte, Karl Hases Barett war rot mit einer Goldborte, Hoffmanns Freund Schindler besaß eins von schwarzem Samt in Purpur und Gold gestickt. „Ein fantastisches Samtbarett auf lang abwallendem Haare," so beschreibt Wilhelm von Kügelgen seinen Anzug, „eine kurze schwarze Schaupe mit breit darüber gelegtem Hemdkragen und an einer eisernen Kette, zwar kein Schwert, doch ein Dolch, dessen Ebenholzgriff auf silbernem Totenkopf saß: Das war mein Aufzug." In seiner schalkhaften Weise berichtet er auch, warum er diese Kleidung annahm: „Ebenso wie vordem auf der Schule", schreibt er, „schwärmte ich auch jetzt noch für Rückbildung des Vaterlandes zu seiner Vorzeit, namentlich zu deren traditionellen Tugenden der Ehrlichkeit und Treue, des Glaubens, der Tapferkeit und Keuschheit und da ich diese Eigenschaften an denen zu erkennen glaubte, die sich altteutsch trugen, so legte auch ich solche Tracht an, um meine Tugend zu bekennen und Gleichgesinnten kenntlicher zu sein." Der teutschgesinnte Kronprinz Ludwig von Bayern trug 1818 in Rom dieses Kostüm und gab den Künstlern, die nicht die Mittel besaßen um sich ebenso anzuziehen, das Geld dazu. Als Rückert in dieser Tracht und mit lang herabwallenden Haaren am Nemi-See vor Henriette Herz und ihrer Begleitung unversehens auftauchte, erschreckte er die Damen auf den Tod.

Diese Kleidung war wirklich, wie Holtei einmal sagt, die Livree des Deutschtums und des Deutschtums geworden und dadurch in ihrer Bedeutung weit über den Rahmen einer bloßen Modesache hinausgewachsen. Die altdeutsche Tracht der Jünglinge und jungen Männer bezeichnete sie als Vertreter einer ganz bestimmten politischen Meinung, einer Meinung, die als ultrapatriotisch äußerst unbeliebt war und für gefährlich galt, seitdem einer dieser Deutschtümler Kotzebue ermordet hatte. Auf einmal erschien die altdeutsche Tracht, die der Mörder getragen und die Wohlwollende bisher nur belächelt hatten, wie die Uniform einer über ganz Deutschland verbreiteten Armee des Umsturzes. „Der Rock macht freilich nicht den Mörder," sagt Kügelgen, „aber immerhin, er war durch eine böse Tat geschändet und kein Zeichen mehr von menschlicher und vaterländischer Tugend." Der vorsichtige Hofrat Böttiger in Dresden schrieb: „Fern sei es von uns, über eine vorüberziehende Grille ein pedantisches Geschrei erheben zu wollen, aber die Sache wird durch ihren Zusammenhang nun als Abzeichen bedeutender." So griff denn

die Polizei ein, um der Angst-
meierei der Hofräte ein Ende
zu machen. In den Sälen der
Dresdener Akademie erschien
eine Verordnung, welche allen
Schülern das fernere Tragen
langer Haare und altdeutscher
Röcke untersagte. Kügelgen
war einer der ersten, die daran
glauben mußten. Sehr un-
gnädig schrieb Friedrich Wilhelm III. am 9. März 1820
an den Fürsten Hardenberg:
„Ich habe mißfällig bemerkt,
daß hin und wieder Meine
jüngeren Staatsdiener selbst
in ihren Amtsfunktionen
in sogenannter altdeutscher
Tracht erscheinen und beauf-
trage Sie daher, zu verfügen,
daß sämtliche öffentliche Beamten dieser unschicklichen
Tracht sich gänzlich enthalten.

Günther Gensler. Der Vater Louis Gurlitts

Es versteht sich von selbst, daß die Akademischen und Schullehrer in dieser Bestimmung mitbegriffen sind." Der Staatskanzler erließ denn auch sofort eine dem-
entsprechende Verfügung an das Staatsministerium, die Seehandlung, die Post und
andere Behörden. Dies Verbot bewirkte, daß die altdeutsche Tracht, die nur mißliebig gewesen, nun geradezu anrüchig wurde und ihre Träger verdächtig machte.
Als der König die Stadt Prenzlau besuchte, wurde den Schülern verboten, sich in
altdeutscher Tracht auf der Straße sehen zu lassen, den Breslauer Seminaristen
untersagte der Geheimrat Neumann sogar den Gebrauch leinener Beinkleider. Auf
eine Beschwerde des Großfürsten Konstantin beim Generalkonsul Schmidt in Warschau, daß er mit Mißfallen bemerkt habe, wie die jungen Leute in Gotha, Erfurt,
Dresden sich altdeutsch trügen, reagierte der preußische Polizeiminister von Schuckmann prompt und gehorsamst, indem er den Polizeiinspektor Türk in Erfurt sofort mit
Recherchen über dies staatsgefährliche Treiben beauftragte. In Wiesbaden wurden alt-

deutsch gekleidete Leute aus dem Kursaal gewiesen und man kann sich wohl vorstellen, wie unglücklich die gute Gräfin Bernstorff war, daß ihr Neffe Graf Ernst Rantzau weder durch Vorstellungen, Bitten noch Neckereien zum Ablegen des altdeutschen Rockes zu bewegen war. Wenn sie ihn beim Ausfahren mitnahm, mußte er vor dem Tore aussteigen, da sie sich nicht mit dem Träger eines so verpönten Anzuges sehen lassen durfte. Der Minister von Klewitz hatte sich von Karoline Bardua in altdeutscher Tracht porträtieren lassen, jetzt mußte die Künstlerin das Bildnis übermalen, damit es nicht am Ende Verdacht errege.

Das sogenannte altdeutsche Kostüm verschwand und behauptete sich nur noch in den Kreisen der von Polizeivorschriften Unabhängigen, vorzugsweise also der Jugend, namentlich der Studenten und Maler. Diese haben noch Jahrzehnte hindurch Wert darauf gelegt, in der Art ihrer Kleidung, in der Wahl der Schnitte und Farben ihre Selbstständigkeit gegenüber dem Volke der Philister zu betonen, Stulpenstiefel, Reithosen und Schnurröcke kennzeichneten den Studenten, wie der Samtrock und das Barett den Künstler. Als Louis Gurlitt 1828 mit 16 Jahren in das Atelier des Maler Siegfried Bendixen in Hamburg eintrat, da wurde er wie die übrigen Schüler von seinem Meister gezwungen in altdeutschem Rock zu gehen, wodurch sie ihrer Umgebung einen fremden und komischen Eindruck machten. Der älteste Bruder Fanny Lewalds ging in Königsberg in feuerrot-kariertem Rock umher; der weiße Flausch, in welchem sich Fritz Reuter so gefiel, ist ihm schließlich noch zum Unheil geworden. Die Geringschätzung des bürgerlich gebräuchlichen Kostüms ging so weit, daß viele Studenten sich den zu allen großen Gelegenheiten nötigen Frack gar nicht anschafften, Ludwig Bamberger erzählt, daß im Vorzimmer des Universitätsrichters in Gießen ein Frack hing zu beliebigem Gebrauch für solche, die vorgeladen waren, und dieses Kleidungsstück nicht besaßen. Die Künstler zeichneten sich ganz besonders durch eine Kleidung von malerischer Willkür aus, unvergeßlich hat sich Ernst Rietschel die Erscheinung des bildschönen Wilhelm Kaulbach in altdeutschem Rock, bloßem Hals und Barett von violettem Samt eingeprägt.

Noch einmal und wieder in Tagen hochgestimmten patriotischen Gefühls ist der Plan einer deutschen Männertracht aufgetaucht. Es war in der Zeit, als die agressive Politik von Thiers Deutschland zu bedrohen schien und Beckers Rheinlied das schlummernde Gefühl der Einigkeit in deutschen Herzen weckte, da machte Heinrich Laube in der Zeitung für die elegante Welt den Vorschlag zu einer deutschen Männermode. Sie sollte aus dem altdeutschen Rock, engen Beinkleidern und hohen Stiefeln bestehen und durch einen breitkrämpigen Schlapphut und einen weiten malerischen Mantel vervollständigt werden. Camphausen, Schrödter und andere Düsseldorfer entwarfen Zeichnungen, aber außer bei dem Erfinder und einigen Malern, denen ohnehin in dieser Beziehung jede

Georg Friedrich Kersting. Bildnis zweier Knaben, 1826

individuelle Freiheit gestattet wurde, fand Laubes deutsche Mode keinen Anklang. Die Zeit war der Entfaltung eines persönlichen Geschmacks in der Kleidung nicht günstig, Männer, die sich apart anzogen, wie Hoffmann von Fallersleben, dessen mantelartiger Rock die Mitte hielt zwischen der Kutte eines Bettelmönches und dem Talar eines fahrenden Schülers, fielen auf, ohne daß ihr Beispiel zur Nachahmung gereizt hätte.

Die männliche Kleidung hat in jenen Jahren die Richtung nach dem Einfachen und Praktischen festgehalten, die ihr zuerst in der zweiten Hälfte des 18. Jahrhunderts durch die Einbürgerung der englischen Mode diktiert worden war. Einfache Stoffe, unauffällige Schnitte, dunkle Farben sind die Richtlinien dieser Mode geblieben, die im Laufe des 19. Jahrhunderts ganz von selbst dazu geführt haben, das Aussehen der Männerwelt zu demokratisieren. Heute unterscheiden nur noch Nuancen die Kleidung des Reichen von der des Armen, des Genießenden von der des Arbeitenden, nur das Auge des Wissenden erkennt in Schnitt und Stoff die Hand des Meisters oder das Massenprodukt der Fabrik.

Die Bewegung, welche auf eine Nationalkleidung abzielte, verlief ebenso im Sande, wie jene, zu welcher Dr. Jakob Meyerhoff den Anstoß gab, als er 1816 in Berlin mit einer lateinischen Dissertation über den männlichen Normalanzug eine vernunftmäßige Tracht empfahl. Diesen Weg hatte die Herrenmode schon selbst eingeschlagen, wenn es auch damals vielleicht nicht den Anschein hatte. Die drei wesentlichen Stücke des männlichen Anzugs, wie sie noch jetzt das Aussehen des Mannes bestimmen, Rock, Weste und Hose, lagen nach den Freiheitskriegen schon so vor, wie sie im großen und ganzen noch heute getragen werden. Das lange Beinkleid hatte die Kniehose verdrängt und zwar mit solchem Erfolg, daß man sich sogar an den Höfen entschließen mußte, es zuzulassen. Selbst in Dresden, wo man die französische Hoftracht bis 1830 konserviert hatte, wurde den Herren gestattet, in dem verpönten Kleidungsstück zu erscheinen. Als diese Vergünstigung 1833 wieder aufgehoben wurde, beklagte sich Freiherr von Beust beim Hofmarschall, erhielt aber die ganz entsetzte Antwort: „Sie wollen in langen Hosen kommen! Ich hätte ihnen mehr Attachement an die königliche Familie zugetraut." Der Pantalon, anfänglich als ein Kind der französischen Revolution mit Mißbilligung aufgenommen, behauptete sich, er hat im Laufe des Jahrhunderts im Schnitte gewechselt, ist bald ganz eng, bald ganz weit, bald oben, bald unten glockenförmig getragen worden, sein Hauptcharakteristikum, die Länge, welche das ganze Bein von der Hüfte bis zum Knöchel verbirgt, ist ihm geblieben. Das gleiche darf man von dem Rock sagen, er wurde weiter und enger getragen, der Kragen mehr oder weniger umgeschlagen, die Ärmel wechselten in ihrer Form, im Grunde ist der Rock, wie ihn die Großväter trugen, wie ihn beispielsweise Goethes Statuette von Rauch zeigt, noch heute in Geltung. Erst unter dem zweiten Kaiserreich

Ad. Menzel. Knabenporträt, 1844. Mit Erlaubnis von F. Bruckmann A.-G., München

ist aus dem langen Rock durch beträchtliche Kürzung der Schöße der Sakko geworden, der nun schon ein halbes Jahrhundert nichts an seiner Beliebtheit verloren hat. Der ringsum geschloffene Überrock galt als Haus- und Arbeitsanzug, als Negligé, wie man sagte, für Gesellschaften und jede feierliche Gelegenheit überhaupt blieb der Frack in Geltung, wie ihn die Zopfzeit hinterlaffen hatte, wie ihn auch das Militär, in Preußen bis zum Regierungsantritt Friedrich Wilhelm IV., trug.

Das Kleidungsstück, auf welches die größte Sorgfalt verwendet wurde, war die Weste. Auch sie bestand in der kurzen Giletform schon seit etwa 40 Jahren und hat in

Aus den Fliegenden Blättern

den ⁵/₄ Jahrhunderten ihrer Existenz Farben und Stoffe öfter gewechselt als den Schnitt. Man liebte sie bunt, wählte sie aus Seide, Samt oder gar aus Kaschmir, knöpfte sie mit echten Steinen und trug in der Mitte der zwanziger Jahre eine zeitlang sogar 2 Westen übereinander, die eine aus Samt, die andere aus Pikee. Sie war eigentlich das einzige Stück der Herrentoilette, bei dessen Auswahl der individuelle Geschmack zum Ausdruck kommen konnte, Laube erzählt, wie stolz z. B. Heinrich Heine seine braunrote Samtweste zur Schau trug. Bei dem langsam aber sicher fortschreitenden Dunklerwerden der ganzen männlichen Kleidung blieb sie das einzige Element der Farbenfreude, das einzige dazu, in welchem sich ein gewisser Luxus entfalten ließ. Schwere Seidenstoffe in reichen Mustern, echte Samte unterstützten die Bedürfnisse männlicher Eitelkeit und Putzsucht, der es sogar möglich war, Knöpfe von echten Steinen dazu zu wählen.

Die Mode der Herrentoilette diktierte England, dessen leader of fashion von 1799 bis 1814 George Bryan Brummel war. Dieser berühmte Dandy, der nichts als Lebemann sein wollte und seinen Ruhm bei Mit- und Nachwelt nur dem Geschmack verdankt, mit dem er sich zu kleiden verstand, hatte der Richtung der Mode nach dem Unscheinbaren noch einen besonderen Nachdruck verliehen. Ihm verdankt sie die Bevorzugung des Schwarz im Anzug, denn im Gegensatz zu der Zeit, in der er aufgewachsen war, welche noch bunte Farben, kostbare Stoffe, Spitzen und Stickereien in der Tracht des Mannes geschätzt hatte, legte er den Akzent nicht auf die Pracht des Anzuges, sondern auf den Schick des Tragens. Brummel verkündete, daß, wer gut angezogen heißen wolle, Wert darauf legen müsse, nicht bemerkt zu werden, daß die wahre Eleganz in der scheinbaren Nachlässigkeit bestehe und daß man gut gearbeitete Kleider tragen solle, ohne sich dessen bewußt zu sein. Er stellte damit ein neues Ideal männlicher Eleganz auf, dasselbe ist nicht nur für die englische Gesellschaft des vierten Georg, sondern für die Männerwelt aller Erdteile das Vorbild geworden, nach welchem sie bis heute strebt. Brummel selbst bevorzugte Dunkelbraun, Dunkelblau, Flaschengrün und vor allem Schwarz. Als er infolge seiner Verluste beim Spiel England meiden mußte und die letzten Jahre seines einst so glänzenden Lebens in einer immer trauriger werdenden Lage in Frankreich zu-

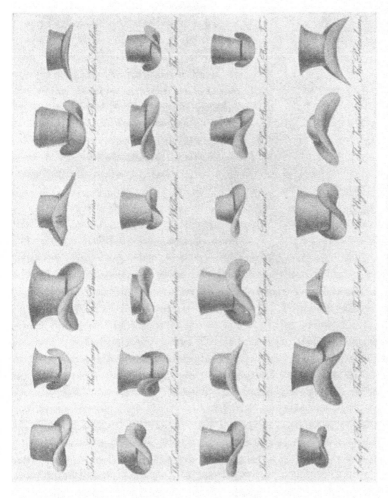

Formen der Männerhüte um 1830

571

Balltoilette um 1835
Lithographie von Alb. Remy

brachte, erlaubte sich die Mode noch einmal wieder einen Rückfall in das Bunte. Hellblau, hellgrün, lila, selbst changeante Stoffe erscheinen in der Herrentoilette, welche sich auf einmal die gewagtesten Farbenzusammenstellungen erlaubt. Bulwer sah Disraeli auf einem Diner in grünen Samthosen und hellgelber Weste, der bucklige Kirchenrat Döring in Gotha trug einen grasgrünen Rock zu schwefelgelbem Gilet, ein Farbenjubel, der keinen Bestand hatte. Das Leben wurde immer nüchterner und ernster, der arbeitende Mann gefiel sich nur noch in praktischen, also unscheinbaren Farben, gern überließ er die schreiende Buntheit des Papageienkleides dem Militär.

Mit der Vorherrschaft der englischen Mode bürgern sich allmählich auch die strengen Regeln des englischen Schick ein, welche genau vorschreiben, wie der Gentleman bei jeder Gelegenheit angezogen sein muß, Vorschriften, die in Deutschland bis dahin unbekannt waren, so daß Arnold Ruge einmal aus London an die Seinen schreibt: „Ich seufze unter der englischen Kleidertyrannei, die bei aller scheinbaren Willkür ein wahrer Terrorismus der Schicklichkeit ist." Zu Brummels Zeit kam auch die hohe Halsbinde auf, über welche die Enden des Hemdkragens in zwei scharf geschnittenen Spitzen als Vatermörder hinausragten. Das Umlegen der Halsbinde und das Schürzen des Knotens derselben war in der Toilette des Herrn die Kunst der Künste, es gab die verschiedenartigsten Schleifen und jede einzelne hatte ihren besonderen Namen. Es gibt eine besondere Literatur darüber, wie es auch Lehrer gab, die darin Unterricht erteilten. Die Mode gab den Herren wohl Mäntel, man kannte auch solche mit großer Pelerine, die man damals „Blüchermäntel" nannte, 1817 kamen jene mit 5 Kragen auf, 1830 waren sie länger als der Kleiderrock der Frauen und stießen auf den Boden, in Deutschland waren sie aber, wenigstens für die Jugend, noch ganz ungebräuchlich. Die Studenten wußten nichts von Überziehern, schreibt Karl Rosenkranz, wenn es regnete, so saßen sie eben naß im Kolleg, so wie Geibel ohne Schirm in patschnassem Frack in Gesellschaft gehen muß. Ernst Rietschel war 24 Jahre, als er seinen ersten Mantel erhielt.

Eine große Rolle spielte die Tracht von Haar und Bart. Die Herren trugen ihr Haar so sorgfältig frisiert wie die Damen, die Lockengebäude, die sie über der Stirn und an den Schläfen zu errichten hatten, erforderten die größte Sorgfalt. Moltke schließt einmal einen Brief an seine Mutter, weil der Friseur komme, um ihn zum Ball zu frisieren, das kommt uns heute, wo das Militär den kurz geschorenen Sträflingskopf allgemein in die Mode gebracht hat, ganz komisch vor. Der Bart war nur den Soldaten erlaubt, die Zivilisten, die ihn sich während der Feldzüge hatten wachsen lassen, verzichteten sehr bald wieder auf diesen männlichen Schmuck, der für durchaus verpönt galt. Gentz zitterte, wenn er in Gesellschaft Männer mit Schnurrbärten sah; als Arnold Ruge in Kolberg aus der Haft entlassen wurde, war das erste, daß er sich den Bart abschneiden lassen mußte, um dem Regierungsrat Hänisch, seinem Wohltäter, einen Dankbesuch machen zu können. Gerade so geht es Laube, als er die Berliner Stadtvogtei verläßt. Holtei wollte sich einmal selbst zum Fleiß zwingen, da wußte er kein besseres Mittel, als sich den Bart stehen zu lassen, denn in diesem Zustand war es unmöglich, in Gesellschaft zu gehen. Der Landschaftsmaler Friedrich war durch seinen wüsten Kosakenbart den Zeitgenossen nicht weniger unheimlich, als durch seine unverständlichen Bilder. Völlig entsetzt schreibt Felix Mendelssohn über die deutschen Künstler im Café Greco, die das ganze Gesicht mit Haaren zugedeckt haben. Als Friedrich Preller 1831 aus Rom nach Weimar zurückkehrte, empfing ihn Goethe erschrocken, ob seines „abscheulichen" Schnurrbartes. Seit der Julirevolution beginnt es allmählich wieder Mode zu werden, daß auch Zivilisten sich den Bart stehen lassen dürfen, zuerst nur wie eine Krause um das Gesicht, der Schnurrbart war noch nicht gestattet.

Die Gesellschaft gewöhnte sich nur sehr langsam an die bärtigen Herren. Als der

Karl Blechen. Winkende Frauen

Bauernmädchen aus der Umgegend von
Landshut im Jahre 1836
Aus den Fliegenden Blättern

Maler Becker sein Selbstporträt 1834 auf die Berliner Ausstellung geschickt hatte und der alte Schadow dasselbe dem König zum Ankauf empfahl, erwiderte dieser: „Erst den Bart abscheren." 1846 wurde den preußischen Postbeamten und Referendaren untersagt, Schnurrbärte zu tragen; als Fürst Paskiewitsch den preußischen Generalkonsul Balan in Warschau geradezu brüskiert hatte, nur weil dieser einen Bart trug, befahl ihm der Minister von Kaniß auf seine Beschwerde, statt Genugtuung zu fordern, sich zu rasieren. Bärtig und glatt rasiert war eine Frage höherer oder minderer Kultur, das berühmte Schauspiel von Friedrich Halm, „der Sohn der Wildnis", dreht sich im Grunde nur um den Bart des Helden. Ingomar, der Tektosardenhäupling, ist ein Barbar, so lange er den Bart trägt, seine Gesittung aber vollständig, sobald er sich ihn abschneiden läßt. Der Bart galt außerdem für ein Abzeichen demokratischer Gesinnung, aus diesem Grunde glaubte Bismarck sich bei seinem Vater, Friedrich Hebbel sich bei seinen Verwandten entschuldigen zu müssen, als sie ihnen Porträts senden, welche sie mit Bart zeigen. Einen Wandel der Anschauungen brachte erst das Jahr 1848. Ernst Ludwig von Gerlach schien aber auch noch die ganze alte Preußenherrlichkeit in Gefahr, als er den Minister Kühlwetter mit Schnurrbart bei Hofe erblickte.

Das gleiche Vorurteil haftete an der Kopfbedeckung. Neben der großen Schirmmüße hatte sich der steife hohe Filzhut, wie er in seiner Urform aus England gekommen war, in der Gunst der Männerwelt behauptet. Er besaß annähernd die Form des heutigen Zylinders, nur daß sich das Abwechslungsbedürfnis der Mode darin gefiel, die Form von Kopf und Krempe in der mannigfaltigsten Weise zu variieren. Seit dem Ende der dreißiger und anfangs der vierziger Jahre taucht neben ihm der Hut aus weichem Filz auf, sofort mit dem Stigma des Demokratischen behaftet, weil der Glaube seine Erfindung den italienischen Karbonari zuschrieb. So brach er sich nur allmählich Bahn, um so mehr, als seine Träger sich Unannehmlichkeiten von seiten der Polizei aussetzten.

Die Polizei, die sich um alles kümmerte, hatte bei den Zivilisten nicht nur auf verdächtige Hutformen zu achten, mehr Mühe verursachte ihr das Verbot, welches den Männern das Rauchen auf der Straße untersagte. Bis dahin hatte man den Tabak nur in zweierlei Form zu sich genommen, pulverisiert beim Schnupfen und klein geschnitten beim Rauchen aus der Pfeife. Die Pfeife war denn auch wie die Dose mit einem gewissen Luxus ausgestattet worden, Köpfe aus fein bemaltem Porzellan oder Silber beschlagenem Meerschaum erhöhten das Vergnügen des Rauchers, dem sie einen künstlerischen Rahmen gaben. Seit dem ersten Jahrzehnt des 19. Jahrhunderts verbreitet sich eine neue Form des Tabaks, er wird gerollt und kommt aus Spanien, als cigarro und cigarillo in den Handel. Diese neue Art des Genusses

Bauernmädchen aus der Umgegend von Landshut im Jahre 1849
Aus den Fliegenden Blättern

fand außerordentlichen Beifall, in Bremen und Hamburg entstanden alsbald Zigarrenfabriken, im Laufe weniger Jahre hat die Zigarre die Pfeife fast ganz verdrängt. In Deutschland verbot die Polizei das Rauchen auf der Straße der Feuersgefahr wegen, Zuwiderhandelnde zahlten in Berlin wie in München zwei Taler Strafe. Man kann sagen, daß dies kleinliche Verbot in seiner schikanösen Handhabung in der großen Menge mehr Unzufriedenheit erregt und mehr zur allgemeinen Mißstimmung beigetragen hat als Preßzwang, Zensur und alle übrigen Meisterstücke des Absolutismus zusammen. Es war ein Gegenstand dauernder Erbitterung; nach der Berliner Schneiderrevolution von 1830 höhnte Chamisso die Ritter von der Nadel:

Und als die Schneider revoltiert —
Courage! Courage!
So haben gar grausam sie massakriert
Und stolz am Ende parlamentiert:
Herr König, das sollst du uns schwören!

Und drei Bedingungen wollen wir stellen,
Courage! Courage!
Schaff' ab zum ersten die Schneidermamsell'n,
Die das Brot verkürzen uns Schneidergesell'n,
Herr König, das sollst du uns schwören!

Die brennende Pfeife zum andern sei,
Courage! Courage!
Zum höchsten Ärger der Polizei,
Auf offener Straße uns Schneidern frei,
Herr König, das sollst du uns schwören!

Das dritte, Herr König, noch wissen wir's nicht,
Courage! Courage!
Doch bleibt es das Best' an der ganzen Geschicht',
Wir bestehn auch drauf bis ans Jüngste Gericht,
Das dritte, das sollst du uns schwören!

Während der Cholera wurde das Rauchen als desinfizierend vorübergehend erlaubt, später mußten die Raucher ihre Zigarren in Drahtgestellen tragen und sie vor jedem Posten aus dem Mund nehmen. Diese Belästigungen wurden außerordentlich drückend empfunden. In den Märztagen des großen Jahres 1848 bewegte sich einmal ein Volkshaufen drohend gegen das Berliner Schloß, Fürst Felix Lichnowsky warf sich ihm entgegen und versprach, alle Wünsche der Leute vor den Monarchen zu bringen. Die Hauptforderung war die Erlaubnis, auf der Straße rauchen zu dürfen; als der Fürst wiederkam und sagte, es sei alles bewilligt, hieß es zweifelnd: im Tiergarten ooch? Ja wohl, da gingen die Männer zufrieden auseinander.

Weit geringer als bei der Männerwelt, war der Erfolg, den die sogenannte Nationaltracht bei den deutschen Frauen fand. Schon in der zurückhaltenden Art, mit der sich Ernst Moritz Arndt aller Vorschläge zu einem Nationalkostüm derselben enthielt, erkennt man, daß die Fürsprecher der Bewegung sich der Schwierigkeiten wohl bewußt waren, denen die Ausführung ihrer Ideen begegnen mußte. So beschränkte sich denn Rudolf Zacharias Becker in seiner kleinen Schrift über „das Feierkleid der deutschen Frauen" auch darauf, seinen Landsmänninnen einen Aufruf zu vermitteln, den einige Ungenannte im Juni 1814 an die Vorsteherinnen der deutschen Frauenvereine erließen. „Dieser Vorschlag", heißt es hier, „beabsichtigt die Einführung eines Ehrenkleides der deutschen Frauenvereine, wodurch das Andenken unserer großen Zeit den Töchtern künf-

F. G. Waldmüller. Bildnis einer alten Frau. Um 1831

tiger Geschlechter stets gegenwärtig erhalten würde. Alle, die sich zur Annahme dieses
Kleides entschlössen, übernähmen dadurch die Verbindlichkeit, es als ihren ehrenvollsten,
bei jeder feierlichen Gelegenheit zu tragenden Putz anzuerkennen und niemals willkürlich
abzuändern. Eine alte deutsche, vom Unbequemen möglichst gesonderte Tracht wäre wohl
in jeder Hinsicht am meisten zur Aufnahme geeignet. Der Stoff des Kleides bliebe
unbestimmt, der Schnitt unabänderlich, die herrschenden Farben für jedes Alter sowohl
die schwarze, weiß verziert, als auch die weiße mit beliebiger Verzierung." Die damals

vielgelesene Romanschriftstellerin Karoline Pichler und Wilhelmine von Chézy, die abenteuerliche Enkelin der Karschin, ergriffen die Gelegenheit mit Vergnügen, sich im Journal des Luxus und der Moden in demselben Sinne vernehmen zu lassen. Sie setzten den edlen deutschen Frauen und Jungfrauen auseinander, wie vorteilhaft es in jeder moralischen, ethischen, ökonomischen, sanitären und anderer Beziehung für sie sein würde, dem welschen Tand und Plunder zu entsagen und die Nationaltracht anzunehmen. Sie sei das Bundeszeichen zum Guten, Sittlichen, zum Abscheu der Fremden, zur ewigen Wiederkehr deutscher Zucht und Würde. Der Hofrat Becker hatte sein Schriftchen mit einer Abbildung begleitet, die das Kostüm, wie er es sich dachte, darstellte und verschiedene Frankfurter Damenschneider, wie Löslein, Fritze, Madame Ludwig beeilten sich, neue altdeutsche Trachten zu erfinden und im Journal des Dames et des Modes zu veröffentlichen. Bei der ersten Jahresfeier der Leipziger Schlacht am 18. Oktober 1814 zeigten sich viele Frankfurter Damen in diesen Kostümen. Bei dem prachtvollen Karussell, welches während des Wiener Kongresses im November 1814 in der Hofreitschule der Burg stattfand, erschien eine Quadrille von 24 Ritterfrauen, welche augenscheinlich zeigte, „wie sehr auch bei Festlichkeiten die majestätische altdeutsche Kleidung den Vorrang vor den französisch-englischen Zwittermoden, die uns beherrschen, verdient," auf einem Hoffest in Karlsruhe im Dezember desselben Jahres kamen alle Damen, auch die Großherzogin Stephanie und ihr Gefolge, in einem gleichmäßigen Anzug, „welcher seiner ganzen Bestimmung nach keine Nationalkleidung sein, aber allmählich solche bleibende Tracht vorbereiten könnte." Sie waren alle weiß, mit einem Gürtel in den badischen Farben, die Großherzogin gab sogar das etwas übereilte Versprechen, von nun an immer in dieser Kleidung in der Gesellschaft erscheinen zu wollen. Hedwig von Staegemann ließ sich im März 1815 zur Einsegnung ein altteutsches Kleid machen, was Gräfin Dohna und sechs andere junge Damen ihr sofort nachtaten, der Maler Hensel zeichnete ihnen die Entwürfe dazu. Und dann war es aus, im September 1815 taucht noch einmal ein Modenbild auf, welches eine Berlinerin in altdeutschem Sommeranzug darstellt und damit schließen die Akten der Nationaltracht für Teutschlands edle Frauen.

Betrachtet man die Bilder, welche die Modejournale von der altdeutschen Kleidung brachten, so bemerkt man auf den ersten Blick, daß sie in der Tat gar nichts Altdeutsches an sich haben, sondern sich von der Zeitmode nur außerordentlich wenig entfernen. Man hat die hochgegürtete Taille durch Puffärmel und bald liegende, bald stehende Spitzenkragen, den engen fußfreien Rock durch Besätze von Puffen oder Zacken ein wenig vermittelalterlicht und es ist recht amüsant zu beobachten, daß dieselben Leute, welche in der Baukunst die französische Gotik schlechtweg für den „teutschen Stil" erklärten, in der Mode den Stuartkragen, die französischen Puffärmel, das spanische Barett des 16. Jahr-

Friedrich Wasmann. Bildnis einer alten Frau. Um 1845

hunderts in gutem Glauben für altteutsch hinnahmen. Wie oberflächlich diese sogenannte altdeutschen Zutaten mit der Tagesmode zusammenhingen, beweisen verschiedene Modeschöpfungen der Zeit, die, wie das altdeutsche Leibchen und die Rembrandtkrause nach Angaben ihrer Erfinder sofort jedes Kostüm in ein altdeutsches umwandelten.

Die Kleidung, welche die französische Mode zur Zeit der Freiheitskriege der deutschen Frau vorschrieb, war aus der sogenannten antiken der Directoirezeit entstanden, hatte von derselben aber nichts bewahrt, als die unvorteilhaftesten Seiten, auf die Vorzüge, die lange Schleppe und das Dekolleté hatte sie verzichtet. Die Taille war hoch geschlossen, die Ärmel lagen an, der Gürtel saß direkt unter der Brust, der Rock war eng und so kurz, daß er den ganzen Fuß sehen ließ, es scheint immer so, als habe die Frau den Kopf nur, um das Kleid am Drüberrutschen zu verhindern. An der Hand der so zahlreich erhaltenen Modebilder kann man nun Woche für Woche verfolgen, wie sich dieser Schnitt ganz allmählich ändert, die Taille wird länger und sitzt etwa 1820—21 wieder normal, indem sie den Gürtel an die schmalste Stelle des Rumpfes verlegt, zur gleichen Zeit längt und weitet sich auch der Rock und erreicht wieder den Boden. Sobald im Beginn der zwanziger Jahre der Ruhepunkt einer sozusagen natürlichen Form des Kleides erreicht ist, beginnt das Bedürfnis nach Abwechslung, welches die eigentliche Seele der Mode ist, sich nach einer anderen Richtung hin geltend zu machen. Hatte das weibliche Wesen seit Mitte der neunziger Jahre des 18. Jahrhunderts nicht schlank und schmal genug sein können, hatte die Mode den weiblichen Körper zu strecken versucht, um ihn lang erscheinen zu lassen, so machte sich nun die Tendenz nach einer Verbreiterung desselben geltend. Ungefähr seit 1823 beginnt der Ärmel anzuschwellen, er bauscht sich zu immer gewaltigeren Dimensionen; 1830 etwa würde die Schulterbreite einer streng nach der Mode angezogenen Frau ihrer halben Höhe entsprochen haben. Diese Bewegung begleitet der Rock, indem er zwar kürzer, aber nicht zugleich enger wird.

Diese extravagante Mode hat länger als ein Jahrzehnt die Gestalt der Frau geformt und ihr etwas überaus Zierliches und Kokettes gegeben. Vervollständigt wurde die Exzentrizität der Erscheinung durch die Frisur, welche dicke Tuffs von Locken um die Stirn legte und das Haar auf dem Hinterkopf mittels großer Kämme schleifenartig aufsteckte. Dazu kommen Hauben und Hüte, die unter den Feenhänden phantasievoller Putzdichterinnen, Spitzen, Bänder, Flittern, Rüschen, Blonden, Blumen, Federn, Ranken, Schleifen, Treffen zu wahren Wunderwerken zusammenkomponieren. Es war das goldene Zeitalter der marchandes de modes, denn zu keiner Zeit hat die Mode dem weiblichen Wesen mehr Putz erlaubt, als dazumal, wo sie die kunstvoll arrangierte Frisur mit einer koketten Haube einrahmen, über beide aber einen Hut setzen durfte, für dessen Form nur eine Regel galt: je phantastischer, je besser. All dieser leichte und duftige Flitterstaat forderte überdies noch viel Schmuck. Große Ohrgehänge, Kolliers und lange Ketten, Diademe, Armbänder, Ringe, Gürtelschnallen, Kämme, großköpfige Haarnadeln, Broschen durften auf einmal getragen werden. Die Industrie unterstützte durch billige Phantasieartikel dieses Bedürfnis nach Schmuck, die Erschließung Brasiliens bescherte dem europäischen Markt außer Diamanten eine Fülle glänzenden Steinmaterials, indem sie die so überaus wirkungsvollen Topase, weiße und gelbe Saphire, Amethyste in solchen Massen einführte, daß z. B. der Amethyst damals erst auf seinen heutigen niederen Rang als Schmuckstein herabsank. Durch die Putzsucht der zwanziger und dreißiger Jahre entschädigte die Mode die Damenwelt für die Einfachheit und Schmucklosigkeit, zu der sie sie in den beiden ersten Dezennien des Jahrhunderts verurteilt hatte. Es hatte so viel weniger zu einer vollständigen Damentoilette gehört, als zu der eines Herrn, daß Gräfin Flora Wrbna, geborene Gräfin Kageneck, mit Kaiser Alexander von Rußland wetten konnte, wer von ihnen sich am schnellsten umziehen könne; sie gewann die Wette, denn sie brachte es in 4 Minuten zustande.

Es war damals wirklich sehr einfach und anspruchslos, selbst in

hohen und höchsten Kreisen, zugegangen. Als Gräfin Elise Bernstorff noch als Komteße Dernath ihre erste Reise nach Dresden machte, um in die große Welt eingeführt zu werden, fertigt ihr die Erzieherin aus einer Fenstergardine von Musselin ein Gesellschaftskleid, das über einem Rock von rosa Kattun getragen wurde; die Königin der Niederlande besaß nur zwei weiße Morgenkleider, von denen eins immer in der Wäsche war. Das Staatskleid der Mutter Hedwigs von Bismarck war von rotem Kattun mit gelbseidener Litze besetzt, Prinzessinnen und Hofdamen, erzählt Frau von Rochow, trugen Sommer und Winter nichts als Kleider von weißem Perkal, besaßen sie nebenher noch ein seidenes, so wurde dasselbe als bestes für besondere Gelegenheiten, etwa wenn Gäste kamen, aufgespart. Bei solcher Einfachheit erschien es Gräfin Bernstorff freilich schon als orientalischer Luxus, wenn die Kaiserin Charlotte auf jedem Ball Schuhe, Handschuhe und Schnupftuch wechselte. Hedwig von Olfers, geborene v. Staegemann, schrieb 1824 aus Frankfurt a. M. an ihre Mutter: „Die Nähe von Paris macht, daß die Moden hier zeitiger erscheinen, als in Berlin und der Reichtum der Einwohner erleichtert sehr viel mehr, sie in Aus-

Aus den Fliegenden Blättern

führung zu bringen. Ein recht solider und edler Aufwand sprach sich in der Kleidung der Damen aus. Kein zerlumpter Flitterstaat, kein vernachläſſigter Anzug, wie wir oft beim vornehmſten Adel in Berlin ſahen, war ſichtbar." Zwar herrſchte dem Namen nach die franzöſiſche Mode, aber die häufigen Kriege beraubten die Damen doch oft und lange genug jeder Möglichkeit, ſich nach derſelben zu richten. Als die Kaiſerin Eliſabeth von Rußland 1814 nach Karlsruhe kam, erſchien ſie, wie Karoline von Freyſtedt erzählt, in ganz veraltetem und aus der Mode gekommenem Anzug; General von Schack beobachtete in demſelben Jahr in England die eigentümliche Tracht einer Nation, die ſo lange der franzöſiſchen Mode unzugänglich geweſen war.

Größerer Luxus in der Toilette entfaltete ſich z. B. in Berlin erſt, ſeit Friedrich Wilhelm III. die Gräfin Auguſte Harrach geheiratet und zur Fürſtin Liegnitz erhoben hatte. Der König hielt darauf, daß ſie immer aus Paris gekleidet ſei, die Tänzerin Lemière mußte die Toiletten der Fürſtin beſorgen. Vermutlich tat man in dieſer Beziehung gleich etwas zu viel, denn Abraham Mendelsſohn macht in einem Briefe aus Paris ſeine Damen darauf aufmerkſam, daß eine Berlinerin mit Gigots, Imbécile, Hut und Locken kein Vorbild in Paris finden würde, wo vielmehr in Farbe und Schnitt die größte Einfachheit herrſche.

Der größte Luxusgegenſtand der Damentoilette blieb der echte Schal, wie ihn ſchon die Mütter und Großmütter der Generation um 1830 getragen hatten. Zu dem indiſchen Kaſchmirſchal, der aus dem weichen Flaum der Tibetziege hergeſtellt, von England aus als ſchmaler, aber ungefähr 3 m langer Longſchal in den Handel kam, trat ſeit den zwanziger Jahren der türkiſche quadratiſche Schal und etwa 10 Jahre ſpäter der Crêpe de Chine=Schal, alle drei in Gewebe, Muſter oder Stickerei von unübertroffener Schönheit und denn auch dementſprechend koſtbar. Unter den Damen war ein echter Schal ein Gegenſtand des größten Neides, die Trägerinnen ſolcher Prachtſtücke waren Objekte mißgünſtiger Aufmerkſamkeit. Adele Schopenhauer weiß aus Fulda nichts zu berichten, als